De overbodigen

Van Herman Koch verscheen eveneens
bij Ambo|Anthos *uitgevers*

Red ons, Maria Montanelli
Eindelijk oorlog
Eten met Emma
Odessa Star
Denken aan Bruce Kennedy
Het diner
De ideale schoonzoon
Zomerhuis met zwembad
Korte geschiedenis van het bedrog
Geachte heer M.
De greppel
Makkelijk leven
Finse dagen
Een film met Sophia
Het Koninklijk Huis
Ga je erover schrijven?
Luchtplaats

Herman Koch

De overbodigen

Ambo|Anthos
Amsterdam

Eerste druk februari 2026
Tweede druk februari 2026
Derde druk februari 2026
Vierde druk maart 2026
Vijfde druk maart 2026
Zesde druk maart 2026

ISBN 978 90 263 7064 9
ISBN 978 90 263 7065 6 (e-book)

Omslagontwerp Roald Triebels, Amsterdam
Omslagillustratie © plainpicture/Jean Marmeisse
Foto auteur © Pablo Koch
Zetwerk Mat-Zet b.v.

Ambo|Anthos *uitgevers* vindt het belangrijk om op milieuvriendelijke en verantwoorde wijze met natuurlijke bronnen om te gaan. Bij de productie van het papieren boek van deze titel is daarom gebruikgemaakt van papier waarvan het zeker is dat de productie niet tot bosvernietiging heeft geleid.

Verspreiding voor België:
Veen Bosch & Keuning uitgevers nv, Antwerpen

1

De stemming in de pub was ronduit bedrukt. Alicia hield de hand van haar echtgenoot vast op de lege plek tussen hun borden. Yvonne zat stilletjes te huilen, zag Herbert te laat.

'Lieverd...' begon hij zachtjes.

Ze schudde de arm die hij om haar schouders wilde leggen van zich af.

Herbert haalde diep adem. 'We moeten ons goed realiseren dat dit in de eerste plaats zelfverdediging was,' zei hij, terwijl hij Martin, Alicia en als laatste Yvonne aankeek – maar zijn vrouw ontweek zijn blik.

'Ik ben het met Herbert eens,' zei Martin. 'Wat zou er gebeurd zijn als Herbert niet... Als we niet hadden gedaan wat we hebben gedaan.'

'Precies,' zei Herbert, dankbaar voor de hulp uit onverwachte hoek. Hij knikte Martin kort toe. 'Wat Martin zegt is helaas juist. We hebben gedaan wat we moesten doen. We hadden geen keus.'

'Maar moest het echt zó?' vroeg Alicia. 'We hadden ze misschien ook...' Ze bracht haar beide handen naar haar gezicht, wreef met haar vingers in haar ogen.

Net als die van Yvonne waren ze vochtig, zag Herbert. Hij ging ervan uit dat ze verder niets meer zou zeggen en wachtte op een geschikt moment om opnieuw het woord te nemen. Hoe eerder ze het eens werden over het vervolg van hun wandeltocht hoe beter.

'Het waren kinderen, Herbert!' riep ze plotseling uit. 'Kinderen!'

Alicia had met stemverheffing gesproken en Herbert keek snel om zich heen, maar de meeste mensen in de pub zaten rustig te eten of voerden op luide toon hun eigen gesprekken.

'Kinderen...' zei Herbert zacht, terwijl hij Alicia ernstig aankeek en zo veel mogelijk begrip in zijn blik probeerde te leggen. In zekere zin had ze gelijk, want hoe oud zouden ze zijn geweest? Achttien? Zeventien? Niet ouder dan twintig in elk geval. 'Ja, oké, puur qua leeftijd waren het kinderen, je hebt gelijk. Maar ze lagen daar op ons te wachten, als jagers op hun prooi. Voor hen was dit vast niet de eerste keer. Die jongen was totaal doorgesnoven, daar kon je echt niet meer mee in discussie.'

'Maar hadden we niet... konden we niet...?' vroeg Yvonne.

‘Wat?’ vroeg Herbert.

‘We hadden door kunnen lopen. Misschien. Ik zeg niet dat ik gelijk heb. Maar wat was er gebeurd als we gewoon waren weggelopen en ze daar hadden laten staan?’

‘Dat hadden ze als een teken van zwakte gezien,’ zei Martin. ‘Dan hadden ze waarschijnlijk juist... Ik weet het niet. Het punt is dat we het niet weten. Nooit zullen weten.’

Heel goed, dacht Herbert. Hij sprak de gedachte niet uit. Goed punt, Martin. Je hebt tijdens de les goed opgelet en nu krijg je een negenenhalf voor je proefwerk. Vooralsnog bracht Herbert geen nieuwe argumenten aan. Hij zou ze even met rust laten, dan konden ze later nooit zeggen dat hij ze had gestuurd of had geprobeerd hun zijn eigen mening op te dringen.

Een hond die op je afstormt, moet je nooit de rug toekeren. Dat is simpelweg biologie. Wie op de vlucht slaat, wordt de prooi. De hond (of de leeuw, of het jachtluipaard) springt op je nek en bijt je halsslagader en in één moeite door ook een paar nekwervels door.

Ze waren niet op de vlucht geslagen. Herbert was niet op de vlucht geslagen. Hij wist het niet zeker van de anderen, of ze alleen vanwege hem waren blijven staan en het gevaar het hoofd hadden geboden, en dat ze er anders als makke lammeren vandoor waren gegaan.

Toen hij zijn mes en vork in zijn kidney pie wilde zetten, merkte hij dat zijn vingers trilden. Nog steeds. Dat was de adrenaline; de magische stof die we van ons lichaam cadeau krijgen om het gevaar beter het hoofd te kunnen bieden. Die gaf die extra boost om sneller te kunnen vluchten – of om met meer kracht, en misschien ook wel met meer inzicht, te kunnen vechten.

Ook hij was bang geweest, net als de anderen. Doodsbang. Hij begreep nog altijd niet goed waarom hij had gehandeld zoals hij gedaan had. De beslissing was in een fractie van een seconde genomen.

'Ik zag het aan je gezicht,' zei Yvonne zonder hem aan te kijken. 'Ik zag het gebeuren.'

Ja, het was waar, hij kon het niet ontkennen. Ergens aan het begin van die seconde hadden hun blikken elkaar gekruist. De ogen van zijn vrouw waren vele malen groter dan normaal, de pupillen sterk verwijd. *Nee*, had ze met haar blik gezegd, alleen met haar blik, zonder haar hoofd te schudden. *Niet doen. Wat je ook wilt doen, doe het niet.*

Eerst was hij heel erg kalm geworden. De blik van zijn vrouw waarschuwde hem voor onbezonnen handelen. Ze had hem daar vaker voor behoed. Hun hele leven samen had ze hem op belangrijke momenten, vaak op het allerlaatste moment, tegen weten te houden. Maar dit is anders, had Herbert vlak voor het verstrijken van de seconde gedacht. Ik mag niet kalm worden. Dat brengt ons allemaal in gevaar. Of eigenlijk had hij helemaal niets gedacht. Nee, er was geen bewust denken aan zijn handelen voorafgegaan. Een fractie van de seconde later had hij het gedaan.

'Yvonne heeft gelijk,' zei Herbert, en hij bracht zijn hand opnieuw naar haar schouder, maar trok hem toen weer terug. Het laatste wat hij wilde was onenigheid met zijn vrouw. *In aanwezigheid van deze mensen.* Maar hij was wel teleurgesteld in haar. Ze had dat over de blik in zijn ogen niet zo op tafel mogen gooien, midden in een lawaaiige pub, ten overstaan van Martin en Alicia. 'Ik heb dit besluit in mijn eentje genomen. Daarmee heb ik dat besluit ook voor jullie genomen. Maar ik hoop dat jullie beseffen wat er had kunnen gebeuren als ik het niet had gedaan.'

Ik heb helemaal geen besluit genomen, dacht hij, nog voor hij goed en wel was uitgesproken. Ik heb gehandeld. Iemand van ons heeft handelend opgetreden.

Hij had alle lichamelijke reacties gehad. Eerst waren zijn nekharen overeind gaan staan, daarna had hij zijn benen slap voelen worden. Bij de knieën. Zijn gezicht had gloeiend heet aangevoeld, alsof iemand er een fakkel onder hield. Daarna was alles – zijn hoofd, zijn lichaam – ijskoud geworden.

Alicia zei snikkend dat ze naar huis wilde.

Herbert slaakte een diepe zucht en keek naar Martin, die zijn schouders ophaalde. 'En jij? Wil jij ook naar huis?'

'Ik denk...' begon Martin. 'Ik denk er net zo over als Alicia,' zei hij, en hij leek zijn best te doen om zijn stem niet te laten trillen. 'Nu gewoon verder wandelen zou heel raar zijn. En misschien kunnen we sowieso beter zo snel mogelijk naar huis.'

'Dat is niet zo eenvoudig als het lijkt,' zei Herbert. 'Op dit moment is er nog geen alarm geslagen, maar daar kan snel verandering in komen. Dát staat pas raar, twee echtparen die halsoverkop hun vakantie afbreken. Alle bed and breakfasts en hotels op hun route hebben ze al gereserveerd, en die annuleren ze opeens. Allemaal. Dat is veel te verdacht. Het hangt er nu alleen van af hoe snel er iets wordt ontdekt. Die plek ligt aan de Cotswold Way. Ze zullen hoe dan ook bij ons terechtkomen. We gaan ook helemaal niet ontkennen dat we daar zijn geweest, op die en die dag. Alleen hebben we niets gezien. We hebben een hond horen blaffen, maar zelfs die hebben we niet gezien. Wat een verschrikkelijk verhaal, *officer*. Of *inspector* of hoe ze hier allemaal heten.'

Hij dacht nu heel concreet aan *Inspector Morse*, een wat belegen en inmiddels sterk verouderde Engelse detectiveserie waar Yvonne graag naar keek. Hij ging dan altijd iets anders doen, al bleef hij wel graag naast haar op de bank zitten. Meestal met een boek. Met een half oog volgde hij dan *Inspector Morse*. Hij weerhield zich ervan om sarcastisch commentaar te leveren, hij gunde Yvonne haar plezier. Soms kon hij zich echter niet inhouden en riep hij plotseling iets als: 'Die verhuizer heeft het gedaan!'

'Ik dacht dat jij zat te lezen,' zei Yvonne.

Een klein halfuur later (*Inspector Morse* sleepte zich voort in een tempo waarmee je tegenwoordig niet meer bij Netflix of HBO Max kon aankomen) werd de betreffende verhuizer geboeid afgevoerd.

'Hoe wist je dat nou?' vroeg Yvonne. 'Je kijkt niet eens.'

'Die verhuizer had dat meisje voor het laatst gezien, hij was een vriend van de familie. Het zijn altijd dit soort types naar wie je het eerst moet zoeken.'

'Maar hoe kunnen we nou gewoon door blijven wandelen?' vroeg Alicia. 'Ik zou niet weten hoe ik dat moest doen. Niks is toch meer normaal? Als we morgenochtend de trein naar Bristol nemen en terugvliegen naar Amsterdam, zijn we 's avonds thuis.'

'Dat is nou juist wat ik probeerde uit te leggen,' zei Herbert. Hij wist dat hij moest oppassen dat nu niet de zogenaamde 'docententoon' in zijn stem zou sluipen. Dat verweet Yvonne hem nog weleens.

'Pas op, Herbert!' zei ze dan. 'Nu praat je echt als een docent. Tegen mij. Tegen je vrouw.'

Toch voelde Herbert onwillekeurig een zeker ongeduld, zoals wanneer hij aan totaal niet geïnteresseerde studenten een bepaald biologisch probleem moest uitleggen dat volgens hem zo klaar als een klontje was.

'Stel je voor, Alicia,' vervolgde hij nadat hij eerst de helft van zijn pint achterover had geslagen – ter kalmering, en om de ongeduldige ondertoon in zijn stem te elimineren. 'Er wordt iets ontdekt de komende dagen, de komende weken, dat weten we nu nog niet. Dan gaat Inspector Morse op onderzoek uit.'

'Inspector Morse?' zei Alicia. 'Waar heb je het over?'

'Sorry, Inspector Morse bij wijze van spreken. Ik bedoel de politie. Die gaan dingen na. Mensen in de buurt ondervragen, hoewel ik in de wijde omtrek geen huis heb gezien, maar dat terzijde. Dan is de volgende onderzoeksrichting het feit dat het op de Cotswold Way is gebeurd. Een wandelaar. Wandelaars. Ze checken de bed and breakfasts, de hotels, de pubs. In Chipping Campden, in Stanton. Ja, daar hebben twee Nederlandse echtparen overnacht. Ze checken verder. Andere overnachtingsplaatsen op de route. Hé, dat is toch merkwaardig, denkt Inspector Morse. Sorry, de politie. Ze hebben al hun reserveringen geannuleerd. Ze hebben halsoverkop de trein naar Bristol genomen en zijn vervolgens nog diezelfde dag naar Amsterdam teruggevlogen. Eitje, zegt de politie. We hebben ze, *chief*. Het is alleen nog een kwestie van een uitleveringsverzoek indienen.'

Herbert nam even een adempauze, die hij benutte om de resterende helft van zijn pint achterover te slaan. Hij zag dat Alicia iets wilde gaan zeggen, maar hij stak zijn hand in de lucht ten teken dat hij nog niet was uitgesproken. 'Als we daarentegen onze wandeltocht gewoon vervolgen, zijn we veel minder ver–'

'Gewoon vervolgen! Gewoon vervolgen!' onderbrak Alicia hem toch. 'Hoe kun je gewoon blijven wandelen en van de schapen en de vogeltjes genieten, terwijl je weet... Geen normaal mens doet toch zoiets?'

'Precies! Dat is het! Geen normaal mens doet zoiets. Maar wij zijn wél normale mensen, wij weten van niets. Wij zullen straks gepast reageren. Als ze ons vertellen wat er is gebeurd, zullen onze gezichten afschuw en verbazing uitdrukken. Ja, wij zijn ook nog langs die boerderij gekomen. Wat vreemd. We hebben echt niets gezien of gehoord. Wat een naar idee! En als we geluk hebben gebeurt er voorlopig helemaal niets en zitten we alweer lang en breed in Amsterdam wanneer er iets boven water komt. Ze zullen de hotels checken, op onze namen stuiten. Die zijn gewoon doorgewandeld, zullen ze constateren. Een normaal mens, een normaal mens dat schuldig is, zou zoiets nooit doen.'

Alicia keek van Martin naar Yvonne en daarna weer naar Herbert. In haar ogen glinsterden – opnieuw of nog steeds – tranen. 'Ik wil dat helemaal niet,' zei ze. 'Ik wil niet – hoelang moeten we nog? – ik wil niet nog acht dagen wandelen, in pubs eten en in bed and breakfasts overnachten, terwijl we allemaal donders goed weten wat er is gebeurd. Wat we hebben gedáán. Ik kan dat gewoon niet,' besloot ze met een blik op haar man. 'En Martin ook niet.'

Mag Martin misschien voor zichzelf spreken? dacht Herbert. Hij vermoedde dat het bij de saaie maar degelijke Martin allemaal net even anders lag dan bij zijn vrouw. Maar daar zouden ze nog wel aan toekomen, besloot hij.

Het ging er nu om de rust te bewaren. De paniekreactie van Alicia in te dammen.

Hij keek om zich heen, boog zich nog iets verder over de tafel en vervolgde: 'We moeten in de eerste plaats niet de aandacht trekken. Ook niet nu, hier in deze pub. Twee ruziënde Nederlandse stellen, dat is iets wat de mensen onthouden. We moeten zachter praten.'

'Maar we maken toch helemaal geen ruzie?' zei Martin. 'Alicia is gewoon over haar toeren door wat we hebben... Door wat er is gebeurd. Een normale, menselijke reactie.'

'Dat is waar,' zei Herbert. 'Maar we moeten ervoor zorgen dat onze emoties niet nu al met ons op de loop gaan. We vinden het allemaal verschrikkelijk. Yvonne, jij, Alicia, ik ook. Ik wou dat het niet gebeurd was, dat ik het allemaal kon terugdraaien. Vooral moeten we kalm blijven en vooruitdenken. Bedenken wat we gaan doen. Ik heb al gezegd wat ik denk. Maar als iemand een betere suggestie heeft, ben ik bereid te luisteren.'

Het bleef even stil aan hun tafel, terwijl de ober drankjes bracht: een pint voor Herbert en Martin, witte wijn voor Yvonne en Alicia. Herbert stak zijn pint in de lucht en deed een poging tot een toost, maar de anderen lieten hun glazen staan.

'Yvonne,' zei Herbert, 'jij hebt nog weinig gezegd vanavond. Wat vind jij?'

Hij wist wat ze vond, en hij hoopte dat dat nog steeds zo was, maar eigenlijk twijfelde hij daar niet aan na 35 jaar huwelijk. Kort na aankomst in de bed and breakfast hadden ze het al over de verschillende mogelijkheden gehad. Vertrekken of doorgaan.

Yvonne had gehuild en had Herbert dicht tegen zich aangedrukt. 'O, Herbert!' snikte ze. 'Ik was zo bang! Zo bang!'

Herbert had haar op zijn beurt in een stevige omhelzing genomen. 'Rustig maar, schatje,' zei hij. 'Het is allemaal goed afgelopen.'

'Maar ik dacht... Toen ik zag wat je ging doen... Ik was bang, Herbert. Echt bang.'

Zo hadden ze een poosje stilletjes in elkaars armen gestaan. Ze hadden de gordijnen dicht gelaten en alleen een lampje naast het bed aangeknipt. Hun schaduwen waren op het schuine houten plafond gevallen. Naast de deur hing een schilderij van een kudde schapen en een herder met een lange stok.

Herbert had zich losgemaakt uit hun omhelzing, zonder Yvonnes schouders los te laten, en in haar betraande ogen gekeken.

'We moeten eensgezind blijven, Yvonne. Die andere twee zijn jonger dan wij. Impulsiever. En tussen ons gezegd en gezwegen ook niet zo heel erg slim. Ik heb vanochtend een halfuurtje naast Martin gewandeld. Daar komen alleen maar wetenswaardigheden uit de krant van gisteren uit. Daar hoef je geen wandeltocht voor te maken. Alicia lijkt me iets slimmer. Ze heeft natuurlijk haar beroep, daarvoor moet je wel een bepaalde intelligentie bezitten. Al is bekend dat je in die beroepsgroep ook veel autisten hebt.'

'Herbert! Ik wou soms dat je jezelf kon horen! Alicia is geen autist. Ze is een heel leuke en intelligente vrouw. Met gevoel voor humor. En Martin is misschien een beetje saai en verlegen, introvert, maar het is wel een goed mens, dat zie je aan de blik in zijn ogen. Onschuldig, naïef bijna. Daar zit echt geen kwaad bij.'

Herbert had zijn vrouw opnieuw in zijn armen gesloten. 'In een oorlog heb je niets aan naïeve goeierds,' zei hij. 'Maar ik beloof je dat ik anders naar ze zal proberen te kijken, hun een tweede kans zal gunnen. Het belangrijkste is dat wij het eens zijn over de te volgen weg. Ik vermoed dat we al onze overtuigingskracht nodig zullen hebben om die twee van ons gelijk te overtuigen.'

2

De volgende ochtend aan het ontbijt bespraken ze opnieuw de verschillende mogelijkheden. Het voorlopige compromis, waar ze gisteren voor het slapengaan op uit waren gekomen, was dat ze in elk geval nog één dag zouden doorwandelen. En dat ze die dag zouden gebruiken om tot een definitieve beslissing te komen.

Herbert had gedacht dat hij nauwelijks trek zou hebben, maar toen het volledige English breakfast, dat hij zonder erbij na te denken had besteld, eenmaal voor zijn neus stond, deden de geur en de aanblik van de bacon en de roereieren hem watertanden. Worstjes! dacht hij, terwijl hij met het puntje van zijn tong langs zijn bovenlip streek. Witte boontjes in tomatensaus! Hij had niet gedacht dat hij zo'n ontbijt ooit lekker zou gaan vinden.

De andere drie leken beduidend minder trek te hebben. Toen Herbert met zijn servet het vet van zijn kin veegde, ving hij de blik van Alicia. Hoe kun je zo eten op een ochtend als deze? sprak die blik.

'We moeten wel goed blijven eten,' zei hij tegen niemand in het bijzonder, maar uitsluitend gericht tot Alicia. 'Er liggen vandaag nauwelijks dorpjes of gehuchten op de route. We kunnen hier in Stanton wel wat brood en fruit inslaan, maar ik raad jullie toch aan om een stevige bodem in je maag te leggen. Aan flauwtes onderweg hebben we echt helemaal niks.'

De eigenaren van de bed and breakfast, een echtpaar op leeftijd, kwamen de ontbijtkamer binnen om hun te vragen of ze van alles genoeg hadden en of ze misschien nog meer thee wilden.

'Dit huis heeft een rijke historie,' zei de man. 'Het is een van de oudste panden van het dorp. Als u wilt kan ik u als u klaar bent met ontbijten een rondleiding geven en iets over die historie vertellen.'

Het bleef misschien twee seconden stil, een stilte die werd verbroken door Herbert.

'Nee,' zei hij. 'Daar hebben wij geen behoefte aan.'

De man trok een gezicht alsof hij Herbert misschien niet goed had verstaan. 'Zoals u wenst,' zei hij daarna zacht, en het echtpaar trok zich schielijk uit de ontbijtkamer terug.

'Nou, als het je bedoeling is dat die twee zich ons als die

vier aardige wandelaars herinneren, dan heb je een flinke stap in de goeie richting gezet,' zei Yvonne. Ze probeerde streng te kijken, maar Herbert zag dat ze haar lachen amper kon inhouden. 'O, dat gezicht van die man! O, wat erg!' En nu barstte ze echt in lachen uit.

Misschien kwam het allemaal van de zenuwen of moest ze alleen de spanning afreageren, maar Herbert vond het een goed teken. Sinds gistermiddag hadden ze niet meer gelachen.

'Ik vind het echt geweldig hoe je dat deed,' zei Alicia met een lach op haar gezicht. 'Echt. We dachten allemaal hetzelfde: laten we in godsnaam niet rondgeleid hoeven worden. Maar jij zei het!'

Herbert keek haar aan, op zoek naar ook maar het geringste spoor van sarcasme, maar Alicia's ogen lachten hem toe. Hij was blij verrast, hij had verwacht dat ze zijn botte benadering van de eigenaar af zou keuren, of dat ze zich in een veelbetekenend stilzwijgen zou hullen. Dit was goed. Een geschenk. Misschien had hij haar toch verkeerd ingeschat.

'Ja, ja.' Herbert lachte nu ook. 'Je moet dit soort dingen bij de wortel afkappen, anders stonden we zo ergens op zolder een zeventiende-eeuwse vaas te bewonderen.'

'Ha, ha,' lachte Martin, maar Herbert hoorde meteen dat zijn lach niet echt was. Martins gelaatsuitdrukking bevestigde dat vermoeden. De ergernis en afkeuring schenen duidelijk door zijn grijns heen. Het was alsof hij vergeten was een ander gezicht te trekken alvorens zijn lachje te laten horen.

Geen ruggengraat, noteerde Herbert in gedachten.

Op hun borden zaten vegen eigeel en tomatensaus. De thee was koud, het mandje met zoete Engelse gebakjes had niemand aangeraakt. Herbert vermoedde dat de eigenaren zich niet meer zouden vertonen totdat het moment van afrekenen zou aanbreken.

'Iets anders,' begon hij, en hij wierp eerst een blik op Alicia, alsof hij het vooral tegen haar had. 'Ik had zelf nog niks gemerkt, maar Yvonne zag het vanochtend.' Hij keek even naar Martin, maar die zat wat nukkig voor zich uit te staren, alsof hij hier helemaal niet wilde zijn. 'Er is om kort te gaan een knoop van mijn jas af. Ik weet zeker dat die knoop er gisterochtend nog aan zat. Weten jullie nog dat het vlak nadat we Chipping Campden uitliepen begon te regenen? Ik liep met mijn jas open, zulk lekker weer was het, maar bij de eerste druppels heb ik hem helemaal dichtgeknoopt.'

Alicia en Martin keken hem aan, Yvonne keek beurtelings naar Martin en Alicia.

'Het meest waarschijnlijke is dus,' nam Yvonne het van hem over, 'dat het... daar is gebeurd.'

'En dat die knoop daar nog ergens ligt,' zei Herbert.

'O, hemel,' zei Alicia.

'Ja, precies: o, hemel,' zei Herbert. 'Yvonne en ik hebben het vanochtend al besproken. Wat ons te doen staat,' voegde hij eraan toe. Omdat niemand wat zei, vervolgde hij: 'Straks, na het uitchecken, lopen we met z'n vieren het dorp uit. Voor het geval ze ons nakijken. Vier niet al te vriendelijke wandelaars lopen verder over de Cotswold Way. Maar net buiten het dorp – ik heb al op onze kaart gekeken – is er een pad door het bos dat helemaal terugloopt naar... naar die plek.'

'Maar dat is toch...' begon Martin. 'Dat is toch raar, dan lopen we toch vertraging op? Bovendien zouden mensen ons kunnen zien terwijl we naar die knoop lopen te zoeken.'

'Inderdaad, Martin, dat is juist,' zei Herbert. 'Daarom gaan alleen jij en ik terug om die knoop te zoeken. Yvonne en Alicia wandelen gewoon door en blijven de route volgen. Niet te snel, niet te langzaam. Zodra Martin en ik de knoop hebben gevonden, komen we achter jullie aan. Hoe dan ook, en daar bedoel ik niks seksistisch mee, halen we jullie wel in, dat is gewoon zo.'

'En als we hem daar gewoon laten liggen?' zei Martin. 'Als er al een knoop ligt. Wie gaat er naar een knoop zoeken?'

Herbert keek even naar Alicia, misschien verbeeldde hij het zich, maar hij meende toch echt een licht opgetrokken wenkbrauw te zien.

'Het is een klassieker uit een Engelse detectiveserie,' zei hij. '*Agatha Christie.* Of *Inspector Morse* voor mijn part. De rechercheur stuit op een sigarettenpeukje. Of in dit geval: een knoop. We kunnen ons net zo goed meteen gaan aangeven als we die knoop niet vinden.'

Een voor een stonden ze op van tafel. Alicia rekte zich uit, bukte zich vervolgens en liet haar beide handen over haar bovenbenen zakken, tot net boven haar knieën. Gisteren had ze een blauwe spijkerbroek gedragen, vandaag was het een zwarte. Herbert onthield dat soort dingen.

Hij zag – en dit keer verbeeldde hij het zich zeker niet – dat haar gezicht een fractie van een seconde van pijn vertrok.

'Is er iets?' vroeg hij haar, toen ze de ontbijtzaal verlieten en hij naast haar kwam lopen.

'Wat?'

'Je knie. Ik kreeg de indruk dat je pijn aan je knie had.'

Nu zag hij nog iets anders: Alicia keek snel naar haar man, als om zich ervan te vergewissen dat hij haar niet kon horen.

'Nee, niets,' zei ze, zachter dan daarnet. 'Het is alleen dat geklauter, heuveltje op, heuveltje af, dat zijn mijn knieën niet gewend.'

'Oké, doe rustig aan. Meestal gaat dat na een dag wel over.'

Ze liegt, dacht hij.

3

Het pad was steil en modderig. Zwijgend klauterden Herbert en Martin de eerste minuten naar boven. De bomen stonden hier dicht op elkaar, waardoor het bijna leek alsof het alweer schemerde. Martin hijgde, terwijl hij toch een jaar of tien jonger was, schatte Herbert. Zelf raakte hij vrijwel nooit buiten adem, zelfs niet bij de zwaarste beklimmingen.

Ze kenden elkaar nog maar kort. Eén keer waren Alicia en Martin bij hen thuis komen eten, daarna waren Herbert en Yvonne op hun beurt uitgenodigd.

Het idee voor de wandeltocht was tijdens het eerste etentje ontstaan. Of beter gezegd: Herbert en Yvonne waren al langer van plan geweest om een keer de Cotswold Way te lopen. Ze hadden al vaker over langeafstandspaden gewandeld: langs Hadrian's Wall in het noorden van Engeland, het Offa's Dyke Path in Wales, de Dingle Way op het schiereiland Dingle in Ierland, en nog een paar losse tochten over kortere afstanden door de Pyreneeën in Navarra.

Yvonne had te veel gedronken. 'Waarom gaan jullie niet mee?' De vraag was eruit voordat ze er erg in had.

Herbert voelde zijn gezicht warm worden, hij had ook te veel gedronken, maar op de een of andere manier werkte zijn verstand nog wel, zij het iets trager dan normaal. Hij probeerde Yvonnes blik te vangen. We zouden toch met z'n tweeën gaan? Alsjeblieft, we kennen deze mensen nauwelijks, had hij met die blik willen zeggen, maar het was al te laat.

Alicia en Martin reageerden meteen enthousiast. Ze hadden zoiets nog nooit gedaan, maar het leek hun een ontzettend leuk idee. Zo reageer je alleen als er niets gebeurt in je leven, was de gedachte die het eerst bij Herbert opkwam. Misschien gebeurt er ook wel niks meer in je huwelijk, was de volgende. Waarom zou je anders in godsnaam met een echtpaar dat minstens tien jaar ouder is door Engeland willen gaan wandelen? Toen Alicia en Martin eindelijk waren vertrokken – na nog een fles wijn, en daarna nog een – had hij zijn woede de vrije loop gelaten.

'Je had toch op zijn minst met mij kunnen overleggen voordat je die lui uitnodigt?' brieste hij.

Hij was van plan geweest om zonder een woord te zeggen naar boven te lopen, naar de slaapkamer, en daar een paar keer met een deur te gooien, maar hij vond het niet aardig om Yvonne in haar eentje te laten afruimen. Nu zette hij een glas zo woedend in het bovenste rek van de afwasmachine dat het afbrak bij de steel.

'Godverdomme!' riep hij. Hij bloedde en hield zijn duim omhoog voor Yvonne.

Ze ging de verbandtrommel uit de badkamer halen, nadat ze Herbert had geboden zijn duim zo lang mogelijk onder de koude kraan te houden.

Later, tijdens het verbinden, besefte Herbert dat de angel uit hun ruzie was gehaald, nog voor die goed en wel was begonnen.

'Ik vind het gewoon jammer,' zei hij. 'Ik had me verheugd op een vakantie met z'n tweeën.'

'We gaan altijd met z'n tweeën, Herbert.'

'Verveel je je soms met mij? Wij hebben het toch altijd leuk samen? Wij hebben toch geen andere mensen nodig?'

'Stel je niet zo aan. Natuurlijk vind ik het leuk met jou. Maar ik vind die mensen aardig. Het leek me gewoon een leuk idee, voor de verandering.'

'Die twee vervelen zich, Yvonne. Echt waar. Ik geef het je op een briefje. Die mensen hebben ons nodig om een leuke vakantie te hebben.'

Daar was de discussie voorlopig geëindigd. Twee weken later werden ze bij Alicia en Martin uitgenodigd. Alicia en Martin, met Alicia op de eerste plaats en Martin op de tweede, dacht Herbert.

Bij het eerste etentje was de lamzak (Ruben! Wie heet er nou Ruben? dacht Herbert woedend) aanvankelijk niet aanwezig geweest, hij had iets met zijn 'werkgroep' waarbij hij niet gemist kon worden, zo'n doorzichtige smoes kortom dat Herbert en Yvonne er verder geen aandacht aan hadden besteed. Later, aan het eind van de avond, was hij alsnog komen opdraven. Hij maakte Herbert een compliment over de whisky die hij kreeg aangeboden, leegde kort na elkaar drie glazen en verdween met Marianne naar haar kamer: haar vroegere slaapkamer, die haar ouders intact hadden gelaten nadat ze op zichzelf was gaan wonen – wanneer het laat werd, bleef ze er nog weleens slapen.

Want zo was het allemaal begonnen: de lamzak en Marianne waren inmiddels alweer bijna een jaar bij elkaar, en daarom had Yvonne geopperd dat het misschien een aardig idee was om de ouders eens uit te nodigen om kennis te maken.

'Maar ik bid elke dag dat het uitgaat, Yvonne!' had Herbert geprotesteerd. 'En wie weet gaat het morgen ook echt uit en hebben we kennisgemaakt met mensen die we nooit meer hoeven te zien.'

Het was iets fysieks bij Herbert. Zijn afkeer van het vriendje van zijn dochter ging verder dan een bovengemiddelde antipathie. Hij wist dat hij het niet moest doen, maar hij deed het toch: tot in detail stelde hij zich voor hoe de mond van de lamzak de lippen van zijn Marianne naderde, hoe zijn hand omhoog kroop over haar rug, op zoek naar haar bh-sluiting. Soms ging hij nog verder…

'Bah!' riep hij dan opeens, waar hij zich ook bevond, in zijn eigen woonkamer, of tijdens de reclame en de trailers in een bioscoopzaal. 'Gadverdamme!'

'Wat is er, schat?' vroeg zijn vrouw dan. 'Ik schrik me een ongeluk!'

'Ik dacht aan iets heel smerigs.' Hij gaf geen nadere uitleg.

Daarna was het snel gegaan. Dat Yvonne al tijdens het eerste etentje zo enthousiast was over de ouders van de lamzak dat ze hen voor de wandeltocht door de Cotswolds had uitgenodigd, had Herbert niet kunnen voorzien. Hij bleef hopen dat de lamzak snel het veld zou ruimen, maar soms moest hij aanzien hoe Ruben zijn dochter naar zich toe trok om haar in haar nek te kussen, terwijl Marianne zich giechelend uit zijn greep probeerde te bevrijden.

'Laten jullie nog iets van je horen zo af en toe?' vroeg hij aan Martin toen ze op een open plek stonden uit te blazen. Volgens Herbert waren ze inmiddels op het hoogste punt, ze konden nu elk moment de vervallen boerderij zien liggen in de diepte. 'Sinds de aankomst, de afgelopen dagen? Hebben jullie misschien een appje gestuurd? Een fotootje?'

'Ik heb nog niks aan vrienden gestuurd,' zei Martin. 'Wel een foto van onze eerste pub in Chipping Campden aan onze jongste zoon. Aan Mark.'

Jullie hebben helemaal geen vrienden, dacht Herbert. Jullie hebben alleen ons. Daar zijn we mooi klaar mee.

'Ah, aan Mark,' zei hij. Heel even zag hij het beeld van de lange jongen met het sluike zwarte haar voor zich, filmisch belicht zoals hij daar stond in de deuropening van de keuken: een filmster. Daarop keek hij naar Martin, of in feite keek hij op hem neer, Herbert was minstens een kop groter. Het zweet stond Martin op het voorhoofd, ook hijgde hij nog altijd na van de beklimming over het bospad.

'Alicia heeft altijd meer contact met Ruben,' zei Martin. 'Ik met Mark. Dat is zo gegroeid.'

Tijdens het tweede etentje, dat bij Alicia en Martin thuis, was er iets gebeurd. De lamzak en Marianne waren al van tafel en zaten (lagen!) nu ongetwijfeld smerige dingen te doen. Ze hadden het over de aanstaande wandeltocht gehad. Herbert had nogmaals op het belang van nordicwalkingstokken gehamerd.

'Een goede, niet al te zware jas en een regenpak,' zei hij, 'maar die stokken zijn onontbeerlijk. Ik regel verder alles. Waar we overnachten et cetera, ik hoop dat jullie me daarin vertrouwen. Er is een transportservice die elke dag onze bagage naar de volgende bestemming rijdt. Zo hoeven we alleen maar een extra trui, een regenpak, een fles water en wat proviand in onze rugzak te dragen.'

Gelukkig waren Alicia en Martin onmiddellijk akkoord gegaan met zijn aanbod, opgelucht, leek het haast wel. Het was behoorlijk wat werk: het berekenen van een redelijke afstand voor elke etappe, niet te lang, niet te kort, vervolgens het zoeken naar een geschikte overnachtingsplaats – maar hij deed het graag. Zijn grootste nachtmerrie was een wandeltocht waarop anderen de hotels en bed and breakfasts hadden gereserveerd.

Ze hadden op het punt gestaan om afscheid van Alicia en Martin te nemen, toen plotseling de keukendeur werd geopend. Daar stond hij: een lange jongen met halflang, zwart haar, een lok hing half voor zijn ogen. Hij droeg een zwartleren jasje en een wit T-shirt, een lamp uit de gang belichtte hem van achteren, waardoor hij gedeeltelijk in silhouet te zien was.

'Is het goed gegaan?' vroeg Alicia.

'Ja, gaat wel,' zei de jongen. 'Ik vertel het jullie morgen wel.'

'Mark, dit zijn de ouders van Marianne, Herbert en Yvonne,' zei Alicia. 'En dit is onze jongste zoon, Mark.'

'Hoi,' zei Mark, zonder aanstalten te maken de keuken verder binnen te komen.

'Hé, hallo!' zei Herbert. Hij was rechterop in zijn stoel gaan zitten, of misschien was het alleen maar zo dat hij de afgelopen uren steeds verder onderuit was gezakt, en dat hij dit nu corrigeerde.

De jongen sloot de keukendeur; een halfuur later vertrokken Herbert en Yvonne.

'Heb je die jongen gezien?' vroeg Herbert toen ze hun fietsen van het slot haalden.

'Ja. Een knappe jongen, dat zeker.'

'Waarom is Marianne met die lamzak?' vroeg Herbert. 'Hoe kan ze zoiets stoms doen terwijl er in datzelfde huis zo'n jonge god woont?'

'Herbert! Die jongen, die Mark, die is minstens drie jaar jonger dan zijn broer. Dat wil Marianne niet, een vriendje dat veel jonger is.'

'Wat maakt dat uit?' zei Herbert; ze zaten inmiddels op hun fiets en reden enigszins slingerend de straat uit. 'Over twee jaar is Marianne dertig, daar hoeft ze zich toch niet voor te schamen, voor een man van zevenentwintig?'

'Hoe is die broer van Ruben?' vroeg hij aan zijn dochter toen die een paar dagen later thuis was komen eten. 'Die Mark?'

'Nou, gewoon,' zei Marianne. 'Het is zijn broer. Ik ken hem verder niet echt.'

'Maar hoe ís hij?' drong Herbert aan. 'Je komt daar toch over de vloer? Dan is die broer daar toch ook weleens bij?'

Hoe is het mogelijk dat die Ruben nog altijd bij zijn ouders woont? vroeg hij zich af. Omdat het een lamzak is! gaf hij zelf het antwoord.

'Hij zegt nooit zoveel,' zei Marianne. 'Hij is erg op zichzelf. En trouwens' – er leek haar plotseling iets te binnen te schieten – 'hij gaat binnenkort op kamers wonen. Of in een gedeeld huis, met twee vrienden, ik weet het niet meer precies.'

'Dat is pas volwassen,' flapte Herbert eruit.

'Wat bedoel je? Ruben is drie, bijna vier jaar ouder, maar hij heeft gewoon een sterke band met zijn ouders. Hij wil ook wel een keer weg, maar nu nog niet. Bovendien zijn we heel vaak bij mij.'

'Ik bedoel dat het lekker makkelijk is als de was voor je wordt gedaan en er elke avond warm eten op tafel staat. Maar jij wilde toch ook op jezelf wonen? Hoelang geleden al wel niet? Je was net tweeëntwintig toen we dat huis voor je kochten.'

'Niet iedereen is hetzelfde, pap. Mark is vijfentwintig, en –'

'Wat vind je van Mark? Vind je hem leuk? Het is een knappe verschijning, dat moet je toch toegeven. Bijna twee meter, schat ik. Of is hij nog langer? Nou, weet je dat, Marianne, hoe lang Mark precies is?'

'Herbert...' Yvonne keek hem aan, schudde haar hoofd en knikte toen in de richting van hun dochter. Over Mariannes wang biggelde een traan.

'Marianne...' begon Herbert.

'Waarom zeg je nooit eens iets aardigs over Ruben?' schreeuwde ze plotseling. 'Nooit! Je hebt me nog nooit gevraagd hoe het met Ruben is. Of hoe het met míj en Ruben is.' Marianne begon nu echt te huilen en drukte haar servet tegen haar ogen. 'En als hij hier is...' snikte ze. 'Als hij hier is, zeg je helemaal niks tegen hem, alsof hij niet bestaat. Ja, behalve laatst! Toen we het over politiek hadden. Hij hoefde maar iets te zeggen of jij ging er van alles tegen inbrengen. Ik weet inmiddels wel hoe jij denkt, pap. Ruben zei iets waar jij het helemaal mee eens was, dat weet ik gewoon, maar toch ging je opeens een heel andere mening verkondigen, alleen maar omdat je Ruben geen gelijk wilde geven. Om iets anders te zeggen dan hij.'

'Marianne,' zei Yvonne, en ze probeerde haar hand op de onderarm van haar dochter te leggen, maar die trok haar arm snel terug. 'Marianne, alsjeblieft, papa bedoelt het niet zo.'

'Ach, jij!' zei Marianne, en ze richtte zich met een woedende en behuilde blik tot haar moeder. 'Je zou jezelf eens moeten horen. Eerst ga je met papa in discussie, en na een paar minuten zeg je al: "Ja, van die kant kun je het ook bekijken. Ja, als je het zo ziet heb je wel een punt."'

Marianne gaf een vrijwel perfecte imitatie van haar moeder ten beste, inclusief gebaartjes, hoofdbeweginkjes en het behoorlijk irritante stemgeluid dat ze bij dit soort discussies opzette. Herbert moest zijn best doen om niet in lachen uit te barsten.

'Marianne!' zei hij. 'Een beetje respect voor je moeder,

graag.' Maar het kwam er zo ongeloofwaardig uit, met een stem die in bijna niets op de zijne leek, dat hij haastig opstond om een fles wijn van het aanrecht te pakken.

'Ik ga naar boven,' zei Yvonne. Ze stond met een ruk op. Herbert zag iets glinsteren in haar ogen maar ze verwaardigde zich niet om hem aan te kijken.

'Yvonne...' zei hij op licht smekende toon, maar uitsluitend voor de vorm. Hij vond het altijd fijn om alleen te zijn met zijn dochter. Dan kregen ze nooit ruzie.

'Je moet een beetje voorzichtig zijn met je moeder,' zei hij, nadat hij weer was gaan zitten en de dop van de fles rode wijn had gedraaid. 'Ze wordt ook een dagje ouder.' Hij boog zich wat verder over de tafel en begon zachter te praten. 'Je moet haar niet meer nadoen. Ik kon mijn lachen bijna niet inhouden. Je doet dat zo goed, dat weet je moeder ook. Dan denkt ze dat wij met z'n tweeën onder één hoedje spelen en haar belachelijk proberen te maken.'

Zijn dochter schudde haar hoofd toen hij de fles boven haar glas hield. 'Ik ga zo naar huis. Ruben zou rond deze tijd thuiskomen.'

'Kom op, nog een laatste! Ik neem er ook nog eentje. Al zal ik daar morgen vast spijt van hebben,' voegde hij eraan toe. Hij schonk Mariannes glas vol, niet tot de rand, gewoon vol. 'Ik geef toe dat je gelijk hebt,' zei hij met een zucht, waarna hij een zo toegeeflijk mogelijke glimlach op zijn gezicht probeerde te toveren en zijn armen gespreid op het tafelkleed legde. 'Dat ik soms te ver doordrijf in discussies. Of dat ik vaak automatisch het tegendeel ga zitten verkondigen van wat iemand beweert. Maar dat is gewoon een spel. Ik vind het gewoon leuk om clichés te ontkrachten. Iedereen praat elkaar na. Zoals nu met het klimaat; ik ben beslist geen klimaatontkenner zoals je weet, maar ik word gek van al die mensen die elkaar napraten. Hetzelfde met die islamcartoons. O, de vrijheid van meningsuiting! O, wat erg! Terwijl de ene cartoon nog slechter is dan de andere, er valt in elk geval nooit om te lachen, dat probeerde ik de vorige keer ook aan Ruben uit te leggen. Dat allerlei halftalenten die anders voor eeuwig in de marge waren blijven leven nu ineens onder de vlag van de vrijheid van meningsuiting komen bovendrijven, terwijl de mensen die wel talent en gevoel voor humor hebben worden gecanceld.'

'Ja, dat vindt Ruben ook,' zei Marianne. 'Hij is daar heel uitgesproken over. Maar jij nam het toen juist voor die slechte tekenaars en cabaretiers op!'

Herbert staarde zijn dochter aan. 'Deed ik dat? Echt waar? Heb ik dat gezegd?'

'Ja, dat deed je.' En tot zijn niet geringe opluchting barstte zijn dochter in lachen uit. 'Je weet het niet eens meer! Je moet echt oppassen, pap. Je bent pas zesenzestig, maar ik zie al de eerste sporen van alzheimer.'

'Ja, je hebt gelijk. Ik zal hem volgende keer mijn excuses aanbieden.'

'Dat hoeft nou ook weer niet. Hij kon er wel om lachen. Toen we naar huis fietsten, zei hij: "Die vader van jou is een en al koppigheid, maar hij heeft wel karakter, dat heb jij gelukkig van hem meegekregen."'

'Zei hij dat?'

'Ja, en hij vindt je echt aardig. In plaats van hem je excuses aan te bieden, zou je ook wat aardiger tegen hem kunnen zijn.' Marianne stond op van tafel.

Hij voelde dat het verkeerd zou zijn om haar tegen te houden, ze moest naar huis, naar Ruben, hij zou haar geen strobreed in de weg leggen.

'Hoe oud was die Mark nou ook alweer?'

'Pap! Nou moet je echt ophouden!' Maar ze lachte er wel bij. Ze kwam naar hem toe, legde haar armen om zijn hals en kuste hem op zijn wang. 'Welterusten, lieve papa.'

'Wat je moet doen,' zei Herbert tegen Martin, toen ze aan de afdaling aan de andere kant van de heuvel begonnen, 'wat je moet blijven doen, is normaal contact houden. Met je zoon. Met jullie zoons, ik zal het straks ook tegen Alicia zeggen. Een normale vakantie, een wandeltocht, twee bevriende echtparen, het ligt in de lijn der verwachting dat ze hun kinderen appjes en fotootjes sturen.'

'Ja,' zei Martin. Hij was alweer aan het hijgen, ook al liep het pad nu toch echt naar beneden. Maar hij had moeite zijn voeten neer te zetten en gleed regelmatig uit.

'Heeft Mark een vriendinnetje?' vroeg Herbert, terwijl hij, om Martin iets meer zelfvertrouwen te geven, net deed alsof hij ook uitgleed.

'Het is net uit,' zei Martin. 'Wij vonden het jammer, echt een leuk meisje. Ze waren iets meer dan een halfjaar samen, wij dachten dat het voor langer zou zijn.'

'En is hij nu... alleen?'

'Ja, hij zegt dat hij opgelucht is. Dat hij even wil bijkomen en niet meteen weer op zoek gaat.'

'Marianne is van hem onder de indruk. Ze is natuurlijk met Ruben, maar ze heeft ook ogen in haar hoofd.'

'Wat bedoel je? Dat jouw dochter... Nee, dat zou Mark nooit doen! En al helemaal niet tegenover zijn broer.'

'Nee, dat bedoel ik ook niet.' Herbert plantte zijn stokken om en om nog wat steviger in de modderige grond, het was typisch een paadje waarop je zomaar ineens onderuit kon gaan. 'Maar heeft Mark weleens iets tegen jou gezegd?'

'Wat gezegd?'

'Over Marianne. Ik bedoel, het is een leuke meid, knap. Dat ziet Mark uiteraard ook.'

'Als ze alle drie bij ons thuis zijn, doen ze heel gezellig met elkaar. Laatst zaten ze samen op de bank *First Dates* te kijken. Ruben en Marianne hielden elkaars handen vast en Mark had zijn arm om haar schouders geslagen. Ze gaan gewoon heel vriendschappelijk met elkaar om. En Mark is wel drie jaar jonger, dat moeten we niet vergeten.'

Mark had zijn arm om Mariannes schouders geslagen... Herbert zag het haarscherp voor zich. Hij had niet zitten dromen over iets wat nooit kon bestaan, er waren wel degelijk perspectieven. Hij moest dit zo snel mogelijk aan Yvonne vertellen. Eens kijken wat ze hierover te zeggen had! Nu niet verder aandringen, nam hij zich voor. Voor het ogenblik laten rusten. We komen er later zeker nog op terug.

Na de volgende bocht in het paadje zagen ze plotseling het dak van de boerderij, dichterbij dan Herbert had verwacht. Het erf met de verroeste en door onkruid overwoekerde landbouwwerktuigen. De hond. Waar was de hond? Herbert speurde het hele erf af op zoek naar een hondenhok of een ander bouwwerk dat als onderkomen voor de hond kon dienen, maar hij zag niets.

'We kunnen hier het beste recht naar beneden gaan,' zei hij. 'Anders komen we te dicht bij de boerderij uit.'

'Hier?' vroeg Martin. 'Hier naar beneden? Maar er is niet eens een pad.'

Herbert onderdrukte een diepe zucht. 'Kom, ik geef je een van mijn stokken. Ik help je wel. Laat mij maar voorgaan.' Hij plantte zijn voet in de natte, met varens en distels begroeide aarde en gleed vrijwel meteen een halve meter naar beneden. 'Godverdomme! Oppassen, Martin, de grond is hier niet erg stevig.'

In zijn enkel voelde hij een pijnscheut die zich langs zijn kuit omhoog verplaatste, tot aan zijn knie. Hij wist dat hij voorzichtiger moest zijn, voorzichtiger nog dan Martin. De laatste jaren had de stijfheid stapje voor stapje bezit genomen van zijn lichaam. Om zijn broek aan of uit te trekken moest hij op de rand van zijn bed gaan zitten. Sokken en veters waren een pijnlijke exercitie geworden, en het in- en uitruimen van de afwasmachine liet hij zo vaak als het kon aan Yvonne over.

'Gaat het, Herbert?' Martin had zijn voet zo stevig mogelijk op een steen geplant. Het volgende moment verloor hij zijn evenwicht, gleed op zijn achterste een paar meter voorbij Herbert en kwam met zijn voeten vooruit tegen een boom tot stilstand. De steen rolde nog verder naar beneden, als een vluchtende haas sprong hij zigzaggend langs en over de lage struiken. Meteen begon bij de boerderij de hond te blaffen.

'Niks van aantrekken,' zei Herbert. 'Die zit waarschijnlijk gewoon vast. Heb je je bezeerd, Martin?'

'Nee hoor. Het gaat alweer.' Maar vooralsnog maakte hij geen aanstalten om overeind te komen.

Herbert hoorde iets in Martins stem, alsof hij niet genoeg lucht kon verzamelen voor een langere zin.

'Kom op,' zei Herbert. 'We moeten door. Hier.' Hij deed een paar behoedzame stappen heuvelafwaarts en stak Martin zijn stok toe. 'Pak aan. En nu duw je je met je andere stok overeind. Steek hem in een stevig stuk aarde. Kom op.' Herbert voelde dat Martin met zijn volle gewicht aan zijn stok bleef hangen. 'Je moet zelf meer kracht zetten, Martin! Ik kan dit niet in mijn eentje.' Hij hoorde dat alle geduld uit zijn eigen stem verdwenen leek te zijn. Maar het wás ook om je geduld bij te verliezen! Waarom ben ik hier? Waarom ben ik niet thuis? Wat doe ik met deze sufferd op een heuvel in de Cotswolds? Hij dacht aan zijn dochter thuis, in de armen van de lamzak, en de tranen sprongen hem plotseling in de ogen.

'Wat is er?' vroeg Martin, die zich hijgend op zijn knieen had gehesen en nu met behulp van Herberts stok overeind probeerde te krabbelen.

'Niets,' zei Herbert. 'Mijn rug. Ik geloof dat ik iets heb verrekt. Au!' Hij rekte zich uit en wreef met zijn rechterhand over zijn onderrug.

Strompelend, terwijl ze om de haverklap uitgleden, bereikten ze het vlakke, door onkruid, distels en lage struiken overwoekerde stuk grond onderaan de heuvel. Ook Herbert stond het zweet inmiddels op het voorhoofd. Martins gezicht was rood aangelopen, hij haalde zo zwaar adem dat het leek alsof hij geen lucht meer kreeg.

Ze zagen de plek.

'Laten we daar eerst zoeken,' zei Herbert. 'Daarna...' Zijn stem stierf weg, hij wist het even niet meer. Waar waren ze nog meer geweest op deze lap woeste grond die geen enkel aanknopingspunt bood?

Tot overmaat van ramp begon het te regenen, eerst nog zachtjes, maar binnen een minuut viel het water als een dicht, ruisend gordijn naar beneden. Hij vervloekte zichzelf om zijn onnadenkendheid, om lichter te kunnen lopen had hij zijn regenpak vanochtend aan Yvonne meegegeven.

'Als jij hier begint, kijk ik daar.' Herbert wees eerst op de plek en daarna op een stuk grond met lage begroeiing dat grofweg het grootste gedeelte van het terrein omvatte, tot op een vijftigtal meter van de boerderij; dichterbij dan dat waren ze gisteren niet geweest. 'En als er iemand komt, zeggen we dat we een contactlens zijn verloren. Nee, misschien geen contactlens. Een fluitje, dat is beter.'

Tot de vaste uitrusting bij hun wandeltochten behoorde een fluitje, dat Herbert en Yvonne aan een koordje om hun nek droegen. Soms was er geen bereik. Wanneer je elkaar kwijtraakte, kon je op het fluitje blazen. Meer dan eens hadden ze elkaar zo teruggevonden. Hij had dit een paar weken voor de start van de reis ook tegen Alicia en Martin gezegd, maar net als bij de stokken hadden ze ook deze goede raad in de wind geslagen.

'Een groen fluitje,' zei Herbert. 'Dat van mij is groen, dat van Yvonne geel. Groen klinkt geloofwaardiger dan wanneer je de kleur niet noemt.'

Herbert verwachtte niet dat er iemand langs zou komen om te vragen waar ze naar zochten, gisteren waren ze tijdens de hele eerste etappe geen kip tegengekomen. Maar toch, je kon maar beter op alles voorbereid zijn, vond hij. En helemaal met zo'n sufferd als Martin.

Al die tijd, vanaf het moment waarop Martin op de helling was uitgegleden, was de hond onafgebroken blijven blaffen, zij het dat het geblaf nu iets werd gedempt door het ruisen van de regen. Net als gisteren bleef de hond zelf uit het zicht.

'Oké, laten we beginnen,' zei Herbert. Hij vergewiste zich ervan dat Martin inderdaad de goede kant op ging, en liep met rasse schreden in de richting van de boerderij.

Hij vond het lastiger dan hij had gedacht om precies te bepalen tot waar ze gisteren waren gekomen, en helemaal in deze stortbui, die alles grijs en kleurloos maakte. Wat een ellende, mijmerde hij. Hoe ben ik hier terechtgekomen? Met deze mensen! Mensen aan wie je niks hebt, besloot hij zijn gemijmer toen hij op amper twee of drie passen van hem af de steen in het hoge gras zag liggen.

Ja, het was dezelfde steen, er was geen twijfel mogelijk. Wonderlijk vierkant voor een door de natuur gevormd rotsblok, kleiner dan een voetbal. Na de volgende stap zag hij ook het vierkante gat waar hij de steen gisteren met enige moeite uit de grond had getrokken. Kennelijk waren ze vergeten hem weer terug te leggen. Een ernstige nalatigheid. Herbert betwijfelde of er nog DNA of andere sporen op de steen zouden kunnen worden aangetroffen, toch was het beter dat deze steen weer gewoon op zijn plek lag, waar hij, wie weet, de afgelopen honderden of misschien wel duizenden jaren had gelegen.

Hij had geen handschoenen bij zich, dus probeerde hij de steen zo goed en zo kwaad als het ging met zijn voeten in de richting van het gat te verplaatsen, tot er plotseling iets veranderde in de toon en de intensiteit van het hondengeblaf. Het was een vergelijkbaar akoestisch effect als wanneer je voor een bewaakte overweg staat en de waarschuwingsbel van toon verandert zodra een trein voorbijzoeft.

Onwillekeurig keek Herbert op en zo zag hij de hond over het erf op zich afstuiven. Althans, dat dacht hij, hij zakte al half door zijn knieën en hield zijn stok met beide handen en met de punt naar voren voor zich uit, als een speer of een zwaard. Zoals de eerste mens, schoot het door hem heen, terwijl hij zich schrap zette voor het gevecht. De eerste krijger die een sabeltandtijger op zich af ziet komen.

Maar al na enkele seconden drong het tot hem door dat de hond niet op hem afkwam, hij rende hem voorbij. En toen hij omkeek zag hij ook waarom.

Martin, die de hond kennelijk nog eerder had opgemerkt, had het op een lopen gezet. Hij had zelfs zijn rugzak afgegooid om sneller te kunnen rennen. In de richting van de bosrand, zag Herbert en hij schudde zijn hoofd, alsof Martin daar enige bescherming zou kunnen vinden.

'Martin, niet doen!' schreeuwde hij. 'Niet gaan rennen, zo ziet hij je als prooi!'

Ja, zo was het, wist Herbert. Iets in het oerinstinct van de hond moest hebben begrepen dat hij beter eerst met het zwakste exemplaar van de kudde kon afrekenen. Dat de door zijn knieën gebogen man met de vooruitgestoken speer gevaarlijker was.

Nu zag Herbert ook het touw dat als een slang voorbijflitste door het natte gras. Een touw. De hond was niet met een ketting vastgelegd maar met een stuk touw. En hij had de hele avond en nacht, en een deel van de ochtend, de tijd gehad om dat touw door te knagen.

'Martin!' schreeuwde hij. 'Blijf staan! Gebruik je stok!'

De hond blafte niet meer, maar bracht alleen nog een hoog, fluitend gejank voort. In volle vaart, met hoge sprongen over de distels en het lage struikgewas, verkleinde hij de afstand tot zijn prooi.

Herbert was een hondenman. Niet dat hij ooit zelf een hond had willen bezitten, maar de honden van vrienden en kennissen begrepen altijd meteen dat hij aan hun kant stond. Al na een paar bezoekjes kwamen ze kwispelend op hem af en lieten zich door hem bekloppen en over de kop aaien. Tijdens etentjes legden ze hun kop op zijn bovenbeen en bleven het grootste deel van de avond zo zitten.

'Nou,' zeiden de hondenbezitters uit hun vriendenkring. 'Normaal doet hij nooit zo. Hij is echt geen allemansvriend.'

Hij voelt dat het goed volk is, dacht Herbert, zonder deze gedachte met de hondenbezitters te delen. Ik ben een van hen.

Toen Marianne net het huis uit was, waren ze kort in de verleiding gekomen. In een café zagen ze een mooie hond, niet al te groot, een dikke, bruin met witte vacht, kort op de poten maar met een kop als die van een husky. Herbert was zelfs zover gegaan om bij het tafeltje, waaraan vier jonge vrouwen druk in gesprek waren, te informeren wie van hen de bezitter van de mooie hond was en wat voor ras het was.

'Een Shiba Inu,' zei hij, nadat hij zich weer naast Yvonne had laten zakken. 'Uit Japan.'

Nog diezelfde avond had hij de Shiba Inu gegoogeld. De puppy's kostten vijftienhonderd euro per stuk.

In de dagen daarna droomde hij over de hond en probeerde hij zichzelf als hondenbezitter te zien, wandelend door het park met een Shiba Inu aan de lijn.

'Weet je wat het is?' zei hij na drie dagen dromen tegen zijn vrouw. 'Marianne is nog maar net weg. Wij zitten nu met een leeg nest, dat voelt zo'n hond meteen, dat hij iets of iemand komt vervangen.'

'Maar wat dan?' vroeg Yvonne.

'Niets. We hadden het veel eerder moeten doen. Toen Marianne nog klein was bijvoorbeeld. Nu is het gewoon te laat.'

Op haar elfde verjaardag hadden ze hun dochter een poes cadeau gegeven. Maar het was een compromis. De poes kwam in de plaats van de hond die ze eigenlijk had willen hebben. Toch was Marianne in de loop der jaren gehecht geraakt aan het beest. Toen ze eenmaal op zichzelf ging wonen, nam ze, tegen de verwachting van Herbert en Yvonne in, de poes mee.

'Het is mijn poes,' zei ze simpelweg.

En eveneens onverwacht misten Herbert en Yvonne

behalve hun dochter ook de aanwezigheid van de poes, die alleen nog af en toe kwam logeren, wanneer Marianne met de lamzak op vakantie ging.

'Er is nog een probleem,' zei Herbert op die derde dag, toen hij de Shiba Inu voor het laatst ter sprake bracht.

'En dat is?'

'Ik zie me nog wel met zo'n hond door het park wandelen, maar dat gedoe met die zakjes en die hondendrollen, dat zie ik mezelf gewoon niet doen. Ik denk dat ik over mijn nek ga als ik zo'n warme drol in mijn hand voel. Dus moet er altijd iemand mee die daar geen moeite mee heeft. Jij bijvoorbeeld.'

Van hondenrassen had Herbert verder weinig verstand. De laatste jaren leken er vooral veel nieuwe kruisingen van vechthonden bij te zijn gekomen. Zo'n kruising leek ook de hond die over het erf was komen stormen. Uit de verte had hij iets van een pitbull, maar dan anderhalf keer zo groot. Dezelfde vacht, nauwelijks haar. Herbert vond dat soort honden eigenlijk te bloot, het was geen vacht die tot aaien uitnodigde.

'Herbert!' schreeuwde Martin. 'Herbert!'

Het volgende moment had de hond Martin bereikt. Hij sprong op zijn rug en zette zijn tanden in Martins schouder, of in zijn nek, dat kon Herbert van zo'n afstand en vanuit deze hoek niet goed zien. Martin gilde.

Soms stonden er korte berichten in de krant over honden – meestal waren het van dit soort opgevoerde vechthonden, waarbij er tijdens de kruising iets mis moest zijn gegaan in het karakter – die na jaren van rustige wandelingen door bos en hei en tv-avondjes op de bank hun eigen baasjes aanvielen en hen meestal ook doodbeten en verscheurden. Herbert las deze berichten altijd met een zeker plezier, alsof er recht was gesproken, of eerder nog het natuurlijk evenwicht was hersteld.

Nog geen halve seconde bleef Herbert staan, een halve seconde waarin hij zijn gedachten over het herstel van het natuurlijk evenwicht de vrije loop had gelaten, daarna kwam hij in beweging. Toen hij dichterbij kwam zag hij dat de hond Martins schouder te pakken had: hij schudde hem heen en weer alsof hij een konijn was waarvan de nek moest worden gebroken.

'Herbert, help!' gilde Martin. 'Ik ga dood!'

Daar lag het uiteinde van het touw in het natte gras. Zonder er verder nog bij na te denken, pakte Herbert het vast en gaf er een flinke ruk aan. 'Hé, vuile smeerlap! Loslaten! En wel nu meteen!'

Herbert schrok van zijn eigen stem, die helemaal niet klonk zoals hij hem had willen laten klinken. Te hoog vooral, een piepstem zonder ook maar een spoor van autoriteit. Ook de hond deed alsof hij hem niet had gehoord. Herbert zette nog een stap dichterbij – hij bevond zich nu op een meter of vijf van Martin en de hond – en gaf opnieuw een ruk aan het touw, een stuk harder dit keer.

Nu keek de hond wel op. Herbert zag zijn half openstaande muil, het van zijn tanden afdruipende speeksel, het bloed op de tanden zelf.

Herbert pakte de nordicwalkingstok met beide handen stevig vast. De hond zou hem aanvallen. Hij zou een reuzensprong nemen om te proberen Herbert net als Martin bij zijn keel te grijpen. In die ene seconde waarin de hond zich in de lucht bevond, zou Herbert de punt van de stok met kracht in de buik van het kale monster stoten. De eenzame krijger en de sabeltandtijger, schoot het opnieuw door Herbert heen.

Hij stond op het punt om nog een ruk aan het touw te geven en de hond ook verbaal aan te moedigen om tot de aanval over te gaan, toen hij plotseling een lumineus idee kreeg. Een heel andere benadering. Hij was immers een hondenvriend. Martin niet, dat was wel duidelijk. In de ogen van de hond had Martin schuld bekend door er als een haas vandoor te gaan. Hij moest niet klagen dat de hond hem vervolgens als zodanig had behandeld.

Herbert voelde iets tintelen in zijn nek: misschien was het de angst, maar het kon ook de opwinding zijn over zijn nieuwe benadering: die van de hondenvriend.

Hij hurkte neer. 'Hondje,' zei hij, en hij strekte zijn hand met de palm naar boven uit naar de hond. 'Kom maar.' Hij sloeg een paar keer met zijn vlakke hand op zijn bovenbeen. 'Kom maar bij het baasje.'

De hond hield zijn kop een beetje scheef terwijl hij naar

Herberts stem luisterde; klodders speeksel en druppels bloed vielen in het natte gras.

'Was je aan het spelen? Heb je met die meneer gespeeld en hem op de grond gegooid? Maar nu is het spelen afgelopen. Nu kom je bij mij.' Bij de laatste twee zinnen veranderde hij zijn toon van lief naar autoritair.

Kwispelend liep de hond op Herbert toe.

'Zo, wat een mooie hond ben jij, wat een lieve hond...' Herbert lette scherp op de bek vol kwijl en bloed en bewoog toen langzaam, zodat de hond hem goed kon zien, zijn hand tot achter in de nek van het beest en begon hem daar zachtjes te krauwen met zijn vingers. 'Was je de hele nacht alleen? Maar nu zijn wij er. Heb je leuk gespeeld? Was het leuk spelen met meneer Martin?'

Martin was ondertussen half overeind gaan zitten en omklemde zijn schouder. Herbert zag een grote scheur in zijn mouw, van de elleboog tot de schouder. De mouw was doordrenkt met bloed.

'Godverdomme!' zei Martin. 'Die kuthond heeft mijn halve arm kapotgebeten!'

'We gaan zo naar je arm kijken, Martin,' zei Herbert, zonder de toon van zijn stem te veranderen. 'Heb je iets te wild gespeeld, hondje?' richtte hij zich weer tot de hond. 'Heb je meneer Martin per ongeluk pijn gedaan?' Herbert aaide hem nog even, stond toen langzaam op en pakte het touw uit het gras. Niet bij het uiteinde, maar daar waar hij ongeveer een meter tussen hem en de hond in had. 'Kom, we gaan naar huis,' zei hij opgewekt, alsof er gewoon een nieuw spelletje was begonnen. 'Kom maar.'

De hond leek hem aanvankelijk te gehoorzamen, maar toen bleef hij plotseling stokstijf staan, stak zijn snuit in de lucht en begon zachtjes te janken.

Herbert voelde een koude rilling over zijn rug lopen. De hond trok aan het touw, maar niet in de richting van de boerderij, hij wilde de andere kant op, naar de struiken aan de rand van het bos.

'Nee, daar is nu geen tijd voor,' zei Herbert, en hij probeerde uit alle macht zijn autoritaire toon terug te vinden. Maar zijn eigen stem klonk hem niet helemaal geloofwaardig in de oren, eerder bezwerend, alsof hij zich moed wilde inspreken.

De hond jankte en piepte, Herbert liet zich een paar meter meesleuren in de richting van de bosjes waar het dier kennelijk naartoe wilde, bleef toen staan en gaf een harde ruk aan het touw.

'Foei!' zei hij. 'Hondje is stout!'

Hij wist dat hij geen schijn van kans maakte als de hond zich nu alsnog tegen hem zou keren. Desalniettemin verschoof hij zijn vrije hand naar het midden van de stok, zodat hij die in geval van nood als stootwapen zou kunnen gebruiken.

Herbert gaf opnieuw een ruk aan het touw, zo hard dat de voorpoten van de hond een paar centimeter uit het gras omhoogkwamen. 'Foei! Luisteren! Nu!'

Het wonder voltrok zich. Zachtjes piepend kwam de hond op hem af.

Herbert ging op zijn hurken zitten en bracht zijn hand naar zijn kop. 'Goed zo, goed zo! Je kunt wel luisteren, hè? Je weet wie er de baas is, hè? Goed zo.'

'Ik bloed dood,' kreunde Martin.

'Ik kom zo naar je arm kijken. First things first.'

Zonder dat Herbert nog aan het touw hoefde te trekken wandelde de hond in een rustig tempo naast hem naar het erf van de boerderij. Herbert wilde niet te dichtbij komen, hij was zich sterk bewust van de profielzolen van zijn wandelschoenen. In het hoge gras zou het zo goed als onmogelijk zijn om voetafdrukken te vinden, het voornamelijk uit modder bestaande erf was een ander verhaal. Een verroeste ploeg stond met zijn dissel omhoog aan de rand van het erf, half in het gras, half in de modder. Daar maakte hij het touw aan vast, het was nog een meter of vijf, zodat de hond voldoende bewegingsruimte zou hebben.

Terwijl hij bezig was het touw met een paar stevige knopen aan de ploeg vast te maken, zonder de ploeg zelf aan te raken, sprong de hond een paar keer tegen hem op, alsof hij dacht dat er een nieuw spelletje was begonnen.

Herberts DNA-sporen zaten op het touw, dat kon niet anders, maar hij stond in geen enkele database. Pas als ze hem DNA afnamen, zouden ze hem aan de hond en de boerderij kunnen linken.

‘Rustig, rustig. We gaan nu even niet meer spelen. Later misschien weer, maar nu even niet.’

Hij stond op. Vanaf hier was het wandelpad goed te zien. De eerste de beste wandelaar zou zich wellicht afvragen waarom een hond aan een ploeg zat vastgebonden, maar Herbert gokte dat maar weinigen het erop zouden wagen het beest te benaderen.

Nu pas zag hij de kale plekken in de toch al blote vacht; het was merkwaardig dat die hem niet eerder waren opgevallen. De adrenaline waarschijnlijk. Het simpele feit dat hij, Herbert, een sterker karakter had dan deze hond, die hem nog maar een paar minuten geleden met liefde had verscheurd. De kale plekken zaten op zijn rug, dicht bij zijn staart, en hadden een iets lichtere kleur dan de rest van zijn vacht. Het was mogelijk dat de hond dag in, dag uit stijf van de zenuwen had gestaan, altijd beducht voor slaag of een schop van een van zijn twee eigenaren, en dat hij zijn vacht zelf had stukgebeten.

Herbert voelde hoe de woede eerst bezit nam van zijn hoofd en zich daarna snel door zijn hele lichaam verspreidde. Het was op dat moment dat hij een nieuw geluid hoorde. Het kwam uit het woonhuis, waarvan hij vanaf deze plek naast de ploeg alleen een raam en een los uit zijn hengsels hangende deur kon onderscheiden.

Nu was het weer stil. Herbert luisterde scherp. De hond begon zachtjes te janken en sloeg wild met zijn staart.

‘Stil!’ zei Herbert, en hij hurkte neer om het beest over zijn kop te aaien.

Daar was het opnieuw, hij had het zich niet verbeeld. Iets of iemand huilde. Daarbinnen. In het woonhuis. Een vrouw? Nee, eerder een kind... Toen werd het huilen luider, het kind verslikte zich en viel stil. Een baby! Ja, hij had het goed gehoord: een baby die al de hele nacht en een deel van de ochtend alleen was en nu honger had.

Herbert voelde een koude rilling over zijn rug, ze kwam vanaf zijn stuitje en kroop helemaal omhoog, tot in zijn nek en daarna in zijn haar, dat even knetterde toen hij zijn vingers erdoorheen haalde.

Moest hij naar binnen gaan? Een flesje warm maken of zoiets?

Hij dacht aan de vingerafdrukken, maar ook aan Inspector Morse, die waarschijnlijk over een paar dagen zijn blik door de keuken en de babykamer van dit huis zou laten dwalen. Er is hier iemand geweest. *I can see it. I can smell it.*

Nee, dat was geen goed plan. Herbert kon de verantwoordelijke instanties bellen. De kinderbescherming. Wie niet goed voor een hond kon zorgen, deed dat waarschijnlijk ook niet voor een kind. De baby was beter af zonder zijn ouders. Maar Herbert had genoeg politieseries gezien om te weten dat elk telefoontje kon worden getraceerd. Geen goed idee. Maar wat dan? Een anoniem briefje door de brievenbus bij een politiebureau? Bij een kerk, of zomaar bij een pub? Het zou het onderzoek versnellen. Behalve de baby zouden ze ook de hond vinden. De hond die op zijn beurt recht op de struiken bij de bosrand af zou lopen...

Ze hadden nog acht dagen respijt nodig. Acht dagen om het eindpunt van de Cotswold Way in Bath te bereiken. In Bath had Herbert voor twee nachten een hotel gereserveerd. Na die tweede nacht zouden ze een taxi naar het vliegveld van Bristol nemen – en dan naar huis. Acht plus twee: tien. Tien dagen respijt. Inspector Morse zou intussen bij alle hotels en bed and breakfasts op de route navraag hebben gedaan. Waren er misschien wandelaars die hun reservering hadden geannuleerd?

Hoelang bleef een baby in leven zonder eten en drinken? Herbert verdrong deze gedachte even snel als ze was gekomen. Iemand anders zou het babygehuil kunnen horen. Een familielid dat langskwam? Op de een of andere manier leek het hem niet erg waarschijnlijk dat deze lui ook nog familieleden in de buurt hadden wonen, maar helemaal uit te sluiten was het niet.

Hoe dan ook waren niet al hun sporen meer uit te wissen: ze zouden worden verhoord, maar alleen als getuigen. Bent u op die en die dag langs de betreffende boerderij gekomen?

Jazeker, inspector. We hebben niets bijzonders opgemerkt... We hoorden een hond blaffen, maar hebben die niet eens gezien.

Of toch? De ploeg waaraan hij nu was vastgebonden, was vanaf het pad duidelijk zichtbaar. Maar als er hier tussen gistermiddag en vanochtend iemand langs was gelopen, zou die de hond juist niet hebben gezien.

En hoe laat was dat ongeveer? Weet u dat nog?

Ze zouden elkaar alle vier aankijken.

We waren al dicht bij het eindpunt van onze etappe van die dag. Stanton. Het zal een uur of vier zijn geweest.

Toen Herbert een paar stappen naar achteren deed, begon de hond te blaffen.

'Rustig maar, hondje. Baasje komt terug. Ik ga maar even weg.'

De hond hield zijn kop scheef en spitste zijn oren bij het horen van Herberts stem.

Hij moest denken aan de keren dat ze de poes van Marianne een lang weekend in huis hadden achtergelaten. Ook bij die gelegenheden had Herbert deze geruststellende woorden gebruikt. Maar de poes had de koffers en de tassen bij de buitendeur zien staan en wist allang hoe laat het was.

'Dag, hondje. Braaf zijn, hè? Hondje is lief.'

De hond begon opnieuw te blaffen toen Herbert zich ten slotte omdraaide en naar de plek begon te lopen waar Martin nog altijd met een van pijn vertrokken gezicht in het gras zat en zijn bovenarm omklemde...

'Zo,' zei Herbert zo opgewekt mogelijk, maar hij hoorde het trillen van zijn eigen stem. 'Laten we nu eens naar je schouder kijken.'

4

Ze stonden bij het gesloten hek van een landgoed dat Stanway House heette, een paar kilometer buiten Stanton. Yvonne had haar verbandtrommel uit haar rugzak gepakt.

Martin huilde zachtjes, hij had de hele weg terug gehuild. Herbert had niets gezegd, alleen één keer: 'Het komt heus goed, Martin. Yvonne heeft overal iets voor in haar rugzak.'

'Ik wil niks uit een rugzak!' had Martin geschreeuwd. 'Ik wil een dokter!'

'Een dokter zal helaas niet gaan. Het is zo duidelijk als wat dat het om een hondenbeet gaat. En een dokter gaat dan vragen stellen.'

Martin was nog wat blijven sputteren maar had er daarna het zwijgen toe gedaan.

Herbert zat met zijn gedachten voornamelijk bij het geluid dat hij had gehoord bij de boerderij. Bij de baby. Wat moest hij doen? Bellen of een anoniem briefje was uitgesloten, maar wat dan wel? Hij dacht aan zijn eigen dochter toen ze nog een baby'tje was. Marianne hoefde maar een minuut te huilen of hij sprong al uit bed en liep net zolang met haar op de arm door de woonkamer heen en weer totdat ze weer sliep. Dat ging een paar weken zo door, tot Herbert op een avond alleen thuis was met Marianne omdat Yvonne met vriendinnen had afgesproken. Bij toeval had hij ontdekt dat ze steeds een te lage dosis melkpoeder in het flesje hadden gedaan. Ze hadden het gewoon verkeerd van de verpakking afgelezen.

'Hoor je wat?' vroeg Herbert toen Yvonne tegen middernacht thuiskwam.

'Nee,' zei Yvonne. 'Wat dan?'

'Precies!' riep hij net iets te hard, waardoor er even een geluidje uit de wieg kwam, maar Marianne was rustig blijven slapen.

Ze schaamden zich diep over hun vergissing.

'Ze had gewoon honger,' zei Yvonne in tranen.

Ze besloten het aan niemand te vertellen, zeker niet aan vrienden die ook kleine kinderen hadden en je altijd precies wisten te vertellen hoe je een kind moest opvoeden. Als je een kind later dan halfacht in bed legde was je in hun ogen al een slechte ouder. De 'ideale' ouders spraken daar schande van, maar ze klaagden wel allemaal dat ze slaap tekortkwamen omdat hun kinderen al om halfzes 's ochtends naast hun bed stonden.

Deze betweters hadden diepe wallen onder hun ogen. Jarenlang zeurden ze dat ze 'kapot' waren. Ze sleepten zich van speeltuin naar kinderdagverblijf, dag in, dag uit dodelijk vermoeid.

Yvonne had een paar jaar als au pair in Barcelona gewerkt. Daar gingen de kinderen overal mee naartoe. Ook 's avonds gewoon mee naar restaurants. Niemand die er klaagde over kinderen die om halfzes wakker werden.

Bij het hek van Stanway House hoorde Herbert in zijn hoofd nog steeds de huilende baby. Een baby die al meer dan een half etmaal alleen in zijn wiegje lag. Natuurlijk had hij honger, maar Herberts ogen werden vochtig bij de gedachte dat niemand de baby uit zijn wiegje zou oppakken en ermee door de kamer zou lopen.

Een andere gedachte diende zich aan. Hij had de twee boerderijbewoners steeds als broer en zus gezien. Uiterlijk leken ze sterk op elkaar, maar misschien had hij zich vergist. Als ze inderdaad broer en zus waren, veranderde dat de zaak volledig. Wat voor baby zou er dan in de wieg liggen? Hoe groot waren de levenskansen van een zowel verstandelijk als lichamelijk misvormde – hij wist dat je het woord niet meer mocht gebruiken, maar in gedachten gebruikte hij het toch – baby die door een pervers en gedegenereerd ouderpaar op de wereld was gezet? En zelfs als ze geen broer en zus zouden blijken te zijn, hoe groot was de kans dat de baby al tijdens de zwangerschap, en anders later wel via de moedermelk, aan allerlei drugs verslaafd was geraakt? Meer dan van marihuana of hasj schatte hij de twee in op gebruikers van heroïne of crystal meth. Nog waarschijnlijker waren het lijmsnuivers. Alleen van lijm kreeg je zulke uitpuilende ogen, meende Herbert ergens te hebben gelezen of op de televisie te hebben gezien. Kort voor vertrek had hij naar een documentaire van Louis Theroux gekeken, waarin pasgeboren baby's in Amerika werden gefilmd die huilend in hun wiegje lagen omdat ze eerst van de heroïne of andere rotzooi moesten afkicken voordat ze aan hun leven konden beginnen. Herbert had de tranen in zijn ogen voelen springen.

'Die ouders zouden moeten worden doodgeschoten,' zei hij tegen Yvonne, die naast hem op de bank zat.

'Laat het Nobelprijscomité je maar niet horen,' zei ze. 'Maar ik begrijp wat je bedoelt.'

Yvonne had ook een schaar uit haar rugzak gehaald.

'Ik knip eerst je hemd open, Martin,' zei ze. 'Dan kan ik beter naar de wond kijken.' Voorzichtig zette ze de schaar in de mouw van Martins hemd.

'We moeten naar een dokter,' zei Alicia, nog voordat Yvonne de hele mouw had opengeknipt.

'Helaas,' zei Herbert. 'Een dokter is echt *out of the question*. Die ziet meteen dat dit een hondenbeet is.'

'Maar we kunnen toch zeggen dat het een wilde hond was?' zei Alicia. 'Dat we geen idee hadden waar die hond opeens vandaan kwam?'

Ongewild keek Herbert even naar de wond en wendde zijn blik daarna snel weer af, zoals je wegkijkt bij een ernstig ongeluk of een openhartoperatie op televisie. Yvonne had het dopje van het flesje jodium geschroefd en wierp een vragende blik op hem.

Herbert schudde minimaal, en naar hij hoopte niet zichtbaar voor Martin en Alicia, zijn hoofd.

'Dit gaat even prikken, Martin,' zei Yvonne. 'Tanden op elkaar.'

'Dit is echt belachelijk,' zei Alicia. 'Moet je zien hoe die wond eruitziet. Zijn huid ligt helemaal open. Je kunt niet eens zien hoe diep die beet is.'

'Wat?' zei Martin; zijn onderlip was gaan trillen. 'Hoe diep? Is het heel diep?'

'Houden jullie nou eens even je kop allemaal!' zei Herbert. 'Laat Yvonne haar werk doen.'

Er viel een stilte. Ergens hoog in een boom klapperde een vogel met zijn vleugels.

'Au!' zei Martin. 'O, godverdomme!'

'Sorry, Martin,' zei Yvonne. 'Dit kan helaas niet anders. Zachte heelmeesters...'

Ze wierp Herbert opnieuw een blik toe. Rustig. Rustig blijven, zei ze met haar ogen. Een bijna identieke blik had ze hem gisteren toegeworpen – maar toen had hij haar raad in de wind geslagen en was hij op zijn eigen beoordelingsvermogen afgegaan.

Een groot deel van de terugweg had hij erover lopen piekeren of hij Yvonne over de huilende baby moest vertellen. Niet de andere twee, dat in elk geval niet, maar zijn eigen vrouw... Hij was bang voor haar reactie. Yvonne had iets met baby's. Ook op haar zestigste sloeg ze haar handen voor haar gezicht als er op de televisie een pasgeboren baby'tje voorbijkwam. 'O, wat schattig!' riep ze dan. 'Ik zou er zo nog eentje willen...'

Herbert hield niet van baby's. Hij had alleen van zijn eigen baby gehouden. Van Marianne, toen ze in zijn armen lag en huilde omdat ze te weinig melkpoeder in haar flesje hadden gedaan. Hij hield van elk moment met haar. Met drie weken oud vond hij haar net zo lief als toen ze haar eerste verjaardag vierden, maar hij was wel opgelucht toen de babytijd voorbij was. Hij drukte het kleine, breekbare wezentje nog altijd tegen zich aan, maar hij wilde nu weleens met zijn dochter praten. Dat stond ook in alle verschrikkelijke boekjes die ze van de betweterouders cadeau hadden gekregen. Die boekjes had hij alleen maar doorgebladerd, maar hij moest tot zijn spijt bekennen dat ze op dit punt wel gelijk hadden: vaders hadden weinig met baby's. En al helemaal met baby's van anderen, die vonden ze allemaal lelijk en weerzinwekkend. Herbert had Marianne altijd prachtig gevonden, een beauty. Maar toen hij jaren later de foto's terugzag, moest hij toegeven dat ze net zo lelijk was geweest als de rest.

Hij wilde zijn vrouw dolgraag in vertrouwen nemen. Nu niet, maar straks. Ze konden een eindje voor de andere twee uit lopen. Liever vertelde hij het pas vanavond, in bed. Zijn grootste probleem was echter dat hoe langer hij ermee wachtte, des te moeilijker het zou worden om het haar alsnog te vertellen. Ze zou vragen waarom hij dat niet meteen had gezegd. Yvonne zou zich van hem afwenden, iets zou onherroepelijk beschadigd raken. Een baby, Herbert! Een baby! Hoe kón je?

Hun wandeltocht zou daar ten einde komen. Zijn vrouw zou de baby nog diezelfde avond willen redden. Of niet? Hij zou haar meteen moeten kalmeren. Samen zouden ze iets bedenken waardoor de baby gered werd zonder dat ze zelf jarenlang in een Engelse gevangenis zouden worden opgesloten. Hij had zich gisteravond in bed, terwijl hij in het donker naar de zoldering van hun kamer lag te staren, al een beeld van die Engelse gevangenis gevormd. Eeuwenoude stenen waar vocht van afdroop, een ijzeren ring met een ketting eraan vast... Het soort gevangeniscel waarover Oscar Wilde 'The Ballad of Reading Gaol' had geschreven.

Nederlandse Nobelprijskandidaat Herbert B. (66) in Engeland tot tweemaal levenslang veroordeeld.

Drie jaar geleden was hij ook al eens dicht bij de Nobelprijs geweest. De gedoodverfde kandidaat, als je dat zo kon zeggen. Dat was vanwege zijn onderzoek naar interseksualiteit bij chimpansees, vandaag de dag een nog controversiëler onderwerp dan toen. Nu was hij een kanshebber vanwege zijn onderzoek naar het uitsterven van diersoorten, inclusief de mens. Iets waar niemand zich aan zou hoeven storen. Toch werden er nog altijd lezingen van hem afgelast uit vrees voor ordeverstoringen. *De nieuwe meteoriet. Pleidooi voor een legere wereld*, luidde de titel van het boek dat hij over dit onderzoek had gepubliceerd en dat onmiddellijk na verschijnen een wereldwijde bestseller was geworden.

Alicia en Martin hadden het maar wat interessant gevonden dat hun zoon iets had met de dochter van een bioloog die ook regelmatig als gast in dagelijkse talkshows kwam opdraven. Hij had een eigen stijl: bracht bijvoorbeeld nooit levende brilslangen of schorpioenen mee naar de studio, zoals zijn waarschijnlijk nog wel iets beroemdere collega.

'We wisten eerst niet zeker of u het echt was,' zei Alicia bij hun allereerste ontmoeting. 'Maar u bent het! U bent het echt!'

Hij herinnerde het zich nog goed: hij had 'zeg maar je' tegen Alicia kunnen zeggen, maar hij deed het niet. Op datzelfde moment was Ruben de kamer binnengekomen, daarmee was de kwestie van het tutoyeren voorlopig van de baan. De lamzak sprak hem aan met 'meneer' en 'u', daar zou wat Herbert betreft nooit verandering in komen.

Vanaf Mariannes vijftiende had hij meerdere vriendjes de revue zien passeren. Ze waren stuk voor stuk zijn dochter onwaardig. Maar dat was juist goed. Het zou veel erger zijn geweest wanneer de ideale huwelijkskandidaat zich toen al had aangediend. Dan zou hij met pijn in zijn hart op de onvermijdelijke breuk hebben gewacht.

Herbert had de diverse jongens met milde blik bekeken. In de wetenschap dat geen van hen uiteindelijk hand in hand met zijn dochter voor het altaar zou verschijnen, bezag hij ze zoals hij de duiven op het balkon bezag die daar een nest aan het bouwen waren – vroeg of laat, maar in elk geval voordat er eieren op komst waren, zou hij het nest met een bezem verwijderen en in de vuilniszak stoppen. De jongens hielden de hand van zijn dochter vast, keken verliefd naar haar op – Marianne was bijna altijd langer. Ze beseften nog niet dat ze uitsluitend naar haar mochten kíjken, als naar een taartje in de etalage van de banketbakkerij, dat ze haar nooit zouden mogen proeven.

Soms ging Herbert verder. Dan liet hij zijn fantasie de vrije loop en betrad in gedachten Mariannes kamer, waar ze inmiddels naast haar vriendje op bed lag. Hij haalde zwaar adem wanneer hij haar kamer binnenstapte. Hoe was deze jongen samen met het taartje uit de etalage van de banketbakkerij opeens op dit bed terechtgekomen? Het was verboden terrein. Snel maakte hij zich weer uit de voeten, hij kon alleen maar hopen dat zijn dochter geen domme dingen zou doen.

Daar kwam verandering in met de verschijning van de lamzak. Onmiddellijk voelde Herbert aan dat dit serieuzer was. Het was dit keer niet de jongen die Marianne smachtend aankeek, maar andersom. Ruben was wel kleiner dan zijn dochter, Marianne moest naar beneden kijken, maar die blik in haar ogen had Herbert nog niet eerder gezien.

Hij ergerde zich vanaf dag één aan hem, aan Rubens uitgezakte houding; hij helde voortdurend iets naar achteren, alsof hij zich zo snel mogelijk in een gemakkelijke stoel zou willen laten zakken. Ook in zijn gezicht zat, ongeacht het uur van de dag, altijd iets luis, iets slaperigs, alsof hij net uit bed kwam en zijn kleren het beddengoed waren dat hij voor het gemak om zich heen had geslagen.

Opnieuw maakte Herbert in gedachten de deur van Mariannes slaapkamer open, maar nu bleef hij langer binnen. Hij wilde het niet zien, maar hij zag het toch. Hoe de luie, weke jongen zich tegen haar aan drukte, zijn mond de lippen van zijn dochter naderde. Er was iets met zijn onderlip, had Herbert al meteen bij de eerste ontmoeting gezien. Die hing te ver naar beneden, ontblootte te veel roze vlees. Hoe kon zijn dochter toestaan dat dit overschot aan roze vlees haar eigen lippen aanraakte, ze aflebberde als een hond?

'Ik heb te weinig verband,' zei Yvonne, en ze hield een piepklein rolletje omhoog. 'Ik doe het er voorlopig even omheen, maar in het eerstvolgende stadje moeten we wel naar de apotheek.'

'Ook dat trekt de aandacht,' zei Herbert.

Yvonne staarde hem aan. Alicia wilde iets zeggen, maar Herbert legde haar met opgestoken hand het zwijgen op.

'De politie gaat straks alle plekken af waar we langs zijn gekomen,' vervolgde Herbert, 'de hotels, de bed and breakfasts, maar ook de pubs, de tearooms en de apotheken. Ze gaan er denk ik van uit dat wij ook gewond moeten zijn geraakt. Tenminste een of twee van ons.'

'Herbert,' zei Yvonne, en hij herkende de toon in haar stem. Als hij wilde dat zijn vrouw onvoorwaardelijk aan zijn kant bleef staan, zou hij een concessie moeten doen. 'Ik kan Martins wond zo niet verbinden. Dan kan hij geen schone kleren aantrekken en blijft het bloeden. Dat valt volgens mij nog net iets meer op dan een bezoekje aan een apotheek.'

Herbert keek met een ernstige blik naar zijn vrouw. Hij deed iets met zijn oog, het was nog net geen knipoog – in elk geval niet als knipoog te herkennen voor de anderen – om Yvonne te laten weten dat hij haar niet langer tegen zou spreken.

'Goed,' zei hij. 'We gaan naar een apotheek.'

Wie kan er het beste een apotheek binnengaan? vroeg hij zich ondertussen af. Wie zullen ze zich straks het slechtst herinneren? Zelf had hij een te markant gezicht, zijn intelligentie en zijn misschien wat dwarse persoonlijkheid stonden op dat gezicht te lezen. Yvonne zouden ze zich als een aantrekkelijke vrouw herinneren, maar vooral met een langer dan gemiddeld postuur. Alicia straalde iets uit, Herbert wist niet hoe hij het beter kon formuleren, ze was niet eens zo heel knap, maar als de apotheker een man was zou hij haar gedurende haar hele bezoek aan de apotheek aan blijven staren. Of juist zijn ogen neerslaan, haar gezicht als een haarscherpe foto in zijn geheugen gegrift.

Bleef over Martin. Hij had van hun vieren het nietszeggendste gezicht. Niemand zou het van een compositietekening herkennen. Martin had de nietszeggende genen aan zijn oudste zoon doorgegeven – aan Ruben.

'Martin, trek je regenpak aan,' zei Herbert.

'Maar het regent niet meer.'

Het was waar, het was alweer een halfuur droog, zelfs hier in de schaduw van de bomen was de warmte van de zon goed te voelen.

'Alleen het jasje,' zei Herbert. 'Plastic laat geen water door, dus ook geen bloed. In het eerstvolgende stadje ga jij naar de apotheek.'

'Maar het is veel te warm voor zo'n plastic jas,' zei Martin.

Herbert zei niets. Hij wist dat stiltes soms meer autoriteit konden uitstralen dan woorden. Een klein uur geleden, op het grasveld bij de boerderij, had hij heel even overwogen om de hond zijn gang te laten gaan. Om geduldig te wachten, zoals in de dierenwereld de leeuw die de prooi heeft gedood het eerste recht heeft om er het vlees van af te scheuren, terwijl de hyena's en de gieren eerbiedig hun beurt afwachten. Maar hij had daarna meteen gehandeld, en het dier getemd.

'Martin, doe het nou maar,' zei Alicia. 'Dit is veruit het verstandigste. Wat we echt niet willen is dat anderen die we tegenkomen jou met een bebloed overhemd zien lopen.'

Herbert schonk haar een afgemeten glimlach. Alicia beantwoordde die niet, maar hij zag wel iets anders: ergernis, licht ongeduld misschien wel. Wie weet had Martin zich in eerdere crisissituaties in hun huwelijk al als een zeurkous ontpopt.

'Hebben jullie die knoop nou eigenlijk gevonden?' vroeg Yvonne plotseling.

Ze keken elkaar om beurten aan. Iedereen behalve Yvonne was de knoop volledig vergeten. Herbert wilde iets zeggen, maar Martin was hem voor.

'Het was misschien een seconde voordat die hond achter me aan kwam,' zei hij, terwijl hij zijn hand in zijn broekzak stak. 'Net voordat ik het op een lopen zette, zag ik hem opeens in het gras liggen.'

5

‘Wat mij eigenlijk een beetje ergert,’ begon Herbert tegen zijn vrouw, ‘of wat ik op zijn minst nogal merkwaardig vind, is dat Martin helemaal niets heeft gezegd over hoe het nou precies is gegaan bij die boerderij. Met die hond, bedoel ik.’

Yvonne en hij liepen buiten gehoorsafstand van Alicia en Martin, een honderdtal meter voor het echtpaar uit. Ze waren net over een hek geklommen – op de Cotswold Way werd dat je buitengewoon gemakkelijk gemaakt met houten trappetjes en opstapjes, zodat je over het hek heen kon zonder het te hoeven openen – en wandelden nu in een rustig tempo door een aflopend weiland dat vol schapen stond. Sommige schapen sloegen op de vlucht, andere konden hun nieuwsgierigheid niet bedwingen en kwamen aarzelend naderbij.

'Wat heb je gedaan, Herbert?' vroeg Yvonne. 'Je hebt die hond toch niet ook...'

'Nee, nee, helemaal niet! Dat is het juist. Ik heb mijn kalmte bewaard en die kalmte vervolgens op de hond overgebracht.'

Yvonne moest lachen. 'Heel goed, Herbert! Maar Martin heeft zijn kalmte niet bewaard, en daarom is het zijn eigen schuld dat die hond hem te grazen heeft genomen. Zoiets wilde je toch gaan zeggen?'

'Ook. Dat ook. Iemand die het op een lopen zet, daar gaat een hond achteraan. Dat is mijn prooi, zegt zijn instinct. En zijn instincten kun je een dier niet kwalijk nemen.'

'Maar ik vind het wel een beetje zielig voor hem. Jij vindt het alleen maar stom.'

'Ik vind hem ook zielig, maar hij ergert me vooral. En zijn vrouw volgens mij ook. Heeft Martin jou of daarnet zijn eigen vrouw verteld dat ik zijn leven heb gered?'

Yvonne dacht even na. 'Nee,' zei ze. 'Nu je het zegt. Nee, eigenlijk niet. Het ging alleen maar over hemzelf. Híj was door een valse hond achtervolgd en in zijn schouder gebeten. Waar jij was op dat moment, of wat jij deed... Nee, niks.'

'Zie je, dat is precies wat ik bedoel,' zei Herbert. 'Ik heb mijn leven gewaagd om die hond bij hem weg te halen. Als ik hem zijn gang had laten gaan, had hij Martin doodgebeten. Dat had-ie met mij ook kunnen doen. Die hond bedoel ik. Ik heb er gewoon op gegokt dat ik dat beest mentaal de baas kon.'

'Ja, dat weet ik, dat je dat kunt. Het gaat niet altijd goed. Die keer in Zambia –'

'Daar gaat het nu niet om. Ik heb een weloverwogen risico genomen. Ik heb Martins leven gered, maar daar hoor je hem helemaal niet over. Ook niet toen we nog met z'n tweeën onderweg naar jullie waren. Geen bedankje. Niks. Dat is toch vreemd?'

'Ja, dat is inderdaad raar. Misschien was hij wel in shock... is hij dat nog steeds. Of kan hij zich niet meer precies herinneren hoe het gebeurd is.'

Herbert dacht aan het ogenblik waarin hij had overwogen de natuur zijn gang te laten gaan: de hond met zijn prooi te laten doen wat hem door zijn instinct werd ingefluisterd. Moest hij zich daar schuldig over voelen? Uiteindelijk had hij handelend opgetreden, dat was toch het enige wat telde? Hij had gegokt en hij had gewonnen – de hond had hem niet verscheurd. Zambia was een heel ander verhaal: twee dragers hadden hem nog net op tijd voor de aanstormende olifant kunnen wegtrekken. De beelden van het incident waren viral gegaan. De Nobelprijs ging dat jaar naar een Egyptische collega.

'Shock of geen shock, het blijft raar,' zei hij. 'We kunnen... Ik kan... Vanavond onder het eten, als jij het dan nou eens zogenaamd argeloos ter sprake brengt: "Hoe is het nou precies gebeurd? Heeft die hond je zomaar ineens weer losgelaten, of viel hij Herbert ook aan? Jullie hebben ons nog steeds niet alles verteld...” Zoiets. Kijken hoe hij reageert.’

‘Vind je het vervelend?’

‘Wat?’

‘Dat je rol als held niet officieel is erkend?’

‘Ja... Ja! Dat is het. Dat is toch niet ijdel of zo? Ik heb mijn leven gewaagd, dat is gewoon een feit. Maar als daarna niemand het er meer over heeft, is het net of het nooit is gebeurd.’

Yvonne keek heel even achterom, daarna begon ze te lachen. ‘O, wat ken ik je toch goed, lieve schat!’ zei ze. ‘Voor mij ben je een held. Echt. Dat moet toch genoeg zijn?’

Herbert moest ook lachen. ‘Ja, je kent me te goed,’ zei hij, en hij sloeg een arm om het middel van zijn vrouw.

Toen keken ze allebei achterom en daarna gaven ze elkaar een vluchtige kus.

Dit was het moment om Yvonne over de baby te vertellen. Er is iets... Bij de boerderij. Ik heb het je nog niet verteld omdat ik niet wilde dat de anderen het ook zouden weten. Toen ik die hond had vastgemaakt, hoorde ik onmiskenbaar...

En toen was het moment voorbij.

6

Die nacht droomde Herbert dat hij een grottekening maakte. In de droom droeg hij een berenvel, dat zijn lichaam maar ten dele bedekte. Hij had het koud. Op het plafond van de grot tekende hij een man met een speer. Die man was hijzelf. Daarna tekende hij een leeuw of een tijger, maar toen hij zijn ogen dichter bij de tekening bracht, zag hij dat het een hond was: een grote, wilde hond met reusachtige hoektanden. HIER WAAK IK! stond er in primitieve blokletters in de rotswand gekerfd.

'Af!' schreeuwde hij. 'Ga liggen!'

'Herbert!' Het was de stem van zijn vrouw. Ze lag naast hem met haar boek opengeslagen op het dekbed. 'Je schreeuwde iets,' zei Yvonne, terwijl hij de slaap uit zijn ogen wreef. 'Alsof je het tegen een hond had. Tegen díé hond, denk ik dan. Klopt dat? Was het de hond van die boerderij?'

Hij gaf niet meteen antwoord. Waarom had hij over de hond gedroomd? Waarom niet over de baby?

'Hoe laat is het?'

'Ik heb expres niet op mijn telefoon gekeken,' zei Yvonne, 'maar het is vast al heel laat. Ik probeer te lezen, maar ik lig steeds te piekeren.'

Dit was opnieuw een moment. Maar als hij nu over de baby vertelde, zouden ze geen oog meer dichtdoen. Eerst zou Yvonne hem vragen waarom hij dit niet eerder had verteld. Waarom zo laat? Had hij soms met de gedachte gespeeld om haar helemaal niets over de baby te vertellen? Om het voor zichzelf te houden? Hoe kon hij over zoiets een hele dag zwijgen? Tegenover zijn eigen vrouw?

Dit was een goed moment. Ze lagen naast elkaar in bed. Fysiek contact. Hij kon zijn arm om zijn vrouw heen slaan, haar tegen zich aan drukken. Wat moeten we doen? Wat vind jij dat we moeten doen?

'Ik zat te denken,' zei Yvonne. 'Die wond van Martin is behoorlijk diep. Het is maar de vraag of die geneest met alleen wat jodium.'

Die avond had ze op Martin en Alicia's kamer de wond met water schoongemaakt, er opnieuw jodium op gedaan en hem dit keer veel grondiger verbonden met een schoon verband dat ze in dit stadje, Cleeve Hill, bij een apotheek hadden gekocht. Het was uiteindelijk Yvonne zelf geweest die naar binnen was gegaan.

'Ik weet beter dan Martin wat ik hebben moet,' had ze

gezegd, en daar had niemand, inclusief Herbert, iets tegen in weten te brengen.

'Maar ik dacht eigenlijk aan iets anders,' vervolgde Yvonne, terwijl ze zich op haar zij draaide zodat ze Herbert in de ogen kon kijken. 'Hij heeft geen tetanusprik gehad. Hoe groot is de kans dat dat beest hondsdolheid had?'

'Nee, hondsdolheid komt echt bijna niet meer voor in West-Europa,' zei Herbert. 'Die hond was wel wild, hoewel ik eerder "speels" zou zeggen, maar dan zie je alsnog de symptomen. Rode ogen, oververhitting, verlammingsverschijnselen, dat soort dingen. Bovendien...' Hij twijfelde even of hij deze kennis met zijn vrouw zou delen. 'Bovendien is de incubatietijd twintig dagen tot wel acht maanden. Dan zijn we allang weer thuis.'

'Herbert!' Yvonne deed een poging hem verontwaardigd aan te kijken, maar het lukte haar maar half. 'Wat ben je toch erg. Echt erg, het is goed dat niemand anders je kan horen.'

Lang geleden had Herbert een scriptie over rabiës geschreven. Wat hij zijn vrouw niet vertelde was dat hondsdolheid bij zowel dieren als mensen vrijwel altijd een dodelijke afloop had.

Nadat Yvonne Martins wond had verzorgd, waren ze in het restaurant van het hotel gaan eten. Herbert had niet gewacht tot de anderen een zitplaats hadden uitgekozen, maar was direct op de plek gaan zitten vanwaar hij een min of meer onbelemmerd uitzicht had op de tv die schuin in een hoek achter de bar hing. Het was iets voor zevenen. Was er om zeven uur ook nieuws? Hij wist het niet meer. Eind jaren zeventig, toen hij stage liep bij de London Zoo, was er in elk geval om negen uur een nieuwsuitzending geweest. *The Nine O'Clock News.* Daar keek hij altijd naar, in zijn kamertje met bruin bloemetjesbehang, niet ver van metrostation Chiswick Park.

Zijn ogen dwaalden even over de menukaart en schoten daarna terug naar de tv. De anderen deden er het zwijgen toe. Herbert had een poosje alleen naast Yvonne gelopen, en toen ze het laatste stuk met z'n vieren door de glooiende schapenweiden hadden gewandeld, was dat voornamelijk in stilte geweest.

Iets in hem hoopte dat er zo meteen een beeld van de vervallen boerderij op het televisiescherm zou verschijnen. Het erf afgezet met groene en gele linten – dat meende hij zich te herinneren van de detectiveseries: dat de linten in Engeland groen of geel waren en niet rood met wit zoals in Nederland –, politieauto's met zwaailichten, agenten met speurhonden. Ook dé hond zou in beeld verschijnen: hij had de agenten immers naar de bosjes aan de rand van het grasveld geleid. Daarna kwam de baby. Ondervoed, maar nog wel in leven, zou die door een vrouwelijke agente naar de gereedstaande ambulance worden gedragen. Voor in beeld, buiten de linten, zou een verslaggeefster de woorden *'barbaric'* en *'abandoned'* laten vallen. Zij zou getuigen oproepen zich te melden, ook wandelaars die misschien iets hadden gezien of gehoord, de boerderij lag immers aan de Cotswold Way.

Herbert zou zijn bevrijd van zijn knagende twijfel over de baby, over wat hij er al dan niet over had moeten zeggen. Wij hebben geen baby gezien of gehoord, toch? zou Yvonne vragen. Jullie toch ook niet toen jullie die knoop gingen zoeken? Hij zou zijn hoofd schudden. Zijn vrouw zou hem misschien iets langer dan de anderen aankijken.

Wat is er? Wat kijk je? Dacht je nou echt dat ik daar gewoon was weggelopen als ik wist dat er binnen een baby lag te huilen? Na een korte stilte zou hij vervolgen: We kunnen nu ieder moment door de politie worden ondervraagd, dus we moeten onze verhalen goed op elkaar afstemmen. Om te beginnen hebben we deze nieuwsuitzending gemist, anders waren we ons wel vrijwillig komen melden.

Hij had curry besteld, maar het was een andere curry dan hij in zijn Londense jaren op Chiswick High Road haalde. Vrijwel elke dag, hooguit een enkele keer afgewisseld met chinees of een broodje gyros. Die maaltijd at hij dan in zijn eentje in zijn kamertje op, twee pintblikken Red Stripe binnen handbereik, terwijl hij naar het nieuws of naar een samenvatting van de die dag gespeelde cricketwedstrijd keek. Hij had zich getraind om niet meer naar het behang te kijken – hij was bang dat het anders als een besmettelijke ziekte door zijn poriën zijn lichaam zou binnendringen.

De curry hier was grijs, de saus waar kleine stukjes kip of ander vlees in dreven dik als behanglijm.

Alicia en Martin hadden vis genomen, Yvonne een caesarsalade.

'Weet je dat toen ik in Londen woonde,' begon Herbert, 'eind jaren zeventig, de fish-and-chips nog in krantenpapier werd verkocht? Het vet van de vis en die frites trok in het krantenpapier, de drukletters werden weer vloeibaar en begonnen uit te lopen. Soms was zo'n stuk gebakken vis helemaal zwart van de drukinkt. Tientallen jaren hebben de Engelsen vis en frites met drukinkt gegeten. Ze hebben allemaal een loodvergiftiging opgelopen. Europeanen van het vasteland noemen de Engelsen "excentriek", maar ze zijn stuk voor stuk vergiftigd. Knettergek, kun je beter zeggen.'

Hoe gek waren de 'broer' en de 'zus' bij de boerderij geweest? Zaten hun neus en hersenen vol lijm, of hadden ze juist op dat moment met ondraaglijke afkickverschijnselen te maken gehad?

En de baby? Huilde de baby om eten of om heroïne?

Alicia en Martin staarden hem uitdrukkingloos aan. Ze waren allebei zogenaamde pescotariërs, had Herbert inmiddels begrepen. Daarom waren ze veroordeeld tot de vis, die hier in de Cotswolds als een oliebol werd gebakken, in een centimeters dikke laag deeg.

‘Herbert en ik kenden elkaar toen al,’ zei Yvonne. ‘Als ik een weekend vrij was ging ik hem opzoeken in Londen. Nooit heb ik daar vis uit krantenpapier gegeten. Dat was toen allang afgeschaft.’

Herbert wierp zo nu en dan een blik op de televisie achter de bar. Hij zag een politieauto met zwaailicht en zijn hart begon sneller te kloppen. Maar het ging om een man die, op zijn rug geboeid en met een jas over zijn hoofd, uit een gebouw naar de politieauto werd begeleid.

‘Ik werkte daar in de London Zoo,’ zei hij. ‘Ik had het erg naar mijn zin, mijn collega’s waren zoals alle Engelsen, afstandelijk maar aardig. Toch heeft dat nooit tot maar één enkele vriendschap geleid. Waarom zou ik vriendschap met een buitenlander sluiten als ik dat ook gewoon met een Engelsman kan doen? Zo redeneerden de Engelsen, en zo redeneren ze vandaag de dag nog steeds.’

Hij probeerde het gesprek luchtig te houden, maar tot dusverre was er niet eens sprake van een gesprek. Alicia en Martin keken hem glazig aan, terwijl ze af en toe stukjes gebakken deeg tussen hun tanden uit haalden. Yvonne keek vaker naar haar telefoon dan naar hem.

‘Ik had daar al met al een leuke tijd,’ vervolgde hij. ‘Ook al was ik buiten mijn werk altijd alleen. In elk geval ben ik in Londen tot de conclusie gekomen dat alle dierentuinen dicht zouden moeten. Evenals alle circussen. Ik ging elke avond naar huis, maar de luipaarden en de giraffen hadden levenslang. Het is een misdaad. Een groot vraagteken waarom dierentuinen nog steeds bestaan.'

'Maar je eet wel vlees,' zei Alicia.

Beet! dacht Herbert. Een saaie en voorspelbare discussie over vlees was verre te verkiezen boven een discussie over het verdere verloop van hun wandeltocht. Martin was door Yvonne verzorgd. Toch bleef hij een gezicht trekken alsof hij stervende was en beter vandaag dan morgen op de spoedeisende hulp kon worden opgenomen. Een bedankje voor Yvonne had er ook al niet af gekund, zo had zijn vrouw hem kort voordat ze naar het restaurant afdaalden verteld. Het was hetzelfde als met Martins ontkenning van het feit dat Herbert zijn leven had gered.

'Ik denk niet dat ik dit nog ga opeten,' zei Herbert lachend, en hij schoof zijn bord van zich af.

Alicia lachte niet mee.

'Nee, zonder gekheid,' vervolgde hij, 'ik verklaar mezelf schuldig. Ik weet dat ik geen vlees zou moeten eten. Yvonne en ik eten thuis ook al veel vaker vis dan vlees. Maar soms is het gewoon lekker. Met de nadruk op "soms",' voegde hij eraan toe, en hij gaf zijn bord nog een extra zetje.

Alicia fixeerde hem met haar blik. Hij zette zich schrap voor een betoog over mest en hamburgers. Weet je dat één hamburger net zoveel luchtvervuiling produceert als twintig opstijgende passagiersvliegtuigen? Dat soort redeneringen, waarbij hij altijd moeite moest doen om niet te gaan gapen. Ja, hij wist het van die vliegtuigen en die hamburgers. Hij wist nog veel meer. Hij zou Alicia met zijn kennis op dat gebied kunnen overdonderen. Ze waren met het vliegtuig gekomen. Was dat dan het equivalent van een twintigste deel van een hamburger? En kon je het iemand kwalijk nemen dat hij dat laatste stukje vlees niet op zijn bord liet liggen maar met een kreun van genot in zijn mond stopte?

Ja, hij kon de aanval openen. Alicia alle hoeken van de eettafel laten zien met een krachtig betoog tegen de hypocrisie van vegetariërs. Over de gassen die vrijkwamen uit planten wanneer de koeien en de schapen eenmaal van de landbouwgronden waren verdreven. Maar dat ging hij niet doen. Vanmiddag had hij haar geërgerde blik gezien toen Martin iets te lang bleef doorzeuren over zijn 'ernstige verwonding'. Misschien hadden ze elkaar al langer niet zoveel meer te vertellen. Herbert was op dat gebied een *natural*. Hij had het vaker gedaan met stellen: de leukere man spelen. Vóór Yvonne (en ook nog wel een paar keer toen ze al samen waren). Hij vroeg aan de vaak nog kersverse stelletjes of er nog een stoel vrij was en schoof vervolgens aan. Eerst observeerde hij ze een poosje. Veel gespreksstof was er niet. Het meisje leek leuk, de jongen was net iets te knap en deed verveeld. Dan kwam Herbert. Vanaf het moment dat hij aan hun tafeltje aanschoof, werd de vaste vriend een stuk minder leuk. Hij zag het voor zijn ogen gebeuren. Hij hoefde het niet eens te spelen. Hij wás leuker. Hij vertelde dingen waar de meisjes om moesten lachen. De jongens lachten eerst nog mee, maar naarmate de tijd verstreek, werden ze steeds stiller. En saaier. Ze waren al saai, maar nu was het net of er een steen werd opgetild. En onder de steen lag niets. Soms hield hij zich in: hij moest ook weer niet té leuk worden. Bovendien, zou hij iets met dit meisje willen beginnen, als zij de saaie jongen vandaag nog zou dumpen?

Met mij zul je je nooit vervelen, luidde de boodschap die hij aan deze meisjes overbracht; met zijn glimlach, met zijn geïnteresseerde blik. Een oprecht geïnteresseerde blik, hij hoefde die nooit te spelen, iemand met zoveel oprechte interesse in hen als hij zouden ze de eerstkomende twintig jaar niet meer tegenkomen. Deze jongen was aantrekkelijker dan hij, hij zou de eerste zijn om dat toe te geven, maar wat moest je met aantrekkelijkheid als je de hele dag liep te gapen? Als je eenmaal achter de kinderwagen liep, was het te laat om nog over dat andere, veel leukere leven te fantaseren. Over die veel leukere kinderen die je had kunnen hebben: de kinderen met Herbert.

In een kwartier wist hij zo'n meisje drie keer aan het lachen te maken. Zo'n klaterende lach, alsof ze al jaren droog had gestaan. Waarschijnlijk had ze in dat kwartier alleen al vaker gelachen dan in de hele afgelopen maand.

De veel aantrekkelijker jongen dan hij was niet in zijn vriendinnetje geïnteresseerd omdat hij vond dat ze blij moest zijn dat ze zo'n jongen als hij aan de haak had weten te slaan. Ondanks alle andere meisjes die hij had kunnen krijgen, had hij voor haar gekozen, daar zou ze hem een leven lang dankbaar voor moeten blijven.

Ook Yvonne had iets met een jongen gehad toen Herbert en zij elkaar voor het eerst ontmoetten. Op een feestje van een gemeenschappelijke vriend. Ze hadden een tijdje heel geanimeerd staan praten in een hoek van de keuken, tot er een verveeld kijkende jongen op Yvonne afstapte en haar meedeelde dat hij moe was en naar huis wilde.

'Ik wil nog niet haar huis,' zei Yvonne. 'Ga jij maar vast. Ik blijf nog even.'

Daarna wierp de verveelde (en behoorlijk knappe) jongen een korte blik op Herbert. Zijn bovenlip krulde iets omhoog en ontblootte een hoektand. 'Oké, schatje,' zei hij op een licht spottende toon. '*Have fun.*'

Geen bedreiging, wilden het omhoogkrullen van de bovenlip en het ontbloten van de hoektand zeggen. Het komende uur zou Herbert bewijzen dat de verveelde jongen een fatale inschattingsfout had gemaakt. Hij herinnerde het zich nog goed, hoe Yvonne hem had aangekeken: bijna onbeschaamd, zonder ook maar één keer haar ogen neer te slaan.

Nu word ik gekeurd, dacht Herbert. Dat doen alle vrouwen. Kan ik met deze man/jongen een café binnenkomen, en hoe zullen de mensen dan kijken? Hoe zullen mijn vriendinnen kijken? En wat zullen ze achteraf zeggen als ik ze vraag hoe ze hem vonden?

Of anders gezegd: iedere vrouw wil liever aan de arm van Brad Pitt (in die tijd waarschijnlijk Clint Eastwood of Richard Gere) het café binnenkomen dan met jou. Iedere vrouw, geen enkele uitzondering. Maar omdat dit naar alle waarschijnlijkheid nooit gaat gebeuren, is er ook nog een plan B.

Dat plan B was hij.

Herbert keek naar Alicia. Hij overwoog hoe hij het ging doen. Het kon verder geen kwaad, hij zou het niet te serieus laten worden. Maar het zou de resterende etappes van hun wandeltocht wel een stuk boeiender maken.

Hij zou zich voor haar interesseren. Op dat gebied stond ze misschien al jaren in de kou met een man als Martin. Een klein kind, goedbeschouwd. Wanneer je vrouw je als een klein kind begon te zien, was dat de eerste rode vlag voor het geleidelijk vastlopen van een huwelijk.

En via Alicia zou hij ook interesse tonen voor haar oudste zoon. Voor Ruben. Hij zou het laten voorkomen alsof hij oprecht geïnteresseerd was in het reilen en zeilen van de lamzak. In zijn 'toekomstplannen'! Onwillekeurig schoot hij bijna in de lach.

Einddoel: het verbreken van de relatie van de lamzak en Marianne.

Zo mogelijk een nieuwe relatie met de jongste broer. Met Mark.

Hij wist nog niet precies hoe hij dit ging aanpakken,

eerst moest hij Alicia's vertrouwen zien te winnen. Een leukere man zijn dan Martin – daar zou hij zich niet al te zeer voor hoeven inspannen.

Misschien moest hij haar iets over Marianne vertellen. Iets wat zij nog niet wist, waardoor zij het vriendinnetje van haar oudste zoon (haar lievelingszoon! Het kostte hem moeite om zijn gezicht in de plooi te houden) met andere ogen zou gaan bekijken. Zonder daarbij de kansen van Marianne te doen verminderen.

Hij was er nog niet helemaal uit.

'Lerares aardrijkskunde,' zei hij, en hij fixeerde Alicia met zijn blik en schonk haar een warme glimlach. 'Was dat wat je altijd al had willen worden of waren er ook nog andere beroepen die je hebt overwogen?'

'Je zat gewoon open en bloot met die vrouw te flirten,' zei Yvonne, nadat ze in hun kamer waren teruggekeerd. Ze maakten zich gereed voor de nacht. 'Terwijl ik ernaast zat.'

'Nou, dat viel toch wel mee?' zei Herbert, terwijl hij, zoals altijd de laatste paar jaar, op de bedrand ging zitten om zijn broek uit te trekken. 'Ik gaf haar gewoon wat aandacht. Die krijgt ze te weinig van haar man, als je het mij vraagt.'

Yvonne kroop onder de dekens. 'Je had jezelf moeten zien,' zei ze. 'Nee, echt. Als een schooljongen op het plein. Martin werd er ook helemaal ongemakkelijk van. Die zat de hele tijd op zijn stoel te draaien, mij durfde hij niet eens aan te kijken.'

'Goed, ik geef het toe,' zei Herbert, en hij gooide zijn broek over de rugleuning van de stoel waar Yvonnes kleren al netjes overheen lagen gedrapeerd. 'Ik heb misschien een beetje zitten flirten. Maar alleen voor ons eigen bestwil. We moeten die vrouw voor honderd procent aan onze kant hebben de komende dagen. Martin doet gewoon wat zij zegt.'

'Waarom gooi je je broek nou zo over die stoel? Morgen zitten er allemaal vouwen en kreukels in. Je moet ook bedenken hoe het voor mij is. Het is voor mij gewoon gênant om ernaast te moeten zitten terwijl jij Alicia het hof zit te maken.'

'Heb je gehoord wat ik zei? We kunnen Alicia beter als bondgenoot hebben dan dat ze de hele tijd dwars gaat liggen en over dokters begint te zeuren. Jij hebt die mensen uitgenodigd. Als jij niet zo enthousiast was geweest, zaten we nu niet met die lui opgescheept. We kennen ze niet eens. Ze zijn hier alleen maar omdat hun suffe zoon het met onze dochter heeft aangelegd. Straks staan we nog met z'n allen voor het altaar. En helemaal niet omdat die twee Marianne zo leuk vinden. Nee, alleen maar omdat hun zoon dan trouwt met de dochter van een beroemde bioloog. Iemand die ze kennen van tv.'

'Je moet jezelf ook weer niet te hoog aanslaan, Herbert. Je moet niet gaan denken dat Ruben met jou wil trouwen.'

'Nee, dat zeg ik ook niet! Ik bedoel die mensen! Jij kunt niet zien wat voor blikken ze mij toewerpen. Onderdanige, bewonderende blikken. Van puur geluk, omdat ze zo'n goede partij hebben gevonden voor hun sukkel van een zoon.'

Hij moest nu snel van onderwerp veranderen. Hun kamers lagen naast elkaar. Hij was bang dat Alicia en Martin hen zouden kunnen horen. Misschien konden ze niet precies verstaan wat ze zeiden, maar wel dat ze ruzie hadden. Niet goed.

De baby! Hij kon Yvonne het hele gesprek doen vergeten door over de baby te beginnen. Als hij zijn vrouw in vertrouwen nam, zou zijn geflirt – want dat was het geweest, dat wist hij heel goed – worden vergeten en vergeven.

Tijdens de eerste etappe had hij al een poosje alleen naast Alicia gelopen. Het was heel natuurlijk gegaan. In het begin liepen ze nog braaf met z'n vieren. Daarna waren er een paar druppels gevallen en was Martin omstandig zijn regenpak aan gaan trekken. Toen moest Herbert pissen. Yvonne was doorgelopen. Toen hij zijn rits dichttrok, zag hij Alicia. Ze was tussen de bomen blijven staan en keek een paar keer achterom, waarschijnlijk om te zien waar Martin bleef. Toen ze zich ten slotte weer in beweging zette, nog altijd zonder Martin, was Herbert niet op haar blijven wachten, maar was hij wat langzamer gaan lopen. Niet té langzaam. Niet te opvallend. Na een paar minuten had hij haar voetstappen achter zich in het gras gehoord. Nog weer ietsje later had ze zich bij hem gevoegd. Heel natuurlijk.

'Ik ga slapen,' zei Yvonne, en ze voegde de daad bij het woord door haar nachtlampje uit te knippen.

'Yvonne...' zei hij, heel zachtjes en op een wat smekende toon.

Hij wist dat het hem moeite zou kosten om in slaap te vallen na een ruzie die niet helemaal was uitgepraat. Yvonne had daar minder last van. Ze hoefde niet te doen alsof ze sliep: al na een paar minuten hoorde hij haar regelmatige ademhaling.

Hij strekte zich uit onder het dekbed, knipte ook zijn lampje uit en staarde met zijn handen onder zijn hoofd naar het plafond. Ze waren vergeten de gordijnen dicht te doen. Het schijnsel van een straatlantaarn viel als een lichtblauwe plas over de zoldering.

Hij dacht aan Alicia. Aan hoe ze hem had aangekeken toen hij haar gisteren over dinosauriërs begon te vertellen. In een relatief rustig tempo liepen ze voort. Herbert wilde ten koste van alles zien te voorkomen dat Martin hen in zou halen.

'Als die meteoriet niet was ingeslagen, dan had de hele mensheid nog eens honderdzestig miljoen jaar op zich laten wachten,' zei hij. 'Of waren we er helemaal nooit geweest en liepen er hier nog altijd dinosauriërs rond. Tot in de eeuwigheid misschien wel.'

Hij paste ervoor op om niet te veel de toon van een hoogleraar (van een docent!) aan te slaan. Hij moest tot elke prijs zien te vermijden dat hij haar zou vervelen. Ze leek geboeid te luisteren. Wanneer hij af en toe opzij keek, zag hij haar grote ogen op hem gericht. Een meisje, dacht hij. Een meisje dat je op schoot neemt om haar uit een sprookjesboek voor te lezen.

'Er is kortgeleden een ontdekking gedaan,' vervolgde hij. 'Een vogel met tanden die maar heel even heeft bestaan en die net als de dinosauriërs is uitgestorven toen die meteoriet de aarde raakte. Als die meteoriet een paar duizend kilometer verderop terecht was gekomen, dan hadden die eenden daar' – ze passeerden net een oud stenen bruggetje, en in het rustig voortkabbelende water dreven twee eenden – 'tanden gehad en hadden we misschien wat voorzichtiger moeten doen. Of wij waren er dan helemaal niet geweest, dat kan natuurlijk ook.'

Kort daarop zag hij in de verte Yvonne opduiken; ze zwaaide met een van haar stokken. Vrijwel gelijktijdig hoorde hij achter zich het hijgen van Martin.

'Moet je zien wat een vervallen boerderij,' zei Yvonne, toen ze zich allemaal bij haar hadden gevoegd. 'Al die ouwe troep. Die verroeste ploeg en die tractor zonder banden. Zou daar nog iemand wonen?'

Op dat moment begon de hond te blaffen.

7

Op de derde dag zorgde Herbert ervoor dat hij steeds een eindje voor of achter de anderen liep. Een afstand van een paar honderd meter was genoeg. Hij had tijd nodig om na te denken.

Opnieuw gingen zijn gedachten eerst naar de baby. Hij probeerde het met een andere invalshoek. *Heb ik wel echt een baby horen huilen? De adrenaline draaide op volle toeren. Kan ik het me hebben verbeeld?* Dat zou ook zijn verdediging zijn als de baby uiteindelijk zou worden gevonden. Nee, dat was niet goed. Zijn vrouw zou hem met grote ogen vol ongeloof aankijken. Ik heb niets gehoord, was beter. Maar bekende hij met dat 'niets gehoord' niet juist dat er kennelijk iets te hóren was geweest? Waarom 'gehoord'? De baby had immers ook kunnen slapen. De gedachte aan de aanwezigheid van een baby in de vervallen boerderij was gewoon nooit bij Herbert opgekomen.

Wel bemerkte hij een verandering in zijn gedachtestroom. Hij dacht al iets minder aan de baby, of in elk geval korter. Het moment om het voorval met Yvonne te delen was zo goed als gepasseerd. Ze zou het nooit kunnen begrijpen dat hij daar nu pas mee aan kwam zetten. Ongetwijfeld zou ze haar hoofd schudden en in tranen uitbarsten. Natuurlijk had hij een hart. Hij had onafgebroken over de baby lopen piekeren – tot vanochtend. Maar hij had ook aan hén gedacht. Aan een jarenlange gevangenisstraf in een Engelse (koude, vochtige) gevangenis. Marianne die de rest van haar leven zonder ouders zou opgroeien. Ze was weliswaar achtentwintig en woonde op zichzelf, maar ze zagen elkaar vaak. Minstens één keer per week kwam ze thuis eten. De laatste jaren helaas te vaak in gezelschap van de lamzak, maar Herbert kon ook van zijn dochter genieten zonder dat hij haar helemaal voor zichzelf alleen had. Ruben negeerde hij zo veel mogelijk. Soms letterlijk. Dan maakte Ruben weer een of andere suffe opmerking die weinig tot niets met het voorafgaande gesprek uit te staan had, en deed Herbert of hij hem helemaal niet had gehoord.

Onder het lopen keek hij voornamelijk naar de grond. Naar de modderige aarde waarop hij zijn voeten neerzette. De uitwerpselen van schapen waar hij niet in moest stappen. Na een beklimming bleef hij op het hoogste punt slechts een paar seconden staan. Een mooi uitzicht, dacht hij – maar hij zag het niet. Hij dacht aan het oorspronkelijke doel dat hij zich voor de wandeltocht had gesteld: de natuur terugbrengen tot natuur. De dieren weer als dieren zien en niet als een enkel exemplaar van duizenden soorten en varianten.

‘Schapen,’ zei hij hardop, wanneer hij alleen was. ‘Dit zijn schapen.’

Op dezelfde manier zag hij ook eenden en ganzen. Niet langer meer wát voor eenden, of wat hun levensduur was, of hoeveel nesten ze per jaar bouwden. ‘Eenden’ was genoeg. ‘Vogels’ zou nog beter zijn, maar hij moest het ook niet overhaasten.

Maar het lukte hem allemaal maar half, dat ‘natuurlijken’ van de natuur. Er was inmiddels een nieuw gevoel dat zich steeds meer op de voorgrond drong.

Alicia was op die eerste dag naast hem komen lopen. Hij had de bewondering in haar ogen gelezen. *Een beroemde wetenschapper. Een graag geziene gast in talkshows. Een Nobelprijskandidaat…* Daarna was er het incident bij de vervallen boerderij. Een dag later had Yvonne hem ervan beschuldigd dat hij openlijk met Alicia had zitten flirten. Het was waar, Yvonne had gelijk gehad, het was niet fatsoenlijk geweest tegenover zijn vrouw. Maar hij vond het gewoon leuk. Mocht dat niet meer?

Het zou de wandeltocht zogezegd een extra dimensie geven. Hij zou Alicia geleidelijk veroveren, zonder dat ze het zelf in de gaten had. Veroveren was een sport, zoals sportvissen een sport was. En net zoals de sportvisser zou hij de vangst een paar uur in een emmer bewaren en haar daarna terug in het water gooien. Hij zou Alicia de aandacht en de interesse schenken die haar eigen man niet meer kon opbrengen. En hij deed niets verkeerds, hij had met eigen ogen gezien hoe ze zich aan Martin had geërgerd. Misschien wist ze het zelf nog niet, maar hun huwelijk had zijn langste tijd gehad. Ruben en Mark zouden getuigen worden van een echtscheiding. Alicia zou voorlopig in hun huis blijven wonen. Martin zou de beide zoons alleen nog in de weekenden zien. Ze zouden met het verstrijken van de tijd steeds meer tegen die bezoekjes aan hun vader gaan opzien. Ze hadden hun vrienden (hun vriendinnen, bedacht Herbert tot zijn ongenoegen), hun weekenden zouden gevuld zijn met verjaardagen, feestjes en sportevenementen.

Herbert ging op een natte boomstronk zitten en haalde zijn waterfles uit zijn rugzak. Hij zou een leuke stiefvader kunnen zijn. In eerste instantie schrok hij van deze gedachte: ze was vanuit het niets komen opzetten, maar nu ze er eenmaal was, dacht hij haar door tot het einde. Hij zou niet echt de plaats van hun biologische vader proberen in te nemen, nee, hij zou naast hun eigen vader bestaan: als vergelijkingsmateriaal. Plotseling zag hij het helemaal voor zich. Hij zou Alicia thuis komen ophalen om in een restaurant te gaan eten. De beide jongens zouden op de bank voor de televisie hangen. Het was allemaal nog heel informeel. Hij was niet dé vriend van hun moeder, maar 'een vriend'. Verder hoefde het wat hem betreft niet te gaan. Waar Yvonne zich bevond in deze voorstelling van zijn nieuwe leven, was nog vaag. Zou ze hem al de deur uit hebben gegooid? Woonde hij inmiddels op kamers en wandelde hij één keer per week met vier plastic tassen vol vuile was naar de wasserette? Zou hij alleen in een restaurant durven dineren, of haalde hij zijn maaltijden bij de chinees in de straat? Of liet hij gewoon pizza of sushi bezorgen?

Na het incident bij de boerderij was er definitief iets veranderd. Het was Alicia geweest die achter het meisje aan was gehold nadat Herbert de jongen had uitgeschakeld. Zij had het meisje tegen de grond gewerkt en haar vastgehouden, terwijl Herbert de steen had gepakt. Ze had al drie keer de marathon van New York gelopen, zou ze hem later vertellen, één keer die van Boston en één keer die van Valencia.

'Alicia, vlug! Ze mag niet ontsnappen!' had hij geroepen. En Alicia had nog geen halve seconde geaarzeld, het meisje had geen schijn van kans gehad.

Waarom had hij haar naam als eerste genoemd? Omdat Martin het niet zou durven, Yvonne te zwaar was? Alicia had een atletisch lichaam, dat had hij al bij hun eerste ontmoeting gezien. Van de marathons wist hij toen nog niks.

Zelf had hij als eerste handelend opgetreden. Eigenlijk had hij voor hen allemaal het besluit genomen om zich niet te laten vernederen door een stelletje opgefokte lijmsnuivers. Zijn eigen vrouw had hem met haar blik gewaarschuwd om niet te doen wat hij van plan was – een nanoseconde later had hij het gedaan.

Later die dag, en de dag daarna, was er iets veranderd. Na de aanvankelijke schrik en de discussie over het verdere verloop van de wandeltocht, en vooral nadat Herbert het idee om die wandeltocht voortijdig af te breken de kop had ingedrukt, was er een zekere rust in zijn hoofd ingetreden. In de momenten dat hij niet over de huilende baby piekerde, voelde hij zich voornamelijk goed. Tevreden over zijn eigen optreden. Hij had het toch maar gedaan! Hij had zijn vrouw en het echtpaar Alicia-Martin behoed voor ernstige verwondingen – en misschien nog wel erger.

Hij dacht aan alle keren dat hij in het verleden niet van zich af had gebeten. Niet lichamelijk althans. De bijna-gevechten, waarbij hij op het laatste moment was afgehaakt. Verbaal was hij sterk, maar verbaal alleen was soms niet genoeg. Meer dan eens had een tegenstander de handdoek in de ring gegooid na een precies op de zwakke plek geplaatste sarcastische opmerking. Vooral als er omstanders aanwezig waren, bond de tegenstander snel in na zo'n voltreffer. Maar voor Herbert voelde het te vaak als een onbevredigend einde. Veel en veel liever had hij de ander op zijn bek geslagen. Een verbale overwinning voelde als een gemiste smash bij het tennissen. Natuurlijk was hij ook bang. Bang om zelf gewond te raken. Een gebroken neus. Uit zijn mond geslagen tanden. Maar er kwam altijd een bepaald punt waarop die angst plotseling achter hem lag en hij nog maar één ding wilde: het spottende gezicht van de ander volledig uitwissen, zoals je een natte spons over een wiskundige formule op een schoolbord haalt. Die ander zou moeten bidden dat er omstanders waren, dat hij niet in zijn eentje tegenover een ontbrande Herbert zou staan. Terwijl Herbert bezig was het gezicht van de tegenstander een ander aanzien te geven, zouden de omstanders hem van het slachtoffer aftrekken, voordat het karwei was geklaard. Een gezicht verbouwen, dat had hij altijd een mooie uitdrukking gevonden. Een uitdrukking die de lading precies dekte. Na de verbouwing zou de ander niet meer door zijn naasten worden herkend.

Wanneer hij in zijn eentje door het lieflijke Engelse landschap liep, verscheen er af en toe een glimlach op zijn gezicht. Ik heb het enige juiste gedaan, dacht hij. Ik heb een paar gekken die ons probeerden te intimideren laten zien dat met ons niet te sollen valt. Een enkele keer overkwam het hem ook terwijl Yvonne naast hem liep.

'Wat is er?' vroeg ze.

'Wat?'

'Je loopt te grijnzen. Alsof je ergens een binnenpretje over hebt.'

Wat had hij haar graag willen vertellen waaraan hij dacht.

'Je ziet er sowieso veel beter uit dan de afgelopen tijd,' zei Yvonne. 'Ik heb je in lange tijd niet zo zien stralen.'

'Het zal de buitenlucht zijn,' antwoordde hij, zonder dat hij vooralsnog kans zag de glimlach van zijn gezicht te halen.

's Avonds in het hotel keek hij in de spiegel in de badkamer en zag hij het ook. In zijn ogen vooral. Die deden hem normaal gesproken aan de ogen van een vermoeide oudere man denken. Doorgaans wendde hij snel zijn blik af. Hoelang was het wel niet geleden dat hij nog met een zeker plezier in de spiegel had gekeken? De laatste jaren was er alleen die onbekende met die doffe blik te zien geweest. Ook onder de douche keek hij zelden naar zijn lichaam, hij maakte het schoon, daar was alles mee gezegd.

Nu keek hij in zijn eigen stralende ogen. Ja, Yvonne had het goed gezien, ze straalden, een betere omschrijving was er niet. Hij glimlachte naar zijn spiegelbeeld – ook dat had hij al jaren niet gedaan – en hij zag dat de glimlach echt was.

'Ik heb het gedaan,' fluisterde hij. 'Die jongen dacht: een paar argeloze wandelaars. Bejaarden. Makkelijke slachtoffers. Nou, viel dat even vies tegen.'

Hij voelde ook nog iets anders. Spierpijn. De normale spierpijn die je krijgt als je twintig kilometer hebt gelopen, maar ook een andere spierpijn, op plekken waar hij die al in geen jaren had gevoeld. Herbert was altijd een sportief type geweest. Hij had jarenlang geskied, tot hij bij een laatste afdaling in de Pyreneeën – de skilift ging bijna sluiten, hij was echt de enige skiër op de verlaten, in het roze licht van de ondergaande zon badende zwarte piste – rakelings langs de vangnetten was gescheerd zonder dat hij in staat was geweest om bij te sturen. Thuis zette hij zijn ski's in de berging, om ze er nooit weer uit te halen. Hij had getennist met een arm die door een val met de fiets ooit op drie plaatsen gebroken was geweest, tot een CT-scan had uitgewezen dat er geen kraakbeen meer in het gewricht was aangetroffen. Hij liep nog altijd drie keer per week vijf kilometer hard, maar zijn enkels vertelden hem dat hij een dezer dagen zou moeten stoppen als hij geen ernstige blessure wilde oplopen.

In de dagen na het incident bij de boerderij had hij hetzelfde rozige gevoel als na een sportieve inspanning. Die avond ging hij voordat ze zouden gaan eten in zijn eentje in de pub van het hotel met een dubbele whisky voor de open haard zitten – en dommelde bijna in. Het knikkebollen, de vlammen die onder de dikke houtstronken uit kropen, de whisky die hem van binnenuit verwarmde: het waren bouwstenen van een geluksgevoel dat hij al in geen jaren meer zo had gekend. Ik had vaker moeten vechten in mijn leven, dacht hij, en het volgende moment viel zijn hoofd voorover. Net bijtijds wist hij het met een stevige ruk weer rechtop te krijgen. Hij wilde niet slapen. Hij wilde wakker blijven. Vroeger als kind had hij urenlang wakker gelegen, niet door slapeloosheid, maar door de gedachte dat hij iets miste als hij door de slaap zou worden meegenomen – en alles om hem heen zou worden uitgewist. Het was de ultieme vorm van bewustzijn, al zou hij het destijds niet zo hebben willen noemen: vechten tegen de slaap. En je kon zo lang blijven vechten als je wilde, want uiteindelijk won de slaap altijd. Zo zat hij voor de open haard in een Engelse pub. Hij speelde het hele voorval nog een keer af, beeld voor beeld, vanaf het moment dat eerst de jongen en kort daarop ook het meisje van het erf van de boerderij op hen af waren komen rennen door het hoge, ongemaaide gras. Hij was bang geweest. Een koude rilling van angst was over zijn rug gelopen. Zijn handen hadden de handvatten van zijn stokken omklemd.

Tijdens de maaltijd moest hij oppassen dat hij niet de hele tijd zat te grijnzen.

'Hebben jullie nog wel foto's gemaakt?' vroeg hij op opgewekte toon. 'Hebben jullie foto's naar jullie kinderen gestuurd? Naar vrienden en kennissen? Weten jullie nog wat we hadden afgesproken? Dat we zo normaal mogelijk moeten blijven doen, de normale dingen blijven doen die we op elke andere vakantie ook zouden hebben gedaan?'

Martin gaf geen antwoord, hij sneed met onhandige bewegingen in zijn vispastei en na een paar pogingen schoot er zelfs een stuk van zijn bord af.

Alicia keek hem met een vermoeide blik aan, ze had diepe wallen onder haar ogen. 'Wij hebben een groepsapp met Ruben en Mark,' zei ze. 'Ik heb een paar fotootjes gestuurd van dat landhuis gisteren. Maar ik heb nog geen reactie gekregen.'

'Gisteren,' zei Herbert. 'Dat is al te lang geleden. Wij sturen Marianne elke dag wat. En zij reageert altijd binnen een uur, al is het soms alleen maar met een opgestoken duimpje en een hartje.'

'Onze jongens zijn niet echt geïnteresseerd in onze vakanties,' zei Martin. 'Soms reageren ze pas na een week, of helemaal niet. "Zijn jullie nu al terug?" vragen ze als we weer thuiskomen, alsof ze teleurgesteld zijn dat ze het rijk niet langer voor zich alleen hebben.'

Hoe zou dat nou toch komen? dacht Herbert. Hij wenkte de ober. 'Zou u een foto van ons vieren willen maken?' vroeg hij.

'O, nee, alsjeblieft!' kreunde Alicia. 'Dat vind ik altijd zo gênant.'

'Dat is het ook,' zei Herbert. 'Maar dat is wel precies wat er wordt verwacht van twee bevriende echtparen, dat ze af en toe een groepsfoto maken om naar het thuisfront te sturen, zodat iedereen kan zien hoe leuk ze het hebben.'

'Precies,' zei Alicia. 'Dat bedoel ik ook.'

'We hoeven echt niet heel overdreven te lachen,' zei

Herbert. 'Zolang we maar niet chagrijnig kijken. Martin?'

De ober nam snel na elkaar een paar foto's.

'Thank you!' zei Herbert, en hij pakte zijn telefoon weer van hem aan en scrolde door de foto's. Zoals altijd, of beter gezegd: zoals iedereen, dacht hij, keek hij eerst naar zijn eigen hoofd. Dat straalde een gezond en blij soort opgewektheid uit. Misschien wel iets te blij. Hij scrolde voor- en achteruit, zocht naar een foto waar hij nog een beetje normaal op stond. Maar dat was altijd het grootste probleem bij groepsfoto's: wie vindt van zichzelf op welke foto hij er wel of niet goed op staat. Martin keek op alle foto's niet in de lens, maar met een uitgebluste blik naar zijn nog maar voor de helft opgegeten vispastei. Yvonne lachte haar beste lach: ze lachte altijd op foto's, soms probeerde Herbert haar op dat gebied een beetje af te remmen. Je bent mooier als je niet lacht. Maar dat zei hij niet, hij klikte net zolang door tot ze vergat dat ze wilde lachen en wiste de andere foto's.

Zelf probeerde hij stoer te kijken, ernstig, alsof hij het vervelend vond om gefotografeerd te worden. Hij vond het ook vaak vervelend, vooral de mensen die hem op straat herkenden en een selfie met hem wilden maken. In de loop der jaren lukte het hem gewoon niet meer om te lachen, ook niet op vakantiefoto's. De blijheid die hij nu op de groepsfoto zag, was van een andere orde. Hij zou moeten wennen aan dit gezicht, het gezicht van een man die geweld had gebruikt, met succes geweld had gebruikt, verbeterde hij zichzelf in gedachten, en die op zijn zachtst gezegd geen wroeging had, en het jammer zou vinden als hij te vroeg afscheid zou moeten nemen van de pijn in de spieren die hij zijn hele leven ongebruikt had gelaten.

Hij scrolde nog een keer door de foto's, terwijl hij nu vooral op de gezichtsuitdrukking van Alicia lette. Er was iets… Hij kon er niet meteen de vinger op leggen. Ze keek raar, was dat het? Ze glimlachte nog wel, maar met opeengeperste lippen die bijna een streep vormden. De rest van haar gezicht lachte niet mee. Het waren haar ogen, zag hij nu, terwijl hij steeds langzamer van de ene foto naar de volgende scrolde. Op alle foto's keek ze hetzelfde, haar blik deed hem ergens aan denken…

'Mag ik ook eens kijken, Herbert?' vroeg Yvonne.

'Wacht even, wacht even…'

Hij wist opeens waar de blik en het gezicht van Alicia hem aan deden denken: aan de foto's die soms door ontvoerders van hun gijzelaars worden gemaakt. Meestal hielden ze een krant van die dag omhoog, als bewijs dat ze nog in leven waren. Ze lachten niet – er viel niets te lachen.

Zo keek Alicia. De foto zou naar hun kinderen worden gestuurd. Naar Marianne, en naar Ruben en Mark. De beide zoons zouden ieder op hun beurt en waarschijnlijk op verschillende tijdstippen hun telefoon openen. Misschien zou hun niets speciaals opvallen, zouden ze de foto, na er een halve seconde een blik op te hebben geworpen, beantwoorden met een paar emoji's van opgestoken duimpjes, kusjes en hartjes en hem daarna weer wegklikken.

Maar misschien ook niet...

Misschien zou Mark, met kop en schouders de intelligentste van de twee broers, de foto wat langer bestuderen en zijn wenkbrauwen optrekken.

Hé, Ruben, kom eens kijken.

Wat?

Die foto, jij hebt 'm toch ook?

Ja, wat is daarmee?

Kom nou kijken. Ik vind dat mama raar kijkt. Zo kijkt ze nooit.

Ja, nu je het zegt...

Ja, zo zou het kunnen gaan, overpeinsde Herbert, terwijl hij zijn hand met daarin zijn telefoon op tafel liet zakken. Maar waarom zou Alicia via een foto aan haar zoons willen overbrengen dat er iets niet in orde was? Ze had ze toch ook gewoon kunnen bellen? Dat had ze in de afgelopen dagen al meermaals kunnen doen. Tijdens de wandeling, als ze een poosje alleen of met Martin liep, maar ook in hun hotelkamer waren ze helemaal privé, en hadden ze elk telefoongesprek kunnen voeren dat ze wilden. Uiteraard konden ze niet vertellen wat er precies was gebeurd, maar ze hadden wel iets kunnen laten doorschemeren: dat ze geen leuke vakantie hadden met het echtpaar Herbert en Yvonne, dat ze het liefst zo snel mogelijk naar huis wilden.

Ook daar zaten haken en ogen aan. Het zou wellicht de relatie tussen Ruben en Marianne kunnen beschadigen als de ouders niet meer met elkaar konden opschieten en elkaar misschien wel nooit meer zouden willen zien.

En wat dan nog? Is dat niet juist precies de bedoeling? Jawel, maar het zou ook de toekomstige relatie van Marianne met de jongere broer Mark in gevaar kunnen brengen.

'Wat doe je?' vroeg Alicia.

Herbert had zijn telefoon weer opgepakt en wiste met een paar klikken de foto's.

'Kom op, er zit toch wel één leuke bij? Ik heb ze nog niet eens gezien!'

Herbert stak zijn telefoon in zijn zak en nam een flinke slok van zijn lauw geworden pint.

'Het waren geen leuke foto's,' zei hij. 'Je man kan niet eens het fatsoen opbrengen om in de lens te kijken en zit maar een beetje voor zich uit te staren, en jij...' Hij keek haar recht aan, probeerde uit alle macht om niet met zijn ogen te knipperen. 'Jij kijkt alsof je bent ontvoerd. Alsof er losgeld voor je moet worden overgemaakt.'

'Hoe bedoel je?' vroeg Alicia.

'Herbert, je kunt toch niet al die foto's wissen zonder dat wij ze hebben gezien,' zei Yvonne.

'Ik ben moe,' zei Martin. 'Ik denk dat ik maar naar boven ga.'

Niemand reageerde, ook Alicia niet.

‘Ze waren echt niet leuk,’ richtte Herbert zich tot zijn vrouw. ‘Geloof me nou maar. Zo’n foto wil je echt niet aan je kinderen sturen.’

En jij zit alleen maar dom te lachen, had hij er bijna aan toegevoegd. Zoals op alle foto’s.

Hij zei het niet hardop, hij had de steun van Yvonne hard nodig.

‘Maar dat kunnen we toch op zijn minst met z’n allen bepalen, of die foto’s wel of niet leuk zijn?’ zei Alicia.

De gealarmeerde blik in haar ogen had plaatsgemaakt voor iets wat voor verontwaardiging moest doorgaan, maar het net niet helemaal was. Misschien had ze iets anders bedoeld met haar gijzelaarsblik van daarnet, dacht Herbert nu. Misschien geloofde Alicia niet in een goede afloop van de wandeltocht en had ze op de groepsfoto alvast afscheid van haar zoons willen nemen. Hij zou willen dat hij ze nogmaals kon bekijken om te zien of zijn nieuwe theorie klopte.

Sorry, zei ze tegen Ruben en Mark. Sorry dat jullie me de komende jaren alleen in de gevangenis kunnen komen opzoeken.

Hij wou dat hij meteen kon kijken. Hij had namelijk niet alle foto’s gewist. Eentje had hij er bewaard, maar dat hoefde niemand te weten.

‘We kunnen morgen ergens op een mooi punt een nieuwe foto maken,’ zei Herbert op opgewekte toon. Hij glimlachte naar Alicia.

Op dat moment begon Martin zachtjes te kreunen. 'Ik weet niet of ik zo nog wel verder kan,' zei hij, zonder zijn ogen van het tafelblad en zijn half opgegeten pastei te halen. 'Lopen jullie morgen maar verder. Laat mij maar hier achter.'

'Doet het pijn, Martin?' vroeg Yvonne. 'Ben je –'

Maar ze werd onderbroken door Alicia. 'Ga alsjeblieft niet dramatisch zitten doen, Martin,' zei ze. 'Alsjeblieft…'

'Maar hij –' probeerde Yvonne.

'Sorry dat ik je onderbreek, Yvonne,' zei Alicia. 'Maar ik ken hem langer dan vandaag. Als hij griep heeft, lijkt het of hij doodgaat. Hij valt al flauw bij één druppeltje bloed. Oké, nu heeft hij echt iets. Meneer is door een hond gebeten, maar als ik Herbert goed heb begrepen, heeft hij dat vooral aan zichzelf te danken.'

Herbert en Yvonne wisselden een snelle blik. Het was nooit leuk om bij ruzies van andere echtparen aanwezig te zijn. Maar op een bepaalde manier was het juist weer wél vermakelijk. Herbert en Yvonne hadden het al zo vaak meegemaakt, na een etentje bij een bevriend echtpaar thuis kregen ze al in de lift de slappe lach.

'Dat was echt geweldig!' zei Herbert dan. 'Ik dacht dat die avond nooit voorbij zou gaan. En toen opeens toch nog een schitterende finale!'

'Ja,' zei Yvonne. 'Zag je hoe beteuterd Pieter keek? Ik dacht even dat hij zou gaan huilen. O, wat erg! Dat gaat daar waarschijnlijk om de dag zo!'

'Elke dag!' hikte Herbert. 'En het ergste is nog dat wij daar niet bij aanwezig mogen zijn.'

Het beste was om je helemaal niet in de ruzie te mengen, wisten Herbert en Yvonne allebei. Geen sussende woorden spreken. Zo kon een smeulend vuurtje zich ongehinderd ontwikkelen tot een uitslaande brand.

Maar er gebeurde niks. Martin haalde alleen maar zijn schouders op en ging met een beteuterd gezicht zitten mokken. Waarschijnlijk wist hij al dat hij bij elke ruzie met zijn vrouw het onderspit zou delven en probeerde hij dit ten koste van alles te vermijden, helemaal in aanwezigheid van Herbert en Yvonne.

Herbert keek van Martin naar Alicia. Gebeurde er nog iets tussen die twee? Voor een onderzoek naar het paargedrag van verschillende diersoorten had hij lang geleden maanden in de oerwouden en op de savannen van Tanzania doorgebracht. Het ging er op zijn zachtst gezegd niet erg vriendelijk aan toe. Meestal was het het mannetje dat het vrouwtje zonder ook maar enig inleidend voorspel in haar nekvel greep. Al met al had het meer weg van een verkrachting. En je hoefde er niet eens zo ver voor te reizen, bij katten was het niet anders. Herbert was geen antropoloog, maar gewoon omdat het zijn nieuwsgierigheid prikkelde had hij zich afgevraagd of de verkrachting de basis voor alle seksuele verkeer vormde. Waren de eerste mensen, de eerste mannen, ook verkrachters geweest en was het 'liefdesspel' met de ontwikkeling en de beschaving geleidelijk verfijnder geworden? Hij had er een boek over geschreven, *Nonconsensual*, dat veel stof had doen opwaaien. Tijdens een tour langs universiteiten in de Verenigde Staten waren er protestacties geweest. Demonstranten hadden zich aan hekken vastgeketend. Zijn lezingen werden verstoord door studenten die *'Rapist!'* riepen. Volgens zijn tegenstanders zou hij verkrachters een vrijbrief geven, een goedkeuringsstempel, terwijl hij alleen maar had opgeschreven wat iedereen met zijn eigen ogen kon zien.

Vaak bestudeerde hij een echtpaar en stelde zich tot in de kleinste details voor hoe ze het met elkaar deden. Vroeger deed hij dat ook al met leraren: de aardrijkskundeleraar met het blotebillengezicht die een uitzonderlijk witte lul bij zijn vrouw naar binnen werkte en 'Godverdomme, ik kom klaar!' in haar oor schreeuwde. Daarna hoefde je niets over de rivieren en bergketens op de diverse continenten nog serieus te nemen. Destijds nog niet, maar later tijdens zijn studie vond hij dat hij het volste recht had om zich de echtparen in bed voor te stellen. Hij deed immers niets anders dan door een verrekijker kijken naar een mannetjestijger die een vrouwtje in haar nekvel greep en haar met geweld tegen de grond werkte.

Met Martin en Alicia werd er veel van het voorstellingsvermogen gevergd. Het begon al met dat nietszeggende gezicht van Martin. Zou dat gezicht vieze woordjes in het oor van Alicia fluisteren om haar op te winden? Herbert moest er niet aan denken. Nee, het zou eerder

Alicia zijn die in alles het initiatief nam en de eerste stap zette. Maar waarom in godsnaam? Wat had zij ooit gezien in dit nietszeggende gezicht dat hij, Herbert, met de beste wil van de wereld niet zag? Hij vermoedde dat Alicia Martin ongevraagd achterover op hun bed drukte wanneer ze zin had. Dat ze boven op hem ging zitten als op een scooter en zijn haar van achteren vastgreep om hem te beletten te ontsnappen. Misschien deed ze haar ogen dicht en dacht ze aan iemand anders. Zijn lul verschilde niet wezenlijk van een vibrator, er zat een lichaam aan vast, dat was alles – en een hoofd, dat ze niet hoefde te zien, dat haar alleen maar zou afleiden.

'Hoe gaat het... thuis?' verbrak Yvonne de stilte, zich tot Alicia richtend. 'Met de jongens? Hebben jullie nog van ze gehoord?'

Alicia slikte een paar keer, Herbert meende een traan in haar ooghoek te zien opblinken.

'Ach, het is zo erg,' zei Alicia. 'Hij is ziek. Ruben. Ruben is ziek.'

'Ziek!' zei Yvonne. 'Wat is er... Is het ernstig? Wat heeft hij?'

'Waarschijnlijk gewoon griep,' zei Alicia. 'Maar hij heeft het wel flink te pakken. Meer dan 39 graden koorts. Hij voelde zich al niet lekker toen we vertrokken.'

'Op die leeftijd kan een griepje geen kwaad,' zei Herbert. 'Daar zijn ze zo weer overheen.'

Met een puntje van haar servet veegde Alicia de traan

uit haar ooghoek. 'Toch heb ik het gevoel dat ik hem niet alleen had moeten laten.'

Hier bracht Herbert niets tegen in. Als Marianne in de tijd dat ze nog thuis woonde ziek werd, nam hij vrij van zijn werk om voor haar te zorgen. Hij bracht haar thee en beschuitjes met honing op bed en bleef zo lang mogelijk op de bedrand zitten, terwijl hij af en toe met de rug van zijn hand aan haar voorhoofd voelde.

'Maar er is nog iets waardoor het extra zielig is,' zei Alicia. 'Ze zouden dit weekend met een hele groep, ik geloof wel met een man of twintig, naar Lowlands gaan. Daar had hij zich zo op verheugd. Maar vier dagen buiten, op een camping in de modder, dat kan nu gewoon niet.'

'Zou Marianne ook meegaan?' vroeg Yvonne.

Herbert verbaasde zich over de vraag van zijn vrouw. Een week geleden hadden ze het thuis nog over het festival gehad. Zelf had hij het meteen in de agenda van zijn telefoon genoteerd. Hij zou haar niet bellen of appen in die vier dagen: een vader die weet wanneer hij zijn dochter met rust moet laten. Hij zou haar hooguit één keer vragen of ze hem wat filmpjes kon sturen.

'Ja,' zei Alicia. 'Marianne ook. Het is voor haar ook heel sneu dat ze niet samen kunnen gaan.'

Gaat Marianne dan wel? wilde Herbert vragen, maar hij deed het niet.

'Ze hebben die kaartjes natuurlijk allang betaald,' vervolgde Alicia. 'Dus hebben ze een oplossing gevonden.

Mark gaat mee. Die is weliswaar drie jaar jonger dan de rest van de groep, maar ze kennen hem allemaal wel en ze vinden hem leuk.'

Herbert zag het tentenkamp bij het festivalterrein voor zich zoals hij dat weleens op foto's en filmpjes op Mariannes telefoon had gezien: de kookstelletjes met pannetjes voor koffie, de natte sokken aan de scheerlijnen van de tenten, de modder... Het waren allemaal tweepersoonstenten, wist hij, terwijl zijn hart sneller ging kloppen. Hij kon het Alicia niet rechtstreeks vragen, of toch wel? Waarom ook niet?

'Ik heb van Marianne begrepen dat het verder allemaal stelletjes zijn in hun vriendenkring,' zei hij. 'Is dat dan niet ongemakkelijk voor Marianne en Mark?'

'Ach, dat lossen ze daar wel op,' zei Alicia. 'Mark en Marianne kennen elkaar al zo lang, het is geen probleem als zij een tent moeten delen. Het is alleen maar sneu voor Ruben.'

Jazeker, dacht Herbert. Vier dagen in een piepklein tweepersoonstentje. Te veel drank. Drugs. Het kon haast niet mislopen.

Hij zou Marianne op de tweede dag een appje sturen. *Heb je al filmpjes? Ik ben zo benieuwd.* Hij zou zijn dochter in kleermakerszit voor het tentje zien zitten. Bezig met het koken van water voor koffie. Dan zou de rits van de tent worden geopend en zou het onuitgeslapen gezicht van Mark tevoorschijn komen. Marianne zou hem een mok koffie overhandigen.

Marianne zou na thuiskomst een 'moeilijk gesprek' met Ruben moeten voeren.

Het was onmogelijk om de grijns van zijn gezicht te halen. De redding kwam van de ober, die vroeg of ze nog een nagerecht wensten.

'Voor mij een dubbele whisky,' zei Martin.

'Martin...' begon Alicia, maar ze hield verder haar mond.

'Voor mij ook een dubbele!' zei Herbert. Veel te luid, besefte hij te laat, maar wat zou het ook? 'De duurste whisky. Voor mijn vriend Martin en voor mij.'

We hebben wat te vieren, had hij er bijna aan toegevoegd.

8

De volgende ochtend liet Martin zich nadat ze amper een halfuur hadden gelopen op een boomstronk zakken en zei dat hij niet meer verder kon.

Yvonne ging naast hem zitten en legde haar handpalm op zijn voorhoofd. ‘Hij heeft koorts,’ zei ze, meer tegen Alicia en Herbert dan tegen Martin zelf.

‘Is het niet de kater van gisteren?’ zei Alicia. ‘Goeie god, wat stonk hij naar whisky toen hij vannacht naar boven kwam stommelen.’

Herbert voelde ook zijn eigen hoofd: dat hoofd was het liefst de hele dag in bed blijven liggen. Hij wist niet precies wat hem had bezield om, nadat Yvonne en Alicia naar hun kamer waren gegaan, nog een tweede en een derde, of misschien ook nog een vierde – hij wist het niet meer – dubbele whisky te bestellen.

Eigenlijk wist hij het wel. Eindelijk had hij een onderwerp waar hij met Martin over kon praten: Mark, Martins lievelingszoon.

Maar waar ze het precies over hadden gehad? Het grootste deel was gewist. Wel herinnerde hij zich een moment waarop Martin zijn telefoon tevoorschijn had gehaald om hem wat foto's van Mark te laten zien. Een reeks waar geen eind aan leek te komen. Babyfoto's, Mark die zijn zwemdiploma omhooghield, Mark met de kampioensbeker van zijn voetbalteam. En ook meisjes, zag Herbert. Het ene nog mooier dan het andere: allemaal lieten ze gewillig hun hoofd op Marks schouder zakken, keken vol aanbidding naar hem op. Pas in de meest recente foto's werd zijn strakke kaaklijn zichtbaar. Geen weke, erbij hangende kin zoals zijn broer, geen mond die om een lolly leek te zeuren. Herbert zag ook een zekere hardheid in Marks blik. Zo poseerde hij althans op de foto's, er kon geen lachje vanaf. Maar dat was nou eenmaal zo, stelde Herbert zich gerust, zo keken alle jongens. Stoer. Mannelijk. De keren dat hij Mark in het echt had gezien, deed hij helemaal niet zo, hij lachte vaak en leek eerder verlegen.

'We moesten maar eens naar boven gaan,' zei Herbert ten slotte bij een foto van Mark die van een hoge duikplank afsprong, ergens in een of ander mediterraan zwemparadijs. Het lukte hem nog net om niet te gaan gapen.

'Alicia wil ervandoor,' zei Martin.

'Wat zeg je?' Herbert was opeens klaarwakker.

'We hebben het er gisteren over gehad. Nou ja, ook al eerder, maar toen was het plan nog niet helemaal serieus. Ze wil eerder naar huis. Ze gaat die wandeltocht helemaal niet afmaken. En ze wil dat we samen gaan, maar ik geloof dat het niet verstandig is. Ik sta aan jullie kant, Herbert. Van jou en Yvonne.'

'Maar hoe... hoe zouden jullie dan...?'

'Morgenochtend,' zei Martin, terwijl hij met een ernstig gezicht de helft van zijn whiskyglas leegde. 'Ze wil dat we om vijf uur opstaan en ergens een bus of een taxi zoeken. En dan zo snel mogelijk naar Bristol en op het vliegtuig naar huis.'

Zo snel als zijn beschonken hoofd dat toeliet, dacht Herbert na. Yvonne en hij zouden de wandeltocht met z'n tweeën voortzetten. Bij elke bed and breakfast en bij elk hotel zouden ze moeten melden dat de andere twee verhinderd waren. Wegens ziekte. Ja, dat was nog dicht bij de waarheid ook met wat de hond met Martins bovenarm had gedaan. Of moesten ze die hotels en bed and breakfasts annuleren? Hij rekende snel: over een kleine week waren ze in Bath, het eindpunt van de Cotswold Way. Nog zes overnachtingen (en daarna nog twee in Bath zelf).

Viel dat te veel op? Trok het onnodig de aandacht wanneer van de vier wandelaars twee het voortijdig opgaven en vanwege wat voor omstandigheden dan ook eerder naar huis teruggingen? Maakte het ze verdachter in het geval uit zou komen wat er precies bij de vervallen boerderij was gebeurd?

Herberts oorspronkelijke idee was geweest dat ze de volle tocht door moesten wandelen, de hele Cotswold Way. Met z'n vieren. Alleen wie onschuldig is – hij kon het zichzelf en de anderen niet vaak genoeg inprenten – maakt rustig zijn wandeltocht af, onwetend van wat er precies bij de boerderij is gebeurd.

Herbert dacht na, voor het eerst liet hij de gedachte toe dat Yvonne en hij de wandeltocht met z'n tweeën zouden voltooien, zonder Alicia en Martin, en volgens plan ten slotte in Bath zouden arriveren. *Zij zijn eerder naar huis gegaan. Martin had een flinke wond op zijn arm. Het was niet meer te doen*, zou hij Inspector Morse antwoorden. *De hond van die boerderij. Hij was losgebroken, zat aan een touw dat hij kennelijk had doorgebeten.*

En hoe laat was dat? Hoe laat kwam u langs de boerderij toen u door de 'losgebroken' hond werd aangevallen? Het Engelse sarcasme zat hem in de ironische ondertoon waarmee de inspecteur dat 'losgebroken' uitsprak. Ze moesten hun verhalen op elkaar afstemmen. Ze hadden alleen de hond gezien. *En een baby horen huilen*, dacht Herbert, opnieuw. Of was dat te veel van het goede? Het op elkaar afstemmen van de verhalen zou een stuk eenvoudiger zijn wanneer ze met z'n tweeën waren.

Herbert keek naar Martin, naar zijn nog altijd nietszeggende gezicht dat vanbinnen verlicht leek te worden door de whisky, als een lampion op een feest dat allang is afgelopen. Goedbeschouwd had hij niets tegen de man. Gedurende een kort ogenblik stelde hij zich een wereld voor waarin hij bevriend zou kunnen raken met Martin.

‘Luister, Martin,’ zei hij. ‘Jullie hoeven niet stiekem weg te sneaken morgenochtend. Dat is echt nergens voor nodig.’

‘Maar jij zei dat we bij elkaar moesten blijven,’ zei Martin met waterige ogen, en even was Herbert bang dat Martin zou gaan huilen.

‘Dat leek me inderdaad het beste idee. Dat lijkt me nog steeds het beste idee. Maar ik ga jullie echt niet tegenhouden. We moeten dan alleen bespreken hoe we het verder gaan doen. Morgen bij het ontbijt, of beter nog als we al aan het lopen zijn.’

‘Ja,’ zei Martin, en hij voelde even aan zijn bovenarm.

‘Dus het enige wat je straks tegen Alicia moet zeggen, is dat jullie niet om vijf uur op hoeven te staan. Dat we jullie vertrek gewoon rustig gaan bespreken morgen.’

Martin knikte alleen maar. Hij bracht zijn glas whisky naar zijn lippen, zag dat het leeg was en zette het weer op tafel.

Iedereen kan je vriend worden, dacht Herbert. Bij de een moet je er wat meer je best voor doen, wat meer door de vingers zien. *Jezelf verlagen.* Het was niet anders. Martin was gewoon een aardige kerel, zonder ruggengraat weliswaar, maar verder aardig.

Herbert stond op, liep om de tafel heen en legde een arm om Martins schouder, waarbij hij er goed voor oppaste om zijn bovenarm niet aan te raken.

'Wij moeten met z'n tweeën de kalmte zien te bewaren,' zei hij. 'De verstandigste zijn. Geef die vrouwen één lucifer en het volgende moment staat het hele huis in brand.'

'We moeten echt naar een dokter,' zei Yvonne. 'Of naar een ziekenhuis.'

Martin zat nog altijd op de boomstronk, hij leunde voorover en verborg zijn gezicht in zijn handen.

'Ja,' zei Alicia, maar het klonk niet van harte.

Herbert tuurde op zijn telefoon. 'Er is hier een halve kilometer naar beneden een weg,' zei hij. 'En iets verderop een bushalte. Maar we kunnen misschien beter een taxi bellen als jullie daar eenmaal zijn. Bij die weg,' voegde hij eraan toe.

Alicia keek hem aan. 'Jullie?' vroeg ze.

'Ik stel voor dat Yvonne met Martin meegaat,' zei hij, terwijl hij zijn gezicht naar zijn vrouw keerde en drie keer kort achter elkaar zijn neus aanraakte. Het was hun geheime teken tijdens zich eindeloos voortslepende etentjes en openbare bijeenkomsten: *tijd om te vertrekken.*

Gisternacht op de hotelkamer had hij Yvonne wakker gemaakt en haar over de ontsnappingsplannen van Alicia en Martin verteld. 'We moeten gewoon tijd zien te winnen,' had hij tegen haar gezegd. 'We doen net of we het geen probleem vinden, en ondertussen proberen we het uit te stellen. Voor je het weet zijn we in Bath. Het wordt met de dag onzinniger om eerder te vertrekken.'

Nu haalde Herbert diep adem. 'Tenzij jij met hem mee wilt.' Hij richtte zich tot Alicia. Hij telde de seconden, voelde zijn hart bonzen in zijn keel. Het was een gok, de grootste gok van deze dag, maar hij ging op zijn gevoel af. 'En anders kan ik met Martin meegaan,' zei hij snel om het allemaal nog geloofwaardiger te maken.

Met de drie tikjes tegen zijn neus had hij zijn vrouw duidelijk gemaakt dat Alicia en Martin onder geen beding met z'n tweeën naar de dokter mochten. De verleiding om te ontsnappen naar Bristol en pas in Amsterdam een dokter te raadplegen, zou te groot worden.

'Ik vind het goed,' zei Alicia, 'dat jij of Yvonne met hem meegaat.'

'Mooi,' zei Herbert, en hij moest zich inspannen om zijn opluchting niet in zijn stem te laten doorklinken. 'Dan stel ik voor dat Alicia en ik gewoon deze etappe afmaken en dat we elkaar aan het eind van de dag zien in het hotel. Daar bespreken we ook meteen rustig of we de hele wandeltocht toch niet beter kunnen afbreken. Eerst afwachten wat de dokter zegt.'

'Moet Yvonne niet weten wat ze moet zeggen als die dokter vraagt waar Martin is aangevallen?' vroeg Alicia.

'Ja, dat is wel een goeie,' zei Herbert. 'Ik denk dat jullie het beste kunnen zeggen dat die hond ergens net voor Stanton van een erf af kwam rennen. Het erf van een vervallen boerderij.'

'Wat?' zei Alicia. 'Dat brengt ons wel heel dicht in de buurt van waar het allemaal gebeurd is.'

'Precies,' zei Herbert. 'Maar we waren daar ook heel dicht in de buurt. Op de eerste dag zijn we vlak langs die boerderij gelopen. Maar verder hebben we niets gehoord of gezien. Geen mensen, geen baby, niks.'

Hij bemerkte zijn verspreking pas toen Yvonne hem met grote ogen aanstaarde.

'Een baby?' vroeg ze. 'Welke baby?'

Herbert voelde zijn gezicht warm worden. 'Ik zag...' begon hij. 'Er stond daar ergens een kinderwagen op dat erf. Dacht ik. Een roestige kinderwagen. Maar een baby, nee, die was er volgens mij niet echt.'

Er viel een korte stilte waarin Yvonne hem aan bleef staren.

'Ik heb die baby ook gehoord,' zei Alicia.

9

De andere drie keken Alicia aan, zelfs Martin had zijn hoofd opgericht – Herbert zag zijn blik vol ongeloof, kennelijk had Alicia hem niks verteld.

Yvonne was de eerste die de stilte verbrak. 'Wacht even,' zei ze. 'Jullie hebben een baby gehoord bij die boerderij, en vervolgens hebben jullie daar niks over gezegd. Een baby! Een baby die nu wel dood kan zijn, dan hebben we dat ook nog op ons geweten. Maar ik niet!' schreeuwde ze erachteraan, alsof deze gedachte nu pas bij haar opkwam. 'Ik heb geen baby gehoord!'

Herbert keek vragend naar Alicia.

'We stonden alle vier bij de bosrand, waren bezig takken van struiken te trekken,' zei Alicia. 'Ik dacht: misschien is een schop handiger. Ik ben toen naar het erf gelopen om er een te zoeken.'

Herbert dacht na. Alles was snel gegaan, hij herinnerde zich niet specifiek dat Alicia een schop was gaan zoeken, maar het was heel goed mogelijk. Waarom zou ze daarover liegen?

'Ik durfde niet te dicht bij die boerderij te komen,' zei Alicia. 'Er was die blaffende hond die aan het touw rukte waarmee hij aan een soort roestig metalen hondenhok vastzat. Ik zei iets tegen hem. Zoiets van "Rustig maar, hondje. Hondje is braaf", en tot mijn verbazing hield hij op met blaffen en begon hij zelfs te kwispelen. Ik ben toen nog een stapje verder gegaan. Ik ben naar die hond toe gelopen en heb hem over zijn kop geaaid, en hij likte mijn hand. Het was helemaal stil. En toen hoorde ik de baby.'

'Alicia,' kreunde Martin. 'Wat is dit? Wat is dit voor verhaal? Waarom heb je me niets verteld?'

'En jij!' zei Yvonne tegen Herbert. 'Ik weet ook van niks. Was je nog van plan om het mij te vertellen, of dacht je: ach, daar begrijpt zij toch niks van. Yvonne is veel te gevoelig als het om baby's gaat?'

Herbert zag de eerste tranen in haar ogen.

'Waarom, Herbert? Hoe kon je zoiets doen?'

'Ik dacht eerst dat ik het me verbeeldde,' zei Herbert. 'Ik was daar met Martin om die knoop te zoeken. En ik heb die hond gekalmeerd. Net zoals Alicia. Daarna heb ik die hond vastgemaakt, op het erf, aan een of andere verroeste ploeg. Toen dacht ik heel even een baby te horen.'

'Maar dan moeten we daarheen!' zei Yvonne. 'Die baby ligt daar al een paar dagen zonder eten of drinken! Als-ie niet al dood is. We moeten de politie waarschuwen.' Tranen stroomden over haar wangen, haar onderlip trilde.

'Ho, wacht even,' zei Herbert. 'Die mensen moeten toch ook nog wel familie hebben. Een broer of ouders die daar in de buurt wonen. Die zijn vast wel gaan kijken toen ze al zo lang niets meer hoorden van die twee.'

'Maar is het dan niet raar dat wij niks hebben gehoord?' vroeg Yvonne. 'Dat het niet in de krant heeft gestaan of op het nieuws is geweest? "Baby ligt dagenlang alleen in vervallen boerderij. Verblijfplaats ouders onbekend." Als we niks hebben gezien of gelezen betekent dat toch dat die baby daar nog steeds ligt te huilen?'

Een nieuwe snik, Yvonne veegde haar gezicht droog met de mouw van haar jas.

'Maar wie van ons leest de krant?' zei Herbert. 'Ik heb in een pub weleens met een schuin oog naar de tv gekeken, maar verder –'

'Ik lees de krant,' zei Alicia.

Opnieuw keken ze haar alle drie aan.

'Elke dag,' vervolgde ze. 'Elke avond en elke ochtend. Het landelijke nieuws en de lokale kranten. Allemaal op mijn iPad. En de nieuwsuitzendingen op tv, zowel de landelijke als de lokale.'

'Ja, dat klopt,' zei Martin. 'Ze ligt de hele tijd met dat ding in bed.'

Niemand schonk aandacht aan hem.

'Tot nu toe is er niets gepubliceerd of op tv geweest,' vervolgde Alicia. 'Maar dat zegt allicht niet alles. Ze kunnen het ook geheimhouden en stilletjes een onderzoek starten. Maar dat lijkt me niet erg waarschijnlijk.'

'En jij hebt die baby ook horen huilen en vond dat kennelijk geen reden om dat met ons te delen?' zei Yvonne. 'Net als mijn man wilde je het slechte nieuws liever voor jezelf houden.'

'Ik heb er ook mee geworsteld, Yvonne. Daarin moet je me echt geloven. Maar nu voelde ik dat er geen weg terug meer was. Ik had het jullie niet verteld, maar Martin ook niet. Met elke volgende dag werd het onmogelijker om dat alsnog te doen.'

'Ja, precies,' zei Herbert. 'Ik had precies hetzelfde.'

Yvonne kneep haar ogen samen, de tranen waren intussen opgedroogd, zag Herbert, in haar blik viel uitsluitend nog woede te lezen.

'Jij had precies hetzelfde.' Ze fluisterde bijna. 'Dezelfde gevoelens over een alleen in zijn wiegje huilende en uitgehongerde baby als Alicia. En jij dacht niet aan die baby maar aan jezelf. Hoe moeilijk, hoe onmógelijk het was om het aan je vrouw te vertellen. Ik kan er echt niet bij, Herbert. Echt niet.'

Herbert haalde diep adem, hij wilde iets zeggen, maar hij twijfelde of hij het wel moest doen. Als hij het eenmaal deed, was er geen weg terug. Maar het was de biologie –

zijn biologische hart dat hem influisterde wat hem te doen stond.

'We moeten ons afvragen wat voor toekomst die baby heeft,' zei hij. 'Of zou hebben gehad, dat weten we op dit moment niet. Een kind van verslaafde ouders. Zou de moeder tijdens de zwangerschap zijn gestopt met lijmsnuiven en andere rotzooi in haar lichaam stoppen? Heeft ze die baby maandenlang met lijm en crystal meth vervuilde moedermelk te drinken gegeven? Dat ligt toch meer voor de hand. En dan nog iets an–'

'Maar een kind van verslaafde ouders heeft toch ook recht op leven?' onderbrak Yvonne hem. 'Die baby kunnen ze toch laten afkicken? Die hoeft toch niet dood te hongeren?'

'En dan nog iets anders,' vervolgde Herbert, alsof Yvonne helemaal niets had gezegd. 'Wij hadden toch alle vier sterk de indruk dat die twee broer en zus van elkaar waren? Misschien hebben we ons vergist, maar misschien ook niet. Wat voor kind komt er uit zulke ouders? Soms gaat het goed, vaker niet. Moeten we zo'n kind tot elke prijs willen redden?'

'Herbert!' riep Yvonne uit. 'Hoor je wel wat je zegt? Waarom heb je mij niet meteen over die baby verteld?'

'Omdat jij dan direct naar de politie was gegaan,' zei Herbert. 'Naar het Rode Kruis, naar weet ik veel, naar alle beschikbare hulporganisaties. Omdat een onbekende, misschien wel nauwelijks levensvatbare baby voor jou meer waard is dan je eigen man. Meer waard dan jezelf. O, wat zijn we toch altruïstisch, je cijfert jezelf helemaal weg en hoopt dat de wereld voor je zal applaudisseren. Maar de echte egoïsten, dat zijn mensen zoals jij, mensen die alles opofferen voor een hoger doel zonder aan hun dierbaren te denken.'

Iets ging er helemaal niet goed, besefte ook Herbert midden in zijn woede. Alicia en Martin hadden ruzie moeten maken, niet hij en Yvonne. Hij vond het verschrikkelijk dat Alicia en Martin hier getuige van waren, aan de andere kant had hij schoon genoeg van... van alles.

'Ik heb ook niets over die baby gezegd,' zei Alicia. 'Ik heb er ook mee rondgelopen, net als Herbert. Ik weet nog steeds niet of we het goede hebben gedaan, of dat we gewoon een baby hebben vermoord.'

'Maar die mensen zullen toch wel vrienden hebben?' zei Martin. 'Er zal toch inmiddels wel iemand zijn langsgekomen en die baby hebben gevonden?'

'Ik zou er niet op rekenen,' zei Herbert. 'We hebben gezien wat een gezellige, sociale types het waren. Daar gaat echt niemand vrijwillig op bezoek.'

Hadden ze het hier niet al over gehad? vroeg Herbert zich af. Nog maar een paar minuten geleden had hij geopperd dat er misschien wel familieleden een kijkje bij de boerderij waren komen nemen. Ze draaiden in een kringetje rond. Hij keek naar Yvonne, maar die meed zijn blik; ze huilde stilletjes.

‘In het dierenrijk bestaat dat helemaal niet,’ zei hij. ‘Dat een broer en een zus het met elkaar doen. En als het per ongeluk toch gebeurt, komt daar nooit een zwangerschap uit voort.’

‘Ach, flikker toch op met je dierenrijk!’ Yvonne keek hem met nauwelijks verholen haat aan. ‘In het dierenrijk, daar is het pas gezellig, als we jou moeten geloven! Nou, ik ben het helemaal zat, met dat dierenrijk van je! Wat probeer je nou eigenlijk te zeggen? Dat dat kind nooit geboren had mogen worden?’

Herbert moest toegeven dat zijn vrouw gelijk had: het ontbrak nogal aan gezelligheid in het dierenrijk. Aan de ene kant waren er de leeuwen, de zebra’s en de waterbuffels die hun pasgeboren jongen droog likten in natuurfilms en de opgroeiende welpen die al over elkaar heen rollend speelden in het savannegras, maar er waren ook de jonge chimpansees die werden verstoten door hun moeder, diezelfde moeder die de kinderen van een andere moeder doodde en soms opat. Er was de voortdurende strijd: de roofvogel die hoog in de lucht rondjes maakte boven de akker, het voor zijn leven rennende konijn in de diepte was dan al ten dode opgeschreven. En dan was er de grote vraag die hem al zijn leven lang had beziggehouden, een vraag waarop het antwoord naar alle waarschijnlijkheid nooit zou worden gevonden.

In het huidige tijdsgewricht maakten de mensen zich druk om het uitsterven van bepaalde diersoorten. En het was waar: met de komst van de mens voltrok dat uitsterven zich in een steeds hoger tempo. Het was triest, vond ook Herbert, maar was het in plaats van te treuren niet veel beter om je te verheugen over de diersoorten die nog wel in leven waren? Er waren er ook zoveel, bijna twee miljoen volgens de laatste schattingen. Van die twee miljoen waren er een paar honderd, duizend hooguit, die met uitsterven bedreigd werden, of die in de afgelopen tien jaar al uitgestorven waren. Zelfs als er honderdduizend soorten van de aardbodem zouden verdwijnen, dan nog bleven er 1,9 miljoen over.

Waarom waren er zoveel verschillende soorten? Welk doel diende dat? Het was net zo'n vraag als waar het heelal eindigde. Het antwoord zou de mensheid niet meer meemaken.

Hij had zich altijd meer met de dieren verbonden gevoeld dan met de mensen. Niet om hun wreedheid maar om hun hogere intelligentie: hun zesde zintuig, beter gezegd. Die wreedheid beschouwden ze zelf niet als wreedheid, dat werd hun door hun instinct ingefluisterd. Maar de dieren waren al langer op aarde dan de mensen, ze begrepen dat die aarde een vijandige plek was, een onverschillige planeet die het niks kon schelen wie er op haar fragiele en onbetrouwbare korst probeerde te overleven. Vulkaanuitbarstingen, tsunami's, aardbevingen: de dieren voelden ze aankomen en vluchtten naar veiliger en hoger gelegen gebieden, vaak al dagen voordat de ramp daadwerkelijk plaatsvond. De mens beschikte niet over dit zesde zintuig. Hij bebouwde de kustlijn met hotels en resorts, zette flatgebouwen van tien of meer verdiepingen neer op de breuklijn van twee verschuivende aardplaten. Onder de as van Pompeï werden honderden dodelijke slachtoffers aangetroffen, maar slechts één dier: een hond die aan de ketting lag en dus niet zoals alle andere dieren al dagen van tevoren een veilig heenkomen had kunnen zoeken.

Dieren hoorden het getik van de aardplaten eerder dan de mens, het gerommel in het diepste binnenste van de vulkaan, de zee die plotseling stil wordt en zich terugtrekt tot achter de horizon. Ze hadden geen flatgebouwen die als kaartenhuizen instortten, geen bungalows aan zee die als zandkastelen werden weggespoeld. Een hol of een nest was binnen een dag herbouwd. Zo was de aarde. Ze was alleen je vriend als je goed naar haar wist te luisteren.

'Ik zeg alleen maar dat bij de dieren sommige zaken beter zijn geregeld,' zei Herbert. 'Dieren krijgen geen kinderen met het downsyndroom, ze voelen geen pijn tijdens de bevalling, eerder genot. Op een paar uitzonderingen na moorden ze nooit zomaar, maar uitsluitend om hun honger te stillen.'

Hij wilde nog meer zeggen, maar hield zich in. Hij moest Alicia en Martin niet tegen zich in het harnas jagen, in elk geval niet tot ze het eindpunt van hun wandeltocht bereikten: Bath, de luchthaven van Bristol, Schiphol, hun eigen huis in Amsterdam.

Zijn diepste gedachten over de mens hield hij meestal voor zich. Dat het een opluchting zou zijn wanneer de mensheid uiteindelijk weer van het aardoppervlak zou verdwijnen, dat dit ook in de bedoeling lag van de schepping. Het paradijs op aarde had uitsluitend bestaan in de miljoenen jaren dat er nog geen mensen aan de horizon waren verschenen. En het zou pas weer terugkeren nadat de laatste mens was uitgestorven.

'Dus nu heeft die baby ook nog het downsyndroom,' zei Yvonne. 'Misschien nog een extra reden om hem alleen in een boerderij achter te laten?' Ze keek Herbert inmiddels niet meer aan; ze keek eerst kort naar Martin en daarna naar Alicia.

'Het is heel moeilijk,' zei Alicia. 'Ik heb jullie al gezegd dat ik er ook mee heb geworsteld. Maar nu moeten we ons denk ik vooral richten op hoe we verdergaan.' Ze keek even opzij naar Herbert. 'Ik moet jullie bekennen dat Martin en ik hebben overwogen om te vertrekken. Vandaag. Maar Martin heeft me ervan overtuigd dat het niet eerlijk zou zijn tegenover jullie. Dat het jullie kansen zou verkleinen.'

'Herbert zei gisteren tegen me dat we konden vertrekken wanneer we maar wilden,' zei Martin. 'Dat heeft mij over de streep getrokken om Alicia ervan te overtuigen niet zomaar de situatie te ontvluchten, zonder eerst met jullie te overleggen.'

Yvonne keek Herbert aan. Dus dat heb jij gezegd, zei

haar blik, zonder dat ze die zin hardop uitsprak. Jij maakt in het geheim afspraakjes met Martin over iets wat ons allemaal aangaat.

Herbert haalde zijn schouders op. 'We moeten Alicia en Martin niet proberen te dwingen. Als zij vandaag naar huis willen, gaan we allemaal. Of wij lopen met z'n tweeën door tot Bath. Het is inmiddels wel een stuk geloofwaardiger door Martins wond, dat ze niet meer door zouden willen. Dat gelooft de politie ook wel.'

Het kwam door het woord. Politie. Ze vielen alle vier even stil en keken elkaar aan. Alicia beet op haar onderlip. Bij Yvonne liep er weer een traan over haar wang. Martin zuchtte en kreunde, alsof hij niemand wilde laten vergeten dat hij gewond was.

'Ik stel voor dat we onze etappe van vandaag in ieder geval afmaken.' Het was Alicia die de stilte verbrak. 'Dat jij nog even je tanden op elkaar zet, Martin, en dat we geen tijd verliezen met het zoeken naar een arts.'

10

Die avond in de pub was het opeens op het nieuws. De tv hing ver weg in een hoek, ze konden niet verstaan wat er werd gezegd.

Martin stond op en leek zich naar de tv te willen begeven, maar Herbert riep hem tot de orde.

'Ga zitten!' zei hij. 'Dat onthouden de mensen, dat een buitenlandse toerist belangstelling had voor het lokale nieuws.'

En zelfs dat wisten ze niet eens, of het de landelijke of de lokale tv was. Ook de witte letters onder in beeld waren niet goed te lezen.

Martin was meteen weer gaan zitten. Ze keken zwijgend naar het scherm. Een stuk land met op de achtergrond een schuur, een paar verroeste landbouwwerktuigen en een hoek van een boerderij in vervallen staat. Er waren plastic linten gespannen, er stonden een stuk of vier politieauto's met zwaailichten in het verwilderde grasveld en half op het erf. Er waren agenten met honden – van dé hond geen spoor.

Er waren ook twee ambulances aanwezig.

Yvonne, Herbert, Alicia en Martin zeiden niets tegen elkaar, maar ze wachtten allemaal op het hetzelfde: het moment waarop een agent met een in een dekentje gewikkelde baby naar buiten zou komen en naar een van de ambulances zou lopen.

Maar dat gebeurde niet.

'Misschien zat dat in het begin,' zei Yvonne. 'Ik denk niet dat we het hele item vanaf het begin hebben gezien.'

'Wat ze ook wel doen,' zei Martin, 'is dat ze bepaalde informatie achterhouden. Bij seriemoordenaars doen ze dat. Die hebben een bepaalde modus operandi, een eigen signatuur, en laten op een plaats delict dan iets achter waar alleen de politie en zij van weten.'

'Wij zijn geen seriemoordenaars, Martin,' zei Yvonne.

'Nee, maar wat zijn we wel?' vroeg Alicia.

En toen verscheen er een telefoonnummer onder in beeld.

Yvonne stond met een ruk op en greep haar papieren servetje van tafel. 'Heeft iemand een pen? Snel, een pen.'

'Wat wil je doen?' vroeg Herbert. 'Die lui gaan bellen?'

'Is dat niet precies wat eerlijke mensen zouden doen?' vroeg Yvonne. 'Wij herkenden die boerderij van de tv.

Wij zijn daar op die en die dag voorbijgelopen, maar we hoorden alleen een hond blaffen.'

'Ja, en dan?' vroeg Herbert. 'Dan zien ze dat Martin zijn arm nauwelijks kan bewegen en vragen ze hoe dat komt. Daarna hoeven ze alleen nog maar een gebitsafdruk van die hond te maken en dan hebben ze een match. Denk toch eens een keer na voordat je allemaal telefoonnummers gaat noteren.'

Herbert had vrijwel niet meer met zijn vrouw gesproken sinds de woordenwisseling van die ochtend. Hij was een beetje in de achterhoede blijven hangen, zodat hij steeds een paar meter verder achteropraakte, terwijl Yvonne juist met woedende stappen voor de anderen uit beende.

Ze hadden hun stilzwijgen volgehouden tot ze op de hotelkamer waren. Daar was Yvonne opnieuw begonnen te huilen.

'Hoe kun je dat nou doen?' snikte ze. 'Mij zo behandelen waar andere mensen bij zijn. Zo'n toon tegen me aanslaan. Wat moeten ze wel niet denken?'

Herbert was moe. Hij had geen zin in een nieuwe ruzie. Maar hij ging geen strobreed toegeven aan de sentimentele oprispingen van zijn vrouw.

'Het spijt me,' zei hij, terwijl hij een stap naar haar toe deed, maar ze wendde zich half van hem af en weigerde hem aan te kijken. 'Ik loop soms wat hard van stapel, maar dat komt doordat ik echt geloof in wat ik zeg. Dat is niet persoonlijk bedoeld.'

‘Maar je blaft mij gewoon publiekelijk af,’ zei Yvonne. ‘Dat doe je niet met iemand van wie je houdt. Als je nog van me houdt... Dat vraag ik me weleens af.’

Hij hoefde nu nog maar één ding te doen: op haar afstappen en haar in zijn armen nemen. Nogmaals zeggen dat het hem speet. Dat hij van haar hield.

Maar hij had er geen zin in.

‘Ik ga vast naar beneden,’ zei hij. ‘Ik heb trek in bier.’

Hij had net zijn tweede pint besteld toen het nieuws van zes uur op tv kwam. Hij zat gunstig, aan een hoek van de bar, hij kon alles goed zien en ook goed verstaan.

11

De volgende ochtend aan het ontbijt werd er voornamelijk gezwegen. ’s Avonds in de pub waren ze het er na lang beraad over eens geworden dat ze voorlopig nog altijd niets zouden doen. Niemand bellen, zich niet vrijwillig als getuigen melden – de politie zou uiteindelijk toch wel bij hen terechtkomen, maar het kon nog best een poos duren voordat ze alle bed and breakfasts en hotels op de route hadden gecheckt. Als ze daar al mee zouden beginnen, dacht Herbert. Misschien zochten ze eerst in een andere richting: een conflict in de familiaire sfeer, een afrekening tussen achterlijke boeren onderling. Iets over land, daar ging het altijd over bij die lui, of de sloot of de heg op jouw grond lag of op de grond van de ander. Voor een paar vierkante meter land waren ze bereid de ander dood te schieten, dat ging al eeuwen zo. Ook de boeren stonden dichter bij de biologie dan de gemiddelde mens – dichterbij dan de gemiddelde bioloog in elk geval.

Die twee gekken waren het levende bewijs. Omdat ze – omdat hij, Herbert, verbeterde hij zich snel – omdat hij zich een paar meter van het pad had gewaagd en daarmee wederrechtelijk andermans terrein had betreden, waren die twee door het lint gegaan. Als roofdieren hadden ze achter hun vuile ramen liggen wachten op een niet te missen kans op geweld.

Herbert had opnieuw het full English breakfast besteld; dat had hij ook wel nodig na de pints die hij gisteravond weg had weten te werken. Hoeveel had hij er in totaal gedronken? Zes of zeven, schatte hij. Hij besmeerde een toast met een dikke laag boter, belegde die ruimschoots met roerei en bacon, en stak alvast een worstje in zijn mond.

‘Soms vraag ik me af of we het niet anders hadden kunnen oplossen,’ zei Yvonne voor zich uit, zonder iemand in het bijzonder aan te kijken. ‘Of we met iets meer geduld en redelijkheid –’

‘Redelijkheid?’ zei Herbert. ‘Redelijkheid? Alicia en ik hebben allebei onafhankelijk van elkaar die hond kalmerend toegesproken. Hadden we dat ook met die twee gekken moeten doen? Denk je dat dat zou hebben geholpen? “Ach, lieve kinderen, waarom gaan we niet gezellig in jullie boerderijtje een kopje thee drinken met z’n allen? Dan praten we er nog eens rustig over. Je zult zien dat we er samen uit komen." Hè? Hadden we dat moeten doen? Zolang er gepraat wordt, wordt er tenminste niet gevochten, hoor je altijd. Maar soms moet er helemaal niet gepraat worden. Soms is vechten de enige juiste oplossing.'

Hij dacht aan dat ene ondeelbare ogenblik waarin hij zijn besluit had genomen. Er was geen tijd voor overleg geweest. Het ene moment zag hij zijn vrouw bijna onmerkbaar haar hoofd schudden. Niet doen... Ze kende hem al meer dan veertig jaar. Ze had de boodschap in zijn blik gelezen.

Maar waar was ze daarna? Waar was ze gebleven? Vanuit zijn ooghoek zag hij Martin, die achteruit stapte en zijn armen ten hemel hief. De opengesperde ogen van het meisje – de woede was er in één nanoseconde uit verdwenen en had plaatsgemaakt voor angst. Ze was haar broer niet te hulp geschoten maar was op de vlucht geslagen. 'Alicia, vlug! Ze mag niet ontsnappen!' Waren dat letterlijk zijn woorden geweest? Ook nog maar een nanoseconde eerder was hij zelf doodsbang geweest. Maar toen hij eenmaal was begonnen, moest hij het afmaken. Alicia was achter het meisje (het zusje) aan gerend en had haar tegen de grond gewerkt.

Maar waar was Yvonne? Hij zag haar nergens. Toen hij zijn tanden in het met roerei en bacon belegde geroosterd brood zette, voelde hij een hand op zijn schouder. Hoorde hij haar stem. Herbert... Had ze geprobeerd hem tegen te houden?

Hij keek naar de vrouw met wie hij al vijfendertig jaar getrouwd was. Op haar bord geen roerei, bacon of worstjes. Bedachtzaam lepelde ze een halve kiwi en een in kleine stukjes gesneden appel uit een kommetje.

‘Wat als jij had gedaan wat die jongen vroeg?’ zei ze nu, nog altijd zonder hem aan te kijken. ‘Als je gewoon terug was gelopen over dat verwilderde grasveld. Wat moest je daar ook?’

Herbert hield op met kauwen, slikte een veel te groot stuk bacon in één keer door en greep naar zijn koffiemok. ‘Dit geloof je toch niet echt, Yvonne?’ zei hij, en hij hoorde meteen dat zijn stem niet erg vast klonk. Bovendien zat zijn mond nog te vol, hij slikte weer en gooide er een scheut koffie achteraan. ‘Dat is juist waar ze op zaten te wachten, dat we sorry zouden zeggen en voor ze neerknielden. Dat was het laatste beetje dat ze nodig hadden om ons helemaal af te maken. Het is net als met die hond. Martin rende weg. Vanaf dat moment werd hij een gewillige prooi: een slachtoffer. Hadden we dat moeten doen? Hadden we slachtoffers moeten spelen?’

Natuurlijk niet, dacht Herbert, het was de biologie. Dieren zijn zich niet bewust van wat ze doen. Wij wel. Wat wij hebben gedaan ligt dichter bij ons instinct dan bij ons bewustzijn. Dichterbij zullen we misschien wel nooit meer komen.

Hij herinnerde zich opeens een voorval uit zijn jeugd. Ze waren met zes vrienden op vakantie in Blanes aan de

Costa Brava. Club in, club uit, goedkope drank in onwaarschijnlijke hoeveelheden, hamburgers als lunch en avondeten. Of beter gezegd: als ontbijt. Als ze wakker werden begon het alweer bijna te schemeren, met een basis van een paar hamburgers en hotdogs maakten ze zich op voor een nieuwe, lange nacht.

Bij het betreden van de derde of vierde club struikelde er vlak voor hen een Engelse jongen en viel plat voorover op de grond. Herbert was op dat moment alleen met Frits, waar de anderen waren wist hij niet, waarschijnlijk waren ze al doorgelopen naar de dansvloer of stonden ze nog in de rij voor de ingang.

Frits en hij waren spontaan in lachen uitgebarsten bij het zien van de stompzinnige val. De Engelsen waren met z'n vieren, en terwijl de gevallen jongen overeind krabbelde, sloten de andere drie hen in.

'Valt er iets te lachen?' vroeg er een.

Het gezicht van de jongen kwam te dicht bij dat van Herbert. Een typisch Engels gezicht was het: van een ongezonde bleekheid, met op uitslag gelijkende rode vlekken waar de huid was verbrand door de zon, lelijke niet helemaal witte tanden.

'Zeg "sorry",' zei de jongen in Herberts gezicht, zijn adem rook naar Bacardi-cola en worst. 'Nu, zeg "sorry".'

Op dat moment was hun vriend Willem rechts achter Herbert opgedoken. Willem was met kop en schouders de grootste en sterkste van de groep. Zonder te informeren wat er precies aan de hand was plantte hij zijn vuist met volle kracht tegen de neus van de Engelse jongen en sloeg hem tegen de grond.

'Nog iemand?' vroeg Willem aan de overgebleven drie jongens. 'Zeg het maar. Nog iemand?'

De neergeslagen jongen was overeind gekrabbeld en zat op zijn knieën op het rode tapijt dat de entree en de trap die naar de dansvloer leidde bedekte. Bloed druppelde uit zijn neus en maakte donkere vlekken op de stof.

Toen waren twee beveiligers toegeschoten en hadden het hele clubje – Nederlanders en Engelsen – naar buiten gewerkt. De Engelsen hadden geen trek meer in een voortzetting van het gevecht en dropen af.

'Ik zag jullie daar staan met die lui en ik dacht: foute boel,' zei Willem een paar minuten later op een terras. 'Niet in discussie gaan, dacht ik. Meteen uitschakelen.'

De anderen beaamden dat.

'Ik denk dat als we hadden toegegeven,' zei Herbert, 'als we echt sorry hadden gezegd, dat we dan helemaal in elkaar waren geslagen door dat tuig. Met sorry hadden we onze zwakte getoond.'

'Precies,' zei Willem. 'Je zegt hooguit sorry in gedachten, wanneer je ze vol op hun bek slaat. Maar met zo'n lelijke kop als die gozer is er ook niet veel om sorry voor te zeggen.'

Later had Herbert vaak aan het voorval in de club teruggedacht. Willem was de onbetwiste held van het verhaal. Herbert voelde vooral spijt. Het liefst had hij zelf als eerste toegeslagen, het gevoel van zijn knokkels tegen een neus of een kin was hem ontnomen – dat zou hem niet nog eens gebeuren.

Herbert keek naar Alicia. 'Heb jij nog wat nieuws kunnen opduikelen vannacht? Of vanochtend? Op je iPad?'

Alicia was een toastje met rode jam aan het besmeren. 'Niet echt,' zei ze. 'Het is voor iedereen een raadsel wat er gebeurd zou kunnen zijn.'

Herbert bleef haar aankijken, hij wachtte of er nog meer zou komen, maar Alicia zette haar tanden in het toastje en deed er verder het zwijgen toe.

Ze houdt iets achter, dacht Herbert. Waarom? Om ons niet onnodig te belasten? Om de zwakkere broeders uit ons gezelschap de details te besparen? En hij realiseerde zich onmiddellijk dat hij met die zwakkere broeders ook zijn eigen vrouw bedoelde. Martin in de eerste plaats, maar toch ook Yvonne – het was niet anders.

De afgelopen dagen had hij gedacht dat het een machtsstrijd tussen twee echtparen zou worden. Ze hadden op Alicia en Martin moeten inpraten opdat ze de wandeltocht niet voortijdig zouden afbreken.

Maar de laatste vierentwintig uur, en vooral sinds Alicia had opgebiecht dat ze de huilende baby ook had gehoord, begreep hij dat zij zijn natuurlijke bondgenoot was. Zij waren de sterksten. Yvonne was afgevallen met haar sentimentele gejammer, nu aan het ontbijt weer, over die broer. Misschien hadden ze moeten proberen te praten... In gedachten zag hij zichzelf weer bij de ingang van de club in Blanes, voelde hij weer zijn gebalde vuist – maar hij was te laat geweest.

Gisteren had hij met zijn biertje aan de bar gezeten en had hij als enige van hun vieren het nieuws van zes uur gezien. Daarin was, al helemaal aan het begin, het woord '*mutilated*' gevallen. Verminkt. Hij had het gebruik van dit woord toegeschreven aan de typische neiging tot overdrijven van de Engelse sensatiejournalistiek. Het klonk bovendien alsof 'ze' – de 'daders' – zoiets opzettelijk zouden hebben gedaan, terwijl ze alleen maar uit zelfverdediging hadden gehandeld. Ze hadden geen sorry gezegd. Ze hadden niet op punten gewonnen, maar waren voor de knock-out gegaan.

Hij keek weer naar Alicia en dit keer keek ze terug, terwijl ze bedachtzaam op haar toastje met jam kauwde. Heb jij dat woord ook gehoord of gelezen? vroeg hij haar in gedachten. En heb jij vervolgens besloten om dit nieuwsfeit niet met de anderen, met onze zwakkere broeders en zusters, te delen?

Ze wendde haar blik nog altijd niet af. Ze bleef hem aankijken.

Herbert had zijn antwoord.

12

Halverwege de middag kwam ze naast hem lopen.

'Kijk,' zei ze. 'Ik heb dit gekregen.'

Ze hield haar telefoon voor zijn neus. Herbert bleef staan, Alicia volgde zijn voorbeeld. Yvonne verdween net achter een groepje bomen voor hen uit op het pad; na het ontbijt had ze niets meer gezegd en had ze zwijgend haar rugzak ingepakt. Herbert had geen toenaderingspoging gedaan. Martin liep zoals gebruikelijk een paar honderd meter achterop; hij verloor de anderen nooit uit het oog. Ook al was de route perfect aangegeven, met steeds op redelijke afstand van elkaar geplaatste houten palen met bovenin een afbeelding van een eikel, het leek of hij bang was te verdwalen.

Alicia hield hem een foto voor, een foto van haar oudste zoon. Herbert zag een rood aangelopen, vlekkerig gezicht; Rubens ogen waren klein en waterig.

‘Kijk, wat zielig,’ zei Alicia.

‘Ja,’ zei Herbert. Hij deed zijn best om iets van warmte of medelijden in zijn stem te laten doorklinken, maar het lukte hem maar half.

Ziek en betraand nam het hoofd van de lamzak bijna zijn perfecte gedaante aan. Het was alsof het hoofd er jaren voor had getraind om deze volmaakte vorm te bereiken. De vooruithangende onderlip was voor de verandering eens niet vochtig, maar droog en gebarsten. Maar Herbert zag ook nog iets anders: rechts op de foto was een lange lok zwart haar te zien.

‘Er zijn nog meer foto’s,’ zei Alicia, alsof ze zijn gedachten raadde. Met haar duim scrolde ze naar de volgende. ‘Hier staat Marianne ook op.’ Ze scrolde verder. ‘En op deze ook. Allemaal selfies.’

‘Wacht even,’ zei Herbert. ‘Stop eens. Nee, die andere, twee foto’s terug.’

Op die foto was de lamzak nauwelijks nog zichtbaar. Marianne hield haar hoofd schuin, zodat haar haar naar beneden viel en voor de helft zijn gezicht afdekte. Hij keek naar zijn dochter. In de afgelopen dagen had hij haar een paar appjes en ook een enkele foto van een vergezicht gestuurd. Als antwoord had hij alleen opgestoken duimpjes en hartjes teruggekregen. Hij moest haar bellen. Hij was altijd voorzichtig, wilde haar niet tot last zijn, aan de telefoon hadden ze soms een wat ongemakkelijk contact, met veel stiltes en het duidelijk merkbare verlangen van Marianne om het gesprek zo kort mogelijk te houden.

Hij vroeg zich af of Yvonne wél met hun dochter had gebeld. Dat kon. Dat was mogelijk. Maar ze deed daar nooit geheimzinnig over en vertelde het hem altijd meteen. Alleen nu misschien niet, dacht hij, terwijl hij naar de foto keek waarop er zo min mogelijk van de lamzak te zien was. Misschien was Yvonne boos en beklaagde ze zich bij hun dochter. Je vader is echt onmogelijk, zou ze zeggen, en daarna in tranen uitbarsten.

Hij moest Marianne zo snel mogelijk bellen. In elk geval voordat haar moeder dat zou doen. Hij voelde iets van misselijkheid opkomen, of misschien waren het wel tranen. Die waren nooit ver weg als hij aan zijn dochter dacht. Wanneer hij haar in levenden lijve zag, was dat gevoel er ook, maar kon hij het na een paar keer slikken wegdrukken.

'Kun je mij dat fotootje opsturen,' zei hij tegen haar. 'Ze moeten trouwens niet zo dicht bij elkaar komen,' voegde hij eraan toe. 'Straks krijgt zij ook nog griep en kan ze ook niet naar Lowlands.' Hij wilde Alicia vragen waarom uitgerekend de lamzak haar lievelingszoon was. Dat was helaas onmogelijk. Daarom vroeg hij: 'Vindt Ruben het erg dat hij niet meekan?'

'Heel erg,' zei ze. 'Ze hadden zich er zo op verheugd.'

'Maar nu gaat Mark gelukkig mee. Dat is ook gezellig.' Het was of hij zichzelf hoorde praten, een man die niet zei wat hij wilde zeggen en zich daarom in slappe gemeenplaatsen uitdrukte.

'Ik hoop dat het goed gaat,' zei Alicia. 'Mark is echt in alles drie jaar jonger. In de vriendengroep van Ruben vinden ze hem allemaal leuk, maar wordt hij toch als het kleine broertje behandeld. En Mark wil er zo graag bij horen. Ik hoop dat hij zich niet gaat uitsloven. Die vrienden van Ruben zijn inmiddels op een leeftijd dat dat niet meer zo nodig hoeft. Ze drinken nog altijd te veel op zo'n festival, maar ze gaan niet meer tot het putje. Mark wel.'

En drugs? Herbert slikte die vraag nog net op tijd in. Geen gemeenplaatsen meer! Waarom valt Marianne op een jongen als Ruben? Voor drugs was hij niet bang. Marianne hield meer van witte wijn en een gin-tonic op zijn tijd, dan van wiet of pilletjes. Hoe zat het met Ruben? Het verbaasde hem dat hij dat na een jaar nog niet echt wist. Blowers waren allemaal lamzakken. Maar misschien had Ruben geen joint nodig om een lamzak te zijn.

Tijdens Lowlands zou alles op zijn plaats vallen. Mark zou met Marianne in een tweepersoonstentje slapen. Ruben zou haar vanuit zijn zweterige bed proberen te bereiken maar geen reactie krijgen. Hij zou zich terecht ongerust maken.

Ze beklommen de zoveelste in een modderige heuvel aangelegde trap en bleven boven staan. Herbert hijgde ondanks zichzelf, wat hij zo goed mogelijk probeerde te verbergen voor Alicia, waardoor hij een lichte duizeling voelde. Hij deed een stap naar achteren en hervond zijn evenwicht.

Even niks zeggen, hield hij zich voor. Als ik ga praten, hoort ze dat ik buiten adem ben.

Alicia, die een paar meter achter hem had gelopen, voegde zich bij hem. 'Gaat het, Herbert?'

Hij leunde quasinonchalant op zijn nordicwalking-stokken. Zij hijgde niet, op haar gezicht zag hij een lichte blos, maar dat was dan ook alles.

'Mis je geen stok bij zo'n beklimming?' bracht hij er in één keer uit, zonder hoorbaar naar lucht te hoeven happen. 'Wil je er een van mij? Aan één stok heb je ook al veel steun. Ik kan zelf best met één stok. Geen probleem.'

'Nee, dank je, het gaat best,' zei Alicia. 'Zo train ik wat meer spieren dan met een stok. O, sorry,' voegde ze er snel aan toe. 'Ik bedoel niet dat jij het jezelf gemakkelijk maakt met die stokken. Ik bedoel alleen maar dat ik ze nog niet heb gemist. Nou ja, bijna niet heb gemist.'

Ze lachte naar hem. Hij lachte terug. Rechts van het pad stond een eenvoudig houten bankje zonder rugleuning. Ze gingen zitten. Herbert haalde zijn fles water en twee appels uit zijn rugzak. Onder hen glooide het landschap voort, bijna in een golfbeweging, als een onrustig deinende zee. Maar er ging juist een volmaakte rust uit van de groene weiden met schapen en hier en daar wat bruine koeien. Ook het pad was goed te volgen, zoals het zich door dit landschap slingerde, af en toe achter een heuvelrug verdween en dan even verderop weer opdook. Hij verwachtte elk moment zijn vrouw achter zo'n heuvelrug tevoorschijn te zien komen.

Waar was ze? Zo ver kon ze toch niet vooruit zijn gelopen?

Hij voelde opnieuw een sterke behoefte om zijn dochter te bellen.

'Vind je het goed...' begon hij en hij pakte zijn telefoon. 'Ik heb Marianne al een hele tijd niet gesproken. Straks zitten ze op Lowlands, ik wil haar daar niet lastigvallen.'

'Ga je gang,' zei Alicia. 'Ik zit hier goed.'

Herbert stond op en verwijderde zich van het bankje. Op een vijftigtal meter hield hij halt en keek achterom. Hij verwachtte half dat Alicia naar hem zou zwaaien, maar ze leek zich volledig te verliezen in het uitzicht.

Hij twijfelde tussen een gewoon telefoongesprek en FaceTime. Hij had zin om haar te horen, maar meer nog wilde hij haar zien. Al kleefde er altijd iets ongemakkelijks aan videobellen: je lette op andere dingen. In Herberts geval was dat vooral zijn eigen kleine hoofd in het beeldscherm. Hij draaide de camera steeds anders om er zo voordelig mogelijk op te staan en miste dan soms wat zijn dochter precies zei.

Hij klikte op FaceTime en daarna op het nummer van Marianne. Hij schrok toen ze vrijwel meteen opnam.

'Hé, pap.'

'Marianne...'

Zonder dat hij het wilde keek hij snel naar het kleine schermpje onder in het display. Hij moest de camera iets hoger houden, zag hij, door het naar beneden kijken kreeg hij een onderkin.

'Hoe is het daar?' vroeg Marianne. 'Hebben jullie het leuk?'

Het was het woord 'leuk' waardoor hij niet meteen antwoord kon geven. Maar hij mocht geen stilte laten vallen. 'We hebben het heel leuk,' zei hij. 'Het is hier zo mooi. We zouden een keer met z'n drieën moeten gaan. Ik weet zeker dat jij het hier ook leuk zou vinden.'

Waar was ze? Thuis? Hij zag een paar onbekende gordijnen op de achtergrond, terwijl hij niet het type was dat op zulke details lette.

'We zijn de tent aan het checken,' zei Marianne. 'Of alles er nog is. Haringen en zo.'

We? Herberts hart begon iets sneller te kloppen, en ook iets zwaarder. Op hetzelfde moment deed zijn dochter een stap opzij en richtte de camera op de grond. Daar zat een jongen op zijn knieën op een uitgevouwen stuk blauw plastic. De tent! Hij wilde iets zeggen, maar Marianne was hem voor.

'Mark,' zei ze. 'Zwaai even naar mijn vader.'

Mark! Ze was daar met Mark! In zijn kamer waarschijnlijk. Dan klopte het ook dat hij die gordijnen niet herkende, op Marks kamer was hij nog nooit geweest.

'Herbert,' zei Mark, terwijl hij vanuit zijn lage positie opkeek naar de camera.

'Mark,' zei Herbert. 'Mag ik iets tegen Mark zeggen, Marianne?'

Daar verscheen zijn dochter weer beeldvullend op het scherm.

'Tegen Mark?' vroeg ze. 'Wat ga je tegen Mark zeggen?'

Haar ogen stonden ongerust, waarschijnlijk was ze bang dat haar vader haar in verlegenheid zou brengen. Maar dat deed hij eigenlijk nooit. In gezelschap van haar vrienden en vriendinnen speelde hij zijn rol van populaire vader met verve. Hij maakte grapjes, maar nooit ten koste van zijn dochter.

Dit keer had ze hem misschien wel goed aangevoeld – was ze terecht ongerust.

Met een lichte aarzeling bracht ze de camera dichter bij het gezicht van Mark. Goedkeurend bekeek Herbert zijn frisse en knappe gelaatstrekken, de lok zwart haar die over zijn voorhoofd viel.

'Mark,' zei hij, 'mag ik je vragen om goed op mijn dochter te passen?'

'Pap!' hoorde hij Marianne op de achtergrond – maar ze trok de camera niet weg.

Herbert keek de jongen recht in zijn ogen. 'Jij bent verantwoordelijk,' zei hij. 'Ik wil dat je dat goed beseft.' Terwijl hij dit zei knikte hij twee keer kort met zijn hoofd.

Een bemoedigend knikje was het. Tussen de twee knikjes door gaf hij de jongen een knipoog.

'Komt in orde, Herbert,' zei Mark met een brede glimlach, en hij knipoogde terug.

Nu verscheen Marianne weer in beeld. 'Pap, we hebben nog een heleboel te doen. Ik ga hangen.'

'Moet je kijken,' zei hij. 'Moet je zien hoe mooi het hier is.'

Hij richtte de camera van zijn telefoon op de omgeving en in een langzame beweging draaide hij hem helemaal rond zodat ze het prachtige uitzicht kon zien.

'Is dat mama?' vroeg Marianne.

'Wat?'

'Die vrouw op dat bankje? Is dat mama?'

Hij voelde zijn gezicht warm worden. Hij gokte erop dat dit niet te zien zou zijn op zijn dochters telefoon.

'Nee, dat is...' Hij moest iets wegslikken. Tegelijkertijd bevochtigde hij zijn bovenlip met het puntje van zijn tong. 'Dat is Alicia, de moeder van... van Mark. Van Mark en Ruben,' voegde hij er snel aan toe.

'Waar is mama?'

Hij had haar niet met FaceTime moeten bellen, realiseerde hij zich te laat. Op het display was alles te zien. Bij een 'normaal' telefoongesprek kon je elk gezicht trekken dat je maar wilde. Je kon huilen zonder dat de ander het hoorde.

'Mama is een eind vooruitgelopen,' zei hij. 'Dat doen we wel vaker. We lopen niet de hele tijd met z'n vieren.'

Het was een waarheid die klonk als een leugen. Hij moest oppassen dat hij niks verzon: Marianne kon al eerder op de dag appcontact met haar moeder hebben gehad, of haar zelfs hebben gesproken.

Maar dat hij, Herbert, daar alleen was met de moeder van Ruben en Mark, met Alicia, was op de een of andere manier niet 'normaal'. Het zag er vast heel anders uit op het display van zijn dochter.

'Gaan jullie vanavond al?' vroeg hij. 'Naar Lowlands?'

'Ja,' zei ze, maar het klonk niet erg enthousiast. De uitdrukking op Mariannes gezicht was veranderd, alsof ze zo snel mogelijk een eind aan het gesprek wilde maken.

We zijn in een gevecht terechtgekomen. We hebben voor ons leven gevochten. Aan wie kon hij dit beter vertellen dan aan zijn dochter. Zij begreep hem. In gewone gesprekken, niet in gesprekken met een display, begrepen ze elkaar. Dat was altijd zo geweest. Ze zou uiteindelijk ook dit begrijpen.

Hij verlangde er opeens hevig naar om naast haar op de bank te zitten. Of tegenover elkaar aan een tafeltje in een café. Toen kwam die hond opeens aanrennen van het erf. Hij ging in eerste instantie achter Martin aan, maar ik heb mijn hoofd koel gehouden. Weet je wat ik heb gedaan?

Haar ogen zouden glanzen van bewondering. Durfde je dat zomaar, pap? Wist je van tevoren dat die hond zo zou reageren?

Hij stelde zich haar voor op de rode loper bij de uitreiking van de Nobelprijs. Zijn dochter. De hele wereld zou naar zijn dochter kijken. Ze zouden haar een nieuwe jurk laten uitzoeken, welke ze ook maar wilde, geld speelde geen rol.

Nu las hij het ongeduld op haar gezicht. Hij moest het gesprek niet nodeloos proberen te rekken, dat zou de boel alleen maar verergeren.

Maar hij kon het niet. Hij kon geen afscheid nemen. Dat was altijd al zijn gevoelige plek geweest: afscheid nemen van zijn dochter. Een jaar of vijf geleden had ze met een vriendin een reis door Azië en Australië gemaakt. Op Schiphol had hij alles op alles gezet, maar op het moment suprême, tijdens de laatste knuffels, kussen en omhelzingen, had hij zijn ogen voelen prikken. Hou op, sentimentele gek! had hij zich in gedachten toegesproken. Doe haar dit niet aan. Dit is te gênant... Maar het was al te laat. Hij hoorde een snik die niet uit hemzelf maar van ergens buitenaf leek te komen. Daarna was hij in tranen uitgebarsten.

'Papa...'

'O, sorry, Marianne,' snikte hij. 'Dit is het laatste wat ik... Dit wilde ik niet. Ik wilde zo geen afscheid nemen.'

'Geeft niks, papa,' zei zijn dochter. 'Maar je moet maar zo denken: we zijn maar drie maanden weg. Voor je het weet staan we hier weer als jullie me komen afhalen.'

En toen had iedereen moeten lachen: haar vriendin, de ouders van de vriendin, Yvonne – en ook Herbert. Hij huilde nog steeds, maar hij merkte dat hij het als lachen kon laten klinken.

'Marianne,' zei hij nu, terwijl hij op het kleine schermpje keek en er goed voor oppaste dat Alicia niet meer in beeld kwam. Ik moet je iets vertellen. Nee, dat was niet goed. Gedurende een paar seconden zou ze kunnen denken dat hij haar iets verschrikkelijks ging vertellen. Mama en ik hebben besloten uit elkaar te gaan. Ik ben nu met Alicia. 'Ik zou zo graag...'

Hij wist opeens niet meer hoe hij verder moest. Hij zou willen dat hij nu bij haar kon zijn, bij zijn dochter, dat ze vandaag nog samen op de bank zouden zitten en een film of serie zouden uitzoeken op Netflix of HBO. Maar dat moest hij niet tegen haar zeggen. Opeens dacht hij deze verkeerde gedachte. Of misschien was het wel helemaal niet de verkeerde gedachte maar de enige juiste: het is misschien de laatste keer dat we elkaar zo spreken. In vrijheid. Ze pakken mijn telefoon af. We mogen misschien één keer per week bellen, daarna moet ik weer terug naar mijn koude, vochtige cel.

'Papa!' zei zijn dochter. 'Wat is er?'

Hij gaf niet meteen antwoord, maar wreef met zijn vingertoppen in zijn ogen. Ze zou hooguit eens in de drie maanden op bezoek kunnen komen. Ze zouden worden gescheiden door een ruit van gepantserd glas. Allebei met een telefoonhoorn in hun hand. Ze zouden hun handen tegen het glas drukken, de vingers gespreid. Hoe vaak had hij dit niet in films gezien? Hoe vaak was hij al volgeschoten bij dit soort scènes?

En daarna het afscheid. Tot over drie maanden, pap. We schrijven. We bellen.

'Ik zou zo graag bij je willen zijn, Marianne. Je even vasthouden.'

Zijn stem brak. Het kon hem niets meer schelen, hij huilde onbeschaamd, zo geluidloos mogelijk zodat Alicia hem niet zou kunnen horen, en liet de tranen over zijn wangen stromen.

'Papa,' zei Marianne.

13

'Het is als met natuurbeschrijvingen in boeken,' zei Herbert. 'Die sla ik ook altijd over.'

Ze deden voorzichtig, namen de treden een voor een; hij had haar toch een van zijn stokken gegeven en met haar andere hand steunde ze op zijn arm.

'Dus je wilt niet meer echt kijken?' vroeg Alicia. 'Is dat het?'

'Tuurlijk kijk ik wel. Ik zie ook wel dat het landschap glooit, dat de heuvels door blijven golven tot aan de horizon. Ik vind het zelfs mooi. Maar meer dan dat ik het mooi vind hoef ik niet te weten. Wat voor bomen dat zijn, dat weet ik natuurlijk, maar liever wist ik het niet.'

'Ik vind het ook mooi, maar verder dan dat een kastanjeboom een kastanjeboom is, kom ik niet. Ik zie een eend, maar wat voor eend… al sla je me dood.'

'Wees blij. Het leidt alleen maar af. De essentie van het lopen is niet wat we zien, maar het lopen zelf. Mijn hoofd wordt met elk gelopen uur leger. 's Avonds in bed sluit ik mijn ogen en zie ik nog altijd flarden groene heuvels en weilanden met schapen. Dat is ook zoiets: schapen. Meer hoef je toch niet te weten dan dat het schapen zijn?'

'En zo'n ruïne van een klooster waar we eerder deze week langsliepen?'

'Het kan me niks schelen uit welke eeuw die is, als je dat bedoelt. Ik zie een ruïne, dat is genoeg. Ik ben zelfs blij dat het een ruïne is en niet een of ander kasteel of landhuis dat we moeten bezichtigen omdat we hier nou eenmaal zijn. Ik zie het bouwsel opdoemen aan de horizon, het komt steeds dichterbij en daarna verdwijnt het weer. Heerlijk!'

'Het is sowieso een beetje aangeharkte natuur door al die landhuizen hier. Al die eeuwen geleden aangelegde parken en tuinen. Ik had het me anders voorgesteld, ik weet niet, iets woester misschien?'

'Precies, dat vind ik ook. Het is mij te lieflijk allemaal. Te veel *Brideshead Revisited* of *Downton Abbey*. Overal die schattige huisjes met bloembakken. En elke dag die schapen. Het is niet voor niets dat mensen schapen tellen om in slaap te komen.'

Ze moest lachen. 'Maar juist in zo'n lieflijk landschap gebeurt er... gebeurt er wat er is gebeurd,' zei ze.

'We waren niet op onze hoede. We hebben ons al op de eerste dag in slaap laten sussen door al die schaapjes en die mooie stenen bruggetjes. Ik heb in Ierland gewandeld. Aan de westkust. Daar komen de golven van heel ver aanrollen, helemaal vanaf de overkant van de Atlantische Oceaan. Dan liep het pad soms rakelings langs die schuimende golven in de diepte. Eén misstap en je zou door diezelfde golven worden verzwolgen en nooit meer worden teruggevonden. Maar hier... Dit lieflijke landschap met al die mooie, op precies de juiste afstand van elkaar geplante bomen, als op een schilderij... Soms verlang ik hier naar die hoge golven, naar een landschap waar je als mens in verdwijnt, niet zo'n speeltuin waar je in elk dorpje een kopje thee kunt drinken.'

Alicia zei niets meer, en zo liepen ze een poosje zwijgend voort. Herbert wist dat hij moest oppassen met vrouwen, dat hij maat moest weten te houden met zijn praatjes, anders zouden ze zich gapend van hem afkeren – maar opeens vroeg Alicia: 'Is dat waar je aan denkt, Herbert? Aan een park?'

'Ik denk ook aan hoe het zou zijn geweest als we niet door twee doorgedraaide gekken waren bedreigd, maar waren aangevallen door twee wilde honden. Als we die honden onschadelijk hadden gemaakt, zouden we door iedereen worden gefeliciteerd en geprezen om onze moed. Nu het om mensen gaat, moeten we ons schuldig voelen en ons bijna stiekem door dit landschap bewegen zodat zo min mogelijk mensen ons zien. Ik heb vaak het gevoel dat we ons niet vooruitbewegen, naar ons einddoel, maar dat we ons terugtrekken, zoals de legers van Napoleon uit Rusland, de Duitsers na Stalingrad. En verder,' vervolgde Herbert, die zich nog altijd voor ogen hield dat hij niet te lang moest praten, maar zijn gedachten gingen inmiddels te snel om ze nog te kunnen afremmen, 'verder denk ik aan dit landschap zonder mensen. Zonder mensheid, beter gezegd. Als biologen houden wij ons voornamelijk bezig met de levende dieren, zonder al te veel gedachten te wijden aan de dieren die er inmiddels niet meer zijn. Zesenzestig miljoen jaar geleden viel er een meteoriet op aarde die vrijwel al het bestaande leven uitroeide. Als die meteoriet ons voorbij was gescheerd, dan hadden we nu, zesenzestig miljoen later, nog altijd geen mensheid gehad, dan hadden we daar nog eens miljoenen jaren op moeten wachten, misschien wel tevergeefs. Alleen het weer en de wolken zouden misschien hetzelfde zijn als nu. De aangename nazomertemperatuur. Een wereld zonder mensheid, je moet goed bedenken wat een opluchting dat zou kunnen zijn. Dinosauriërs bestonden op de dag van de meteorietinslag al honderdzestig miljoen jaar, daar hadden ze, zonder dat zelf te beseffen, nog makkelijk honderdzestig miljoen jaar aan vast kunnen plakken. Zonder mensen, zonder smartphones en goedkope vliegreizen, maar ook zonder paarden, schapen en koeien. Zonder leeuwen, honden en katten. De aarde maakte het allemaal niet uit, die vond het ook prima zonder zoogdieren. De golven zouden nog altijd van duizenden kilometers ver komen aanrollen en met opspattend schuim kapotslaan op de rotsen van de kust. En aangezien er in de afgelopen zesenzestig miljoen jaar ook geen meteoriet van die omvang tegen de aarde is gebotst, was de kans op het ontstaan van de mensheid uiterst klein gebleven. Datzelfde geldt voor de komende zestig miljoen jaar.'

'Het is dus eigenlijk een vergissing. Wíj zijn een vergissing.'

'Dat is ook niet helemaal eerlijk om te stellen. Je kunt bijvoorbeeld een kikker ook als een vergissing beschouwen. Wie schiet er iets op met het bestaan van een kikker? Ja, hij eet insecten op, maar er zijn al genoeg vogels die dat ook doen. Of een nog beter voorbeeld: de inmiddels uitgestorven dodo. Een vogel die te kleine vleugels heeft, die te zwaar is om te vliegen. Welk mysterieus masterplan zou daarachter zitten?'

'Au!' zei Alicia. Ze deed een stap opzij, van het steil omhooglopende pad af, liet zich met een van pijn vertrokken gezicht in het gras zakken en omklemde met beide handen haar rechterknie.

Zie je nou wel, zou Herbert kunnen zeggen, en hij zou ook nog eens volledig in zijn recht staan. Zonder stokken gaan wandelen. Nou ja, nu heb je er net een van mij gekregen, maar waarschijnlijk al te laat. Het is een wonder dat dit niet al veel eerder is gebeurd.

In plaats daarvan zei hij: 'Het is hier ook erg steil. Ik...

We hadden een iets langere route kunnen nemen. Ik geloof dat ik dat pad ergens op de kaart heb gezien.'

Alicia schudde haar hoofd, Herbert zag tranen opkomen.

'Alicia, wat is er... Wat kan ik –'

'Het komt niet door het pad. Dat het te steil is, bedoel ik. Het helpt niet, maar het is... Het is iets anders.' Ze wreef met de palm van haar hand over haar knie, beet op haar onderlip. 'Ik ben gebeten,' zei ze.

'Jij ook? Door die hond? Ik dacht dat je –'

'Nee, niet door die hond,' zei ze.

Herbert staarde haar aan, hij had een warm gevoel in zijn nek, alsof de zon erop stond. Maar dat kon niet, want de zon – een zwakke zon – viel juist recht op zijn gezicht.

'Ik ben door dat meisje gebeten,' zei ze. 'Toen ik haar tegen de grond had gewerkt. Ze worstelde zich half los uit mijn greep. Als een wilde kat. Toen zette ze haar tanden in mijn knie.'

Herbert deed een stap opzij zodat de zon hem niet langer verblindde. 'Maar waarom heb je niets gezegd?' vroeg hij. 'Tegen Martin? Je hebt het wel aan Martin verteld, neem ik aan?'

Ze schudde haar hoofd. 'Het deed pijn, maar de eerste avond heb ik er alleen wat jodium op gedaan. Ik dacht dat het wel meeviel. Haar tanden waren wel dwars door mijn spijkerbroek heen gegaan, maar het bloedde maar een klein beetje.'

Een match, dacht Herbert. Niet alleen de tandafdrukken van de hond in Martins bovenarm, maar nu ook nog de afdruk van een meisjesgebit in Alicia's knie. Inspector Morse hoefde geen diepgaand onderzoek te doen. Hij zou van één en één twee maken.

'Hoe erg... Hoe erg is het nu?' vroeg hij zacht, alsof er iemand mee zou kunnen luisteren. Alicia moest zo snel mogelijk naar huis. Naar Bristol en vandaar meteen door naar Amsterdam. En Martin ook. Het was geloofwaardiger als het echtpaar bij elkaar zou blijven.

Het duurde een paar tellen voordat tot hem doordrong wat Alicia ging doen. Ze droeg een zogeheten multifunctionele broek. Het soort broek dat je in een bergsportwinkel koopt, met veel ritsen, lusjes en extra zakken. Vlak boven de knie zat ook zo'n rits die helemaal om het been heen liep. Bij warm weer kon je er in een handomdraai een korte broek van maken.

Ze heeft de moeite genomen om naar een bergsportwinkel te gaan. Maar de nordicwalkingstokken heeft ze geen blik waardig gekeurd. Dit soort broeken kostte een fortuin, wist hij.

Alicia had de onderste helft van de broekspijp op haar enkel laten zakken en trok vervolgens de bovenste helft omhoog.

'Het is gaan ontsteken,' zei ze. 'Ik heb nog een zalf met antibiotica bij een drogist gekocht. Die kun je hier zonder recept krijgen. Maar die hielp ook niet echt meer.'

Hij liet zich op één knie zakken, stak zijn handen uit naar haar bovenbeen en trok ze toen toch weer terug. 'Mag ik?' vroeg hij.

Ze knikte.

De wond, of beter gezegd de wonden waren bruin en geel verkleurd. Als je van niets wist, zou je het geheel niet direct als een beet herkennen.

'Mag ik ook je andere knie zien?'

'Ja, deze is dikker dan de andere,' zei ze, maar ze deed wat hij haar vroeg.

Herbert keek van de ene knie naar de andere en drukte toen zachtjes met zijn vingertoppen in het vlees naast de tandafdrukken. 'Is dit gevoelig?'

'Ja.' Ze beet weer op haar onderlip. 'Au! Daar ja... Daar vooral.'

'Jullie moeten zo snel mogelijk naar huis,' zei hij. 'Je kunt dit het beste in Nederland laten behandelen. Niet omdat de dokters daar beter zijn, maar omdat de politie aan één blik genoeg heeft. Daarna hoeven ze het gebit van dat meisje alleen nog maar te vergelijken met deze afdruk.'

Herbert wendde zijn hoofd af en keek onwillekeurig omhoog langs het pad waarover ze gekomen waren. Helemaal tot waar ze een kwartier geleden bij het bankje halt hadden gehouden. Waar hij Marianne had gebeld.

Daar stond Martin. Het was van deze afstand niet helemaal goed te zien of hij het echt was – maar wie kon het anders zijn? Ze waren in de vijf dagen dat ze de Cotswold Way liepen nog geen enkele andere wandelaar tegengekomen.

De man had in elk geval het postuur van Martin. Hij stond een beetje raar, met zijn handen omhoog tegen zijn hoofd.

Toen zag hij een korte flits: een zonnestraal die ergens op weerkaatste, een spiegel of een stuk glas…

Een verrekijker, wist Herbert het volgende moment.

14

Sommige mensen liepen de hele bedevaartsroute naar Santiago de Compostela. Vaak ook nog in hun eentje. Achthonderd kilometer. Die mensen waren op een keerpunt in hun leven aanbeland. Zo hoorde je ze er zelf tenminste over praten. *Mijn leven was vast komen te zitten. Ik moest iets doen. Echt iets doen.* Meestal was de wandeling zelf het keerpunt. *Ik ben mezelf daar wel tegengekomen,* zeiden ze. En dan hoopte Herbert met heel zijn hart dat ze niet verder in bijzonderheden zouden treden over wie of wat ze dan wel precies waren tegengekomen.

Maar Herbert was niet op zoek naar een keerpunt in zijn leven. Dat keerpunt had zichzelf al aangediend: na de zomervakantie zou hij stoppen met college geven. Of beter gezegd, hij wás al met zijn colleges gestopt, de laatste dag vóór de zomervakantie was tevens zijn laatste dag op de universiteit geweest. In september zou hij zevenenzestig worden. Ze hadden nog wel iets bedacht. Tijdens de lunchpauze was er een korte toespraak van de rector magnificus geweest. Daarna het cadeau: een telescoop. Onder het uitpakken had een opgetogen gevoel zich van hem meester gemaakt. Dat had alles te maken met de fotografische afbeelding van de telescoop op de doos – een oud gevoel was het: hij was weer vier en pakte een stuk speelgoed uit.

Maar de eerste avond op zijn balkon – het in elkaar zetten had hem bijna een hele dag gekost – wist hij meteen dat dit niet het juiste cadeau voor hem was geweest. Hij keek naar de maan. Inderdaad zag hij meer details dan met het blote oog: de 'zeeën', de lichtere en donkerdere vlakken, een paar kraters. Hoe vaak kon je daarnaar kijken zonder in slaap te vallen? De maan was saai. Dat vond hij ook al toen hij als vijftienjarig jongetje van zijn ouders had mogen opblijven om de maanlanding te zien. De landing zelf was spannend, vooral vanwege de vraag of de twee astronauten na hun verblijf weer van het maanoppervlak zouden kunnen opstijgen om veilig terug te keren naar het moederschip. Maar de bestemming zelf was een vergissing geweest.

Later begreep hij wat hij aan de maan had gemist, de maan zoals hij haar door de telescoop zag, bleek en doods, groter dan in het echt maar nog altijd ver weg. Een statisch hemellichaam dat daar al miljarden jaren vrijwel bewegingloos in de lucht hing. Wat hij miste was de beweging van de maan, de maan die je gezelschap hield wanneer je over straat of door een park liep, die boven de daken of achter de boomtakken met hem meeliep.

Hij was zich er altijd van bewust wanneer er sprake was van een wassende dan wel een afnemende maan. In zijn agenda stonden de vier maanstanden bij de betreffende dag aangegeven. Soms noteerde hij een eetafspraak en zag hij dat het die dag volle maan zou zijn. *Oppassen geblazen!* sprak hij zich dan in gedachten toe. Vaker ging het andersom. Dan liep hij 's avonds over straat en werd hij overvallen door een onverklaarbaar geluksgevoel, en een fractie van een seconde later zag hij het eerste schilletje van een wassende maan achter een wolk vandaan komen.

De telescoop raakte hij nooit meer aan. In een hoekje van de huiskamer, naast de balkondeuren, stond deze na die eerste avond voornamelijk stof te verzamelen. Yvonne vroeg of dat ding daar niet eens weg kon, omdat het te veel ruimte in beslag nam, maar daar verzette hij zich tegen. 'Ik ga hem heus wel weer gebruiken,' loog hij. 'Voorlopig staat hij daar goed.'

De waarheid was dat hij het instrument op zich mooier vond dan waar het voor was bedoeld. Zo eenvoudig en vanzelfsprekend als het daar stond in de hoek van de kamer, op zijn statief met drie poten, zijn lens schuin omhoog gericht naar de oneindige kosmos. De telescoop wachtte op iets, dacht Herbert op zo'n moment, op een enthousiastere sterrenkijker dan hij, zoals een hond zich een baasje wenst dat hem drie keer per dag mee uit wandelen neemt. Die gedachte stemde hem soms droevig, dan voelde hij zich schuldig tegenover de telescoop. Heel kort troostte hij zich met de gedachte aan een toekomstig kleinkind dat al meteen na binnenkomst op de telescoop zou afstormen. 'Opa, opa! Verrekijker, opa!'

Maar dan dacht hij met een vanuit het niets opkomende vlaag van woede aan de lamzak. God mocht verhoeden dat er lamzakbloed door de aderen van zijn toekomstige kleinkind zou stromen. Een kleinzóón het liefst, als hij ook iets mocht zeggen (al zei hij het nooit hardop). Misschien was het seksistisch, maar hij dacht dat een jongen meer belangstelling voor een telescoop aan de dag zou leggen dan een meisje.

Een tijdlang had hij geprobeerd zijn woede in te perken door zich voornamelijk op de goede eigenschappen van Ruben te concentreren. Hij smakte bijvoorbeeld niet tijdens het eten, schepte zichzelf niet te veel op en hielp Yvonne en Marianne de borden naar de keuken te brengen. Aan de andere kant dronk hij zelden alcohol. Dat was uiteraard zijn goed recht, maar Herbert kon zich er met de beste wil van de wereld niet van overtuigen dat dit een van de goede eigenschappen van Ruben was. 'Een jongen van zevenentwintig die niet drinkt!' klaagde hij 's avonds in bed tegen Yvonne. 'Dat bestaat toch gewoon niet!' In aanwezigheid van Ruben voelde Herbert zich bijna schuldig wanneer hij een tweede (en een derde) biertje uit de ijskast ging halen. Hij stelde zich een gesprek tussen zijn dochter en haar vriendje voor waarin deze laatste met een bezorgde blik zou zeggen: 'Jouw ouders zuipen wel echt veel, is je dat nooit opgevallen?'

Een paar maanden geleden had hij een interview met een schrijver gelezen waarin deze vertelde dat hij nooit meer onbevangen een boek kon lezen.

'Lang geleden, als kind, verdween ik in het verhaal,' had de schrijver gezegd, of woorden van gelijke strekking. 'Nu zie ik het raamwerk, de structuur, dwars door het boek heen. Als het een slecht boek is, ben ik opgelucht dat mijn collega rommel heeft afgeleverd. Als het een goed boek is, probeer ik uit te vinden waarom het zo goed is. Het verhaal, dat waar het eigenlijk om gaat, zie ik niet eens meer. Dat is de prijs die je betaalt voor het schrijverschap.'

Herbert had veel van zichzelf in het interview herkend. Ook hij was door zijn studie, door zijn beroep, gedeformeerd geraakt. Hij zag letterlijk door de bomen het bos niet meer. Al die afzonderlijke bomen en hun namen! Wat deed het er allemaal toe? Dat de ene boom een eik was, de andere een kastanje, en nog een derde een populier, dat zag het gewone volk ook nog wel. De gedetailleerde kennis van hun eigenschappen en hun levensloop ontnam hem het zicht op hun schoonheid. Wanneer de maan door de kale takken van een kastanje, herstel: een boom, scheen, wilde hij alleen dát zien: het maanlicht, de zwarte pentekening van de kale takken, het onwrikbare geloof van de boom dat hij in de lente weer bladeren zou dragen, dat was waar het allemaal om draaide in de natuur. Met dieren was het nog erger. Het gewone volk, de leken zonder biologieopleiding, kon een eend nog wel van een zwaan onderscheiden, een kraai van een reiger, maar daar hield het dan ook wel zo'n beetje op. 'Kijk, daar loopt een hert!' riepen ze zo hard dat het hert het hazenpad koos en met grote sprongen tussen de struiken verdween. Soms vroegen ze hem naar de naam van een bepaald dier, een vogel meestal.

'Dat is een aalscholver,' antwoordde hij bereidwillig – en daar liet hij het meestal bij.

Vroeger draafde hij nog weleens door in zijn enthousiasme. Dan wijdde hij uit over het broed- en verspreidingsgebied, het aantal eieren dat de betreffende vogel in de lente legde, van welke materialen ze hun nesten bouwden – maar dan zag hij het al snel aan de glazige blik van de toehoorder: dat interesseerde hoegenaamd niemand, al die wetenswaardigheden, ze hadden alleen maar naar de naam van de vogel gevraagd, hij verveelde ze met zijn overvloed aan kennis.

En dat was waar hij vanaf de eerste dag van deze wandeltocht naar terugverlangde, net zoals de schrijver uit het interview naar het verhaal in het boek. Als het mogelijk was zou hij tegelijk met zichzelf ook al zijn kennis met pensioen willen sturen. Hier in de Cotswolds zou hij vast een voorschot op die onkunde nemen. Zijn *Nieuwe Onkunde*, zoals hij het in gedachten noemde, zijn terugkeer naar de onbevangenheid.

Waar hij dan wel van gevrijwaard moest blijven, was te veel geklets. Vooral Martin had er de eerste ochtend een handje van gehad om naast hem te komen lopen en te proberen een gesprek aan te knopen. Het liefst was Herbert eerlijk geweest. *Het spijt me Martin, maar de gesprekken bewaar ik liever voor vanavond in de pub. Ik ben met een interessant en lastig project bezig. Ik probeer mezelf te 'ontkennissen'. En dat lukt alleen als ik andermans geouwehoer niet hoef aan te horen.*

Maar hij kende Martin nog te kort, hij wilde niet onbeleefd zijn of hem voor het hoofd stoten. Daarom liep hij, waar het even kon, een paar honderd meter voor de anderen uit. Wanneer Martin, Yvonne en Alicia stil bleven staan om de overblijfselen van een Romeinse muur aan een nader onderzoek te onderwerpen, zette hij de pas erin.

Hij wilde zich weer door de natuur laten overweldigen, zoals de eerste holenmensen, de eerste jagers en verzamelaars, overweldigd waren. Hoeveel duizenden jaren had het wel niet geduurd voordat de mensen hadden beseft dat de aarde niet plat was, en om de zon heen draaide in plaats van andersom? En wat deed het ertoe dat ze niet over die kennis hadden beschikt? Waren ze minder gelukkig geweest, of eerder het tegendeel? Gelukkig in onwetendheid.

Hier moest hij voorzichtig zijn, wist hij. Hij wilde de oertijd beslist niet romantiseren. Het was belangrijk dat hij zijn gedachten met niet al te veel mensen deelde. Zijn vrouw, Yvonne, had nog vertederd om hem geglimlacht toen hij als twintigjarige student zijn theorieën uiteenzette. *Het was je enthousiasme*, zou ze nog vaak genoeg herhalen. *De schittering in je ogen toen je over mammoeten en sabeltandtijgers begon.*

Maar was de holenmens door dat gebrek aan kennis niet veel en veel banger voor de natuur geweest dan wij? deden zijn gesprekspartners soms een poging zijn theorieën onderuit te halen. Ja, voor een zonsverduistering misschien wel, antwoordde hij dan. En voor de donder en de bliksem. Maar aan diezelfde bliksem dankten ze ook de ontdekking van het vuur, de verwarming van hun grotten.

De natuur was vele malen groter dan alle kennis die er over haar kon worden verzameld bij elkaar. Aan de ene kant was het een betoverende ontdekking dat vlinders op twee kilometer afstand konden ruiken of ze met een mannetje of een wijfje van doen hadden, aan de andere kant kon je ook zonder die kennis met het blote oog zien dat een rups in een vlinder veranderde en de wijde wereld in vloog. Alles was biologie, maar ook zonder biologie ging de natuur zijn eigen gang.

Met het opensnijden van een kikker, zoals hij in zijn

eerste studiejaar had moeten doen, morrelde je aan het wonder van het leven. Tot de komst van de mens had niemand het in zijn hoofd gehaald een kikker open te snijden, hooguit verdwenen de kikkers in één keer in de keel van een ooievaar of een reiger. Morrelden we met het blootleggen van een kloppend kikkerhart niet ook aan het raadsel van de schepping? Herbert was er nog steeds niet helemaal uit.

Een kind is eerder gefascineerd door de leeuwen op de savanne dan door de duiven op het balkon. In zijn ouderlijk huis stonden meerdere fotoboeken over dieren in de boekenkast. Echte dieren, zoals hij ze destijds noemde. Ook in de dierentuin liep hij altijd aan de kinderboerderij voorbij. Varkens en konijnen had je overal. Hij wilde apen zien; chimpansees, gorilla's en orang-oetans. En daarna zo snel mogelijk door naar de zebra's en de olifanten, de giraffen en de nijlpaarden, de leeuwen, de poema's en de tijgers.

Herbert besloot om voorlopig geen aandacht te besteden aan de verrekijker van Martin – om hem er in elk geval niet naar te vragen. Hij probeerde zich een voorstelling te maken van wat Martin precies kon hebben gezien: een voor zijn vrouw neerknielende Herbert; Alicia die de onderste helft van haar broekspijpen had los geritst; Herbert die zich over haar blote benen boog en met zijn handen op haar knieën leek te steunen.

De zon stond al laag boven de heuvels toen ze het stadje bereikten waar ze zouden overnachten. Het hotel was snel gevonden. Naast de ingang stond een zwarte man tegen de muur geleund. Hij had één been opgetrokken, steunde met zijn voet tegen de oude grijze bakstenen en rookte een sigaret. Toen hij Herbert en Alicia naderbij zag komen, trapte hij zijn sigaret uit en liep op hen af, terwijl hij iets uit de binnenzak van zijn zwartleren jasje haalde.

Een insigne, zag Herbert.

'*Detective* Calvin Rushmore, Bristol Police Department,' stelde hij zich voor zonder hun vooralsnog zijn hand toe te steken. 'U moet Herbert Breedveld zijn. Uw vrouw zit al binnen. En u bent Alicia Marsman, neem ik aan. Is uw man ook al in aantocht?'

Detective Rushmore sprak Herberts achternaam uit als Brietfelt, en die van Alicia als Marsmen. Hij had kortgeknipt zwart haar en een al even kort getrimd zwart baardje. De rechercheur deed Herbert aan iemand denken, al wist hij niet meteen aan wie. Een filmacteur of een sportman… Calvin Rushmore had iets glamoureus over zich, hij was zonder meer een knappe verschijning in zijn leren jack en witte T-shirt. Een groter verschil met Inspector Morse was bijna niet denkbaar, dacht Herbert.

'Wilt u mij volgen?' vroeg detective Rushmore, en hij trok de deur van het hotel open, waarna hij met een galant gebaar eerst Alicia en daarna Herbert voor liet gaan.

15

'Dus, even kijken,' zei de rechercheur. Hij legde een zwart opschrijfboekje op tafel, maar sloeg het vooralsnog niet open. 'U bent afgelopen dinsdag uit Chipping Campden vertrokken. Daarna hebt u in achtereenvolgens Stanton, Cleeve Hill, Birdlip en Painswick overnacht. *Am I right?*'

Niemand gaf meteen antwoord. Herbert keek naar zijn vrouw, maar haar blik was strak op het opschrijfboekje van detective Rushmore gericht. Alleen bij binnenkomst in de pub van het hotel had ze Herbert kort aangekeken – en hij had de paniek in haar ogen gelezen.

'Ja, dat klopt,' verbrak Martin als eerste de stilte. Ze hadden maar even op hem hoeven wachten, al na een minuut of vijf was hij hijgend en bezweet de pub binnengekomen. Hij moest hard hebben gelopen, had Herbert gedacht. Misschien had hij alles op alles gezet om Herbert en Alicia nog voor het bereiken van het hotel in te halen? Of moest de oorzaak van de zweetdruppels op zijn voorhoofd in het opnieuw opspelen van de wond in zijn bovenarm worden gezocht?

'Het gaat ons om afgelopen dinsdag,' vervolgde Rushmore. 'Minder dan een mijl voor Stanton moet u langs een boerderij zijn gekomen. Een nogal vervallen boerderij, om het zwakjes uit te drukken.'

De rechercheur keek hen om beurten aan. Opnieuw leek niemand als eerste het woord te willen nemen.

'Wij hebben u makkelijk weten te vinden,' zei Rushmore. 'Er waren geen andere wandelaars die hotels en bed and breakfasts hadden geboekt op de bewuste data. Een dag voor u uit loopt een groepje van zes, en er zijn ook wandelaars een paar dagen na u die de hele Cotswold Way lopen. In tegenovergestelde richting helemaal niemand. Dat is wat we vaak zien,' voegde hij er na een korte stilte aan toe. 'Mensen lopen het pad bijna nooit van zuid naar noord, maar vrijwel altijd van noord naar zuid.'

Met het puntje van zijn tong ging Herbert langs zijn bovenlip en hij voelde hoe droog deze was. Ook zijn mond zelf was droog. De laatste anderhalf uur van de etappe had hij zich verheugd op de ijskoude pint die hij meteen na aankomst in één keer achterover zou slaan. In het afgelopen kwartier was zijn dorst alleen nog maar toegenomen, maar op de een of andere manier leek het hem geen goed idee om in aanwezigheid van de rechercheur een biertje te bestellen.

'Ik wil u nu eerst vragen of u zich kunt herinneren dat u die dinsdag langs een vervallen boerderij bent gekomen,' zei detective Rushmore. 'Of u nog weet hoe laat dit kan zijn geweest, en of u daar iets bijzonders is opgevallen.'

Herbert haalde diep adem. Het was stom geweest dat ze niet eerder met elkaar hadden overlegd over wat ze precies zouden zeggen in een situatie als deze. Dat ze hun verhalen niet op elkaar hadden afgestemd. Misschien was het niet echt nodig, hoopte hij, en was een eensgezinde verklaring dat ze 'niets' hadden gezien afdoende.

'Een vervallen boerderij...' begon hij, en hij hoorde meteen dat zijn stem niet helemaal natuurlijk klonk: alsof hij een acteur was die zijn tekst opzei. Ook de rechercheur had hem al aan een bekende acteur doen denken. Het was de vraag of Rushmore de onnatuurlijke bijklank in zijn stem als zodanig zou weten te herkennen.

'Ja,' zei Yvonne, voordat hij de kans kreeg om zijn toneelstuk te hervatten. 'Het was inderdaad een vervallen boerderij. We dachten dat die onbewoond was. Er stonden allemaal roestige landbouwwerktuigen, en ook het gras leek al jaren niet meer te zijn gemaaid.'

'*Right,*' zei de rechercheur. 'En hoe laat was dat ongeveer? Dat u langs die boerderij kwam, bedoel ik.'

‘Eind van de middag, denk ik,’ antwoordde Yvonne. ‘Een uur of vier, vijf. We waren al dicht bij Stanton, onze volgende overnachtingsplek. Daar zijn we tegen zessen aangekomen, schat ik.’

Met een bewonderende blik keek Herbert naar zijn vrouw. Ze deed het goed. Als ze hem nu aan zou kijken, zou ze die bewondering in zijn blik kunnen lezen. Maar ze keek alleen maar naar detective Rushmore.

‘Er was een hond,’ viel Alicia in. ‘We hoorden een hond blaffen.’

Herbert voelde een koude steek in zijn borst. Dit was gevaarlijk terrein. Op dinsdag hadden ze de hond in eerste instantie slechts horen blaffen. Alleen Alicia was naar het erf gelopen om een schop te zoeken en had gezien dat de hond daar aan een hondenhok was vastgebonden. Detective Rushmore en zijn collega’s moesten de hond hebben aangetroffen zoals Herbert hem had achtergelaten: vastgebonden aan de ploeg die vanaf het wandelpad te zien was geweest. Herbert wist het niet zeker. Onwillekeurig dacht hij nu aan de beelden op televisie, de afzetlinten, de twee ambulances.

‘En hebt u die hond ook gezien of alleen gehoord?’ vroeg de rechercheur.

Herbert nam het woord. ‘De anderen waren al doorgelopen, ik was nieuwsgierig en ben een eindje het grasveld opgelopen. De hond was aan een ploeg vastgebonden. Dat vond ik wel een beetje vreemd. Maar hij zag er nogal vervaarlijk uit dus ik heb me niet dichter bij het erf gewaagd.'

'Right,' zei Rushmore opnieuw, terwijl hij Herbert aankeek. Daarna liet hij zijn blik langzaam omlaagglijden over Herberts jas. De laatste twee of drie kilometer was het frisser geworden, en hij had zijn jas uit zijn rugzak gehaald en deze aangetrokken. De plek waar de knoop ontbrak zat lager, verborgen onder de tafel, waar de rechercheur hem niet kon zien. 'Hebt u het koud?' vroeg hij.

'Dat is waar,' zei Herbert. 'Ik ben helemaal vergeten om hem uit te trekken. Thank you,' zei hij met een glimlach naar detective Rushmore, en hij deed zijn jas uit zonder van zijn stoel op te staan en legde hem opgevouwen op de lege stoel naast hem – in elk geval zodanig opgevouwen dat de knopen (en de plek waar een knoop ontbrak) niet meer te zien zouden zijn.

'Samenvattend hebt u dus niets afwijkends gezien of gehoord bij die boerderij,' zei de rechercheur. 'Ik dank u voor uw medewerking. Hangende het onderzoek moet ik u wel verzoeken het land niet te verlaten. Dus u kunt uw wandeltocht gewoon voortzetten tot aan Bath. Voor die tijd neem ik zeker contact met u op.'

Herbert draaide zijn hoofd naar de bar. Daar waren de diverse tapkranen van meerdere biermerken te zien. De tijd waarin je in Engeland uitsluitend half warm, laf smakend lager kon bestellen behoorde definitief tot het verleden. In de meeste pubs tot dusverre kon je kiezen uit onder andere vers getapte (en ijskoude) Stella Artois, Peroni en San Miguel.

‘Om wat voor onderzoek gaat het eigenlijk?’ vroeg Martin.

Ondanks zichzelf slaakte Herbert een diepe zucht. Hij zag zijn biertje alweer verdampen, of in elk geval verder naar achteren worden geschoven. Maar hij moest toegeven dat het een heel logische vraag was van Martin. Als ze helemaal geen interesse toonden in het onderzoek, zou dat als verdacht kunnen worden aangemerkt.

‘Ook daar kan ik helaas geen informatie over geven,’ antwoordde detective Rushmore. ‘Het zou kunnen dat u er iets over op het nieuws hebt gezien? Of misschien hebt u een krant gekocht.’

‘Als wij zo’n hele dag gelopen hebben, zijn we echt doodmoe,’ zei Herbert, misschien iets te snel, maar hij wilde voorkomen dat een van de anderen de vraag zou beantwoorden. ‘Dan is het laatste waar we zin in hebben tv-kijken. Ook het nieuws volgen we op zo’n wandeltocht niet. Het idee is juist om de actualiteit zo ver mogelijk buiten de deur te houden.’

De rechercheur keek hem aan, glimlachte toen. ‘Dat begrijp ik. Dat zou ik zelf ook doen.’

Op dat moment voelde Herbert zijn telefoon trillen in zijn broekzak. Hij trok hem tevoorschijn en keek op het display.

'Sorry, deze moet ik even aannemen. Is dat goed? Zijn we hier klaar?' Hij richtte zich tot detective Rushmore.

'Zo goed als,' antwoordde de rechercheur. 'Maar neemt u gerust uw telefoontje aan, mister Brietfelt.'

Hij liep eerst een eindje van de tafel vandaan voordat hij opnam. 'Ha, Erik,' zei hij. 'Wacht even, er is hier een beetje veel lawaai. Ik loop naar buiten.' Hij opende de deur van de pub en stapte de straat op. Aan de overkant stond een klein kerkje dat was omgeven door een begraafplaats. Hij stak over en probeerde het hek, waarvan hij verwachtte dat het op slot zou zitten, maar het zwaaide piepend open.

'Herbert, alles goed daar?' klonk de stem van Erik. 'Ik kan je ook iets later terugbellen als dat beter uitkomt, maar het is te belangrijk nieuws om tot morgen te wachten.'

Erik Groot was al dertig jaar Herberts uitgever. Een paar weken voor hun vertrek naar Engeland hadden ze nog een borrel gedronken op de uitgeverij ter gelegenheid van het verschijnen van de Engelse vertaling van zijn laatste boek, *De nieuwe meteoriet. Pleidooi voor een legere wereld.*

'Nee, het is goed,' zei Herbert. 'Ik hoor je nu prima.'

Hij ging op een stenen bankje zitten en liet zijn blik over de grafstenen dwalen; de meeste waren scheefgezakt, maar het gras rond de grindpaadjes was keurig kort gemaaid.

'Het gaat om het volgende,' zei Erik. 'Misschien moet je even gaan zitten.'

'Ik zit al.'

'Dat is fijn. Moet je horen, geen woord hier verder over, het is allemaal nog geheim, maar ik heb met iemand van de Zweedse Academie gesproken. Een vrouw die ik al heel lang ken. Ook dat is geheim, Herbert.'

Herbert zei niets.

'In Stockholm drinken we weleens een biertje en gaan we uit eten. Nou ja, dat soort dingen. En ook nog andere dingen,' voegde hij er na een korte pauze aan toe.

Ik hoef dit allemaal niet te weten, dacht Herbert. Erik had een bijzonder leuke vrouw met wie hij al ruim twintig jaar getrouwd was. Ze aten ook weleens met z'n vieren, in een restaurant, of bij een van de echtparen thuis. Nooit zou Herbert meer hetzelfde naar Eriks vrouw Bernadette kijken – en dat speet hem meer dan hij voor mogelijk had gehouden.

'Mijn Zweedse contact weet voor negenennegentig procent zeker dat de Nobelprijs in oktober aan jou zal worden toegekend, Herbert,' vervolgde Erik. 'Er zijn nog wel een paar vergaderingen van het Nobelprijscomité tussen nu en oktober, maar dat zijn formaliteiten. Aan de ene kant zeg ik: trek de champagne maar vast open, aan de andere kant wil ik je op het hart drukken het er met niemand over te hebben. Vertel het aan Yvonne, dat spreekt vanzelf, maar verder echt aan niemand. Ik weet niet met wie je daar bent, maar als dit uitlekt kan ik persoonlijk in de grootste problemen komen. Om over haar nog maar te zwijgen.'

Herbert zag detective Rushmore uit het hotel komen en om zich heen kijken; Herbert stak zijn hand op en zwaaide. Misschien had de rechercheur nog een laatste vraag – zoals detective Columbo uit de gelijknamige Amerikaanse serie zich bij de deur steevast nog één keer achteloos omdraaide om die laatste en vaak belangrijkste vraag te stellen. *One more thing, mister Brietfelt. Hebt u bij die boerderij een baby horen huilen?*

'Herbert, ben je er nog?'

'Voor welk onderzoek krijg ik de Nobelprijs, Erik? Voor *De nieuwe meteoriet*?'

Aan de andere kant hoorde hij Erik zijn keel schrapen. 'Nee, eh... waarschijnlijk voor iets anders. Dat onderzoek naar het paargedrag bij katten. Eh, *Nonconsensual*, is de Engelse titel.'

'Maar dat is al jaren oud!'

'Nou, niet helemaal. Er is een halfjaar geleden een nieuwe editie van verschenen in Amerika, en ook een nieuwe Zweedse vertaling. De Amerikanen hebben ons gevraagd of we wat aanpassingen wilden doen, gewoon een paar details hier en daar, waardoor het geheel wat minder controversieel zou worden. En die aanpassingen hebben ze ook in Zweden overgenomen.'

'Daar heb je me nooit iets over verteld.'

Herbert zag dat detective Rushmore het hekje van de begraafplaats openduwde. Hij droeg een schoudertas, een soort laptoptas die Herbert niet eerder was opgevallen. En hij had iets in zijn hand: een boek, zag hij in tweede instantie.

'Ik wilde je daar destijds niet mee lastigvallen. Het waren ook maar kleine aanpassingen. Dat doen ze in Amerika wel vaker.'

'Maar daarnet zei je dat er controversiële dingen uit zijn gehaald.'

'Een paar dingetjes maar. Het boek blijft overeind, het is nog altijd jouw boek.'

Herbert zei niets. Detective Rushmore was op enkele meters afstand van hem tot stilstand gekomen. Hij wachtte tot Herbert zijn telefoongesprek had afgerond.

'Met controversiële onderzoeken worden geen Nobelprijzen gewonnen, Herbert,' zei Erik.

'Dag, Erik,' zei Herbert, en hij verbrak de verbinding.

'Finished?' De rechercheur deed een stap naar voren, hij hield het boek voor zich uit, alsof hij het Herbert wilde overhandigen.

Nu pas zag Herbert welk boek het was.

The New Meteorite. A Plea for an Emptier World.

'Ik ben een groot bewonderaar,' zei detective Rushmore. 'Ik heb vrijwel al uw boeken gelezen. En dit heb ik pas een paar dagen uit. Het is ook weer geweldig, het zet je aan het denken. Ik wilde u vragen of u het voor mij zou willen signeren.'

16

Die avond in hun hotelbed downloadde hij de nieuwe Engelstalige editie van *Nonconsensual* op zijn telefoon. Al na een paar pagina's begreep hij wat ze hadden gedaan. Alle verwijzingen naar parallellen met de mens waren zorgvuldig verwijderd. Je las er zo overheen, als je niet wist dat ze er ooit hadden gestaan, was er niks aan de hand.

Lang geleden had Herbert na langdurige observatie geconstateerd dat mannetjeskatten (en met hen vele katachtigen) de vrouwtjeskatten eerder verkrachtten dan dat er sprake was van een paringsdaad met wederzijdse instemming. Aanvankelijk verzette het vrouwtje zich hevig, maar al snel gaf ze zich gewonnen. Dat moest ook wel, want het mannetje hield haar in een ijzeren greep waaruit ontsnappen onmogelijk was. In een later stadium beleefde de vrouwtjeskat misschien nog enkele seconden van lichamelijk genot, maar het was het kennelijk niet echt waard, anders zou ze zich toch niet zo hevig verzetten?

Was de boodschap van de katten aan de mensheid misschien dat de voortplanting, als puntje bij paaltje kwam, belangrijker was dan het genot dat je aan de paringsdaad beleefde? Moest je verkrachting met deze kennis in een ander licht zien? Hij had het allemaal zo voorzichtig mogelijk geformuleerd, ook in de tijd waarin hij zijn onderzoek deed, waren er al velen met gevoelige tenen die de wetenschap het liefst naar hun hand zouden willen zetten.

Het maakte nu allemaal niet meer uit, zelfs de kleinste verwijzingen naar menselijk gedrag waren geschrapt. Hij kreunde van woede. Zijn vrouw, die naast hem net deed alsof ze een boek aan het lezen was, keek even opzij. Ze had tijdens het eten vrijwel niets tegen hem gezegd. Als hij wat zei, negeerde ze hem volledig. Dat stilzwijgen had hen vergezeld naar de hotelkamer. Bij dit soort zwijgende ruzies moest er altijd één de eerste zijn. Eén normale opmerking zou het pakijs, dat zich tussen hen in, in de dunne spleet tussen hun beider matrassen, had opgehoopt, doen smelten.

Herbert wist dat hij de aangewezen persoon was om deze taak op zich te nemen. *Ik heb net gehoord dat ik de Nobelprijs krijg. Nou ja, het is voor negenennegentig procent zeker dat ik hem krijg.* Zijn vrouw zou hem na die mededeling om de hals vallen. Alles zou in één keer zijn vergeten. Ze zouden een fles champagne op de kamer bestellen – alleen hield hij niet van champagne, en hij had ook geen zin om het ijs te breken. Voorlopig zou hij de Nobelprijs voor zichzelf houden. Daar had hij recht op, vond hij, niet alles hoefde onmiddellijk te worden gedeeld.

Begin december zouden ze naar Stockholm afreizen: Yvonne, Marianne en hij, samen op de rode loper. Heel even drong zich het beeld aan hem op van de lamzak op diezelfde loper. In godsnaam dan maar. Wat moest, dat moest. De Zweedse koning zou Ruben met opgetrokken wenkbrauwen opnemen. En daar begon het al: Herbert had geen flauw idee hoe de Zweedse koning heette. Harald? Björn? Zo'n ongeloofwaardige naam die eerder in een HBO-serie over Vikingen thuishoorde dan in de eenentwintigste eeuw. Het illustreerde nog maar eens hoe weinig serieus hij het al dan niet winnen van de Nobelprijs had genomen, zo hield hij zich voor. Tegenover Yvonne had hij er altijd laconiek over gedaan.

'Stel je voor dat ik hem win,' zei hij. 'Dan moeten we helemaal naar Stockholm. Hartje winter!'

Hij scrolde door zijn eigen boek op zijn telefoon, maar eigenlijk wist hij genoeg. De Nobelprijs accepteren voor een uitgekleed boek, waar de angel uit was gehaald omdat het niet meer in de tijdgeest paste, was ondenkbaar. Hij zou de prijs moeten weigeren. Was dat ooit eerder gebeurd? vroeg hij zich af. Was er in de lange historie van de

Nobelprijs ook maar één persoon geweest die hem had geweigerd? Hij wist eigenlijk wel zeker van niet. De menselijke ijdelheid was altijd sterker geweest dan het gezond verstand.

'Wat is er?' Zijn vrouw.

'Wat?'

'Je ligt de hele tijd te snuiven en te kreunen en met je tanden te knarsen. Wat ben je in godsnaam aan het lezen? Ik vraag me gewoon af waarover je je zo ligt op te winden.'

Hij draaide zijn hoofd naar haar toe en zag de brede glimlach op haar gezicht. De ijstijd was voorbij – zonder dat hij er zelf ook maar één concessie voor had hoeven doen.

'Niets,' begon hij, maar dat was niet goed. Hij moest haar iets meer geven dan alleen 'niets'. 'Wat denk je dat er gaat gebeuren?' vroeg hij.

'Met wat?'

Herbert stak zijn hand uit en legde hem onder het dekbed op de pols van zijn vrouw. 'Met die rechercheur? Het leek alsof hij ons alleen als getuigen wilde horen, maar in hoeverre is dat een spel? Probeert hij ons op ons gemak te stellen, zodat we sneller een steek laten vallen? De volgende keer?'

'Ik vond hem vooral aardig,' zei Yvonne. 'En knap natuurlijk. Echt een stuk. Maar denk je dat hij nog een keer terugkomt?'

'We hadden die knoop meteen weer aan mijn jas moeten zetten. Toen we aan tafel zaten heeft hij waarschijnlijk niets gezien, maar wie weet is het hem buiten al wel opgevallen dat mijn jas een knoop miste. Voor het hotel, toen ik aan kwam lopen.'

'En wat dan nog? We hebben die knoop toch? Ik zet hem er morgenochtend meteen aan. Of beter nog: nu meteen. Geef me je jas maar. Waar heb je die knoop?'

'Is dat wel een goed idee? Wie weet staat hij ons morgen voor ons hotel op te wachten. Dan trekt dat toch de aandacht: een knoop die er eerst af was en er nu opeens weer aan zit?'

'Er mag toch wel een knoop losraken tijdens een wandeltocht? Dat wil toch niet meteen zeggen dat je...' Yvonne sloot heel kort haar ogen. 'Er is verder niets aan je te zien,' vervolgde ze op zachtere toon. 'Er is aan niets te zien dat je... Dat is echt nergens aan te zien.'

Herbert dacht aan Alicia. Aan de beetwond in haar knie. De ontstoken beetwond. Detective Rushmore had hun terloops te verstaan gegeven dat ze voorlopig in de buurt moesten blijven. Martin en Alicia konden in elk geval niet meer naar huis. De rechercheur had het niet met zoveel woorden gezegd, maar Herbert was ervan overtuigd dat hun namen niet alleen op de luchthaven van Bristol, maar op alle luchthavens stonden geregistreerd. Bij de incheckbalie zou de grondstewardess langer dan normaal naar hun paspoorten staren en hun vervolgens verzoeken om een stapje opzij te doen. Om hier bij de balie te blijven wachten – er was al iemand onderweg die hun nadere informatie zou verstrekken.

Yvonne was opgestaan en had zijn jas van de kapstok gepakt. 'Waar heb je die knoop gelaten?'

'In de jaszak. In de rechterjaszak.'

Ze haalde een zwart etuitje uit haar rugzak en liet zich weer terug op het bed zakken. 'Zo, moet jij eens kijken hoe snel die knoop er weer aan zit,' zei ze, terwijl ze naald en draad uit het etuitje opdiepte. Ze zocht even in de jaszak en haalde toen de knoop tevoorschijn. 'Wacht...' zei ze.

Er was een frons in haar voorhoofd verschenen.

'Wat?' vroeg Herbert.

Yvonne trok de jas nog iets dichter naar zich toe. Ze hield de knoop naast een van de knopen die aan de jas zaten.

'Dit is niet een knoop van jouw jas,' zei ze.

'Wat?'

'Hier, kijk zelf. Hij is lichter van kleur, niet bruin maar bijna beige. En hij is ook iets kleiner. Een paar millimeter hooguit, maar wel echt kleiner.'

17

De volgende dag hadden ze een lange etappe voor de boeg. Het was de enige etappe waar Herbert over had getwijfeld toen hij zich een maand of drie geleden met de reserveringen van de hotels en bed and breakfasts had beziggehouden. Twintig kilometer, heuvel op, heuvel af. Zouden met name Alicia en Martin het volhouden?

‘Het is een heel eind,’ zei hij, waarna hij het vierde worstje van zijn full English breakfast in zijn mond stak. ‘Ik zou jullie echt aanraden om nog wat meer toast te bestellen.’

Het was een schitterende dag. Kleine witte wolkjes stonden bewegingloos aan een verder strakblauwe hemel. Yvonne en hij waren het erover eens geweest dat ze de andere twee niet over de knoop zouden vertellen. Zijn jas had Herbert in zijn rugzak gestopt. Heel kort had hij met Yvonne de mogelijkheid besproken om hem ergens onderweg te laten verdwijnen. In een vuilcontainer in een van de dorpen die ze zouden passeren. Maar het was geen goed idee. Als detective Rushmore nog een keer terugkwam, zou hij naar de jas kunnen vragen. De knoop, die niet de goede knoop was, had Herbert wel in de eerste de beste openbare prullenbak gegooid. Dat de detective hen met een tweede bezoek zou vereren, daar twijfelde hij niet aan.

Bij het verlaten van het stadje liepen ze nog met z'n vieren, maar daarna raakte Alicia al snel achterop: ze liep nog net niet mank, zag Herbert. Behalve over de Nobelprijs had hij besloten om Yvonne ook niet over Alicia's beetwond te vertellen. Hij kon niet eens goed beredeneren waarom eigenlijk niet: misschien dat het iets tussen hen tweeën, tussen Alicia en hem, moest blijven – zij had het tenslotte ook niet aan Martin verteld. Hij vertraagde zijn pas en keek achterom. Tot zijn opluchting zag hij dat Yvonne al naast Alicia was gaan lopen.

Bij de eerste beklimming haalde hij Martin in, die net, zwaar hijgend (en zonder stok), de bovenste trede van de in de heuvel uitgegraven trap bereikte.

'Water?' vroeg Herbert, en hij liet alvast zijn rugzak van zijn schouder glijden.

Martin zei niets, maar hij nam wel de veldfles aan die Herbert hem aanreikte, draaide de dop eraf en goot een flinke scheut over zijn gezicht voordat hij de fles aan zijn mond zette.

Heeft hij zelf geen water? Waarom verspilt hij het water van een ander? Herbert wilde zijn veldfles weer van Martin afpakken, maar hij hield zich in.

'Hoe gaat het met je?' vroeg hij, niet zonder dat het hem moeite kostte. 'Met je schouder?'

Martin veegde zijn gezicht en zijn lippen af met de rug van zijn hand, maar gaf de fles vooralsnog niet terug aan Herbert. 'Het gaat,' zei hij. ''s Nachts voel ik hem nog wel kloppen, maar het is denk ik niet meer ontstoken. En het doet ook nauwelijks pijn meer.' Hij keek opeens bijna beteuterd, alsof het hem nu al speet dat hij deze informatie met Herbert had gedeeld.

'Daar ben ik blij om,' zei Herbert. 'Het is natuurlijk jammer dat jullie nu niet naar huis kunnen. We moeten er maar het beste van zien te maken.'

Martin zei niets. Hij staarde naar Herberts veldfles in zijn hand en likte zijn lippen af.

'Kijk!' zei Herbert, en hij wees naar een plek ergens achter Martins hoofd. 'Een arend! Of nee, een buizerd. Ik kan het niet goed zien.'

Martin draaide zijn hoofd niet om en bleef zwijgend naar Herbert kijken.

'Hij zit daar op een tak,' zei Herbert, en hij voelde dat hij bij elk volgend woord onnatuurlijker begon te klinken, alsof hij een van tevoren uit zijn hoofd geleerde tekst uitsprak. 'Ik kan hem van deze afstand niet goed zien, maar hij zit dáár ergens,' voegde hij er ondanks zichzelf aan toe.

Dit was het moment waarop Martin de verrekijker uit zijn rugzak zou moeten halen. Maar dat deed hij niet. Hij stak zijn hand in zijn broekzak en haalde zijn telefoon tevoorschijn.

'Dit stuurde Mark me gisteren,' zei hij; met zijn duim raakte hij een paar keer snel het display aan en hij draaide dit vervolgens naar Herbert toe.

Een foto (het was moeilijk te zien in het door de bladeren van de bomen gefilterde zonlicht), een groepsfoto. Jongens en meisjes – jonge mannen en vrouwen, verbeterde hij zich in gedachten – ergens voor een met lampionnen verlichte bar. Hij boog zich verder over Martins telefoon en hield zijn hand boven het display om de foto beter te kunnen zien.

Een paar bekende gezichten, vrienden en vriendinnen van Marianne en Ruben, maar ook een aantal onbekende; gezichten die hij zich in elk geval niet wist te herinneren.

Daar stond Marianne, bijna in het midden van de groep. Ze had het zichtbaar naar haar zin; ze lachte zoals alleen Marianne kon lachen, vanaf haar allereerste lach die ze hem vanuit de wieg had geschonken. De emotie pakte hem van onderaf op, zoals een golf in de branding je oppakt en je je evenwicht doet verliezen. Nu niet, sprak hij zich toe. Niet in aanwezigheid van Martin.

Naast Marianne stond Mark. Hij had zijn arm om haar schouders geslagen. Hij lachte niet. Met een brutale blik keek hij in de lens. Kijk mij eens, zei de blik. Kijk eens hoe leuk deze vrouw mij vindt.

Hij moest eigenlijk blij zijn, besefte Herbert. De lichaamstaal van Marianne en Mark sprak boekdelen. Aan de relatie met Ruben zou na dit weekend een einde komen. Dit was toch wat hij had gewild? Ja, maar er was iets aan de foto waarvan zijn nekharen recht overeind gingen staan, een plotselinge koude onder zijn T-shirt, die sterker was dan de warmte van de zon op zijn rug.

Hij moest Marianne bellen, zo snel mogelijk. Ja, dat was wat hij moest doen. Als hij haar stem zou horen, zou hij genoeg weten – maar niet met Martin erbij.

'Ik denk niet dat ze deze foto met Ruben hebben gedeeld,' zei Martin.

Herbert staarde hem aan, hij meende een bijna verlekkerde glimlach te bespeuren op het nietszeggende gezicht.

'Ja, ik heb op je dochter zitten letten,' zei Martin. Hij streek even met het puntje van zijn tong over zijn bovenlip. 'Maar dat was niet eens nodig, zo duimendik lag het erop. Ik zag het voor mijn ogen gebeuren: hoe ze naar Mark keek als ze bij ons bleef eten, haar hoofd een beetje schuin hield, met zo'n kokette blik die maar voor één uitleg vatbaar was. Het kon haar niets schelen dat Ruben erbij was, die is zo naïef, die heeft echt nooit iets in de gaten. En als Ruben even van tafel ging werd het nog veel erger. Jaja, ik weet niet of ze bij jullie thuis ook zo is, maar je dochter is een behoorlijk uitgekookt meisje, Herbert.'

Herbert merkte hoe de randen van zijn gezichtsveld zich met vocht vulden en begonnen te trillen. Hij keek naar Martins gezicht, zijn onderlip die net als bij zijn oudste zoon iets te ver naar beneden hing, zodat je, zoals bij een hond, het water op het roze vlees zag staan. Om deze man, deze víéze man, schoot het door hem heen, zo over Marianne te horen praten, haar een 'uitgekookt meisje' te horen noemen: het werd hem allemaal net iets te veel. Hij greep het handvat van zijn rechter nordicwalkingstok steviger beet.

'Ik verbied je om zo over mijn dochter te praten,' zei hij, en hij moest zijn uiterste best doen om zijn stem niet te laten trillen. 'Om haar als een hoer af te schilderen.'

'Herbert, alsjeblieft! Dat heb ik nooit gezegd. Ik zeg alleen maar dat ze er goed in is de mannen het hoofd op hol te brengen. Ik keur dat niet eens af. Ik heb het gewoon voor mijn ogen zien gebeuren.'

Herbert liet zijn blik over het lichaam van Martin dwalen, over zijn net iets te dikke buik, zijn zo goed als onbehaarde benen onder zijn korte broek. Hij zou de stok met kracht in de onbeschermde buik moeten planten, of nee, lager nog… Paul Cézanne had ooit gezegd dat hij 'met zijn lul' schilderde, dat dit zelfs een eerste vereiste was om iets van blijvende waarde te produceren, schilderen met je lul.

Martin had zojuist met zijn lul over Marianne gesproken. Ondubbelzinnig, een andere uitleg was er niet. Met zijn woorden (en met zijn naar beneden hangende, vochtige onderlip) had hij Marianne bezoedeld: een oudere man die zich aan een jong meisje opdringt. Opeens stelde hij zich voor hoe Martin thuis aan tafel had gezeten terwijl Marianne met Mark had zitten flirten, hoe hij naar haar moest hebben gekeken – en hij werd er bijna fysiek onpasselijk van. Een man van middelbare leeftijd, een onaantrekkelijke man met een nietszeggend gezicht, matigde het zich aan over zijn dochter te oordelen vanwege het feit dat zij naar meer jongens lachte dan alleen naar zijn oudste zoon!

Mark was de favoriete zoon van zijn vader, Ruben die van zijn moeder. Wat betekende dat? Dat Mark wellicht net zo'n smeerlap was als Martin – met net zulke smerige gedachten?

Herbert greep het handvat van zijn stok nog steviger beet en haalde een paar keer diep adem. Hij diende eerst kalm te worden, hield hij zich voor, pas als hij was gekalmeerd, zou hij de stok kunnen gebruiken.

'Hé, daar zijn ze al,' zei Martin; hij keek omlaag, langs de aarden trap waarover ze naar boven waren geklauterd. Herbert volgde Martins blik en zag Yvonne en Alicia in de diepte, een paar honderd meter voor het begin van de trap, over het pad aan komen lopen.

Martin graaide in zijn rugzak, haalde een vrij groot formaat verrekijker tevoorschijn, en plaatste hem kort tegen zijn ogen. Daarna reikte hij hem Herbert aan. 'Wil je nog naar je arend kijken, Herbert?' vroeg hij, terwijl hij het woord 'arend' op een licht ironische toon uitsprak, alsof het tussen aanhalingstekens stond. 'Of kijk je liever naar mijn vrouw?'

18

Hij had geen bereik.

Om de vijftig meter keek Herbert op zijn telefoon, en elke keer las hij dezelfde twee woorden: GEEN SERVICE.

'Achterlijk land!' zei hij hardop, terwijl hij de pas er nog maar eens extra stevig in zette. Hij hijgde, ja, nu hijgde hij: het ging hem duidelijk boven zijn macht, maar er was haast bij. Hij moest Marianne bellen en wel zo snel mogelijk.

'Godverdomme!' Hij struikelde over een boomwortel en viel voorover met zijn gezicht in de modder. 'Au! Godverdomme! Achterlijk tyfusland!'

Hij krabbelde overeind, veegde de natte aarde zo goed en zo kwaad als het ging van zijn kleren en van zijn gezicht. Hij likte met het puntje van zijn tong over zijn onder- en bovenlip en proefde bloed. Met zijn vingertoppen betastte hij voorzichtig zijn mond en daarna ook de rest van zijn gezicht. Vlak onder zijn oog was een pijnlijke snee die recht naar beneden liep.

Hij keek naar het bloed aan zijn vingers, deed zijn rugzak af en pakte het papieren servet van het broodje kaas dat hij die ochtend in het hotel had laten inpakken voor onderweg.

Toen hij zag hoe de bloeddruppels het servetje rood kleurden, nog voor hij het tegen zijn gezicht had kunnen drukken, vloekte hij opnieuw.

Hij keek achterom. Van die kant viel er voorlopig niets te duchten: hij had sneller gelopen dan de anderen. Niemand zou hem inhalen. Echt niemand, dacht hij, en hij keek naar de knokkels van zijn rechterhand, waarop het bloed alweer was gedroogd.

Hij voelde de pijn in zijn linkerknie pas toen hij een eerste stap zette. Even bleef hij staan en toen deed hij voorzichtig nog een stap.

'Alsjeblieft!' zei hij tegen niemand in het bijzonder, maar het klonk alsof hij zich tot iets of iemand richtte, hem of haar smeekte om de pijn in zijn knie te doen verminderen, deze althans zover te verzachten dat hij zijn weg zou kunnen vervolgen.

Hij keek weer naar zijn telefoon. Op het display was in kleine lettertjes de naam van een netwerk te lezen met daarachter het vertrouwenwekkende 4G.

Herbert zocht een plekje naast het pad met zo min mogelijk modder, vouwde zijn jas onder zijn achterste en liet zich tussen de varens zakken.

Hij drukte op RECENT. Haar naam stond bovenaan de lijst: het gesprek dat ze gistermiddag hadden gevoerd. Hij moest uiterst voorzichtig te werk gaan, bedacht hij, terwijl hij zijn duim enkele millimeters boven de naam van zijn dochter liet zweven.

Hé, papa!

Dag, Marianne. Alles goed?

Luchtig. Het moest vooral luchtig klinken, niet ongerust.

Is Mark bij je? Nee. Is Mark in de buurt?

Hier zou ze geërgerd op kunnen reageren, maar had hij als vader niet het recht om zijn dochter privé te spreken, zonder dat er iemand meeluisterde?

Ik wilde alleen maar even horen of jullie het nog steeds leuk hebben. Mark en jij.

Papa, doe alsjeblieft normaal! Waar heb je het over?

Dat was voldoende, de geruststellende informatie waar hij op zat te wachten. Moest hij haar ook nog waarschuwen? Pas je een beetje op met Mark?

Nee, het klonk allemaal te veel als een overbodige waarschuwing. Zo'n waarschuwing die hij of Yvonne haar gaf wanneer ze op de fiets naar een feestje aan de andere kant van de stad vertrok. Ben je voorzichtig? Ga je niet liever met een taxi? Wij betalen een taxi voor je. Het gaat later op de avond ook nog heel hard regenen.

Hij herinnerde zich een keer, lang geleden, toen Marianne in haar eentje op de fiets naar een feestje in de buurt van het Museumplein was gegaan. Na afloop was ze verkeerd gereden. Er hing een zeldzaam dichte mist. Het was al na twaalven. Ze had hem gebeld, ze moet een jaar of veertien zijn geweest. Er waren al wel mobiele telefoons maar nog geen smartphones die je de weg naar huis konden wijzen.

Hij hoorde de paniek in haar stem.

'Rustig, lieverd. Ik help je naar huis te komen. Waar ben je? Of nee, wat zie je?'

'Er is overal mist, papa! Ik sta voor een groot gebouw.'

'Wat voor gebouw, lieverd? Staat er iets op het gebouw?'

'Wacht even, ik ga iets dichterbij... Hotel, staat er. Amstel Hotel.'

'Heel goed, Marianne. Weet je wat je nu moet doen? Ga met je rug naar de straat staan. Dus naar het gebouw kijken. Naar het hotel. Zie je nu aan je linkerhand een tunneltje? Een fietstunneltje?'

'Nee, ik zie niks. Er is overal mist.'

Hij hoorde dat ze huilde.

'Rustig, Marianne. Fiets een stukje naar links, dus met het hotel aan je rechterhand. Toe maar, ga maar... Zie je nu dat fietstunneltje?'

'Ja,' snikte ze, maar het huilen werd al minder. Hij hoorde ook nog iets anders in haar stem. Opluchting. Haar vader wist waar ze was. Zo had hij haar naar huis gepraat, de hele weg. Zij met de telefoon aan haar oor, met daarin de geruststellende stem van haar vader die alles wist – in ieder geval de weg naar huis.

Dat was wat hij nu ook moest doen: hij moest haar naar huis praten. Niet letterlijk, ze was inmiddels twee keer zo oud.

Er viel een schaduw over zijn gezicht.

'Mister Brietfelt?' vroeg een stem, die hij onmiddellijk herkende. '*Are you alright?*'

De handen van detective Rushmore rustten op het zadel en het stuur van een zwarte mountainbike. Hij was weer geheel in het zwart gehuld: zwarte fietshelm, zwart T-shirt, zwarte korte broek en zwarte sportschoenen. Alleen zijn sokken staken spierwit af tegen zijn zwarte onderbenen.

19

‘We weten nu al iets meer over wat er precies heeft plaatsgevonden bij die vervallen boerderij,’ zei Rushmore. ‘Ik dacht: het is zondag, ik fiets even naar u toe. Het is iets meer dan dertig kilometer vanuit Bristol.’

Ze zaten naast elkaar op een boomstronk; de rechercheur had Herbert overeind geholpen en hem gemaand een arm op zijn schouder te leggen. Zo waren ze bij de boomstronk gekomen.

‘Het is misschien beter om niet al te ver meer te lopen met zo’n knie, mister Brietfelt,’ zei hij. ‘Ik denk dat uw wandeltocht hier eindigt. Al zou het prettiger zijn als u, al dan niet met hulp, uw volgende overnachtingsplek nog zou kunnen bereiken.’

‘Herbert,’ zei Herbert. ‘Noemt u mij alstublieft Herbert.’ Hij was de rechercheur behulpzaam door zijn naam alvast op z'n Engels uit te spreken. 'Fietst u vaak?' vroeg hij vervolgens. 'Is het een hobby?'

'Dat kun je wel stellen, ja,' zei Rushmore. 'Ik trek er elk weekend opuit. Ik heb een keer in één dag de hele Cotswold Way gefietst. Van noord naar zuid, dan heb je minder beklimmingen.'

'Dat moet loodzwaar zijn, al die trappen op en af.'

'Dat is het ook. Soms stapte ik wel af, maar pas als ik echt helemaal tot stilstand kwam.'

'Ik vind het prettige van wandelen juist dat je goed kunt nadenken,' zei Herbert. 'Fietsen zou mij te snel gaan.'

'Daar hebt u gelijk in. Op de fiets moet je voortdurend opletten. Er is geen tijd om na te denken, dat is de charme ervan. Als ik thuiskom is mijn hoofd helemaal leeg. Dat helpt me ook bij mijn politiewerk. Je kunt een zaak dan weer helemaal als nieuw bekijken.' De rechercheur stak een sigaret op. 'Rookt u?' vroeg hij, en hij hield Herbert een verfrommeld pakje Camel voor.

Herbert was in 1996 gestopt. 'Graag,' zei hij.

Ze zwegen een poosje, het lukte Herbert om zonder te hoesten de rook te inhaleren en weer uit te blazen. Wel voelde hij zich net zo licht in zijn hoofd als bij zijn eerste sigaret op het schoolplein.

'U beschrijft het heel mooi in uw boek,' zei Rushmore. 'In *De nieuwe meteoriet*, ik heb er gisteravond weer een tijdje in zitten lezen. Hoeveel overbodige soorten het dierenrijk telt. En dat we ons niet op onszelf moeten blindstaren, alsof we boven die overbodige soorten verheven zouden zijn. Dat we zelf ook weleens een overbodige soort zouden kunnen zijn.'

Hij gebruikte het Engelse woord *'superfluous'*, dat ook precies het woord was dat in de Engelse vertaling van *De nieuwe meteoriet* werd gebezigd.

'Dat de aarde ook prachtig kan zijn zonder de aanwezigheid van mensen,' vervolgde Rushmore. 'Dat vond ik indrukwekkend. Het zette mij in elk geval aan het denken.'

Herbert zei niets. Het leek hem verstandig om de rechercheur te laten praten en niet zelf naar de laatste ontwikkelingen in het onderzoek te informeren.

'Zouden er binnen de mensensoort ook overbodige exemplaren bestaan, vroeg ik me af?' zei Rushmore. 'Daar bent u niet zo duidelijk over in *De nieuwe meteoriet*.'

Herbert trapte zijn sigaret uit in de natte aarde en had meteen behoefte aan een nieuwe. 'Ik denk het wel,' antwoordde hij. 'Het is alleen een lastige kwestie wie dat gaat bepalen, wie de overbodige exemplaren zijn en wie niet.'

'Als wij een operatie voorbereiden,' zei Rushmore, 'kijken we eerst naar de ernst van het vergrijp. Bij bepaalde vergrijpen, en dan moet u denken in de categorie moord, verkrachting en kindermisbruik, spreken wij van tevoren met elkaar af dat er bij het minste teken van verzet gericht zal worden geschoten. Zelfs verzet is niet altijd een vereiste. De rechters zijn ons dankbaar, weer een zaak die niet in detail hoeft te worden uitgeplozen. Het kost allemaal tijd en geld, terwijl er met onze eigen aanpak ook wel degelijk sprake is van gerechtigheid. Misschien wel meer gerechtigheid dan wanneer een *child molester* wegens gebrek aan bewijs na drie maanden weer op straat staat.'

'Ja,' zei Herbert. Hij greep naar het pakje Camel dat tussen hen in op de boomstronk lag.

'Ga je gang, Herbert,' zei de rechercheur en hij gaf Herbert vuur. 'We hebben de knoop van uw jas gevonden,' vervolgde hij. 'We moeten tenminste aannemen dat hij van uw jas afkomstig is. Wat denkt u? Staan alleen uw vingerafdrukken op die knoop of ook nog die van iemand anders? Om over DNA nog maar te zwijgen. Maar ja, dat duurt altijd wat langer, zo'n DNA-onderzoek.'

Herbert trok aan zijn sigaret, hij glimlachte naar detective Rushmore – hij wist niet precies waarom, maar hij glimlachte.

'Dan is er een knoop die ontbreekt aan de broek van de jongen,' vervolgde hij. 'We zoeken verder, maar ik acht de kans klein dat we die nog gaan vinden. In het gebit van het meisje, vlak achter de hoektanden, hebben we een blauwe stof aangetroffen. In het laboratorium bleek het om denim te gaan, bijvoorbeeld van een spijkerbroek.' Rushmore boog zich voorover en raakte even Herberts nordicwalkingstokken aan. 'Van een aantal verwondingen, met name de dodelijke, vroegen we ons af hoe ze konden zijn toegebracht. Met welk wapen of instrument. Tot een collega op het idee kwam om het eens met het soort stok te proberen dat wandelaars vaak gebruiken. We hebben het getest op een rauw stuk schapenvlees, en inderdaad waren de verwondingen vrijwel identiek aan de verwondingen die we op de slachtoffers hebben aangetroffen.' Hij pakte een van Herberts stokken op en bekeek hem van dichtbij. 'Best scherpe punten. Bijzonder handig bij beklimmingen en afdalingen, maar ook bij zelfverdediging. Ik zeg dit met nadruk: zelfverdediging.'

'Ja,' zei Herbert. En de baby? wilde hij vragen, maar hij deed het niet. Alleen al door naar de huilende baby te vragen, zou hij iets toegeven, hij wist niet goed wat, maar het leek hem beter om zijn mond te houden.

'Ik zal u iets laten zien,' zei de rechercheur, en hij haalde zijn telefoon uit zijn zwarte rugzakje, dat hij naast zich tegen de boomstronk had gezet. Het was een groot model telefoon, bijna het formaat van een tablet, zag Herbert.

Herbert boog zich naar het scherm, waarop een kaart verscheen met lijnen en twee ronde witte puntjes.

'Kijk, dit zijn wij,' zei de rechercheur, en hij zoomde iets verder in. 'Ik heb van u alle vier het telefoonnummer achterhaald via de hotels en bed and breakfasts, en via de organisatie die uw bagage vervoert.'

'Oké,' zei Herbert.

In kleine lettertjes stond zijn naam boven zijn puntje te lezen. ME, stond er boven het puntje dat detective Rushmore voorstelde.

'Zo heb ik u ook gevonden,' vervolgde Rushmore. 'Want kijk, als ik nu terugspoel in de tijd...' Hij bewoog zijn duim over een ronde knop op het scherm. Boven in het display begonnen cijfertjes te rollen. '... dan zie ik u hier aan komen lopen. Hier was ik u even kwijt, dat was een stuk zonder bereik, dan werkt de zoekfunctie van dit apparaat ook niet. Maar hier... Hier staat u met Martin boven op een heuvel, ziet u wel? Die twee puntjes, vlak naast elkaar. Ik wilde u eerst daar aanspreken, ik stond amper vijftig meter van u af, iets verderop langs het pad naar beneden, tussen de bomen. Ik kon natuurlijk niet verstaan wat u zei, maar ik hoorde aan de toon dat u in een woordenwisseling verwikkeld was.'

'Ja, dat klopt,' zei Herbert.

'Ik hoorde Martin een kreet slaken, geen luide kreet, eerder een soort kreun, en toen werd het stil... Kijk, op de kaart zie je dit.' Hij bewoog zijn duim weer over het scherm. 'Twee puntjes vlak naast elkaar, en opeens is het tweede puntje, het puntje van Martin, ergens anders, verder van u af. Onderaan de heuvel. Niet aan de kant van de trap, maar meer van het pad af.'

Herbert zei niets.

'Ik heb gewacht tot u was doorgelopen – u liep rakelings langs me, maar u zag me niet – en ben toen de heuvel afgedaald.' Hij pauzeerde even om weer een sigaret op te steken. 'Martin lag met zijn hoofd in een wat vreemde knik tegen een boom,' vervolgde hij, terwijl hij Herbert recht aankeek. 'Er was verder niks meer wat ik nog voor hem kon doen.'

'Oké,' zei Herbert. Hij probeerde de donkere ogen van de rechercheur te peilen. Zou Rushmore Martin ook tot de overbodige mensen rekenen?

'We kunnen ook nog verder terug in de tijd,' zei Rushmore. 'Al die gegevens worden door de zendmasten opgeslagen, dus toen ik uw telefoonnummers eenmaal had, kon ik u in principe volgen vanaf uw aankomst op de luchthaven van Bristol.'

Hij bewoog zijn duim weer over het scherm.

'Dit is afgelopen dinsdag,' zei hij. 'U bent hier bij de vervallen boerderij. Bij de plaats delict,' voegde hij eraan toe.

Herbert keek op het display en zag vier puntjes dicht bij elkaar, boven elk puntje stond, opnieuw, in kleine lettertjes een naam. Verder naar links was de boerderij zelf. Ook daar waren twee puntjes te zien. Nee, drie, zag Herbert plotseling.

'Toen de slachtoffers – hoewel ik er moeite mee heb ze slachtoffers te noemen, ze wisten heel goed waar ze op uit waren, en dat hebben ze ook gekregen – naar u toe liepen, hebben ze hun telefoon niet meegenomen, dus we kunnen ze hier helaas niet zien. We zien alleen uw bewegingen. Kijk, hier beweegt Alicia een eindje in de richting van de boerderij, en hier zien we u alle vier bij de bosrand, bij de plek waar ze zijn gevonden.'

'Ja,' zei Herbert.

'Uiteindelijk lopen jullie allemaal weer door, in de richting van Stanton. Maar de volgende dag...' Detective Rushmore scrolde weer met zijn duim over het scherm. 'De volgende ochtend bent u weer terug bij de boerderij. Alleen Martin en u. Waarschijnlijk om naar de knoop van uw jas te zoeken, am I right? En wat u uiteindelijk vond was de losgeraakte knoop van de broek van de jongen. Ik zou u kunnen vragen of u die nog in uw bezit hebt, maar u hoeft daar geen antwoord op te geven. Beter is het als u zich al van de knoop hebt ontdaan. En zo niet, dat u dat vandaag alsnog doet. Maakt niet uit waar, op een plek waar wij hem in elk geval nooit zullen kunnen vinden.'

Een vogel – gewoon een vogel, zag Herbert – kwam vanuit het dal aanvliegen en streek neer op een tak – gewoon een tak van een boom – op een vijftigtal meter van hen af. Met een verrekijker had hij het verenkleed kunnen bewonderen, het in deze tijd van het jaar grijze verenkleed – de kleuren blauw en wit waren al vergrijsd, wist hij, maar hij probeerde er niet aan te denken.

Waar was de verrekijker? Wie had hem als laatste vast gehad? Martin, of hijzelf? Hij wist het niet meer.

'Wat is dat derde puntje?' vroeg hij, terwijl hij zijn blik weer op de telefoon van de rechercheur richtte.

'Er was iemand te logeren bij die twee,' zei Rushmore. 'Een oudere zus van het meisje, uit Bristol.'

De baby! Herbert voelde zijn hart bonzen. Hij had nooit een baby gezien of gehoord, hield hij zichzelf voor.

'Die zus heeft alles gezien,' vervolgde detective Rushmore. 'Dat heeft ze tegenover ons verklaard. Maar het gekke is: ze is er na het gebeurde nog een nacht blijven slapen. Pas de volgende dag is ze rustig naar Bristol teruggegaan.'

'En daar heeft ze zich bij jullie gemeld?'

'Nee, ook dat niet. Wij hebben in de boerderij een paar gebruikte luiers aangetroffen en toen van één en één twee gemaakt. Er was maar één zus met een baby van drie maanden.'

Herbert slaakte een zucht van opluchting. De baby was nooit alleen geweest, hij, of zij, had al die dagen zijn/haar moeder bij zich gehad. Hij zag al voor zich hoe hij dit met een glimlach aan Yvonne zou vertellen, hoe blij zijn vrouw zou zijn dat de baby geen honger had geleden.

'En toen we bij haar langsgingen, begrepen we ook meteen waarom ze het gebeurde niet had gemeld,' zei Rushmore. 'Waarom ze bang was dat we bij haar langs zouden komen. Het was er een grote puinhoop. Nog veel erger dan in de boerderij. Vervuiling in een mate die je je niet kunt voorstellen, ik zal u de details besparen. Totale verwaarlozing. De moeder is per direct uit de ouderlijke macht ontzet.'

'Ja,' zei Herbert.

'Zonder uw tussenkomst had die baby misschien nog jaren in die verschrikkelijke omstandigheden moeten leven. Als hij al was blijven leven. In feite is er door uw tussenkomst een leven gered.'

'Ja.'

Herbert probeerde de vogel terug te vinden, maar hij wist al niet meer op welke tak en in welke boom deze was neergestreken.

'En wij zijn u ook dankbaar,' zei Rushmore. 'Wij hadden al vaker klachten gehad over die twee, van directe buren, maar voornamelijk van wandelaars, maar we konden nooit iets doen, er was onvoldoende grond om een inval of een schoonmaakactie te rechtvaardigen. Dankzij uw kordate optreden is de Cotswold Way een veiliger wandelroute geworden.'

'Het was zelfverdediging,' zei Herbert. 'We hadden geen keus.'

'Dat hoeft u mij helemaal niet te vertellen. Deze gebeurtenis verdwijnt morgen als onopgelost in de archieven.'

Detective Rushmore stond op, trok zijn fiets overeind. 'Ik laat u nu alleen,' zei hij, 'maar vanavond kom ik bij u langs in uw hotel om u te vertellen dat we Martin hebben gevonden.'

Herbert hield zijn hand boven zijn ogen tegen de felle zon, maar hij kon de gelaatstrekken van detective Rushmore niet onderscheiden. Wel zag hij dat de rechercheur een zonnebril op had gezet.

'Nog één ding,' zei Rushmore, en opnieuw moest Herbert aan detective Columbo denken.

Nu komt het, dacht hij. De vraag die alles weer onderuithaalt. Hij dacht aan de koude en natte Engelse gevangeniscel, de ketting waarmee de gevangenen aan de muur werden vastgeketend, een rat die aan een homp oud brood snuffelde.

'U had daar duidelijk hoorbaar een woordenwisseling boven op die heuvel. Met Martin. Waar ging die over?'

'Hij beledigde mijn dochter,' zei Herbert. 'Hij praatte over haar als een vieze man. Zo praat je als volwassen man niet over een meisje. En al helemaal niet als het over mijn dochter gaat.'

20

Herbert keek detective Rushmore na terwijl deze, staand op de trappers van zijn mountainbike, de heuvel af hobbelde. Hij belde Marianne, maar het gesprek schoot meteen naar de voicemail. Hij belde nog een keer, en daarna nog eens.

'Godverdomme!' riep hij uit.

Steunend op beide stokken hees hij zich overeind en deed voorzichtig een stap. Een pijn als die van een mes dat in zijn kruisbanden werd gezet schoot door zijn knie. Maar hij moest verder. Hij had geen zin om hier door Yvonne en Alicia te worden ingehaald.

Na nog drie stappen werd de pijn merkwaardig genoeg iets minder. Misschien was het juist goed om in beweging te blijven… Maar toen was er een kuil in het pad die hij te laat zag.

Hij vloekte zo hard dat hij bang was dat detective Rushmore hem aan de overkant van het dal zou kunnen horen.

Hij kreeg een idee. Het kwam zo snel opzetten dat hij geen tijd had om na te denken over of het wel een goed idee was. Hij scrolde door zijn lijst met contacten en drukte op de naam die hij zocht.

'Hallo,' klonk het vrij zacht – en slaperig, vermoeid, verkouden.

'Hallo, Ruben,' zei hij zo opgewekt mogelijk. 'Hoe gaat het met je?'

'Meneer Breedveld. Ik zag uw naam. Ik schrok. U belt me nooit.'

'Nee, maar ik bel je voor iets belangrijks. Ik –'

'Is er iets gebeurd? O, alstublieft, meneer Breedveld. Vertel me alstublieft de waarheid. Is er iets? Met mijn moeder? Met mijn vader?'

Het ontging Herbert niet dat de jongen eerst naar zijn moeder vroeg en daarna pas naar zijn vader. Misschien was Ruben (hij besloot daar en op dat moment om hem nooit meer in gedachten een lamzak te noemen) wel niet voor niets de lievelingszoon van zijn moeder.

'Nee, er is niets gebeurd,' zei Herbert. Hij had niet op deze reactie van de jongen gerekend en dat merkte hij aan een plotseling opkomende warmte in zijn gezicht, als van een opvlieger. Goedbeschouwd kon hij ook niet weten of er iets was gebeurd. Hij had Martin immers voor het laatst boven op de heuvel gezien.

'Luister, Ruben,' zei hij. 'Hier loopt alles op rolletjes, maar ik bel je over Marianne. Ze neemt al de hele ochtend haar telefoon niet op en ik begin me ongerust te maken. Heb jij nog contact met haar gehad?'

'Vandaag nog niet,' zei Ruben. 'Maar gisteravond hebben we elkaar nog welterusten gewenst.'

Herbert zag het tafereel voor zich: Marianne en Mark in hun tentje. Marianne die Mark een knipoog gaf nadat ze haar appje aan Ruben had verzonden. Mark die dit als een vrijbrief zou opvatten. Een vrijbrief om te doen wat hij wilde. Misschien zou Marianne zich aanvankelijk nog verzetten, maar dat deden meisjes wel vaker. Haar vader had hem op de telefoon bemoedigend toegeknikt en hem tot twee keer toe een knipoog gegeven.

'Ruben, hoe voel je je?' vroeg Herbert. 'Ik denk dat je ernaartoe moet. Naar Lowlands. Ik heb er geen goed gevoel over. Er is iets. Waarom zou ze anders haar telefoon niet opnemen?'

Omdat het haar vader is die belt, beantwoordde hij die vraag zelf.

'Probeer jij haar anders te bellen,' zei hij.

Er klonk gehoest, Ruben die zachtjes kreunde.

'Ik zal het proberen, meneer. Doet u de groeten aan mijn ouders. Ik heb zowel mijn moeder als mijn vader geprobeerd te bellen vandaag, maar mijn vader neemt niet op. En op mijn appje reageerde hij ook niet, terwijl het wel is afgeleverd. Daarom schrok ik ook zo toen u belde.'

Een kwartier later belde Marianne. Niet met FaceTime maar met een gewone verbinding.

Ze wil niet dat ik haar gezicht zie, dacht Herbert onwillekeurig. Sporen van geweld. Een blauw oog. Betraande ogen.

Hij wist dat vrouwen zichzelf vaak de schuld gaven. Dat ze zich schaamden voor hun naïviteit.

'Marianne!' riep hij blij. 'Eindelijk! Waarom nam je niet op?'

'Waar ben jij in godsnaam mee bezig?'

'Wat? Ik... Ik maakte me ongerust. Ik –'

'Ík maakte me ongerust! Je hebt me acht keer gebeld! Acht gemiste oproepen! Ik dacht dat er een ramp was gebeurd.'

'Ik wist niet... Ik dacht... Het spijt me, Marianne. Gaat alles goed daar?'

'En Ruben belde me net omdat jij hém had gebeld. Hij was ook al zo geschrokken. En hij zei dat jij had gezegd dat hij naar Lowlands moest komen. Zo ziek als hij is. Gaat het met jóú wel helemaal lekker?'

'Marianne, je moet me begrijpen... Als je een hele ochtend niet opneemt. Wat moet ik dan denken?'

'Een hele ochtend! Precies! Hoe laat denk je wel niet dat we gisteren naar bed zijn gegaan? Dan zet ik uit voorzorg mijn telefoon uit zodat mijn gestoorde vader me niet in alle vroegte kan gaan bellen.'

Hij besloot om dat 'gestoorde' te laten passeren, maar

hij voelde het wel – het was een andere pijn dan die in zijn knie, maar pijn was het wel.

'Hoe is het met jullie? Met Mark? Met jou en Mark?'

'Mark is een schat. Hij is op dit moment koffie en een broodje voor me aan het halen. Hij is zo charmant. Hij doet zijn best zodat ik niet de hele tijd aan Ruben moet denken.'

'En is hij... Heeft hij?'

Na een halve seconde realiseerde hij zich dat zijn dochter de verbinding had verbroken.

21

'Wat ik niet begrijp is dat Martin zijn verrekijker daar zomaar op het pad heeft laten liggen,' zei Alicia. 'Er moet iets gebeurd zijn. Die verrekijker is een soort kind voor hem. Die laat hij nooit ergens achter.'

Ze zaten op het terras van het hotel, Herbert met zijn linkerbeen uitgestrekt op een stoel en een zak ijs op zijn knie. Na zijn gesprek met Marianne had hij in het eerstvolgende dorp navraag gedaan naar een taxibedrijf. De tweede helft van de etappe had hij zich laten rijden, maar dit had hij niet aan Yvonne en Alicia verteld.

Boven de horizon liep een oranje streep. De schapenwolkjes kleurden paars. Een dunne maansikkel verhief zich boven de daken van de paar huizen aan de overkant van de weg.

'Ik maak me echt ongerust,' zei Alicia. 'Ik heb hem al

zeker tien berichtjes gestuurd. Ze zijn wel aangekomen, maar hij heeft ze niet geopend. Dat is niets voor Martin. Eerst die verrekijker en nu dat hij helemaal niets meer van zich laat horen.'

Yvonne en Alicia dronken witte wijn. Herbert deed een greep in het bakje met gemengde nootjes en nam een flinke slok van zijn tweede whisky zonder ijs.

'Hij heeft dus wel bereik,' zei hij, zonder Alicia aan te kijken. 'Als hij is gevallen en gewond is zou hij toch juist op die appjes reageren?'

'Wat wil je daarmee zeggen?' zei Alicia. 'Dat hij niet kan antwoorden omdat hij...'

'Toen ik hem zag, had hij die verrekijker nog in zijn hand,' zei Herbert. 'We hebben samen naar een roofvogel gekeken.'

Alicia keek hem aan. 'Ja?' zei ze. 'En toen?'

'Toen niks,' antwoordde Herbert. 'Ik ben doorgelopen. Bij de volgende heuvel maakte ik een misstap. Ik ben daar een tijdje blijven zitten, ik verwachtte half en half dat Martin mij wel achterop zou komen. Maar niks ervan.'

Alicia staarde hem aan. Herbert wendde zijn blik af en sloeg het restant van zijn whisky in één keer achterover.

'Misschien is hij uitgegleden en is hij in zijn val zijn telefoon kwijtgeraakt,' zei hij, terwijl hij zijn blik op de maansikkel richtte. 'Heeft hij zijn enkel verstuikt, of gebroken, maar kan hij niemand bellen omdat hij zijn telefoon kwijt is.'

‘Maar dan kun je iemand toch lokaliseren?’ zei Yvonne. ‘Heeft Martin een iPhone? Die heeft een zoekfunctie. Dan weten we zo waar hij is. Waar zijn telefoon is in ieder geval.’

Alicia slaakte een diepe zucht. ‘Ik denk dat ik de politie ga bellen,’ zei ze.

Herbert draaide zijn hoofd half naar zijn vrouw. Ze hadden het nog nergens over gehad. Het nog nergens over kúnnen hebben. Herbert was al ingecheckt en zat al lang en breed op het terras met zijn eerste whisky (en zijn zak ijs) toen Yvonne en Alicia kwamen aanwandelen.

Was Yvonne bijvoorbeeld nog gebeld of geappt door Marianne? Hij wist het niet. En hij wilde het niet vragen zolang Alicia erbij was.

Papa is echt onmogelijk, mama! Weet je wat hij nou weer geflikt heeft? Weet je zeker dat hij wel helemaal normaal is?

Er stopte een auto voor het terras. Een auto zonder zwaailicht. Zonder speciale markeringen ook. Maar Herbert had de man achter het stuur onmiddellijk herkend.

‘Good evening,’ zei deze, nadat hij was uitgestapt en het portier zachtjes had gesloten.

Detective Rushmore pakte een terrasstoel en zette die naast de kersverse weduwe.

22

Herbert nipte van zijn derde whisky en keek naar de maan. Hij dacht aan zijn telescoop, die thuis op hem wachtte. Yvonne had zich onmiddellijk opgeworpen om Alicia naar het mortuarium van Bristol te vergezellen. Uit beleefdheid had Herbert aangeboden om ook mee te gaan, maar iedereen was het erover eens geweest dat dat geen goed idee was met zijn knie.

Het was nu helemaal donker. Er waren een paar straatlantaarns, maar het helderste licht kwam van de maan. Herbert overdacht de afgelopen dagen. Het begin onbevangen, tot aan het moment waarop ze de vervallen boerderij waren gepasseerd. Herbert had een rondje over het ongemaaide grasveld met de distels gemaakt. Dat was waar de jongen zich in eerste instantie over had opgewonden. Hij had geëist dat Herbert het hele rondje terug zou lopen. Daar was het mee begonnen.

'No way,' had Herbert gezegd. Hij wist zeker dat het een teken van zwakte zou zijn als hij de eis van de doorgesnoven jongen zou inwilligen.

Hij was voornamelijk bang geweest.

Bang voor ernstige verwondingen. Voor dingen die de jongen en het meisje zijn vrouw hadden kunnen aandoen.

Daarom had hij de handvatten van zijn beide nordicwalkingstokken met kracht omhoog gestoten tegen de kin van de jongen. Er had gekraak geklonken, of eerder een geluid als dat van porseleinen servies dat breekt. Daarna was er geen weg terug meer geweest.

De stok plantte hij vervolgens met de punt in de zachtste gedeelten – de jongen lag inmiddels op zijn rug in het gras. Eerst het strottenhoofd en vervolgens diep in een oog. Het gaf geen speciale voldoening. Uitschakelen was het doel. Bij het meisje was de steen afdoende geweest.

Een andere uitkomst was er niet. Hij wilde daar niet eens aan denken.

Herbert voelde zich goed. Hij zou sterker van de wandeltocht terugkeren dan hij eraan was begonnen.

Hij wenkte de jongen die op het terras bediende en bestelde zijn vierde whisky. Vanavond was alles toegestaan – was ook alles mogelijk.

Hij rekte zich helemaal uit, waarbij hij ervoor waakte dat de ijszak niet van zijn knie zou vallen.

Ik ben hier. Ik heb het gedaan. Niemand pakt me dat meer af.

Het geheime leven van kleuren

Kassia St Clair bij Meulenhoff:

Het geheime leven van kleuren
De gouden draad

www.meulenhoff.nl

Kassia St Clair

Het geheime leven van kleuren

Meulenhoff

Eerste druk april 2017
Zestiende druk juli 2021

ISBN 978-90-290-9173-2
ISBN 978-94-023-0869-3 (e-book)
NUR 640

Oorspronkelijke titel: *The Secret Lives of Colour*
Oorspronkelijke uitgever: John Murray (Publishers), an Hachette UK Company
Vertaling: Annemie de Vries
Omslagontwerp en vormgeving binnenwerk: James Edgar Design en Pier Post

Voor Fallulah

De zuiverste en meest bedachtzame geesten zijn degenen die het meest van kleur houden.

John Ruskin, *The Stones of Venice* (1851-1853)

Inhoud

Voorwoord

Ik werd verliefd op kleuren zoals de meeste mensen verliefd worden: terwijl ik er helemaal niet mee bezig was. Tien jaar geleden deed ik onderzoek naar damesmode in de achttiende eeuw en daarvoor reed ik geregeld naar Londen, waar ik tussen de mahoniehouten lambriseringen in het archief van het Victoria and Albert Museum door de vergeelde nummers van *Ackerman's Repository* bladerde, een van de oudste lifestyletijdschriften ter wereld. Watertandend en vol verwondering las ik de beschrijvingen van de modetrends rond 1790, alsof ik een menu bij een sterrenrestaurant proefde. In het ene nummer stond: 'Een Schots hoedje van granaatkleurig satijn, met gouden franje langs de rand.' In een ander nummer werd een japon 'van vlo-kleurig satijn' aangeprezen, gecombineerd met een 'Romeinse tuniek van scharlakenrode *kerseymere* wol'. Er was een tijd dat een dame echt de deur niet uit kon zonder een 'pelisse', een mantel van 'haarbruin' bont, en een hoed met 'coquelicotkleurige' veren of van citroenkleurige sarsenetzijde. Soms stonden er gekleurde illustraties bij de beschrijvingen, zodat ik kon zien wat ik me moest voorstellen bij 'haarbruin', maar vaak ook niet. Het was alsof ik naar een gesprek luisterde in een taal die ik maar half verstond. Ik kon er geen genoeg van krijgen.

De ergste en venijnigste van alle kleuren – erwtgroen!

Arbiter Elegantiarum, 1809

Jaren later kreeg ik een idee dat me de kans bood om elke maand over mijn passie te schrijven: ik maakte er een vaste tijdschriftrubriek van. Voor elke aflevering nam ik een kleur onder de loep, op zoek naar zijn verborgen raadselen. Wanneer was deze kleur in de mode? Hoe en wanneer werd hij gemaakt? Heeft hij een speciale band met een bepaalde kunstenaar of ontwerper, of met een merk? Wat is zijn geschiedenis? Hoofdredacteur Michelle Ogundehin van de Britse *Elle Decoration* was bereid mijn rubriek te publiceren en in de jaren daarna heb ik over allerlei kleuren geschreven. Over gewone kleuren zoals oranje en over onbekende, zoals heliotroop. Die rubriek was de kiem van dit boek en ik ben dan ook dankbaar dat ik hem heb mogen maken.

Het geheime leven van kleuren pretendeert geen complete geschiedenis te zijn. Het boek is onderverdeeld in brede kleurfamilies en ik heb er een paar aan toegevoegd – zwart, bruin en wit – die niet bij het spectrum horen dat sir Isaac Newton[1] heeft gedefinieerd. Binnen elke familie heb ik voor een aantal kleuren gekozen met een boeiend, belangrijk of curieus verhaal. Ik heb geprobeerd om over de vijfenzeventig tinten die mij het meest intrigeerden iets te schrijven dat tussen feitelijke geschiedschrijving en karakterschets in ligt. Soms gaat het over een kunstenaarskleur, dan weer over een textieltint, een idee of een sociaal-cultureel verschijnsel. Ik hoop dat je van al deze verhalen zult genieten. Er zijn nog veel meer verhalen te vertellen waarvoor ik geen ruimte had, en daarom heb ik aan het eind van dit boek nog een staalkaart van andere interessante kleuren opgenomen, inclusief suggesties voor wie daar meer over wil lezen.

Voor mij bestaan er geen lelijke kleuren.

David Hockney ter verdediging van een andere kleur groen: olijf, 2015

Licht is dan ook kleur, en schaduw de afwezigheid daarvan.

J.M.W. Turner, 1818

Zicht op kleur

Hoe wij zien

Kleur is onontbeerlijk voor de wijze waarop wij de wereld om ons heen ervaren. Denk bijvoorbeeld aan lichtgevende hesjes, de logo's van merken of het haar, de ogen en de huid van onze geliefden. Maar hoe zien we dat eigenlijk allemaal? Wat je werkelijk ziet als je bijvoorbeeld naar een rijpe tomaat of naar groene verf kijkt, is licht dat van zo'n oppervlak terugkaatst, je ogen in. Zoals het schema op pagina's 14-15 laat zien, vormt het zichtbare spectrum maar een klein deel van het hele elektromagnetische spectrum. Verschillende dingen hebben verschillende kleuren omdat ze bepaalde golflengtes van het zichtbare lichtspectrum absorberen en andere terugkaatsen. Zo zuigt het vel van de tomaat de meeste korte en middellange golflengtes op – die van de blauwe en violette, groene, gele en oranje tinten. Wat overblijft, de rode golflengtes, bereikt onze ogen en wordt in onze hersenen verwerkt. Je zou dus kunnen zeggen dat de kleur die wij van een object waarnemen, de kleur is die dat object juist níet heeft, het deel van het spectrum dat wordt weg gekaatst.

Licht dat in onze ogen valt, gaat door de lens heen en komt op het netvlies terecht dat achter in de oogbol zit en veel lichtgevoelige cellen bevat: staafjes en kegeltjes, zo genoemd naar hun vorm. Staafjes doen het zware werk voor ons gezichtsvermogen. In elk oog zitten er zo'n 120 miljoen; ze zijn ongelooflijk gevoelig en maken vooral onderscheid tussen licht en donker. Maar de kegeltjes zijn het gevoeligst voor kleur. Daar hebben we er veel minder van: zo'n zes miljoen per netvlies, en de meeste zitten dicht bij elkaar op één centrale plek: de macula of gele vlek. De meeste mensen hebben drie soorten kegeltjes,[2] elk afgestemd op licht van verschillende golflengtes: 44 nm, 530 nm en 560 nm. Zo'n twee derde van deze kegelcellen is gevoelig voor langere golflengtes, wat betekent dat we meer zien van de warme kleuren – gelen, roden en oranjes – dan van de koelere kleuren in het spectrum. Rond de 4,5 procent van de wereldbevolking is geheel of gedeeltelijk kleurenblind doordat er iets mis is met hun kegelcellen. Over dit verschijnsel is nog niet

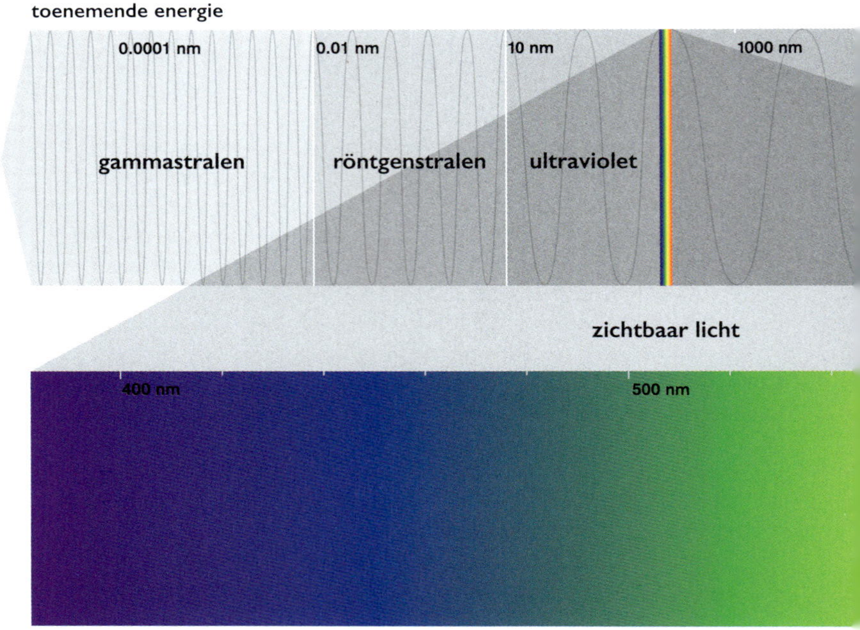

alles bekend, maar wel is duidelijk dat het meestal erfelijk bepaald is en vooral voorkomt bij mannen: ongeveer één op de twaalf mannen heeft het, versus slechts één op de tweehonderd vrouwen. Voor mensen met 'normaal' kleurenzicht geldt dat kegelcellen die geactiveerd worden door licht deze informatie via het zenuwstelsel doorgeven aan de hersenen, die deze op hun beurt interpreteren als kleur.

Dit klinkt eenvoudig, maar dat stadium van interpretatie is misschien wel het wonderlijkst van alles. Al vanaf de zeventiende eeuw woedt er een metafysisch debat over de vraag of kleuren werkelijk, concreet bestaan, of alleen maar een innerlijk verschijnsel vormen. De verhitte discussie die in 2015 op internet ontstond over het blauw met zwarte (of was het wit met gouden?) jurkje, laat zien hoe slecht we tegen onduidelijkheid kunnen. Dankzij deze foto werden we ons plotseling bewust van de nabewerking die in onze hersenen plaatsvindt. De helft van de kijkers zag het ene, de andere helft iets totaal anders. Dit gebeurde omdat onze hersenen

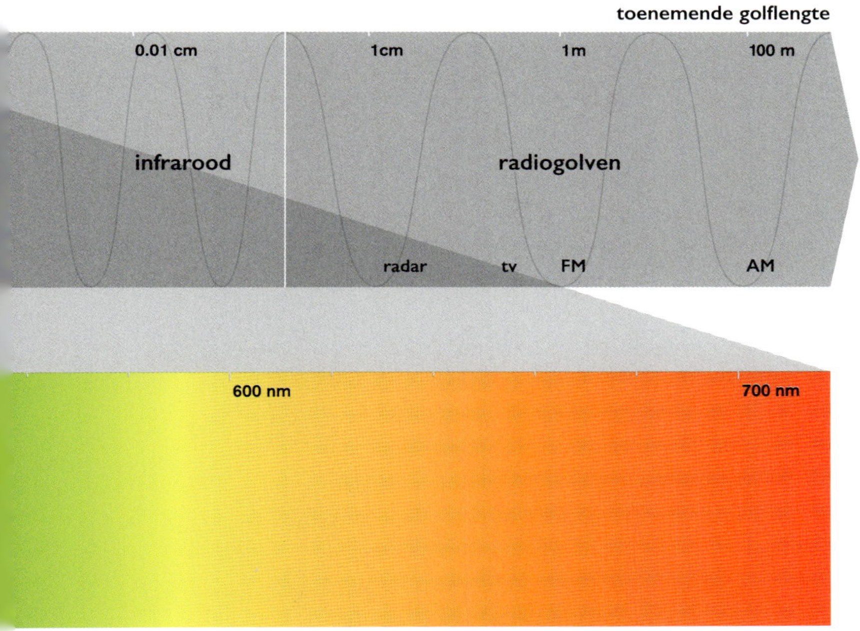

normaal gesproken informatie verzamelen en gebruiken over bijvoorbeeld omgevingslicht – sta je in helder daglicht of onder een ledlampje? – en materiaal. Deze informatie gebruiken we om onze waarneming aan te passen, zoals je een filter over een toneellicht legt. Vanwege de slechte kwaliteit van het licht en het gebrek aan zichtbare informatie over bijvoorbeeld huidkleur bij de jurk moesten onze hersens raden naar de kwaliteit van het omgevingslicht. Sommigen gingen ervan uit dat er sterk licht op de jurk viel, waardoor die bleker leek dan hij was, en daarom maakte hun brein de kleuren donkerder; anderen geloofden dat de jurk zich in de schaduw bevond, dus hun brein maakte het jurkje lichter en verwijderde het donkere blauw dat eroverheen lag. Zo kwam het dat al die mensen die op internet naar hetzelfde beeld keken, heel verschillende dingen zagen.

Wit en alle grijze
kleuren tussen
wit en zwart in,
zijn misschien
samengesteld uit
kleuren, en het wit
van het zonlicht
is samengesteld
uit alle primaire
kleuren, gemengd
in de juiste
verhouding.

Sir Isaac Newton

Simpel rekenwerk

Over licht

In 1666, het jaar waarin een grote brand Londen in de as legde, begon een vierentwintig jaar oude Isaac Newton te experimenteren met prisma's en stralen zonlicht. Hij gebruikte een prisma om een straal wit licht te ontleden en zo de golflengtes waaruit die bestond zichtbaar te maken. Dit was op zichzelf niet revolutionair – het was eigenlijk een soort goocheltruc die al vaker was vertoond. Maar Newton ging een stap verder en veranderde daarmee voorgoed de manier waarop wij over kleuren denken: hij gebruikte een tweede prisma om de lichtgolven weer bij elkaar te brengen. Tot dan toe was altijd aangenomen dat de regenboog die uit een prisma verscheen wanneer die in een straal licht werd gehouden, ontstond door onzuiverheden in het glas. Puur wit zonlicht werd gezien als een geschenk van God; het was ondenkbaar dat je dat in aparte delen kon splitsen of, erger nog, dat mensen het konden maken door gekleurd licht te mengen. In de middeleeuwen was het taboe om kleuren te mengen: dat zou tegen de natuurlijke orde in gaan. Zelfs in Newtons tijd gruwde men nog van het idee dat een mengsel van kleuren wit licht zou kunnen creëren.

Kunstenaars zouden ook vreemd hebben opgekeken van het idee dat wit uit allerlei verschillende kleuren bestaat, maar om andere redenen. Zoals iedereen weet die ooit een verfdoos in handen heeft gehad: hoe meer kleuren je met elkaar mengt, hoe dichter je bij zwart komt, niet bij wit. Men denkt dat Rembrandt de complexe, donkere, chocoladeachtige schaduwen in zijn schilderijen maakte door eenvoudigweg alles wat er nog op zijn palet over was bij elkaar te schrapen en dat mengsel direct op het doek aan te brengen. In die schaduwen zijn namelijk erg veel verschillende pigmenten gevonden.[3]

Dat door het mengen van gekleurd licht wit ontstaat, terwijl het mengen van gekleurde verf zwart oplevert, wordt verklaard door de opticawetenschap. In wezen zijn er twee verschillende manieren om kleuren te mengen: additief en subtractief. Bij additief mengen worden verschillende golflengtes gecombineerd om verschillende kleuren te maken,

Additief mengen
Kleuren ontstaan door het mengen van verschillende kleuren licht. De combinatie van de drie primaire kleuren geeft wit.

en als ze bij elkaar worden gevoegd is het resultaat wit licht. Dit is wat Newton aantoonde met zijn prisma's. Maar het tegenovergestelde gebeurt wanneer verf wordt gemengd. Elk pigment reflecteert maar een gedeelte van het beschikbare licht terug naar het oog en daardoor verdwijnen er steeds meer golflengtes naarmate meer pigmenten worden gemengd. Meng er genoeg door elkaar en er wordt nog maar heel weinig van het zichtbare spectrum gereflecteerd, waardoor we het mengsel zullen waarnemen als zwart, of iets wat daar heel dichtbij komt.

Voor schilders die maar een beperkte hoeveelheid onzuivere pigmenten tot hun beschikking hebben, is dit een probleem. Als zij bijvoorbeeld lichtpaars willen maken, moeten ze minstens drie tinten door elkaar mengen: een rood, een blauw en een wit, maar misschien moeten ze er zelfs meer toevoegen om precies het violet te krijgen dat ze zoeken. Hoe meer kleuren ze mengen, hoe groter de kans is dat het eindresultaat donker wordt. Maar dat geldt ook voor simpele kleuren als groen en oranje: het is beter om maar één enkel pigment te gebruiken dan mengsels die onvermijdelijk meer beschikbare lichtgolven absorberen en zo de helderheid uit het schilderij zuigen. De zoektocht naar meer en lichtere kleuren ligt aan de basis van de kunstgeschiedenis, van de prehistorie tot nu.

Zonder verf in
tubes zou er
niets gekomen
zijn van wat
journalisten later
impressionisten
zouden noemen.

Pierre Auguste Renoir, datum onbekend

De opbouw van het palet

Kunstenaars en hun pigmenten

Plinius de Oudere, een Romeinse wetenschapper uit de eerste eeuw van onze jaartelling, beweerde dat de oude Grieken maar vier kleuren gebruikten: zwart, wit, rood en geel. Het is vrijwel zeker dat hij overdreef – zelfs de Egyptenaren kenden al in 2500 voor Christus een manier om een fris helderblauw te maken (zie pagina 196). Maar het is waar dat vroege kunstenaars het over het algemeen moesten doen met een beperkt aantal pigmenten, die ze uit de grond haalden of van planten en insecten maakten.

Van het begin af aan beschikte de mensheid over heel wat rood- en geelbruine aardetinten. Het oudste gebruikte pigment dat we kennen, dateert van zo'n 350.000 jaar geleden, uit de vroege steentijd. Prehistorische mensen konden een diep zwart maken van de as van vuren (p. 274). Sommige tinten wit waren aanwezig in de bodem; vroege scheikundigen maakten een ander wit (p. 43). In de hele bekende geschiedenis zijn kleurstoffen gewonnen, verhandeld en samengesteld, maar dat proces raakte in de negentiende eeuw in een stroomversnelling, dankzij de industriële revolutie. Toen ontstonden er steeds meer chemicaliën als bijproduct van industriële processen en sommige daarvan bleken uitstekende kleur- en verfstoffen. Zo stuitte de Brit William Perkin in 1856 op de paarse verfstof mauveïne (p. 169), terwijl hij probeerde kinine te maken, een middel tegen malaria.

Welke pigmenten beschikbaar waren of welke werden uitgevonden, heeft een grote rol gespeeld in de geschiedenis van de kunst. De handafdrukken en getekende bizons op de wanden van prehistorische grotten hebben hun donkere palet te danken aan de pigmenten die de kunstenaars van weleer konden vinden in de wereld om hen heen. Kijk duizenden jaren verder, naar geïllustreerde middeleeuwse manuscripten, en je ziet dat het zwart en wit onveranderd zijn gebleven, maar dat er nu ook platte vlakken van goud en verschillende heldere kleuren zoals rood en blauw bij zijn gekomen. Eeuwen later hadden de kunstenaars van de renaissance en de gouden eeuw de technieken ontwikkeld om perspectief realistisch weer te geven en geraffineerd gebruik

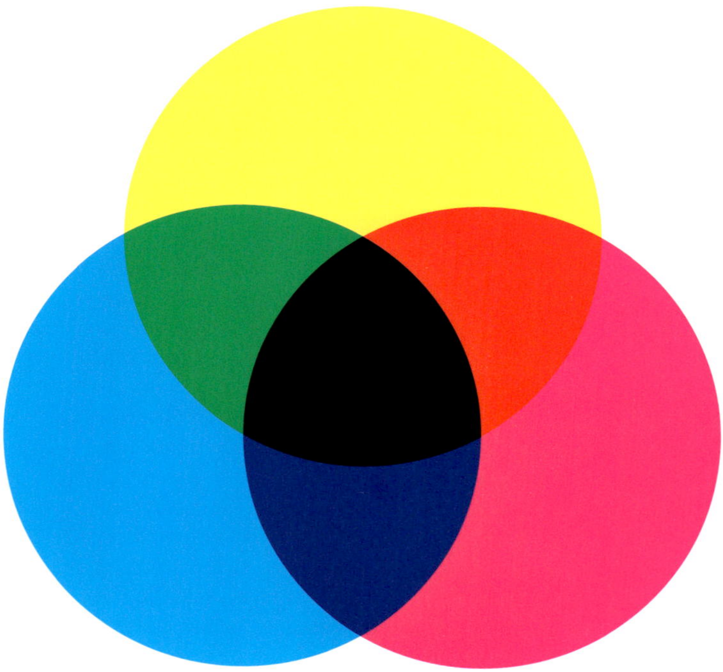

Subtractief mengen
Veel kleuren zijn te maken door een beperkt aantal kleurstoffen met elkaar te mengen. Een volmaakt mengsel van primaire kleuren geeft zwart.

te maken van licht en schaduw, maar hun schilderijen werden even sterk bepaald doordat ze nu konden beschikken over een breder palet aan pigmenten. Sommige werken uit die tijd zijn onvoltooid gebleven of niet verder gekomen dan een ruwe schets, omdat de kunstenaar geen geld had voor de dure pigmenten die nodig waren om het doek af te maken. Het felblauwe ultramarijn (p. 182) was bijvoorbeeld zo kostbaar dat de opdrachtgevers het vaak zelf moesten kopen: de kunstenaar kon het niet betalen. Soms vond een klant het dan ook nodig om een contract op te stellen waarin precies werd vastgelegd hoeveel van deze dure verf de kunstenaar in het schilderij diende te gebruiken en welke figuren gekleed moesten gaan in welke kleuren; dit om te voorkomen dat een berooide kunstenaar een goedkoper alternatief zou kiezen.[4]

Schilders hadden vroeger een heel andere relatie met hun kleuren dan de hedendaagse kunstenaars. Omdat sommige kleurstoffen een reactie aangingen met andere, moesten kunstenaars bij het plannen van hun compositie rekening houden met verkeerde combinaties en ervoor zorgen dat die elkaar nergens overlapten of raakten. De meeste pigmenten werden met de hand gemaakt, door de kunstenaar zelf of door leerlingen in zijn atelier. Dat betekende vaak dat ze stenen tot poeder moesten vermalen, of moesten werken met weerbarstige of giftige ingrediënten. Pigmenten waren ook te koop bij specialisten, zoals alchemisten en apothekers. De mensen die kleuren maakten en verhandelden, werden later ‘kleurmakers’ genoemd en hun zeldzame pigmenten kwamen van over de hele aardbol.

Pas betrekkelijk laat in de negentiende eeuw konden kunstenaars gebruikmaken van steeds meer kant-en-klare pigmenten (al waren ook die niet altijd betrouwbaar). Dankzij goedkope samenstellingen als hemelsblauw, chroomoranje en cadmiumgeel werden kunstenaars van hun vijzel verlost en hoefden ze zich ook niet meer te verlaten op gewetenloze kleurmakers met hun instabiele mengsels die binnen een paar weken hun kleur verloren of verkeerd reageerden met andere kleuren of met het doek zelf. En nadat in 1841 ook nog de metalen verftube was uitgevonden, konden kunstenaars met de nieuwe verven buiten gaan werken en de helderste kleuren op hun doek smeren die ooit waren gezien. Het is niet zo vreemd dat recensenten hier aanvankelijk niet goed raad mee wisten: zo was kleur nooit eerder vertoond – het was duizelingwekkend.

Te vaak gaan verhalen
over kleur – de weinige
die er zijn – alleen
over de meest recente
perioden en over
kunst, en dat is wel
heel beperkt. Je kunt
de geschiedenis van de
schilderkunst vertellen,
maar de geschiedenis
van de kleuren is een
heel ander verhaal – en
veel breder.

Michel Pastoureau, 2015

Vintage kleurenwaaiers

Kleur in kaart gebracht

Eind zeventiende eeuw deed de Nederlandse kunstenaar A. Boogert een uitgebreide poging om alle bekende kleuren vast te leggen. In een boek van meer dan achthonderd pagina's met handgeschilderde kleurstalen, voorzien van in zwarte kriebelletters geschreven etiketten, beschreef Boogert hoe je een reeks waterverfkleuren kon mengen, van het lichtste zeeschuim tot het donkerste viridiaan. Boogert is niet de enige die geprobeerd heeft een catalogus te maken van alle bekende tinten, schakeringen en nuances. Wetenschappers, kunstenaars, ontwerpers en taalkundigen hebben pogingen gedaan om kleurverloop in kaart te brengen door kleurvakken te maken en dan aan bepaalde gedeelten daarvan namen, codes of coördinaten toe te kennen. De archiefkaartachtige kleurstalen in de Pantone-kleurenwaaier zijn de bekendste moderne oplossing voor het probleem om exacte schakeringen te bepalen over taalkundige en culturele scheidslijnen heen, maar het is slechts een van de vele pogingen om dat te doen.

Kleuren zijn niet alleen een natuurkundig verschijnsel, maar ook een kwestie van cultuur en daarom is het sisyfusarbeid om te proberen ze te catalogiseren. Neem bijvoorbeeld het idee dat je ze in twee kampen kunt indelen, warme en koele kleuren. Wij zouden meteen zeggen dat rood en geel warm zijn, en groen en blauw koel, maar die verdeling bestaat pas sinds de achttiende eeuw. Er zijn aanwijzingen dat blauw in de middeleeuwen werd gezien als warm – de warmste van alle kleuren zelfs.

Ook bestaan er verschillen tussen de naam die een samenleving aan een kleur geeft, en de werkelijke kleur, en die twee kunnen met de tijd ten opzichte van elkaar verschuiven, als tektonische platen. Een voorbeeld daarvan is magenta (p. 167), dat nu beschouwd wordt als een roze, maar oorspronkelijk meer paars-rood was. Andere voorbeelden zijn te vinden in de prachtig cryptische definities van de *Third New International Dictionary*, die in 1969 verscheen. Daarin is begonia een 'diep roze dat blauwer, lichter en sterker is dan gemiddeld koraal, blauwer dan fiësta en blauwer en sterker dan duizendschoon'. Lapis lazuli-blauw is 'een gematigd blauw dat roder en fletser is dan gemiddeld copen en roder en dieper dan azuurblauw, Dresdenblauw of pompadoer'. De bedoeling van deze beschrijvingen was niet om de lezer op een wilde zoektocht naar definities door het woordenboek te sturen; ze waren waarschijnlijk het werk van kleurexpert Isaac H. Godlove, een adviseur die was ingehuurd door uitgever Merriam-Webster en de directie van Munsell, een bedrijf dat kleuren maakte.[5] Maar hoe grappig deze lemma's nu ook zijn om te lezen, het probleem is dat termen als 'gemiddeld koraal', 'fiësta' of 'copen' inmiddels hun culturele betekenis hebben verloren – ze brengen de lezer geen stap dichter bij wat hij wil weten, namelijk hoe de kleur die zo wordt gedefinieerd er in werkelijkheid uitziet. Zo zal iemand die over honderd jaar over 'avocadogroen' leest misschien evengoed voor een raadsel staan: is het de donkere kleur van de schil die hier wordt bedoeld? Of het kleigroen van het buitenste vruchtvlees? Of de boterachtige tint rond de pit? Maar voor de lezer van nu heeft avocadogroen nog steeds betekenis.

In de loop der tijd wordt de ruimte voor vergissingen groter. Zelfs als het tastbare bewijs, zoals een schilderij, nog bestaat, zien we dat vaak bij een heel andere belichting dan er bestond in de tijd waarin het schilderij werd gemaakt. Het is het verschil tussen kijken naar een verfstaaltje op je computerscherm, op de verfpot bij de verfhandel en daarna op de muren van je huis. Bovendien bestaan veel stabiele kleurstoffen en verven nog niet zo lang, dus kunnen de kleuren zelf achteruit zijn gegaan. Het is dan ook het beste om kleuren te zien als subjectieve, culturele scheppingen: er is geen exacte, universele omschrijving voor alle bekende kleuren te geven, net zomin als je de precieze coördinaten van een droom kunt vaststellen.

Wilde volken,
onopgeleide
mensen en kinderen
hebben een grote
voorkeur voor felle
kleuren.

Johann Wolfgang Goethe, 1810

Chromofilie, chromofobie

De politiek van kleur

Door de hele westerse beschaving kruipt een bepaalde afkeer van kleur, als een ladder in een nylonkous. Veel klassieke schrijvers waren tegen kleur. Die leidde alleen maar af van de ware grootheden in de kunst: lijn en vorm. Kleur werd gezien als iets genotzuchtigs en later zelfs als iets zondigs: een teken van aanstellerij en onoprechtheid. Dat wordt het sterkst verwoord door de Amerikaanse schrijver Herman Melville, die schreef dat kleuren 'niets anders zijn dan subtiel bedrog, niet werkelijk onderdeel van dingen, maar daar alleen van buitenaf overheen gelegd; zodat de hele goddelijke Natuur is opgeschilderd als een hoer.'[6] Maar hij is bepaald niet de eerste en enige met dit soort opvattingen. Zo toonden de protestanten hun intellectuele eenvoud, strengheid en nederigheid via een palet van voornamelijk zwart en wit; vrolijke kleuren als rood, oranje, geel en blauw werden van hun kerkmuren en uit hun kledingkast verwijderd. De diepgelovige Henry Ford weigerde jarenlang koppig om voor de vraag van de consument te buigen en zijn auto's een andere kleur dan zwart te geven.

De hele renaissance lang woedde er in de kunst een strijd tussen de waarde van *disegno* (tekenen) versus die van *colore* (kleur) en die strijd duurt ook nu nog voort, zij het wat minder heftig. Disegno vertegenwoordigde puurheid en intellect, colore stond voor vulgariteit en verwijfdheid. In een gloedvol essay uit 1920 onder de veelzeggende titel 'Purisme', schreven architect Le Corbusier en zijn collega:

> *In een werkelijk en blijvend plastisch werk komt de vorm op de eerste plaats en al het andere moet daaraan ondergeschikt zijn ... [Cézanne] aanvaardde zonder vraagtekens het aantrekkelijke aanbod van de kleurenverkoper, in een periode die werd gekenmerkt door een manie voor kleurenchemie, een wetenschap die de grote schilderkunst onmogelijk kan dienen. Laten we het zintuiglijke gejubel van de verftube overlaten aan de klerenververs.*[7]

Ook voor degenen die wel de waarde van kleuren zagen, bepaalde de manier waarop die werden toegepast en geordend het belang van de verschillende kleuren. In de ogen van de oude Grieken liepen kleuren in een vloeiende lijn op van wit naar zwart: geel was iets donkerder dan wit en blauw was iets lichter dan zwart. Rood en groen zaten in het midden. Ook middeleeuwse schrijvers hadden groot vertrouwen in dit schema. Pas in de zeventiende eeuw kwam het idee op dat rood, geel en blauw primaire kleuren waren, en groen, oranje en paars secundaire. Het meest baanbrekend was Newton met zijn spectrum, waarover hij schreef in zijn boek *Opticks*. Dit maakte heel veel los: opeens waren zwart en wit geen kleuren meer; het spectrum liep niet meer van licht naar donker. Newtons kleurenwiel bracht ook ordening in de relatie tussen complementaire kleuren. Dit waren kleurenparen – groen en rood, bijvoorbeeld, of blauw en oranje – die sterk op elkaar inwerken. Het idee van complementaire kleuren zou een grote invloed hebben op de kunst die daarna kwam; schilders als Vincent van Gogh en Edvard Munch gebruikten ze om hun schilderijen structuur en extra dramatiek te geven.

Naarmate mensen steeds meer betekenis en culturele waarde aan kleuren gingen toekennen, werden er ook pogingen gedaan om het gebruik ervan te beperken. Het beruchtste voorbeeld hiervan zijn de van overheidswege uitgevaardigde kleurenregels. Zulke voorschriften bestonden al bij de Grieken en Romeinen en er zijn ook voorbeelden van te vinden in China en Japan, maar ze kwamen halverwege de twaalfde eeuw vooral in Europa tot bloei, waar ze pas in de vroegmoderne tijd weer verdwenen. In deze voorschriften was zo ongeveer alles vastgelegd, van wat mensen aten tot de kleding die ze droegen en de manier waarop ze hun huis inrichtten. Dit zorgde voor een duidelijk herkenbaar systeem dat het onderscheid tussen de verschillende sociale klassen zichtbaar maakte en zo de sociale grenzen bepaalde. Met andere woorden: boeren moesten eten en zich kleden als boeren, handwerkslieden moesten eten en zich kleden als handwerkslieden, enzovoort. Kleur speelde een belangrijke rol in deze sociale taal – fletse aardekleuren zoals roestbruin (russet, p. 246) waren bestemd voor de nederigste plattelanders, terwijl een klein, select groepje het alleenrecht had op heldere, verzadigde kleuren als scharlakenrood (p. 138).

Een kleur is pas
echt goed als
mensen die hem
zien niet weten hoe
ze hem moeten
noemen.

John Ruskin, 1859

Kleurrijke taal

Bepalen woorden welke kleuren we zien?

Het was een stijve Britse politicus die als eerste opmerkte dat er iets niet klopte met de kleuren in de klassieke Griekse literatuur. William Ewart Gladstone was een groot bewonderaar van de dichter Homerus, maar terwijl hij aan zijn magnum opus over zijn idool werkte, stuitte hij op verwarrende eigenaardigheden. Van een voorhoofd kon je nog wel zeggen dat het zwart was – als metafoor voor 'in woede vertrokken' – maar was honing werkelijk groen? Kon de zee 'wijndonker' zijn en ook nog eens de kleur van een os hebben, en konden schapen violet zijn? Hij besloot om het complete werk van de dichter uit te pluizen op kleurverwijzingen. *Melas* (zwart), bleek verreweg het vaakst voor te komen, zo'n 170 keer, en wit werd zo'n honderd keer genoemd. Ver daarna kwam *erythros* (rood), dat dertien keer voorkwam, terwijl geel, groen en paars allemaal minder dan tien keer werden genoemd. Blauw kwam niet één keer voor. Gladstone zag hiervoor maar één mogelijke verklaring: de Grieken waren kleurenblind. Of, zoals hij het stelde, gevoeliger voor de 'aard en vormen van licht en het tegenovergestelde daarvan, donker' dan voor kleur.

In werkelijk hadden mensen het vermogen om in kleur te zien al vele duizenden jaren eerder ontwikkeld, dus kleurenblindheid kan niet de oorzaak zijn geweest. En kennelijk spraken niet alleen de oude Grieken over kleuren op een manier die ons vreemd in de oren klinkt. Tien jaar later begon Lazarus Geiger, een Duitse filosoof en filoloog, aan een onderzoek naar andere oude talen. Hij las de Koran en de Bijbel in het Hebreeuws; hij bestudeerde oude Chinese verhalen en IJslandse sagen. Allemaal bleken ze dezelfde warrige verwijzingen naar kleur te bevatten en, zoals hij opmerkte in een vaak geciteerde passage over Vedische gezangen uit India, allemaal lieten ze veel kleuren weg.

> *Deze gezangen, van meer dan tienduizend regels, zitten boordevol beschrijvingen van de hemel. Er is nauwelijks een onderwerp dat vaker wordt genoemd. De zon en het rode kleurenspel van de dageraad, de dag en de nacht, wolken en bliksem, de lucht en de ether, allemaal ontvouwen ze zich telkens weer voor ons, in hun volle pracht en levendigheid. Maar er is één ding dat niemand die het niet al wist, ooit te weten zal komen uit die oude gezangen, en dat is dat de lucht blauw is.*[8]

Wanneer het woord voor blauw wel werd gebruikt, kwam het voort uit de woorden die voorheen waren gebruikt voor groen of, vaker, voor zwart. Geiger geloofde dat hij de ontwikkeling van de menselijke gevoeligheid voor verschillende kleuren kon nagaan via hun talen. Alle talen begonnen met woorden voor licht en donker (wit en zwart); daarna kwamen rood en dan geel, vervolgens groen en dan blauw. Een breder opgezet onderzoek uit het eind van de jaren zestig door Brent Berlin en Paul Kay bevestigde deze volgorde. Dit, zo dacht men, betekende twee dingen, namelijk dat kleurcategorieën aangeboren zijn en dat als we voor een kleur geen woord hebben, dat invloed heeft op onze waarneming van die kleur.

Uit een nog groter onderzoek in de jaren tachtig bleek dat er veel uitzonderingen bestonden: sommige talen 'ontwikkelden' zich niet noodzakelijkerwijs op deze manier, en andere maakten een heel andere onderverdeling in kleuren. Zo hebben de Koreanen bijvoorbeeld een woord dat onderscheid maakt tussen geelgroen en gewoon groen; Russen hebben verschillende woorden voor licht- en donkerblauw. Een klassiek voorbeeld is het Himba, een taal die gesproken wordt door een stam in Zuidwest-Afrika, en die het kleurenspectrum in vijf stukken verdeelt. Nog zo'n voorbeeld is het Rennell-Bellona, een Polynesische taal die op een atol van de Solomoneilanden wordt gesproken en die het spectrum ruwweg onderverdeelt in wit, donker en rood, waarbij blauw en groen onder donker vallen en geel en oranje onder rood.[9]

De literatuur die hierop volgde over de relatie tussen taal, kleur en cultuur maakt het er niet bepaald duidelijker op. Het ene kamp, de relativisten, meent dat de taal de waarneming beïnvloedt en zelfs vormt, en dat we een kleur niet als aparte tint onderscheiden als we er geen woord voor hebben. De universalisten geloven, in navolging van Berlin en Kay, dat de basale kleurcategorieën universeel zijn en op de een of andere manier in ons lichaam geworteld. Wat we in elk geval weten, is dat de taal der kleuren verraderlijk is. Kinderen die met gemak een driehoek kunnen onderscheiden van een vierkant, kunnen nog steeds moeite hebben met het onderscheid tussen roze en oranje. We weten ook dat het feit dat we ergens geen afzonderlijk woord voor hebben, niet betekent dat we het dan ook niet kunnen zien. Natuurlijk konden de Grieken prima kleuren zien; misschien vonden ze die gewoon niet zo boeiend als wij.

Loodwit

Zilver

Izabel

Beige

Wit

'Ondanks deze berg aan associaties met wat lieflijk, eervol en verheven is, schuilt er iets ongrijpbaars in de kern van deze kleur, waarvan de ziel meer in paniek raakt dan van het rood dat zo afschrikwekkend is in bloed.' Dat schreef Herman Melville in hoofdstuk 42, 'De witheid van de walvis', van zijn epos *Moby Dick*. Deze passage is een ware preek over de verontrustende, tweeslachtige symboliek van wit. Door zijn verband met licht heeft wit diepe sporen nagelaten in de menselijke psyche, en zoals alles wat goddelijk is, roept deze kleur tegelijkertijd eerbied en diepe angst op in de menselijke ziel.

Net als het gelijknamige albino zeemonster uit Melvilles roman, heeft wit iets wat het anders maakt. Als kleuren mensen waren, zou wit worden bewonderd, maar waarschijnlijk niet erg populair zijn; daarvoor is het net iets te gesloten, te autocratisch en neurotisch. Om te beginnen is wit heel lastig te maken. Je kunt het niet krijgen door andere kleuren verf met elkaar te mengen, je moet beginnen met een speciaal wit pigment. En alles wat je aan dat pigment toevoegt, leidt het mengsel maar één kant op: richting zwart. Dit komt door de manier waarop onze hersenen licht verwerken. Hoe meer pigmenten er in het mengsel zitten, hoe minder licht wordt teruggekaatst naar onze ogen en hoe donkerder en smoezeliger het wordt. De meeste kinderen zullen op een dag proberen alle kleuren die ze mooi vinden door elkaar te klutsen, in de verwachting dat ze zo een extra mooie kleur krijgen. Ze nemen brandweerrood, hemelsblauw en misschien wat zoete tekenfilmkleurtjes en beginnen te roeren. Dat er uit zo'n mengsel niet iets moois tevoorschijn komt, maar een onomkeerbaar grauw donkergrijs, is een van de eerste harde levenslessen die ze om hun oren krijgen.

Gelukkig hebben kunstenaars altijd betrekkelijk makkelijk toegang gehad tot wit, dankzij een van de meest gebruikte pigmenten die we kennen: loodwit (p. 43). Plinius de Oudere beschreef in de eerste eeuw hoe dat werd gemaakt, en eeuwenlang bleef het de eerste keus voor kunstenaars, ook al was het uiterst giftig. In de achttiende eeuw kreeg scheikundige en politicus Guyton de Morveau van de Franse regering de opdracht om op zoek te gaan naar een alternatief. In 1782 meldde hij dat een laborant met de naam Courtois op de academie van Dijon een wit kon maken dat zinkoxide heette. Dat was weliswaar niet giftig en werd niet donker onder invloed van zwavelhoudende gassen, maar het was minder dekkend, droogde langzamer met olie als basis en het allerbelangrijkst, het kostte wel vier keer zo veel als loodwit. Het was ook bros – het fijne netwerk van barstjes dat veel schilderijen uit die periode vertonen, kan aan dit wit worden toegeschreven. (De firma Winsor & Newton bracht het in 1834 op de markt als waterverfpigment, onder de naam 'Chinees Wit' om het een exotische klank te geven, maar dat werd geen succes. Van de 46 Britse waterverfschilders die in 1888 werden ondervraagd gaven slechts 12 toe dat ze het wel eens hadden gebruikt.)[1] Een derde type wit op metaalbasis had meer succes. Titaniumwit, dat in 1916 voor het eerst op grote schaal werd geproduceerd, was feller en dekkender dan zijn concurrenten en aan het eind van de Tweede Wereldoorlog had het 80 procent van de markt veroverd.[2] Nu zit dit sprankelende pigment bijna overal in, van de lijnen op een tennisbaan tot pillen en tandpasta, terwijl zijn oudere broertje loodwit treurig aan de zijlijn staat.

Wit is lang onlosmakelijk verbonden geweest met geld en macht. Stoffen, waaronder wol en katoen, moesten zwaar worden bewerkt om ze wit te laten lijken. Alleen de allerrijksten, die een heel regiment aan personeel tot hun beschikking hadden, konden het zich veroorloven om de frisse kanten en linnen manchetten, ruches en sjaals die in de zestiende, zeventiende en achttiende eeuw werden gedragen, kraakhelder te houden. Dit verband bestaat nog steeds. Iemand die een sneeuwwitte winterjas aan heeft, zendt een subtiele visuele boodschap uit: 'Ik hoef niet met het openbaar vervoer.' In *Chromophobia* ('Kleurenangst') vertelt David Batchelor over het geheel wit ingerichte huis van een rijke kunstverzamelaar.

> *Er bestaat een soort wit dat meer is dan wit, en dit was dat soort wit. Er is een soort wit dat alles verstoot wat het minderwaardig vindt, en dat is bijna alles... Dit wit was agressief wit.*[3]

Zoals hij later in het boek uiteenzet, zijn niet de witte tinten zelf het probleem, maar het abstracte begrip wit, omdat dat verband houdt met tirannieke begrippen zoals 'puurheid'. Zo verkondigde Le Corbusier in zijn boek *L'Art décorative d'aujourd'hui* ('Hedendaagse decoratieve kunst') de Wet van Ripolin: alle binnenmuren moeten gewit zijn met kalkwit (p. 52). Dit, betoogde hij, zou zorgen voor de morele en spirituele zuivering van de samenleving.[4]

Maar voor veel mensen is wit positief of heeft het mystieke, religieuze eigenschappen. Voor Chinezen is het de kleur van dood en rouw. In het Westen en in Japan gaan bruiden gekleed in het wit, als symbool van seksuele zuiverheid. De Heilige Geest wordt vaak afgebeeld als een witte duif die in een baan van bleekgoud licht neerdaalt over de onverlichte mensheid. Kazimir Malevich schreef terwijl hij in het begin van de twintigste eeuw aan zijn *Wit op Wit*-serie werkte:

> *Het blauw van de lucht is verslagen door het suprematistische systeem, is doorbroken en het wit binnengegaan, als de enige ware voorstelling van oneindigheid en zo bevrijd van de achtergrondkleur van de lucht... Vaar verder! Die witte, vrije afgrond, oneindigheid, ligt voor ons.*[5]

Trendy modernisten en minimalisten als de beroemde Japanse architect Tadao Ando, Calvin Klein en Jonathan Ive van Apple gebruikten de kracht en onaantastbaarheid van wit. (Steve Jobs was aanvankelijk tegen de stroom witte producten die Ive rond de millenniumwisseling ging produceren. Uiteindelijk stemde hij in met de typerende Apple-koptelefoon en het Apple-toetsenbord in 'maangrijze' kunststof. Wij zien ze als wit, maar officieel zijn ze heel licht grijs.)[6] En ondanks, of misschien dankzij het feit dat vuil zo snel op wit te zien is, raakte wit ook geassocieerd met properheid. 'Witgoed', tafelkleden en laboratoriumjassen zijn allemaal onpraktisch, smetteloos wit, als een uitdaging: wee de gebruiker die het in zijn hoofd haalt erop te morsen. Amerikaanse tandartsen klagen dat patiënten, in hun verlangen naar een gebit dat sprankelend schoon lijkt, hun tanden tegenwoordig zo onrealistisch wit willen laten bleken dat er een heel nieuw assortiment aan tandbleekmiddelen moest komen.[7]

Dat architecten wit verafgoden is gebaseerd op een vergissing. Eeuwenlang vormde de wit uitgebeten kleur van klassieke Griekse en Romeinse ruïnes de hoeksteen voor de westerse esthetiek. De erfenis van de zestiende-eeuwse Venetiaanse architect Andrea Palladio (die zogenaamd klassieke ontwerpen opnieuw in de mode bracht) en zijn navolgers is in elk imposant gebouw in alle grote westerse steden terug te vinden. Pas halverwege de negentiende eeuw ontdekten wetenschappers dat klassieke beeldhouwwerken en gebouwen meestal kleurig beschilderd waren. Veel westerse estheten weigerden dit te geloven. Van beeldhouwer Auguste Rodin wordt gezegd dat hij zichzelf dramatisch op de borst sloeg en zei: 'Ik voel het hier, ze zijn nooit gekleurd geweest.'[8]

Loodwit

De graftombes van de koningen die ooit over de Koguryo-regio heersten, liggen tegenwoordig onhandig op de grens tussen Noord-Korea en China. De Koguryo was een taai volk. Het vormde een van de drie koninkrijken van Korea, hield stand tegen de grote legers van zijn noorderburen en heerste van de eerste eeuw voor Christus tot de zevende eeuw daarna over het schiereiland en delen van zuidelijk Mantsjoerije. Maar de man die in Anak Tombe nr. 3 ligt en ook is afgebeeld in een reusachtig portret op de muur, ziet er helemaal niet zo krijgshaftig uit. Op de fijngetekende muurschildering zit hij met gekruiste benen op een draagstoel, in een donkere mantel met felrode linten waarvan de kleur precies bij de draperieën van zijn draagstoel past. Zijn uitdrukking is zo vrolijk dat hij bijna een tikje dronken lijkt. Zijn ogen kijken stralend en een beetje verdwaasd. Maar wat vooral opvalt is hoe fris deze schildering nog oogt, na zestien eeuwen in de vochtige lucht van de graftombe. Het geheim daarvan zit hem in de verf die de schilder heeft gebruikt als grondlaag voor de wand van de grot: loodwit.[1]

Loodwit is een basisch loodcarbonaat met een kristallijne moleculaire structuur. Het is dik, dekkend en zwaar, en er zijn sterke aanwijzingen dat het al zo'n 2300 jaar voor Christus werd gemaakt in Anatolië.[2] Sindsdien is men het overal ter wereld blijven maken, ruwweg volgens dezelfde methode als Plinius de Oudere zo'n 2000 jaar geleden heeft beschreven. Repen lood werden in de ene helft van een speciaal voor dit doel in tweeën gedeelde aardewerken pot gelegd. In de andere helft ging azijn; vervolgens werden de potten ingepakt in dierenmest en dertig dagen lang weggezet in een hokje waarvan de deur heel goed sloot. In die tijd voltrok zich dan een betrekkelijk eenvoudige chemische reactie. De damp van de azijn reageerde met het lood en zo ontstond er loodacetaat; de fermenterende mest scheidde CO_2 af, dat op zijn beurt reageerde met het acetaat en zo ontstond carbonaat (eenzelfde proces wordt gebruikt bij het maken van verdigris, ofwel Spaans groen (p. 214)). Na een maand moest een arme drommel de stank in om de stukken lood tevoorschijn te halen, die nu overdekt waren met een bladerdeegachtige laag wit loodcarbonaat, dat klaar was om tot poeder vermalen, tot bolletjes gekneed en verkocht te worden.

Het zo ontstane pigment was enorm veelzijdig. Het werd tot diep in de twintigste eeuw gebruikt bij het emailleren van aardewerken serviesgoed en badkamerbenodigdheden, in muurverf en behang. Kunstenaars gebruikten het graag omdat het zo goed dekte en zich aan bijna elk oppervlak hechtte en later omdat het te gebruiken was in olieverf (mits de mengverhoudingen klopten). Het was ook goedkoop – heel belangrijk voor elke zichzelf respecterende kunstenaar. In 1471, toen de bekende Florentijnse muurschilder Neri di Bicci in zijn woonplaats wat pigmenten kocht, betaalde hij tweeënhalf keer zo veel voor een goed azuriet als voor *verde azzurro* (waarschijnlijk malachiet); *giallo tedesco* (loodtingeel, p. 69) kostte een tiende van de prijs van azuriet; maar loodwit kostte slechts een honderdste daarvan.[3] Kunstenaars maakten zo kwistig gebruik van hun loodwit dat op röntgenfoto's van hun schilderijen de dichte omtrek van het loodwit vaak een soort skelet vormt, waardoor de technici wijzigingen en latere toevoegingen kunnen zien.

Maar loodwit had één dodelijk gebrek. In een artikel voor de krant *Philosophical Transactions* van de Britse Royal Society beschreef sir Philiberto Vernatti in de winter van 1678 het lot van degenen die zich bezighielden met de productie van loodwit.

> *De arbeiders krijgen acute pijn in de maag, met heftige krampen in de darmen en verstopping waar tegen purgeermiddelen niet helpen… Ze krijgen ook acute koortsen en geweldige hoestaanvallen of kortademigheid […] Vervolgens een flauwte of duizelingen in het hoofd met niet aflatende hevige hoofdpijnen, blindheid, stomheid; en verlammingen; verlies van eetlust, misselijkheid en vaak overgeven, over het algemeen van puur slijm, soms gemengd met gal, waardoor het lichaam uitermate verzwakt.*[4]

Loodvergiftiging was ook geen nieuw verschijnsel. De Griekse dichter en arts Nicander beschreef de symptomen al aan het begin van de tweede eeuw voor Christus en noemde het spul 'een verfoeilijk brouwsel waarvan de frisse kleur lijkt op die van hoog opschuimende melk bij het overvloedige melken in de lente'.

Niet alleen degenen die het pigment produceerden en fijnmaalden leden onder de gevolgen van loodvergiftiging. Wit lood werd al heel lang gebruikt als schoonheidsmiddel om de huid gladder en lichter te laten lijken. Xenophon schreef in de vierde eeuw voor Christus afkeurend over Griekse vrouwen die een 'dikke laag struis' (wit lood) en 'loodmenie' (rood lood, p. 107) droegen en er zijn tekenen die erop wijzen dat hun tijdgenoten in China een vergelijkbaar middeltje met rijstpoeder vermengden en dat als huidcrème gebruikten.[5] Japanse archeologen en andere wetenschappers debatteren nog steeds over de rol die giftige make-up kan hebben gespeeld bij de ondergang van het Shogun-regime, dat in 1868 ineenstortte na bijna driehonderd jaar aan de macht te zijn geweest. Volgens deskundigen kregen baby's bij de borstvoeding lood binnen, dat hun moeder had opgesmeerd; uit botonderzoek blijkt dat de botten van kinderen onder de drie jaar meer dan vijftig keer zo veel lood bevatten als die van hun ouders.[6] Toch bleef cosmetische struis, of 'de geest van Saturnus' – een pasta van wit lood gemengd met azijn – eeuwenlang schrikbarend populair. Minstens één zestiende-eeuwse schrijver waarschuwde al dat het spul de huid 'verschrompeld en grauw'[7] maakte, maar toch bleven dames aan het hof van koningin Elizabeth I met dit mengseltje de perkamentwitte onderlaag aanbrengen waarover ze dan blauwe aderen tekenden. In de negentiende eeuw waren er nog steeds allerlei loodhoudende huidmiddeltjes te koop, met namen als 'Bloem van de jeugd', 'Eugenies favoriet' of 'Ali Ahmed's schat van de woestijn', ondanks veel publiciteit over sterfgevallen als dat van de Britse societyschoonheid gravin Maria van Coventry. Maria, een nogal ijdele vrouw van wie bekend was dat ze wel erg veel loodwitcrème gebruikte, stierf in 1760, pas 27 jaar oud.[8]

Generaties vrouwen die zichzelf langzaam vermoordden in een poging om er op hun witst uit te zien, dat is wel heel zwarte ironie. Loodwit heeft er wel toe bijgedragen dat de geschilderde bewoner van het Koguryo-graf fris bleef, maar hij wás al dood. Voor de levenden is dit pigment zelden een vriend geweest.

Ivoor

In 1831 ontdekte een boer op Lewis, een eiland in de Buiten-Hebriden, een schat die zevenhonderd jaar lang in een kleine grot onder een zandbank verborgen had gelegen. De schat bestond uit 78 stukken van verschillende schaakspellen, 14 pionnen voor een soort backgammonspel en een gesp.[1]

Deze 'Lewis Chessmen', zoals ze nu genoemd worden, zijn een mysterie. Niemand weet wie ze gemaakt heeft, of waarom ze op dat afgelegen eiland werden verborgen.

Elk stuk is een uniek staaltje van Romaanse ivoorsnijkunst, en heeft een eigen levendige charme. Een van de koninginnen houdt haar hand tegen haar wang, van schrik of in concentratie; sommige torens – afgebeeld als Noorse strijders – bijten in hun eigen schild, een andere kijkt nerveus opzij, alsof hij een onverwacht geluid heeft gehoord. Elk figuur heeft een iets andere haardracht, en hun kleding hangt in zorgvuldig geschikte plooien om hen heen. Ze zien eruit alsof ze tot leven zijn gewekt – en dat gebeurde ook, bij hun steroptreden als modellen voor het toverschaakspel uit de eerste Harry Potter-film. Waarschijnlijk zijn ze tussen 1150 en 1200 in het Noorse Trondheim gesneden uit walrus-ivoor (vistanden zoals het in IJslandse legendes wordt genoemd). En al zijn er nog wel sporen te ontdekken van het rood waarmee sommige stukken oorspronkelijk waren beschilderd, over het algemeen is die kleur verdwenen, zodat nu de natuurlijke tint van het ivoor zelf te zien is.[2]

Of het nu afkomstig was van walrussen, walvissen of olifanten, ivoor is al heel lang een felbegeerd materiaal. En die aantrekkingskracht groeide alleen nog maar toen de olifantenjacht een statussymbool werd. Dat gold vervolgens ook voor de kleur van ivoor. Westerse bruidsjurken waren over het algemeen kleurig, tot de Britse koningin Victoria in 1840 ivoorwit satijn droeg, afgezet met Engels kant. Veel bruiden volgden gretig haar voorbeeld. Het septembernummer van *Harper's Bazaar* in 1889 adviseerde 'ivoorwit satijn en lampas (een geweven stof) voor een herfstbruiloft'. Nu dragen bruiden vaker dan ooit deze kleur; de door Sarah Burton ontworpen trouwjurk van Kate Middelton, de hertogin van

Cambridge, was gemaakt van ivoorkleurig duchessesatijn. Ivoor zelf werd duizenden jaren lang gebruikt om kostbare decoratieve voorwerpen te maken, zoals de Lewis-schaakstukken, kammen en handgrepen van borstels. Later werden er pianotoetsen, beeldjes en biljartballen van gemaakt. Chinese ambachtslieden maakten er onmogelijk fijne snijwerkjes van, compleet met bomen, tempels en menselijke figuurtjes, die soms duizenden dollars opbrengen. De vraag naar ivoor werd zo enorm groot dat in 1913 alleen Amerika al jaarlijks rond de twee ton ivoor importeerde. Vanwege hun waarde werden olifantenslagtanden dan ook 'wit goud' genoemd en walrus-slagtanden 'poolgoud'.[3]

Natuurlijk eiste die vraag naar ivoor zijn tol onder de dieren die het leverden. In 1800 waren er naar schatting nog 26 miljoen olifanten; voor 1914 waren het er nog 10 miljoen; in 1979 1,3 miljoen. Tien jaar later, toen de ivoorhandel in het Westen eindelijk werd verboden, waren er in de hele wereld nog 600.000 olifanten over.[4]

De vraag blijft enorm, vooral in China en Thailand. De illegale stroperij tiert welig en lijkt steeds sneller te groeien. Volgens schattingen zijn in de drie jaar voor 2014 rond de 100.000 olifanten gedood om hun ivoor, en elk jaar worden er bovendien nog eens 25.000 van hun slagtanden ontdane karkassen gevonden. Als het zo doorgaat is de in het wild levende olifant binnen tien jaar uitgestorven. En inmiddels zijn ook walrussen een bedreigde diersoort.

Een bizarre bijdrage aan die handel levert een dier dat negenduizend jaar voordat de Lewis-schaakstukken werden gesneden al was uitgestorven. Met het smelten van de gletsjers en ijsbergen rond de Arctische toendra zijn er duizenden skeletten van de wolharige mammoet tevoorschijn gekomen. Het is moeilijk om precieze cijfers hierover te krijgen – omdat zo veel ivoor op de zwarte markt belandt – maar naar schatting komt de helft van de huidige ivoorvoorraad in China van slagtanden van de wolharige mammoet. In 2015 werd in Hongkong één bewerkte slagtand van 90 kilo verkocht voor 3,5 miljoen dollar.

Zilver

Het komt wel vaker voor dat er legenden rond een berg ontstaan, maar over weinig bergen doen zo veel verhalen de ronde als over de Cerro Rico de Potosì, een hoge top in Bolivia. Daarbij gaat het niet om zijn hoogte – met zijn top op iets onder de vijf kilometer is het bepaald niet de hoogste berg van de Andes – maar om wat er binnenin zit. De Cerro Rico is van top tot voet dooraderd met zilver. Volgens de overlevering werd zijn geheim ontdekt door een arme plaatselijke inwoner. In januari 1545 maakte Diego Huallpa, die op zoek was naar een afgedwaalde lama, een vuur om de kou van de alpennacht te verdrijven. Terwijl het vuur brandde, kwam er uit de grond eronder vloeibaar zilver gesijpeld, als bloed uit een wond.

Omdat het zo'n kostbaar edelmetaal was, heeft zilver lang een belangrijke plaats ingenomen in de menselijke cultuur; we hebben het altijd begeerd en toegepast. In de twintigste eeuw was zilver populair als verbeelding van de toekomst, een toekomst van ruimtereizen en vooruitgang. Zie de glimmende jumpsuits voor de Mercury 7, 's werelds eerste astronauten, of de metallic mini-jurkjes van Paco Rabanne en de 'foliemode' van André Courrèges in de jaren zestig: zilver was de kleur die we allemaal zouden dragen als we eenmaal aan gewichtloosheid gewend waren.

Maar de symboliek van zilver is even sterk verbonden met ouderwets bijgeloof als met een gefantaseerde toekomst. In de Schotse folklore diende een zilveren tak met witte bloesems of zilveren appels als een paspoort tot de wereld van elven en feeën.[1] Men dacht ook dat zilver gebruikt kon worden om gif op te sporen; het zou van kleur veranderen zodra het met gif in aanraking kwam. Dit geloof werd zo algemeen dat zilveren bestek in de mode raakte en vervolgens overal gebruikt werd. De eerste vermelding van de zilveren kogel die de macht van het kwaad kon uitschakelen, komt uit het midden van de zeventiende eeuw, toen het stadje Greifswald in Noordoost-Duitsland te kampen had met talloze weerwolven. De bevolking nam steeds verder af en het leek erop dat het hele stadje opgegeven moest worden, tot een groep studenten kleine musketkogeltjes van het kostbare metaal maakte. Inmiddels is zilver een vast gegeven in horrorfilms, als effectief wapen tegen allerlei wezens, van weerwolven tot vampiers.[2]

Misschien komt dit soort bijgeloof voort uit de band tussen zilver en de nacht. Terwijl goud, het meer illustere broertje (p. 86), van oudsher aan de zon wordt gekoppeld, hoort zilver bij de maan. Dit verband is niet eens zo onlogisch. Net als de maan wast zilver aan en neemt het weer af, in afwisselende cycli van poetsen en matteren. Het ene moment is het helder en spiegelend, het volgende wordt het verduisterd door een zwart laagje zilversulfide. Deze onvolmaaktheid geeft zilver iets menselijks: het lijkt of het een levenscyclus heeft en zoals wij sterven, zo kan ook de schittering van zilver een beetje doodgaan.[3]

Het metaal komt in zijn natuurlijke vorm wel voor – het moet zijn alsof je een geschenk van moeder aarde zelf krijgt wanneer je ineens een stukje in de modder ziet glinsteren – maar meestal is het vermengd met andere elementen in zacht glanzende ertsen en legeringen, en moet het daar via omsmelting uit gewonnen worden. In Egypte zijn kralen en andere kleine objecten van zilver uit het neolithische tijdperk gevonden en dat soort zilveren voorwerpen wordt talrijker in de twintigste en negentiende eeuw voor Christus.[4] Er is een schat uit die tijd opgegraven die maar liefst 153 zilveren schalen bevatte, in totaal zo'n 9 kilo zilver.[5] Sindsdien is het metaal altijd gebruikt voor sieraden, gedenkplaten, kledingdecoraties en munten.

Dankzij het zilver uit Zuid- en Midden-Amerika kon het Spaanse rijk vijfhonderd jaar lang bloeien. (De Spanjaarden hebben er zelfs een land naar genoemd: de naam Argentinië komt van het Latijnse *argentum*, zilver.) Tussen de zestiende en de achttiende eeuw exporteerden de conquistadores rond de 50.000 ton van het edelmetaal. Dit was goed voor zo'n 80 procent van de totale wereldvoorraad, en Spanje financierde er een hele reeks oorlogen en verdere veroveringen mee, zowel koloniaal als tegen Europese rivalen. Om het zilvererts uit de Cerro Rico te halen, een van de twee meest winstgevende mijnen in hun rijk, zetten de Spanjaarden inheemse arbeidskrachten in. Daarvoor gebruikten ze hun eigen versie van de *mita*, het dwangarbeidsysteem waarmee de Inca's zelf hun tempels en wegen hadden gebouwd: elke lokale inwoner van boven de 18 moest een jaar voor een schijntje in de mijn werken. Er kwamen veel ongelukken en kwikvergiftigingen voor. De Spanjaarden pochten dat ze met het zilver uit de Cerro Rico een brug over de Atlantische Oceaan naar hun thuisland konden bouwen, en dan nog zilver genoeg zouden hebben om daar overheen te vervoeren. De plaatselijke bevolking vertelde heel andere verhalen over de Cerro Rico. Voor hen was het 'de berg die mannen eet'.

Kalkwit

In mei 1894 heerste er angst in de smalle straatjes van Hongkong. Angst voor de pest. Deze ziekte was bezig aan zijn derde en laatste grote pandemie en had zich in veertig jaar tijd via kleine uitbraken verspreid over het vasteland van China, om uiteindelijk op het eiland toe te slaan.[1] De symptomen waren onmiskenbaar: het begon met koude rillingen en koorts zoals bij griep, dan kreeg de patiënt hoofdpijn en spierpijn. De tong zwol op en raakte overdekt met een bleek laagje. De eetlust verdween. Al snel volgden overgeven en diarree, en ontstonden er gladde, pijnlijke zwellingen in de liezen, onder de oksels en in de hals, het duidelijkste teken van de ziekte.[2] Meestal volgde dan een pijnlijke dood.

Wat precies de oorzaak van de pest was en zelfs hoe de ziekte werd overgebracht was nog steeds niet bekend, en de mensen die probeerden haar te bestrijden, deden wanhopige pogingen om de besmetting te stoppen. Vrijwilligers zochten in de achterafstraatjes naar overledenen, verzorgden de zieken in snel opgetrokken, barakachtige quarantaineziekenhuizen en haastten zich om de straten en huizen in de besmette gebieden wit te kalken.[3]

Witkalk was de goedkoopste verf en bestond uit een mengsel van kalk (vermalen en verhitte kalksteen) en calciumchloride of zout, in combinatie met water. In 1848, toen Groot-Brittannië met epidemieën van influenza en tyfus kampte, werd het witten van een heel woongebouw, van binnen en van buiten, begroot op zeven penny's, vijfenhalf exclusief arbeidsloon.[4] Witkalk is inderdaad als verf te gebruiken, maar werkt niet al te best: het schilfert en moet elk jaar opnieuw aangebracht worden en als de verhouding tussen de bestanddelen niet klopt, geeft het af. Vanwege het desinfecterende effect ervan hebben veeboeren altijd witkalk gebruikt in hun schuren en stallen. Het gezegde '*too proud to whitewash, too poor to paint*' (te trots om te witten, te arm om te schilderen), een uitspraak die meestal wordt geassocieerd met de verarmde Amerikaanse staat Kentucky, zegt veel over de sociale status van het witsel. In de literatuur is het onsterfelijk gemaakt als de straf voor Toms ondeugendheid in

De avonturen van Tom Sawyer van Mark Twain, dat in 1876 voor het eerst uitkwam. Nadat hij erg vuil is geworden in een gevecht, draagt Toms tante Polly hem op om 'dertig meter schutting van drie meter hoog' te witten:

> *Zuchtend doopte hij zijn kwast in de kalk en streek ermee over de bovenste plank; dat deed hij nog eens, en nog eens, hij vergeleek het onbetekenende gewitte stukje met de onafzienbare lap niet-gewitte schutting en ging mismoedig op een boomstronk zitten.*[5]

Natuurlijk weet Tom zijn vrienden zover te krijgen dat zij het karwei voor hem afmaken, maar de symboliek van zijn straf is veelzeggend.

Tante Polly was niet de eerste die witkalk gebruikte in de strijd tegen iets wat als zondig werd beschouwd. Tijdens de Engelse reformatie smeerden parochianen in hun kerken witsel over de kleurige muurschilderingen en altaarstukken omdat die nu als godslastering werden gezien. (In de loop der jaren werd de verf steeds dunner, zodat de gezichten er toch weer doorheen gluurden.) Dit verklaart misschien de oorsprong van de uitdrukking 'witwassen', ofwel het verdoezelen van onaangename zaken, of dat nu in de politiek of in het criminele circuit is.

Voor mensen die zich bezighielden met de strijd tegen epidemieën was het uitwissen van de ziekte met behulp van een emmer melkachtige, desinfecterende kalk, een geruststellende bezigheid, misschien wel een ritueel. Is het toeval dat artsen rond die tijd de witte jas gingen dragen die een symbool van de medische stand zou worden?

Izabel

Isabella Clara Eugenia was, naar de maatstaven van haar tijd, buitengewoon mooi. Net als koningin Elizabeth I, die bijna haar tijdgenoot was, bezat ze een heel bleke huid, fijn, marmeladekleurig haar, een breed, hoog voorhoofd en was de beruchte Habsburg-lip bij haar nauwelijks zichtbaar. Ze was ook machtig, als heerseres over een groot deel van Noord-Europa, de Spaanse Nederlanden.[1] Daardoor lijkt het des te oneerlijker dat de kleur die naar haar is genoemd zo'n groezelig geelwit is. Zoals de schrijver van *A History of Handmade Lace* ('De geschiedenis van handgemaakt kant') de kleur in 1990 omschreef: 'Een grijzige koffiekleur, of, in gewone taal, de kleur van zand.'[2]

Het verhaal gaat dat toen Isabella's echtgenoot, aartshertog Albert VII van Oostenrijk, het Beleg van Oostende begon, Isabella dacht dat het beleg wel snel afgelopen zou zijn. Ze zwoer dat ze pas weer schoon ondergoed zou aantrekken als hij had overwonnen. Izabel is de kleur die het ondergoed van de koningin had gekregen toen er na drie jaar eindelijk een einde aan het beleg kwam.[3] Gelukkig voor die arme koningin is het niet moeilijk om het bewijs te vinden dat dit verhaal onzin is. Het verscheen pas in druk in de negentiende eeuw – een eeuwigheid als het om mondeling overgeleverde roddel en achterklap gaat – en in de garderobe van koningin Elizabeth I duiken twee kledingstukken op die aantonen dat Isabella niet de enige was die met deze kleur in verband gebracht kan worden. Uit inventarislijsten, waarvan één is opgesteld in het jaar voordat het beleg begon, blijkt dat Elizabeth een izabelkleurige kirtell bezat (een lange jurk of tuniek, ze had er in totaal 126), en een '*rounde gowne of Isabella-colour satten [...] set with silver spangles*' ('een wijde japon van izabelkleurig satijn, bezet met zilveren lovertjes').[4]

Maar waar rook is, is vuur, dus ondanks die koninklijke goedkeuring was de modecarrière van deze kleur geen lang leven beschoren. Wel heeft de kleur een plekje verworven in de natuurwetenschappen, om precies te zijn in de beschrijving van dieren. Lichte palominopaarden en bruine beren uit de Himalaya zijn izabelkleurig, en verscheidene vogelsoorten, waaronder de *Oenanthe isabellina* of de izabeltapuit, danken hun naam aan de kleur van hun bleekbruine veren.

'Izabellinisme' is ook de naam van een genetische mutatie waardoor veren die eigenlijk zwart, grijs of donkerbruin horen te zijn, een vaalgele kleur krijgen. Tot de opvallendste groepen dieren die deze afwijking hebben, hoort een handjevol koningspinguïns op Marion Island in het Zuidpoolgebied.[5] Tussen de bij elkaar gekropen groepjes op het eiland zijn de bleke mutanten de uiterst zichtbare buitenstaanders, de zwakke broeders, en iedereen die wel eens naar een natuurdocumentaire heeft gekeken, weet hoe het daar meestal mee afloopt. Niet echt een nalatenschap om trots op te zijn voor die arme aartshertogin Isabella.

Krijt

Als je een schilfertje verf van het schilderij van een oude meester onder een microscoop zou kunnen bekijken, zou je waarschijnlijk iets zien wat je niet verwachtte en wat veel ouder is dan de verf zelf: nannofossielen, de oeroude overblijfselen van eencellige zeewezentjes, oftewel coccolithoforen. Hoe die daar in hemelsnaam terecht zijn gekomen? Krijt.

Krijt ontstaat doordat zeeslib, dat voornamelijk bestaat uit eencellige algen, ooit een laag heeft afgezet op de oceaanbodem, die daarna in de loop van miljoenen jaren is samengedrukt waardoor er zachte kalksteen ontstond.[1] Er ligt een uitgestrekte kalksteenlaag over het zuiden en oosten van Engeland – verantwoordelijk voor de witte rotskust bij Dover – en Noordwest-Europa. Mensen hakken er grote blokken uit, die dan aan weer en wind worden blootgesteld, zodat de stukjes kiezel eruit spoelen. Vervolgens wordt de steen onder water vermalen, gewassen en in grote vaten opgeslagen. Het water wordt eruit geperst, het krijtstof gedroogd en daarna verdeeld in verschillende lagen. De bovenste laag – de fijnste en witste, wordt verkocht als Parijs wit; de laag daaronder, iets minder fijn, is extra vergulderswit. Beide dienen als pigment in de schilderkunst. De grofste laag is bestemd voor goedkopere verven en bouwmaterialen, en heet dan 'commercieel wit'.[2]

Scheikundige en colorist George Field haalde zijn neus op voor krijt. Het wordt 'door de kunstenaar alleen als potlood gebruikt', schreef hij in 1835 in zijn boek *Chromatography*.[3] Anderen deden er minder hooghartig over. Arnold Houbraken, Nederlands kunstenaar en biograaf, schreef in 1718: 'Men zegt dat Rembrandt eens een portret maakte waarin de kleuren zo dik aangebracht en sterk waren dat je het bij de neus kon optillen.'[4] Dit kwam door het krijt dat de kunstenaar gebruikte om zijn verf steviger te maken en te verdikken, zodat het vanaf het doek naar voren stak. En ook om vernislagen transparanter te maken – krijt heeft zo'n lage refractiewaarde dat het in olieverf bijna geheel transparant is.[5] Het werd ook veel gebruikt als basislaag, alleen of als deel van een gipsmengsel, een soort vormgips.[6] Die krijtlagen gingen dus schuil onder het voltooide werk, maar ze droegen er toch aan bij dat het kunstwerk – zeker als dat een muurschildering was – niet zo snel vervaagde dat de eigenaar zijn geld kon terugvragen. De vijftiende-eeuwse schrijver Cennino Cennini wijdt vele pagina's van zijn *Il libro dell'arte* ('Het boek van de kunst') aan minutieuze beschrijvingen van het prepareren van gips in verschillende fijnheidsgraden. Eén daarvan, *gesso sottile*, moest langer dan een maand elke dag worden omgeroerd voor het klaar was, maar, zo verzekerde hij zijn lezers, het resultaat was die moeite meer dan waard: 'het wordt zo zacht als zijde'.[7]

Krijt heeft niet altijd zo veel liefdevolle aandacht gekregen, maar het heeft wel een lange geschiedenis in de kunst. Zo is er het beroemde Witte Paard van Uffington, een van de gestileerde krijtfiguren uit het eind van de bronstijd in Europa. Nog steeds prijkt het hoog op een helling aan de rand van de Zuid-Engelse Berkshire Downs. Om te voorkomen dat het als oefendoel zou dienen voor de *Luftwaffe*, werd het paard tijdens de Tweede Wereldoorlog bedekt. Na de oorlog kreeg archeoloog William Francis Grimes uit Wales de opdracht om het paardenfiguur nader te onderzoeken.[8] Net als veel anderen had Grimes gedacht dat het paard direct in de flank van de heuvel was gekerfd. Maar nu ontdekte hij dat de makers het zorgvuldig hadden geconstrueerd door ondiepe greppels uit te graven en die te vullen met krijt. (Dit had Daniel Defoe, de schrijver van *Robinson Crusoe*, al in de zeventiende eeuw gedetailleerd beschreven, maar iedereen had hem genegeerd.)[9]

Er is nog veel onbekend over het Witte Paard. Waarom hebben mensen zo veel moeite gedaan om het te maken? En waarom is het in de drie millennia daarna door de lokale bevolking minstens eens per generatie 'opgekalefaterd', ofwel schoongemaakt en opnieuw gewit?[10] Microscopen mogen dan de basis onder de schilderingen van de oude meesters hebben onthuld, maar krijt heeft nog steeds geheimen.

Beige

Verffabrikant Dulux verkoopt aan particulieren een heel scala aan verftinten. Liefhebbers van beige die door de dikke kleurenwaaiers bladeren, kunnen hun hart ophalen. Val je niet voor 'lama', 'zandduin', 'kartuizer', 'tulle' of 'pastinaak', dan vast wel voor 'Mont Blanc', 'panna cotta', of een van die andere honderden beigetinten. Maar heb je haast en geen zin om lijsten vol veelbetekenende namen door te ploegen, dan vind je misschien niet wat je zoekt: geen van al deze lichtgeelgrijze tinten heet gewoon 'beige'.

Is dat omdat het woord met die plakkerige ei-klank in het midden niet aantrekkelijk klinkt? (Marketingmensen hebben oor voor dat soort dingen.) Het woord beige werd halverwege de negentiende eeuw geleend uit het Frans, waarin het de aanduiding was voor een stof die van ongeverfde schapenwol was geweven. Zoals zo vaak gebeurde, werd 'beige' vervolgens ook het woord voor de kleur. Er zijn weinig enthousiaste beschrijvingen van te vinden. Wel werd beige in het najaar van 1889 genoemd in het tijdschrift *London Society*, als kleur die 'en vogue' was, maar alleen omdat hij 'aangenaam te combineren is met de kleuren bruin en goud die nu in de mode zijn'.[1] Tegenwoordig wordt het woord in de mode zelden meer gebruikt; het heeft plaats moeten maken voor synoniemen met een meer glamoureuze klank.

In de jaren twintig van de vorige eeuw was beige de favoriete kleur van Elsie de Wolfe, die het beroep van binnenhuisarchitect schijnt te hebben uitgevonden. Toen zij in Athene voor het eerst het Parthenon zag, riep ze opgetogen uit: 'Het is beige! Mijn kleur!' Maar al was zij duidelijk niet de enige – de kleur duikt op in veel twintigste-eeuwse paletten – beige is altijd voornamelijk gebruikt als achtergrond voor meer uitgesproken kleuren.[2] Toen twee wetenschappers meer dan 200.000 melkwegstelsels observeerden en ontdekten dat het heelal als geheel een beige tint heeft, probeerden ze daar onmiddellijk een sexyer naam voor te bedenken. Er kwamen namen voorbij als 'big bang buff' ('oerknalbruin') en 'skyvory' ('hemel-ivoor'), maar uiteindelijk viel de keus op 'kosmisch latte'.[3]

Dat typeert het imagoprobleem van beige: het is bescheiden en betrouwbaar, maar dodelijk saai. Iedereen die op huizenjacht gaat, krijgt er al snel een hartgrondige hekel aan: na een paar uur lijken alle woningen samen te smelten tot één welbewuste poging om niet op te vallen. In een boek met tips over de beste manier om je huis te verkopen, wordt beige zelfs expliciet afgeraden. Het hoofdstuk over kleur begint met een tirade tegen de tirannie van deze kleur op de woningmarkt. 'Het lijkt wel,' besluit de schrijver, 'of beige op de een of andere manier wordt opgevat als een neutrale kleur – een tweeslachtige kleur die iedereen wel mooi vindt.'[4] In werkelijkheid is het zelfs nog erger: de hoop is niet dat iedereen hem *mooi* zal vinden, maar dat hij niemand *stoort.* Het zou het kleurconcept van de bourgeoisie kunnen zijn: conventioneel, braaf en materialistisch. Als je het zo bekijkt, is het eigenaardig toepasselijk dat beige zich heeft ontwikkeld van de kleur van schapen tot de kleur van schaapachtigheid. Bestaat er een andere tint die zo sterk verbonden is met onze kuddegeest op het gebied van smaakvol, vriendelijk consumptiegedrag? Geen wonder dat de kleurnaambedenkers van Dulux die naam wilden vermijden: beige is belegen.

Blond
Loodtingeel
Indisch geel
Acidgeel
Napelsgeel
Chroomgeel
Guttegom
Orpiment
Keizerlijk geel
Goud

Geel

In april 1895 werd Oscar Wilde gearresteerd voor de deur van het Londense Cadogan Hotel. De volgende dag kopte de *Westminster Gazette*: 'Arrestatie van Oscar Wilde, met geel boek onder zijn arm'. Iets meer dan een maand later zou Wilde door de rechtbank schuldig worden bevonden aan 'onwelvoeglijkheid' en tegen die tijd had de publieke opinie hem al lang aan de hoogste boom opgeknoopt. Welke fatsoenlijke man vertoonde zich op straat met een geel boek?

De zondige reputatie van zulke boeken was uit Frankrijk gekomen, waar schandaallectuur halverwege de negentiende eeuw een felgeel omslag kreeg – niet bepaald preuts. Uitgevers beschouwden dit als een handige verkoopmethode en al snel kon je op elk spoorwegstation goedkoop boeken met een geel ruggetje kopen. Al in 1846 schreef de Amerikaanse schrijver Edgar Allan Poe honend over 'de eeuwige onbetekenendheid van boeken met een gele rug'. Voor anderen was zo'n zonnig omslag juist een symbool van de moderne tijd en van de esthetische en decadente stroming die daarbij hoorde.[1] Op twee schilderijen van Vincent van Gogh uit de jaren 1880 zijn gele boeken te zien, op *Stilleven met Bijbel* en, uitnodigend slordig neergelegd, op *Stapels Franse romans*. Voor Van Gogh en veel andere kunstenaars en denkers uit die tijd werd geel het symbool van dat tijdperk en van hun verzet tegen de benepen victoriaanse waarden. In *De explosie van geel*, een essay dat dichter, schrijver en recensent Richard le Gallienne tegen het eind van de eeuw schreef, zingt hij in tweeduizend woorden de lof over deze kleur. 'Pas als je erover nadenkt,' schrijft hij, 'besef je echt hoeveel belangrijke en prettige dingen in het leven geel zijn.' Hij wist zijn lezers te overtuigen: het laatste decennium van de negentiende eeuw zou dan ook de 'Yellow Nineties' gaan heten.

Conservatievere figuren waren minder onder de indruk. Zij zagen in die gele boeken een teken van wetteloosheid, en de avant-garde deed weinig om hun angst weg te nemen (voor hen was het om die wetteloosheid juist te doen). In *Het portret van Dorian Gray*, de roman van Wilde die in 1890 verscheen, verdwijnt de antiheld uit de titel in de morele verwarring van zo'n soort boek, om nooit meer terug te komen. Net als de verteller op zijn belangrijkste morele kruispunt staat, geeft een vriend hem een in geel gebonden boek, en dat opent zijn ogen voor de 'zonden van de wereld', die hem in hun greep krijgen en uiteindelijk vernietigen. In april 1894 verscheen het scandaleuze avant-gardetijdschrift *The Yellow Book*, dat hier handig op inspeelde.[2] Holbrook Jackson, een journalist uit die tijd, noemde het tijdschrift 'de nieuwheid ten top: nieuw naakt en zonder schaamte... geel werd de kleur van het moment'.[3] Na de arrestatie van Wilde bestormde een woedende menigte de uitgeverij van *The Yellow Book*, in de veronderstelling dat dat het 'gele boek' was dat in de *Gazette* was genoemd.[4] In werkelijkheid had Wilde een exemplaar bij zich gehad van *Aphrodite* van de Franse dichter en schrijver Pierre Louÿs en had hij zelfs nooit een bijdrage aan het tijdschrift geleverd. De artdirector en illustrator daarvan, Aubrey Beardsley, had na een ruzie geweigerd met Wilde te werken, en die noemde het blad dan ook 'saai' en 'helemaal niet geel'.

De veroordeling van Wilde (en de ondergang van *The Yellow Book* kort daarna) was niet de eerste keer dat geel een negatieve lading kreeg, en het zou ook zeker niet de laatste keer zijn. Kunstenaars, bijvoorbeeld, hadden er allerlei problemen mee. Twee pigmenten die ze voor geel gebruikten, orpiment (p. 82) en guttegom (p. 80) waren zeer giftig. Napelsgeel (p. 76) dat zeker tot halverwege de twintigste eeuw waarschijnlijk uit het zwavelrijke binnenste van de Vesuvius kwam, werd vaak zwart wanneer het als verf was gebruikt; galsteengeel werd gemaakt van de galstenen van ossen, vergruisd en gemalen in gomwater; en Indisch geel (p. 71) werd waarschijnlijk van urine gemaakt.[5]

Bij mensen wijst de kleur op ziekte: denk aan een gelige, vale huid, geelzucht of een galaanval. Geel als omschrijving voor massaverschijnselen of groepen, duidt op nog veel ergere dingen. *Yellow journalism* staat in Engeland voor de grofste sensatiepers. De stroom immigranten die aan het begin van de twintigste eeuw uit het oosten en vooral China naar Europa en Noord-Amerika kwam, werd 'het gele gevaar' genoemd. Verhalen en beelden uit die tijd tonen een nietsvermoedend Westen dat overspoeld wordt door een lagere mensensoort – avonturenromanschrijver Jack London noemde ze het 'kakelende gele volkje'.[6] Het beruchtste voorbeeld van geel als symbool van stigmatisering is wel de ster die de joden van de nazi's moesten dragen; maar ook andere onderdrukte groepen werden gedwongen gele kleding of symbolen uit de vroege middeleeuwen te dragen.

Schokkend genoeg is geel tegelijkertijd ook altijd een kleur geweest van waarde en schoonheid. Zo is blond haar in het Westen lang het schoonheidsideaal geweest. Economen hebben aangetoond dat prostituees met licht haar een hogere prijs kunnen vragen en dat er in reclameboodschappen verhoudingsgewijs veel meer blondines optreden dan er in de totale bevolking voorkomen. In China zijn 'geel' gedrukte materialen als boeken en foto's vaak pornografisch, maar een bepaalde eigele tint (p. 84) was de favoriete kleur van de Chinese keizers. Een tekst uit de begintijd van de Tangdynastie (618-907), verbiedt 'gewone mensen en ambtenaren' expliciet om 'kleding of accessoires in roodachtig geel' te dragen, en koninklijke paleizen waren te herkennen aan hun gele dak.[7] In India is de kracht van deze kleur meer spiritueel dan aards. Hij symboliseert vrede en kennis en hoort vooral bij Krishna, die meestal wordt afgebeeld met een felgele mantel over zijn nachtblauwe huid. Kunsthistoricus en schrijver B.N. Goswamy heeft die kleur beschreven als 'de rijke, stralende kleur die dingen verbindt, de geest verlicht en inzicht biedt'.[8]

Maar het felst begeerd is geel misschien wel in zijn metalen verschijningsvorm. Eeuwenlang hebben alchemisten verwoede pogingen gedaan om allerlei metaalsoorten te veranderen in goud, en er bestaan talloze recepten om het spul na te maken.[9] In religieuze heiligdommen is zowel de eeuwige, verheven luister als de materiële waarde van goud altijd gebruikt om ontzag te wekken bij de gelovigen. Middeleeuwse en vroegmoderne goudslagers hamerden gouden munten uit tot blaadjes goud die zo dun waren als fijn spinrag en waarmee kunstenaars de achtergrond van schilderijen konden vergulden, een zeer specialistisch en kostbaar karwei.

Muntgeld is zijn band met de gouden standaard inmiddels kwijt, maar een eerste prijs, zoals een beker of een medaille, is nog steeds meestal van goud (of verguld) en de symbolische waarde van die kleur heeft zijn stempel ook op de taal gedrukt: we hebben het over gouden eeuwen, goudhaantjes en – in de zakenwereld – een gouden handdruk of gouden eieren. In India is goud vaak onderdeel van een bruidsschat en wordt het door de armen van oudsher als spaarpotje gebruikt; pogingen van de Indiase overheid om een eind aan dat oppotten te maken, hebben geleid tot een levendige goudhandel op de zwarte markt en vindingrijke smokkelmethoden. In november 2013 werden vierentwintig glanzende goudstaven, met een waarde van een miljoen dollar, aangetroffen in een vliegtuigtoilet.[10] Le Gallienne merkte in zijn essay op dat 'geel een zwervend en veranderlijk bestaan leidt' – en dat valt nauwelijks te ontkennen, ook al is dit waarschijnlijk niet wat de schrijver in gedachten had.

Blond

De eerste persoon die 'dom blondje' werd genoemd was Rosalie Duthé. Zij werd halverwege de achttiende eeuw in Frankrijk geboren en was als kind al beroemd om haar schoonheid. Haar ouders stuurden haar dan ook naar een klooster om haar op het rechte pad te houden. Maar het duurde niet lang of ze werd gespot door een rijke Engelsman, de derde graaf van Egremont, en met zijn hulp ontvluchtte ze het klooster. Toen zijn geld opraakte, werd zij courtisane en ze was even berucht om haar domheid als om haar bereidwilligheid om voor naaktportretten te poseren. In juni 1775 werd ze belachelijk gemaakt in een toneelstuk bij het Parijse Théâtre de l'Ambigu, *Les Curiosités de la Foire* ('Eigenaardigheden op de markt'). Volgens de verhalen was Rosalie na het zien van de voorstelling zo gekwetst, dat ze een kus beloofde aan degene die haar eer wilde redden, maar niemand meldde zich.[1]

Waar of niet, de legende van Rosalie is tekenend voor de manier waarop blondines, net als andere minderheden – naar schatting is maar twee procent van de wereldbevolking van nature blond – zowel beschimpt als vereerd worden. Halverwege de twintigste eeuw koesterden de nazi's het ideaal van de blonde, blauwogige Ariër als de hoogste mens. Op een griezelige tentoonstelling in het Stadtmuseum van München is een haarkleurenkaart te zien, die werd gebruikt om te testen of iemand de Arische kwaliteiten bezat die de Führer wilde voor de verbreiding van zijn 'superieure ras'.

Blonde mensen, vooral vrouwen, worden vaak geassocieerd met seksueel verlangen. Prostituees in het oude Griekenland die in hoog aanzien stonden – *hetairai* – bleekten hun haar met agressieve middeltjes zoals kaliumwater en het sap van gele bloemen.[2] Romeinse prostituees verfden volgens de overlevering ook hun haar licht of droegen een blonde pruik.[3] En minder lang geleden, in 2014, bleek uit een onderzoek naar de prijs die vrouwelijke prostituees wereldwijd per uur rekenden, dat de vrouwen met natuurlijk of natuurlijk ogend blond haar veel meer konden vragen dan de vrouwen met een andere haarkleur.[4] Op schilderijen van de zondeval staat Eva, de allereerste zondares, meestal afgebeeld met zwierige gouden krullen die niets verhullen. Haar tegenhanger, de maagd Maria, is meestal een brunette, en van top tot teen ingepakt in kostbare stoffen (p. 182). Dichter John Milton gebruikte deze symboliek in *Paradise Lost*, dat in 1667 verscheen. Eva's 'onopgesmukte gouden lokken' liggen in 'wulpse krullen' om haar hoofd, een verwijzing naar de opgerolde slang die vlakbij op de loer ligt.

Ook Anita Loos, een Amerikaanse scenarioschrijfster, geboren in 1889, had het niet op blondines. Het was een blonde vrouw geweest die journalist en intellectueel Henry Mencken onder haar neus had weggekaapt. Ze nam wraak via een tijdschriftrubriek, die in 1925 een roman werd, vervolgens een theaterstuk en uiteindelijk in 1953 een film met Marilyn Monroe in de hoofdrol. Het verhaal is simpel: oogverblindende Lorelei Lee, de antiheldin in *Gentlemen Prefer Blondes* stuntelt van de ene miljonair naar de andere. En al is ze niet op haar achterhoofd gevallen wanneer het om financiële zaken gaat – 'Ik kan slim zijn als het moet,' zegt ze terwijl ze begerig naar een diamanten tiara kijkt –, in alle andere opzichten is ze bepaald onnozel. Op het schip naar Europa lijkt ze dat van de bloemetjes en de bijtjes niet helemaal te snappen: 'Volgens mij hebben de meeste zeelieden weeskinderen; die krijgen ze door de oceaan op te gaan als het stormt.'[5]

Een buitenproportioneel aantal godinnen, sprookjeshelden en -heldinnen en fotomodellen is blond. Het is bewezen dat blonde serveersters hogere fooien krijgen.[6] En voor wie niet het geluk heeft gehad om geboren te worden met de benodigde A (adenine) in plaats van een G (guanine) in chromosoom 12, is er altijd nog haarverf.[7] Zoals de prachtig gekapte dame uit de advertenties voor haarverfmerk Clairol in de jaren zestig zei: 'Als ik maar één keer leef, laat me dat dan als blondine doen.'

Loodtingeel

Er zijn veel raadsels in de kunstwereld: wie het meisje met de parel van Vermeer was; waar Caravaggio's *Geboorte van Christus met de Heilige Laurentius en Franciscus van Assisi* is gebleven (p. 250); wie in 1990 de grote kunstroof bij het Isabella Stewart Gardner Museum heeft gepleegd, om er maar een paar te noemen. Een raadsel dat minder in de belangstelling staat en nog steeds niet helemaal is opgelost, is het eigenaardige geval van het verdwenen geel.

Peter Paul Rubens en Isabella Brant trouwden op 3 oktober 1609 in de Sint-Michielsabdij in Antwerpen. Isabella was de dochter van Jan Brant, een belangrijke burger van de stad; Rubens was net terug van een vruchtbaar achtjarig verblijf in Italië, waarin hij zijn bekwaamheid als schilder had aangescherpt. Hij had een groot atelier in Antwerpen en was net benoemd tot hofschilder. Het dubbelportret dat hij van zichzelf en zijn kersverse vrouw schilderde, loopt over van liefde en zelfvertrouwen. Isabella draagt een oogverblindende strohoed, een grote geplooide kraag en het lange lijfje van haar jurk is geborduurd met gele bloemen; Rubens, die met zijn rechterhand de hand van zijn vrouw vasthoudt en zijn linker op het gevest van een zwaard laat rusten, draagt een pompeus vest met mouwen van gele en blauwe zijde, en een tikje frivole grapefruitkleurige slobkousen. Het pigment dat Rubens voor al deze symbolische goudgele elementen gebruikte, was loodtingeel.[1]

Hij was bepaald niet de enige die deze kleur graag gebruikte: vanaf halverwege de vijftiende tot halverwege de achttiende eeuw was loodtingeel het belangrijkste geel. Het duikt voor het eerst op rond 1300, en verschijnt later in Florence op schilderijen die zijn toegeschreven aan Giotto en vervolgens in de werken van Titiaan, Tintoretto en Rembrandt.[2]

Vanaf ongeveer 1750 begint het pigment zonder aanwijsbare reden te verdwijnen, en in werken uit de negentiende of twintigste eeuw zie je het helemaal niet meer terugkomen. Nog intrigerender is dat vóór 1941 niemand zelfs wist dat het bestond.[3]

Voor een deel komt dit doordat het pigment dat we nu loodtingeel noemen, geen specifieke naam had. Bij de Italianen heette het over het algemeen *giallorino* of *giallolino*; Noord-Europese bronnen vermelden het nu eens als 'massicot' of 'loodgeel', dan weer als 'genuli', of 'plygal'.[4] Vreemd genoeg werden deze benamingen soms ook gebruikt voor andere pigmenten, zoals Napelsgeel (p. 76). Om de verwarring nog groter te maken, stond nog een ander op lood gebaseerd geel, loodoxide (PbO) ook bekend onder de naam massicot.[5] Nog een reden waarom het zo lang onder de radar van kunsthistorici kon blijven, is dat restaurateurs en onderzoekers tot in de twintigste eeuw geen testen tot hun beschikking hadden waarmee ze alle ingrediënten in een verf konden vaststellen. Als ze in een gele verf lood vonden, namen ze aan dat het Napelsgeel was.

Dat we nu van het bestaan van loodtingeel weten, is te danken aan Richard Jacobi, onderzoeker van het Doerner Institut in München. Bij proeven die hij rond 1940 deed, kwam hij in gele monsters uit verschillende schilderijen telkens opnieuw tin tegen.[6] Zijn nieuwsgierigheid was gewekt en hij begon te experimenteren om te zien of hij zelf dit mysterieuze gele pigment kon maken. Hij ontdekte dat er een geel ontstond als hij drie delen loodmonoxide mengde met één deel tindioxide.[7] Werd het mengsel verhit tot tussen de 650 en 700 °C, dan werd het roodachtiger; tussen de 720 en 800 °C was het meer citroenkleurig. Het eindproduct was een zwaar, geel poeder, dat met olie als basis heel goed dekkend was en ook stabiel, omdat het niet werd aangetast door zonlicht. En het had als extra voordeel dat het, net als loodwit (p. 43), goedkoop te produceren was en het drogen van de olieverf versnelde.[8] Toen Jacobi in 1941 de resultaten van zijn onderzoek publiceerde, was de kunstwereld met stomheid geslagen. Maar zoals met alle mooie raadsels blijven er nog veel vragen over. Hoe en waarom is het recept om dit pigment te maken, verloren geraakt? Waarom gingen kunstenaars in plaats daarvan Napelsgeel gebruiken, dat veel gebreken had, zoals zelfs de liefhebbers van dat pigment moesten toegeven? Nog steeds weten we de antwoorden niet, maar het staat buiten kijf dat dit het geel van de oude meesters was.

Indisch geel

Het mag nog zo zonnig en vrolijk lijken, Indisch geel heeft een duistere geschiedenis. Veel Indiase schilders, vooral uit de Rajastani- en Paharitraditie, gebruikten dit pigment in de zeventiende en achttiende eeuw, maar niemand weet precies waar het vandaan kwam of waarom het op een bepaald moment niet meer werd gebruikt.[1] Voor westerlingen was dit pigment, net als guttegom (p. 80) waar het sterk op leek, een product van de koloniale handel. Het maakte aan het eind van de achttiende eeuw vanuit het Oosten zijn opmars naar Europa, in de vorm van poederbolletjes met een bedorven mosterdkleur, een helder eigeel binnenste en de onmiskenbare en veelzeggende geur van ammoniak. Die lucht was zo sterk dat mensen die het pigment toegestuurd kregen – kleurmakers als George Field en de firma Winsor & Newton – waarschijnlijk al wisten wat er in de pakketjes zat, voordat ze die uitpakten.

De Franse kleurmaker Jean François Léonor Mérimée moest toegeven dat de stank wel erg op die van urine leek, maar ging daar verder niet op in. Anderen waren minder fijngevoelig. *The New Pocket Cyclopædia* ('De nieuwe zakencyclopedie') uit 1813 meldde voorzichtig dat 'het naar men zegt gemaakt zou kunnen zijn van dierlijke uitscheiding'.[4] De Engelse kunstenaar Roger Dewhurst hoorde rond 1780 van een kennis dat Indisch geel misschien werd gemaakt van dierenpis en kreeg het dringende advies om het pigment goed te wassen voor gebruik.[5] George Field was directer: 'Het wordt gemaakt van de urine van de kameel.' Maar zelfs hij wist dat niet helemaal zeker: 'Het wordt ook wel toegeschreven aan de buffel of de Indiase koe.'[6] Rond 1880 wilde de grote, kortaangebonden victoriaanse ontdekkingsreiziger en botanicus sir Joseph Hooker voor eens en altijd een antwoord op het raadsel van Indisch geel en de eigenaardige lucht daarvan. Als directeur van de koninklijke botanische tuin Kew Gardens had Hooker veel contacten en dus besloot hij navraag te doen.

Op 31 januari 1883 stuurde hij een brief naar het India Office. Ruim negen maanden later, toen Hooker vast al lang niet meer aan het geheimzinnige pigment dacht, kreeg hij antwoord.[7] Aan de andere kant van de wereld had een zesendertigjarige ambtenaar, Trailokyanath Mukharji, Hookers brief onder ogen gekregen en de nodige stappen ondernomen. 'Indisch geel', of *piuri*, zo meldde Mukharji aan Hooker, werd in India gebruikt om muren, huizen en hekwerken mee te schilderen en, heel af en toe, om kleding te verven (al was dit laatste niet echt populair, vanwege de lucht).[8] Hij had het spoor van de mysterieuze gele balletjes gevolgd naar de plek waar ze volgens hem vandaan kwamen: Mirzapur, een dorpje in de buurt van de Bengaalse stad Monghyr. Daar hield een kleine groep *gwalas* (melkboeren) een kudde ondervoede koeien, die ze alleen mangobladeren en water voerden. Op dat dieet produceerden de koeien buitengewoon heldergele urine – zo'n drie liter per koe per dag, die de *gwalas* opvingen in kleine aardewerken potten. Elke nacht kookten ze deze vloeistof in, filterden hem en rolden balletjes van het bezinksel, die zacht geroosterd werden boven een vuurtje en dan in de zon te drogen gelegd.

Hooker stuurde Mukharji's brief door naar de Royal Society of Arts, die hem diezelfde maand nog in haar krant afdrukte – maar het raadsel was nog steeds niet echt opgelost. Korte tijd later verdween het pigment helemaal en men nam aan dat de productie verboden was, al was er nergens zo'n wet te vinden. Vreemder was nog dat in de statistieken die in die tijd door Britse functionarissen in die regio werden bijgehouden en die gedetailleerd genoeg waren om het aantal volwassen koeien en de verwoesting die werd aangericht door syfilis in de nabijgelegen stad Shaikpoora te registreren, niets werd vermeld over deze waardevolle koeien of over de gele balletjes die van hun blaasinhoud werden gemaakt.[10] De Britse schrijfster Victoria Finlay besloot in 2002 het spoor van Mukharji te volgen, maar ook zij ving bot. Geen van de huidige inwoners van Mirzapur – ook de plaatselijke *gwalas* niet – had ook maar enig idee wat *piuri* was. Misschien, overpeinsde Finlay, was Mukharji een nationalist geweest, die de goedgelovige Britten iets op de mouw had willen spelden.[11]

Dit klinkt niet erg waarschijnlijk. Mukharji werkte voor het ministerie van Belastingen en Landbouw dat, ondanks zijn stoffige naam, relatief progressief was in het aannemen en bevorderen van Indiase werknemers. Een paar maanden voordat hij zijn brief aan Hooker schreef had hij de catalogus voor de Wereldtentoonstelling van 1883 in Amsterdam samengesteld en hij zou hetzelfde doen voor de Colonial and Indian Exhibition die in 1886 in Glasgow werd gehouden.[12] Hij werd ook assistent-curator op de afdeling Kunst en Economie van het Indian Museum in Londen en doneerde in 1887 een collectie van bijna duizend verschillende mineralen en botanische monsters aan het Australische National Museum of Victoria. In 1889 bood hij koningin Victoria zelfs een exemplaar van zijn boek *A Visit to Europe* aan – niet bepaald iets voor een fanatieke nationalist. Misschien had Mukharji al zo'n vermoeden dat hij niet geloofd zou worden, toen hij het verhaal schreef over die arme koeien en het heldergele pigment dat van hun urine werd gemaakt. Wie weet is dat de reden waarom hij bij zijn verslag aan sir Joseph nog wat ondersteunend bewijs voegde: een paar balletjes pigment die hij van de *gwalas* had gekocht, een aardewerken pot, wat mangobladeren en een monster van de urine zelf, die allemaal op 22 november 1883 op hun bestemming aankwamen. De urine, de pot en de bladeren zijn verdwenen, maar het pigment, dat nog steeds een lichte stank verspreidt, ligt tot op de dag van vandaag in het archief van Kew Gardens.

Acidgeel

In 2015 koos de *Oxford English Dictionary* geen woord maar een emoji tot woord van het jaar: 'gezicht met tranen van blijdschap'. Unicode, een organisatie die toeziet op een consequent gebruik van de taal (en van emoji's) op verschillende platforms, verkondigde in datzelfde jaar dat mensen veel gele gezichtjes jarenlang verkeerd hadden gebruikt. Zo werd het gezichtje met een dubbele straal stoom uit de neusgaten veel gebruikt om woede uit te drukken, terwijl het oorspronkelijk bedoeld was als teken van triomf. En hoe mensen Unicode 1F633 ('blozend gezicht') gebruikten, hing af van hun besturingssysteem: Apple-gebruikers drukten er schrik mee uit, terwijl de Microsoft-versie je 'zorgeloos, maar met schaapachtige ogen' aankeek.[1]

Een symbool dat geen enkele verduidelijking behoefde, was de originele smiley. De meningen zijn verdeeld over de oorsprong van het eerste ontwerp – een volmaakt felgeel rondje met een zwarte lijn eromheen, twee kleine streepje voor ogen en een half rondje als mond. In 1963 verscheen al een ruwe vorm van een smiley in een Amerikaans televisieprogramma; twee broers uit Philadelphia drukten insignes met een vergelijkbaar ontwerp en daar waren er in 1972 zo'n 50 miljoen van verkocht. Maar tijdens de politieke onrust van de jaren zeventig werd het kinderlijke gezichtje ingelijfd als symbool van rebellie. In 1988 hoorde het bij de popcultuur en was het onlosmakelijk verbonden met muziek en de nieuwe clubscene. Er stond een gele smiley op de Britse hoes van de Talking Heads-single 'Psycho Killer', op 'Beat Dis' van Bomb the Bass, op een iconische flyer voor de Londense club Shroom en later diende een smiley – met kruisjes als ogen en een bibberige mond – als informeel logo voor de band Nirvana.[2] Een met bloed bespatte versie was ook het belangrijkste visuele motief van *Watchmen*, de inktzwarte graphic novel uit 1985 door Alan Moore en Dave Gibbons.

Al snel werd het acidgeel van de smiley de kleur van de dancejeugd, het ene moment euforisch, het volgende verraderlijk, chemisch en opstandig. De rave-cultuur – of liever de drugs die haar gaande hielden – begon morele paniek te zaaien. 'Acid' kon zowel verwijzen naar een genre housemuziek als naar LSD, terwijl dit felle geel ook deed denken aan de lasershows van nachtclubs.

De rave-cultuur heeft inmiddels haar pre-millenniumroes uitgeslapen, maar haar onofficiële mascotte, het ogenschijnlijk goedmoedige, acidgele lachende gezichtje, blijft stralen. Voor een nieuwe generatie betekent het iets heel anders. Het schijnt dat de eerste emoticon-smiley opdook in een gortdroge e-mail over humor uit 1982 van Scott E. Fahlman, wetenschappelijk onderzoeker op Carnegie Mellon: 'Ik stel voor de volgende typering te gebruiken om grappen aan te duiden :-)'[3] Sinds dat onschuldige begin is de smiley onlosmakelijk verbonden met de moderne communicatie, en is haar subversieve verleden, voorlopig, vergeten.

Napelsgeel

Begin jaren zeventig van de vorige eeuw werd in een oude Duitse apotheek in de buurt van Darmstadt een verzameling van negentig flesjes ontdekt. Sommige hadden de vorm van jampotjes, andere die van een inktpot en weer andere leken op parfum-stopflesjes. Elk flesje had zijn eigen zorgvuldig gekalligrafeerde etiket, maar toch was het lastig te bepalen wat er precies in zat. De poeders, vloeistoffen en harsen werden aangeduid met onbekende en buitenlands klinkende woorden als 'Virid aëris', 'Cudbeard Persia' en 'Gummi gutta'.[1] Ze werden voor onderzoek naar een Amsterdams laboratorium gestuurd en daar ontdekte men dat dit een voorraadje pigmenten uit de negentiende eeuw was. Een ervan, met het priegelige opschrift *'Neapelgelb Neopolitanische Gelb Verbindung dis Spießglaz, Bleies'*, was Napelsgeel.[2]

De eigenaar van het pigment wist het nog niet, maar op het moment dat hij het hier opborg, zou Napelsgeel niet lang meer een onmisbaar onderdeel van het schilderspalet zijn. De naam wijst op de synthetische bereiding van loodantimonaat,[3] dat meestal bleekgeel is met heel lichte, warmrode ondertonen. Die naam werd voor zover bekend voor het eerst gebruikt in een verhandeling over een Romeinse muurschildering, geschreven tussen 1693 en 1700 door Andrea Pozzo, een Italiaanse jezuïtische broeder en barokschilder. Hij vermeldt een geel pigment, '*luteolum Napolitanum*', en die naam is ofwel blijven hangen, of hij werd toen al algemeen gebruikt. Vanaf het begin van de achttiende eeuw duiken vaker verwijzingen naar *giollolino di Napoli* op en al snel bereikte de naam ook andere talen.[4]

Het was een geliefde kleur en had betere eigenschappen dan chroomgeel (p. 78), maar echt stabiel was Napelsgeel ook niet. George Field prijst wel de 'aanzienlijke reputatie', het dekkend vermogen en de 'aangename, lichte, warmgele tint' van dit pigment, maar moest ook toegeven dat het grote nadelen had. Niet alleen kon het als het niet goed werd vernist 'donkerder, en zelfs zwart worden onder invloed van vochtige en onzuivere lucht', de schilder moest ook oppassen dat het niet in aanraking kwam met ijzeren of stalen gereedschappen. Field raadde aan om een spatel van ivoor of hoorn te gebruiken.[5]

Gedeeltelijk zat de aantrekkingskracht van het pigment in het feit dat niemand precies wist waar het vandaan kwam, net als bij de flesjes die in de Duitse apotheek waren gevonden. Velen – onder wie Field die er in 1835 over schreef, en Salvador Dalí in 1948 – meenden dat het uit de Vesuvius werd gedolven. In werkelijkheid is lood-antimonaat een van de oudste synthetisch gemaakte pigmenten. De oude Egyptenaren maakten het al, volgens een methode die heel wat ervaring en specialistische kennis vereiste, aangezien de belangrijkste ingrediënten – loodoxide en antimoonoxide – ook chemisch bereid moesten worden.[6] Een tweede, meer praktische reden voor de populariteit van Napelsgeel was dat er tot in de twintigste eeuw geen echt betrouwbare gele pigmenten bestonden, afgezien van wat gele ijzerhoudende okers, die zelfs op hun best een beetje flets en bruinachtig waren. Van al die onbetrouwbare soorten geel was Napelsgeel nog een van de beste en het pigment bleef dan ook onmisbaar voor veel kunstenaars, ondanks zijn tekortkomingen. In 1904 was postimpressionist Paul Cézanne stomverbaasd toen hij zag dat dit pigment op het palet van een medekunstenaar ontbrak. 'Schilder je alleen met deze?' riep hij uit. 'Waar is je Napelsgeel?'[7]

Chroomgeel

De zinderend hete zomer van 1888 was een van de gelukkigste in het leven van Vincent van Gogh. Hij woonde in het 'gele huis' in het Zuid-Franse Arles en verheugde zich op de komst van zijn held, Paul Gauguin. Van Gogh hoopte dat zij samen in Arles een kunstenaarsgemeenschap konden oprichten en hij was voor één keer optimistisch over de toekomst.[1]

Hij schreef zijn broer Theo op dinsdag 21 augustus om te zeggen dat hij een briefje van Gauguin had gehad waarin die zei dat hij 'klaar was om naar het zuiden te komen zodra het lot het toestaat', en Van Gogh wilde dat alles volmaakt was. Hij begon aan een serie zonnebloemschilderijen, met het plan om zijn hele atelier daarmee vol te hangen. Hij vertelde Theo dat hij ze schilderde 'met de gusto van een Marseillaan die bouillabaisse eet', en hij hoopte dat ze een symfonie werden van 'harde of gebroken gelen' en blauwen 'van het lichtste Veronese tot koningsblauw, omlijst met dunne vegen in oranje lood'. Het enige wat kennelijk zijn tempo vertraagde was de natuur zelf. Hij merkte dat hij alleen 's morgens vroeg kon werken, 'omdat de bloemen snel verwelken en je alles dus in één keer moet afmaken'.[2]

De avant-gardekunstenaars van die tijd konden beschikken over prachtige verzadigde tinten rood en blauw, maar ze misten een even goede versie van de derde primaire kleur: geel. En ze dachten dat ze zonder die kleur geen uitgebalanceerde compositie konden maken, omdat ze de complementaire kleuren niet zo sterk tegen elkaar konden afzetten als nodig was voor het dramatische effect van de impressionistische kunst. Chroomgeel kwam dan ook als geroepen en Van Gogh was een van de velen die er dol op werden. Het pigment dankte zijn ontstaan aan de ontdekking in 1762 van een scharlakenoranje kristal in de Beresof-goudmijn, diep in Siberië.[3] De wetenschappers die het hadden ontdekt doopten dit mineraal 'krokoiet' – van het Griekse woord voor saffraan, *krokos* (p. 98) – en de Fransen noemden het *plomb rouge de Sibérie* (Siberischrood lood). Het was niet geschikt om als pigment te dienen; daarvoor was de aanvoer te onregelmatig en de prijs te hoog. Maar de Franse scheikundige

Louis-Nicolas Vauquelin ging met krokoiet aan de slag en ontdekte dat de oranje steen een nieuw element bevatte.[4] Dit was een metaal dat hij 'chroom' of 'chromium' noemde, van een Grieks woord dat 'kleur' betekent, omdat het zouten bevatte die een buitengewone verscheidenheid aan kleuren konden hebben. Basisch loodchromaat bijvoorbeeld, kon variëren van citroengeel tot 'een geelachtig rood of soms een mooi diep rood', afhankelijk van de methode die werd gebruikt om het te maken.[5] In 1804 schreef Vauquelin dat dit nuttige pigmenten zou kunnen opleveren; in 1809 hadden schilders ze al op hun palet.

Helaas voor kunstenaars en kunstliefhebbers heeft chroomgeel de nare gewoonte om na verloop van tijd bruin te worden. Uit onderzoek naar schilderijen van Van Gogh dat de afgelopen jaren in Amsterdam is gedaan, blijkt dat een deel van het chroomgeel in de bloemblaadjes aanzienlijk donkerder is geworden door de reactie van chroomgeel met andere pigmenten onder invloed van zonlicht.[6] Blijkbaar zijn Van Goghs zonnebloemen aan het verwelken, net als hun tegenvoeters in het echte leven.

Guttegom

In 1832 begonnen William Winsor en Henry C. Newton op Rathbone Place 38 in Londen een winkeltje waar ze schilderspigmenten verkochten en daar kregen ze via de Britse East India Company geregeld een zending guttegom, een van hun belangrijkste pigmenten. Elke zending bevatte een aantal in bladeren gewikkelde staafjes, zo dik als een flinke sigaar en met de kleur van oude oorsmeer.[1] Dan verbrokkelden de medewerkers van Winsor & Newton deze pijpachtige stukken met behulp van een metalen aambeeld en een hamer. Van dat poeder vormden ze vervolgens bruinige blokjes. Ervaren kunstenaars kenden echter het geheim: met een drupje water erbij veranderde zo'n toffeebruin blokje in een gele verf die zo fel en helder van kleur was dat het bijna leek of hij licht gaf.

Guttegom was al eeuwenlang een vaste waarde op het palet – de East India Company importeerde het voor het eerst in 1615 – maar in Europa wist niemand precies waar het vandaan kwam.[2] In zijn verhandeling over kleuren uit 1835 bleef George Field vaag: 'Men zegt dat het voornamelijk uit Cambaja in India komt en ons is verteld, dat het een product van verscheidene bomen is.'[3] Het klopt dat guttegom iets met een boom te maken heeft. Het is het hard geworden sap van de *Garcinia*, of guttegomboom, en komt voornamelijk uit Cambodja, of Camboja zoals het vroeger werd genoemd, vandaar dat het pigment in het Engels *gamboge* heet.[4] Voor het aftappen van de bomen is geduld nodig. Een boom moet minstens tien jaar oud zijn voordat er diepe sneden in de stam kunnen worden gemaakt. Het sap dat daaruit sijpelt wordt opgevangen met behulp van holle bamboestengels. Het duurt langer dan een jaar voor de bamboestengel vol is en het sap uitgehard. Toen mensen tijdens het bewind van de Rode Khmer niet-geoogste pijpen gestolde hars openbraken, bleek dat daar verdwaalde kogels in zaten, als oeroude insecten gevangen in barnsteen.

Kunstenaars in Japan, China en India gebruikten dit pigment al eeuwenlang voor schilderingen op papier, geïllustreerde hoofdletters en antieke miniaturen, maar het kwam pas in 1603 naar Europa – in het ruim van een Nederlands koopvaardijschip. De naar kleuren snakkende westerse schilders vielen hongerig aan op het nieuwe zonnige geel.[5] Rembrandt gebruikte het graag in olieverf, waarin het de gouden tint kreeg die vaak de figuren in zijn schilderijen omgeeft.[6] Het is ook te vinden in de werken en op het palet van J.M.W. Turner en sir Joshua Reynolds.[7] William Hooker, de botanische kunstenaar van de Britse Royal Horticultural Society, mengde guttegom met een beetje Pruisisch blauw en verkreeg zo het speciale 'Hookers groen': de volmaakte kleur om bladeren mee te schilderen.[8]

Zoals veel oude pigmenten was guttegom even vaak te vinden in de kast van de apotheek als op het palet van een kunstenaar. In een lezing die hij op 7 maart 1836 gaf, noemde arts Robert Christison het 'een uitstekend en krachtig laxeermiddel'. Een klein beetje kon al 'een overvloedige, waterige ontlasting' veroorzaken; een grotere dosis kon fataal zijn.[9] De medewerkers van Winsor & Newton moesten na het verpulveren van de guttegom altijd binnen een uur naar het toilet hollen. Niet bepaald een glorieuze bijwerking van een pigment, maar misschien kwam het wel door die bekendheid van guttegom in de wetenschappelijke wereld, dat de Franse natuurkundige Jean Perrin het in 1908 gebruikte om de theorie van de Browniaanse beweging te bewijzen,[10] nadat Einstein daarvoor drie jaar eerder zijn formule had opgesteld. Met kleine plasjes opgeloste guttegom van maar iets meer dan 0,12 mm diep toonde Perrin aan dat de gele deeltjes, zelfs nadat ze dagenlang met rust waren gelaten, nog steeds in het rond bewogen alsof ze leefden. Hij kreeg hiervoor in 1926 de Nobelprijs voor Natuurkunde.[11]

Tegen die tijd was guttegom op het kunstenaarspalet al grotendeels vervangen door aureoline, een kunstmatig geel dat wel iets minder fel en transparant was, maar minder de neiging had om te verbleken. Winsor & Newton bleven pakketjes ruwe guttegom ontvangen tot 2005, toen het bedrijf eindelijk stopte met de verkoop ervan; ongetwijfeld tot grote opluchting van de medewerkers, maar misschien niet van de kunstenaars.

Orpiment

In *Il libro dell'arte* schrijft schilder Cennino Cennini dat orpiment 'wordt gemaakt middels alchemie'.[1] Het is waar dat de meeste pigmenten die kunstenaars in de vroege renaissance gebruikten door mensen werden gefabriceerd, maar orpiment is een mineraal dat in de natuur voorkomt: een kanariegeel arseensulfide (As_2S_3), dat voor zo'n 60 procent uit arsenicum bestaat.[2]

In zijn glinsterende, natuurlijke vorm deed het denken aan goud, maar het was een van de drie minerale pigmenten (samen met azuriet en het groene kopererts malachiet) en een van de twee gelen (samen met oker) die in de antieke Egyptische kunst werden gebruikt. Het komt voor op papyrusrollen en op de muren van het graf van Toetanchamon, waar een zakje orpiment op de vloer is gevonden.[3] Dit intense geel zie je ook terug in het negende-eeuwse *Book of Kells*, op de muren van de Taj Mahal en in de middeleeuwse tekst *Mappae clavicula*. De Romeinen noemden het 'auripigmentum' – 'van goud' – en ook zij waren er dol op. Ze gebruikten orpiment als kleurstof, maar geloofden ook dat er via een mysterieuze methode goud uit te winnen moest zijn. Plinius vertelt een verhaal over keizer Caligula die, hunkerend naar rijkdom, een grote hoeveelheid ruwe orpiment omsmolt, maar zonder succes. Zo'n experiment was niet alleen zinloos – orpiment bevat geen spoortje van het kostbare metaal – het kon ook fataal zijn voor de slaven die het mineraal moesten delven.

Cennini waarschuwt zijn lezers: 'Pas op dat je het niet in je mond krijgt, of je zult er persoonlijk schade van lijden.'[4] En inderdaad: orpiment is dodelijk. Op Java, Bali en in China, waar het in de natuur voorkomt en tot de negentiende eeuw populair was als pigment, slikte men het in heel kleine hoeveelheden wel als laxeermiddel, maar iedereen wist wat de risico's waren als je er te veel van innam.[5] In zijn boek *D'Amboinsche rariteitkamer* beschreef de Duitse koopman en botanicus met de prachtige naam Georg Eberhard Rumphius in 1660 dat hij in Batavia (het huidige Jakarta) eens een vrouw had gezien die er te veel van had geslikt. Ze werd gek en 'klom als een kat tegen de muren op'.[6]

Zelfs als verf had orpiment zijn gebreken. Het droogde slecht in olieverf en was niet geschikt voor muurschilderingen. Het ging ook een reactie aan met de meeste andere pigmenten, vooral als die koper of lood bevatten. Een voorzichtige kunstenaar kon het wel gebruiken, zoals de in Venetië gevestigde renaissanceschilder Paolo Veronese dat deed in zijn *De droom van Sint Helena* (ca. 1570), zolang hij het maar zorgvuldig weg hield van andere pigmenten, die hun kleur erdoor konden verliezen.[7] Orpiment had eigenlijk maar één voordeel: zijn kleur. Zoals Cennini het uitdrukte: 'Een mooi geel dat van alle kleuren het meest op goud lijkt.'[8] En dat was blijkbaar genoeg.

Keizerlijk geel

Katharine Augusta Carl zag zichzelf waarschijnlijk als iemand die zich nergens door van de wijs liet brengen. Ze was twee maanden voor het eind van de Amerikaanse Burgeroorlog geboren in New Orleans, en had een tumultueuze kindertijd gehad. Daarna was ze over de aardbol gaan zwerven: eerst was ze uit Amerika vertrokken om in Parijs een kunstopleiding te gaan volgen, en vervolgens had ze door Europa en het Midden-Oosten gereisd. Maar de kans van haar leven kreeg ze tijdens een bezoek aan China, toen haar werd gevraagd om een portret te schilderen van keizerin-regentes Cixi, de gevreesde voormalige concubine die al meer dan veertig jaar over China regeerde. Zo stond Katharine op 5 augustus 1903, iets voor elf uur, in de troonzaal midden in het Verboden Paleis ineens oog in oog met de machtigste vrouw van de wereld.[1]

Wat haar nog extra ontzag inboezemde was het overvloedige gebruik van het roodgouden geel dat strikt was voorbehouden aan de leden van het keizerlijk huis. Zo waren dakpannen in China meestal grijs, maar die van de keizerlijke paleizen goudkleurig.[2] Cixi droeg een mantel van keizerlijk gele zijde, zwaar geborduurd met blauweregen en versierd met kwastjes en snoeren peervormige parels. Het deed meer denken aan een harnas dan aan een kledingstuk. Haar rechterhand, met klauwachtige nagelbeschermers, lag in haar schoot. Precies om elf uur, volgens de keizerlijke zieners het gunstigste tijdstip om een portret te schilderen, begonnen alle vijfentachtig klokken in de troonzaal tegelijk te slaan; beverig hief Katharine haar hand op en begon de beeltenis van de koningin te schetsen.[3]

Zelfs gewoon geel was in China al langer dan duizend jaar iets bijzonders. Samen met rood, blauwgroen, zwart en wit was het een van de vijf kleuren uit de leer van de Vijf Elementen. Elke kleur hoorde bij een element, een windrichting, een planeet, een seizoen en een dier. Geel was verbonden met het element aarde – volgens een oud Chinees gezegde is 'de hemel zwartachtig blauw en de aarde geel' –, met het midden, Saturnus, een late of lange zomer en de draak. In de *Chun Qiu Fan Lu* ('De overvloedige dauw van lente en herfst'), die ergens in de tweede eeuw voor Christus is geschreven, wordt geel 'de kleur van de heersers' genoemd. Al snel gingen die heersers het gebruik van hun kleur, vooral van deze speciale tint, dan ook angstvallig beschermen: de eerste wet waarin dit staat vermeld, werd in het begin van de Tangdynastie afgekondigd, in het jaar 618 van onze jaartelling: 'Het is voor gewone mensen en ambtenaren verboden om kleding of accessoires in roodachtig geel te dragen.'[4]

Zelfs naar antieke maatstaven was het een arbeidsintensief karwei om stoffen in deze kleur te verven. Het belangrijkste ingrediënt was de *Rehmannia glutinosa* of Chinees vingerhoedskruid, een plant met trompetvormige bloemen en wortels die op langwerpige, goudkleurige bieten lijken. Om precies de gewenste kleur te krijgen werden de knollen aan het eind van de achtste maan-maand geoogst, en vervolgens met de hand tot een gladde pasta gestampt. Er was zo'n 1,2 liter bietenpasta nodig om een lap zijde van 4,6 vierkante meter te verven.[5] Het etszuur, een stof die ervoor zorgt dat de kleur zich in de stof hecht en zich niet laat uitwassen, moest worden gemaakt van de as van eik, moerbei of aangespoeld wrakhout. De kookketel mocht niet kunnen roesten; elke lap zijde kreeg twee, iets van elkaar verschillende verfbaden.

Geen van beide vrouwen in die troonzaal wist het nog, maar de dagen van het keizerlijk geel waren geteld. Het had in de decennia daarvoor al wat aan gezag ingeboet. Was de kleur aanvankelijk voorbehouden aan keizerlijke hoofden, nu mochten ook lijfwachten van het keizerlijk huis hem dragen, en later kon de kleur bij sommige gelegenheden als ereteken voor burgers dienen. Bij één veelbesproken gelegenheid had de keizerin zelfs een nederige treinmachinist beloond met een keizerlijk geel jasje. Een paar jaar nadat Katharine de laatste keizerin van China had geschilderd, maakte de Bokseropstand een einde aan de Qing-dynastie, de laatste dynastie van China. Met de val van de keizerlijke macht verloor ook deze magische kleur de symbolische betekenis die hij duizend jaar lang had gehad.

Goud

Wie zelf wil zien dat goud de kleur is van het verlangen, hoeft alleen maar te kijken naar het portret waarin Gustav Klimt in 1907 Adèle Bloch-Bauer heeft vereeuwigd. Er spreekt zo veel vuur en verering uit dat toen het bij de Weense Galerie Belvedere aankwam, mensen dachten dat de geportretteerde en de schilder geliefden waren. Daar zijn geen bewijzen voor, maar het is duidelijk dat het schilderij een eerbetoon is. Op dit portret, het laatste schilderij uit Klimts 'gouden periode', is Adèle omringd door het kostbare metaal, dat gedeeltelijk recht en vlak is en gedeeltelijk verwerkt in een patroon van symbolen en mozaïeken. Ook haar jurk is een gouden wervelwind. Alleen aan haar handen, haar en gezicht – met iets geopende lippen en intens kijkende ogen – kun je zien dat dit een levende, ademende vrouw is; haar omgeving en kleding zijn die van een godin.

Goud is altijd de kleur van verering geweest én is zelf altijd vereerd. Een deel van zijn aantrekkingskracht dankt dit metaal aan het feit dat het zo schaars is en ongelijk over de aarde verdeeld. Er zijn wel overal ter wereld goudmijnen ontdekt, maar bij de verschillende uitbraken van de goudkoorts is duidelijk geworden dat die snel uitgeput kunnen raken en dan weer verlaten worden voor andere nieuw ontdekte mijnen. Europa heeft relatief weinig goudafzettingen en is voor zijn goud altijd afhankelijk geweest van de handel met Afrika en het Oosten.[1] De Carthagers, die in de millennia voor Christus over de gebieden rond de Middellandse Zee heersten, waren jarenlang de belangrijkste leveranciers van Afrikaans goud in Europa, een recht dat ze uit alle macht verdedigden.[2] (Toch was ook hun voorraad niet onuitputtelijk. Na een zware militaire nederlaag tegen de Romeinen in 202 voor Christus, hadden ze niet genoeg goud voor de overeengekomen herstelbetalingen. In plaats daarvan betaalden ze in zilver – vijftig jaar lang, in totaal bijna 360 ton.)[3]

Goud is ook vaak gebruikt om te imponeren. Mansa Moussa, de vrome vorst van Mali, reisde tijdens zijn bedevaart naar Mekka door Caïro, en daar konden Europese en Arabische handelaren met eigen ogen de glinsterende rijkdom van het Afrikaanse continent aanschouwen. De keizer had een karavaan van 60.000 mannen bij zich; 500 slaven liepen voor hem uit, elk met een twee kilo zware goudstaaf; tachtig kamelen in zijn karavaan droegen nog eens elk zo'n 150 kilo goud. Dankzij deze legendarische reis en Moussa's vrijgevigheid bleef de prijs van goud in de regio nog tien jaar lang kunstmatig laag.[4]

Goudlaken – stof die werd geweven van zijden of linnen draden omhuld met goud – bestond al sinds de tijd van de Romeinen en was geliefd bij de Europese vorstenhuizen. De beroemde ontmoeting in 1520 tussen de twee jongste, meest energieke en extravagante vorsten van Europa, koning Hendrik VIII van Engeland en koning Frans I van Frankrijk, is de geschiedenis in gegaan als de 'goudlakenkamp', omdat de beide vorsten hun best deden de ander te overtreffen met de schittering van zijn entourage. Hendrik won: zijn tent was geheel van goudlaken gemaakt.

Net als zijn zustermetalen ijzer, koper en zilver heeft goud een structuur met beweeglijke elektronen die licht krachtig weerkaatsen. Dat geeft het metaal zijn kenmerkende glans.[5] Het is niet verwonderlijk dat goud, met zijn rijke glinstering en zijn vermogen om die te behouden, een symbool van goddelijkheid werd. De middeleeuwse christelijke kerk maakte er rijkelijk gebruik van. Zo heeft het Uffizimuseum in Florence een aparte zaal voor drie enorme altaarstukken, die elk de maagd met het kind voorstellen. De laatste werd rond 1310 door Giotto geschilderd voor de Ognissantikapel, een paar straten stroomopwaarts van het paleis. Net als bij de andere altaarstukken zijn de figuren van Giotto niet in een binnenruimte of in een landschap geplaatst, maar liggen ze op een gladde gouden ondergrond. Ook de lijst is van goud, net als het aureool van de heiligen (de stralenkransen van de heiligen die vooraan staan verduisteren de gezichten van degenen achter hen – een groot schandaal in die tijd, omdat dat gezien werd als heiligschennis) en de decoratierand langs het diepblauwe gewaad van de maagd.

Het vergulden van dit soort schilderstukken was een heel precies werk. Het goud bestond uit ragdunne blaadjes, van elk 8,5 vierkante centimeter, die werden gehamerd uit gouden munten; een goede goudslager kon uit één dukaat wel honderd blaadjes slaan. Vervolgens werd elk blad met een pincet opgepakt en op het paneel, gips of lijstwerk gelegd. De blaadjes goud waren zo dun dat bijna elke soort lijm te gebruiken was – honing, Arabische gom en eiwit waren populair. In dit stadium was het goud dan nog wat dof, omdat de glans werd gebroken door imperfecties in de ondergrond; om echt te gaan glanzen moest het gebruneerd worden. Cennini beveelt aan om daarvoor hematiet (p. 150) te gebruiken (waarschijnlijk vanwege de middeleeuwse associatie tussen rood en goud) of een kostbare steen zoals een saffier of smaragd ('hoe meer uitgelezen de steen, hoe beter het effect') of de tand van een leeuw, wolf of hond, 'of elk ander dier dat wel vaart bij vlees'.[6]

Afbeeldingen in vlak bladgoud, zien er onecht uit; het licht valt er gelijkmatig overheen in plaats van op uitstekende gedeelten op te lichten en op de beschaduwde plekken donkerder te lijken, zoals dat op een natuurlijke manier zou gebeuren. Kunstenaars gebruikten goud niet voor het realistische effect, maar om de waarde van het materiaal zelf en ook toen renaissancekunstenaars hun figuren in een natuurlijke omgeving gingen plaatsen en het toepassen van perspectief in de vingers kregen, maakten ze nog steeds graag gebruik van rijke goudverf.[7] Daarmee konden ze rijkdom laten zien, bijvoorbeeld via de gouden versierselen van voorname kleding. Ook kon goud op goddelijkheid duiden. In *De geboorte van Venus* (ca. 1484-1416) weefde Botticelli goud door het haar van de godin.

Dat verlangen naar en die verering van goud hebben natuurlijk ook een tegenhanger: goud kan onze laagste instincten naar boven halen: hebzucht, jaloezie en gierigheid. Deze tweeslachtigheid komt duidelijk naar voren in de legende van koning Midas. Zijn dwaze wens dat alles wat hij aanraakt verandert in massief goud gaat in vervulling en tot zijn schrik komt hij erachter dat hij alles wat hij aanraakt doodt en niet kan opeten. Walging over de menselijke obsessie voor goud is te vinden in de *Naturalis historia* van Plinius, waar hij het over Moeder Aarde heeft: 'We poken in haar binnenste, graven naar haar aderen van goud en zilver [...] we rukken haar ingewanden eruit [...] om ze aan een vinger te dragen.'[8] Tegenwoordig worden mensen die met goud lopen te pronken, weggezet als ordinair en smakeloos. Het gouden schilderij van Klimt werd bij de annexatie van Oostenrijk door de nazi's geroofd en bleef vervolgens een halve eeuw in een museum hangen, ook al had de laatste eigenaar in zijn testament de wens geuit dat het naar zijn erfgenamen zou gaan. Na een jarenlange juridische strijd met de Oostenrijkse overheid werd het teruggegeven aan Adèles nicht. Nu kijkt Bloch-Bauer vanuit haar kostbare gouden sluier naar de bezoekers van de Neue Galerie in Manhattan.

Nederlands oranje
Saffraan
Amber
Gember
Loodmenie
Huid

Oranje

Wie zich altijd heeft afgevraagd wat er het eerst was: de kleur of de vrucht, hoeft zich daar niet langer het hoofd over te breken. De vrucht werd waarschijnlijk voor het eerst verbouwd in China en rukte vervolgens geleidelijk aan op naar het Westen, waarbij hij een spoor van namen achter zich liet, als achteloos weggegooide schillen: van *nārang* in het Perzisch tot *nāranj* in het Arabisch; daarna *nāranga* (Sanskriet), *naranja* (Spaans), en uiteindelijk *orange* in het Frans en Engels. Orange, en dus oranje, dook pas als kleurnaam op in de zestiende eeuw; voor die tijd gebruikten Noord-Europeanen meestal de minder makkelijk bekkende omschrijving *giolureade* of *geelrood*.[1] Een van de eerste keren ter wereld dat het als bijvoeglijk naamwoord op schrift werd gesteld was in 1502, toen de Engelse koningin Elizabeth van York *'slevys of orenge colour sarsenet'* ('sloffen van oranjekleurige sarsenetzijde') kocht voor haar dochter Margaret Tudor.[2]

In zijn boek *Über das Geistige in der Kunst* (1912, 'Spiritualiteit en abstractie in de kunst') schreef de Russische abstracte kunstenaar Wassily Kandinsky: 'Oranje is als een man, overtuigd van zijn eigen kracht.'[3] Het is duidelijk dat oranje een zeker zelfvertrouwen uitstraalt. Terwijl blauw de verbeelding is van het vage onbekende, heeft zijn tegenvoeter in het kleurenwiel een dringende boodschap: oranje wordt gebruikt om de aandacht te vestigen op mogelijk gevaar.[4] Het is de kleur van de overalls in Guantanamo Bay, van het ontbladeringsmiddel Agent Orange en, sinds 9/11, voor het op één na hoogste niveau van terreurdreiging in de Verenigde Staten. Oranje dient in het verkeer als alarmkleur en wordt gebruikt voor waarschuwingssymbolen op de weg, onder andere omdat het goed contrasteert met het blauwgrijze asfalt, ook bij weinig licht.[5] En de zwarte dozen in vliegtuigen, waarop de vluchtgegevens worden opgeslagen, zijn in werkelijkheid niet zwart, maar oranje, omdat men hoopt dat ze daarmee makkelijker te vinden zijn na een eventuele crash.

Dankzij de grote invloed van het Huis van Oranje op het vroegmoderne Europa, heeft de symbolische kleur daarvan (p. 96) zich over de wereld verspreid. De meest voor de hand liggende associatie is dan ook met Nederland: Nederlandse sportteams spelen in het oranje en een Zuid-Afrikaanse regio waar de Boeren de macht hadden, heette Oranje Vrijstaat, en had natuurlijk een bijpassende vlag. De kleur is ook verbonden met protestantisme en protesten, met name in Ierland, waar protestanten bekendstaan als 'Orange men'.[6]

Toen architect Irving Morrow in 1935 een kleur moest bedenken voor de Golden Gate Bridge tussen San Francisco en Marin County, koos hij voor een roestige tint die mooi bij de kleur van de heuvels paste, maar ook afstak tegen de zee en de lucht. Sindsdien heet die kleur 'GGB International Orange'.[7] Af en toe steekt oranje ook de kop op in de mode. De prachtig zwierige art-deco-illustraties die tekenares Helen Dryden in de jaren twintig voor de cover van *Vogue* maakte, lieten zien dat oranje niet weg te denken was uit het modebeeld van toen, en de kleur stond ook in de jaren zestig en zeventig even in de spotlights.[8] Maar dat oranje de kenmerkende kleur werd van een van de meest succesvolle luxe merken ter wereld, Hermès, was uit praktische noodzaak. Vóór de Tweede Wereldoorlog was het verpakkingsmateriaal van Hermès crèmekleurig; vanwege schaarste in oorlogstijd schakelde het bedrijf over op mosterdgeel, maar uiteindelijk moest het genoegen nemen met de enige kleur karton die nog te krijgen was: oranje.[9]

Kandinsky beschreef oranje ook als 'rood dat door geel dichter bij de mensheid wordt gebracht'.[10] En inderdaad dreigt de kleur voortdurend in een andere kleurcategorie terecht te komen: bij zijn naaste buren rood of geel, of bij zijn onderbuur bruin. Dat gold zelfs voor de kleuren in dit boek. Verschillende tinten die oorspronkelijk voor het hoofdstuk oranje waren bedoeld – chroomgeel en oker, om er maar twee te noemen – belandden bij nader inzien ergens anders. Dat komt deels doordat oranje tot voor vrij kort niet werd gezien als een op zichzelf staande, afzonderlijke kleur: tinten die we nu overduidelijk oranje vinden, zoals de kleur van menie (p. 107), hoorden ooit bij rood of geel.

Het waren de impressionisten die de kracht van oranje

overtuigend aantoonden. Midden op *Impression, soleil levant* van Monet, het schilderij waaraan de beweging zijn naam ontleende, staat een feloranje zon. Deze nieuwe kunstenaarsstroming vond inspiratie in nieuwe optische theorieën over kleurcontrasten en maakte vaak gebruik van oranje. Met blauw (dat op het kleurenwiel tegenover oranje staat) vormden de felle chroom- en cadmiumpigmenten een zinderend contrast dat telkens terugkomt bij kunstenaars als Toulouse-Lautrec, Munch, Gauguin en Van Gogh.

Hoe en waar het ook wordt gebruikt, het bravoure van oranje is onmiskenbaar. Het modetijdschrift *Godey's Lady's Book* noemde de kleur in 1885 'te briljant om elegant te zijn'.[11] Misschien vond schrijver Anthony Burgess dat ook wel, toen hij zijn onheilsroman in 1962 *A Clockwork Orange* noemde. (Hij heeft in zijn leven verschillende verklaringen voor die titel gegeven, zo heeft hij eens gezegd dat hij de term 'clockwork orange' in een Londense pub had gehoord; bij een andere gelegenheid zei hij dat het een zelfbedachte metafoor was.) Neonreclames, die in 1912 werden uitgevonden, waren oorspronkelijk oranje en vormen nog steeds misschien wel de opvallendste en schreeuwerigste manier van reclamemaken. Oranje blijft ook populair voor reclameborden en winkelgevels. Veel merken, waaronder Nickelodeon, easyJet en Hooters kozen voor deze opvallende kleur. Met excuses aan Kandinsky zou een betere beschrijving van oranje misschien zijn: 'Oranje is als een man die wanhopig zijn best doet anderen te overtuigen van zijn kracht.'

Nederlands oranje

Balthasar Gerards was de Lee Harvey Oswald van zijn tijd. Op 10 juli 1584 ging hij de Prinsenhof in Delft binnen, die toen de prinselijke residentie was, en schoot met zijn pistool drie kogels in de borst van prins Willem van Oranje, die God om genade smeekte voor het Nederlandse volk, en stierf.

Voor de Nederlanders is prins Willem van Oranje (Willem de Zwijger) de vader des vaderlands, en de geboorte van dat vaderland was een hachelijke aangelegenheid. Halverwege de zestiende eeuw waren de noordelijke Lage Landen niet onafhankelijk, maar een voornamelijk protestants gebied onder heerschappij van de streng katholieke koning Filips II van Spanje. Willem, die zelf katholiek was maar sterk in godsdienstvrijheid geloofde, leidde de opstand tegen Spanje. Het Huis van Oranje bleef verscheidene eeuwen lang veel invloed uitoefenen op de Europese politiek en nog steeds vormen de nakomelingen van Willem van Oranje het Nederlandse Koninklijk Huis.[1] Eeuwen van onrust hebben hun sporen nagelaten, maar de Nederlanders zijn trots op hun geschiedenis, hun land en de kleur die bij hun koningshuis hoort.

Het Huis van Oranje bewijst dat het niets nieuws is om een eigen 'huisstijl' te hebben. In het ene portret na het andere krijgen de Oranjes extra gloed dankzij oranje tinten. Dat begint subtiel: in een studie van de schilder Adriaen Thomasz Key uit 1579 draagt Willem een prachtig brokaten kostuum in een tint zwart die toen in de mode was, afgezet met fijn borduurwerk in oranje en goud.[2] Een portret van koning Willem III van Engeland, stadhouder der Nederlanden, dat wordt toegeschreven aan Thomas Murray, is minder subtiel. Hier draagt de koning, tegen een achtergrond van roestkleurig brokaat, een wijde mantel van vlamkleurig fluweel, afgezet met hermelijn en van voren vastgezet met twee grote zijden kwasten in een opvallende pompoenkleur.

Als eerbetoon aan Willem van Oranje hebben de Nederlanders deze kleur in hun hart gesloten. (De exacte tint is in de loop der jaren veranderd. Op oude schilderijen is het oranje dat leden van het Huis van Oranje dragen bijna een gebrand amber; de kleur die tegenwoordig favoriet is, is een zonnig mandarijnoranje.) Dat zie je bijvoorbeeld aan het nederige, alledaagse worteltje. Dat was oorspronkelijk een nogal harde en bittere knol uit Zuid-Amerika, en vóór de zeventiende eeuw was hij meestal geel of paars. Maar in de honderd jaar daarna veredelden Nederlandse boeren hun wortels net zo lang tot ze uiteindelijk een oranje soort hadden.[3] De Nederlandse vlag is tegenwoordig rood-wit-blauw, maar was oorspronkelijk oranje-wit-blauw gestreept, zodat hij bij het kostuum van Willem van Oranje paste. Maar wat men ook probeerde, het lukte niet om een verf te vinden die kleurbestendig genoeg was: telkens weer verbleekte de oranje streep tot geel of verdiepte hij zich tot rood. In de jaren zestig van de zeventiende eeuw gaven de Nederlanders het op en gingen ze in plaats van oranje maar rood gebruiken.[4]

Op 20 juli 1673 deed zich misschien wel de mooiste opleving van de Hollandse liefde voor deze vurige kleur voor – al was die maar van korte duur. Op die dag veroverden Nederlandse soldaten de stad New York terug op de Britten en marcheerden ze over Broadway.[5] In triomf gaven ze de stad een nieuwe naam: Nieuw Oranje. Maar die naam hield nog geen twaalf maanden stand. De Nederlanders, die al in verschillende oorlogen tegelijk verwikkeld waren, hadden geen geld en geen zin om er nog één te beginnen, op weer een ander front. In 1674 tekenden de partijen een verdrag waarin de stad – en haar naam – werd overgedragen aan de Britten. (De vlag van New York heeft, anders dan de Nederlandse vlag, nog steeds een oranje streep die zijn Nederlandse wortels verraadt.)

De erfenis van Willem van Oranje heeft de Nederlanders dus geen eigen bastion in de Nieuwe Wereld opgeleverd, maar wel het voordeel van de zichtbaarheid. Bij sportevenementen kun je ze niet over het hoofd zien: dan vormen de fans één golvende massa vrolijk oranje. En elk jaar in april komen de Nederlanders als een vlucht exotische vogels bij elkaar, vaak van top tot teen in het oranje gekleed, en zingen uit volle borst: 'Oranje boven! Oranje boven!'

Saffraan

Stel je een veld voor in de nevel van een vroege herfstochtend. Het veld is klein en ligt waarschijnlijk in Iran, al kan het ook in Spanje, Macedonië, Kasjmir, Frankrijk of Marokko zijn. Als de zon boven de horizon verschijnt, blijkt dat het veld, dat gisteravond nog kaal was, nu bedekt is met een tapijt van violette bloemetjes: duizenden *Crocus sativus*. In het hart van elke bloem steken drie dieprode stempels wellustig af tegen het paars van de bloemblaadjes; ze maken deel uit van het geslachtsorgaan van de bloem en zijn beter bekend als het specerij saffraan – nadat ze eenmaal zijn geoogst en gedroogd. Maar voor het zover is moeten de bloemen eerst worden geplukt en daar is niet veel tijd voor: halverwege die dag, als de zon op zijn hoogst staat, beginnen de bloemen al te verwelken; tegen de avond zijn ze totaal verdord.

Niemand weet precies wanneer of waar *Crocus sativus* het eerst werd verbouwd – de bloemen zijn steriel en kunnen dus niet in het wild groeien – maar er zijn wel wat intrigerende aanwijzingen. In 50.000 jaar oude rotstekeningen in Irak zijn sporen van saffraan aangetroffen. De oude Grieken gebruikten het om kleding mee te verven en we weten dat er in de eerste eeuw van onze jaartelling rond de Rode Zee in gehandeld werd, van Egypte tot zuidelijk Arabië.[1] Het werd zeker vanaf het jaar 961 in Spanje verbouwd,[2] en zelfs eeuwenlang in Engeland. Volgens de overlevering smokkelde een pelgrim die terugkeerde uit de Levant tijdens de regeerperiode van koning Edward III (1312-1377) één bolletje mee in de rand van zijn hoed of in een holte in zijn staf – daar gaan verschillende verhalen over. Dit bolletje moet wel heel vruchtbaar zijn geweest, want al snel ontpopten verscheidene Britse steden zich tot complete saffraanfabrieken. De beroemdste daarvan veranderde in de zestiende eeuw zelfs van naam en noemde zich voortaan 'Saffron Walden', ter ere van haar sterproduct. De stad kreeg ook een nieuw wapen, met een aardige visuele vertaling van die naam: drie krokussen omgeven door een stoere muur, ofwel: *'saffron walled-in'* ('ommuurde saffraan').[3] Maar de plant had een tamelijk stormachtige relatie met zijn stedelijke naamgenoot. In 1540 en 1681 stortte de vraag in en in 1571 raakte de grond uitgeput en was de oogst schraal. Zelfs in de goede jaren – zoals de top-oogst van 1556 toen de saffraanboeren, of 'krokers', kraaiden: 'God heeft saffraan gescheten' – had de *Crocus sativus* zijn minpunten. In 1575 werd per koninklijk decreet bepaald dat de krokers hun overgebleven bloemen niet langer in de rivier mochten dumpen, op straffe van twee dagen en twee nachten in het schandblok.[4]

Saffraan is in verhouding het duurste specerij ter wereld. In 2013 kostte 28 gram saffraan 364 dollar, terwijl dezelfde hoeveelheid vanille 8 dollar kostte en kardemom een magere 3,75 dollar.[5] Dit komt gedeeltelijk doordat de bloemen zo veeleisend zijn: volgens een verslag uit de zestiende eeuw heeft *Crocus sativus* het liefst 'warme nachten, zoete dauw, vette grond en mistige ochtenden'. Net zoals de afzonderlijke bloemetjes maar heel kort bloeien, zo heeft het hele gewas maar een levensduur van twee weken.[6] Het plukken van de bloemen en het eruit halen van de stempels moet geheel met de hand gebeuren; elke poging om het procedé te mechaniseren is mislukt, daarvoor zijn de bloemen te teer. Er zijn tussen de 70.000 en 100.000 bloemen nodig om één kilo saffraan te produceren.[7] Maar wie zich niet laat afschrikken door de grillen van deze specerij, wordt rijkelijk beloond. Saffraan is in de loop der tijd gebruikt als afrodisiacum en als middel tegen van alles en nog wat, van kiespijn tot de pest. Het geeft gerechten een prachtige kleur en wordt ook gewaardeerd om zijn geur en smaak, die nergens mee te vergelijken zijn: zoet, bitter en scherp tegelijk, met een vleugje dat af en toe doet denken aan hooi en dan weer aan iets bosachtigs, zoals paddenstoelen.

Op het hoogtepunt van zijn macht, rijkdom en invloed liet de Britse kardinaal Wolsey met saffraan geprepareerde strootjes over de vloeren van zijn residentie op Hampton Court strooien om de lucht te parfumeren.[8] Cleopatra, die door de eeuwen heen van allerlei extravagante grillen is beticht, schijnt erin gebaad te hebben. Het was zo kostbaar dat er veel meldingen te vinden zijn van vervalsing en andere misdaden. In 1374 leidde de roof van achthonderd pond saffraan op de weg naar Bazel tot het uitbreken van de veertien maanden durende Saffraanoorlog. En in 1444 werd een man met de naam Jobst Finderlers in Neurenberg tot de brandstapel veroordeeld, omdat hij het had gewaagd zijn saffraan te versnijden met goudsbloem.[9]

Als kleur, ergens tussen geel en oranje in, is saffraan al even gewild. Het beroemdst is de toepassing in boeddhistische gewaden. Boeddha zelf bepaalde dat die gewaden alleen geverfd mochten worden met plantaardige verf, maar natuurlijk was saffraan zelf veel te duur en meestal gebruikt men dan ook kurkuma of een vrucht van de broodboom, hoewel de gewaden tegenwoordig ook vaak met synthetische kleurstof zijn geverfd.[10] Als kleurstof geeft saffraan een intense kleur aan kleding (al is het niet erg kleurbestendig) en haar; van Alexander de Grote is bekend dat hij het gebruikte om zijn lokken van goud te laten lijken.[11] Zoroastrische priesters gebruikten saffraan om een zonnige kleur inkt te maken, waarmee ze speciale gebeden tegen het kwaad opschreven. Later werd het in kloosters gebruikt bij het illustreren van boeken, als goedkoper – en waarschijnlijk niet erg overtuigend – alternatief voor goud. Volgens een recept uit het begin van de zeventiende eeuw werd van saffraan een pigment gemaakt door het te mengen met eiwit, en dat dan anderhalve dag te laten rusten.[12]

De kleur saffraan zit ook in de nationale vlag van India. Tegenwoordig staat deze kleur voor 'moed, opofferingsgezindheid en de bereidheid tot zelfverloochening'. Maar toen de vlag in 1947 werd ingewijd, lag de betekenis iets anders. Zoals de filosoof en latere president van India, dr. S. Radhakrishnan, in die tijd uitlegde: 'De saffraankleur staat voor het afwerpen van ongeïnteresseerdheid. Onze leiders moeten niet gevoelig zijn voor materieel gewin en zich geheel aan hun werk wijden.'[13] Helaas voor de idealisten van 1947 wordt India nog steeds geplaagd door corruptieschandalen. Maar misschien is dat niet echt verrassend: saffraan heeft maar zelden het beste in mensen naar boven gehaald.

Amber

Begin juni 1941 heerste er nog een gewapende vrede tussen het Duitsland van Hitler en de Sovjet-Unie van Stalin. Maar de oorlog was in aantocht. Op 22 juni begon Operatie Barbarossa, de Duitse invasie, en zo'n drie miljoen Duitse soldaten trokken Sovjetgebied binnen.[1] Zoals gebruikelijk maakte het aanvalsleger zich maar al te graag meester van de kunstschatten die het onderweg tegenkwam. Een van de dingen die de nazi's graag wilden vinden, lag verborgen in het paleis in Tsarskoje Selo. In een wanhopige poging om te voorkomen dat deze schat geplunderd zou worden, hadden de Russen er dun behang overheen geplakt. Dit was de Amberzaal, ook wel het Achtste Wereldwonder genoemd.

De zaal bestond uit een verzameling kunstig uitgesneden panelen en mozaïeken van glanzend, honingkleurig barnsteen, ofwel amber, ingelegd met halfedelstenen en gedecoreerd met bladgoud. Hij was ontworpen door een Duitser, de zeventiende-eeuwse beeldhouwer Andreas Schlüter, en in 1701 gemaakt door de Deense ambachtsman Gottfried Wolfram. In 1716 schonk de Pruisische koning Frederik I de zaal aan Peter de Grote ter gelegenheid van het verbond tegen Zweden dat de Pruisen en de Russen hadden gesloten. De panelen werden zorgvuldig in achttien grote kisten verpakt en vanuit Frederiks Charlottenburgpaleis in Berlijn naar Sint-Petersburg verzonden. Veertig jaar later verhuisden ze opnieuw, nu naar Tsarskoje Selo, iets ten zuiden van Sint-Petersburg, waar er een nieuwe en grotere zaal mee werd ingericht. De panelen, die samen nu een oppervlak van meer dan zestien vierkante meter hadden, zo'n zes ton wogen en volgens schattingen een waarde hadden die nu overeenkomt met 142 miljoen dollar – werden het pronkstuk van het Russische tsarenhuis. Tsarina Elizabeth gebruikte de Amberzaal om er te mediteren; Catharina de Grote ontving er haar gasten; Alexander II gebruikte hem om er zijn trofeeën tentoon te stellen.[2] Maar in 1942 bleek behang niet voldoende om zo'n beroemde schat te verbergen en de Amberzaal werd binnen 36 uur afgebroken en de panelen werden ingepakt en naar Königsberg verzonden.

Barnsteen is een van de weinige organische halfedelstenen en het is zeer oud. Het bestaat uit gefossiliseerd boomhars dat ooit uit oeroude, al lang uitgestorven soorten naaldbomen en andere coniferen sijpelde.[3] (Jonge, nog niet helemaal gefossiliseerde amber wordt 'copal' genoemd.) Veel mensen denken bij amber aan de scène in de film *Jurassic Park*, waarin een wetenschapper DNA onttrekt aan een insect dat ooit in een kleverige harsdruppel is blijven steken en zo bewaard is gebleven. Insluitingen van insecten in amber zijn bepaald niet zeldzaam, waarschijnlijk omdat amber een heel goed natuurlijk conserveermiddel is. (De oude Egyptenaren hadden deze eigenschap opgemerkt en gebruikten amber bij hun rituele balseming.) In 2012 ontdekten onderzoekers een spin die is ingekapseld op het moment dat hij zijn prooi aanvalt, een miniatuurdrama dat 100 miljoen jaar geleden is 'bevroren'. Eerder in datzelfde jaar fotografeerden wetenschappers de oudste parasitaire mijt die ooit is gevonden, gevangen in een amberdruppel uit Noord-Italië, zo'n 230 miljoen jaar geleden.[4]

De meeste amber komt uit de gebieden rond de Baltische Zee, waar ooit uitgestrekte naaldbossen hebben gestaan; na een storm spoelen daar nog steeds stukjes op de stranden aan. Elders in de wereld is amber zeldzaam en daarom kostbaar. Het is brandbaar en wordt wel gebruikt om de lucht in een ruimte te parfumeren met het aroma van brandend naaldhout. En met zijn helderheid en kleur – die varieert van licht honingkleurig tot het diep oranje van gloeiende sintels, maar soms ook zwart, rood of zelfs blauw kan zijn – is het waardevol voor juwelen en decoratie.

De Etrusken en Romeinen waren dol op amber, ook al dacht een Romeinse geschiedschrijver dat het de gedroogde urine van lynxen was – hij noemde het dan ook *lyncurius*. Op veel antieke begraafplaatsen zijn kunstig uit amber gesneden beeldhouwwerkjes gevonden die ramskopjes, aapjes of bijen voorstelden. Een donkere klomp amber waaruit in de eerste eeuw het hoofd van Medusa is gesneden, bevindt zich nu in de collectie van het J. Paul Getty Museum.[5] De Grieken noemden deze halfedelsteen *elektron*, omdat ze er een verband in zagen met de zon. (Daar komen onze woorden 'elektriciteit' en 'elektron' vandaan.) In een beroemde sage stapt Phaeton, de bastaardzoon van zonnegod Helios, op de wagen die zijn vader gebruikt om de zon langs de hemel te trekken; in een wanhopige poging om zichzelf te bewijzen wil hij voor één dag het werk van zijn vader overnemen. Phaeton is jong, onbezonnen, ijdel en eerzuchtig en mist tot zijn ongeluk zijn vaders kracht en vermogen om met paarden om te gaan. De paarden voelen zijn zwakte aan en komen dichter en dichter bij de aarde, zodat die verschroeit en kostbaar land wordt verwoest. Als Zeus de rookpluimen ziet opstijgen, velt hij Phaeton met een donderslag, en Helios neemt de teugels weer over. Minder bekend is het lot van Phaetons zusters, de Heliaden, die zo veel verdriet hebben om de dood van hun broer dat ze in populieren veranderen, en hun vallende tranen druppels gouden amber worden.[6]

Sommigen geloven dat amber ongeluk brengt, net als opaal, en dat klopt wel met het duistere lot van de Amberzaal. Het spoor loopt dood in 1943, toen de panelen nog steeds in Königsberg waren; een jaar later werd die stad door geallieerde troepen gebombardeerd en het museum waarin de panelen lagen opgeslagen, werd vernietigd. Sommige mensen denken dat de panelen vóór het bombardement zijn verplaatst. Volgens optimisten liggen ze nog steeds ergens in de stad verborgen. In een boek uit 2004 beweerden Adrian Levy en Cathy Scott-Clark dat het Rode Leger zelf deze kostbare kunstschat heeft vernietigd, door gebrek aan discipline of uit onwetendheid, en dat de Sovjets dat uit schaamte in de doofpot hebben gestopt. Aan het eind van de jaren zeventig begonnen de Russen aan een reconstructie van de zaal; ruim vijfentwintig jaar en 11 miljoen dollar later was de replica klaar en nu is hij te zien in het gerestaureerde Catharinapaleis in Sint-Petersburg. Zo is ook hier de geschiedenis in amber 'bevroren'.

Gember

De *Zingiberaceae* vormen een uitgebreide plantenfamilie. Leden van die familie zijn onder andere *Curcuma longa* (geelwortel), *Elettaria cardamomum* (kardemom) en *Zingiber officinale*, een groenblijvende plant met lange, smalle bladeren, gele bloemen en, verborgen onder de grond, een lichtbruine wortelstok, simpelweg bekend als gember. Oorspronkelijk kwam gember uit de tropische wouden van zuidelijk Azië, maar het was een van eerste specerijen die naar het Westen werden verhandeld (ongeveer vanaf de eerste eeuw van onze jaartelling) en nog steeds eten we graag gember. Het geeft een kruidige smaak en geur aan allerlei etenswaren, van roerbakschotels tot kleverige plakken gemberkoek. De smaak is pittig en warm, uitgesproken en exotisch. En op de een of andere manier hebben deze eigenschappen ervoor gezorgd dat gember werd geassocieerd met een speciale groep mensen: roodharigen.

Net als blondines zijn roodharigen in de minderheid (wat waarschijnlijk verklaart waarom er zo veel suggestieve en lang niet altijd vleiende bijnamen voor hen zijn bedacht: ginger, peenhaar, vuurtoren, stoplicht en rooie, om er maar een paar te noemen). Minder dan 2 procent van de mensen op de wereld heeft rood haar, al zijn er wat meer – zo'n 6 procent – in Noord- en West-Europa, en maar liefst 13 procent van de bevolking van Schotland heeft rood haar.[1] Van roodharigen wordt over het algemeen gezegd dat ze pittig en intens zijn, net als de gemberwortel. Jacky Colliss Harvey, schrijfster van *Red* en zelf ook roodharig, kreeg van haar oma te horen dat God sommige vrouwen rood haar had gegeven om dezelfde reden als waarom hij wespen strepen had gegeven.

Dit sprookje lijkt in ieder geval bewaarheid te zijn geworden in sommige Britse koninklijke figuren. Zo schreef de Romeinse geschiedschrijver Lucius Cassius Dio dat Boudicca, de heerseres die korte tijd de Romeinse bezetters van Britannia terroriseerde, lange rode lokken had. (Maar hij schreef dit meer dan honderd jaar na haar dood, dus misschien wilde hij haar alleen maar extra angstaanjagend en exotisch maken voor zijn donkerharige Griekse en Romeinse lezers.)

Koning Hendrik VIII, die bepaald niet bekendstaat om zijn zachte karakter, had wel degelijk rood haar. In 1515, toen de koning 24 jaar oud was, schreef de ambassadeur van Venetië: 'Zijne majesteit is de knapste vorst die ik ooit heb gezien; groter dan gemiddeld, met prachtig gespierde benen, een lichte, sprankelende huid en kastanjebruin haar dat hij kort en recht draagt, in de Franse stijl.'[2] (Toch is zelfs dit verwarrend: 'kastanjebruin' verwees oorspronkelijk naar lichtgeel of lichtbruin, een soort gebroken wit, maar in de zestiende en zeventiende eeuw verschoof de betekenis ervan naar een dieper rossig bruin.) De dochter die Hendrik kreeg bij Anne Boleyn – die mogelijk ook roodachtig haar had, de beschrijvingen daarvan lopen uiteen – was de latere koningin Elizabeth I, de bewonderde, roodharige vorstin. Wat precies de kleur van haar haar was, weten we echter niet: op het ene portret is het rossig blond, op het andere roodgoud en op een derde koperachtig roodbruin.

Ook buiten de Britse troon zijn roodharige vrouwen opvallend aanwezig, bijvoorbeeld in culturele uitingen. Veel fictieve vrouwelijke personages, zoals Annie, Jessica, de vrouw van Roger Rabbit, en Wilma Flinstone, worden afgebeeld met rood haar. Dan zijn er nog de roodharigen in de kunst. Titiaan hield vooral van rossige, karamelkeurige lokken en Modigliani's voorkeur ging uit naar kastanjebruin haar, maar Rossetti en zijn mede-prerafaëlieten waren minder kieskeurig, zolang hun model maar rood haar had. Elizabeth Siddal, een dichteres met koperkleurig haar, was de muze van verscheidene prerafaëlieten: zij is de 'Ophelia' van sir John Everett Millais en de 'Beata Beatrix' van Rossetti. Ze was ook Rossetti's minnares. Hij gaf haar een bundel met zijn eigen gedichten mee in haar graf, maar liet haar jaren later weer opgraven om zijn boekje terug te krijgen. Volgens een getuige was Siddals vlammende haar al die tijd blijven groeien, zodat het nu de hele kist opvulde toen ze die openwrikten. Rossetti is er nooit helemaal overheen gekomen.

Waar de oerroodharige vandaan kwam en leefde is nog steeds een raadsel, maar in 1994 kwam er intrigerend bewijs voor zijn of haar bestaan aan het licht. Er werden namelijk in de El Sidróngrot in Noord-Spanje twee kaakbotten opgegraven. Die verkeerden in prima conditie en daarom dacht men aanvankelijk dat ze vrij recent waren, misschien afkomstig uit de tijd van de Spaanse Burgeroorlog. Maar toen er meer botten werden opgegraven, waarop sporen te zien waren van messen waarmee spierweefsel van het bot was geschraapt kreeg het tafereel het sinistere karakter van een kannibalistisch bloedbad. De politie en forensische specialisten werden erbij gehaald. Zij ontdekten dat er inderdaad een misdaad had plaatsgevonden, maar dat ze zo'n 50.000 jaar te laat waren om de daders nog te pakken.[3]

De resten in de grot waren van een neanderthalerfamilie: drie mannen, drie vrouwen, drie tienerjongens, twee jonge kinderen en een baby. Er was genoeg materiaal over om aan te tonen dat twee van hen rood haar hadden.[4] Zij waren de slachtoffers, niet de aanvallers.

Loodmenie

Op de eerste bladzijden van de Gladzor-evangeliën staat boven de tekst een zwaar verguld fronton met daarop een portret van een heilige met een tonsuur. Om hem heen een explosie van kleurige, grillige bladeren, vol fantasieschepselen. Twee blauwe, kraanvogelachtige wezens die rood met groene vleugels hebben, staan tegenover elkaar, de snavels geopend in een geluidloos gekrijs. Langs de zijkant en boven op het fronton staan een opgeschrikte pauw en vier vogels die aan patrijzen doen denken, elk met een hartvormig rood blad in de snavel. Sommige pagina's zijn zo overdekt met vergulde planten en bizarre, glurende figuren, dat het lijkt of de tekst nauwelijks terzake doet.

Voordat Johannes Gutenberg rond 1440 de boekdrukkunst uitvond, waren boeken voorbehouden aan de edelen, de geestelijkheid en enkele anderen, zoals klerken die moesten kunnen lezen om hun werk te kunnen doen. Boeken waren ook duur. Manuscripten werden met de hand gemaakt – het Latijnse *manu* betekent 'hand', *scriptus* 'geschreven' – meestal in opdracht van een machtige beschermheer die er zijn of haar vroomheid en status mee wilde tonen. Elk boek vertegenwoordigde honderden uren werk en was uniek, van de dierenhuiden waarmee de perkamenten bladzijden waren gemaakt en de pigmenten die voor de verluchting werden gebruikt, tot het handschrift van de schrijvers.

De Gladzor-evangeliën werden in de veertiende eeuw gecreëerd, in een klein gebied in Centraal-Armenië, ergens midden tussen de Zwarte Zee en de Kaspische Zee. Armenië zat ook in die tijd al politiek en cultureel klem tussen het Oosten en het Westen, de islamitische wereld en de christelijke. Onder de patriarch met de toepasselijke naam Gregorius de Verlichter, was Armenië het eerste land geweest dat zich tot het christendom bekeerde, in het jaar 301 van onze jaartelling.[1] Misschien was het uit trots, in combinatie met angst voor een Mongoolse bezetting, dat deze monniken zo buitensporig veel creativiteit in het manuscript en de illustraties van de Gladzor-evangeliën legden. Zoals het meeste monnikenwerk, vereiste het maken van dit manuscript een heel specifieke werkverdeling. Om te beginnen schreven de schrijvers de tekst over, waarbij ze zorgvuldig ruimte overlieten voor de illustraties, en daarna begon het werk voor een team van schilders.[2] Bij een boek waar een grote groep aan werkte, was één persoon speciaal belast met het aanbrengen van de initialen, de koppen en het alineateken (¶) in zo'n fel oranjerood dat het leek of ze omhoogkwamen van de pagina.

Het pigment dat daarvoor werd gebruikt, heette in het Latijn *minium*, wat in het Nederlands loodmenie is geworden. De schilders die ermee werkten heetten *miniatori* en hun werk, de opvallende symbolen of koppen in de tekst, werden *miniatura* genoemd. (Daar komt het woord 'miniatuur' vandaan, dat oorspronkelijk dus helemaal niet klein betekende.)[3] Loodmenie werd in de middeleeuwen veel gebruikt bij het verluchten van manuscripten, en het maakte pas in de elfde eeuw geleidelijk plaats voor vermiljoen (p. 144) dat toen gemakkelijker verkrijgbaar was.[4]

Loodmenie, of loodtetraoxide, komt voor in natuurlijke bodemafzettingen, maar het is zeldzaam en meestal werd het dan ook door mensen gemaakt. Die bereiding is in feite een voortzetting van het bereiden van loodwit (p. 43) en wordt mooi, magisch beschreven in de elfde-eeuwse *Mappae clavicula*.

> *... neem een pot die nooit eerder is gebruikt en leg daar vellen lood in. Vul de pot met zeer sterke azijn, sluit en verzegel hem. Zet de pot op een warme plek en laat hem daar een maand staan. Dan... schud het bezinksel dat rond de vellen lood zit in een aardewerken pot en zet die op het vuur. Roer het pigment voortdurend om en als je ziet dat het zo wit als sneeuw wordt, gebruik daarvan dan zo veel je wilt; dit pigment heet basis loodwit, of ceruse. Roer daarna in de rest die nog op het vuur staat, net zo lang tot het rood wordt.*[5]

Loodmenie diende vaak als goedkoop alternatief voor vermiljoen en cinnaber; de drie pigmenten werden zelfs vaak door elkaar gehaald, ook al is loodmenie over het algemeen veel geler dat de andere twee (Plinius de Oudere beschreef het als 'vlamkleurig').[6] Misschien was de wens soms de vader van de gedachte: loodmenie mag dan goedkoop, helder van kleur en makkelijk te maken zijn, het is bepaald geen ideale kleurstof. Weliswaar werd het in het antieke Griekenland en China gebruikt als cosmetisch middel, net als zijn naaste familielid loodwit, maar het is even giftig.[7] Nog een groot probleem is dat het niet goed mengt met andere kleuren, ook niet met het alom gebruikte loodwit, en dat het de neiging heeft, zoals George Field in 1835 schreef, om zwart te worden in onzuivere lucht.[8] Gelukkig voor geschiedschrijvers bleek de Armeense lucht die test te kunnen doorstaan. De stenen muren van het Gladzor-klooster zijn allang verdwenen, maar het *minium* verlucht dit manuscript nog even stralend als altijd.

Huid

De kledingkeuzes van vrouwen in de politiek zorgen wel vaker voor beroering, maar één bepaalde jurk kreeg in mei 2010 extra veel aandacht van de media. Voor een staatsbanket in het Witte Huis ter ere van de president van India, had (de eerste Afro-Amerikaanse) first lady Michelle Obama gekozen voor een jurk in een warme tint crème met zilver, ontworpen door Naeem Khan. Dit was een subtiele blijk van kledingdiplomatie: ontwerper Khan is geboren in Mumbai.[1] Het probleem ontstond echter toen journalisten hun verslag deden. Persbureau Associated Press noemde de jurk 'vleeskleurig'; andere media gebruikten Kahns eigen omschrijving: 'strapless jurk met zilveren lovertjes, abstracte huidkleur'. De reactie volgde onmiddellijk. Zoals journalist Dodai Stewart van vrouwenblog *Jezebel*, het uitdrukte: 'Huidkleur? Voor wie?'[2]

De woorden voor deze lichte tint – 'huidkleur, vleeskleur' en zelfs het minder gebruikte 'zongebruind' en 'naakt' – veronderstellen een blanke huidkleur en dat maakt ze problematisch. Maar ook al slaan ze zo pijnlijk de plank mis in de wereldwijde modemarkt, toch houden ze hardnekkig stand. Garderobekasten staan vol huidkleurige hakken; huidkleurige lipstick wordt miljoenen keren per dag op pruilmondjes gesmeerd. Ook voor kleding worden deze omschrijvingen nog steeds gebruikt, terwijl er prima alternatieven in overvloed zijn: zand, champagne, biscuit, perzik en beige (p. 58). De kleur werd eerst populair voor damesondergoed – korsetten, jarretelgordels, panty's en bralettes uit de jaren twintig en dertig van de vorige eeuw. De associatie met naakte huid gaf deze zijdeachtige kledingstukken al snel een erotische lading. Ontwerpers hebben er telkens weer een beroep op gedaan, vooral in de jaren negentig van de vorige eeuw en de eerste jaren van deze, met de opkomst van de trend om ondergoed als bovenkleding te dragen.[3]

De gedachte achter die 'huidkleurige' lingerie was kennelijk dat die minder zichtbaar zou zijn onder doorschijnende kleding. Natuurlijk pasten deze kledingstukken, net als hun hedendaagse tegenhangers, alleen bij de huidkleur van een heel kleine groep, zelfs onder blanke vrouwen. Een vrouw die dit beter begrijpt dan de meeste mensen is de Braziliaanse fotografe Angélica Dass. Zij werkt al sinds 2012 aan een 'chromatische inventarisatie' van menselijke huidkleuren. Het doorlopende project 'Humanæ' telt inmiddels meer dan 2500 portretten van verschillende mensen uit de hele wereld. Alle geportretteerden – die de indruk wekken dat ze naakt zijn, al zie je alleen hun hoofd en schouders – zijn gefotografeerd met hetzelfde zuivere, felle licht. Wat de portretten bijzonder maakt is hun achtergrond. De kleur daarvan komt altijd overeen met de teint van de geportretteerde (er wordt een monstertje van hun gezicht genomen), en onderaan staat dan de bijbehorende Pantone-kleurcode afgedrukt. Angélica zelf is een Pantone 7522 C.[4] De kracht van de portretten zit hem in het feit dat je ze als groep ziet, en als je er dan naar kijkt, zie je meteen hoe nietszeggend en ontoereikend de etiketten 'blank' en 'zwart' in werkelijkheid zijn. De verscheidenheid aan huidtinten is verbijsterend en tegelijk vreemd ontroerend.

Je zou kunnen zeggen dat de aanduiding 'huidkleur' zo ver af staat van elke werkelijke huidkleur dat hij onschuldig is. Het probleem is echter niet de kleur, of zelfs het woord, maar het etnocentrisme dat erachter steekt. 'Iedereen met een huid die donkerder is dan "huidkleur",' schreef Dodai Stewart in 2010, 'weet hoe die kleur je buitensluit – van pleisters tot panty's, tot beha's – jarenlang.' Er is natuurlijk wel vooruitgang geboekt: minder cosmeticafabrikanten beweren tegenwoordig dat een bepaalde kleur zandkleurige foundation 'bij elke huidtint' past, en in 2013 lanceerde Christian Louboutin een serie pumps in vijf verschillende huidkleuren, van licht tot donker.[5] We weten allemaal dat 'huid' een spectrum is en niet één tint; het is hoog tijd dat de wereld om ons heen dat ook laat zien.

Baker-Millerroze
Mountbattenroze
Vlo
Fuchsia
Shocking pink
Fluoroze
Amarant

Roze

Roze is voor meisjes en blauw voor jongens, dat zie je overal om je heen. Voor zijn 'Pink & Blue Project', waarmee hij in 2005 begon, fotografeert de Koreaanse fotograaf JeongMee Yoon kinderen met hun bezittingen. Alle kleine meisjes zitten midden in dezelfde zee van roze.

Verbazend genoeg dateert de strikte scheiding tussen meisjes-roze en jongens-blauw pas van halverwege de twintigste eeuw. Nog maar een paar generaties geleden lag dat totaal anders. In een artikel over babykleertjes in *The New York Times* uit 1893 werd voorgeschreven dat je 'altijd roze moet geven aan een jongen en blauw aan een meisje'. Waarom precies, dat wisten de schrijfster van het artikel en de vrouw in de winkel die ze interviewde ook niet, maar de journaliste waagde zich aan een ironisch gokje: 'De toekomst van een jongen ziet er zo veel rooskleuriger uit dan die van een meisje,' schreef ze, 'dat alleen al het idee dat je als vrouw in deze wereld moet leven genoeg is om een meisje "baby-blue" te maken.'[1] In 1918 bevestigde een publicatie in een vakblad dat dit de 'algemeen aanvaarde regel' was, omdat roze een 'vastberadener en sterkere kleur' was, terwijl blauw 'teerder en sierlijker' oogde.[2] Dit komt waarschijnlijk dichter bij de werkelijke verklaring. Roze is per slot van rekening niets meer dan verbleekt rood, wat in het tijdperk van soldaten met rode uniformjasjes en kardinalen met rode mantels de mannelijkste kleur was, terwijl blauw bij de maagd Maria hoorde. Rond 1900 was het idee om jongens en meisjes verschillend te kleden een beetje vreemd. Er werden zo veel kinderen geboren en er gingen er zo veel dood, dat alle kinderen onder de twee jaar gewoon een makkelijk te bleken wit linnen hemdje aankregen.

Ook het woord 'roze' zelf is nog betrekkelijk jong. Pas aan het eind van de zeventiende eeuw duikt het voor het eerst op als woord voor lichte tinten rood. Voor die tijd werd het meestal gebruikt als aanduiding van een rozekleurig pigment. Lichte pigmenten werden in die tijd gemaakt door een organische kleurstof, zoals een extract van duindoornbessen of van de bezemstruik, te mengen met een anorganische stof als krijt, die er stevigheid aan gaf. Ze waren er in verschillende kleuren – lichtgroen, lichtrood of lichtbruin – maar meestal waren ze lichtgeel.[3] Het is eigenaardig dat lichte roden een eigen naam kregen, en lichtgroene of lichtgele tinten meestal niet (al hebben sommige talen, zoals Russisch, wel verschillende woorden voor lichte en donkere blauwen). De meeste romaanse talen gebruikten voor deze kleur een variatie op het woord *roos*, van de bloem. Het Engelse *pink* komt waarschijnlijk van een andere bloem, de *Dianthus plumarius*, een anjersoort die in Engeland de 'pink' wordt genoemd.

Roze is echter veel meer dan de kleur van bloemen en prinsessenjurken. De vrouwen die in de achttiende eeuw door rococo-kunstenaars als François Boucher en Jean-Honoré Fragonard werden afgebeeld, gekleed (of niet) in zalmkleurige zijde, waren weliswaar geen feministische pin-ups, maar wel vrouwen die hun leven geheel in eigen hand hadden. Hun boegbeeld was Madame de Pompadour, de maîtresse van de Franse koning Lodewijk XV en een ware levensgenietster. Het was mede aan haar te danken dat het felroze Sèvres-porselein in zwang raakte. Uitdagend, onversneden roze was populair bij sterke, eigenzinnige vrouwen. Het was de lievelingskleur van modejournalist en stijlicoon Diana Vreeland, die het vaak 'het marineblauw van India' noemde.[4] De Italiaanse modeontwerpster Elsa Schiaparelli, erfgename en modejournalist Daisy Fellowes en Marilyn Monroe maakten *shocking pink* (p. 126) tot dé modekleur voor twintigste-eeuwse vrouwen die zowel gezien als gehoord wilden worden.

Het imagoprobleem waarmee deze kleur tegenwoordig kampt, is voor een deel te wijten aan het feministische verzet tegen ouderwets seksisme. Roze wordt beschouwd als een kleur die vrouwen infantiliseert en ook seksualiseert, sinds het moment dat kunstenaars een mengsel van cochenille, oker en wit op het doek begonnen te smeren om naakt vrouwelijk vlees af te beelden. Op naaktportretten staan nog steeds in overgrote meerderheid vrouwen. In 1989 stond op 85 procent van alle naaktportretten in het Metropolitan Museum of Art een vrouw afgebeeld, terwijl maar 5 procent van de daar vertegenwoordigde kunstenaars vrouw was. Volgens een recent artikel van de Guerrilla Girls, een organisatie die zich inzet voor meer diversiteit in de kunstwereld, zijn de cijfers sindsdien alleen maar erger geworden.[5] De bezwaren tegen roze als de kleur die vrouwen tot lustobject maakt, kregen nog extra kracht toen in de jaren zeventig een verrassende ontdekking werd gedaan over een bepaalde tint roze (p. 118).

Onlangs bleek dat producten voor vrouwen, van kleding tot fietshelmen tot incontinentieluiers, bijna altijd meer kosten dan vrijwel dezelfde producten voor mannen en jongens. In november 2014 vroeg de Franse staatssecretaris voor vrouwenrechten Pascale Boistard zich hardop af: *'Le rose, est-il une couleur de luxe?'* ('Is roze een luxekleur?') toen bleek dat supermarktketen Monoprix pakjes met vijf roze wegwerpscheermesjes verkocht voor € 1,80, terwijl een pakje van tien blauwe wegwerpscheermesjes € 1,72 kostte.[6] Het verschijnsel staat inmiddels bekend als de *pink tax*. De voorkeur voor een bepaalde kleur mag dan de afgelopen eeuw omgedraaid zijn, in veel opzichten blijven de vooruitzichten voor jongens blijkbaar rooskleuriger.

Baker-Millerroze

Eind jaren zeventig van de vorige eeuw kampten Amerikaanse steden met de ene drugsepidemie na de andere en rees het aantal geweldsmisdrijven de pan uit. Dus toen een hoogleraar in 1979 bekendmaakte dat hij een manier had gevonden om mensen minder agressief te maken, spitste iedereen de oren. Het geheim, schreef Alexander G. Schauss in het blad *Orthomolecular Psychiatry*, was een fletse kleur roze.

In het jaar daarvoor had Schauss een aantal experimenten uitgevoerd. Om te beginnen had hij de lichamelijke kracht gemeten van 153 jonge mannen, van wie de helft een minuut lang naar een vel diepblauw karton had gekeken, en de andere helft naar een vel roze karton.[1] Op twee na bleken alle mannen die naar roze hadden gekeken, minder kracht te hebben dan gemiddeld. Dat prikkelde Schauss' nieuwsgierigheid en bij een volgende proef gebruikte hij een betrouwbaarder instrument, een dynamometer, om de spierkracht van achtendertig mannen te meten. Op allemaal had roze hetzelfde effect als de knipbeurt op Samson had gehad. Buiten het laboratorium leek de kleur even effectief. Op 1 maart 1979 lieten twee militairen die aan het hoofd stonden van het U.S. Naval Correction Center in Seattle, Washington, een cellenblok roze verven, om te kijken wat daarvan het effect zou zijn op hun gevangenen. De twee, Gene Baker en Ron Miller, lieten de muren, plafonds en het ijzerwerk van de cellen schilderen met een mengsel van een halve liter zijdeglans rode lakverf op vier liter puur witte latex.[2] Vóór die tijd was geweld een 'gigantisch probleem' geweest, volgens Baker, maar in de 156 dagen die volgden vond er geen enkel incident plaats.[3] Vergelijkbare resultaten werden behaald in het Kuiper Youth Center in San Bernardino; en sterker nog, zo meldde dr. Paul Boccumini verheugd, 'het werkte zelfs zo goed dat de staf de blootstelling van hun gedetineerden aan deze kleur moet beperken, omdat de jongens anders te zwak worden'.[4]

Schauss ging in het openbaar demonstreren hoe de kleur die nu 'Baker-Millerroze' heette (naar de twee militairen in Seattle), zelfs de sterkste man zijn kracht kon ontnemen. Tijdens een gedenkwaardig tv-optreden probeerde hij het uit op de regerende Mister Californië; de arme man kon nog maar nauwelijks zijn biceps laten opbollen. Roze werd al snel een fenomeen in de Amerikaanse populaire cultuur. Het veroverde de stoelzittingen van busmaatschappijen, de muren van sociale woningbouwflats, dronkenmanscellen in kleine stadjes (vandaar die andere bijnaam: *drunk-tank pink*, ofwel 'dronkenmanscelroze') en uiteindelijk de bezoekerskleedkamers van rugbystadions aan Amerikaanse universiteiten.[5] (Deze laatste toepassing leidde tot een nieuwe regel bij de Amerikaanse footballbond: clubs mochten hun bezoekerskleedkamer elke kleur geven die ze wilden, zolang de kleedkamer van het thuisteam maar dezelfde kleur had.)

Natuurlijk gingen er in de wetenschappelijke wereld protesten op. In de tien jaar hierna testten wetenschappers het effect van Baker-Millerroze op van alles, van stressniveau tot eetlust tot het vermogen informatie te coderen. De resultaten spraken elkaar tegen. Een onderzoek in 1988 kon geen verband vinden tussen dit roze en bloeddruk of spierkracht, maar zag wel duidelijke effecten op de snelheid en accuratesse van deelnemers aan een standaardgetallentest.[6] Een onderzoek in 1991 constateerde een afname in de systolische en diastolische bloeddruk van psychisch gestoorde deelnemers die in een roze geschilderde kamer zaten. Bij een ander onderzoek, uitgevoerd op gevangenen en mannelijke universiteitsstudenten die deden alsof ze gevangenen waren, bleek dat proefpersonen zowel van Baker-Millerroze geschilderde muren als van roze gefilterd licht sneller rustig werden.[7]

Tegenwoordig wordt Baker-Millerroze nog maar zelden toegepast, zelfs in gevangenissen. Met het dalen van de misdaadcijfers in de Verenigde Staten – waar het overgrote deel van de onderzoeken was uitgevoerd – verschoven kennelijk de prioriteiten. Het is ook een nogal ziekelijke kleur, dus het kan zijn dat de bewakers, verpleegkundigen en gevangenisdirecteuren er zelf net zomin door omringd wilden zijn als degenen die onder hun verantwoordelijkheid vielen. Voorlopig is de belangstelling van de wereld voor Baker-Millerroze getaand en honderden vragen zijn onbeantwoord gebleven – misschien tot de volgende misdaadgolf.

Mountbattenroze

De eerste zestig jaar van de twintigste eeuw klonk elke donderdagmiddag precies om vier uur de scheepstoeter van een groot cruiseschip over de haven van Southampton. Dan gleed een schip van rederij Union Castle weg van de kade en wendde de steven naar het zuiden, voor zijn reis naar Kaapstad. Ook als dat tijdstip niet zo strikt had vastgelegen, was het moeilijk geweest om deze schepen te verwarren met andere: ze hadden een felrode schoorsteen met een zwarte bies aan de bovenkant, een stralend wit bovendek en een romp met een onbestemde, flets lavendelgrijze tint roze. De rederij was hier duidelijk trots op: in advertenties klieft de stoere, rozige boeg door het blauwe water, met een zonovergoten landschap op de achtergrond.

Maar de Britse lord Mountbatten had in 1940 waarschijnlijk heel wat minder vrolijke beelden voor ogen, aan boord van zijn schip, de HMS Kelly.[1] In het eerste jaar van de Tweede Wereldoorlog had de Royal Navy enorme verliezen geleden: de Luftwaffe kon vanuit de lucht een Brits konvooi ontdekken, zodat Duitse U-boten dat onder water konden benaderen. Het verlies aan mensenlevens was al verschrikkelijk genoeg, maar Groot-Brittannië was tijdens de oorlog bovendien uiterst afhankelijk van voorraden die over zee werden aangevoerd. Het was duidelijk dat er iets gedaan moest worden. De commandanten van schepen probeerden verschillende camouflagemethoden uit, in de hoop daarmee aan de jagers te ontkomen. Sommigen borduurden voort op de opvallende 'dazzle'-beschilderingen uit de Eerste Wereldoorlog, die niet bedoeld waren om de schepen te verbergen, maar om aanvallers in de war te brengen, zoals de sterk contrasterende strepen van een zebra dat doen; de 'verwarschilderingen' maakten het voor de vijand moeilijk om de koers, snelheid en afstand van een schip te schatten. Anderen probeerden twee tinten grijs – donker voor de romp, licht voor de opbouw – zodat de schepen met hun kleur het verschil tussen de zee en de lucht weerspiegelden.[2]

Misschien dacht Mountbatten aan deze pogingen, toen het hem opviel dat een door de marine gevorderd Union

Castle-passagiersschip, dat nog steeds zijn burgerkleuren had, veel eerder in de schemering verdween dan de andere schepen van het konvooi. Hij raakte ervan overtuigd dat de typische boegkleur van de Union Castle-schepen wel eens precies kon zijn wat de marine zocht. Overdag was de kleur goed zichtbaar, maar aan het begin en einde van de dag, de twee dagdelen waarin de kans op een aanval het grootst was, leek het of de fletse, paarsrode kleur verdween. Het duurde niet lang of alle torpedojagers in Mountbattens vloot waren medium grijs met een vleugje Venetiaans rood – een kleur die al snel 'Mountbattenroze' ging heten.

Andere commandanten volgden Mountbattens voorbeeld en de kleur zou zich waarschijnlijk over de hele Britse zeestrijdmacht hebben verspreid, als de officiële afdeling Camouflage van de Admiraliteit er niet was geweest. Die probeerde allerlei soorten verf en kleuren uit en vervolgens werden de schepen in officiële camouflagekleuren geschilderd: een onopvallende grijs-met-blauwe versie van het 'dazzle'-ontwerp.

Het is niet bekend of de Admiraliteit ook het Mountbattenroze heeft uitgetest; ook wordt nergens vermeld wat de bemanning ervan vond dat hun schip telkens van kleur veranderde. Maar we weten wel dat toen het Mountbattenroze in 1942 werd afgeschaft, velen ervan overtuigd waren geraakt dat die kleur inderdaad werkte. Vooral één verhaal doet nog steeds de ronde over de wonderbaarlijke verhullende kracht van Mountbattenroze. In de laatste maanden van 1941 kwam HMS Kenya – die na haar verfbeurt was omgedoopt tot 'The Pink Lady' – zwaar onder vuur te liggen in de buurt van het Noorse eiland Vaagso. Ze werd minutenlang bestookt door twee grote kanonnen, maar ontsnapte met alleen oppervlakkige schade en zonder dat er slachtoffers vielen. Dat was volgens sommigen het bewijs dat deze speciale kleur roze precies was waar de marine naar had gezocht.

Vlo

In het Frankrijk van voor de Revolutie bestonden veel suggestieve benamingen voor kleuren. Zo werd een patroon van appelgroene en witte strepen 'het vrolijke herderinnetje' genoemd. Andere geliefde afzonderlijke kleuren heetten bijvoorbeeld 'indiscreet geklaag', 'geweldige reputatie', 'onderdrukte zucht', en 'opvliegers'.[1] Meedoen met de laatste modegrillen was toen, net als nu, een teken van status en rijkdom en van het feit dat je erbij hoorde in de met juwelen behangen echokamer van het Franse hof. Het was in deze verstikkende omgeving dat *puce* (vlo) de kleur van een seizoen werd.

In de zomer van 1775 was de twintigjarige Marie Antoinette al een jaar lang koningin van Frankrijk, en haar bewind verliep niet goed. In het voorjaar was een golf van rellen vanwege de graanprijs door het land getrokken – de meeloorlogen – en de in het buitenland geboren koningin werd in snel tempo het mikpunt van afkeer. Wilde verhalen deden de ronde, over haar overmatige gokgedrag, haar toneelstukjes als zogenaamd melkmeisje in de Petit Trianon op het terrein van Versailles, en haar kasten vol dure kleding en hoeden. Zo veel losbandigheid was in de ogen van haar hongerende onderdanen onaanvaardbaar. Geschrokken van de berichten die ze uit Frankrijk kreeg, schreef haar moeder, de geduchte keizerin Maria Theresa, haar een brief waarin ze haar dochter berispte om haar 'mode-extravaganties' en haar waarschuwde dat ze 'op een afgrond afstormde'. 'Een koningin,' schreef ze, 'verlaagt zichzelf alleen maar [...] door ongebreidelde uitgaven, zeker in zo'n moeilijk tijd.'[2] Maar de jonge koningin luisterde niet.

Haar echtgenoot, koning Lodewijk XVI, begreep wel dat de weelderige kledingkeuzes van zijn vrouw gevaarlijk ongepast waren, en was niet bepaald blij toen hij haar een nieuwe japon zag passen van glanzend tafzijde in een eigenaardige kleur, ergens tussen bruin, roze en grijs in. Was hij in een meer ridderlijke stemming geweest, dan had hij die misschien 'lichtroze' genoemd, maar nu merkte hij op dat de kleur deed denken aan de *couleur de puce* – de kleur van vlooien.[3] Als het de bedoeling van de koning was geweest om zijn vrouw te beschamen, dan werden zijn woorden hem dubbel en dwars betaald gezet. 'De volgende dag,' vertelde barones d'Oberkirch, 'droeg elke dame aan het hof een vlo-kleurige japon, oude vlo, jonge vlo, *ventre de puce* (vlooienbuik), *dos de puce* (vlooienrug).'[4] In een brief aan haar dochter vanuit het Franse hof beschreef de Britse lady Spencer die zomer de kleur puce als 'het uniform op Fontainebleau, en de enige kleur die gedragen kan worden'.[5]

Een paar dagen na de val van het koningshuis zeventien jaar later, op 10 augustus 1792, bevond de koninklijke familie de Bourbon zich in totaal andere omstandigheden. Hun nieuwe, postrevolutionaire verblijfplaats was een krappe en smerige celachtige woning in de Petit Tour van de Temple. Hier werd het koninklijk paar gevangengehouden tot hun executie een jaar later. Natuurlijk mocht Marie Antoinette niet veel kleren hebben, en de kleren die ze had, moesten bij haar nieuwe leven passen. Ze moesten tegen de smerigheid van haar nieuwe behuizing kunnen, bestand zijn tegen herhaaldelijk wassen en haar status als 'gevangene en moordenares van het volk' weerspiegelen. In haar kledingkist lagen enkele sets eenvoudig wit ondergoed, een geborduurde mousselinen rok, twee capes en drie jurken: een bedrukte bruine *toile de Jouy*, een eenvoudige overhemdjurk met een ruiterkraag, in een kleur die bekendstond als 'Parijse modder' en een tafzijden japon in de kleur van vlooien.[6]

Fuchsia

Fuchsia is een van de vele kleuren die hun naam danken aan een bloem[1] en al kunnen de karakteristieke, dubbelgerokte bloemen van de fuchsia allerlei ballerinatinten hebben – verschillende kleuren wit, rood, roze en paars – uiteindelijk heeft een fel, op blauw gebaseerd roze dat bijna pijn doet aan de ogen die naam gekregen. Tegenwoordig is dat misschien niet meer echt een compliment – in 1998 werd fuchsia in Groot-Brittannië verkozen tot een van de drie minst geliefde kleuren en het woord is al jaren een kwelgeest voor deelnemers aan spellingwedstrijden.[2] Toch gaat het verhaal achter de naam van deze bloem eigenlijk over liefde: de liefde voor plantkunde.

Hippocrates, die rond 460 voor Christus werd geboren op het eiland Kos, is misschien wel de eerste mens van wie bekend is dat hij een uitgesproken belangstelling voor het plantenleven had. Zijn onderzoek ernaar hield verband met zijn geneeskundige praktijk: veel planten werden gebruikt als behandeling tegen kwalen, en een goede arts moest weten welke plant welke was. Na hem kwam er nog een Griek, Theophrastus (ca. 371-ca. 287 v. Chr.) die de eerste verhandeling over dit onderwerp publiceerde; daarna kwam Plinius de Oudere (23-79 van onze jaartelling), die in zijn *Naturalis historia* meer dan achthonderd plantensoorten benoemde; vervolgens was er de Pers Avicenna, geboren rond het jaar 980, die filosoof en wetenschapper was en veel boeken heeft geschreven, waarvan nog zo'n 240 titels bestaan.[3] Maar toen Leonhart Fuchs, die in Beieren voor arts studeerde, bijna zeshonderd jaar later zelf onderzoek naar planten ging doen, was er op dat terrein nauwelijks vooruitgang geboekt.

Om daar verandering in te brengen legde Fuchs een tuin aan waarin hij elke plant zette die hij maar te pakken kon krijgen. (Alle afbeeldingen van hem uit die tijd tonen een man met een plant in zijn hand en een bijzonder aandachtige uitdrukking op zijn gezicht.) Hij deed een beroep op vrienden in heel Europa, en vrienden die de Nieuwe Wereld gingen verkennen, om hem monsters of beschrijvingen te sturen van planten die ze tegenkwamen. Het resultaat van zijn noeste arbeid, de prachtig geïllustreerde *De historia stirpium commentarii insignes* ('De historia Stirpium Insignes Commentaren') verscheen uiteindelijk in 1542.

'We hebben er al onze ijver aan gewijd,' schreef Fuchs trots, 'om elke plant af te beelden met zijn eigen wortels, stengels, bladen, bloemen, zaden en vruchten.'[4] Drie kunstenaars hadden de 512 illustraties in het boek gemaakt. In totaal stonden er zo'n 400 wilde en 100 gekweekte planten in beschreven, waaronder ook soorten uit de Nieuwe Wereld die maar weinig Europeanen ooit eerder hadden gezien, zoals de chilipeper – de Latijnse naam die hij daaraan gaf betekende 'grote peul'. Hij gaf ook vaak suggestieve namen aan planten die mensen vast al honderden keren hadden gezien, zoals het mooie *Digitalis purpurea* (wat 'purperen vingers' betekent) voor het bekende vingerhoedskruid.[5]

Vreemd genoeg heeft Leonhart Fuchs zelf nooit de plant gezien die nu zijn naam draagt. Die komt tegenwoordig overal ter wereld voor, maar het eerste exemplaar waarmee Europeanen kennismaakten werd pas in 1703 gevonden – ruimschoots na de dood van Fuchs – en groeide in het wild op het Caribische eiland Hispaniola. De man die hem vond was de botanicus *père* Charles Plumier en om zijn grote voorbeeld te eren noemde hij de plant naar Fuchs.

Shocking pink

Winston en Clementine Churchill noemden haar '*the imbroglio*' (de grote verwarring) en Daisy Fellowes was dan ook een vrouw die graag choqueerde.[1] Ze was in de laatste dagen van de negentiende eeuw in Parijs geboren als de enige dochter van een Franse aristocraat en de naaimachine-erfgename Isabelle-Blanche Singer. In de jaren twintig en dertig was Daisy aan beide kanten van de Atlantische Oceaan berucht als 'bad girl': ze gaf haar balletlerares een dosis cocaïne, was hoofdredacteur van *Harper's Bazaar*, onderhield een reeks affaires met hooggeplaatste mannen en gaf feesten waarvoor ze alleen mensen uitnodigde die elkaars aartsvijand waren. Volgens een kunstenaar die haar kende was ze 'de mooie Madame de Pompadour van die tijd, gevaarlijk als een albatros'. Voor Mitchell Owens, journalist bij *The New York Times*, was ze 'een molotovcocktail in een pak van Mainbocher'.[2]

Een van haar vele ondeugden was een zwak voor winkelen, en het was via een aankoop bij Cartier dat ze deze scandaleuze tint roze op de wereld losliet. Die aankoop was de felroze *Tête de Bélier* ('ramskop'), een diamant van 17,47 karaat die ooit in bezit was geweest van de Russische tsaren.[3] Fellowes droeg hem op een dag bij een ontmoeting met een van haar favoriete ontwerpers, de inventieve, surrealistische couturière Elsa Schiaparelli. (Fellowes was een van de twee vrouwen die de beruchte hogehakkenhoed die de couturière samen met Salvador Dalí had ontworpen durfde te dragen; de andere was Schiaparelli zelf.) Het was liefde op het eerste gezicht. 'De kleur flitste voor mijn ogen,' schreef Schiaparelli later. 'Fel, onmogelijk, onbeschaamd, flatteus, levenbrengend, als alle lichten en vogels en vissen in de hele wereld bij elkaar, een kleur van China en Peru, maar niet van het Westen – een choquerende kleur, puur en onverdund.'[4] Ze nam die kleur onmiddellijk over voor de verpakking van haar eerste parfum, dat ze in 1937 uitbracht.[5] De fles was ontworpen door de surrealistische schilderes Leonor Fini en gemodelleerd naar het weelderige bovenlichaam van actrice Mae West, en werd nu dus verpakt in een opvallend knalroze doosje. Het heette, natuurlijk, 'Shocking'. Die kleur werd een soort richtsnoer voor de ontwerpster en kwam telkens terug in haar collecties en zelfs in de inrichting van haar eigen huis: haar kleindochter, model en actrice Marisa Berenson weet nog dat Schiaparelli's bed vol lag met hartvormige, shocking pink kussens.[6]

De tijd heeft de verleidelijke kracht van deze kleur niet aangetast. In de onbezonnen jaren tachtig combineerde Christian Lacroix hem vaak met felrood; maar de meeste mensen zijn er zuinig mee. Een bekende uitzondering is te vinden in de film *Gentlemen Prefer Blondes*. In 1953 werd kostuumontwerper William Travilla dringend opgeroepen om naar de set te komen. De filmmakers waren in alle staten: er was zojuist een naaktkalender verschenen met de ster van de film, Marilyn Monroe erin, en de pers rook bloed. De studio besloot dat haar fysieke pluspunten strenger bewaakt moesten worden. 'Ik maakte een *heel erg bedekte* jurk,' schreef Travilla later, 'die wereldberoemde roze jurk met een grote strik op de rug.'[7] Het was de jurk waarin Marilyn het liedje zong dat haar een plek aan het firmament van Hollywood opleverde, 'Diamonds are a Girl's Best Friend'. En Daisy Fellowes, inmiddels een zeer gesoigneerde 63-jarige dame, was dat vast hartgrondig met haar eens.

Fluoroze

Op 21 april 1978 bracht de Britse punkband X-Ray Spex in een beperkte oplage van 15.000 exemplaren zijn nieuwe single uit: 'The Day the World Turned Day-Glo' ('De dag waarop de wereld lichtgevend werd'), op pompoenoranje vinyl. Op de hoes staat een wereldbol, ruwweg ingekleurd met een mengeling van geel, rood en giftig felroze, tegen een citroengele achtergrond. De tekst van het nummer – vrijwel onverstaanbaar in het gekrijs van leadzanger Poly Styrene – is een klaagzang over de wereld die steeds kunstmatiger wordt.

Fluorescerende kleuren waren nieuw en hip in de jaren zeventig, het waren extra aangezette versies van de felle kleuren waar adverteerders en popkunstenaars in de jaren zestig zo dol op waren. In 1972 bracht Crayola een speciale doos met acht fluorescerende kleurpotloden op de markt, met daarin ook een ultraroze en een gloeiend magenta, die allemaal oplichtten onder ultraviolet licht. De schreeuwerige brutaliteit van superfelle kleuren paste ook perfect bij de esthetiek van de opkomende punkbeweging. Sterk verzadigd fluoroze werd gebruikt om hanenkammen te kleuren en voor de belettering op veel klassieke punk-albums, zoals de roze met gele hoes van het Sex Pistols-album *Never Mind the Bollocks*, een ontwerp van Jamie Reid uit 1977.

De meeste kleuren die wij als fluorescerend beschouwen, zijn eigenlijk gewoon zeer intense tinten. Echt fluorescerende kleuren zijn niet alleen zo fel omdat de kleuren sterk verzadigd zijn, maar ook omdat de chemische samenstelling van de kleurstof of het materiaal het ultrakortegolflicht in het ultraviolette deel van het spectrum dat mensen niet kunnen zien, absorbeert en teruggeeft in de vorm van langere golflengtes die we wel kunnen zien.[1] Dit geeft ze die speciale gloeiende felheid bij daglicht, en zorgt er ook voor dat ze oplichten in uv-licht.

Wereldwijd wordt deze technologie toegepast bij de overbekende markeerstift. Markeerstiften werden voor het eerst gemaakt in de jaren zestig en bestonden oorspronkelijk alleen maar uit een punt van vilt met dunne inkt op waterbasis, zodat de originele tekst eronder leesbaar bleef. Tien jaar later voegde de fabrikant fluorescerende kleurstoffen toe, zodat de stukken tekst waar ze overheen werden gehaald nog opvallender werden. Tot nu toe heeft Stabilo meer dan twee miljard markeerstiften verkocht en al zijn die in steeds meer kleuren verkrijgbaar, 85 procent van die verkoop komt voor rekening van de gele en de roze.[2]

Amarant

'Een roos en een amarant stonden naast elkaar te bloeien in een tuin,' begint een fabel van de Griekse dichter Aesopus. De amarant, een hoge plant met frisgroene bladeren en bloemetjes in dichte pluimachtige aren, zegt tegen haar buurvrouw: 'Wat benijd ik jou toch om je schoonheid en je zoete geur! Geen wonder dat je overal zo geliefd bent.' Maar de roos antwoordt, een tikje treurig: 'Ik bloei een tijdje, maar al snel verwelken mijn bloemblaadjes en vallen ze naar beneden, en dan sterf ik af. Maar jouw bloemen verbleken nooit… die blijven eeuwig bestaan.'[1]

Het publiek in de tijd van Aesopus wist precies wat hij hiermee bedoelde. Veel van de vijftig soorten uit deze plantenfamilie mogen tegenwoordig dan als lastig onkruid worden beschouwd – zoals het 'varkenskruid' in Amerika – maar de amarant is lange tijd vereerd. Zijn naam is een homoniem: hij verwijst naar de plant zelf, maar betekent ook 'eeuwigdurend'. Kransen van amarant werden gebruikt om helden als Achilles te eren, omdat deze plant, met zijn langdurige bloei, een teken van onsterfelijkheid was.[2] Deze symboliek maakte de plant onweerstaanbaar voor schrijvers: in *Paradise Lost* gaf John Milton de engelen een kroon van amarant en goud (p. 86).

De sterkste band met amarant hebben de Azteken, die de plant *huautli* noemden. Het vroegste archeologische bewijs dat zij amarant gebruikten, is gevonden in het huidige Mexico en dateert van 4000 voor Christus. De plant was een belangrijk voedingsmiddel: de bladeren kunnen worden gekookt als spinazie en de zaadjes, die de grootte van een speldenknop hebben, kunnen worden geroosterd of gemalen, of zelfs gepoft, als een soort popcorn.[3] Soms werd amarant verbouwd in speciale drijvende tuinen, boten met aarde die op een meer dreven; het water hield de grond op temperatuur en zorgde ervoor dat er geen ongedierte bij de planten kwam.[4] Boeren leverden jaarlijks zo'n 2000 ton zaad aan de laatste Azteekse koning Montezuma (1466-1520).[5]

De Spaanse veroveraars koesterden een diep wantrouwen tegenover amarant. Niet omdat de Azteken de plant aten, maar omdat hij een belangrijke rol speelde in hun godsdienst.

Amarant was voor hen een heilige plant en maakte deel uit van veel rituelen. Het stoorde de katholieke Spanjaarden vooral als er wat bloed van mensenoffers door amarantdeeg werd gemengd, waarmee dan koeken werden gebakken die vervolgens in stukken werden gebroken en door de gelovigen opgegeten. Dat kwam iets te dicht bij een parodie op de heilige communie om te kunnen verkroppen.[6] Ze verboden de teelt, het eten en zelfs het bezit van amarant.

De redding van de amarant was zijn taaiheid en zijn vruchtbaarheid. Eén enkele zaadpluim kan wel 50.000 zaadjes bevatten en bovendien kan de plant overal gedijen. Wat ze ook probeerden, de Spanjaarden slaagden er niet in de amarant volledig uit te roeien, of zijn band met het goddelijke uit te wissen. In 1629 klaagde een priester dat de inheemse bewoners hun kerstviering aanvulden met eetbare Christusfiguurtjes, gebakken van amarantdeeg. In de negentiende eeuw was er sprake van rozenkransen van amarant, en nog steeds wordt in Mexico van gepofte amarant met honing het snoepgoed *alegria* ('geluk') gemaakt.[7]

Ook als kleur is amarant op de achtergrond geraakt. In de achttiende en negentiende eeuw was de kleur zo bekend dat hij in woordenboeken stond en in artikelen over mode voorkwam. Zo prees *Harper's Bazaar* in mei 1890 amarant aan als kleur voor zijden en wollen kleding, net als aubergine, pruim en wijndroesem.[8] Het was ook de naam voor een kunstmatige aardbeikleurige azokleurstof die voor het eerst in de jaren tachtig van de negentiende eeuw werd samengesteld. Deze kleurstof zit in Europa – onder de naam E123 – nog steeds in bepaalde voedingsmiddelen, bijvoorbeeld als de opvallend rode kleur van maraschino-kersen, maar is in Amerika verboden omdat hij kankerverwekkend zou zijn.

Tegenwoordig kom je amarant nog wel af en toe tegen, maar of er dan een kersenrood, een stoffig wijnrood of een rijk pruimrood mee wordt bedoeld, daarover lopen de meningen uiteen. Aesopus heeft helaas ongelijk gekregen: de schoonheid van de roos is nog even geliefd als altijd, terwijl de gaven van de amarant zijn verwelkt.

Scharlaken
Cochenille
Vermiljoen
Rosso corsa
Hematiet
Kraplak
Drakenbloed

Rood

In 2012 verscheen in het Britse horecablad *Journal of Hospitality & Tourism* een artikel waarin serveersters het advies kregen om rood te dragen. Waarom? Uit onderzoek was gebleken dat de fooien van mannelijke gasten wel zesentwintig keer zo hoog waren als hun serveerster die kleur droeg. (Rood had geen effect op vrouwelijke eters, die toch al zuiniger met fooien zijn.)[1]

Psychologen zijn lang geboeid geweest door de invloed van rood op de menselijke psyche. Zo werd in 2007 een onderzoek gedaan naar het effect van kleur op intellectuele prestaties. De proefpersonen moesten anagrammen oplossen. Degenen die een testboekje met een rood omslag kregen, presteerden slechter dan degenen met groene of zwarte omslagen; zij kozen ook voor makkelijkere mogelijkheden als ze de keus kregen.[2] Bij de Olympische Spelen van 2004 in Athene ging de overwinning bij de vechtsporten in 55 procent van de gevallen naar een sporter die rood droeg. En in een onderzoek naar wedstrijden in de Engelse rugbycompetitie sinds de Tweede Wereldoorlog bleek dat teams die in het rood spelen vaker kampioen worden en gemiddeld hoger in hun divisie eindigen dan teams in een andere kleur.[3] Wij zijn ook niet de enige soort die gevoelig is voor rood. Apensoorten zoals de resusmakaak en de mandril hebben kerskleurige plekken op hun romp, gezicht en genitaliën, die hun testosteron- en agressieniveau weergeven.[4] (Maar het dier dat het beruchtst is om zijn reactie op rood, de stier, is in werkelijkheid kleurenblind. Hij reageert op het gefladder en gesuis van de kleine *muleta*-cape waarmee de matador zwaait – uit proeven is gebleken dat een stier even woedend uitvalt naar de *capote*, die aan de ene kant magenta (p. 167) is en aan de andere kant blauw.)

Waarschijnlijk zijn mensen tussen het zesde en het vierde millennium voor Christus voor het eerst textiel gaan verven. De meeste flarden stof die zijn gevonden uit die tijd tot aan het tijdperk van de Romeinen, waren gekleurd in een tint rood.[5] (Deze kleur was zo belangrijk dat voor de Romeinen de woorden *gekleurd* (*coloratus*) en *rood* (*ruber*) synoniem waren.) De oude Egyptenaren wikkelden hun mummies in een linnen doek die geverfd was met hematiet (p. 150); Osiris, de god van het leven na de dood en van de onderwereld, werd ook 'heer van het rode kleed' genoemd.[6] Rood is samen met zwart een van de kleuren die voor de oude Chinezen bij de dood horen en het contrasterende duo verschijnt dan ook vaak in graftombes en graven. Later werd rood onderdeel van het belangrijke systeem van de vijf elementen, waarin het bij vuur, de zomer en de planeet Mars hoorde.[7] En nu deze kleur ook een duidelijke band met de Partij heeft, zien de Chinezen hem als de kleur van vreugde en fortuin: bij een speciale gelegenheid, zoals een bruiloft, geeft men geld cadeau (*hongbao*) in een lakrode envelop.

Rood is ook de kleur van bloed en is dan ook sterk verbonden met macht. De Inca-godin Mama Huaco droeg volgens de verhalen een rode jurk toen ze uit de Grot van de Oorsprong kwam.[8] Plinius schreef dat de rode kleurstof karmozijn voorbehouden was aan Romeinse generaals en sindsdien is die kleur, hoe opvallend en onpraktisch ook, vaak gebruikt door soldaten, onder wie de Britse *redcoats*, oftewel 'roodjassen'. De Azteken veegden met vossenharen kwastjes heel zorgvuldig de eitjes van de cochenilleluis van cactusbladeren, zodat er voor hun heersers altijd een voorraadje hoofdtooien met rode franje klaarlag en hun priesters tijdens rituelen met rood de aandacht van de goden konden trekken.[9] Aan de andere kant van de Atlantische Oceaan waren zowel koningen als kardinalen buitensporig gehecht aan weelderige rode kleding. In 1999 bezat zo'n 74 procent van alle vlaggen in de wereld wel iets roods, en daarmee was dit verreweg de populairste kleur om de identiteit van een land te illustreren.

Rood onderhoudt ook nauwe banden met minder verheven begrippen, zoals lust en agressie. De duivel wordt al van oudsher afgebeeld in rood. In het Westen gaat de associatie tussen rood en seks al tot zeker in de middeleeuwen terug. In de vele wetten en voorschriften die in de loop der tijd werden ingesteld, was rood vaak de kleur die prostituees kregen toegewezen.[10] Geen wonder dat rood een stormachtige relatie met vrouwen heeft. Hester Prynne, de heldin uit de in 1850 verschenen roman *De rode letter*, heeft lezers altijd zo gefascineerd omdat ze weigert zich in een hokje te laten stoppen. Aan de ene kant lapt ze de conventionele ideeën over seksuele zuiverheid van haar tijd en sekse aan haar laars, maar aan de andere kant aanvaardt ze de veroordeling door haar puriteinse buren en draagt ze voor straf gehoorzaam een scharlakenrode A (van *adultery*, ofwel 'overspel'). Die ambivalente relatie tussen vrouwen en rood komt ook terug in andere fictiewerken, zoals de film *The Bride Wore Red*, het sprookje van Roodkapje en *Gejaagd door de wind*.

Dit krachtige brouwsel van macht en seksualiteit maakt de kleur een gedurfde, maar riskante keus voor een merk. Virgin is misschien het beste voorbeeld van een bedrijf dat de inherente kracht van rood heeft weten aan te wenden, maar alleen door zich te positioneren als brutale buitenstaander. Coca-Cola dankt zijn lijfkleur aan de rood-witte vlag van Peru, waar het bedrijf de cocabladeren en cocaïne vandaan haalde die het tot de jaren twintig van de vorige eeuw in het drankje deed.[11] Allerlei soorten kunstenaars hebben zwaar geleund op alle tinten van ossenbloed tot dadelpruim om hun werk drama, erotiek en diepte te geven. Voor de prerafaëlieten waren roden – en roodharigen – bijna heilig. Rothko, die schreef dat het in zijn kunst vooral om 'het menselijk element' ging, legde op zijn reusachtige doeken de ene tint rood over de andere. Hij identificeerde de kleur, zoals kunstrecensent Diane Waldman schreef, 'met vuur en met bloed'. Anish Kapoor, die vaak en veel rood gebruikte, gaf in de jaren tachtig zijn piramidevormige, op fallussen en vagina's lijkende sculpturen een rode kleur die zo fel is dat hij bijna vibreert. Zijn *Svayambh* (2007) was een enorm, karmozijnrood blok van was en pigment, dat in 2009 langzaam heen en terug reed over een rails en zich onderweg telkens door een statige deur van de Londense Royal Academy of Arts perste. Het zag er absurd uit, als een veel te dikke rode lipstick. Net als voor een rood stoplicht bleven mensen staan voor dit bewegende kunstwerk.

Scharlaken

Op 8 februari 1587 werd koningin Maria van Schotland geëxecuteerd, na achttien jaar gevangenschap. Er bestaan gruwelijke verhalen uit die tijd over haar dood in Fotheringhay Castle: volgens sommigen waren er twee slagen met de bijl nodig om haar hoofd af te hakken. Volgens anderen liet haar pruik los, toen haar hoofd omhoog werd gehouden, zodat de bijna kale schedel van een zieke oude vrouw zichtbaar werd. Maar de meesten zijn het erover eens dat Maria voor de executie zorgvuldig haar donkere bovenkleding uittrok, zodat haar felrode onderjurk zichtbaar werd. Toeschouwers die aan haar kant stonden, zouden de boodschap onmiddellijk begrepen hebben: scharlakenrood was in de katholieke kerk nauw verweven met martelaarschap. Maar degenen die vijandig tegenover de Schotse koningin en haar geloof stonden, zagen in haar rode kleding een duidelijke verwijzing naar de archetypische scharlakenrode vrouw, de Bijbelse hoer van Babylon.

Deze tweeledige uitleg is typerend voor de kleur scharlaken. Hij is lang beschouwd als de kleur van de groten en machtigen, maar heeft ook vanaf het begin allerlei bijbetekenissen gekregen. Alleen al de naam, bijvoorbeeld, verwees aanvankelijk helemaal niet naar een kleur, maar naar een wollen stof die veel mensen erg mooi vonden. Fijne stoffen werden zo vaak geverfd met kermes, of karmozijn, de felste en duurzaamste kleurstof die toen bekend was, dat vanaf de veertiende eeuw het woord 'scharlaken' de aanduiding werd voor de kleur.

Net als cochenille (p. 141) werd karmozijnpigment gemaakt van insectenlijfjes, die zo klein waren dat ze vaak werden aangezien voor zaden of graankorrels.[1] (Plinius, die in de eerste eeuw van onze jaartelling leefde, beschreef het pigment als 'een bes die een worm wordt'.) Voor één gram van dit kostbare rood waren de lijfjes van wel tachtig vrouwelijke karmozijnkevertjes nodig. Deze werden uit Zuid-Europa geïmporteerd, wat het pigment heel duur maakte, en er was grote vaardigheid voor nodig om precies de juiste tint te verkrijgen. Het resultaat was een kleurstof die zo helder en kleurecht was dat een stof die ermee werd geverfd het toppunt van luxe werd. In een kasboek uit de tijd van koning Hendrik VI, die in de vijftiende eeuw over Engeland regeerde, valt te lezen dat een meestertimmerman een maand moest werken voor hij genoeg had verdiend om een enkele meter van de goedkoopste scharlaken stof te kopen; de duurste kostte twee keer zo veel.[2]

Karel de Grote, de Frankische koning die in de vroege middeleeuwen over een groot deel van Europa heerste, schijnt scharlakenrode leren schoenen te hebben gedragen toen hij in het jaar 800 tot keizer van het Heilige Roomse Rijk werd gekroond. Vijfhonderd jaar later volgde Richard II van Engeland Karels kledingvoorbeeld. Volgens officiële kledingvoorschriften die in de dertiende eeuw werden uitgevaardigd in de Spaanse regio Castilla y León mochten alleen koningen die kleur dragen.[3] De roodharige Elizabeth I, die de kracht van uiterlijkheden maar al te goed kende, droeg als prinses graag scharlaken. Dat was echter geen passende kleur voor een maagdelijke koningin, dus hield ze zich na haar kroning in 1558 bij de neutrale of gebroken tinten taan, goud en as. Toch was de kleur als het teken van vorstelijkheid te nuttig om helemaal terzijde te schuiven. Daarom gebruikte Elizabeth een list: ze kleedde haar hofdames en bediendes in scharlaken, zodat zij als sterk symbolische achtergrond konden dienen. William Shakespeare kreeg in zijn functie als hofacteur vierenhalve meter stof cadeau om een scharlakenrood kostuum voor zichzelf te laten maken waarin hij de kroning van Elizabeths opvolger Jacobus I kon bijwonen.[4] En waar rijkdom gaat, volgt al snel de macht. Paus Paulus II vaardigde in 1464 een decreet uit dat zijn kardinalen toga's in een rijk scharlaken moesten dragen in plaats van paars; de arme zeeslakken waaruit het Tyrisch purper (p. 162) werd gewonnen waren tegen die tijd namelijk vrijwel uitgestorven.[5] Die gewoonte bleef hangen en scharlaken raakte onlosmakelijk verbonden met hoogwaardigheid, vooral in de kerk en de academische wereld, een erfenis waar Maria van Schotland bij haar executie op teruggreep.

Veel mensen denken dat de Britten als eersten op het idee kwamen voor rode militaire uniformen, maar de flirt tussen scharlaken en mannen in uniform gaat veel verder terug. De hoogste Romeinse generaals droegen felrode *paludamenta* – mantels als teken van leiderschap, die op één schouder sloten.[6] De kleur werd door de Engelsen ingevoerd onder Oliver Cromwell, die bepaalde dat de jassen van officieren scharlaken moesten worden geverfd in Gloucestershire, volgens een nieuw recept.[7]

Cornelis Drebbel was een Hollandse wetenschapper en de eerste die een werkende onderzeeër bouwde. In 1606 was hij in zijn lab bezig met het maken van een thermometer. Volgens het – waarschijnlijk apocriefe – verhaal kookte hij een oplossing van purperrood cochenille en zette dat op de vensterbank om af te koelen. Op de een of andere manier brak er een flesje aqua regia, ofwel koningswater, een sterk zuurmengsel, dat langs het tinnen raamkozijn in de afkoelende cochenille droop. In één klap werd de vloeistof fel scharlakenrood.[8] In een handboek voor stofververs werd het resultaat 'vlamkleurig scharlaken' genoemd. 'De fijnste en felste kleur,' schreef de auteur, 'tegen oranje aan, vol vuur, en met een felheid die het oog verblindt.'[9]

Natuurlijk heeft dit stralende rood ook de nodige vijanden gekend. Het was de favoriete kleur van de vrouw uit Bath, het personage van twijfelachtige zeden uit *De vertellingen van de pelgrims naar Kantelberg* van Chaucer. Shakespeare gebruikte de kleur in combinatie met hypocrisie, smaad en 'sinne' (zonde).[10] Dat de kleur in het Bijbelboek Openbaring wordt genoemd – 'en ik zag een vrouw zitten op een scharlakenrood beest' – gaf puriteinen een reden om te beweren dat de gehele katholieke kerk, die nu ook scharlakenrood geklede kardinalen had, duivels was. Op deze erfenis borduurde de twintigste-eeuwse occultist Aleister Crowley voort toen hij de Scharlaken Vrouw schiep, de thelemitische godheid van vrouwelijke lust en seksualiteit. En terwijl de kleur vanaf de veertiende eeuw bijna continu in de mode is geweest, was niet iedereen daar blij mee. Scharlaken is 'een charmante kleur', gaf het blad *Arthur's* in februari 1885 toe, 'ook al is hij geliefd bij indianen en barbaren in het algemeen'.[11]

Cochenille

Met het blote oog kun je de vrouwelijke *Dactylopius coccus* gemakkelijk aanzien voor een zaadje of een klein steentje; ze is nauwelijks groter dan een speldenknop, grijs, ovaal en iets geribbeld. Pas toen men het beestje aan het eind van de zeventiende eeuw onder een microscoop bekeek, werden sluimerende twijfels bevestigd: *Dactylopius coccus* is een insect. En hoe onbetekenend het ook lijkt, dit insect heeft koningen en koninkrijken gemaakt en gebroken, en zo mede vorm gegeven aan de geschiedenis.

Tegenwoordig heb je de grootste kans om deze *coccus* tegen te komen in Mexico of Zuid-Amerika, in sneeuwachtig witte hoopjes bij elkaar geklonterd aan de zonkant van het stekelige blad van een vijgcactus, waaraan ze zich gulzig tegoed doen.[1] Als je zo'n kevertje van zijn blad plukt en hard genoeg tussen je vingers knijpt om het te pletten, worden je vingers rood. Het is betrekkelijk gemakkelijk om van dit helderrode insectensap de verfstof te maken die vaak 'karmijn' wordt genoemd. Je hebt er alleen de insecten voor nodig en een beitsmiddel, meestal aluin, om te zorgen dat de kleur zich aan de stof hecht. Door andere toevoegingen, bijvoorbeeld zuren of metalen zoals tin, kan de kleur veranderen, van lichtroze tot een zo donker rood dat het bijna zwart lijkt.[2] Er zijn erg veel insecten voor nodig – zo'n 70.000 gedroogde beestjes voor een pond ruwe cochenille – maar het eindresultaat is een van de sterkste en felste kleuren die de wereld ooit heeft gekend. De kleurstof (voornamelijk karmijnzuur) van één pond 'tamme' ofwel gekweekte *coccus* schijnt even krachtig te zijn als zo'n tien of twaalf pond karmozijn (p. 138).[3]

Vroege beschavingen kenden het kleurige geheim van cochenille al. Het werd al zeker sinds de tweede eeuw voor Christus in Midden- en Zuid-Amerika als kleurstof gebruikt en speelde een belangrijke rol in de rijken van de Azteken en de Inca's. Op een lijst die rond 1520 werd opgesteld stond wat de Azteekse heersers van hun onderdanen verlangden bij wijze van belasting: de Mixteken moesten veertig zakken cochenille per jaar betalen, de Zapoteken twintig zakken, maar dan om de tachtig dagen.[4] Het pigment werd in deze regio gebruikt als aanduiding van persoonlijke macht. Kapitein Baltasar de Ocampo was in 1572 aanwezig bij de executie van Túpac Amaru, de laatste Incakoning, en beschrijft in een roerend ooggetuigenverslag heel gedetailleerd hoe de koning eruitzag.

> *[Gekleed in] een cape en vest van karmozijnrood fluweel. Zijn schoenen waren gemaakt van de wol van het land, in verscheidene kleuren. Hij had de traditionele kroon of hoofdtooi, masapaychu, op, met franje over zijn voorhoofd, als teken van koninklijke waardigheid.*[5]

Toen zijn hoofd viel, werd de Incaheerser in een symfonie van cochenilletinten gewikkeld.

De dood van deze Incakoning – en van veel andere Zuid-Amerikaanse heersers – had deels te maken met cochenille. De Spanjaarden hadden hun begerige oog laten vallen op de natuurlijke hulpbronnen van dit gebied en zodra ze de macht hadden veroverd, gingen ze die exploiteren. Samen met goud (p. 86) en zilver (p. 49) vormde cochenille een van de financiële pijlers onder het Spaanse rijk. Volgens een waarnemer uit die tijd werd er alleen al in het jaar 1587 rond de 144.000 pond of 72 ton cochenille vanuit Lima naar Spanje verscheept.[6] (Dat zijn ruwweg 10.080.000.000 insecten.)

Waren de scheepsladingen eenmaal in Spanje aangekomen – ze mochten volgens de wet tot in de achttiende eeuw alleen aan land gebracht worden in Sevilla of Cádiz – dan werd de cochenille verder vervoerd om de steden en mensen van de wereld rood te kleuren. Zo kleurde het vanaf halverwege de zestiende eeuw het beroemde Venetiaanse fluweel, vormde het de basis van de Hollandse verfindustrie, kleedde het de rooms-katholieke kardinalen, gaf het vrouwen een rode blos op hun wangen en diende het ook als medicijn. Koning Filips II van Spanje kreeg een walgelijk brouwsel van geplette insecten en azijn voorgeschreven als hij zich niet lekker voelde.[7] Later werd cochenille ook verhandeld naar

Cambodja en Siam en rond 1700 vermeldde de Chinese keizer Kangxi een buitenlandse verfstof die *ko-tcha-ni-la* heette, en die in China later de naam 'buitenlands rood' kreeg.[8] De Amerikanen wilden deze heldere verfstof heel graag hebben, maar ergerden zich aan de hoge prijs ervan omdat ze er alleen via Spanje aan konden komen. Daarom doorzochten ze vaak de inhoud van scheepswrakken om te zien of daar cochenille in zat. Toen het Spaanse schip Nuevo Constante in 1766 voor de kust van Louisiana was gezonken, vonden ze in het ruim meer dan 5000 kilo van het pigment, verpakt in leren zakken.[9] Cochenille was zo waardevol dat er verschillende pogingen zijn gedaan om de cochenilleluis te stelen en zo het Spaanse monopolie te doorbreken. Zo deed Nicolas-Joseph Thiéry de Menonville, een botanicus uit Lotharingen, een onbezonnen poging, in het geheim gefinancierd door de Franse regering.[10]

Nog steeds worden er beestjes geoogst om cochenille te maken voor de cosmetica- en voedselindustrie. Het zit in allerlei producten, van M&M's tot worstjes, van fluweelrode cupcakes tot cherry coke (om de tere zieltjes van consumenten te sparen gaat het meestal schuil onder het veel onschuldiger klinkende nummer E120). Maar het lijkt erop dat de mensheid eindelijk genoeg begint te krijgen van cochenille: in 2012 besloot koffieketen Starbucks na protesten van vegetariërs en moslims om deze kleurstof niet meer te gebruiken in aardbeienfrappuccino's en cakepops. Goed nieuws dus voor de beestjes, maar misschien minder goed voor de vijgcactussen van deze wereld.

Vermiljoen

Aan het begin van de twintigste eeuw was Pompeï al honderdvijftig jaar werkterrein voor archeologen. Wat begonnen was als een wedloop om er antieke trofeeën weg te halen voor Karel van Bourbon, de koning van Napels, had zich ontwikkeld tot een poging om de schatten te bewaren van de stad die tegelijkertijd vernietigd en geconserveerd was door de uitbarsting van de Vesuvius in het jaar 79. In april 1909 leek het erop dat Pompeï het grootste deel van zijn geheimen wel had prijsgegeven, maar toen vonden archeologen een weelderig huis met grote ramen die uitzicht boden op zee. Binnen een week nadat met de opgraving was gestart, ontdekte men in een kamer een rode muurschildering die zo goed geconserveerd was en zo schitterend en onbegrijpelijk dat deze plek sindsdien bekendstaat als de Villa dei Misteri – 'Huis van de raadselen'.

De muren van de kamer zijn bedekt met levendige afbeeldingen van mensen tegen een intense achtergrond van dieprood vermiljoen. Een gevleugelde figuur in een hoek heft zijn zweep om op de rug van een naakte vrouw te slaan die geknield zit met haar gezicht op de schoot van een andere vrouw. Vlak bij de ingang staat een jongen aandachtig een rol papier te lezen; in het midden hangt een dronken man tegen de rokken van een zittende figuur. Er zijn talloze pogingen gedaan om te verklaren wat dit allemaal betekent, maar het kwistige gebruik van vermiljoen vertelt ons dat deze ruimte in ieder geval bedoeld was om indruk te maken: vermiljoen was het meest begeerde rode pigment dat in die tijd te krijgen was.

Een natuurlijke voorraad vermiljoen (kwiksulfide) komt van het mineraal cinnaber. Deze wijnrode steen is het belangrijkste erts van het metaal kwik – de Romeinse architect Vitruvius heeft beeldend beschreven hoe druppeltjes kwikzilver opwelden uit de donkerrode stenen. Om er een bruikbaar pigment van te maken hoefde het alleen maar tot fijn poeder te worden vermalen. De Romeinen waren er dol op. Een pot kant-en-klaar gemalen cinnaber van het soort dat in de villa was gebruikt werd opgegraven in een pigment-winkel in de stad achter de Villa dei Misteri. Volgens Plinius hoorde het pigment bij religieuze feestdagen: dan smeerde men het op de gezichten van Jupiterbeelden en op de lichamen van de gelovigen.[1] Maar vermiljoen was schaars. De Romeinen haalden hun voorraad, onder strenge bewaking, uit Sisapo in Spanje, en dan kostte het pigment 70 sestertiën per pond, tien keer zo veel als rode oker.[2]

Toen mensen eenmaal hadden ontdekt hoe je vermiljoen kunstmatig kon maken, via een chemische reactie die wel tovenarij leek, groeide de begeerte naar het pigment nog verder. Niemand weet wie de ontdekking precies deed of wanneer: alchemisten gebruikten graag ingewikkelde codes voor ingrediënten en deden net of zij een speciale kennis bezaten, zonder te onthullen wat die kennis inhield. De Griekse alchemist Zosimus van Panopolis liet rond het jaar 300 van onze jaartelling doorschemeren dat hij het geheim kende, maar het eerste duidelijke recept staat in de *Compositiones ad tingenda* ('Recepten voor kleuren'), een Latijns geschrift uit de achtste eeuw.[3]

Dat de alchemisten hier zo geheimzinnig over deden, kwam door hun obsessie voor het maken van goud (p. 86). In hun ogen was dat edele metaal eerder rood dan geel en kon het dus wel eens iets met dit nieuwe rode pigment te maken hebben. Belangrijker nog was dat vermiljoen ontstond via de transformatie van twee ingrediënten die voor alchemisten belangrijk waren: kwik en zwavel. De alchemisten die zo vermiljoen wisten te bereiden, wisten zeker dat het geheim van het maken van goud niet ver weg meer kon zijn.

De levendigste beschrijving van de zogeheten 'droge methode' om vermiljoen te maken is van de twaalfde-eeuwse benedictijner monnik Theophilus. Hij beschreef hoe hij één deel gemalen zwavel mengde met twee delen kwik, en dan de pot met het mengsel zorgvuldig afsloot.

Bedek de pot dan met gloeiende kolen en zodra hij warm begint te worden, klinkt er binnenin een krakend geluid, omdat het kwik zich verenigt met de gloeiendhete zwavel.

Gebeurde dit niet heel zorgvuldig, dan kon de reactie dramatischer uitpakken dan bedoeld. De kwikdampen die vrijkwamen als de potten niet heel goed dicht zaten, waren zo giftig dat in Venetië het hele procedé in 1294 verboden werd.[4]

Ooit was vermiljoen even kostbaar als goud.[5] Voor middeleeuwse kunstenaars was dit het belangrijkste rode pigment en zij gebruikten het met evenveel eerbied als bladgoud en ultramarijn voor initialen in heilige geschriften en met tempera beschilderde panelen. Na het aanbrengen fixeerden ze de kleur met een onsmakelijk mengsel van eigeel en oorsmeer.[6]

Maar deze prins onder de roden leverde bij gebruik in recepten en voor kleurmakers te veel op om lang schaars te blijven. In 1760 exporteerde Amsterdam, de voornaamste leverancier van het Hollandse drogemethodevermiljoen in de zeventiende en achttiende eeuw, bijna 32.000 pond naar Engeland.[7] Nadat de Duitse scheikundige Gottfried Schulz in 1687 een natte productiemethode had ontdekt, werd het pigment zelfs nog algemener. Zelfs al in de vijftiende eeuw waren kunstenaars bepaald niet zuinig met dit pigment; Leonardo da Vinci gebruikte het soms als grondlaag voor zijn schilderijen.[8] Niet alleen raakte vermiljoen wijder verbreid, het kreeg ook concurrentie, doordat westerse kunstenaars vanaf de vijftiende eeuw steeds vaker voor olieverven gingen kiezen: vermiljoen was in olieverf minder dekkend en werkte daarom beter als onderlaag onder andere lagen rood, of juist als toplaag over die andere roden heen.

Maar in tempera en lakwerk is de kleur van dit pigment adembenemend, en kunstenaars overal ter wereld zijn ervoor gevallen. Op een Chinees papierschilderij, *Eerbetoon aan paard en verzorger* door Chao Yung, staat een man in een vuurrode jas met indigo kraag en een vreemde, roestkleurige punthoed; hij houdt een mooi grijsbespikkeld paard aan de teugel. Het werd geschilderd in 1347, maar het vermiljoen van de jas treft je nog steeds als een mokerslag. Hetzelfde effect gebruikte Peter Paul Rubens drie eeuwen later in het middelste paneel van zijn drieluik *Kruisafneming* (1612-1614), al raakte het pigment daarna steeds minder in zwang.[9] In 1912, slechts een paar jaar na de ontdekking van de Villa dei Misteri, beschreef Wassily Kandinsky de kleur van vermiljoen als 'een gevoel van scherpte, als gloeiend staal dat afgekoeld kan worden door water'.[10]

Rosso corsa

In september 1907 zat een goedgebouwde man met een diep ingesneden v-vormige haarlijn en een grote neus aan zijn bureau in zijn neogotische paleis op het Isola del Garda. Hij was al een maand geleden teruggekeerd naar het eiland, maar nog steeds bruinverbrand, moe van het reizen en behoorlijk met zichzelf ingenomen, al wist hij dat het niet gepast was om dat te tonen. ‘Sommige mensen zeggen dat onze reis één ding in ieder geval heeft bewezen,’ schreef de man die in de societyrubrieken figureerde als prins Scipione Luigi Marcantonio Franscesco Rodolfo Borghese. ‘Namelijk dat het onmogelijk is om per automobiel van Peking naar Parijs te reizen.’[1] Hij bedoelde dit natuurlijk ironisch, want dat was precies wat hij net had gedaan.

Het was allemaal een aantal maanden daarvoor begonnen, toen de Franse krant *Le Matin* op de voorpagina van het nummer van 31 januari 1907 met een uitdaging kwam: ‘Wie is bereid om komende zomer per automobiel van Peking naar Parijs te rijden?’[2] Prins Borghese, die eerder al door Perzië had gereisd en een neus voor avontuur had ontwikkeld, nam de uitdaging onmiddellijk aan, samen met vier andere teams, waarvan er drie Frans waren en één Nederlands. De enige prijs die er te winnen viel, was een kist Mumm-champagne – en de nationale eer. Natuurlijk stond Borghese er, als trotse Italiaanse aristocraat, op dat zijn voertuig een product van zijn geboorteland zou zijn. De techniek stond nog in de kinderschoenen – het was toen pas eenentwintig jaar geleden dat de allereerste auto was gebouwd – en er was niet veel keus. Borghese koos voor een ‘krachtig, maar zwaar’ model 40 pk Itala uit Turijn, gelakt in een schreeuwerig papaverrood.[3]

De deelnemers aan deze race moesten zo’n 15.000 kilometer afleggen, langs de Chinese Muur, door de Gobiwoestijn en over de Oeral. Borghese had er zo veel vertrouwen in dat hij zou winnen, dat hij honderden kilometers van de route afweek om met zijn passagiers een banket te kunnen bijwonen dat ter ere van hem in Sint-Petersburg werd gegeven. Ze hadden het zwaar tijdens die lange reis, en dat gold ook voor de auto. Vóór hun vertrek schreef Luigi Barzini, een journalist die met Borghese mee zou reizen, over de Itala: 'De auto gaf meteen een indruk van doelgerichtheid.' In Irkoetsk, een stad in het zuidoosten van Rusland, zag die auto er heel wat treuriger uit. Zelfs na een 'zorgvuldig uiterlijk toilet' door Borgheses monteur Ettore, 'was de auto nog verweerd en hij had net als wijzelf een donkerdere kleur gekregen'. Toen ze Moskou hadden bereikt, had de auto 'de kleur van de aarde'.[4]

Maar dat maakte de deelnemers of hun dolenthousiaste Italiaanse bewonderaars niets uit toen het team eenmaal met triomfantelijk brullende motor over de boulevards van Parijs reed. Ter ere van hun overwinning werd het oorspronkelijke rood van de auto de nationale autorace-kleur van Italië, en later ook de kleur die Enzo Ferrari voor zijn auto's ging gebruiken: rosso corsa, race-rood.[5]

Hematiet

Toen de oud-Egyptische pakhuiseigenaar Wah rond 1975 voor Christus werd gemummificeerd, wikkelden de lijkbezorgers hem eerst in ongeverfd linnen. Tussen de lagen stof stopten ze amuletten en snuisterijen en tot slot hulden ze hem in een hematietrode doek met langs de rand de woorden 'Tempel-linnen, ter bescherming'. Osiris, de Egyptische god van het hiernamaals, heette in het Boek der Doden per slot van rekening ook 'de god van het rode kleed' en het kan nooit kwaad om voor de gelegenheid gekleed te zijn.[1]

Het gebruik van hematiet bij de voorbereiding van Wah op het hiernamaals is maar één voorbeeld van de centrale rol die deze kleur in allerlei spirituele handelingen heeft gespeeld. Simpel gezegd: hematiet, is eigenlijk de minerale vorm van ijzeroxide en omvat ook andere soorten rode ijzeroxides en okers. Allemaal danken ze hun kleur aan dezelfde grondstof: Fe_2O_3, watervrij ijzeroxide, of eenvoudiger gezegd: roest.[2] De leden van deze incestueuze pigmentenfamilie komen overal in de aardkorst in grote hoeveelheden voor. Ze kunnen veel verschillende tinten rood hebben, van roze tot de kleur van cayennepeper. Geel oker kan door verhitting zelfs rood worden.

Dieprood gekleurde voorwerpen zijn al sinds het laat-paleolithische tijdperk, zo'n 50.000 jaar geleden, aanwezig in de resten van menselijke beschavingen.[3] Echt overal komt het niet voor, maar toch is het gebruik van hematiet zo over de wereld verspreid, dat antropoloog Ernst E. Wreschner het verzamelen en toepassen ervan zelfs 'een van de twee betekenisvolle regelmatigheden in de menselijke evolutie' noemde. De andere was het maken van werktuigen.[4] Gereedschappen, schelpen, botten en andere kleine voorwerpen met hematietvlekken zijn aangetroffen op paleolithische vindplaatsen in het Duitse Gönnersdorf, in Noord-Afrika, Midden-Amerika en China.[5] Het werd in de oudheid ook vaak gebruikt bij begrafenisrituelen, misschien omdat het zo op de kleur van bloed lijkt. Soms lijkt het gewoon op of over het lichaam gesprenkeld te zijn, maar in andere gevallen is het op een minder grove manier toegepast. In China wordt het vaak samen met zwart gevonden.[6] In Egypte is met hematiet gekleurd linnen – zoals het doek waarin het lichaam van Wah was gewikkeld – gevonden dat al dateerde uit het tweede millennium voor Christus.

Natuurlijke vindplaatsen voor hematiet waren felbegeerd. In de vierde eeuw voor Christus namen de Atheners een wet aan waarmee ze het monopolie kregen op de bijzonder rijke soort hematiet van het eiland Kea, die ze voor allerlei doeleinden gebruikten, variërend van de scheepsbouw tot medicijnen of inkt.[7] (Deze inkt was vooral populair voor titels en ondertitels en zo ontstond het woord 'rubriek' – van het Latijnse *rubrica* dat 'rode oker' betekent.)

Waarom al die historische drukte om een kleur? Het antwoord lijkt te liggen in de liefde van mensen voor rood. De meeste antropologen en archeologen denken dat rood, de kleur van bloed, verbonden is met leven – feest, seks, vreugde – maar ook met gevaar en dood. Als middel dat zo veel symbolische betekenissen moest uitdrukken was hematiet veelgevraagd en dus duur. Het lot van het mineraal als pigment biedt overtuigend bewijs voor twee theorieën: de eerste is dat rood een speciale plaats inneemt in de menselijke psyche; maar de tweede is dat mensen zich schaamteloos aangetrokken voelen tot felle kleuren. Hematiet is dan wel rood, maar het is niet felgekleurd en daarom raakte het op het tweede plan zodra er een levendiger alternatief beschikbaar kwam. Kennelijk hebben de mensen, of in ieder geval hun smaak op het gebied van kleuren, zich verder ontwikkeld en deze tint nogal ondankbaar achter zich gelaten.

Kraplak

'De bloem is heel klein en heeft een groenig gele kleur,' zei de man. 'De wortel is cilindrisch en vlezig en heeft een roodachtig gele kleur.' Zijn publiek wist het nog niet, maar de lezing bij de Londense Royal Society of Arts op de avond van 8 mei 1879, zou een lange zit worden. De spreker was wel een voornaam man en in bezit van een indrukwekkend stel bakkebaarden, maar hij was geen onderhoudend en bondig spreker. Het was wetenschapper en zakenman William Henry Perkin, de man die mauve (p. 169) had ontdekt en de Britse verfindustrie een heel nieuwe wending had gegeven. Een aantal uren lang onderhield hij de verzamelde toehoorders tot in de details over een nieuwe uitvinding die hij had gedaan, namelijk de synthetische vervaardiging van alizarine. Op het laatst hadden waarschijnlijk alleen de meest volhardende toehoorders het belang van zijn prestatie meegekregen. Alizarine was de rode kleurstof in de wortels van *Rubia tinctorum*, *Rubia peregrina* en *Rubia cordifolia*, beter bekend als meekrap. Perkin was erin geslaagd om in zijn lab iets te maken dat tot dan toe alleen de natuur kon produceren.[1]

Zoals hij aan zijn steeds minder aandachtige publiek uitgebreid uit de doeken deed, is meekrap een oeroud kleurmiddel. Meekrapplantjes zijn onopvallend, maar hun rozeachtige wortels geven, nadat ze zijn gedroogd en gestampt, gemalen en gezeefd, een donzig, oranjebruin poederig pigment af, dat heel lang heeft gediend als bron van rood: kraplak. Het werd in Egypte gebruikt vanaf ongeveer 1500 voor Christus en in de graftombe van Toetanchamon is textiel met vlekken van deze plantenwortels aangetroffen.[2] Plinius heeft het belang ervan in de klassieke wereld beschreven, en het is ook gevonden tussen de waren van een verfmaker in de versteende stad Pompeï.[3] Naarmate men vaker bijtende middelen ging gebruiken om kraplak kleurvaster te maken, kreeg dit pigment steeds meer invloed. In India bedrukte men er chintz-stoffen mee; het gaf middeleeuwse bruidskleding een gepast feestelijke tint; en het diende als goedkoper alternatief voor cochenille (p. 141) bij het verven van de rode Britse soldatenjassen.[4] Het kon ook dienen om roze kraplakverf te maken, een helder rozerood kunstenaarspigment, dat George Field in 1835 in zijn *Chromatography* hartstochtelijk bezong.[5]

Maar vooral met kraplak als textielverfstof viel goed geld te verdienen. Lange tijd bezaten de Turken het monopolie op een speciale methode om met behulp van meekrap een rood te verkrijgen dat zo fel was dat het zijn duurdere rivalen bijna overtrof. In de achttiende eeuw wisten eerst de Nederlanders, vervolgens de Fransen en daarna de Britten het kwalijk riekende geheim van dit Turks rood te achterhalen: het was een ingewikkeld procedé waarvoor ondermeer ranzige wonderolie, ossenbloed en mest nodig waren.[6] De handel moet onverslaanbaar geleken hebben. Groot-Brittannië importeerde in 1860 voor meer dan een miljoen pond van deze kleurstof, maar vaak was die van slechte kwaliteit. De Fransen werden ervan beschuldigd dat ze hun handelswaar met allerlei spul versneden, van baksteen tot haver.[7] De prijs daalde ook: in 1868 kostte 50 kilo kraplak 30 shilling, het weekloon van een arbeider. Een jaar later kostte dezelfde hoeveelheid nog maar 8 shilling.[8] Dit kwam natuurlijk doordat de geleerde heer Perkin in Groot-Brittannië en drie Duitse wetenschappers in Berlijn tegelijkertijd ontdekten hoe ze synthetische alizarine konden maken. Voor het eerst in de geschiedenis konden kleren kraplakrood geverfd worden zonder dat er ook maar één *Rubia tinctorum* uit de grond hoefde te komen.

Drakenbloed

Op de ochtend van 27 mei 1668 reed een ruiter door een afgelegen hoek van Essex in Zuidoost-Engeland, toen hij een draak tegenkwam. Het beest had zitten zonnen aan de rand van een berkenbos, maar richtte zich op toen de ruiter naderde. Hij was enorm: drie meter lang van sissende tong tot staart, ongeveer zo dik als het bovenbeen van een man, en had leerachtige vleugels die veel te klein leken om zijn enorme romp de lucht in te krijgen. De man gaf zijn paard de sporen en 'ging er met vliegende snelheid vandoor, blij dat ze aan zo'n groot gevaar waren ontsnapt'.

Maar dat was nog niet het eind van het verhaal over de draak. Mannen uit het nabijgelegen stadje Saffron Walden gingen op jacht naar het beest, misschien uit angst dat de draak honger kreeg en hun kuddes vee zou aanvallen, of misschien uit verveling of ongeloof. Tot hun verrassing troffen ze het monster op vrijwel dezelfde plek. Weer richtte het zich op en verdween daarna luid sissend in het kreupelhout. In de maanden daarna zagen de dorpelingen hem telkens opnieuw, tot ze op een dag ontdekten dat het berkenbos weer drakvrij was, al begrepen ze niet waarom. Het hele verhaal werd opgeschreven in een boekje, *The Flying Serpent or Strange News out of Essex* ('De vliegende slang, of vreemd nieuws uit Essex'), waarvan nog steeds een exemplaar te vinden is bij de plaatselijke bibliotheek.[1]

Het is een eigenaardig idee dat op hetzelfde moment dat de dorpelingen hun omgeving afzochten om een draak weg te jagen, Isaac Newton een kilometer of zestig verderop zijn best deed om de wetenschappelijke revolutie in gang te zetten. Misschien was de verschijning van de draak een laatste oprisping van een wezen dat door de vooruitgang voorgoed naar het rijk der fabelen verbannen zou worden. En met de draak verdween natuurlijk ook zijn bloed, dat al vóór de geboorte van Christus een zeer exclusief pigment was geweest. In een klaagzang over het steeds uitdijende palet dat kunstenaars maar afleidde van de ernst van de kunst, schreef Plinius dat 'India het slijk van haar rivieren en het bloed van draken en olifanten bijdraagt'.[2] Hij had het over drakenbloed. Men geloofde in die tijd dat olifanten verkoelend bloed hadden en dat draken in het droge seizoen naar iets koels verlangden om hun dorst te lessen. Daarom verstopte een draak zich in een boom tot er een nietsvermoedende olifant voorbijkwam en sloeg dan toe. Soms doodde de draak de olifant meteen en dronk hij van diens bloed, maar soms verpletterde de olifant de draak en dan stierven ze samen en vermengde hun bloed zich tot een rode, harsachtige substantie die drakenbloed werd genoemd.[3]

Zoals de meeste legendes heeft ook deze een kern van waarheid, waar een heel verhaal omheen is gesponnen. Om te beginnen wordt bij het maken van drakenbloed geen enkel dier, zelfs geen mythologisch dier, een haar gekrenkt. Maar dit pigment bestaat wel degelijk, het komt uit het Oosten en inderdaad spelen bomen een rol in de productie ervan. Het gaat hier om een wondrood hars dat vaak, maar niet altijd, gewonnen wordt uit bomen van het geslacht *Dracaena*.[4] George Field, die zijn boek schreef in 1835, was er niet enthousiast over. Niet alleen werd het pigment 'verdiept door onzuivere lucht, en donkerder door licht', maar het reageerde ook met het alomtegenwoordige loodwit en in olieverf duurde het een eeuwigheid voor het droogde. 'Het verdient niet de aandacht van de kunstenaar,' concludeerde Field streng.[5]

Hij preekte voor een koor van ontevreden kunstenaars: zij voelden weinig voor nog een tint rood, zeker niet voor een rood met zulke duidelijke beperkingen. Zonder de ruggensteun van een algemeen geloof in draken ging het drakenbloed dezelfde weg als de gevleugelde slang van Saffron Walden: de vergetelheid in.

Tyrisch purper
Orchilla
Magenta
Mauve
Heliotroop
Violet

Paars

In *De kleur paars*, de met een Pulitzerprijs bekroonde roman van Alice Walker, lijkt het personage Shug Avery eerst een oppervlakkige sirene. Zij is, zo wordt ons verteld, 'zo stijlvol dat het lijkt of de bomen rond het huis rechter op gaan staan om er beter uit te zien'. Maar later toont Shug een onverwacht inzicht en is zij degene die de roman haar titel bezorgt. 'Ik denk dat God ervan baalt,' zegt Shug, 'als je ergens in een veld voorbij de kleur paars loopt zonder die op te merken.' Blijkbaar is paars voor Shug het bewijs van Gods glorie en gulheid.

Het geloof dat paars iets bijzonders is en op macht duidt, komt verrassend vaak terug in de geschiedenis. Tegenwoordig beschouwen we paars als een secundaire kleur, ergens tussen de primaire kleuren rood en blauw in op het kleurenwiel van de kunstenaar. Ook taalkundig is paars vaak ondergeschikt geweest aan grotere kleurcategorieën – rood, blauw of zelfs zwart. En paars is ook niet per se onderdeel van het zichtbare kleurenspectrum (al hoort violet, de allerkortste golflengte in het spectrum die mensen kunnen zien, daar wel bij).

Het verhaal van paars begint en eindigt met twee grote verfstoffen. De eerste van de twee, Tyrisch purper, (p. 162), was een symbool van de rijken en de elite en gaf aan dat de drager een stevige band met het goddelijke had. De tweede, mauve (p. 169), een door mensen gemaakt scheikundig hoogstandje, luidde in de negentiende eeuw de democratisering van kleur in. Hoe de tint die werd verkregen met de wonderverfstof uit de oudheid er precies uitzag, blijft min of meer een mysterie. Het woord 'paars' was ook een enigszins veranderlijke term. De oude Griekse en Latijnse woorden voor de kleur, respectievelijk *porphyra* en *purpura*, werden ook gebruikt voor diep donkerrode tinten, zoals de kleur van bloed. Ulpianus, een Romeinse jurist in de derde eeuw, omschreef *purpura* als alle rode dingen die niet waren gekleurd met verfstoffen uit *coccus*, of karmijn.[1] Plinius de Oudere (23-79 van onze jaartelling) schreef dat de beste Tyrische stof geverfd was met zwart.[2]

Al weet dus niemand precies hoe Tyrisch purper eruitzag, toch zijn alle bronnen het erover eens dat het de kleur van de macht was. Plinius mopperde wel over de geur van de verfstof, die het midden hield tussen rottende schaaldieren en knoflook, maar hij twijfelde niet aan het gezag van deze kleur.

> *Dit is het purper waarvoor de Romeinse fasces en bijlen de weg vrijmaken. Het is het embleem van de jeugdige edele; het onderscheidt de senator van de soldaat; het wordt aangerukt om de goden gunstig te stemmen. Het geeft elk kledingstuk glans en deelt met goud de glorie van de overwinning. Om deze redenen moeten we begrip hebben voor het krankzinnige verlangen naar purper.*[3]

Vanwege dat krankzinnige verlangen en het dure procedé om Tyrisch purper te maken werd de kleur paars symbolisch voor weelde, onmatigheid en machthebbers. 'In purper geboren zijn' betekende deel uitmaken van een koninklijk geslacht, en was zo genoemd vanwege de Byzantijnse gewoonte om de koninklijke kraamkamers te versieren met porfierkleurige en Tyrisch purperen stoffen; dat was dus de eerste kleur die nieuwe prinsenkinderen zagen. Van de Romeinse dichter Horatius komt de uitdrukking 'paars proza'. In zijn *Ars poetica* ('De kunst van het dichten'), die hij in 18 voor Christus schreef, gebruikte hij die term voor de bloemrijke taal waarin dichters zich kunnen uitdrukken: 'Je opening is veelbelovend / En toch opzichtig paarse stukken / Als in de beschrijving van een heilig woud, of het altaar van Diana.'[4]

Niet alleen in het Westen had paars een speciale status. In Japan bestond een diep paars, *murasaki*, dat *kin-jiki* was, een verboden kleur, die gewone mensen niet mochten dragen.[5] In de jaren tachtig van de vorige eeuw gaf de Mexicaanse overheid toestemming aan een Japans bedrijf, Purpura Imperial ('Keizerlijk paars'), om de daar voorkomende caracolslak te verzamelen voor het verven van kimono's. (Want in Japan zelf was een vergelijkbare slakkensoort, *Rapana bezoar*, inmiddels vrijwel uitgestorven.) Ook de plaatselijke Mixtekenbevolking haalde al eeuwenlang paarse kleurstof uit caracolslakken, maar zij lieten de beestjes zelf leven. Purpura Imperial gebruikte veel dodelijker methodes om de slakken te oogsten en de populatie liep dramatisch terug. Na jaren lobbywerk werd het contract ontbonden.[6]

Zoals veel bijzondere dingen heeft ook paars altijd een dringend beroep gedaan op natuurlijke hulpbronnen. Miljoenen schaaldieren hebben een zware tol betaald voor de kleding van de rijken, en ook langzaam groeiende korstmossen zoals *Roccella tinctoria*, waarvan men orchilla (p. 165) maakt, raken geleidelijk aan op, zodat mensen die steeds verder moeten zoeken, of ervan af moeten zien. Zelfs voor mauve waren grote hoeveelheden ruwe grondstof nodig: aanvankelijk zelfs zo veel dat de maker, William Perkin, later toegaf dat ze de hele onderneming bijna hadden afgeblazen.[7]

Gelukkig voor Perkin werd zijn nieuwe kleurstof immens geliefd, en nu bleek dat er fortuin mee gemaakt kon worden, volgde op de ontdekking van mauve een explosie van andere anilinekleuren. Of dit ook goed was voor paars is de vraag. Opeens kon iedereen goedkoop aan paars komen en aan nog duizenden andere kleuren. Al te bekend maakt onbemind, en paars werd een kleur als alle andere.

Tyrisch purper

Een van de beruchtste verleidingsscènes ooit vond plaats aan het eind van het jaar 48 voor Christus. Kort daarvoor, op 9 augustus, had Julius Caesar het veel grotere leger van zijn rivaal en schoonzoon Pompeius verslagen in de Slag bij Pharsalus. Nu was hij in Egypte en de beroemdste vrouw ter wereld, die half zo oud was als hij, was erin geslaagd om langs zijn lijfwacht zijn appartement binnen te glippen, gerold in een tapijt. Toen Cleopatra negen maanden later was bevallen van een zoon die ze Caesarion noemde, 'Kleine Caesar', keerde de trotse vader terug naar Rome en introduceerde daar meteen een nieuw type toga dat alleen hij mocht dragen, in de favoriete kleur van zijn grote liefde: Tyrisch purper.[1]

Deze rijke tint – die volgens Plinius de kleur van geronnen bloed hoorde te hebben – was het product van twee soorten slakken die in het Middellandse Zeegebied voorkwamen: *Thais haemastoma* en *Murex brandaris*. Als je de schelp van zo'n spitse, vleesetende gastropode open zou breken, zou je een lichtgekleurde hypobranchiale klier of 'bloem' zien, die dwars door het lichaam loopt. Kneep je daarin, dan kwam er een druppel heldere, naar knoflook ruikende vloeistof uit. Binnen enkele ogenblikken werd die vloeistof onder invloed van het zonlicht eerst lichtgeel, daarna zeegroen, dan blauw en uiteindelijk donker paarsrood. Om de beste kleur te krijgen, die zo diep was dat hij bijna zwart leek, moest je de vloeistof van beide soorten slakken door elkaar mengen.[2] Er was een lang en smerig ruikend proces nodig om de kleur zo te bewerken dat hij in textiel doordrong en zich eraan hechtte. De vloeistof uit de slakkenklieren ging in een vat verschaalde urine (voor de ammoniak) en na tien dagen gisten werd het textiel erbij gestopt; in sommige geschriften werd aangeraden om het textiel twee keer zo'n bad te geven.[3]

Het vroegste bewijs voor het bestaan van Tyrisch verven dateert uit de vijftiende eeuw voor Christus.[4] De stank van rottende zeeslakken en oude urine die uit het gistende mengsel opsteeg, moet overweldigend zijn geweest – archeologen vonden antieke verfwerkplaatsen meestal aan de rand van dorpen en steden. De verfstof was vooral verbonden met de Feniciërs uit Tyrus die hem beroemd maakten en er in de hele regio handel mee dreven. Tyrisch-gekleurd textiel komt voor in de *Ilias* van Homerus (ca. 1260-1180 voor Christus) en in de *Aeneis* van Vergilius (ca. 29-19 voor Christus) en er zijn ook afbeeldingen van in het oude Egypte gevonden.

Dat de kleur zo geliefd was, betekende niet veel goeds voor de *Murex* en *Thais*. In elk exemplaar zat maar één druppel en er waren zo'n 250.000 slakken nodig om tegen de dertig gram kleurstof te maken.[5] De stapels schelpen die duizenden jaren geleden werden weggegooid, zijn zo groot dat ze langs de hele oostkust van de Middellandse Zee heuvels in het landschap hebben gevormd. De enorme hoeveelheid werk die hierbij kwam kijken – elke slak moest bijvoorbeeld met de hand gevangen worden – had twee gevolgen die met elkaar samenhingen. Het eerste was dat Tyrisch purper schreeuwend duur was. Halverwege de vierde eeuw voor Christus kostte het evenveel als zilver; al snel was Tyrisch purper-geverfd textiel letterlijk zijn gewicht in goud waard. In de derde eeuw zei een Romeinse keizer tegen zijn vrouw dat hij het zich niet kon veroorloven om haar een Tyrisch purperen jurk te geven.[6]

Het tweede effect was dat dit de kleur van de macht en de koningshuizen werd. In het republikeinse Rome was het een statussymbool voor een select groepje. Triomferende generaals mochten een paars met gouden toga aantrekken; generaals op veldtocht een paarse. Senatoren, consuls en praetoren (een soort magistraten) droegen een toga met een brede, Tyrisch purperen zoom; generaals hadden er een met een smalle zoom.[7] Deze zichtbare rangorde veranderde toen Caesar in Rome terugkwam en de regels zelfs nog strikter werden. In de vierde eeuw van onze jaartelling mocht alleen de keizer Tyrisch purper dragen; ieder ander die met een kledingstuk in die kleur werd betrapt kon de doodstraf krijgen.[8] Keizer Nero zag bij een muziekuitvoering eens een vrouw in slakkenpaars. Hij liet haar de zaal uit zetten, uitkleden en van al haar eigendommen ontdoen, zo overtuigd was hij dat de kleur gelijkstond aan de keizerlijke macht. Van Diocletianus, een Romeinse heerser die wat pragmatischer (of misschien gewoon inhaliger) was dan de anderen, mocht iedereen de kleur dragen, zolang ze de exorbitante prijs ervan konden betalen en hij de winst daarvan kon opstrijken.[9] Verder naar het oosten brachten Byzantijnse koninginnen hun kinderen ter wereld in een wijnkleurige kamer, zodat de koningskinderen 'geboren in het paars' waren, zoals dat heette, als bevestiging van hun aanspraak op de troon.

Gelukkig kregen die arme slakken gratie van de internationale politiek, voordat ze helemaal waren uitgestorven. In 1453 viel Constantinopel, de hoofdstad van het Oost-Romeinse rijk, in handen van de Turken en daarmee raakte het geheime recept van het fijnste paars ter wereld verloren. Het zou nog vier eeuwen duren voor een onbekende Franse zeebioloog, Henri de Lacaze-Duthiers, toevallig op de *Murex*-slakken en hun paars stuitte.[10] Maar dat was in 1865, het jaar waarin ook een andere kleur paars, mauve (p. 169) in productie kwam.

Orchilla

Zelfs op de meest onherbergzame plekken is kleur te vinden. Orchilla (alias: *archilla*, *orchella*, *orseille*, *tournesol* en *orceïene*) is een donker paarsrode kleurstof, gemaakt van korstmos. De meeste mensen kennen korstmossen als een dun laagje begroeiing over stenen of boomstronken, maar letten er nauwelijks op. Van dichtbij bezien blijken kortmossen interessanter dan je denkt. Het is niet één organisme, meestal zijn het er twee, een schimmel en een algensoort die een symbiotische relatie hebben en zo dicht op elkaar leven, dat er een microscoop voor nodig is om de een van de ander te onderscheiden.[1]

Verschillende korstmossen kunnen gebruikt worden om kleurstof te maken. Vroegmoderne Nederlandse verfmakers maakten er een die lak of lakmoes werd genoemd, en verkochten die als kleine, donkerblauwe blokjes. (Korstmossen zijn heel gevoelig voor fluctuaties in pH-waarde en artsen konden verschillende soorten hiervan vermalen om er de zuurgraad van de urine van hun patiënten mee te testen, vandaar het woord ‘lakmoesproef’.) Het korstmos dat het meest werd gebruikt voor orchilla is *Roccella tinctoria*. Het ziet er niet echt veelbelovend uit, zoals het tegen een rotswand geplakt zit. Net als de meeste orchilla-leverende korstmossen heeft ook deze een gelig grijze kleur, en hij groeit in kleine bosjes die doen denken aan bleek zeewier. Dit type korstmos komt op veel plekken voor, onder andere op de Canarische Eilanden en de Kaapverdische Eilanden, in Schotland en verschillende kleine gebieden in Afrika, de Levant en Zuid-Amerika.[2]

Het Westen ontdekte het geheim van orchilla pas in de veertiende eeuw, toen een Italiaanse koopman, Federigo, naar de Levant reisde en daar de kleurende eigenschappen van de plaatselijke korstmossen ontdekte.[3] Bij zijn terugkeer in Florence ging hij met behulp van korstmossen wol en zijde verven in die geliefde, rijke paarse kleur, die mensen tot dan toe alleen van de *Murex*-pigmenten kenden. Dankzij zijn onderneming werd Federigo een rijk man. Zijn nakomelingen roken een kans op een eigen merk en veranderden hun naam in Rucellis.[4] Geleidelijk verspreidde de kennis over deze kleurstof zich, eerst naar Italiaanse stoffenverververs – een vijftiende-eeuws

Venetiaans handboek voor ververs wijdt er maar liefst vier hoofdstukken aan – en vervolgens naar andere Europese landen.

Het was niet gemakkelijk om orchilla te maken. Eerst moest er een bron voor gevonden worden, en omdat korstmossenpopulaties zo kwetsbaar zijn, was elke vindplaats al snel uitgeput.[5] Om aan de vraag te kunnen voldoen werden korstmossen tegen hoge kosten van steeds verder weg gelegen plaatsen aangevoerd, wat lucratief was voor handelsroutes en koloniale rijken.[6] De korstmossen moesten voorzichtig met de hand geplukt worden – sommige soorten in mei en juni, andere in augustus – en tot fijn poeder vermalen. De volgende stadia luisterden nog nauwer. De twee belangrijkste benodigdheden waren ammoniak en tijd. In de tijd dat orchilla werd geproduceerd was verschaalde menselijke urine de belangrijkste beschikbare bron voor ammoniak. Volgens een Venetiaans recept uit 1540 moest 100 pond orchillapoeder en 10 pond van een aluin zoals potassium met urine worden gemengd tot een deegachtige massa. Dit deeg moest vaak worden doorgekneed, tot wel drie keer per dag – als het te droog werd, ging er wijn bij – en vervolgens wel zeventig dagen bewaard op een warme plek. Daarna 'is het zo dik geworden dat het klaar is voor gebruik'.[7] Zelfs volgens moderne recepten duurt het achtentwintig dagen voordat de juiste kleur is ontstaan.[8]

Van sommige korstmossen zei men dat ze heerlijk geurden – als viooltjes – terwijl ze zich tot kleurstof ontwikkelden, maar toch moet dit hele procedé vaak onaangenaam, stinkend en arbeidsintensief werk zijn geweest. De kleuren die zo ontstonden, maakten veel goed. Een daarvan was een volbloed paars, geschikt voor koningen en koninginnen; een andere was veel roder. Daarover gaat een veelzeggend verhaal: in februari 1797 landde het napoleontische leger bij het havenstadje Fishguard aan de Britse westkust, maar de soldaten van het invasieleger schrokken zich een hoedje bij de aanblik van een groep Welshe vrouwen in rode, met korstmos geverfde kleding. Ze zagen ze aan voor een speciale eenheid van de Britse roodjassen en gingen ervandoor zonder dat ze een schot hadden gelost.

Magenta

Terwijl golven kolonisten Amerika veroverden, speelde zich in de tweede helft van de negentiende eeuw heimelijk ook in Europa een wildwestgevecht af. Hier ging de strijd alleen niet om land maar om kleuren.

Die kleuren waren de anilineverven, een familie van synthetische kleurstoffen die werden gemaakt van kleverige koolteer. De naam aniline komt van *anil*, Spaans voor indigo (p. 189), en werd in 1826 bedacht door Otto Unverdorben, een Duitse scheikundige die in zijn lab gewerkt had aan het vrijmaken van de kleurstoffen uit de indigoplant. De eerste synthetische aniline die werd gecreëerd was het opmerkelijk paarse mauve (p. 169), dat in 1853 bij toeval werd ontdekt door een Londense tiener. Dit was nog maar het begin. Het was meteen duidelijk dat aniline de kleurenwereld nog veel meer te bieden had. Overal ter wereld gingen wetenschappers koortsachtig aan de slag om deze nieuwe stof te beproeven met alles wat ze maar te pakken konden krijgen.

Een van de eersten die in de roos schoot was François-Emmanuel Verguin. Hij was directeur geweest van een fabriek die geel maakte uit picrinezuur, maar in 1858 stapte hij over naar een concurrerend bedrijf, Renard Frères & Franc, en daar creëerde hij vrijwel onmiddellijk een rijke kleur op de grens tussen rood en paars door aniline te mengen met tin-chloride.[1] Hij noemde zijn nieuwe creatie *fuchsine*, naar de bloem (p. 124). Bijna op hetzelfde moment ontdekte de Britse firma Simpson, Maule & Nicholson het anilinerood. Deze oogverblindende kleur sloeg onmiddellijk aan. De eerste klanten waren, opmerkelijk genoeg, enkele Europese legers die er hun uniformen mee wilden verven. Maar de namen – 'fuchsia' in Frankrijk en 'roseine' in Groot-Brittannië – pasten niet bij zo'n flitsende en zelfbewuste kleur. Daarom werd hij uiteindelijk 'magenta' genoemd, ter ere van de kleine Italiaanse stad bij Milaan waar het Frans-Piedmontese leger op 4 juli 1859 een beslissende overwinning had behaald op de Oostenrijkers.

Al snel vond het magenta uit veel concurrerende fabrieken in Mulhouse, Bazel, Londen, Coventry en Glasgow zijn weg naar de kledingkast van een publiek dat reikhalzend uitkeek naar kleurige, betaalbare nieuwe kleding. Binnen een paar jaar werd de markt overspoeld met nieuwe anilinekleuren – een geel, twee tinten violet, aldehydegeel, bleu de Lyon, bleu de Paris, Nicholsons blauw, dahlia (iets tussen mauve en magenta in) en een zwart. Stamgasten van de Black Horse Pub, een dranklokaal op een steenworp afstand van Perkins verffabriek in het Britse Greenford Green, mochten graag zeggen dat hun stukje van het Grand Junction Canal elke week een andere kleur kreeg.[2]

Door al het geëxperimenteer met nieuwe kleuren raakte magenta helaas langzaam maar zeker uit de mode. In de tien jaar die volgden was de bedrijfstak verlamd door een opeenvolging van rechtszaken, omdat alle bedrijven probeerden hun patenten uit te oefenen en hun intellectueel eigendom te bewaken. Verguin zelf had weinig voordeel van zijn creatie: in zijn contract bij Renard Frères & Franc had hij de rechten op alle kleuren die hij creëerde overgedragen, in ruil voor een vijfde van de winst.[3] Aan het begin van de twintigste eeuw kwam men erachter dat sommige van deze wonderbaarlijke nieuwe kleuren een gevaarlijk hoge dosis arsenicum bevatten – in magentamonsters kon wel 6,5 procent zitten. Een subtieler probleem was dat de consument door die grote variëteit aan keuzes telkens weer iets nieuws wilde; magenta was nu maar een van de duizenden mogelijkheden. Dat de kleur bleef bestaan is voornamelijk te danken aan het vierkleurendrukwerk. Magenta bestaat bijna alleen nog als de (onmiskenbaar roze) basiskleur in het CMYK-kleurensysteem.

Mauve

In het Europa van de achttiende en negentiende eeuw heerste overal malaria. Rond 1740 schreef Horace Walpole, op de zorgelijke toon van een gestrande toerist, over 'iets afschuwelijks, de *mal'aria*, dat elke zomer naar Rome komt en waar je aan doodgaat'. (Het woord malaria is een verbastering van het Italiaanse woord voor 'slechte lucht', omdat men dacht dat de ziekte zich via de lucht verspreidde; het verband met muggen werd pas later gelegd.) De helft van alle patiënten die in 1883 werden opgenomen in het Londense St Thomas's Hospital, leed aan de moeraskoorts, ofwel malariakoorts.[1]

Het enige bekende medicijn daartegen, kinine, werd gewonnen uit de schors van een bepaalde Zuid-Amerikaanse boom en kostte een fortuin: de Britse East India Company gaf er jaarlijks rond de 100.000 pond aan uit.[2] Er waren dan ook genoeg financiële prikkels om op zoek te gaan naar een synthetische kinine. Deels daarom en deels uit oprechte liefde voor de scheikunde sloot een achttienjarige zich een vakantie lang op in een zelfgebouwd laboratorium op de zolder van zijn vaders huis in Oost-Londen, om te proberen kinine te maken op basis van koolteer. Vandaag de dag wordt William Perkin geëerd als een van de helden van de moderne wetenschap. Niet omdat hij de formule voor kinine vond, want dat is hem nooit gelukt, maar omdat hij een rijke scheikundige ader aanboorde, toen hij bij toeval op een bepaalde tint paars stuitte: mauve.

In de eerste maanden van 1856 deed Perkin proeven met koolteer, het olieachtig zwarte bijproduct van gasverlichting dat ruim voorhanden was. Zijn experimenten leverden een roodachtig poeder op dat bij verdere proeven niet werd omgezet in kleurloos kinine, maar in een felpaarse vloeistof.[3] De meeste scheikundigen zouden zo'n onbedoeld ontstaan goedje hebben weggegooid. Perkin, die wel eens had gedroomd van een carrière als kunstenaar, doopte een lapje zijde in zijn kolf en besefte dat hij een licht- en wasechte kleurstof had gemaakt. Hij zag meteen de commerciële mogelijkheden hiervan en noemde zijn creatie aanvankelijk naar de exclusieve kleur die al door de Grieken en Byzantijnen in de oudheid uit slakken werd gewonnen, Tyrisch purper (p. 162). Maar al snel gaf hij zijn kleur de Franse naam voor de *malva*-plant (kaasjeskruid): mauve, waarvan de bloemen net zo'n blauwpaarse tint hadden.[4]

Het werd niet meteen een succes. Ververs, die gewend waren om met extracten van planten en dieren te werken, twijfelde aan dit nieuwerwetse goedje. Het was ook duur om te maken. Er was 45 kilo kolen nodig om 280 gram koolteer te maken, en dat leverde dan maar een gram of zeven aan mauve op.[5] Gelukkig voor Perkin en voor ons (als hij niet zo koppig had volgehouden zou koolteer misschien zijn afgeschreven voor er moderne toepassingen waren ontdekt, zoals haarverf, chemotherapie, sacharine en kunstmatige muskus) besloot de verwende, extravagante vrouw van Napoleon III, keizerin Eugénie, dat mauve precies de kleur van haar ogen was. Het modetijdschrift *The Illustrated London News* vertelde zijn lezers in 1847 dat de meest modieuze vrouwen ter wereld een voorliefde hadden voor Perkins paars. Ook de Britse koningin Victoria pikte de trend op en droeg in januari 1858 'een diepmauve fluwelen jurk, afgezet met drie rijen kant' met een bijpassende petticoat – 'een antiek mauve met zilvermoiré, afgezet met een brede strook Honitonkant' – naar het huwelijk van haar dochter met prins Frederick William.[6] In augustus 1859 verklaarde het blad *Punch* dat Londen 'in de greep van de mauvemazelen' was en was de eenentwintigjarige Perkin een rijk en gerespecteerd man.[7]

Maar al snel kreeg mauve te maken met dat typisch victoriaanse verschijnsel: verval. De kleur werd te algemeen en bovendien bleef een oudere generatie vrouwen hem trouw, en zo werd de kleur al snel een aanduiding voor een bepaald type oudere dame. 'Vertrouw nooit een dame die mauve draagt,' verklaarde Oscar Wilde in *Het portret van Dorian Gray*, dat in 1891 verscheen. 'Het betekent altijd dat ze een geschiedenis met zich meedraagt.'

Misschien had de huidige Britse koningin dit stigma in haar achterhoofd, toen ze een algeheel verbod op mauve bloemen in het paleis uitgevaardigde. Minder zorgelijke types weigerden zich te laten afschrikken. De frivole Britse modeontwerper Neil Munro Roger, die de capribroek heeft bedacht en door iedereen werd aangesproken met het koosnaampje 'Bunny', was dol op 'menopauze-mauve', zoals hij het noemde. Het werd zelfs zo *zíjn* kleur dat hij op het Amethist-bal ter gelegenheid van zijn zeventigste verjaardag geheel in mauve was gehuld, van de reigerveren op zijn hoofd tot en met de glanzende zoom van zijn jumpsuit.

Heliotroop

Sommige kleuren nemen in onze fantasie een grotere plaats in dan in het werkelijke leven. Neem bijvoorbeeld heliotroop: een plant waarvan de naam is samengesteld uit twee Griekse woorden: *helios*, zon, en *tropaios*, draaien. Men dacht namelijk dat de paarse bloemetjes met de zon meedraaiden als die langs de hemel trok. De kleur ontleent zijn naam op zijn beurt aan deze bloemetjes. Maar de bloemen van de heliotroop draaien net zomin met de zon mee als die van de meeste andere planten, en het opvallendst aan de *Heliotropium* is zijn zoete kersengeur. Een vroege voorouder van deze plant diende in het oude Egypte als ingrediënt van een parfum dat ook naar Griekenland en Rome werd geëxporteerd.[1]

Deze kleur beleefde zijn hoogtepunt tegen het eind van de negentiende eeuw, tijdens de snelle opkomst van veel tinten paars. Voor een deel dankte hij zijn aantrekkingskracht aan het feit dat hij nieuw was. Vóór het mauve van William Perkin (p.169) was paars moeilijk geweest om te maken en had het nog de keizerlijke glans van zijn vroegere status, dus misschien moeten we het de victorianen maar vergeven dat er in het decennium daarna steeds meer combinaties met heliotroop opkwamen die pijn deden aan de ogen. In 1880 droeg men de kleur met lichtgroen of abrikoos; later met kanariegeel, eucalyptusgroen, bronsgroen of pauwblauw. 'Geen kleur is blijkbaar te fel,' schreef een recensent. 'De combinaties zijn soms nogal onthutsend.'[2]

In de victoriaanse bloementaal stond heliotroop vaak voor toewijding, en dat verklaart voor een deel waarom dit een van de weinige kleuren was die een vrouw na de dood van een geliefde mocht dragen. In een periode van halfrouw moest je heliotroop en andere zachte paarstinten dragen. Een weduwe, die de zwaarste rouw droeg, bereikte dat stadium van halfrouw pas na twee jaar van onopvallende, matzwarte kleding; bij een minder directe band met de overledene was de rouw minder streng en waren vanaf het begin ingetogen kleuren toegestaan. Een ernstige uitbraak van influenza tijdens de winter van 1890 legde het volgende jaar een grauwsluier van zwart, grijs en heliotroop over het modebeeld.[3]

In het werkelijke leven was deze kleur dus geen gelukkig lot beschoren, maar in de literatuur kreeg hij een opmerkelijk tweede leven. Personages die zich onfatsoenlijk gedragen zijn opvallend vaak in deze kleur gekleed. Mevrouw Cheveley, de heerlijk immorele antiheldin in *Een ideale echtgenoot* van Oscar Wilde, maakt haar opwachting in heliotroop en diamanten, waarna ze in de rest van het stuk één en al bravoure is en de mooiste teksten voor haar rekening neemt.[4] Ook in het werk van J.K. Rowling, D.H. Lawrence, P.G. Woodhouse, James Joyce en Joseph Conrad komen verwijzingen voor naar heliotroop. Het is een woord dat lekker in de mond ligt, als een rijke, romige saus. En daar komt bij dat de kleur zelf ook intrigeert: ouderwets, ongewoon en een tikje onbeschaamd.

Violet

In 1874 richtte een groep kunstenaars in Parijs de Anonieme Vereniging van Schilders, Beeldhouwers, Drukkers Etc, op en begon hun eerste tentoonstelling te organiseren. Ze wilden dat die een beginselverklaring werd, een oproep tot actie, en vooral een lange neus naar de Académie des Beaux-Arts, die zojuist hun werk had afgewezen voor de prestigieuze jaarlijkse *Salon*. De oprichters van de nieuwe groep, Edgar Degas, Claude Monet, Paul Cézanne, Camille Pissarro en anderen, vonden de oude, academische stijl te saai, te conventioneel en overdekt met een te dikke laag honingkleurig vernis om de wereld te kunnen weergeven zoals hij echt was en om enige waarde te hebben. De gevestigde orde was al even vernietigend over de impressionisten. In een bijtende recensie voor de krant *Le Charivari* schreef Louis Leroy dat Monets *Impression, soleil levant* helemaal geen voltooid schilderij was, alleen maar een ruwe schets. In de jaren daarna zou de beginnende beweging nog veel meer van dit soort kritiek over zich heen krijgen, maar een terugkerend thema daarin was hun voorliefde voor een bepaalde kleur: violet.

Edmond Duranty, een vroege bewonderaar van de impressionisten, schreef dat hun werken *'procèdent presque toujours d'une gamme de violet et bleuâtre'* ('bijna altijd voortkomen uit een spectrum van violet en blauw').[1] Anderen hadden meer moeite met al dat violet. Veel mensen oordeelden dat de impressionisten stuk voor stuk krankzinnig waren, of op zijn minst aan een tot dan toe onbekende ziekte leden: 'violettomania'. Het zou even moeilijk zijn om Pissarro ervan te overtuigen dat bomen niet violet zijn, zo grapte iemand, als een patiënt van een krankzinnigengesticht wijs te maken dat hij niet de paus was. Een ander vroeg zich af of de impressionisten soms zo door deze kleur gefascineerd waren doordat ze te veel tijd *en plein air* (in de buitenlucht) doorbrachten: de violette tint kon het gevolg zijn van een permanent negatief na-beeld, veroorzaakt door te lang naar zonnig gele landschappen kijken.

In een bespreking van een solotentoonstelling van Monet opperde Alfred de Lostalot dat de kunstenaar misschien een van die zeldzame mensen was die het ultraviolette deel van het spectrum kunnen zien. 'Hij en zijn vrienden zien paars,' schreef De Lostalot, 'maar het publiek ziet iets anders. Vandaar de onenigheid.'[2]

Hun voorliefde voor violet kwam voort uit twee pas bedachte theorieën. Een daarvan was de overtuiging van de impressionisten dat schaduwen nooit echt zwart of grijs zijn, maar een kleur hebben; de tweede had te maken met complementaire kleuren. Violet was de complementaire kleur van het gele zonlicht, dus was het logisch dat dat de kleur van de schaduw was. Maar al snel trad deze tint zelf uit de schaduw. In 1881 verkondigde Édouard Manet tegenover zijn vrienden dat hij eindelijk de ware kleur van de atmosfeer had ontdekt. 'Die is violet,' zei hij. 'Frisse lucht is violet. Over drie jaar werkt de hele wereld in violet.'[3]

Ultramarijn
Kobalt
Indigo
Pruisisch blauw
Egyptisch blauw
Wede
Elektrisch blauw
Hemelsblauw

Blauw

In de jaren twintig maakte de Catalaanse kunstenaar Joan Miró een serie schilderijen die radicaal anders waren dan alles wat hij daarvoor had gemaakt. Een van deze 'beeldgedichten', een groot doek uit 1925, is bijna helemaal blanco. In de linker bovenhoek staat het woord 'Photo' geschreven, in elegante, krullerige letters; rechts zit een klodder vergeet-me-niet-kleurige verf en daaronder staat, in nette, gewone letters geschreven: '*Ceci est la couleur de mes rêves*' ('Dit is de kleur van mijn dromen').

Nog maar twee jaar daarvoor had Clyde Keeler, een Amerikaanse geneticus die onderzoek deed naar de ogen van blinde muizen, ontdekkingen gedaan die aangaven dat Miró hier iets op het spoor was. De muizen misten de lichtreceptoren waarmee zoogdieren normaal gesproken licht waarnemen, maar toch trokken hun pupillen samen in reactie op licht. Het zou nog driekwart eeuw duren voordat het verband definitief werd vastgesteld: iedereen – ook blinden – bezit een speciale receptor die blauw licht waarneemt. Die is van levensbelang, want onze reactie op dat gedeelte van het spectrum dat in het vroege daglicht het sterkst geconcentreerd is, zet ons dag- en nachtritme in werking, onze innerlijke klok die ervoor zorgt dat we 's nachts slapen en overdag waakzaam blijven.[1] Een probleem is dat onze moderne wereld vol lampen en verlichte smartphoneschermen ons op elk uur van de dag overstelpt met blauw licht en dat heeft negatieve gevolgen voor ons slaappatroon. In 2015 meldden Amerikaanse volwassenen een gemiddelde van 6,9 uur slaap in een doordeweekse nacht; honderdvijftig jaar geleden lag dat gemiddelde nog tussen de acht en negen uur.[2]

Westerlingen hebben door de eeuwen heen de neiging gehad om alles wat blauw is te onderschatten. In de paleolithische en neolithische perioden waren rode, zwarte en bruine tinten heer en meester; de antieke Grieken en Romeinen bewonderden het eenvoudige driemanschap van zwart, wit en rood. Vooral voor de Romeinen was blauw verbonden met barbarij: schrijvers uit die tijd vermeldden dat Keltische soldaten hun lichaam blauw verfden en Plinius beschuldigde vrouwen ervan dat ze dat ook deden voordat ze aan een orgie deelnamen. In Rome hoorde blauwe kleding bij rouw en ongeluk.[3] (Uitzonderingen op deze oeroude afkeer van blauw zijn vooral buiten Europa te vinden; zo waren de oude Egyptenaren er duidelijk dol op (p. 196).) Blauw komt ook nauwelijks in christelijke geschriften voor. Uit een negentiende-eeuws onderzoek naar kleurennamen die vóór de zeventiende eeuw door christelijke schrijvers werden gebruikt, blijkt dat blauw het minst werd genoemd, niet vaker dan 1 procent van het totaal.[4]

In de twaalfde eeuw keerde het tij. Abt Suger, een vooraanstaand figuur aan het Franse hof en een vroege liefhebber van gotische architectuur, geloofde vurig dat kleuren – vooral blauwe tinten – goddelijk waren. Hij had tussen 1130 en 1150 de leiding over de herbouw van de kathedraal van Saint-Denis in Parijs. Daar vervolmaakten ambachtslieden de techniek om glas te kleuren met kobalt (p. 187), waarmee ze de beroemde inktblauwe gebrandschilderde ramen konden maken, en die techniek namen ze mee naar de kathedraal van Chartres en die van Le Mans.[5] Rond dezelfde tijd werd de Maagd steeds vaker afgebeeld in een blauwe mantel – daarvoor was ze meestal in donkere kleuren gekleed geweest, als symbool van de rouw om haar zoon. In de middeleeuwen kreeg de verering van Maria – en van Marian – steeds meer gewicht en daarmee keerde ook het lot van de kleur die zij had aangenomen.

Vanaf de middeleeuwen was de kleurstof die het meest werd geassocieerd met Maria het kostbare pigment ultramarijn (p. 182), dat eeuwenlang verreweg het meest begeerde pigment bleef. Toch was dit niet de enige stof die een enorme invloed had op de geschiedenis van het blauw: indigo (p. 189) speelde ook een beslissende rol. Het eerste is een pigment dat van steen wordt gemaakt en het tweede een kleurstof geperst uit gefermenteerde plantenbladeren, maar ze hebben veel meer gemeen dan je zou denken. Allebei vergden ze veel zorg, geduld en zelfs eerbied tijdens het productieproces. Terwijl kleurmakers en schilders de ene soort ijverig maalden en kneedden, roerden ververs met ontbloot bovenlijf de andere rond in misselijkmakend stinkende vaten. De kostbaarheid van deze pigmenten stuwde de vraag ernaar op, in een duizelingwekkende cyclus die pas eindigde toen er in de negentiende eeuw synthetische alternatieven op de markt kwamen.

Blauw mag dan van oudsher de kleur van de droefenis zijn, veel culturen, zoals die van de oude Egyptenaren, de hindoes en de Noord-Afrikaanse Toeareg hebben blauw en blauwe voorwerpen een speciale plek gegeven. Veel bedrijven en organisaties gebruiken een donkere tint blauw voor hun logo en uniformen, omdat die een betrouwbare anonimiteit uitstraalt. Daarbij realiseren ze zich misschien niet eens dat de geschiedenis van die ferme respectabiliteit begonnen is bij de gewapende strijdkrachten, met name de marine (vandaar 'marineblauw'), die voor haar kleding een kleur nodig had die goed bestand was tegen de werking van zon en zee.

Aan het eind van de twaalfde eeuw koos de Franse koninklijke familie een nieuw wapen – een gouden lelie tegen een azuurblauwe achtergrond – bij wijze van eerbetoon aan de maagd, en halsoverkop volgde de Europese adelstand dit voorbeeld.[6] In 1200 bevatte nog maar 5 procent van de Europese wapenschilden azuurblauw; in 1250 was dat gestegen naar 15 procent; in 1300 was het een kwart en in 1400 iets minder dan een derde.[7] Uit een onderzoek dat onlangs is gehouden in tien verschillende landen op vier continenten, blijkt dat blauw met afstand de meest geliefde kleur is.[8] Vergelijkbare onderzoeken die sinds de Eerste Wereldoorlog zijn uitgevoerd, geven hetzelfde beeld. Blauw, ooit beschouwd als de kleur van dégénérés en barbaren, heeft blijkbaar de wereld veroverd.

Ultramarijn

In april van het jaar 630 van onze jaartelling maakte Xuanzang, een boeddhistische monnik op reis naar India, een omweg van 1500 kilometer door Afghanistan. Hij dwaalde zo ver van zijn route af om een bezoek te brengen aan twee reusachtige Boeddhabeelden die een eeuw eerder direct in de rotswand van een berg in de Bamyanvallei waren uitgehakt. Beide beelden waren uitgedost met kostbare versieringen. Het grootste van de twee was van hoofd tot voeten 53 meter hoog, en beschilderd met karmijn; het kleinste en oudste beeld was gehuld in mantels die waren beschilderd met het beroemdste exportproduct van dit gebied: ultramarijn. In maart 2001, bijna 1400 jaar na de bedevaart van Xuanzang, verklaarde het talibanregime deze twee tot valse afgodsbeelden, en werden ze met dynamiet opgeblazen.[1]

Hoe afgelegen de plek nu ook is, de Bamyanboeddha's lagen ooit aan een van de drukste en belangrijkste handelsroutes die de wereld ooit heeft gekend. De zijderoute, die door de bergen van de Hindu Kush-keten loopt, werd gebruikt door de karavanen die goederen vervoerden tussen Oost en West. Aanvankelijk hobbelde ultramarijn per ezel en kameel over de zijderoute in de vorm van klompen lapis lazuli. Als die dan in Syrië aan de Middellandse Zeekust waren beland, werden ze op schepen geladen, naar Venetië gevaren en vandaar verhandeld door de rest van Europa. Zelfs het woord *ultramarijn*, van de Latijnse woorden voor 'verder' – *ultra* – en zee – *mare* – wijst erop dat dit een kleur was waar je graag wat extra inspanning voor overhad. Cennino Cennini, de Italiaanse renaissanceschilder en schrijver van *Il libro dell'arte*, noemde hem 'glorieus, prachtig en bijna volmaakt, verheven boven alle andere kleuren; wat je er ook over zei of ermee deed, je zou de kwaliteit van deze kleur altijd tekortdoen'.[2]

Het verhaal van ultramarijn begint diep onder de grond. Lapis lazuli (Latijn voor 'de blauwe steen') komt tegenwoordig uit mijnen in landen als China en Chili, maar de overgrote meerderheid van de intense, nachtblauwe steen die in het Westen werd gebruikt voor ultramarijnpigment, kwam tot de achttiende eeuw uit één enkele bron: de Sar-e-Sangmijnen, diep in de geplooide bergen van Afghanistan, zo'n 600 kilometer ten noordoosten van de Bamyanvallei. Net als die Boeddhabeelden waren ook de mijnen beroemd; Marco Polo, die er in 1271 een bezoek bracht, schreef over een 'hoge berg, waaruit het beste en fijnste blauw wordt gedolven'.[3]

Lapis lazuli wordt vaak als een halfedelsteen beschouwd, maar in werkelijkheid is het een mengeling van mineralen. Zijn diepblauwe kleur heeft het te danken aan lazuriet, terwijl de tere witte en gouden adertjes respectievelijk silicaten (waaronder calciet) en nepgoud (meestal pyriet) zijn. In het oude Egypte en Soemerië dienden klompjes van dit gesteente als decoratie, maar het lijkt erop dat het nergens als pigment is toegepast, tot veel later. Niet alleen is het lastig te vermalen, maar omdat lapis lazuli zo veel onzuiverheden bevat, kan het resultaat teleurstellend grijs zijn. Wie daar een bruikbaar pigment van wil maken, moet de kunst beheersen om het blauwe lazuriet eruit te halen. Hiervoor wordt de fijngemalen steen gemengd met pek, mastiek, terpentijn en lijnzaadolie of was, en dan verwarmd tot een pasta. Die wordt vervolgens gekneed in een zeepachtige oplossing, 'zoals je met brooddeeg zou doen', schreef Cennini.[4] Het blauw werd dan geleidelijk aan in de zeepoplossing weggewassen en zonk naar de bodem van het vat. Zo moest de pasta een aantal keren worden gekneed, waarbij er telkens een grijzere oplossing uit kwam; bij de laatste keer kwam er alleen nog maar een bleke kleur uit, bekend als ultramarijn-as.

De oudste voorbeelden van het gebruik van lapis als pigment zijn aangetroffen in enkele vijfde-eeuwse muurschilderingen in Chinees Turkmenistan en in zevende-eeuwse schilderingen uit een grot in de Bamyanvallei. Het vroegste Europese voorbeeld is gevonden in de San Sabakerk in Rome en stamt uit de eerste helft van de achtste eeuw; hier is ultramarijn gemengd met Egyptisch blauw (p. 196). (In die tijd was Egyptisch blauw het belangrijkste blauw van de antieke wereld, al zou het snel worden verdrongen door ultramarijn.)[5]

De lange reis vanuit de mijnen dreef niet alleen de prijs van ultramarijn op, maar had ook gevolgen voor de manier waarop het pigment toegepast kon worden en zelfs voor de bruikbaarheid ervan. Italiaanse kunstenaars, met name uit Venetië, de eerste halte in de aanvoer naar Europa, konden er het voordeligst aan komen en waren dan ook betrekkelijk gul met dit kostbare pigment. Dat is bijvoorbeeld te zien aan de uitgestrekte sterrenhemel op het schilderij *Bacchus en Ariadne* van Titiaan, die rond 1520 met ultramarijn is geschilderd. Noord-Europese schilders moesten er zuiniger mee zijn. Albrecht Dürer, de voormalige lithograaf en Duitse renaissanceschilder, gebruikte het af en toe, maar nooit zonder zich bitter te beklagen over de kosten van dit pigment. Hij ging in 1521 naar Antwerpen om pigmenten te kopen en betaalde toen voor ultramarijn bijna honderd keer zo veel als voor sommige aardepigmenten.[6] Het verschil in prijs en kwaliteit betekende dat het voor kunstenaars alleen zin had om pigmenten uit Venetië te kopen, als ze aan een belangrijke opdracht werkten. In het contract van Filippino Lippi uit 1487 voor de muurschilderingen in de Strozzikapel van de Santa Maria Novella in Florence, stond een bepaling dat een deel van het honorarium apart werd gehouden voor 'wanneer hij naar Venetië wil gaan'. Zo'n clausule stond ook in het contract dat Pinturicchio in 1502 afsloot voor de muurschilderingen in de Piccolomini-bibliotheek van Siena: 200 dukaten werden gereserveerd voor een pigmentexpeditie naar Venetië.[7] Dat hier zo'n drukte over werd gemaakt, had zowel praktische als emotionele redenen. Veel andere blauwe pigmenten hebben een tikje groen in zich, maar ultramarijn is een zuiver blauw, soms op de rand van violet en het behoudt buitengewoon lang zijn kleur. Het was ook zeer geliefd, omdat de ruwe lapis lazuli in hoog aanzien stond. De populariteit van de kleur in het Westen steeg ook met de groeiende belangstelling in de renaissance voor de maagd Maria. Vanaf circa 1400 beeldden kunstenaars de Madonna steeds vaker af in een ultramarijnblauwe mantel of jurk, een stoffelijk blijk van hun eerbied en haar goddelijkheid.[8] Het schilderij *De maagd in gebed* (1640-1650) van Giovanni Battista Salvi Sassoferrato lijkt een even groot eerbetoon aan ultramarijn in al zijn intense, middernachtelijke schoonheid, als aan Maria. Zij zit met devoot gebogen hoofd zodat haar ogen op de vloer zijn gericht, en het zijn de zachte, dikke plooien van haar blauwe gewaad die de blik van de kijker vangen.

Het juiste gebruik van dit pigment was een belangrijk onderwerp in veel bewaard gebleven contracten tussen kunstenaars en hun opdrachtgevers. In het contract uit 1515 voor het schilderij *Madonna van de harpijen* van Andrea del Sarto stond een bepaling dat de jurk van de maagd geschilderd moest worden met ultramarijn voor 'minstens vijf gouden florijnen per half pond'. Sommige opdrachtgevers kochten zelf het pigment, om in de gaten te kunnen houden of en hoe het werd gebruikt; uit een document uit 1459 valt op te maken dat terwijl Sano di Pietro aan een muurschildering op een poort in Siena werkte, de gemeentelijke autoriteiten zijn voorraad goud en ultramarijn in bewaring hielden. Soms was dat wantrouwen wel terecht. Bijna vier eeuwen later, toen Dante Gabriel Rossetti, William Morris en Edward Burne-Jones in 1857 bezig waren aan een serie muurschilderingen in de bibliotheek van de Oxford Union, viel zomaar een pot ultramarijn om, te midden van 'joligheid, lawaai, knallende kurken, gespetter met verf en algemene loltrapperij'. Hun opdrachtgevers waren diep geschokt.[9]

Wat het nog extra zuur maakte was dat er in die tijd al een goed alternatief bestond. In 1824 loofde de Franse Société d'Encouragement pour l'Industrie Nationale een beloning van zesduizend francs uit voor degene die een betaalbaar synthetisch ultramarijn wist te maken.[10] Vier jaar later werd de prijs toegekend aan de Franse scheikundige Jean-Baptiste Guimet – een Duitse rivaal, Christian Gmelin, meldde dat hij al een jaar eerder net zo'n recept had gevonden, maar het prijzengeld bleef voor Guimet, en de nieuwe formule heette voortaan 'Frans ultramarijn'.[11]

Voor deze synthetische kleur werden porseleinklei, soda,

houtskool, kwarts en zwavel samen verhit; het resultaat, een groene, glasachtige substantie, werd verpulverd, gewassen en nog een keer verwarmd, en zo ontstond een rijk blauw poeder.

Frans ultramarijn was vele malen goedkoper. Soms kon het echte pigment per ons wel 2500 keer zo duur zijn als de synthetische vorm.[12] Rond 1830 kostte het origineel 8 guineas per ounce (ca. 28 gram), terwijl Frans ultramarijn voor tussen de 1 en 25 shilling per pound (ca. 450 gram) over de toonbank ging; in de jaren zeventig van de negentiende eeuw was Frans ultramarijn het standaardpigment geworden. Toch stuitte de indringer soms nog steeds op weerstand. Kunstenaars klaagden dat dit pigment te eendimensionaal was. Omdat alle deeltjes even groot waren en op dezelfde manier het licht reflecteerden, miste deze kleur de diepte, variatie en visuele prikkeling van het echte spul.

Dat vond de naoorlogse Franse kunstenaar Yves Klein ook. Hij nam in 1960 een patent op zijn eigen blauw: International Klein Blue, en gebruikte dat voor zijn bekendste werken: de glanzende, korrelige blauwe doeken die de *IKB-serie* werden genoemd, naar de kleur. (Later zou Klein deze ogenschijnlijk simpele monochromen trots zijn 'pure idee' noemen.) Hij hield van de intensiteit van het ruwe ultramarijnpoeder, maar de verf die daarvan werd gemaakt, viel hem tegen. Een jaar lang werkte hij met een scheikundige aan de ontwikkeling van een speciaal hars als basis voor de verf. Werd die met het synthetische ultramarijn gemengd, dan ontstond IKB, en zo benaderde het pigment toch de helderheid en glans van het originele ultramarijn.

Kobalt

Op 29 mei 1945, kort nadat Nederland was bevrijd van de Duitse bezetting, werd schilder en kunsthandelaar Han van Meegeren gearresteerd wegens collaboratie. Hij had tijdens de nazi-bezetting niet alleen een verdacht fortuin vergaard, maar ook *Christus en de overspelige vrouw*, een vroeg werk van Vermeer, aan Hermann Göring verkocht. Als hij schuldig werd bevonden, kon hij worden opgehangen.[1]

Van Meegeren ontkende deze beschuldiging heftig en hij bestreed hem bovendien met een eigen verklaring. De 'Vermeer', zei hij, was helemaal geen Vermeer: hij had hem zelf geschilderd. Hij was hooguit schuldig aan vervalsing, vond hij zelf, en moest hij juist niet als een held worden geëerd, omdat hij de rijksmaarschalk zo voor de gek had gehouden? Een aantal schilderijen die hij beweerde te hebben verkocht tijdens zijn carrière als vervalser – nog wat andere Vermeers en een paar Pieter de Hoochs – hing in musea en waren door recensenten met gejuich ingehaald als verloren gewaande meesterwerken. Van Meegeren beweerde dat hij 8 miljoen gulden had verdiend (wat neerkomt op zo'n 40 miljoen euro nu). Vooraanstaande museumdirecteuren en recensenten geloofden hem niet, en dus bevond Van Meegeren zich in de eigenaardige positie dat hij mensen van zijn schuld moest zien te overtuigen.

Hij had zich gespecialiseerd in het werk van Vermeer, vertelde hij de rechtbank, vanwege het grote gat in het werk van die schilder – de meeste bekende schilderijen van Vermeer komen uit de tijd dat hij al een oudere man was en er bestaat een groot verschil in stijl tussen het werk dat hij als jonge man maakte en zijn schilderijen uit latere jaren. Voor één vervalsing – *Christus en de Emmaüsgangers* – had Van Meegeren een compositie van Caravaggio gebruikt, omdat hij wist dat kunstkenners naarstig op zoek waren naar bewijs voor de theorie dat de stijl van Vermeer zijn oorsprong vond in Italië. Hij had ook aandacht besteed aan de technische details. In plaats van de traditionele lijnzaadolie als verfbasis had hij bakeliet gebruikt, een plasticsoort die uithardt bij verhitting. Daarmee omzeilde hij de tests met röntgenstraling en oplosmiddelen die meestal worden gebruikt voor het dateren van olieverfschilderijen, die meer tijd nodig hebben om te drogen. Hij had op oude doeken geschilderd met een authentiek craquelé (het netwerk van fijne barstjes dat in oude schilderijen ontstaat) en altijd alleen pigmenten gebruikt die in de zeventiende eeuw beschikbaar waren,[2] behalve in één geval. Wat de vervalsing verried was een bepaalde tint die bij nader onderzoek een pigment bleek te bevatten dat pas honderddertig jaar na de dood van Vermeer voor het eerst werd gemaakt: kobaltblauw.[3]

Het is niet zo vreemd dat Van Meegeren hier de fout in was gegaan. Kobaltblauw was per slot van rekening een van de blauwen die specifiek waren gecreëerd als synthetische vervanging van ultramarijn.[4] Een Franse scheikundige, Louis-Jacques Thénard, bedacht dat de sleutel moest liggen in kobalt, het element waarmee de bakkers van Sèvres-porselein hun blauwe glazuur maakten en dat ook was gebruikt voor de geglazuurde tegels op de hemelsblauwe daken van Perzische moskeeën. Kobalt zat ook in de beroemde middeleeuwse irisblauwe ramen van de kathedraal in Chartres en de Saint-Denis in Parijs, en in het goedkope kunstenaarspigment smalt. In 1802 bereikte Thénard zijn doorbraak: als een mengsel van kobaltarsenaat of kobaltfosfaat en aluminiumhydraat bij hoge temperatuur werd gedroogd, ontstond een mooi diepblauw.[5] Thénard en schrijver George Field beschreven de kleur in 1835 als 'het moderne geïmproviseerde blauw, dat geen neiging heeft om groen of paars te worden en in helderheid heel dicht bij het fijnste ultramarijn komt'.[6]

Van Meegeren was ontmaskerd door het kobaltblauw in zijn werk en zijn schilderijen werden stilletjes van de muren van musea gehaald en weggeborgen. In november 1947, twee jaar na zijn arrestatie, werd hij uiteindelijk veroordeeld. Niet wegens collaboreren met de nazi's – al was een boek met tekeningen van hem aangetroffen in de privébibliotheek van Hitler, met de opdracht: 'Aan mijn geliefde Führer, in dankbare bewondering' – maar wegens vervalsing.[7] Hij kreeg een jaar gevangenisstraf, maar stierf al na een maand – volgens sommigen aan een gebroken hart.

Indigo

In 1882 verwierf het British Museum een object dat het pas elf decennia later zou begrijpen. Het is een kleitabletje van zo'n 7 centimeter in het vierkant en 2 centimeter dik, overdekt met priegelige teksten die tussen 600 en 500 voor Christus waren geschreven in Babylon. Begin jaren negentig van de vorige eeuw wisten wetenschappers de tekst eindelijk te vertalen en zo ontdekten ze dat de tekst die duizenden jaren geleden in de natte klei was gekrabbeld, een lijst was met aanwijzingen voor het donkerblauw verven van wol. De naam van de kleur wordt niet genoemd, maar uit de beschrijving van het verfprocedé, waarbij de wol telkens opnieuw werd ondergedompeld, blijkt dat het ging om indigo.

Lange tijd had men aangenomen dat de zaden van de indigodragende plant en de kennis om daarvan een verf met de kleur van de nachtelijke hemel te kunnen maken, op de vleugels van de handel vanuit India via het Midden-Oosten en Afrika waren meegelift naar het Westen. (Een overblijfsel van die gedachte zit nog in het woord zelf; de etymologische wortel is het Griekse *indikon*, dat 'stof uit India' betekent.) Inmiddels lijkt dat onwaarschijnlijk. Blijkbaar hebben mensen in verschillende delen van de wereld onafhankelijk van elkaar en op verschillende momenten het procedé ontdekt. Er zijn veel soorten planten die indigo produceren – een daarvan is wede (p. 198) – maar de plant die het meest wordt begeerd om zijn kleurstof is *Indigofera tinctoria*.[1] Voor een verfproducerend werkpaard is het best een aardig struikje, met kleine, wat stoffig ogende groene bladen, roze bloemen die aan miniatuurlathyrus doen denken en bungelende zaadpeulen.[2]

Anders dan wede is *I. tinctoria* een 'stikstofbrenger' en daarom goed voor de aarde, maar het is wel een onberekenbare plant waarmee het snel mis kan gaan.[3] Zo hadden boeren in Centraal- en Zuid-Amerika die deze plant verbouwden, niet alleen te kampen met de gebruikelijke risico's – schommelingen in prijzen en in regenval, koopvaardijschepen die zonken – maar ook met allerlei andere plagen van Bijbelse omvang, zoals aardbevingen en rupsen- of slakkenplagen.[4] En was het gewas eenmaal geoogst, dan konden die arme, angstige boeren nog steeds niet rustig slapen. Zelfs nu we de beschikking hebben over allerlei chemische middelen en machines is het nog een lastig karwei om de kleurstof uit de bladeren te halen, maar de traditionele methode waarbij alles met de hand werd gedaan was nog veel erger. Om te beginnen moest het groen gisten in een alkalische oplossing. Vervolgens werd de vloeistof afgegoten en krachtig geklopt om hem te beluchten. Hierdoor vormde zich een blauw bezinksel, dat dan werd gedroogd en in blokjes geperst voor de verkoop.[5]

Het resultaat is al die moeite wel waard. Indigo heeft niet alleen een prachtige kleur, het wordt met de tijd ook nog mooier, zoals elke denimliefhebber die zijn of haar Japanse *selvedge* waard is zal bevestigen. Het is ook de meest kleurechte van alle natuurlijke verfstoffen. Als het wordt gecombineerd met andere kleuren om bijvoorbeeld zwart of groen te vormen, blijft vaak alleen de indigo over wanneer de andere tinten zijn vervaagd. Dit is een bekend verschijnsel: zo zegt men over het inmiddels hemelsblauwe gebladerte op wandtapijten uit de renaissance dat het 'de blauwe ziekte' heeft.[6] Anders dan de meeste verfstoffen heeft indigo geen beitsmiddel nodig om zich aan textiel te hechten. De betrekkelijk zwakke indigo uit wede kon de zuigende vezels van wol wel kleur geven, maar de verfstof van andere indigohoudende planten kon wel tien keer zo sterk zijn, meer dan krachtig genoeg om minder meegaande vezels van bijvoorbeeld zijde, katoen, vlas en linnen te verzadigen.[7] Textiel dat is ondergedompeld in een vat met de groenige vloeistof, verandert van kleur zodra hij wordt blootgesteld aan de lucht, en wordt dan van geelachtig groen eerst zeegroen, voordat hij definitief een diep, onverstoorbaar blauw aanneemt.

Indigo is verweven met de begrafenisrituelen van veel verschillende culturen over de hele wereld, van Peru tot Indonesië, Mali en Palestina. Al rond 2400 voor Christus regen Egyptische textielververs dunne reepjes blauwe stof door de randen van linnen mummiedoeken; een staatsiemantel in de uitgebreide begrafenisgarderobe van Toetanchamon, die ongeveer van 1333 tot 1323 voor Christus regeerde, was vrijwel helemaal indigoblauw.[8] De kleurstof heeft ook zijn weg gevonden naar andere culturele sferen. Een man van de Toearegstam in Noord-Afrika krijgt bij een speciale ceremonie waarin hij overgaat van jongen tot man een *tagelmust* – een sluier. De mannen met het grootste gezag in de gemeenschap dragen de felste indigoblauwe sluier, die zijn oogverblindende kleur heeft gekregen doordat de stof talloze keren is ondergedompeld en geslagen.[9]

Omdat indigo zo geliefd was, is het zo lang als via geschriften en redelijk betrouwbare schattingen te achterhalen valt altijd een van de hoekstenen van de wereldhandel geweest. De rijkste Romeinen konden indigo invoeren voor 20 denarii per pond, zo'n vijftien keer het gemiddelde dagloon in die tijd (de prijzen waren zo hoog dat sommige handelaren probeerden om vals indigo, gemaakt van duivenpoep, te verkopen).[10] De prijs werd nog verder opgedreven doordat de handelsroutes allerlei beperkingen hadden. Voordat Vasco da Gama om de Kaap de Goede Hoop heen voer en zo een nieuwe doorgang naar het Oosten vond, moesten goederen over land naar het Westen reizen via het Midden-Oosten of rondom het Arabisch Schiereiland. Deze routes waren onvoorspelbaar en lastig te vinden, werden geplaagd door plaatselijke oorlogen en onderweg eisten de diverse lokale heersers hoge tolbedragen, waardoor de prijzen voor de klanten aan het einde van de reis nog verder stegen. Onderweg waren er eindeloos veel obstakels te overwinnen. In 1583 was er na een periode van extreme droogte zo'n gebrek aan kamelen, dat de karavanen niet verder konden. Een Britse koopman die in Bayana, India, bijna een diplomatieke rel had veroorzaakt door over de moeder van de keizer heen te bieden op 'twaalf karren geladen met *nil* [indigo]', verloor op de terugweg in Bagdad zowel zijn kostbare lading als zijn leven.[11]

Europa ging maar langzaam overstag voor geïmporteerd indigo, hoofdzakelijk door het verzet van plaatselijke wedeboeren, maar dat verzet werd uiteindelijk gebroken door de opkomst van het kolonialisme in de zestiende en zeventiende eeuw, en het vooruitzicht van de fortuinen die gemaakt konden worden; toen ontstond er bijna een indigokoorts. In één jaar tijd vervoerden zeven Hollandse schepen in totaal zo'n 150.000 kilo indigo naar Europa, een portie met een waarde van vijf ton goud (p. 86). In de Nieuwe Wereld begonnen de Spanjaarden vrijwel meteen na hun verovering van Guatemala in 1524 op commerciële schaal indigo te produceren; al snel werd dat het belangrijkste exportproduct van dit gebied.[12]

Dankzij de nieuwe handelsroutes en het grootschalig gebruik van slaven en gedwongen arbeidskrachten in de Nieuwe Wereld en India, daalde de prijs. Legers gingen indigo gebruiken voor hun uniformen. De Grande Armée van Napoleon, bijvoorbeeld, gebruikte zo'n 150 ton per jaar.[13] (Franse infanteristen bleven tot de Eerste Wereldoorlog kraplak- of alizarinerode (p. 152) broeken dragen; die kleur werd vervangen door indigo toen men besefte dat de mannen in het rood een te makkelijk doelwit waren.) Nadat William Perkin in 1856 de sleutel tot anilineverven had gevonden, was het natuurlijk nog maar een kwestie van tijd voor er ook een door mensen gemaakte versie van indigo kwam. Na een eerste doorbraak in 1865 zou het nog dertig jaar duren voordat de Duitse scheikundige Adolf von Baeyer, met een slordige 20 miljoen gouden marken aan subsidie van farmaciegigant BASF, eindelijk 'Pure Indigo' op de markt bracht.

Van een luxeartikel dat zich kon meten met keizerlijk paars (p. 162), werd indigo de kleur van de 'blue collar'-arbeidersklasse, niet alleen in Europa, maar ook in Japan en in China, waar het vaalblauwe Mao-pak in de twintigste eeuw alomtegenwoordig werd.[14] Vreemd genoeg leverde die associatie met werkkleding uiteindelijk de erfenis van dit pigment op: de blauwe spijkerbroek.[15] De wereldwijde denimindustrie bereikte in 2006 zijn hoogtepunt, maar was in 2011 nog steeds goed voor een totale waarde van 54 miljard dollar.[16] Spijkerbroeken zijn sinds de jaren zestig van de vorige eeuw niet meer weg te denken uit onze garderobe. Om Giorgio Armani te citeren: ze vertegenwoordigen 'de democratisering van de mode'. In denim voel je je overal thuis en begrepen.

Pruisisch blauw

Ergens tussen 1704 en 1707, in een groezelig kamertje in Berlijn, was verfmaker en alchemist Johann Jacob Diesbach bezig een voorraadje te maken van de kleur die zijn specialiteit was: cochenillerode lak – een soort verf die werd gemaakt met een organisch kleurmiddel en een langzaam werkend bind- of fixeermiddel (p. 141). Het chemische proces was betrekkelijk eenvoudig, met ijzersulfaat en kaliumcarbonaat. Maar die dag ontdekte Diesbach op het cruciale moment dat hij geen kaliumcarbonaat meer in huis had. Hij kocht wat bij de dichtstbijzijnde leverancier en ging verder, maar er klopte iets niet. Toen hij de kaliumcarbonaat toevoegde werd het mengsel niet sterk rood, zoals normaal gesproken, maar bleekroze. Stomverbaasd probeerde hij het te concentreren. Nu werd zijn 'rode lak' eerst paars en vervolgens diepblauw.

Diesbach ging terug naar de man die hem het kaliumcarbonaat had verkocht, een collega-alchemist en apotheker van kwalijke reputatie die Johann Konrad Dippel heette, en eiste een verklaring. Dippel redeneerde dat het ijzersulfaat een vreemde reactie was aangegaan met het kaliumcarbonaat, omdat dat laatste was vervalst met dierlijk vet. Door de reactie was potassiumferrocyanide ontstaan (een stof die in Duitsland nog steeds bekendstaat als *Blutlaugensalz*, letterlijk 'bloedloogzout'), dat in combinatie met het ijzersulfaat ijzerferrocyanide had gevormd, een stof die we nu kennen als Pruisisch blauw.[1]

Dit was een heel gunstige tijd voor een nieuw blauw. Ultramarijn (p. 182) bleef het ideaal, maar was nog steeds schrikbarend duur en de aanvoer was niet constant. Dan waren er nog smalt, blauwe verditer, azuriet en zelfs indigo (p. 189), maar die waren allemaal iets groenig, niet goed dekkend en niet erg betrouwbaar als ze eenmaal waren aangebracht.[2] Pruisisch blauw was een openbaring. Het was een diepe, vrij koele kleur met een geweldige kleurkracht en het vermogen om subtiele tinten te maken. Bovendien werkte het uitstekend met loodwit (p. 43) en vormde het in combinatie met gele pigmenten als orpiment (p. 82) en guttegom (p. 80) stabiele tinten groen. George Field noemde dit 'vrij moderne pigment' in zijn compendium uit 1835 'diep en krachtig, rijk en met een aanzienlijke transparantie'.[3]

Dippel was misschien geen eerlijk man, maar hij bezat duidelijk wel zakeninstinct, en ging het pigment rond 1710 verkopen. De formule bleef geheim tot 1724, toen de Engelse scheikundige John Woodwood de methode om Pruisisch blauw te vervaardigen publiceerde in de *Philosophical Transactions of the Royal Society*.[4] In 1750 werd het in heel Europa gefabriceerd. Anders dan veel andere pigmenten van die tijd (en ondanks het woord 'cyanide' in zijn scheikundige naam) is het niet giftig; het kostte ook maar een tiende van de prijs van ultramarijn. Maar het had wel nadelen, bijvoorbeeld dat het onder invloed van fel licht en loog zijn kleur verloor. W. Linton, de schrijver van *Ancient and Modern Colours* ('Antieke en moderne kleuren',1852) gaf toe dat het 'voor de colorist een rijk en boeiend pigment is', maar waarschuwde dat men 'er niet op kon vertrouwen'; toch vreesde hij dat dit pigment moeilijk te omzeilen viel.[5]

De kleur verschijnt dan ook in het werk van zeer uiteenlopende kunstenaars, zoals William Hogarth, John Constable, Van Gogh en Monet. Japanse schilders en houtsnijders waren er erg blij mee. Het was in de eerste jaren van de twintigste eeuw ook de favoriete kleur blauw van Picasso in zijn 'blauwe periode' na de dood van een vriend; de transparantie van deze kleur gaf zijn melancholieke composities diepte. Nog steeds wordt het veel gebruikt: het platte topografische beeldhouwwerk *A Wing at the Heart of Things* van Anish Kapoor uit 1990 bestaat uit leisteen overdekt met Pruisisch blauw.

Het pigment heeft ook andere bedrijfstakken veroverd: het is lang toegepast in behang, muurverf en textielverven. De negentiende-eeuwse Britse scheikundige John Herschel ontdekte hoe het te gebruiken was in combinatie met lichtgevoelig papier, om een soort fotokopie avant la lettre te maken. Het resultaat, in de vorm van een witte afdruk op een blauwe ondergrond, werd bekend als 'blauwdruk', een woord dat sindsdien voor technische tekeningen staat.[6]

Het wordt ook wel gebruikt om mensen met thalliumvergiftiging of stralingsziekte te behandelen. De enige bijwerking is dat patiënten er een vrij verontrustend blauw gezicht van krijgen.[7]

Vreemd genoeg wist lange tijd niemand wat Pruisisch blauw precies was; men wist hoe het gemaakt moest worden, maar begreep niet goed wat er nu precies met wat reageerde. Maar misschien is dat helemaal niet zo vreemd: ijzerferrocyanide, met zijn blauwe kristallen, is een gecompliceerde stof met op moleculair niveau een duizelingwekkende rasterstructuur. Dat iets dergelijks bij toeval ontstond lijkt bijna een wonder. Zoals de Franse scheikundige Jean Hellot in 1762 opmerkte:

> *Niets is misschien eigenaardiger dan het procedé waarbij men Pruisisch blauw verkrijgt, en we moeten toegegeven dat er, als het lot niet had ingegrepen, een zeer diepzinnige theorie nodig was geweest om het uit te vinden.*[8]

Egyptisch blauw

William, een klein, aardewerken beeldje van een nijlpaard, is te vinden in het New Yorkse Metropolitan Museum of Art, zo'n 15.000 kilometer en 3500 jaar verwijderd van zijn oorsprong: de oevers van de Nijl in Egypte. In onze ogen is het een mooi figuurtje, met zijn blauwgroen geglazuurde en met bloemen versierde huid, maar zijn scheppers vonden hem vast heel wat minder aantrekkelijk. Nijlpaarden waren gevaarlijke schepsels, in het echte leven en in de mythologie, waar ze iemands reis naar de onderwereld konden verstoren. Bij figuurtjes als dit werden de poten afgebroken, waarna ze in een graftombe werden geplaatst, als talisman om de overledene te beschermen op zijn reis naar het hiernamaals.

De Egyptenaren waren uniek in hun waardering voor blauw. In de meeste andere culturen bestond niet eens een woord voor dit stukje van het spectrum tussen groen en violet. Maar in het oude Egypte stond deze kleur voor de hemel, de rivier de Nijl, schepping en goddelijkheid. Amon-Ra, de voornaamste godheid in het Egyptische rijk, werd vaak afgebeeld met een blauwe huid of blauwe haren, een kenmerk dat ook andere goden af en toe van hem leenden. Het werd beschouwd als een kleur die het kwaad verdreef en welvaart bracht, en mensen waren dol op blauwe kralen, waar ze ook een magische beschermende kracht aan toedichtten.[1] De Egyptenaren gebruikten en waardeerden ook andere tinten blauw, zoals turquoise en azuriet, maar die hadden allebei hun nadelen. Turquoise was schaars en duur, azuriet was moeilijk te bewerken. Dus vanaf het moment dat Egyptisch blauw werd gemaakt, zo rond 2500 voor Christus, werd het veel gebruikt. Schriftgeleerden schreven ermee op papyrusrollen en het werd ook toegepast voor hiëroglyfen op muren, in het glazuur van grafvoorwerpen en voor het versieren van doodskisten.[2]

De Romeinen waren de eersten die het pigment 'Egyptisch blauw' noemden; de Egyptenaren zelf noemden het eenvoudigweg *iryt* ('kunstmatig') *hsbd* ('lapis lazuli').[3] De scheikundige naam is calciumkopersilicaat en de ruwe bestanddelen waren krijt of kalksteen, een koperhoudend mineraal zoals malachiet, dat de blauwe kleur levert, en zand. Deze werden waarschijnlijk samen verhit tot een temperatuur tussen 950 en 1000 °C, zodat er een bros, glasachtig materiaal ontstond dat vervolgens gemalen werd en opnieuw verhit tot tussen 850 en 905 °C. Dan ontstond een intens blauw dat kleurecht en voor van alles te gebruiken was.[4] Het was niet alleen bestand tegen zouten en zuren, maar bleef ook goed bij fel licht. Afhankelijk van hoe fijn het was gemalen kon het zo donker zijn als lapis lazuli of zo licht als turquoise; werd het tegen een donkere achtergrond aangebracht, dan was het bijna elektriserend. Het maken van dit blauw was een buitengewone technische uitdaging. Niet alleen moesten de verschillende bestanddelen samen verhit worden tot een vrij exacte temperatuur, maar daarbij moest ook het zuurstofgehalte in de hand gehouden worden.

Het is een raadsel waarom het procedé om Egyptisch blauw te produceren is verdwenen, terwijl er toch teksten bestonden waarin het werd beschreven.[5] In Italië zijn voorbeelden uit de dertiende eeuw gevonden, maar waarschijnlijk zijn die het resultaat van hergebruik van oude pigmentvoorraden – balletjes Egyptisch blauw worden vaak bij Romeinse opgravingen aangetroffen.[6] Elders gingen kunstenaars vanaf ongeveer de negende eeuw de voorkeur geven aan ultramarijn (p. 182).[7] Een verklaring is dat de vraag naar blauw (voordat die in de twaalfde eeuw weer opleefde) zo sterk afnam dat mensen niet langer de moeite namen om het geheim door te geven, zodat de technische kennis verloren ging. Of misschien is de oorzaak een verschuiving in de opvattingen over kostbaarheid. Moderne scheikundigen kijken vol bewondering naar de grote vaardigheid die nodig is om Egyptisch blauw te maken, maar westerse kunstenaars en hun opdrachtgevers hadden kennelijk liever materialen die vanuit zichzelf waardevol waren, zoals ultramarijn.

Wede

Merton Abbey Mills in het Zuid-Engelse graafschap Surrey maakte al honderd jaar textiel toen William Morris de fabriek in juni 1881 kocht. Als jong volwassene had Morris verschillende beroepen uitgeprobeerd – priester, kunstenaar, meubelmaker – voordat hij het ambacht vond dat zijn naam en fortuin zou vestigen: oude, gotische ontwerpen voor stoffen en behang opnieuw tot leven brengen. De nieuwe synthetische verfstoffen die in die tijd al beschikbaar waren wees hij van de hand: hij gebruikte liever plantaardige en minerale pigmenten. Die kregen na verloop van tijd een interessant patina en pasten beter bij de middeleeuwse patronen waar hij zo van hield. Hij demonstreerde graag aan bezoekers van Merton Abbey Mills hoe strengen wol in diepe vaten wede werden gedompeld. De wol die er weer uit kwam, had een bijna grasgroene kleur, en werd dan voor de verbaasde ogen van de bezoekers eerst diep zeegroen en vervolgens felblauw.[1]

De plant achter deze wonderbaarlijke transformatie was *Isatis tinctoria* (vaak ook 'pastel' genoemd), een lid van de mosterdfamilie die het goed doet op de rijke kleigronden van Europa. Het is een van de rond de dertig plantensoorten die de kleurstof indigo (p. 189) leveren. Het is een langdurig, ingewikkeld en kostbaar proces om de indigo aan een wedeplant te onttrekken. Na de oogst worden de bladeren vermalen tot een pasta, waarvan vervolgens balletjes worden gerold, die daarna blijven rusten. Na tien weken, als de balletjes driekwart van hun omvang en negen tiende van hun gewicht hebben verloren, gaat er water bij en moet het mengsel een tijdlang gisten. Na nog twee weken is de wede heel donker en korrelig, als een soort pek. Dit mengsel bevat al zo'n twintig keer zo veel indigo als hetzelfde gewicht aan verse bladeren, maar het moet nog een gistingsronde ondergaan, deze keer met houtas, voordat het bruikbaar is voor het verven van textiel.

Dit proces was schadelijk voor het milieu: er was veel schoon water voor nodig, het afval werd vaak regelrecht in de dichtstbijzijnde rivier geloosd, en de teelt van de planten onttrok voedingsstoffen aan de bodem, waardoor mensen in een gebied waar wede werd verbouwd dreigden te verhongeren.

Vóór de dertiende eeuw werd wede op kleine schaal geproduceerd. Er zijn aanwijzingen dat oude volken het procedé kenden: op een Vikingen-vindplaats, Coppergate in Noord-Engeland, zijn wedebladeren en -peulen gevonden, en zeker vanaf de tiende eeuw werd het op verschillende plekken doelbewust verbouwd.[2] Klassieke schrijvers hebben beschreven hoe de Kelten zelf blauw maakten en dat ofwel opsmeerden voordat ze ten strijde trokken, of het direct in hun huid tatoeëerden. (Er zijn in Rusland en Groot-Brittannië inderdaad resten van getatoeëerde Kelten aangetroffen, al is het onmogelijk te zeggen of voor die tatoeages wede is gebruikt.) Er wordt zelfs wel beweerd dat het woord *Briton* (Brit) is afgeleid van een Keltisch woord dat 'geverfde mensen' betekende.

Ergens rond het eind van de twaalfde eeuw begonnen de kansen voor wede echter te keren. Dankzij innovaties in het productieproces kreeg het een helderder, sterkere kleur, die de aandacht trok van een meer op luxe gerichte doelgroep.[3] Wat ook meewerkte was dat blauw, dat voorheen nauwelijks aandacht had gekregen, geen onderdeel was van het systeem dat voorschreef welke groepen mensen welke kleuren mochten dragen. Iedereen mocht zich dus openlijk in blauw vertonen. In de loop van de eeuw daarna kwam het zelfs zo ver dat er meer vraag was naar blauwe kleding dan naar kleren in de rode tinten die daarvoor altijd de overhand hadden gehad. Het werd ook gebruikt als ondergrond en als mengkleur, om andere kleuren duurzamer te maken en nieuwe te vormen, zoals het beroemde Britse Lincolngroen en zelfs sommige tinten rood (p. 138). Een schrijver uit de elizabethaanse tijd schreef: 'Geen enkele kleur in laken of kersey (geweven, meestal wollen stoffen) zal goed houdbaar blijven zonder wede.'[4]

Vanaf ongeveer 1230 werd wede, net als meekrap (p. 152) in bijna industriële hoeveelheden verbouwd.[5] Dit zorgde voor felle concurrentie tussen wede- en kraplakhandelaren. In Maagdenburg, het hart van de Duitse kraplakhandel, begon men in religieuze muurschilderingen de hel in blauw af te beelden; en in Thüringen haalden de kraplakhandelaren de glas-in-loodmakers over om de duivels in de nieuwe kerkramen blauw te maken in plaats van het traditionele rood of zwart, allemaal pogingen om de nieuwe blauwe kleur in een kwaad daglicht te stellen.[6]

Het hielp niet. Gebieden waar het 'blauwe goud' werd verbouwd, zoals Thüringen, de Elzas, Normandië, werden rijk. Dankzij wede, zo schreef in die tijd iemand in de Languedoc, 'is dat land het gelukkigste en rijkste van Europa geworden'.[7] Toen keizer Karel v in 1525 tijdens de Slag bij Pavia de Franse koning gevangennam, stond Pierre de Berny, een schatrijke wedekoopman uit Toulouse, garant voor het torenhoge losgeld.[8]

Toch was de neergang van wede toen al in zicht, want er werden andere indigohoudende planten ontdekt, eerst in India en later in de Nieuwe Wereld. Op 25 april 1577 stuurden vertegenwoordigers van de kooplieden en ververs van de stad Londen een memorandum aan de Britse staatsraad met het verzoek om uit India geïmporteerde indigo te mogen gebruiken waarmee ze een goedkoper, 'oosters' blauw konden maken. 'Voor veertig shilling aan die stof levert evenveel kleur op als voor vijftig shilling wede.'[9]

Net zoals de meekrapboeren vóór hen hadden gedaan, probeerden degenen die betrokken waren bij de wedehandel het onvermijdelijke nog af te wenden. Jarenlang werd de ene protectionistische wet na de andere aangenomen. Keizer Ferdinand III van Duitsland verklaarde in 1654 dat indigo de kleur van de duivel was. Franse ververs mochten het tot 1737 niet gebruiken, op straffe van de dood en nog tot het eind van de achttiende eeuw moesten ververs in Neurenberg elk jaar zweren dat ze het niet zouden gebruiken. Er werd zelfs een lastercampagne tegen geïmporteerde indigo op touw gezet: in 1650 verklaarden overheidsfunctionarissen in Dresden dat deze 'nieuwkomer' zijn kleur verloor en textiel aantastte.[10] Het was allemaal tevergeefs. Indigo, dat vaak werd geproduceerd met behulp van slavenarbeid, kon altijd onder de prijs van wede blijven, en het bezat veel meer kleurkracht. De Europese wedehandel stortte in, met lege akkers en bankroete kooplieden tot gevolg.

Elektrisch blauw

Het geluid dat de vierentwintigjarige kernfysicus Aleksandr (Sasja) Joevtsjenko op 16 april 1986 om 1:23 uur 's nachts hoorde, was geen explosie, maar een plof, een soort schudden. Pas twee of drie seconden later, toen de straling van de atoomkern van reactor 4 doordrong in de hele kerncentrale van Tsjernobyl, waar hij werkte, hoorde hij de geweldige dreun van de grootste door mensen veroorzaakte ramp ooit.[1]

Joevtsjenko had deze baan aangenomen omdat Tsjernobyl een van de beste kerncentrales in de Sovjet-Unie was, het salaris goed en het werk interessant. Maar die avond zou dat werk gewoon routine zijn: hij was verantwoordelijk voor het koelen van de reactor, die eerder die dag handmatig was afgezet voor een geplande veiligheidstest. Hij zat in zijn kantoor met een collega te kletsen, terwijl men de kernstaven in het water liet zakken om ze te koelen. Onbedoeld veroorzaakte dit zo'n krachtige stijging van de druk, dat de duizend ton zware plaat die over de reactorkern lag, werd weggeblazen, waardoor een hele serie andere ontploffingen op gang kwam en radioactief uranium, brandend grafiet en stukken van het gebouw de lucht in vlogen.[2] In een gesprek met *The New Scientist* in 2004 vertelde hij over de stoom, het schudden, het licht dat uitging, de betonnen muren die bewogen alsof ze van rubber waren, en allerlei dingen die om hem heen vielen; zijn eerste gedachte was dat er een oorlog was uitgebroken. Hij zocht op de tast zijn weg door het verwoeste gebouw en moest onderweg over zwartgeblakerde lichamen heen stappen,[3] tot hij bij het gat kwam waar even daarvoor nog het reactorgebouw had gestaan. Toen pas zag hij de gloed:

> *Ik zag een enorme straal geprojecteerd licht die vanuit de reactor omhoog scheen, naar de oneindigheid. Het was net een laserlicht, veroorzaakt door de ionisatie van de lucht. Hij was lichtblauw van kleur en heel mooi.*[4]

Het is niet zo gek dat een fel lichtblauw voor de meeste mensen de kleur is geworden van elektriciteit. De ijle stralenkrans rond hoogradioactief materiaal na kernproeven en in Tsjernobyl, is immers ook blauw. Ook andere ontladingsverschijnselen, zoals vonken en de bliksem, die al vanaf de vroegste tijd zijn waargenomen en bestudeerd, hebben zo'n effect. Het Sint-Elmusvuur dat tijdens een storm rond de mast van een schip of over de vleugels van een vliegtuig danst, is felblauw, met soms een vleugje violet (p. 174). Dit effect wordt veroorzaakt door de ionisatie van de lucht: stikstof- en zuurstofmoleculen raken sterk geladen, waardoor ze fotonen afgeven die voor het menselijk oog zichtbaar zijn.

Maar blauw en elektriciteit kwamen heel wat eerder bij elkaar dan je zou denken. Een stoffige maagdenpalmkleur met de naam 'elektrisch blauw' kwam aan het eind van de negentiende eeuw in zwang, toen Joseph Swan en Thomas Edison op zoek waren naar een toepassing van elektriciteit om licht te maken. In het januarinummer uit 1874 van een blad van de Britse textielbranche wordt 'donker elektrisch blauwe zijde en fluweel' genoemd. En het *Young Ladies' Journal* schrijft in november 1884 dat een wandeljapon 'van een elektrisch blauwe nonnenstof' in de mode was.[5]

Het begrip elektrisch blauw heeft altijd voor moderniteit gestaan. In de ogen van de victorianen, die de elektrische innovaties vanuit de laboratoria en fabrieken zagen doordringen tot in chique hotels en vervolgens in particuliere huizen, moet het geleken hebben of de toekomst en het heden zich verenigden. Afgezien van een korte periode in de jaren tachtig en negentig van de vorige eeuw heeft deze kleur altijd overheerst in onze voorstelling van een technologisch gestuurde toekomst. *The Matrix* uit 1999 is nog doortrokken van het spookachtige groenige licht dat uit monochrome computerschermen straalt (die in de jaren tachtig eigenlijk al nauwelijks meer bestonden, maar nog steeds als futuristisch werden neergezet). Maar in de film *Minority Report*, die drie jaar later uitkwam, wordt de technologie aangeduid met elektrisch blauw. Hetzelfde blauwe licht schijnt in de beide *Tron*-films uit 1982 en 2010, in publiciteitsfoto's voor *Inception* (2010) en over het griezelig naargeestige lot dat de mensheid treft in de animatiefilm *WALL-E* (2008). We zien het als de kleur van de toekomst, maar voelen ons duidelijk niet op ons gemak bij elektrisch blauw; misschien vertrouwen we onszelf niet met al die krachten die tot onze beschikking staan. Want zoals Sasja Joevtsjenko maar al te goed weet: één vergissing kan een rampzalige verwoesting veroorzaken.

Hemelsblauw

Op 17 februari 1901 zat de Spaanse dichter en kunstschilder Carlos Casagemas met vrienden iets te drinken in het hippe nieuwe Parijse café l'Hippodrome, vlak bij Montmartre, toen hij een pistool tevoorschijn haalde en zich in zijn rechterslaap schoot. Zijn vrienden waren er ondersteboven van, maar niemand zo erg als Pablo Picasso, die zes jaar daarvoor zijn zusje had zien sterven aan dysenterie en daar nooit helemaal overheen was gekomen. Jarenlang wierp zijn verdriet een sluier over zijn werk. Hij keerde bijna het hele palet de rug toe, afgezien van de enige kleur waarmee hij zijn verdriet en verlies kon uiten: blauw.

Blauwe tinten hebben mensen altijd geholpen om spirituele zaken uit te drukken. Toen aan het eind van de Tweede Wereldoorlog de Verenigde Naties werden opgericht om de wereldvrede te bewaren, kreeg de organisatie als symbool een wereldkaart omvat door twee olijftakken tegen een iets grijzig hemelsblauwe ondergrond. Architect en ontwerper Oliver Lundquist, die het embleem had ontworpen, koos voor deze kleur omdat hij 'het tegenovergestelde is van rood, de kleur van de oorlog'.[1]

Deze kleur is zowel spiritueel als vredig. Veel hindoegoden, waaronder Krishna, Shiva en Rama, worden afgebeeld met een huis in de kleur van de hemel, als symbool voor hun verbondenheid met het oneindige. De Fransen noemen hem *bleu céleste*, hemelsblauw. Verwarrend genoeg hebben in de Gold Base, het Californische hoofdkwartier van de scientologykerk, veel gebouwen een hemelsblauwe kleur – ook de villa die wacht op de reïncarnatie van Ron L. Hubbard, de grondlegger van deze religie. (Naar het schijnt heeft de man zelf bij de oprichting van scientology tegen een collega gezegd: 'Laten we deze mensen een lapje hemelsblauw verkopen.') Pantone riep zijn eigen, iets lichtere, vergeet-mij-niet-kleurige variant uit tot de kleur van het millennium, in de veronderstelling dat consumenten 'in het nieuwe millennium innerlijke rust en spirituele vervulling zoeken'.[2]

Een echt hemelsblauw pigment – uit de kobaltfamilie (p. 187) – kwam pas in de jaren 1860 beschikbaar voor kunstenaars, en toen nog alleen als waterverf.[3] Het bestond uit een mengsel van kobalt en tin-oxide, dat 'kobaltstannaat' werd genoemd, en werd niet veel toegepast, tot er na 1870 ook een variant in olieverf op de markt kwam; met die basis verloor het pigment het krijtachtige dat het in waterverf had gehad, en verleidde het een hele generatie schilders. Van Gogh maakte liever zijn eigen benadering van de kleur met een subtiel mengsel van kobaltblauw, cadmiumgeel en wit, maar anderen waren er minder terughoudend mee. Paul Signac, die bekend werd door zijn luchtige pointillisme, drukte talloze tubes hemelsblauw leeg, net als veel van zijn tijdgenoten, onder wie Monet.[4] Toen fotograaf en schrijver Brassaï in november 1943 de Parijse verfleverancier van Picasso tegenkwam, gaf de man hem een vel wit papier dat was volgeschreven in Picasso's handschrift. 'Op het eerste gezicht leek het een gedicht,' schreef Brassaï, maar, besefte hij, het was Picasso's laatste bestelling van verf. Derde op de lijst, onder 'Wit, permanent ~' en 'Wit, zilver ~' staat 'Blauw, hemels-'.[5]

Verdigris
Absint
Smaragd
Kellygroen
Scheeles groen
Terre verte
Avocado
Celadon

Groen

Er bestaat een boeddhistische fabel over de kleur groen. Op een nacht ligt een kleine jongen te slapen, als in zijn droom een godheid aan hem verschijnt. Die zegt tegen de jongen dat hij alles kan krijgen wat hij wil; daarvoor hoeft hij alleen maar zijn ogen dicht te doen en dan níét aan de kleur zeegroen te denken. Het verhaal kan op twee manieren aflopen. Ofwel de jongen slaagt hier uiteindelijk in en vindt verlichting. Of hij wordt zo gekweld door zijn voortdurende mislukking dat hij geleidelijk zijn gezondheid en zijn leven verliest.[1]

Tegenwoordig roept de kleur groen aangename beelden op van landelijkheid en milieuvriendelijke politiek. Ondanks de associatie met jaloezie, zien we groen in het algemeen als een vredige kleur, die vaak hoort bij luxe en stijl. Een zeegroene tint was favoriet bij de art-decobeweging; smaragdgroen was in 2013 'kleur van het jaar' bij Pantone.

Het antieke Egyptische teken voor de kleur groen was een stengel van de papyrus, een plant die bij de Egyptenaren in hoog aanzien stond. Het Latijnse woord voor groen is *viridis*, en hoort bij een grote familie van woorden die te maken hebben met groei en met het leven zelf: *vivere*, groen of sterk zijn; *vis*, kracht; *vir*, man; enzovoort.[2] In veel culturen heeft groen de positieve betekenis van tuinen en lente. Bij moslims, voor wie 'paradijs' vrijwel synoniem is met 'tuin', kreeg groen vanaf de twaalfde eeuw een belangrijke plaats. Het was, samen met wit, de lievelingskleur van de profeet Mohammed. Volgens de Koran hebben de gewaden die in het paradijs worden gedragen en de met zijde beklede bankjes tussen de bomen de kleur van bladeren. En in middeleeuwse islamitische poëzie hebben de hemelse berg Qaf, de lucht daarboven en het water aan de voet ervan elk een andere tint groen. Dat is de reden waarom deze kleur zo vaak voorkomt in de vlag van veel overwegend islamitische landen, zoals Iran, Bangladesh, Pakistan en Saudi-Arabië.[3]

In het Westen hoorde groen vooral bij de lenterituelen aan het hof. Zo was het bij veel koninklijke hoven op 1 mei verplicht om te *s'esmayer*, ofwel 'de mei te dragen', wat erop neerkwam dat de hovelingen een kroon of krans van bladeren of een opvallend groen kledingstuk droegen. Degenen die '*pris sans verd*' waren, oftewel zich zonder deze kleur vertoonden, werden luidkeels bespot.[4] Misschien is het aan dit soort rituelen en het onvermijdelijke geflirt en de opwinding die ze met zich meebrachten te danken dat groen ook het symbool werd van jeugd en prille liefde. De uitdrukking 'groen zijn', ofwel onervaren, bestond al in de middeleeuwen. Minne, een Germaanse godin die net als Cupido graag ondeugende liefdespijlen op mensen afschoot, had gewoonlijk een groene jurk aan, net als vruchtbare jonge vrouwen – dat is bijvoorbeeld de interpretatie van Jan van Eycks *Portret van Giovanni Arnolfini en zijn vrouw* (1435) (p. 214).

Ondanks dit soort positieve associaties had groen toch enigszins een imagoprobleem, in het Westen althans. Dat kwam voor een deel door een vroeg misverstand rond het mengen van kleuren. De Griekse wiskundige Plato, die halverwege de vijfde eeuw voor Christus werd geboren, hield hardnekkig vol dat *prasinon* (preikleur) gemaakt werd door *purron* (vlamkleur) te mengen met *melas* (zwart). Democritus, de vader van de atoomtheorie, geloofde dat lichtgroen een product was van rood en wit.[5] Voor de antieke wereld was groen, net als rood, een van de middenkleuren tussen wit en zwart. Rood en groen werden taalkundig zelfs vaak door elkaar gehaald: het middeleeuws-Latijnse woord *sinople* kon tot de vijftiende eeuw nog allebei betekenen.[6] In 1195 gaf paus Innocentius III in een invloedrijk geschrift een nieuwe opvatting van de rol van groen in de goddelijke orde. Het moet, schreef hij, 'worden gekozen voor feestdagen en voor de dagen waarop noch wit, noch zwart of rood gepast zijn, omdat het een middenkleur is tussen wit, rood en zwart'.[7] Hiermee kreeg de kleur in het Westen theoretisch wel een veel belangrijkere plaats, maar in de praktijk bleef hij zeldzaam: groen kwam nooit in meer dan 5 procent van de heraldische wapenschilden voor.

Een reden hiervoor is dat het heel lang taboe is geweest om groene verven en pigmenten te maken door blauw en geel met elkaar te mengen. Niet alleen wist men hier eeuwenlang heel weinig van – zie de beweringen van Plato hierboven – maar het mengen van verschillende stoffen stuitte ook op grote weerstand, wat tegenwoordig moeilijk te begrijpen is. Men keek wantrouwig naar alchemisten, die vaak verschillende elementen mengden, en in de middeleeuwse kunst verschenen kleuren meestal in afzonderlijke vlakken zonder dat de kunstenaar een poging deed om perspectief te laten zien met behulp van schaduw. In de kledingindustrie was het mengen van kleuren ingewikkeld door de regels van de gilden en de hoge graad van specialisatie: in veel landen mochten blauw-/zwartververs niet met rode en gele kleurstoffen werken. In sommige landen kon iemand die erop werd betrapt dat hij een stof groen verfde door hem eerst in de blauwe kleurstof wede (p. 198) te dompelen en dan in de gele kleurstof wouw, een strenge straf tegemoetzien, zoals een hoge boete of verbanning. Er waren wel planten die een groene kleur gaven zonder dat ze gemengd hoefden te worden, zoals vingerhoedskruid en netels, maar deze leverden niet de rijke, verzadigde kleur op die mensen met smaak en invloed wilden kopen. Wat dat betekende blijkt wel uit een zijdelingse opmerking van wetenschapper Henri Estienne in 1566: 'Als je in Frankrijk een nobel man ziet die in groen gekleed gaat, denk je dat hij niet goed bij zijn hoofd is.'[8]

Kunstenaars worstelden met inferieure groene pigmenten. De Nederlandse schilder Samuel van Hoogstraten schreef rond 1670: 'Ik wou dat we een groen pigment hadden dat even goed is als rood en geel. Groene aarde (p. 227) is te zwak, Spaans groen (p. 214) te grof en as [verditer] niet houdbaar genoeg.'[9] Vanaf de vroege renaissance, toen het taboe op mengen begon te verdwijnen, tot het eind van de achttiende eeuw, toen de Zweedse scheikundige Carl Wilhelm Scheele de nieuwe kopergroenen ontdekte (p. 224), moesten schilders zelf hun groene verfkleuren mengen.

Zelfs dat was riskant. Verdigris had de neiging een reactie aan te gaan met andere pigmenten en kon ook uit zichzelf al zwart worden, en terre verte bezat weinig kleurkracht en helderheid. De zestiende-eeuwse schilder Paolo Veronese, die het grootste deel van zijn carrière in Venetië werkte en net als Titiaan vóór hem een uiterst vaardig en vindingrijk colorist was, stond bekend om zijn vermogen om uit weerspannige pigmenten frisse groene kleuren te toveren. Zijn truc was dat hij een heel precies mengsel van drie verschillende pigmenten in twee lagen aanbracht en groene delen met lagen vernis beschermde om chemische reacties daarvan tegen te gaan. Toch ging het ook bij hem af en toe mis met groen en nog in de negentiende eeuw hadden kunstenaars de grootste moeite om een betrouwbaar groen te maken. Zo lijkt het gras op de voorgrond van het schilderij *Un dimanche après-midi à l'Île de la Grande Jatte* ('Zondagmiddag op het La Grande Jatte-eiland') van Georges Seurat hier en daar verdord, doordat de pigmenten zich niet goed hebben gedragen. Dit schilderij is een van de bekendste voorbeelden van het pointillisme, en gaf de aanzet voor de neo-impressionistische beweging. Het werd halverwege de jaren tachtig van de negentiende eeuw geschilderd en daaruit blijkt wel hoe kort geleden het nog maar is dat schilders met hun materiaal worstelden.

De problemen die handwerkslieden en consumenten ondervonden met groen, versterkten het symbolische verband tussen deze kleur en grilligheid, gif en zelfs het kwaad. De associatie met gif klopte in ieder geval wel, na de ontwikkeling van de nieuwe koperarsenietpigmenten die in de negentiende eeuw snel populair werden. Scheeles groen en zijn broertje smaragdgroen, dat vaak ook *vert Paul Veronese* wordt genoemd, hebben veel doden op hun geweten, doordat nietsvermoedende burgers hun huis behingen, hun kinderen kleedden en hun gebak verpakten in een opwindende nieuwe kleur waarin dodelijke doses arsenicum zaten.

Andere bezwaren tegen groen waren echter het gevolg van kinderlijke vooroordelen. In het Westen werd groen vanaf de twaalfde eeuw visueel geassocieerd met de duivel en demonische schepsels, misschien als gevolg van de kruistochten en de groeiende vijandschap tussen christenen en moslims, voor wie de kleur heilig was. In de dagen van Shakespeare dacht men dat groene kostuums op het toneel ongeluk brachten, een bijgeloof dat nog tot in de negentiende eeuw bleef bestaan. Zo dreigde in 1847 een Franse toneelschrijver zijn stuk terug te trekken uit de Comédie Française, omdat een actrice weigerde de groene jurk te dragen die de auteur voor haar personage had aangegeven.[10] Misschien moet het laatste woord over de irrationele afkeer van groen naar Wassily Kandinsky gaan. 'Absoluut groen,' schreef hij, 'is de meest verdovende kleur die er is [...] vergelijkbaar met een dikke koe, blakend van gezondheid, die bewegingloos op het gras ligt te herkauwen en met haar domme, uitdrukkingsloze ogen de wereld in kijkt.'[11]

Verdigris

Vanaf het moment in 1434 dat de olie van de zwierige kunstenaarshandtekening droog was – *Johannes de eyck fuit hic*, 'Jan van Eyck was hier' – heeft het *Portret van Arnolfini* kunstkenners even sterk geïntrigeerd als gefrustreerd.[1] Op het schilderij staat een echtpaar naar de kijker toe gewend. Zij draagt een flessengroen gewaad met overdreven lange mouwen; hij heeft vissenogen en lijkt een beetje op Vladimir Poetin. Maakt de linkerhand van de vrouw, die losjes haar rok ophoudt over haar opbollende buik, het beschermende gebaar van een zwangere vrouw of is de beweging gewoon een teken van modieuze loomheid? Is dit een pasgetrouwd stel of een allegorie over mishandeling? Wat is de betekenis van het hondje? Van de waterspuwers? Van de uitgeschopte klompschoenen?

Eén ding is zeker: de jurk is het onweerlegbare bewijs voor de rijkdom van het stel. De enorme afhangende mouwen waren zo decadent dat het Schotse boeren rond 1430 expliciet verboden werd om dit soort mouwen te dragen. De wollen stof was afgezet met het zachte bont van wel 2000 eekhoorns.[2] Ook de sapgroene kleur duidde op geld. Een door en door gelijkmatig groen geverfde stof was moeilijk te maken. Over het algemeen waren daar twee verfbaden voor nodig, eerst in wede en dan in wouw, iets wat in die tijd eigenlijk nog verboden was vanwege het middeleeuwse taboe op het mengen van kleuren. Hans Töllner, telg uit de derde generatie van een verversgeslacht in Neurenberg, werd er in januari 1386 van beticht dat hij dat wel had gedaan; hij kreeg een boete, mocht niet langer het vak van verver uitoefenen en werd naar Augsburg verbannen.[3] Van Eyck, die met behulp van zijn fijnste penselen de Malteser kruisjes op de mouw van de vrouw schilderde, heeft zich waarschijnlijk ook zo gefrustreerd gevoeld. Net als de stoffenververs die het perfecte groen probeerden te bereiken, hadden ook kunstenaars grote moeite om deze frisse en mooie kleur te maken uit ondeugdelijke grondstoffen, in dit geval verdigris.

Verdigris is een carbonaat dat in de natuur voorkomt en zich vormt op koper en de koperlegering brons als die aan zuurstof, water, kooldioxide of zwavel worden blootgesteld.[4] Dit is het groene patina dat zich vormt op oude koperen leidingen en daken, en dat het Vrijheidsbeeld in New York de blauwgroene kleur geeft van de mistige zee die zij vaak voor zich ziet. Het heeft de elementen dertig jaar gekost om het roodachtige koper van deze op één na beroemdste constructie van Gustave Eiffel helemaal groen te laten worden, maar zo lang kan een kunstenaar niet op zijn pigment wachten.[5] Het is niet precies bekend wanneer de techniek om dit proces te versnellen werd ontdekt, maar waarschijnlijk is het via de Arabische alchemie naar het Westen gekomen. Sporen van deze route zijn af te leiden uit de verschillende namen van het pigment. *Verdigris* is Frans voor 'groen uit Griekenland', terwijl de Duitse naam, '*Grünspan*' is, of 'Spaans groen' – Georgius Agricola, een zestiende-eeuwse geleerde, schreef dat het vanuit Spanje was overgebracht.[6] Net als bij de productie van loodwit (p. 43), legde men vellen koper in een pot met loog en azijn of zure wijn. Dan werden de potten gesloten en zo bleven ze twee weken staan, waarna de kopervellen werden gedroogd en het groene patina eraf werd geschraapt; dat werd vervolgens verpulverd en met nog wat zure wijn tot broodjes gevormd, klaar voor de verkoop.[7]

Zoals de groene jurk in het *Portret van Arnolfini* laat zien, viel met verdigris een spectaculair effect te behalen, maar het was onberekenbaar. De zuren die bij de productie ervan waren gebruikt, tastten vaak de ondergrond waarop het werd aangebracht aan en vraten zich door middeleeuwse illustraties van papier en perkament heen als een rups die zich door bladeren kauwt. Het had ook de neiging om zijn kleur te verliezen en met andere pigmenten te reageren. Zoals Cennino Cennini klaagde: 'Het is prachtig aan het oog, maar het beklijft niet.'[8] Hoe waar die woorden waren is te zien op de werken van alle kunstenaars, van Rafaël tot Tintoretto, waarop groene blaadjes zijn verdord tot een tint die de kleur van koffie benadert. Dit kon zelfs Paolo Veronese overkomen, de man die erom bekendstond dat hij een meester was met de kleur groen.[9] (Misschien kwam het door dergelijke ervaringen dat hij droomde van 'groene pigmenten die even goed van kwaliteit zijn als de rode'.[10])

Het probleem werd nog verergerd door de opkomst van de olieverf in de vijftiende eeuw. Met ei-tempera als basis dekt verdigris prima, maar in olieverf wordt het glasachtig doorschijnend en daarom moesten kunstenaars het pigment vaak mengen met terpentijnhars uit pijnbomen om het weer dekkend te maken.[11] Dit maakte verdigris nog weerbarstiger en sommigen durfden het zelfs niet meer te combineren met loodwit, waardoor het helemaal onbruikbaar werd. Omdat er zo weinig alternatieven waren, moesten kunstenaars er wel mee werken, dus verpakten ze als voorzorgsmaatregel hun lastige groen in lagen vernis en hoopten er maar het beste van. Voor Van Eyck en zijn rijke opdrachtgevers was het kennelijk het risico waard.

Absint

In de laatste decennia van de negentiende eeuw bedreigde een groen gevaar de burgers van Europa. Absint was een combinatie van planten en smaakstoffen zoals alsem, anijs, venkel en wilde majoraan. Die werden eerst gekneusd en dan in alcohol gedrenkt en gedestilleerd, zodat een bittere, peerkleurige likeur ontstond. Het goedje was niet echt nieuw: de oude Grieken en Romeinen gebruikten dit soort recepten al om insecten te verdrijven en als ontsmettingsmiddel. Deze moderne versie was ook voor medisch gebruik bedoeld. Pierre Ordinaire, een bekende Franse medicus die vlak na de Franse Revolutie in Zwitserland woonde, bereidde een variatie van het antieke recept als tonicum voor zijn patiënten.[1] Rond de eeuwwisseling kwam het in de handel, maar nog steeds werd het algemeen als medicijn gezien: Franse soldaten die in Afrika dienden, kregen het als bescherming tegen malaria.

Al snel kregen mensen de smaak van het drankje te pakken. Aanvankelijk verschilde het niet zo veel van elk ander aperitief, het glaasje alcohol voor het avondeten waar de Fransen zo op gesteld waren. Dan werd er een dosis van in een glas geschonken en vervolgens verdund met ijskoud water dat door een suikerklontje werd geschonken, waardoor het geheel melkachtig wit werd.[2] Het verschil zat hem in de herkenbare kleur van absint en vanaf 1860, toen fabrikanten goedkopere graanalcohol gingen gebruiken, nam de populariteit van dit drankje snel toe. Aanvankelijk was het vooral iets voor losbandige kunstenaars als Vincent van Gogh, Paul Gauguin, Oscar Wilde en Edgar Allen Poe, maar al snel begonnen ook andere mensen het te waarderen. Rond 1870 kostte een glas niet meer dan 10 centimes, aanzienlijk minder dan wijn, en nam absint 90 procent van de aperitiefconsumptie voor zijn rekening. Het schijnt dat er in de tweede helft van de negentiende eeuw in hele wijken van Parijs tussen vijf en zes uur 's middags een kruidige geur hing, en die tijd van de dag ging dan ook *l'heure verte* ('het groene uur') heten. In Frankrijk nam de inname van absint van gemiddeld 0,04 liter per persoon in 1875 toe tot 0,6 liter in 1913.[3]

In dat stadium was absint een ernstige bron van zorg geworden. Niet alleen in Frankrijk, maar ook in Zwitserland, waar veel mensen het dronken, en in Groot-Brittannië, waar men vreesde dat velen dat snel zouden gaan doen. Dit vreemde groene drankje, dachten de autoriteiten, vergiftigde het sociale verkeer en al snel verspreidde zich een morele paniek. Op 4 mei 1868 waarschuwde *The Times* zijn lezers dat absint even wijdverbreid dreigde te worden als in Frankrijk en dat het daar 'even schadelijk als opiumschuiven in China' was. Dit 'smaragdgroene gif' maakte 'kwijlende idioten' van degenen die het dronken en die het geluk hadden niet ten prooi te vallen aan verslaving en dood. Erger nog, steeds meer fatsoenlijke mensen waagden zich eraan. 'Mannen van de literatuur, professoren, kunstenaars, acteurs, musici, bankiers, speculanten, winkeleigenaren en zelfs' – hier kun je je voorstellen hoe de lezer van schrik zijn hand voor zijn mond sloeg – 'vrouwen werden vurig liefhebber' van absint.[4]

In Frankrijk begonnen artsen te vermoeden dat het inderdaad een giftig middel was. 'Absintomania' werd steeds vaker gesignaleerd als een medische klacht die duidelijk afweek van alcoholisme. Mensen kregen hallucinaties en werden voorgoed krankzinnig. Om dat te bewijzen stelden twee wetenschappers een ongelukkig proefdier bloot aan alsemdampen (alsem was al snel de hoofdverdachte geworden van alle plantaardige ingrediënten van absint), waarna het 'traag en suf werd, en ten slotte stuiptrekkend en schuimbekkend op zijn zij viel'.[5] Dr. Valentine Magnan, een autoriteit op het gebied van geesteszieken en de directeur van een gesticht in Parijs, had een theorie – gebaseerd op experimenten op honden – dat krankzinnigheid als gevolg van het drinken van absint de oorzaak was voor een terugval in de Franse cultuur.[6] De laatste druppel in Zwitserland was een incident in 1905 waarbij een man die Jean Lanfray heette, zijn zwangere vrouw en twee dochtertjes, Rose en Blanche, vermoordde, nadat hij absint had gedronken. De zaak ging 'de absintmoord' heten en drie jaar later werd het drankje in Zwitserland geheel verboden. Frankrijk volgde dat voorbeeld in augustus 1914 aan het begin van de Eerste Wereldoorlog, in een algemene roes van patriottisme.

Later is uit onderzoek gebleken dat de zogenaamde bewijzen voor de schadelijke eigenschappen van absint grotendeels onzin waren. Alsem veroorzaakt geen hallucinaties of krankzinnigheid. Het drankje bevatte wel thujon, dat in grote hoeveelheden giftig is, maar dan zou je zo veel absint moeten innemen, dat je allang aan alcoholvergiftiging bent overleden voordat de dosis thujon je fataal kan worden. Het echte probleem met absint is dat er erg veel alcohol in zit, variërend van 55 tot 75 procent, en aan het einde van de negentiende en het begin van de twintigste eeuw was er in heel Europa grote sociale onrust van het soort waardoor menigeen alcoholist werd. Jean Lanfray was een typerend voorbeeld. Het is waar dat hij de dag dat hij zijn gezin vermoordde was begonnen met twee glazen absint, maar daarna had hij ook nog wijn, cognac en nog meer wijn gedronken – hij kon zich niet eens herinneren dat hij zijn misdaad had gepleegd.[7] Maar dat deed er niet toe. Absint, met zijn drugsachtige schenkritueel, zijn liefhebbers uit de arbeidersklasse en de tegencultuur en met zijn verdachte gifgroene kleur, was de perfecte zondebok.

Smaragd

Het was Shakespeare die het verband legde tussen groen en jaloezie. Met *De koopman van Venetië*, dat hij aan het eind van de zestiende eeuw schreef, gaf hij ons 'groenogige jaloezie'; in *Othello* (1603), laat hij Jago praten over 'het groenogig monster / dat de spot drijft / met het vlees dat het eet'. Vóór die tijd, in de middeleeuwen, toen elke doodzonde zijn eigen kleur had, hoorde groen bij gierigheid en geel bij jaloezie.[1] Beide menselijke gebreken speelden de hoofdrol in een recente sage over een grote groene steen, de Bahiasmaragd.

Smaragden zijn een zeldzaam en fragiel lid van de berylfamilie, groen gekleurd door kleine afzettingen van de elementen chroom en vanadium. Ze worden vooral gevonden in Pakistan, India, Zambia en delen van Zuid-Amerika. De oude Egyptenaren dolven deze edelstenen al vanaf 1500 voor Christus en zetten ze in amuletten en talismans, en sinds die tijd zijn ze altijd erg gewild geweest.

De Romeinen geloofden dat groen rustgevend was voor de ogen, omdat het in de natuur zo vaak voorkomt, en verpulverden smaragden om er een duur oogzalfje van te maken. Vooral keizer Nero was erg gecharmeerd van smaragden. Hij had er niet alleen een uitgebreide verzameling van, maar schijnt ook een bijzonder groot exemplaar gebruikt te hebben bij wijze van zonnebril: tijdens gladiatorengevechten keek hij erdoorheen, zodat de zon niet in zijn ogen schitterde.[2] Toen L. Frank Baum in 1900 *De tovenaar van Oz* schreef, koos hij de kostbare steen voor de naam en als bouwmateriaal van de stad die zijn heldin en haar eigenaardige gezelschap proberen te bereiken. De Smaragden Stad is, tenminste in het begin van het boek, een metafoor voor de magische vervulling van dromen: hij lokt de personages naar zich toe omdat ze er allemaal iets van willen.

De Bahia werd in 2001 door een goudzoeker gedolven uit de berylliumrijke aarde van Noordoost-Brazilië. Stenen uit dit gebied zijn over het algemeen niet veel waard; ze zijn vaak troebel, hebben veel insluitingen en gaan gemiddeld voor nog geen tien euro over de toonbank. Maar dit exemplaar was gigantisch. De hele brok woog 380 kilo (ongeveer evenveel als een mannetjesijsbeer) en men verwachtte dat er een kryptonietgroene edelsteen van wel 180.000 karaat in zou zitten. Na zijn ontdekking heeft deze edelsteen ondanks zijn enorme omvang en waarde niet bepaald een stabiel thuis gekregen. In 2005 ontsnapte de Bahia ternauwernood aan de overstromingen als gevolg van de orkaan Katrina, terwijl hij lag opgeslagen in een pakhuis in New Orleans. Volgens de geruchten heeft hij bij verschillende frauduleuze handelsovereenkomsten als onderpand gediend – een rechter noemde een van die handeltjes 'verachtelijk en verwerpelijk'. Hij werd in 2007 aangeboden op eBay voor een aanvangsbedrag van 18,9 miljoen dollar en een 'meeneemprijs' van 75 miljoen. Lichtgelovige potentiële kopers kregen een achtergrondverhaal voorgeschoteld over een tocht door de jungle op een draagbaar van wijnranken en een aanval door twee panters.

Bij het schrijven van dit boek had de Bahiasmaragd een geschatte waarde van zo'n 400 miljoen dollar en was hij in Californië de aanleiding van een rechtszaak. Een tiental mensen beweert de steen eerlijk te hebben gekocht in de vijftien jaar sinds hij is gevonden. Onder hen een mormoonse zakenman, iemand die beweert dat hij de Bahia voor 60.000 dollar had gekocht en vervolgens te horen kreeg dat de steen was gestolen, en een aantal van de mensen die hem naar Californië hebben gebracht. Er broeit ook een internationaal conflict: Brazilië zegt dat de steen terug moet naar waar hij vandaan komt.[3] Kortom, het verhaal van de Bahiasmaragd is een parabel van de hebzucht.

Kellygroen

Het is bekend dat de enige mensen die trotser op hun Ierse erfgoed zijn dan de Ieren zelf, de Amerikanen van Ierse afkomst zijn. Zo wordt de St Patrick's Day Parade van New York al gehouden sinds 17 maart 1762, veertien jaar voor de Onafhankelijkheidsverklaring. Elk jaar als het water in de fontein van het Witte Huis de kleur van rottende bladeren krijgt, verzamelen zich daar honderdduizenden mensen om Ierland te eren door Guinness te drinken, groen te dragen en hun roestige Ierse accent uit te proberen. Maar de naam Kellygroen voor de lentegrasgroene kleur die zo veel mensen op St Patrick's Day dragen, bestaat nog niet zo heel lang: die kwam pas op aan het begin van de twintigste eeuw.[1]

Als je het ze vroeg, zouden de meeste mensen zeggen dat het verband tussen de Ieren en Kellygroen te maken heeft met Sint-Patrick. Alles wat over deze heilige bekend is, weten we van de man zelf: tijdens zijn leven in de vijfde eeuw schreef hij zijn *Confessio*, een verslag van zijn leven in het Latijn. Het is de oudste geschreven tekst die in Ierland bewaard is gebleven. Hij begint eenvoudig: 'Mijn naam is Patrick. Ik ben een zondaar, een eenvoudig landman en de minste van alle gelovigen.'[2] Zijn eerste kennismaking met het land waarvan hij nu de beschermheilige is, was niet al te gelukkig. Hij werd geboren als telg van een betrekkelijk welgestelde christelijke familie in een plaats die Bannavem Taburniae heette en die waarschijnlijk in Engeland lag, al weet niemand dat zeker. Hij werd ontvoerd door Ierse rovers en als slaaf naar Ierland gebracht. Daar bracht hij alles bij elkaar zes jaar door als schaapherder, tot hij ontsnapte, naar huis terugkeerde en priester werd. Kennelijk nam hij Ierland niets kwalijk, want al snel keerde hij er terug als missionaris en bekeerde een groot deel van de bevolking, waarbij hij volgens de overlevering een klaverblad gebruikte om het begrip van de heilige drie-eenheid uit te leggen. Hij overleed tegen het eind van de vijfde eeuw en werd in de zevende eeuw als heilige aanbeden. Vreemd genoeg was de kleur waarmee hij het meest werd geassocieerd tot halverwege de achttiende eeuw een bepaalde tint blauw.[3]

Waarom de Ieren hun loyaliteit aan Sint-Patricks blauw verplaatsten naar groen is een ingewikkeld verhaal. In antwoord op wat zij zagen als het anti-katholicisme van Willem van Oranje en de oranje dragende protestanten (p. 96) wilden de katholieken een eigen symbolische kleur. Inmiddels had de les van de heilige over het klaverblad een steeds grotere plaats gekregen in de Iers-katholieke identiteit. Tegelijkertijd was groen de kleur van de revolutie geworden, toen op 12 juli 1789 een jonge advocaat genaamd Camille Desmoulins midden in een toespraak tot de Parijse menigte een lindeblad oppakte, dat in zijn hoed stak en patriotten aanvuurde om hetzelfde te doen. Al snel was het lindeblad een groene kokarde geworden, en het had zomaar het symbool van de Franse Revolutie kunnen worden als men zich niet op het laatste moment had herinnerd dat dit de kleur was van het livrei van de gehate graaf van Artois, de jongere broer van Lodewijk XVI. Op 14 juli was de groene kokarde overvleugeld door de driekleurige.[4] Toch werd een groene vlag, soms met een gouden harp erop, het symbool van de vurige Ierse Home Rule-beweging, die streefde naar onafhankelijkheid van Engeland. Toen de Prince of Wales in het voorjaar van 1885 een bezoek aan Ierland bracht, werd hij begroet met een onmiskenbare belediging: pal naast de Union Jack hing een groene vlag.[5] Uiteindelijk besloten de Ieren om opnieuw het Franse voorbeeld te volgen en kozen ze voor een driekleurige vlag. Het groen stond symbool voor de katholieke nationalisten, het oranje voor de protestanten en wit voor de vrede die hopelijk tussen die twee zou heersen.

Scheeles groen

Als een verdwaald zaadje ligt het eiland Sint-Helena midden in de Atlantische Oceaan, tweeduizend kilometer ten westen van Afrika en vierduizend kilometer ten oosten van Zuid-Amerika. Het ligt zo afgelegen dat het voor het grootste deel van zijn geschiedenis onbewoond is geweest, en alleen diende als tussenstop voor schepen die er aanlegden om drinkwater in te nemen en reparaties uit te voeren. Dit was de plek waar de Britten besloten Napoleon naartoe te sturen in oktober 1815, na zijn nederlaag bij Waterloo. En dit was ook de plek waar hij zes jaar later stierf. Zijn arts dacht aanvankelijk dat hij maagkanker had, maar toen het lichaam van Napoleon in 1840 werd opgegraven, bleek het opvallend goed geconserveerd te zijn – en dat is een symptoom van arsenicumvergiftiging. Een monster van zijn haar dat in de twintigste eeuw werd getest bleek ook een abnormaal hoge hoeveelheid van dit gif te bevatten. Toen in de jaren tachtig van de vorige eeuw eenmaal was ontdekt dat het behang op de muren van zijn benauwde kamertje een patroon had waarin Scheeles groen zat, verspreidde zich het gerucht dat de Britten hun lastige gevangene hadden vergiftigd.

In 1775 vond de Zweedse wetenschapper Carl Wilhelm Scheele tijdens een onderzoek naar het element arsenicum, de stof koperarseniet, en hij zag meteen dat dit groen, al had het een nogal groezelige erwtgroene kleur, commerciële mogelijkheden bood voor een bedrijfstak die naarstig op zoek was naar groene pigmenten en verfstoffen.[1] Dit koperarseniet ging vrijwel onmiddellijk in productie en de wereld omarmde het. Het werd gebruikt om stoffen te verven en behangpapier te bedrukken, om kunstbloemen te kleuren en zelfs om suikergoed en gebak een kleurtje te geven. Schilder J.M.W. Turner, die altijd graag de nieuwste uitvindingen uitprobeerde, gebruikte het in 1805 in een olieverfschilderij van Guildford.[2] Charles Dickens wilde na een reis naar Italië in 1845 het liefst zijn hele huis in deze nieuwste modekleur inrichten. (Gelukkig wist zijn vrouw hem dat uit het hoofd te praten.)[3] Volgens schattingen uit die tijd hing er in 1858 zo'n 650 vierkante kilometer met koperarsenietgroen geverfd behang in Britse huizen, hotels, ziekenhuizen en stationswachtkamers. En in 1863 berekende *The Times* dat er alleen al in Groot-Brittannië tussen de 500 en 700 ton Scheeles groen per jaar werd geproduceerd om aan de sterk stijgende vraag te voldoen.

Net toen de producenten dachten dat de honger naar groen onverzadigbaar was, kregen consumenten toch minder trek, na verontrustende geruchten en een reeks verdachte sterfgevallen. De negentienjarige kunstbloemenmaakster Matilda Scheurer werd na anderhalf jaar werken ziek. Ze ging snel achteruit – haar symptomen waren waarschijnlijk misselijkheid, overgeven, diarree, uitslag en lusteloosheid – en stierf uiteindelijk in november 1861. In een ander geval overleed een klein meisje nadat ze het groene poeder van een tros kunstdruiven had opgesabbeld.[4]

Steeds meer mensen bezweken nadat ze dit soort symptomen hadden vertoond en artsen en wetenschappers begonnen alle groene consumentenproducten te onderzoeken. In een artikel van het *British Medical Journal* stond dat groen behang in allerlei woningen te vinden was, 'van paleis tot scheepshut'; men ontdekte dat een stuk behang van zo'n veertig vierkante centimeter genoeg gif kon bevatten om twee volwassenen te vergiftigen.[5] G. Owen Rees, een arts van het Londense Guy's Hospital, werd achterdochtig nadat een patiënt klaarblijkelijk was vergiftigd door een stel kleurige bedgordijnen. Hij deed in 1877 nog meer proeven en ontdekte tot zijn afschuw dat 'een bepaalde mousseline van een erg mooie tint lichtgroen' waarvan onder meer baljurken werden gemaakt, meer dan zestig korrels van een arsenicumsamenstelling per vierkante meter bevatte. 'Stelt u zich eens voor,' schreef hij aan *The Times*, 'hoe het met de atmosfeer in een balzaal gesteld moet zijn, waar het gezwaai met de rokken dat nu eenmaal bij dansen hoort, voortdurend het giftige arsenicum verspreidt.'[6]

Scheele had van meet af aan geweten dat het pigment met zijn naam giftig was. Hij schreef dat in 1777 in een brief aan een vriend, waarin hij ook vertelde wat zijn tweede grote zorg was: dat iemand anders met de eer voor zijn ontdekking zou gaan strijken.[7] De directeur van de fabriek Zuber & Cie in Mulhouse schreef in 1870 een brief aan een professor om te zeggen dat het pigment 'dat zo mooi en zo stralend is', nu nog maar in kleine hoeveelheden werd geleverd. 'Het gaat te ver om elk spoortje arsenicum in behang te verbieden,' ging hij verder, 'en dat zou de zaken onterecht en nodeloos treffen.'[8] Kennelijk was het publiek het met hem eens, want er zijn nooit wetten aangenomen om het gebruik van deze kleurstof te verbieden. Dat lijkt misschien vreemd, maar we moeten bedenken dat dit een wereld was waarin mensen tamelijk gelaten de gevaren van zoiets als arsenicum accepteerden. Zelfs na een massavergiftiging in 1858, toen in het Britse Bradford een pakje wit arsenicumpoeder per ongeluk werd aangezien voor glazuursuiker en aan een lading pepermunt werd toegevoegd, duurde het nog lang voordat regelgeving en waarschuwingssymbolen gewoon waren geworden.[9]

Deze nonchalance tegenover het giftige groen kreeg in 2008 min of meer toevallig bijval van onderzoekers in het nationale kernfysica-instituut van Italië. Om eindelijk een definitief antwoord te krijgen op de vragen rond de dood van Napoleon, testte men daar nog meer haarmonsters uit verschillende periodes uit zijn leven en toen bleek dat de hoeveelheid arsenicum daarin relatief stabiel was gebleven. Ja, naar de huidige maatstaven waren ze erg hoog, maar voor hem blijkbaar helemaal niet.[10]

Terre verte

Als je verhandelingen en handboeken van vroege kunstenaars leest, ontkom je niet aan de gedachte dat zij vaak een ware sysifustaak moesten verrichten om blijvende schoonheid te kunnen creëren. Pigmenten waren vaak onberekenbaar, reageerden verkeerd met andere pigmenten of veranderden na een tijdje van kleur, zoals verdigris (p. 214). Ze waren soms regelrecht dodelijk, zoals orpiment (p. 82) en loodwit (p. 43) of ze waren krankzinnig duur en moeilijk verkrijgbaar, zoals ultramarijn (p. 182). Als er dus een pigment werd ontdekt dat goedkoop was, betrekkelijk ruim voorhanden, volkomen stabiel en in een kleur waarin toch al weinig keus was, zou je verwachten dat daar veel vraag naar zou zijn. Het verhaal van terre verte laat zien dat dat niet altijd het geval is.

Terre verte, ook bekend als 'groene aarde' of 'Veronagroen', is een tamelijk uiteenlopende verzameling tinten afkomstig uit minerale samenstellingen. De elementen die verantwoordelijk zijn voor de groene kleur zijn meestal glauconiet en celadoniet, maar het kunnen ook allerlei andere mineralen zijn.[1] Ze zijn op verschillende plekken in heel Europa in grote hoeveelheden te vinden, met name op Cyprus en in de omgeving van Verona, en komen voor in een hele reeks kleuren, variërend van diep bosgroen tot bijna een krokodillenkleur en zelfs een prachtig mistig zeegroen. Hun nadeel is hun zwakke kleurkracht, maar allemaal blijven ze lang goed, zijn ze tamelijk transparant en werken ze uitstekend met elke basis, waarbij ze olieverf een typische, bijna boterachtige structuur geven. Maar bovenal vormden ze een groen pigment en daarvan waren er maar heel weinig beschikbaar. En toch, als kunstenaars over terre verte schrijven, klinkt het als een schoolrapport over een kind dat het allemaal goed bedoelt, maar totaal niets aantrekkelijks heeft. Typerend is de onverschilligheid van George Field in zijn boek *Chromatography*, dat halverwege de negentiende eeuw verscheen.

> *Het is een zeer duurzaam pigment, dat niet wordt aangetast door fel licht en onzuivere lucht en zonder schade te combineren is met andere kleuren. Het heeft weinig kracht, is semitransparant en droogt goed in olie.*[2]

Vreemd genoeg toonde de prehistorische mens zo te zien al even weinig enthousiasme voor groene aarde. In de grotten van het Franse Lascaux, met tekeningen die tot 15.000 voor Christus teruggaan, zijn de overheersende pigmenten rode en gele okertinten, het bruin en zwart van mangaanoxide en krijtwit. In het Spaanse Altamira, waar grottekeningen zijn gevonden uit 10.000 voor Christus, is voor een groot deel hematiet (p. 150) gebruikt. In feite wordt grotkunst gedomineerd door bruine, witte, zwarte en rode tinten; blauw en groen komen vrijwel nergens voor. Wat blauw betreft is dat niet zo gek, want dat is in minerale vorm heel zeldzaam, maar de afwezigheid van groen is wel vreemd: terre verte was ruimschoots voorhanden en makkelijk te maken en aan te brengen.[3] Pas veel later werd het wel gebruikt. Zo is het te zien in een prachtig naturalistische muurschildering van een boom in Stabiae, een stadje in de buurt van Pompeï dat in het jaar 79 van onze jaartelling ook door de uitbarsting van de Vesuvius werd verwoest. Pas toen kunstenaars ontdekten dat terre verte volmaakt werkte als onderschildering voor de schaduwen in het rozerood van de Europese huid, kreeg het echt erkenning. In sommige Europese manuscripten, waar de toplaag is verbleekt, schemert die groene onderlaag door, waardoor de heiligen iets vreemd demonisch krijgen.

Cennino Cennini, leerling van de Toscaanse meester Giotto, was zonder twijfel een pragmaticus. Hij was dol op kunst en liet ook graag aan anderen zien hoe ze die zelf konden nabootsen. Zijn *Il libro dell'arte* stond eeuwenlang vergeten op een stoffige plank in het Vaticaan, voordat het begin negentiende eeuw werd herontdekt en opnieuw uitgegeven, en sindsdien is het altijd in druk gebleven. In dit boek legt hij allerlei procedés uit, van het vergulden van een paneel tot lijm maken van de 'snoeten, poten, zenuwen en [...] huid' van geiten (wat alleen in maart of januari gedaan mocht worden).[4] Terre verte en het gebruik ervan komen telkens terug. Cennini schrijft enthousiast dat het pigment overal voor te gebruiken is, van gezichten tot draperieën, en evengoed werkt in *fresco* als in *secco* (droog). Zo vertelt hij zijn lezers hoe ze goede huidtinten kunnen maken in tempera door twee lagen ervan gemengd met lood op te brengen, 'over het gezicht, over de handen, over de voeten en over de naakte delen'. Hij beveelt aan om voor jonge gezichten 'het eigeel van een ei van een stadskip te gebruiken, omdat hun vlees koeler is', terwijl het geel van een ei van een plattelands- of boerenkip 'beter geschikt is voor de vleeskleur van oudere en donkere personen'. Voor de huidkleur van een lijk raadt hij aan om het roze weg te laten dat gewoonlijk als toplaag werd aangebracht: 'een dode heeft geen kleur'.[5] Het is lastig te weten hoe het komt dat hij zo positief stond tegenover dit verder weinig geliefde pigment. Misschien valt het te verklaren door zijn eerste kennismaking met terre verte. Als jongen werd hij een keer door zijn vader Andrea Cennini meegenomen naar een steengroeve in Colle di Val d'Elsa. 'We bereikten een kleine vallei,' schreef hij, 'een erg woeste, steile plek, en toen ik met een spade langs de helling schraapte, zag ik zeeën van allerlei kleuren.'[6]

Avocado

In februari 1969 werden de stranden van het Californische Santa Barbara zwart. Een paar dagen daarvoor, in de ochtend van 28 januari, was op vijftien kilometer uit de kust een oliebron ontploft. Naar schatting is er alles bij elkaar 900.000 liter ruwe olie gelekt, die elf dagen lang uit de zeebodem opwelde en over een lengte van ruim vijftig kilometer de Californische kust en daarmee ook veel zeedieren besmeurde. De olieramp van Santa Barbara markeerde een keerpunt in de manier waarop de wereld, en met name de Verenigde Staten, naar de aardbol en de kwetsbaarheid daarvan keken.[1] Het jaar daarop werd op 22 april voor de eerste keer de Dag van de Aarde gevierd. (Een initiatief van de Amerikaanse senator Gaylord Nelson, die met eigen ogen de schade bij Santa Barbara had gezien.) In de jaren daarna kreeg onder druk van protestbewegingen de wetgeving tegen vervuiling vaart: de Clean Air Act, de Clean Water Act en de National Environmental Policy Act werden aangenomen.

In het decennium daarna werden mensen zich steeds meer bewust van de gezondheidstoestand van de wereld. Op een foto die de astronauten van de Apollo 17 in 1972 op weg naar de maan maakten, zag de aarde er voor het eerst kwetsbaar uit. *The Blue Marble* ('De blauwe knikker'), zoals deze beroemde foto werd genoemd, werd een van de meest iconische en breedst gedeelde beelden uit de geschiedenis. Kunstenaars als Robert Smithson en James Turrell gebruikten de aarde als ruw materiaal, waarmee ze *land art* creëerden als rechtstreeks commentaar op de kwetsbaarheid van de aarde; zo stelden ze het idee dat onze planeet onveranderlijk en onuitputtelijk is, ter discussie.[2] In deze periode werd de kleur groen symbolisch voor de natuur. Natuurlijk was het verband tussen die twee er altijd wel geweest – het oude Egyptische teken voor groen was een papyrusstengel – maar in de jaren zeventig van de vorige eeuw werd het algemeen.[3] Een kleine organisatie die zich het 'Don't Make Waves Committee' noemde, veranderde in 1972 van naam en werd Greenpeace. De voorloper van de Britse Green Party, PEOPLE, werd in 1973 opgericht, de Duitse tegenhanger daarvan, Die

Grünen, in 1979, en Les Verts in Frankrijk maakten naam in de jaren tachtig.

Deze grote ideeën en de opkomende zorg om de natuurlijke wereld werden vertaald in een palet van terug-naar-de-natuur-aardekleuren: gebrand oranje, herfstgoud en bovenal avocado. Die laatste tint, die nu zo ouderwets lijkt, heeft de hele jaren zeventig het palet gedomineerd. Het winkelend publiek deed oprecht zijn best om verantwoordelijkheidsgevoel voor het welzijn van de wereld te tonen en zo kregen alle mogelijke consumentengoederen – kleding, keukenapparatuur, baden en zelfs auto's – deze rokerige geelgroene tint.

Het lijkt misschien hopeloos naïef om via je consumptiepatroon je milieugeweten te sussen, maar ook nu zijn er nog steeds veel van dit soort consumentenprikkels. En avocado zit sinds de millenniumwisseling weer stevig in het zadel. Wie dat niet gelooft, hoeft alleen maar op Instagram te kijken. Weinig mensen zullen nog een lans breken voor avocadokleurig macramé en dito hoogpolig tapijt, maar de *Persea americana* is inmiddels wel dé vrucht (in feite is het een éénzadige bes) van een nieuw type luxe consumptiepatroon dat hoort bij het idee van gezond en natuurlijk leven. Overal, van Californië tot Lutjebroek, wordt het groene vruchtvlees liefdevol op toastjes gelegd en speelt de avocado een hoofdrol in de bewust-eten lifestyle. Het is een van de weinige 'goede' vetten – gezond voor hart en bloedvaten – waarover alle voedingsdeskundigen het eens zijn en zo heeft de aanvoer van avocado's een hoge vlucht genomen. In 2014 werden er in Amerika vier miljard avocado's geconsumeerd, bijna vier keer zo veel als vijftien jaar eerder. Alleen al in 2011 ging er voor 2,9 miljard dollar aan avocado's over de toonbank, 11 procent meer dan het jaar daarvoor. Geen wonder dat Mike Brown, marketingmedewerker bij de Mexican Hass Avocado Importers Association, in 2012 tegen een journalist van de *Wall Street Journal* zei: 'De sterren staan goed.'[4]

Celadon

Honoré d'Urfé had een dramatisch leven. Hij werd gevangengezet vanwege zijn politieke overtuiging, bracht vele jaren in ballingschap door in de Savoie en trouwde met de mooie weduwe van zijn broer om haar fortuin binnen de familie te houden. Misschien kwam het door deze overmaat aan intriges en verwikkelingen dat hij het nostalgische, breed uitwaaierende *L'Astrée* schreef. Dit verhaal besloeg maar liefst 5399 pagina's en zestig boeken en verscheen tussen 1607 en 1627. Het was een pastorale komedie over de vergeefse zoektocht van Céladon, een herder met liefdesverdriet, om zijn geliefde Astrée terug te winnen, die hij na een misverstand was kwijtgeraakt.[1] Ondanks die overdadige lengte en de enorme hoeveelheid personages was het boek erg populair onder zijn tijdgenoten. Het werd in veel talen vertaald en in heel Europa gelezen, en vormde de inspiratiebron voor een toneelstuk en zelfs voor een modetrend: kleding in een licht bosgroen dat *à la Céladon* werd genoemd.[2]

De naam Céladon raakte zo sterk met deze speciale mistige boskleur verbonden dat het woord 'celadon' al snel de naam werd van een type oosters porselein met eenzelfde kleur. Dit celadonporselein was bepaald niet nieuw: de Chinezen maakten het al eeuwen voordat de held van d'Urfé het licht zag. Meestal is het grijsachtig groen – maar de kleuren kunnen sterk variëren, van blauw tot grijs tot oker en zelfs zwart. Het speciale ervan is dat de klei ijzer bevat en het glazuur ijzeroxide, mangaanoxide en kwarts.[3] De voorwerpen worden meestal bij iets minder dan 1150 °C gebakken en halverwege het bakproces wordt de toevoer van zuurstof sterk verminderd. Het glazuur vertoont vaak een netwerk van barstjes, als de fijne adertjes van een boomblad. Dat is opzettelijk aangebracht om het porseleinoppervlak op jade te laten lijken.[4] Deze methode komt oorspronkelijk uit China, maar tussen 918 en 1392 werd het porselein ook door de Goryeo-dynastie op het Koreaanse schiereiland geproduceerd. Zelfs binnen China bestond er grote variatie in stijl, kleur en vorm tussen de celadonvoorwerpen uit verschillende regio's en tijdperken.[5] Celadon uit de Song-dynastie is helemaal tot in Japan en Caïro aangetroffen en er zijn aanwijzingen voor een levendige handel in celadon met het Midden-Oosten.

Turkse heersers geloofden dat celadon een natuurlijk middel was tegen vergif en verzamelden een uitgebreide collectie, die nog steeds te zien is in het Topkapi-paleis in Istanbul.[6] Een variant ervan, dat *mi se* of 'mysterieuze kleur' wordt genoemd, was lange tijd het kostbaarste en meest exclusieve porselein van China, alleen bestemd voor koninklijke hoven. De naam *mi se* was bepaald toepasselijk: maar weinig tijdgenoten buiten het koninklijke hof hadden er ooit een exemplaar van gezien en men kon alleen maar raden hoe het eruitzag. Xu Yin, een dichter uit de tiende eeuw, beschreef de kleur als 'licht dat is gekerfd uit de maan om de bergstroom te kleuren', en dat klinkt inderdaad als dichterlijk giswerk.[7] Pas eind jaren tachtig van de vorige eeuw ontdekten archeologen de werkelijke kleur van *mi se*-celadon. In een geheime kamer onder een ingestorte tempeltoren vonden ze een kostbaar kistje met serviesgoed. De mysterieuze celadonkleur die de Chinese keizers zo angstvallig geheim hadden gehouden, bleek een tamelijk saai olijfgroen.[8]

'Oosterse' boeken en kunstvoorwerpen vonden al eeuwenlang hun weg naar het Westen, maar de Europeanen aan het uiteinde van een reeks kronkelige handelsroutes bevonden zich te ver van de bron om alle verschillende soorten celadon te doorgronden. Patronen en kleuren die de kenner iets hadden kunnen vertellen over doel, oorsprong en leeftijd van de verschillende voorwerpen, zeiden de zeventiende-eeuwse Europeaan niets. Hem deed dit mooie, zeemistgroene porselein dat van zo ver kwam, alleen maar denken aan de ongelukkige Céladon in zijn armoedige, groene herdersmantel.

Kaki
Buff
Fallow
Russet
Sepia
Omber
Mummiebruin
Taupe

Bruin

Het beeld van de mens die geschapen is uit aarde komt in veel culturen terug, van de Babylonische tot de islamitische. Zoals de Bijbel zegt: 'In het zweet uws aanschijns zult gij brood eten, totdat gij tot de aardbodem wederkeert, omdat gij daaruit genomen zijt; want stof zijt gij en tot stof zult gij wederkeren.'[1] Bruin mag dan het symbool zijn van de rijke aarde waaruit wij ons voedsel halen, maar veel dankbaarheid betonen we deze kleur niet. Het is immers niet alleen de kleur van de aarde waarin we op een dag zullen terugkeren, maar ook de kleur van modder, vuil, afval en stront.

Dat bruin het zo moet ontgelden komt voor een deel doordat het geen kleur is, maar een schakering. Bruin is niet te vinden in de regenboog of op een eenvoudig kleurenwiel; om het te maken moet je gele, oranje en sommige onzuivere rode tinten donkerder en grauwer maken, of de drie primaire kunstenaarskleuren, rood, geel en blauw, door elkaar mengen. Omdat er geen helder of stralend bruin bestaat, keken zowel de middeleeuwse kunstenaars als de modernisten erop neer. Middeleeuwse kunstenaars hadden principiële bezwaren tegen mengen en zagen de glorie van God weerspiegeld in het gebruik van pure, kostbare materialen als ultramarijn (p. 182) en goud (p. 86). In hun ogen was bruin dan ook verdacht. Eeuwen later pochte Camille Pissarro dat hij alle aardepigmenten van zijn palet had verbannen (al duiken ze in werkelijkheid ook bij hem af en toe wel op).[2] Als bruintinten echt nodig waren – en dat waren ze, aangezien de impressionisten en velen na hen graag landschappen *en plein air* schilderden – werden ze gemaakt door de nieuwe, verzadigde synthetische pigmenten te vermengen.

Dit was pure eigenzinnigheid van de kunstenaars, want ijzeroxiden, ofwel okers, behoren tot de meest voorkomende stoffen in het aardoppervlak. Het waren ook de eerste pigmenten die door mensen werden gebruikt. De runderen, herten, leeuwen en handafdrukken die op de wanden van prehistorische grotten zijn gevonden, hadden hun warme bruine en bruinrode tinten te danken aan aardepigmenten. De oude Egyptenaren, Grieken en Romeinen gebruikten ook okers. Deze kleurstoffen werden juist extra veel gebruikt, omdat ze niet alleen ruim voorhanden waren, maar ook veel verschillende variëteiten kenden.

Net als sommige zwarttinten zijn bruine kleuren door kunstenaars lang gebruikt voor ondertekeningen en schetsen. Bistre, een donker maar niet speciaal kleurvast materiaal, meestal gemaakt uit de teerachtige resten van verbrand beukenhout, was populair.[3] Andere vermeldenswaardige voorbeelden zijn het geelachtige sienna uit Italië en omber (p. 250), dat donkerder en koeler is. Ook geliefd was een bloedbruine aardetint, bekend als sinopia, vernoemd naar de stad Sinop waar het pigment vandaan kwam. Pedanius Dioscorides, een Griekse arts die rond 40-90 van onze jaartelling leefde, beschreef deze tint als zwaar en dicht en leverkleurig.[4] In juli 1944 schampte een raket van de geallieerden het dak van een gebouw naast de scheve toren op het beroemde Piazza dei Miracoli in Pisa. Het vloog in brand en de renaissancemuurschilderingen binnen raakten zwaar beschadigd. Guiseppe Ramalli, een plaatselijke jurist die het had zien gebeuren, beschreef hoe de schilderingen er daarna uitzagen: 'Opgezwollen, uitgelopen, bladderend of gevlekt met dikke brede strepen lood dat van het gesmolten dak is gedropen [...] Woorden schieten te kort om de ravage te beschrijven.'[5] Toen het restant van de schilderingen bij de restauratie van de muren werd gehaald, kwamen er allerlei levendige, sinopiakleurige voortekeningen tevoorschijn. Ze zijn nog steeds te bekijken, in al hun frisse en expressieve glorie.

De artistieke periode die het meest wordt geassocieerd met bruintinten en waarin de kwaliteiten van die kleuren het meest tot hun recht kwamen, was de tijd na de eerste opbloei van de renaissance. De belangrijkste figuren op de werken van kunstenaars als Correggio, Caravaggio en Rembrandt zijn oplichtende eilanden in een ruimte vol schaduwen. Voor zo veel schaduw was een buitengewoon breed scala aan bruine pigmenten nodig – sommige doorschijnend, andere dekkend, sommige warm, andere koel – om te voorkomen dat de werken uitdrukkingloos en vlak oogden. De Vlaamse kunstenaar Anthony van Dyck uit de eerste helft van de zeventiende eeuw was zo bedreven met één pigment – kassel-aarde, een soort turf – dat die tint later bekend werd als 'Van Dyck-bruin'.[6]

Net als in de kunst waren lichte, kleurvaste verven zoals scharlakenrood (p. 138) ook voor het verven van textiel moeilijk verkrijgbaar en duur, dus konden alleen de rijken en machtigen die dragen. Zo bleef bruin over voor de armen. Volgens de voorschriften in de veertiende eeuw was 'russet' (p. 246) – roestbruin, maar in die tijd een bruingrijze tint, saaier dan nu – bestemd voor de mensen in nederige beroepen, zoals voerlieden en herders. In de loop der tijd kregen nederige kleuren en kleding steeds meer aanzien, waarschijnlijk als reactie op het opzichtige uiterlijk vertoon van de rijkdom. Dit werd nog versterkt doordat de rijken steeds meer belangstelling kregen voor sportieve activiteiten en voor soldatenuniformen. In de zestiende en zeventiende eeuw droegen cavaleriesoldaten zeemkleurige, ofwel 'buff' (p. 242) leren jassen, en halverwege de achttiende eeuw kon een goedgeklede Europese heer niet buiten zijn buff knickerbocker.

Lichtbruine tinten bleven de hele negentiende eeuw lang deel uitmaken van het militaire uniform, maar meestal als contrasterend element met sterkere kleuren als smaragdgroen en Pruisisch blauw (p. 193). Aan die sterke kleuren konden medestrijders elkaar tijdens het gevecht herkennen en ze dienden ook om de vijand te intimideren. Tegen het eind van de negentiende eeuw begonnen de beperkingen van deze opvallende uniformen hun tol te eisen. Na een reeks vernederende militaire nederlagen in de koloniën kreeg het Britse leger geleidelijk aan meer oog voor vernieuwing.[7] Een voorbeeld van die veranderende ideeën was dat men overschakelde op uniformen in kakikleur (p. 240) en later in camouflagekleuren, waardoor militairen niet langer tegen hun omgeving afstaken. Dankzij hun bruine kledij bleef duizenden soldaten een voortijdige terugkeer tot de aarde bespaard.

Kaki

Op 5 augustus 1914 werd lord Kitchener de Britse minister van Oorlog. Dat moet een enorme uitdaging zijn geweest. De dag daarvoor had Engeland de oorlog verklaard aan Duitsland, dat veel groter en beter bewapend was;[1] in die tijd had het Britse expeditiecorps maar zes infanteriedivisies en vier cavaleriebrigades. In de volgende vier jaar deed de regering er dan ook alles aan om miljoenen Britse mannen over te halen hun burgerkloffie te verruilen voor kaki, zodat er genoeg mannen beschikbaar kwamen om naar het front te gaan.

Kaki zelf was bij het uitbreken van de Eerste Wereldoorlog nog een betrekkelijk jonge rekruut. Het schijnt dat in de Slag bij Bergen waar de twee kampen elkaar voor het eerst op het slagveld troffen, sommige Duitsers nog hadden verwacht dat hun vijanden rode jassen en berenmutsen zouden dragen; ze waren stomverbaasd toen ze de nieuwe kaki uniformen zagen, die in hun ogen meer weg hadden van golfkleding.[2] Het woord kaki komt uit het Urdu – *khaki* betekent stoffig – en duidde op aardekleurig textiel, meestal bestemd voor militaire kleding. Het schijnt uitgevonden te zijn door sir Harry Lumsden, die in 1846 in Peshawar, in het huidige Pakistan aan het hoofd stond van het Corps of Guides, een regiment van gidsen en inlichtingenofficiers. Hij wilde zijn mannen een uniform geven dat paste bij de geheimzinnigheid van hun inlichtingenwerk. Dus kocht hij bij een bazaar in Lahore vele meters witte katoen op en beval dat die moest worden gewassen en ingewreven met modder uit de plaatselijke rivier, waarna er losvallende tunieken en broeken van werden gemaakt.[3] Dit zou de soldaten ‘onzichtbaar maken in een land van stof’, zo hoopte hij.[4] Het was revolutionair: voor het eerst in de geschiedenis van het georganiseerde leger was er een officieel uniform ontworpen dat niet bedoeld was om de aandacht op zich te vestigen, maar juist om in het landschap op te gaan.

Het voorbeeld kreeg al snel navolging, en dat was voor een groot deel te danken aan de Indiase Muiterij in 1857, die in de zomer uitbrak, de periode waarin het traditionele uniform nog onpraktischer was dan anders. Stofkleurige bruine uniformen – die als er geen modderige rivierbedding voorhanden was, met koffie, thee, aarde en kerriepoeder werden geverfd – verspreidden zich tussen 1860 en 1870 geleidelijk over het Indiase leger en vervolgens naar de rest van het Britse leger en vandaar naar de gewapende strijdkrachten van andere landen.[5] Door veranderingen in oorlogvoering, militaire tactieken en technologie waren gecamoufleerde soldaten nu in het voordeel. Duizenden jaren lang hadden krijgers zich opvallend uitgedost om tegenstanders te intimideren. Met felle kleuren zoals de rode capes van de Romeinse legionairs en de smaragdgroen met zilveren jassen van de Russische Keizerlijke Garde, leken individuele soldaten en regimenten groter dan ze waren, en konden vriend en vijand elkaar makkelijk onderscheiden in de rookwolken op het slagveld. Maar toen er aan het begin van de eenentwintigste eeuw steeds geavanceerder verkenningsvliegtuigen in gebruik werden genomen en er bovendien rookvrije wapens waren uitgevonden, werden de risico's van zichtbaarheid groter dan de voordelen.[6]

Aan het eind van de Eerste Wereldoorlog, na vier van bloed en modder doordrenkte jaren, was kaki niet meer weg te denken uit het soldatenleven. Britse mannen die dienst hadden genomen of waren afgekeurd voor militaire dienst, kregen een kaki band om hun bovenarm met een rood kroontje erop. Een jonge vrouw uit de arbeidersklasse die zich in de opwinding van de eerste oorlogsmaanden al te gevoelig toonde voor de charme van de soldaten, werd beschuldigd van 'kaki-koorts'.[7] Hoe onopvallend deze kleur ook was bedoeld, hij dook overal op, of het nu in de uniformen was of in aanplakbiljetten met de vraag: 'WAAROM BEN JIJ NIET IN KAKI?' of in populaire liedjes.[8] Op 11 november 1918, vier jaar na lord Kitcheners eerste dag in functie, was de oorlog afgelopen. Die ochtend om half tien, anderhalf uur voordat om elf uur de stilte van de vrede zou neerdalen, werd soldaat George Edwin Ellison even buiten het Belgische Bergen doodgeschoten. Hij was het laatste in kaki geklede slachtoffer van de Grote Oorlog.

Buff

In Nederland wordt de naam 'buff' vooral gebruikt voor de kleur van sommige huisdieren (cavia's, kippen, honden) en van leren voorwerpen in de lichtgele kleur van zeemleer. In het Engels bestaat de uitdrukking '*in the buff*', die 'in je blootje' betekent. Het woord *buff* zelf is een afkorting van het woord *buffalo*, buffel. In de zestiende en begin zeventiende eeuw werd het woord algemeen gebruikt voor een zacht, gelooid rundleer dat dikker en steviger was dan het suède dat we nu kennen.[1] Soms maakte men van dit materiaal trendy en decoratieve jakjes en vesten, maar meestal werd buff toch geassocieerd met vechten.[2] Een lange, zware jas van buff hoorde bij de standaarduitrusting van Europese soldaten in die tijd, vaak in plaats van een echt metalen harnas (wel ging er soms een maliënkolder van metalen ringetjes overheen als extra beschermingslaag).[3] Zelfs toen de mode en de militaire technologie al weer verder waren, bleef deze zeemkleur – die tegen die tijd zelf ook 'buff' werd genoemd – een onmisbaar element in de mannengarderobe en het militaire uniform.

Zijn meest gedenkwaardige stap zette de kleur buff tijdens de Amerikaanse Onafhankelijkheidsoorlog, toen de Noord-Amerikaanse koloniën in opstand kwamen tegen Groot-Brittannië en koning George III. George Washington, die later de eerste president van de Verenigde Staten van Amerika zou worden, had toen al de Zevenjarige Oorlog achter de rug, waarin hij aan Britse kant tegen de Fransen had gestreden, in het traditionele vuurrood. Als slim politicus wist hij dat bij een verandering van politieke loyaliteit ook een verandering van kleur hoorde. Toen vertegenwoordigers van de piepjonge Verenigde Staten in de zomer van 1775 bijeenkwamen op het Tweede Continentale Congres, droeg Washington een nieuw uniform: het *buff and blue* van zijn eigen vrijwilligerskorps, de Fairfax Independent Company of Volunteers. Het had het gewenste effect. John Adams, een van de stichters en later de tweede president van de Verenigde Staten, schreef aan zijn vrouw Abigail: 'Coll. Washington verschijnt op het Congres in zijn Uniform, en is, met zijn geweldige Ervaring en Kundigheid in militaire Zaken, van grote waarde voor Ons. O, was ik maar een Soldaat!'[4] Op dat congres werd Washington benoemd tot opperbevelhebber van het Continental Army en vervolgens kleedde hij zijn soldaten, als het even kon, in *buff and blue*.[5] In een brief van 22 april 1777 schreef Washington aan kapitein Caleb Gibbs hoe hij zijn persoonlijke garde graag gekleed wilde zien.

> *Lever ons kleding voor vier sergeanten, vier korporaals, een tambourkorps en vijftig manschappen. Als blauw en buff te verkrijgen zijn, gaat mijn voorkeur daarnaar uit, want dat is het uniform dat ik zelf draag. Is het niet mogelijk, dan mogen u en de heer Mease elke andere kleur kiezen, behalve rood.*[6]

Na zijn benoeming tot een van de kleuren van de nieuwe Verenigde Staten van Amerika promoveerde buff tot een symbool van de vrijheid. Aan de andere kant van de Atlantische Oceaan nam de Britse Whig Party onder invloed van de conservatieven Edmund Burke en Charles James Fox de kleuren van Washington aan, om steun te betuigen aan de Amerikaanse onafhankelijkheid. Georgiana, de hertogin van Devonshire en een vooraanstaand aanhanger van Fox, voerde in buff en blauw campagne voor de Whigs en koos deze kleurcombinatie ook voor het livrei van de bedienden op haar landgoed Chatsworth. Twee eeuwen later had de Britse premier Harold Macmillan in 1961 een ontmoeting met John F. Kennedy op Bermuda, en bij die gelegenheid gaf hij Kennedy een stel zilveren knopen cadeau dat afkomstig was van het livrei uit Devonshire, als symbool voor de blijvende Britse vriendschap met de Verenigde Staten.[7]

Fallow

Ergens in de tiende eeuw werden zo'n negentig handgeschreven Anglo-Saksische raadsels gebundeld in een boek, de *Codex exoniensis.* De oorsprong van het boek is onduidelijk: het enige wat we zeker weten is dat het in bezit is geweest van Leofric, de eerste bisschop van Exeter, die in 1072 overleed en het handschrift aan de bibliotheek van zijn kathedraal schonk.[1] Het is ook een mysterie waarom de raadsels – die uiteenlopen van speels tot schunnig[2] – er eigenlijk in staan. Ze zijn achter in het boek bij elkaar geplaatst, na pagina's vol serieuze christelijke inhoud die gepaster lijkt voor een man van de kerk. Voor de meeste raadsels is een oplossing, variërend van 'een ijsberg' tot 'een knoflookverkoper met één oog', alleen op het vijftiende raadsel is kennelijk geen definitief antwoord gevonden.[3] Het begint zo:

Hals is mij hwit – heafod fealo
Sidan swa some – swift ic eom on febe…
beadowæpen bere – me on bæce standaδ…

[mijn nek is wit, mijn hoofd is lichtbruin
net als mijn zijden. Ik ben gezwind van pas…
ik draag wapens voor de strijd. Op mijn rug zit haar…][4]

In de eerste regel staat het woord *fealo*, dat later het Engelse *fallow* is geworden. Die naam duidt op een vale, tanige caramelkleur, de tint van verschrompelde bladeren of dor gras, en het is een van de oudste kleurnamen in de Engelse taal.[5] Sinds 1300 wordt het woord fallow gebruikt voor boerenland dat tussen twee seizoenen braak ligt om de aarde weer op krachten te laten komen, maar het is ook van toepassing op dieren met een vacht of veren waarmee ze in hun achtergrond opgaan. Het dook al op als beschrijving van paarden in het Oudengelse epische gedicht *Beowulf*; Shakespeare heeft het in *De vrolijke vrouwtjes van Windsor* over een 'fallow Greyhound'. Maar het beste voorbeeld van deze kleur zijn de gevlekte lichtbruine herten met hun kokette witte kontje, de voorouders van het damhert, ofwel *fallow deer* in het Engels, dat al duizenden jaren in heel Europa en in het Midden-Oosten voorkomt. De jacht op deze dieren was een favoriete bezigheid van de Normandische edelen na de verovering van Engeland in 1066, en zij richtten speciale parken in om de herten te beschermen, zowel tegen wolven als tegen het lagere volk. De jagers namen hun sport zo serieus dat onder Willem de Veroveraar op het doden van zo'n hert dezelfde straf stond als op het doden van een man – zelfs nog eeuwen later kon je gedeporteerd worden als je werd betrapt op het stropen van een hert.[6]

Toch is een hert niet het antwoord op raadsel 15 – dat zou al te gemakkelijk zijn. Dit dier, vertelt de bedenker van het raadsel, loopt op haar tenen over het gras, maar graaft ook, 'met beide handen en voeten [...] door de hoge heuvel' om te ontsnappen aan de 'gehate vijand' die haar en haar kinderen wil doden.[7] Allerlei mogelijke oplossingen zijn de revue gepasseerd, zoals de das, het stekelvarken, de egel, de vos en de wezel, maar geen van die dieren klopt helemaal.[8] Het antwoord zou wel eens eeuwig verborgen kunnen blijven, terwijl de jagers blijven jagen.

Russet

De Engelse kleurnaam russet bewijst dat een kleur soms vooral voor een bepaalde generatie leeft, en niet altijd gebonden blijft aan een eenduidige tint. Wie het woord nu zegt, ziet misschien de blozende kleur van herfstbladeren voor zich, of het haar van een prerafaëlitische muze. Maar niet eens zo lang geleden, in 1930, lag dat nog heel anders. In het invloedrijke boek *Dictionary of Colour* ('Woordenboek van kleuren') van A. Maerz en M.R. Paul is russet meer oranje dan roodachtig bruin en heeft het duidelijke grijzige ondertonen.[1]

Dat is voor een deel te danken aan het feit dat het woord russet, ofwel roest, net als scharlakenrood (p. 138), oorspronkelijk de aanduiding was voor een bepaalde soort textiel, en niet voor een kleur. Scharlaken voelde luxueus aan, was geliefd bij de rijken en werd dus meestal felrood geverfd, terwijl russet een stof voor de armen was. In 1363, het zevenendertigste jaar dat koning Edward III op de Engelse troon zat, voerde het parlement nieuwe regels in voor de eetgewoonten en kleding van de Engelse onderdanen. Nadat de lords, ridders, geestelijken en kooplieden kort en bondig waren behandeld, ging het oog van de wet omlaag, naar degenen die het laagste van het laagste waren:

> *voerlieden, landbouwers, landbouwknechten, ossenherders, koeienherders, schaapherders [...] en alle andere houders van beesten, dorsers van koren, en alle soorten mensen van het landgoed, en alle andere mensen die geen veertig shilling aan goederen bezitten [...] zullen geen andere soorten kleding dragen dan blank en russet van twaalf penny.*[2]

Hoe dichter de kleur van een lap stof bij die van de ruwe grondstof kwam, hoe goedkoper en armzaliger hij was, in middeleeuwse ogen. Russet, een zeer grove wollen stof, werd meestal alleen ondergedompeld in zwakke oplossingen van aanvankelijk blauwe wede (p. 198) en later rode kraplak (p. 152), die overgebleven waren na het verven van de kleding voor mensen die hoger op de sociale ladder stonden.[3]

Het eindresultaat hing af van de kwaliteit van de gebruikte verven en van de kleur van de ongeverfde wol en daarom kon russet elke kleur hebben, van donkerbruin tot lichtbruin of grijs.[4]

Ook de bekwaamheid en inborst van de verver speelden een belangrijke rol. Uit bewaard gebleven gegevens van Blackwell Market in de stad Londen, waar de goederen van kooplieden werden gecontroleerd om te zien of ze aan de kwaliteitsnormen voldeden, blijkt dat er heel wat ondeugdelijk materiaal op de markt kwam. (Russetstof uit Kent werd vijfentwintig keer genoemd en deed in beroerde kwaliteit alleen onder voor wit textiel uit Gloucester – 50 vermeldingen – en Wiltshire – 41 vermeldingen.) Op 13 april 1562 werden William Dowtheman uit Tonbridge, William Watts en Elizabeth Statie, beiden uit Benenden, beboet voor hun inferieure russet. Watts leerde kennelijk niet van zijn fouten: het jaar daarvoor, op 17 november, had hij ook al een boete gekregen voor precies hetzelfde euvel.[5]

Zoals de precieze kleur van russet niet stabiel wilde blijven, en in de loop der tijd sterk veranderde, zo geldt dat ook voor de symboliek van deze kleur. Van een schimpnaam voor de armen werd russet in Engeland na de grote sociale veranderingen als gevolg van de Zwarte Dood, langzamerhand een symbool van eerlijkheid, bescheidenheid en mannelijkheid. In *Piers Plowman*, het allegorische gedicht uit de veertiende eeuw van William Langland over goed en kwaad, is liefdadigheid *'as gladde of a goune of a graye russet / as of a tunicle of tarse'*[6] ('evenveel waard als een mantel van grauw russet, als van een zijden tuniek'). Het was ongetwijfeld deze dubbele betekenis die Oliver Cromwell gebuikte toen hij in 1643 aan zijn bondgenoten in de burgeroorlog schreef: 'Ik heb liever een gewone in russet geklede kapitein die weet waar hij voor vecht, dan iemand die jullie een heer noemen en niet meer is dan dat.'[7]

Sepia

Als je een *Sepia officinalis*, of gewone inktvis, zou verrassen – al kan het knap lastig zijn om er een te vinden, want hun camouflage is fantastisch – kan die op twee manieren reageren. Of je bent plotseling omgeven door een dicht rookgordijn van donkere vloeistof, of je wordt geconfronteerd met een hele massa lokinktvisjes: donkere klodders inkt en slijm. De *Sepia officinalis* gaat er ondertussen snel vandoor en jij blijft met lege handen achter.

Bijna alle koppotigen – een klasse waartoe octopussen, gewone inktvis en pijlinktvis behoren – kunnen inkt produceren. Deze donkere koffiebruine vloeistof bestaat bijna geheel uit melanine (p. 278) en heeft een geweldige kleurkracht.[1] Tegenwoordig wordt inktvisinkt alleen nog af en toe tevoorschijn gehaald om risotto met zeevruchten zijn glanzende, ravenzwarte glans te geven, maar sepia (de inkt van de inktvis) heeft lang dienstgedaan als pigment voor schrijvers en schilders. Er bestaan allerlei recepten en methoden om de koppotigen hun inkt afhandig te maken, maar over het algemeen werd het gedaan door de inktzak eruit te halen, die te drogen en te vermalen tot poeder, en dat extract op te koken met een sterk zout om het pigment eraan te onttrekken. Eenmaal geneutraliseerd kon het dan gewassen, gedroogd en vermalen worden en tot blokjes gevormd voor de verkoop.[2]

De Romeinse schrijvers Cicero en Persius vermelden allebei sepia als inkt, en ze gebruikten het waarschijnlijk ook, net als de dichter Marcus Valerius Martialis.[3] Martialis werd ergens tussen het jaar 38 en 41 van onze jaartelling geboren in de stad Bilbilis, zo'n 225 kilometer ten noordoosten van waar nu Madrid ligt.[4] Zijn puntdichten drijven de spot met de pretenties van zijn stadgenoten in Rome, en zijn een satire op gierige opdrachtgevers en collega-dichters. ('Schrijf kortere gedichten, is uw advies / Toch schrijft u niets, Velox. Wat bondig!' is zo'n grapje van hem.[5]) Maar Martialis' branie was vast een manier om zijn eigen onzekerheid als schrijver te verhullen, al is het maar gedeeltelijk. Op een keer stopte hij in het pakje met zijn laatste bundel gedichten – waarschijnlijk geschreven met sepia-inkt – een spons waarmee de ontvanger zijn woorden kon uitwissen als ze hem niet bevielen.[6] Leonardo da Vinci gebruikte graag de warme tint van sepia voor zijn schetsen, waarvan er veel bewaard zijn gebleven. Colorist George Field beschreef die kleur in 1835 als 'een krachtige, schemerige kleur, met een fijne textuur' en beval sepia aan als waterverf.[7]

Hedendaagse kunstenaars waarderen sepia nog steeds om zijn bruinrode ondertonen, maar het woord duikt vaker op in verband met fotografie. Oorspronkelijk werden foto's chemisch bewerkt om het zilver in de op zilver gebaseerde afdrukken te vervangen door een stabielere stof, waardoor ze langer mooi bleven en een symfonie van warme okertinten werden. Dat is met de huidige technologie natuurlijk niet meer nodig, maar de kleuren hebben een romantische en nostalgische toon gekregen. Dankzij digitale technieken kan een moderne fotograaf zijn pas genomen foto's met een paar muisklikken een eeuw oud laten lijken.

Omber

Op 18 oktober 1969 brak een groep mannen in bij het Oratorium van San Lorenzo in Palermo, onder dekking van een heftige storm, en stal daar een schilderij van onschatbare waarde: *Natività* ('Geboortetafereel') van Michelangelo Merisi Caravaggio. Volgens velen was Caravaggio een moeilijke, gewelddadige man, maar als je een van de weinige schilderijen ziet die van hem bewaard zijn gebleven, kun je onmogelijk aan zijn genie twijfelen. *Natività con i Santi Lorenzo e Francesco di Assisi* ('Geboorte van Christus met de Heiligen Laurentius en Franciscus van Assisi'), zoals het gestolen schilderij voluit heet, is een enorm olieverfschilderij dat 360 jaar voor deze diefstal werd gemaakt. Het stelt de geboorte van Christus voor als een somber tafereel van armoede en ontberingen. Op foto's van het schilderij die nog bestaan, is een heel donkere compositie zichtbaar, waarop zich enkele figuren aftekenen, verfomfaaid en met gebogen hoofd, tegen een modderkleurige achtergrond. Net als veel andere werken van Caravaggio dankte dit schilderij zijn duistere dramatiek waarschijnlijk aan het omber dat de schilder gebruikte.[1]

Sommigen denken dat de naam 'omber' of 'umber' oorspronkelijk geografisch is, zoals die van sienna – het komt onder andere uit de Italiaanse streek Umbrië – maar waarschijnlijker is dat het woord van het Latijnse *ombra* komt, dat 'schaduw' betekent. Net als hematiet (p. 150) en sienna is omber een van de ijzeroxidepigmenten die bekendstaan als okers. Maar terwijl hematiet rood is en sienna, zolang het nog rauw en niet verwarmd is, een geelachtig bruine tint heeft, is omber koeler en donkerder, perfect voor een donker glanzende toplaag.[2] Net als de andere okers is omber ook een erg stabiel en betrouwbaar pigment en tot in de twintigste eeuw zagen kunstenaars het als een onmisbaar onderdeel van hun palet. Maar het bezit ook geen greintje glamour. George Field, de negentiende-eeuwse scheikundige en schrijver van *Chromatography*, beschreef omber als 'een natuurlijk oker, ruim voorzien van mangaanoxide [...] met een bruincitroengele kleur, half doorschijnend, heeft alle eigenschappen van een goede oker, is volmaakt houdbaar, zowel in water als in olie.'[3] Je hoort het gegeeuw doorklinken in zijn woorden.

Omber is voor zover bekend een van de oudste door mensen toegepaste pigmenten. Okers werden gebruikt voor de grotschilderingen in het Spaanse Altamira en in Lascaux, een vindplaats van grotkunst in Zuidwest-Frankrijk, die in september 1940 werd herontdekt door een hond die Robot heette.[4] Toen Robot rond de wortels van een omgevallen boom snuffelde, wroette hij een klein gat daaronder open. Zijn eigenaar, de achttienjarige Marcel Rabidat, ging met drie vrienden en wat lampen terug naar deze plek, perste zich door de twaalf meter lange schacht en belandde in een zaal vol schilderingen uit de late steentijd.

Omber kreeg pas werkelijk erkenning in de periode van het tenebrisme, ofwel het schilderen met dramatische lichteffecten van het eind van de renaissance, door barokke kunstenaars als Joseph Wright en Rembrandt van Rijn. Deze schilders, die soms ook *Caravaggisti* worden genoemd vanwege hun bewondering voor Caravaggio, maakten prachtig gebruik van het dramatische contrast tussen lichte plekken en diepe schaduwen, een techniek die ook bekendstaat als *chiaroscuro*, van het Italiaans *chiaro*, oftewel 'licht', en oscuro, oftewel 'donker'. Rembrandt gebruikte, zeker in de jaren na zijn faillissement in 1656, toen hij nog maar weinig geld had, een verbazingwekkend klein aantal pigmenten om dit effect te bereiken, en vertrouwde daarbij sterk op de goedkope, donkere okers, vooral omber.[5] Dat zit in de achtergronden en in de zware kleding van zijn late zelfportretten, waarin hij zo uniek expressief is: soms bedachtzaam, dan weer gepijnigd of onderzoekend, maar altijd vangt hij de blik van de kijker en houdt die vast, met zijn gezicht dat sterk oplicht in poelen van duisternis.

Op een spectaculair proces in 1996 kwam het lot van Caravaggio's gestolen meesterwerk aan het licht. Francesco 'Mozzarella' Marino Mannoia, een Siciliaanse maffioso die gespecialiseerd was in het raffineren van heroïne, werd na de dood van zijn broer informant voor de overheid. Francesco vertelde de rechtbank dat hij het schilderij uit zijn lijst boven het altaar had gesneden en het had opgerold om het over te dragen aan de man die opdracht tot de diefstal had gegeven. Tragisch genoeg had hij geen ervaring met waardevolle kunstwerken en geen flauw benul hoe zorgvuldig die behandeld moesten worden. Toen de opdrachtgever zag hoe het schilderij eraan toe was na deze brute behandeling, barstte hij in tranen uit. 'Het was niet meer in [...] bruikbare conditie,' erkende Marino Mannoia dertig jaar later voor de rechtbank.[6] Veel mensen weigeren nog steeds te geloven dat het schilderij inderdaad verwoest is[7] en blijven bidden voor een veilige terugkeer, in de hoop dat het op een dag uit de schaduwen tevoorschijn zal komen.

Mummiebruin

Op 30 juli 1904 plaatste de Britse firma O'Hara and Hoar een ongebruikelijke advertentie in de *Daily Mail*. Wat ze zochten – 'voor een gepaste prijs' – was een Egyptische mummie. 'Dat klinkt u misschien vreemd in de oren,' aldus de advertentie, 'maar we hebben onze mummie nodig om kleur te maken.' En, vervolgden ze, om eventuele gewetensbezwaren bij het publiek te sussen: 'Natuurlijk mag een tweeduizend jaar oude mummie wel gebruikt worden om een edele muurschildering in Westminster Hall of elders te verfraaien zonder de geest van de overledene of zijn nakomelingen te beledigen.'[1]

Zo'n verzoek was in die tijd ongebruikelijk genoeg om commentaar op te roepen, maar er werden al eeuwenlang mummies opgegraven en op allerlei manieren hergebruikt zonder dat iemand zich daar erg druk over maakte. Mummificeren was in Egypte meer dan drieduizend jaar lang een algemeen gebruikte begrafenismethode geweest. De inwendige organen werden verwijderd en daarna werd het lichaam gewassen en gebalsemd met een speciaal mengsel van kruiden en conserveermiddelen zoals bijenwas, harsen, asfalt en zaagsel.[2] Mummies konden op zichzelf wel waardevol zijn – vooral die van rijke en hooggeplaatste overledenen, omdat in hun windsels vaak goud en sieraden zaten[3] – maar de mensen die ze opgroeven waren meestal op iets anders uit: bitumen. Het Perzische woord voor bitumen was *mum* of *mumiya*, en dat (samen met het feit dat gemummificeerde lijken erg donker waren) had mensen het idee gegeven dat alle mummies die stof bevatten.[4] Bitumen – en daarmee ook mummies – was al sinds de eerste eeuw van onze jaartelling in zwang als geneesmiddel. Gemalen mummie, of 'mummia', werd op de huid gesmeerd of als drankje ingenomen en kennelijk kon het bijna elke kwaal genezen. Plinius beval het aan als tandpasta; Francis Bacon voor 'het stelpen van bloedingen'; de zeventiende-eeuwse Ierse scheikundige Robert Boyle tegen blauwe plekken; en Shakespeares schoonzoon, de arts John Hall, schreef het voor bij een ernstige aanval van epilepsie. Catherine de' Medici gebruikte het graag, net als de Franse koning Frans I die altijd een zakje gemalen mummie met rabarber bij zich droeg.[5]

Er werd ook druk in gehandeld. John Sanderson, vertegenwoordiger voor het Britse importbedrijf Turkey Company, gaf in 1586 een levendige beschrijving van een expeditie naar een mummievindplaats.

> *Ze lieten ons aan touwen omlaag zakken, alsof we een put in gingen, met brandende waskaarsen in de hand, en zo ontdekten we lichamen in alle soorten en maten [...] ze gaven helemaal geen onaangename lucht af [...] ik brak alle stukken van de lichamen af om te zien hoe het vlees in het medicijn was veranderd, en nam verschillende hoofden, handen, armen en voeten mee naar huis.*[6]

In werkelijkheid keerde Sanderson naar Engeland terug met een complete mummie en 600 pond aan gedroogde lichaamsdelen om de voorraden van de Londense apotheken aan te vullen.[7] De vraag overtrof echter het aanbod en volgens veel bronnen werden er dan ook haastig vervangingen gemaakt van de lichamen van slaven en misdadigers. Tijdens een bezoek aan Alexandrië in 1564 had de lijfarts van de koning van Navarra een gesprek met een mummiehandelaar die beweerde dat hij er de afgelopen vier jaar veertig zelf had gefabriceerd.[8]

Omdat apotheken vaak pigmenten verkochten, is het niet verrassend dat het rijke bruine poeder zijn weg vond naar het schilderspalet. Mummiebruin, ook bekend als Egyptisch bruin en *caput mortum* ('hoofd van een dode'), werd van de twaalfde tot in de twintigste eeuw gebruikt als verf – vaak gemengd met een drogende olie en ambervernis.[9] Het pigment was bekend genoeg om een Parijse winkel in kunstbenodigdheden de – ongetwijfeld grappig bedoelde – naam *À la Momie* te geven. Eugène Delacroix gebruikte het in 1854 toen hij de decoraties schilderde in de Salon de la Paix van het Parijse Hôtel de Ville; zijn landgenoot Martin Drölling gebruikte het ook graag, net als de Britse portretschilder sir

William Beechey.[10] Er was wel enige discussie over de vraag welke delen van de mummie het beste en rijkste bruin gaven in de transparante vernislagen die werden aanbevolen voor schaduwen en huidtinten. Sommigen raadden aan om alleen spieren en vlees te gebruiken, terwijl anderen vonden dat de botten en pezen ook vermalen moesten worden om het beste uit 'dit charmante pigment' te halen.[11]

Tegen het eind van de negentiende eeuw liep de aanvoer van mummies, authentieke of anderszins, geleidelijk aan terug. Kunstenaars waren minder tevreden over de houdbaarheid en glans van het pigment, om niet te zeggen dat ze meer moeite kregen met de herkomst ervan.[12] De prerafaëlitische schilder Edward Burne-Jones had nooit het verband gelegd tussen 'mummiebruin' en echte mummies tot een zondagse lunch in 1881, toen een vriend vertelde hoe hij onlangs in het pakhuis van een kleurmaker had gezien hoe een mummie werd vermalen. Burne-Jones raakte zo vervuld van afschuw dat hij naar zijn atelier stormde om zijn tube mummiebruin te halen en 'erop stond om die ter plekke een fatsoenlijke begrafenis te geven'.[13] Het tafereel maakte diepe indruk op de tiener Rudyard Kipling, die een aangetrouwde neef van Burne-Jones was en ook te gast op de lunch. 'Tot op de dag van vandaag,' schreef hij jaren later, 'kan ik zo een spade in de grond steken op nog geen halve meter van de plek waar die tube ligt.'[14]

Tegen het begin van de twintigste eeuw was de vraag zo afgenomen dat verffabrikanten aan één enkele mummie voldoende hadden om voor minstens tien jaar genoeg pigment te kunnen maken. Bij C. Robertson, een Londense kunstbenodigdhedenzaak die in 1810 voor het eerst zijn deuren had geopend, raakte het pigment in de jaren zestig van de vorige eeuw uiteindelijk op. 'We hebben misschien hier of daar nog wel een lichaamsdeel liggen,' zei de directeur in oktober 1964 tegen het blad *Time*, 'maar niet genoeg om er nog verf van te maken. We hebben onze laatste complete mummie een paar jaar geleden verkocht voor, ik geloof, drie pond. Misschien hadden we dat niet moeten doen. In ieder geval kunnen we er nu geen meer krijgen.'[15]

Taupe

Op een dag in 1932 begon de British Colour Council (BCC) aan een speciaal project. Het idee was om een standaardkleurencatalogus te maken, compleet met geverfde zijden lintjes om precies te laten zien welke term welke kleur aanduidde. Dat moest voor kleur doen 'wat de geweldige *Oxford Dictionary* voor woorden heeft gedaan', hoopte men.[1] 'Dit markeert de grootste prestatie van onze tijd om de Britten en het Britse rijk te helpen bij het definiëren van kleuren.' En dus zou het ook extra concurrentiekracht geven aan de Britse handel.

Niet vermeld werd dat Groot-Brittannië achterliep. De Amerikaanse kunstenaar en leraar Henry Munsell werkte al sinds de jaren tachtig van de negentiende eeuw aan een manier om kleuren driedimensionaal in kaart te brengen; in het eerste decennium van de twintigste eeuw was zijn systeem voltooid en afgezien van enkele periodes waarin er minder belangstelling voor bestond, is het sindsdien altijd gebruikt.[2] A. Maerz en M.R. Paul borduurden voort op Munsells werk, maar wilden ook de gewone namen voor kleuren opnemen. Zij publiceerden in 1930 in New York hun *Dictionary of Colour* – naar het voorbeeld van de hoogstpersoonlijke *English Dictionary* van Samuel Johnson. Die bevatte pagina's met kleurenstaaltjes, een zeer uitgebreid register en artikelen met informatie over veel algemeen bekende kleuren.

Allemaal kwamen ze erachter hoe moeilijk hun taak was. Kleuren bleken moeilijk te vangen; ze konden in de loop der tijd van naam veranderen, of een bepaalde naam kon in een ander decennium of in een ander land een heel andere tint aanduiden. Het kostte de BCC anderhalf jaar om kleurennamen en monsters op te sporen en te vergelijken. De heren Maerz en Paul moesten er jaren voor ploeteren.[3] Eén kleur die beide groepen onderzoekers tot wanhoop dreef was taupe. Het is in feite een Frans woord dat 'mol' betekent. Over de kleur van een mol was iedereen het eens: die was 'een diep grijs, aan de koele kant', maar over taupe waren de meningen sterk verdeeld – het enige waar iedereen mee instemde was dat het over het algemeen bruiner was dan een mol hoorde te zijn.[4] De BCC ging ervan uit dat deze verwarring werd veroorzaakt door onwetende Engelstaligen die niet beseften dat *taupe* en *mol* verschillende woorden voor hetzelfde waren. Maerz en Paul gingen heel wat grondiger te werk. Zij maakten een rondgang door de zoölogische musea van de Verenigde Staten en Frankrijk om buitenlandse exemplaren van het geslacht *Talpa* te bestuderen en te bepalen of er een logische reden was om beide termen te gebruiken. 'De kleur van het dier loopt inderdaad uiteen,' concludeerden zij, 'maar wat in het algemeen wordt bedoeld met het woord "taupe" vertegenwoordigt een aanzienlijke afwijking van elke kleur die een mol kan bezitten.' Het voorbeeld dat zij in hun boek opnamen was dan ook 'een correcte weergave van de gemiddelde werkelijke kleur van de Franse mol'.[5]

Ondanks trans-Atlantische pogingen om deze kleur terug te brengen tot ongeveer de tint van zijn dierlijke naamgever, is taupe sindsdien nog verder verwilderd. De kleur is geliefd bij de make-up- en bruidskledingindustrie en biedt genoeg ruimte om een overvloed aan pastelbruingrijze tinten te omvatten en toch verfijnd en elegant te blijven klinken. Hadden deze onverschrokken kleurcartografen maar de lessen van de grote onderneming van Samuel Johnson ter harte genomen, dan hadden ze zich hun mollenjacht kunnen besparen. Toen hij in 1755 de definities naast de woorden in zijn dictionaire zette, was Johnson al realistisch genoeg om in te zien hoe onbeduidend zijn taak uiteindelijk was. Deze droevige overpeinzing uit zijn voorwoord geldt even goed voor kleuren: 'Klanken zijn te vluchtig en subtiel voor wettelijke beperkingen; het is even ijdel om lettergrepen te willen ketenen als om de wind te willen geselen.'

Kohl
Paynes grijs
Obsidiaan
Inkt
Houtskool
Git
Melanine
Pikzwart

Zwart

Waar denk je aan als je de kleur zwart ziet? Misschien kun je beter vragen: waar denk je níet aan als je zwart ziet? Weinig kleuren zijn zo breed en veelomvattend. Het is net als met de donkere obsidiaanspiegel (p. 268) die ooit in bezit was van dokter Dee: kijk in zwart en je weet nooit wat er naar je terugkijkt. Zwart hoort bij de mode en tegelijkertijd ook bij rouw en is symbool geweest voor allerlei begrippen, van de eeuwigheid tot geleerdheid en vroomheid. Met zwart is alles altijd gecompliceerd.

In 1946 was er bij Galerie Maeght, een Parijse avantgardegalerie in de Rue du Bac op de linkeroever van de Seine, een tentoonstelling onder de titel 'Zwart is een kleur'. Een bewering die er bewust op uit was om te choqueren: dit stond lijnrecht tegenover wat op de kunstacademies werd onderwezen.[1] 'De natuur kent alleen kleuren,' verklaarde Renoir ooit. 'Wit en zwart zijn geen kleuren.'[2] In zekere zin klopt dit. Zwart is, net als wit, een uitingsvorm van licht, in dit geval van de afwezigheid daarvan. Echt zwart weerkaatst in theorie geen sprankje licht – en is daarmee het tegenovergestelde van wit dat alle golflengtes van licht even sterk reflecteert. Dat betekent niet dat wij schakeringen van zwart niet als kleuren ervaren of gebruiken; praktisch gezien is het tot nu toe onmogelijk gebleken om een zwart te vinden of te maken dat totaal geen licht reflecteert. In 2014 werd in Groot-Brittannië voor het eerst *vantablack* gemaakt, een materiaal dat is opgebouwd uit koolstofnanobuisjes. Het absorbeert 99,965 procent van het spectrum en is daarmee het zwartste materiaal ter wereld. Het is zo zwart dat het de ogen en de hersens misleidt, waardoor mensen er geen diepte of structuur in kunnen zien.

Voor zover we kunnen nagaan heeft zwart altijd iets te maken gehad met de dood, en vonden mensen het fascinerend en afschrikwekkend tegelijk. De meeste goden die worden geassocieerd met de dood en de onderwereld – zoals de Egyptische god Anubis met zijn jakhalzenkop, de christelijke duivel en de hindoegodin Kali – worden afgebeeld met een zwarte huid, en lange tijd is zwart zowel de kleur van rouw als de kleur van hekserij geweest.

Al heeft zwart vaak met het einde te maken, het speelt ook een rol bij het begin van veel dingen. Voor de Egyptenaren in de oudheid hoorde het bij het rijke, zilte laagje slib dat de Nijl na de jaarlijkse overstroming altijd weer achterliet en dat het land vruchtbaar maakte. Het creatieve vermogen van zwart komt naar voren in de openingspassages van het christelijke scheppingsverhaal – per slot van rekening maakt God uit het duister het licht. Ook de nacht heeft zijn eigen vruchtbaarheid, om voor de hand liggende redenen, maar ook vanwege de dromen die opbloeien als we onze ogen dichtdoen om het licht buiten te sluiten. Een staafje kunstenaarshoutskool (p. 274) is een volmaakt symbool voor het begin. De schets – die meestal zwart is – werd meer dan 30.000 jaar geleden uitgevonden. Je kunt dat zien als het ultieme voorbeeld van artistieke kunstmatigheid, maar daar hebben kunstenaars zich nooit veel van aangetrokken: de zwarte lijn is de hoeksteen van de kunst. Die was er al toen mannen en vrouwen zich voor het eerst gingen uitdrukken door hun stempel te zetten op de wereld om hen heen en sindsdien heeft hij aan de basis gestaan van bijna elk artistiek werk.[3] Zo'n 12.600 jaar nadat met paleolithische vingers en lapjes zacht leer fijn houtskoolpoeder op de muren van de grotten in Altamira was gestreken, gebruikte Leonardo da Vinci dunne staafjes van hetzelfde spul. Met zo'n staafje schetste hij een wazig ontwerp voor het *sfumato* – van *fumo*, rook – op zijn mysterieuze en expressieve schilderij *Maria met kind en Sint-Anna* (1503-1519), dat nu in het Louvre hangt.

Het was ook tijdens het leven van Leonardo dat zwart als kleur van de mode zijn hoogtepunt bereikte. Baldassare Castiglione, die vrijwel zijn tijdgenoot was, schreef in zijn *Boek van de hoveling* dat 'zwart in kleding aantrekkelijker is dan elke andere kleur' en de westerse wereld was dat met hem eens.[4] De opkomst van zwart als de belangrijkste modekleur had drie oorzaken. De eerste was praktisch: ergens rond 1360 ontdekte men nieuwe methoden om stoffen echt zwart te verven, in plaats van vuilbruin of vaalgrijs, en dat werden de nieuwe luxe stoffen. Een tweede reden was het psychologische effect van de Zwarte Dood, die de bevolking van Europa decimeerde, waardoor er een verlangen ontstond naar meer soberheid en naar collectieve boetedoening en rouw.[5] Filips de Goede (1396-1467) werd zelden gesignaleerd in iets anders dan zwarte kleding – een eerbewijs aan zijn vader, Jan zonder Vrees, die in 1419 was vermoord.[6] De derde reden was de golf van kledingvoorschriften die de verschillende sociale lagen van elkaar moesten onderscheiden: rijke kooplieden mochten geen kleuren dragen die waren voorbehouden aan oud geld, zoals scharlakenrood (p. 138), maar wel zwart.[7] Die obsessie met zwart duurde voort tot de eerste decennia van de achttiende eeuw. Uit inventarislijsten van grote huizen blijkt dat rond 1700 een derde van de kleding van edelen en 44 procent van die van officieren zwart was; ook onder huisbedienden was die kleur populair: 29 procent van hun garderobe was zwart.[8] Op straat moet het er in die tijd af en toe hebben uitgezien als op *De staalmeesters* (1662) of *De anatomische les van Dr. Nicolaes Tulp* (1623) van Rembrandt, mensen die elkaar verdringen, allemaal in het zwart.

Al was zwart dan altijd en overal zichtbaar, toch is het populair gebleven én heeft het zijn frisse, uitdagende moderne uitstraling behouden.[9] Zo wordt *Zwart Vierkant* van Kazimir Malevich beschouwd als het eerste werkelijk abstracte schilderij. Wij zijn inmiddels aan abstracte kunst gewend en kunnen daarom moeilijk navoelen hoe overweldigend dit schilderij in zijn tijd was. Voor Malevich was *Zwart Vierkant* (hij maakte er tussen 1915 en 1930 vier verschillende versies van) een beginselverklaring. Hij wilde wanhopig, zoals hij het zelf stelde, 'de kunst bevrijden van het dode gewicht van de echte wereld' en 'vluchtte daarom in de vorm van het vierkant'.[10] Hiermee deed *l'art pour l'art* zijn intrede, en dat revolutionaire idee vroeg om een revolutionaire kleur: zwart.

Kohl

Diep in de afdeling Egyptologie van het Louvre in Parijs ligt een eigenaardig object verscholen. Het is een gehurkt, glanzend wit beeldje van een schepsel met kromme benen, een rode tong die uit een mond met scherpe tanden hangt; het heeft driehoekige borsten, een woeste blauwe v als wenkbrauwen en een kort staartje dat tussen zijn benen bungelt. Dit beeldje is tussen 1400 en 1300 voor Christus gemaakt en stelt de god Bes voor. Hoe afschrikwekkend het figuurtje er ook uitziet, Bes was een goedaardige god. Hij was een geducht strijder en geliefd bij gewone Egyptenaren omdat hij bescherming bood, met name aan huizen, vrouwen en kinderen. Maar in dit speciale geval beschermde hij iets heel anders: in het holle hoofd van het beeldje zit een potje verborgen waarin kohl, ofwel ogenzwart, werd bewaard.

Het Louvre bezit ruim vijftig kohlpotjes. Sommige zijn decoratief, zoals deze Bes, en hebben de vorm van een bediende, een dier of een god; andere zijn functioneler, gewone potjes van albast of breccië (een soort steen).[1] Zulke potjes zijn in veel museumcollecties te vinden, omdat iedereen in het oude Egypte, farao of boer, man of vrouw, zijn ogen met dikke zwarte lijnen omrandde; veel mensen kregen potjes kohl mee in hun graf, zodat ze dat ook in het hiernamaals konden doen. Aan kohl werden magische beschermende eigenschappen toegeschreven en het zorgde er bovendien voor, zoals het vandaag nog steeds doet, dat het oogwit beter uitkwam, wat ook in die tijd mooi en aantrekkelijk werd gevonden.[2]

Welke soort kohl iemand gebruikte hing af van zijn of haar rijkdom en maatschappelijke status. De armen gebruikten waarschijnlijk een mengsel van roet en dierlijk vet, maar natuurlijk stelden de rijken speciale eisen. Hun eyeliner bestond meestal grotendeels uit galeniet, de donkere, metaalachtige minerale vorm van loodsulfide. Dit werd geplet en gemengd met tot poeder vermalen parels, goud, koraal of smaragd die zorgden voor glans en een subtiele kleur. Vaak ging er ook nog wierook, venkel of saffraan bij, voor de geur. Dan roerde men wat olie of melk door het poeder, zodat er een crème ontstond, die met behulp van een veer of een vinger kon worden opgebracht.[3]

In 2010 ontdekten Franse wetenschappers die de poedersporen uit kohlpotjes analyseerden dat daar ook iets in zat wat zelfs nog kostbaarder was dan goud of parels: door mensen gemaakte chemicaliën, waaronder twee soorten loodchloride. Daarvoor moest een brouwproces van zeker een maand nodig zijn geweest. Dit begrepen de onderzoekers niet en ze deden nog meer proeven met het poeder. Tot hun verbazing bleek dat deze chemicaliën de huid rond de ogen stimuleerden om 240 procent meer stikstofoxide te produceren dan normaal, en dat maakte de kans op ooginfecties aanzienlijk kleiner.[4] In een tijd waarin nog geen antibiotica bestonden kon zo'n simpele infectie makkelijk staar of blindheid veroorzaken. Net als het potje in de vorm van de geduchte Bes was kohl een zeer praktische vorm van bescherming.

Paynes grijs

'Stalin,' schreef een vroege politieke tegenstander ooit, 'was als een grijze vlek die geheimzinnig bewoog en geen sporen naliet. Meer valt er werkelijk niet over hem te zeggen.'[1] Het is een bijtende zin: in ons individualistische tijdperk kun je bijna nog beter helemaal vergeten worden dan in de herinnering blijven als saai en onbetekenend. Natuurlijk had de tegenstander er niet verder naast kunnen zitten: Stalin heeft een langdurige en loodzware erfenis nagelaten en de kans is niet groot dat de mensheid hem snel zal vergeten.

Heel anders ging het met een achttiende-eeuwse heer, die al bijna uit de herinnering verdween voor hij goed en wel dood was. Het enige wat van hem is overgebleven is de duifgrijze tint waaraan hij zijn naam heeft gegeven. Deze tint is nog steeds geliefd bij kunstenaars, ook al is er over de man zelf weinig bekend. William Payne werd in 1760 geboren in Exeter en groeide op in Devon, voordat hij naar Londen verhuisde. Misschien. Waarschijnlijk. In een brochure over deze schilder die in 1922 door ene Basil Long is geschreven zijn de eerste tien pagina's een mengeling van biografische theorieën en verontschuldigingen voor het gebrek aan historische feiten.[2]

Wel weten we dat Payne een tijdlang als ingenieur heeft gewerkt, voor hij naar Londen reisde en daar fulltime ging schilderen. Hij was lid van de Old Water-Colour Society, waar hij tussen 1809 en 1812 exposeerde, en werkte ook in de Royal Academy. Het schijnt zelfs dat de bekende Britse schilder Joshua Reynolds bewonderend sprak over enkele van zijn landschappen. Payne was echter vooral populair als docent. Zijn tijdgenoot William Henry Pyne schreef: 'Zijn schilderijen werden onmiddellijk bewonderd en bijna elke familie die ertoe deed wilde haar zoons en dochters laten profiteren van zijn onderwijs.'[3] We zullen nooit weten wat hem ertoe dreef om op zoek te gaan naar een vervanging voor de bestaande zwarte pigmenten – misschien was het uit frustratie omdat hij moest omgaan met die talentloze nakomelingen van de Londense elite. Maar kennelijk was hij trots genoeg op dit zorgvuldig samengestelde mengsel van Pruisisch blauw, geel oker en karmozijnlakrood om te zorgen dat zijn naam eraan verbonden werd.

Waarom is Paynes grijs onder kunstenaars zo geliefd? Dat komt minstens voor een deel door een verschijnsel dat we tegenwoordig 'atmosferisch perspectief' noemen. Denk bijvoorbeeld aan heuvels en bergen die in de verte vervagen: hoe verder weg iets ligt, hoe bleker en blauwer het lijkt. Dit effect wordt veroorzaakt door stofdeeltjes, vervuiling en waterdruppeltjes die de kortste, blauwste lichtgolven verspreiden en het wordt nog versterkt door nevel, regen en mist. Het is niet zo vreemd dat een landschapsschilder uit Devon de eerste was die het diep blauwzwarte grijs mengde waarmee dit effect zo wonderlijk goed te vangen is.

Obsidiaan

Het British Museum in Londen bezit veel intrigerende objecten, maar een van de meest mysterieuze dingen moet wel een dikke, donkere en sterk glanzende schijf zijn met een klein, geribbeld handvat. De Azteken maakten deze spiegel van obsidiaan ter ere van hun god Tezcatlipoca (zijn naam betekent 'rokende spiegel'), en hij werd halverwege de zestiende eeuw overgebracht naar de Oude Wereld, nadat Cortés het gebied dat nu Mexico is had veroverd.[1] Obsidiaan, ook bekend als vulkanisch glas, ontstaat wanneer gesmolten lava van een vulkaanuitbarsting in contact komt met ijs en sneeuw en dus heel snel afkoelt.[2] Het is zeer hard, glanzend en bros en heeft een zwarte of heel donker bronsgroene kleur en soms een gouden of regenboogkleurige glans, veroorzaakt door lagen piepkleine gasbelletjes die bij het uitharden opgesloten zijn in het magma. De herkomst van de spiegel in het British Museum is niet helemaal duidelijk, maar sir Horace Walpole, de Britse antiquair die hem in 1771 verwierf, wist wel precies wie de vorige eigenaar was geweest en waar die hem voor had gebruikt. Op het kaartje aan het handvat schreef hij een vreemde tekst: 'De Zwarte Steen waarin dr. Dee vroeger zijn geesten opriep.'[3]

Dr. Dee was de meest vooraanstaande wiskundige, astroloog en natuurfilosoof in het Engeland van Elizabeth I. Hij had in Cambridge gestudeerd en was aangesteld als filosoof en raadsheer van de koningin; hij sprak ook jarenlang met engelen over de natuurlijke orde en het einde van de wereld. Deze gesprekken verliepen via zijn collectie 'schouwstenen', waarvan deze spiegel er misschien een is geweest, en via enkele mediums, van wie Edward Kelly de bekendste is. Het is niet zo vreemd dat een man met de intelligentie van Dee in het occulte geloofde, want dat deden de meeste mensen. Bijna een eeuw later zou een van de grootste wetenschappelijke geesten uit de geschiedenis – ene Isaac Newton – zelfs bijna al zijn energie steken in een zoektocht naar de Steen der Wijzen. Wel opmerkelijk is dat er überhaupt iets bekend is over Dees mystieke onderzoek.

Hij stierf in 1608 of 1609, verguisd en arm, nadat hij

het grootste deel van zijn beroemde bibliotheek had moeten verkopen. Ook zijn geschriften raakten verspreid en gingen verloren. In 1596 had een engel die via Kelly sprak Dee bevolen om alle 28 logboeken met zijn zorgvuldig bijgehouden verslagen van hun eerdere gesprekken te verbranden. Dat was maar goed ook, want gezanten van de Heilige Stoel in Rome waren net een onderzoek begonnen naar mogelijke betrokkenheid van het tweetal bij hekserij, een zeer ernstige beschuldiging.[4] Als ze zijn obsidiaanspiegel hadden gevonden, zou dat genoeg geweest zijn om Dee op de pijnbank of brandstapel te doen belanden.

Eind zestiende en begin zeventiende eeuw was er een grote opleving van de griezeligste en meest paranoïde en pessimistische kanten van het christendom: het geloof in de duivel op aarde, en in zijn gezanten – heksen – die hun best deden om de gevestigde orde omver te werpen en hem aan de macht te brengen. In deze context kreeg alles wat zwart was een nieuwe verontrustende betekenis. Niet alleen werd de duivel meestal afgebeeld (en door getuigen tijdens heksenprocessen beschreven) als zwart en harig, maar het hele idee van de 'heksensabbat' dat eerst Europa en later Noord-Amerika in zijn greep kreeg, was een en al duisternis. Deze sabbats waren een ware orgie van zwart, van de plekken waar ze werden gehouden – vaak 's nachts in een dicht bos – tot de kleding die de deelnemers droegen en de dieren die ook bij het gevolg van Satan hoorden – kraaien, vleermuizen en katten.[5] Obsidiaan, een zwarte steen die was uitgespuwd door de gloeiende ingewanden van de aarde, was natuurlijk uiterst verdacht.

Obsidiaan duikt telkens weer op in occult gezelschap. In de romans van George R.R. Martin en Neil Gaiman komen messen van dit vulkanische glas voorbij die magische krachten bezitten. Het is bekend dat Amerikaanse indianen het bij rituelen gebruikten. En nog in de jaren negentig van de vorige eeuw gingen vrouwen in het indiaanse reservaat Santa Clara Pueblo in New Mexico in zwart gekleed en hadden zij bij heksenceremonies in hun rechterhand een lang mes van obsidiaan en in hun linker een speer of *tsi wi* met een punt van obsidiaan.[6] Antieke en prehistorische voorwerpen van obsidiaan – vaak messen – zijn gevonden rond de Rode Zee, in Ethiopië, op Sardinië en in de Andes. De naam van de Azteekse beschermgodin van de heksen, Itzpapalotl, betekent 'obsidiaanvlinder'. Nog belastender voor dr. Dee was dat Tezcatlipoca, de Azteekse god voor wie zijn eigen spiegel was gemaakt, de god was van de krijgers, heersers en tovenaars.[7]

Inkt

Het is duidelijk dat mensen complexe gedachten en plannen kunnen hebben, maar het is niet meteen vanzelfsprekend dat ze die ook over een grote afstand kunnen overbrengen. Daarvoor is een systeem van tekens nodig waarvan de afzender weet dat de ontvanger ze kan begrijpen. In de meeste culturen ging men daarom schrijven, en dat betekende weer dat er bruikbare inkt nodig was.

Door de geschiedenis heen is inkt meestal zwart geweest, omdat de stof heel vloeibaar moet zijn om er gemakkelijk mee te kunnen schrijven – veel vloeibaarder dan verf en dus zo sterk verdund dat de meeste pigmenten niet meer leesbaar zouden zijn.

Ergens rond 2600 voor Christus begon in het antieke Egypte een vizier van de vijfde dynastie, Ptahhotep, na te denken over zijn pensioen. Hij was namelijk al op gevorderde leeftijd en de lange lijst kwaaltjes die hem plaagden zal iedereen met bejaarde familieleden bekend in de oren klinken: ‘Slaap is elke dag een kwelling / Ogen zijn klein geworden, oren doof / De mond stil, niet tot spreken in staat.’ Een paar regels verder geeft hij roerende adviezen aan zijn zoon: ‘Wees niet trots vanwege je kennis / Maar praat met de onwetenden en de wijzen / De grenzen aan de kunst kunnen niet gegeven worden / Er is geen kunstenaar wiens talent is vervuld.’[1] (Kennelijk was het een goed advies: zijn zoon werd later zelf vizier.) We weten dit allemaal over Ptahhotep, over zijn pijntjes en kwaaltjes en zijn zoon, omdat hij zijn gedachten aan papyrus toevertrouwde, met een zwarte inkt die tot op de dag van vandaag uitstekend leesbaar is.[2] Deze werd gemaakt met behulp van lampenzwart, een zeer fijn pigment dat makkelijk te bereiden was door een kaars of lamp te branden; bij dat roet ging dan water en Arabische gom, zodat de roetdeeltjes zich door het water konden verspreiden en niet aan elkaar klonterden.[3]

De Chinezen schreven de uitvinding van de inkt toe aan Tien-Tsjen, die tussen 2697 en 2597 voor Christus leefde. Zij gebruikten ook lampenzwart voor hun inkt (die bij ons ook wel, een beetje verwarrend, Oost-Indische inkt wordt genoemd).[4] Het pigment werd in grote hoeveelheden geproduceerd: om het half uur gingen arbeiders rijen trechtervormige lampen langs, om daar met behulp van een veer het roet vanaf te schrapen. Inkt voor speciale gelegenheden, maakten ze met het roet van verbrand naaldhout, ivoor, lakhars of het residu van dode gist dat overblijft na het fermentatieproces van wijn, maar het eindproduct was in principe hetzelfde.[5] Afgezien van de oorspronkelijke ruwe grondstof bleef het recept voor de meeste soorten inkt onveranderd tot de negentiende eeuw. Zelfs de uitvinding van de drukpers bracht daar weinig verandering in. Toen de 42-regelige bijbel in 1455 voor het eerst van Gutenbergs drukpers rolde, was de geur van inkt die daar hing vrijwel hetzelfde als in de talloze kloosterscriptoriums. De belangrijkste verandering in het recept was het gebruik van lijnzaadolie als basis, want dat leverde dikkere inkt op die zich beter aan het papier hechtte.[6]

Voor andere soorten donkere inkt werd aan plantaardig materiaal het bittere looizuur onttrokken. Een speciale, beroemde en lang houdbare inkt, ijzergal of Gallusinkt genoemd, was het product van de bittere relatie tussen een wesp en een eikenboom. De *Cynips quercusfolii* legt zijn eitjes in de jonge knoppen of bladeren van de eik, en voegt daar een stofje aan toe waardoor de eik een harde, nootachtige bult rond de larven vormt. Deze bult – vaak eikenappel genoemd – is rijk aan bitter looizuur. In combinatie met ijzersulfaat, water en Arabische gom vormt dit zuur een fluwelige, blauwzwarte en zeer lang houdbare inkt.[7] Theophilus vermeldde in de twaalfde eeuw een variatie op dit recept; daarin wordt het looizuur gemengd met het sap van uitgeperste wegedoornbessen.[8]

In veel culturen was inkt niet alleen praktisch – leesbaar, houdbaar en betrouwbaar – maar gebruikten mensen hem ook uit emotionele en zelfs religieuze overwegingen. De oude Chinezen gebruikten inkten die waren geparfumeerd met kruidnagels, honing en muskus.[9] Inderdaad verhulden die geuren de stank van de gebruikte bindmiddelen – vaak yakhuid en visingewanden, maar soms bevatten deze inkten ook gemalen rinoceroshoorn, parels of jaspis. Voor de bewoners van middeleeuwse christelijke kloosters was het overschrijven en illustreren van bibliotheken vol handschriften, het op papier zetten van wijsheid en gebed, een spiritueel proces op zichzelf.

Zwarte inkt had ook een gewijde relatie met de islam: het Arabische woord voor inkt, *midād*, is nauw verwant aan het woord voor goddelijke materie. Een recept voor inkt in een verhandeling uit het begin van de zeventiende eeuw over schilders en kalligrafen bevatte maar liefst veertien ingrediënten; sommige, zoals roet en galnoten, liggen voor de hand, maar andere – saffraan, Tibetaanse muskus en hennepolie – veel minder. De schrijver, Qadi Ahmad, twijfelde niet aan de grote spirituele kracht van inkt. 'De inkt van de geleerde,' schreef hij, 'is heiliger dan het bloed van de martelaar.'[10]

Houtskool

Émile Cartailhac was een man die zijn ongelijk durfde toe te geven. Gelukkig maar, want in 1902 schreef de Franse prehistoricus een artikel voor het blad *L'Antropologie*, waarin hij dat moest doen. In 'Mea culpa d'un sceptique' ('Mea culpa van een scepticus') kwam hij terug op de inzichten die hij twintig jaar lang te vuur en te zwaard had verdedigd: dat de prehistorische mens niet in staat was tot verfijnde kunstzinnige expressie en dat de grotschilderingen die in het Noord-Spaanse Altamira waren gevonden nep waren.[1]

De paleolithische schilderingen in Altamira, die rond 14.000 voor Christus zijn gemaakt, waren de eerste voorbeelden van prehistorische grotkunst die officieel werden ontdekt. Dat gebeurde bij toeval in 1879, toen een plaatselijke landeigenaar en amateurarcheoloog de bodem van de grotten uitkamde, op zoek naar prehistorische gereedschappen. Zijn negenjarige dochter, Maria Sanz de Sautuola – een ernstig meisje met kortgeknipt haar en veterlaarsjes – was een eindje verderop de grot aan het verkennen, toen ze opeens opkeek en riep: 'Kijk, papa, bizons!' Ze had gelijk: over het plafond van de grot liep een echte kudde, subtiel gekleurd met zwarte houtskool en oker.[2] Toen haar vader in 1880 een artikel over de vondst publiceerde, werd dat met hoongelach ontvangen. Alleen al het idee dat prehistorische mensen – wilden in feite – zulke geavanceerde, meerkleurige schilderingen gemaakt konden hebben, vonden de geleerden bespottelijk. De hooggeleerde monsieur Cartailhac en zijn collega-deskundigen namen niet eens de moeite om zelf de grot te gaan bekijken en deden de hele zaak af als bedrog. Maria's vader stierf in 1888 als een gebroken en onteerd man, vier jaar voordat Cartailhac zijn fout toegaf.[3]

Sinds de ontdekking van nog veel meer grotten en honderden leeuwen, handafdrukken, paarden, vrouwen, hyena's en bizons, wordt aan de artistieke vaardigheden van de prehistorische mens niet langer getwijfeld. Men denkt nu dat deze grotten door sjamanen zijn beschilderd als een soort bezwering, om hun stam te verzekeren van een gestage aanvoer van voedsel.

Vaak zijn ze getekend met behulp van het pigment dat toen ruimschoots voorhanden was in de grotten: de verkoolde overblijfselen van hun vuren.[4] Op zijn simpelst is houtskool het koolstofrijke bijproduct van organisch materiaal – meestal hout – en vuur. Het is het puurst en bevat de minste hoeveelheid as wanneer tijdens het verbranden de zuurstoftoevoer is ingeperkt.

Houtskool als energiebron was de motor van de industriële revolutie. Het deed in zulke grote hoeveelheden dienst bij het smelten van ijzer, dat hele bossen werden omgehakt en de lucht rond de steden vol rook was. Zo is houtskool indirect verantwoordelijk voor een van de klassieke voorbeelden van natuurlijke selectie. De *Biston betularia f. typica*, of peper-en-zoutvlinder, is meestal wit met zwart gespikkeld. In de negentiende eeuw werd er rond Noord-Europese steden steeds vaker een variant gesignaleerd die nog niet bekend was, met een geheel zwart lijf en chocoladekleurige vleugels, terwijl de wit gespikkelde soort sterk in aantal afnam. In 1895 bleek uit een onderzoek rond Manchester dat 95 procent van de peper-en-zoutvlinders nu donker was.[5] Deze vlinders waren voor hun vijanden moeilijker te zien tegen de schors van de beroete bomen, en zo verborgen ze zich, net als de bizons van Altamira, in het volle zicht.

Git

Steeds meer mensen zullen bij het woord git eerder aan een software systeem denken dan aan een steen, laat staan aan een kleur. Een enkeling zegt nog wel eens 'gitzwart', maar dat woord begint enigszins af te zwakken.

Toch is het zwarte git zelf allesbehalve zwak. Het wordt ook wel gagaat genoemd en is een kolensoort die in de loop van duizenden jaren gevormd is van zeer sterk samengeperst hout. Is de structuur fijn genoeg, dan is het git zo hard dat het kan worden bewerkt en gepolijst tot het een bijna glasachtige glans krijgt.[1] Het kostbaarste git wordt gedolven bij het plaatsje Whitby, aan de noordoostkust van Engeland. Tot de negentiende eeuw was daar zo'n overvloed aan git dat er grote brokken van op het strand te vinden waren.

De Romeinen waren de eersten die het git van Whitby gingen exploiteren. Van daaruit werd het waarschijnlijk naar de Romeinse provinciehoofdstad *Eboracum* (York) gebracht, om bewerkt te worden en vervolgens geëxporteerd naar de rest van het Romeinse rijk. Een gitten beeldje dat in het begin van de twintigste eeuw in het noordwesten van Engeland is gevonden, stamt uit het jaar 330, de tijd waarin de Romeinen hun greep op Britannia begonnen te verliezen. Het is een vrouwenfiguurtje dat op een vat leunt. Ze draagt een mantel die over haar linkerschouder is geslagen en lijkt met haar linkerhand tranen weg te vegen. Deskundigen denken dat het een beeldje is van een Romeinse godin, dat diende als offerande van mensen die in de rouw waren, en als dat waar is, kan dit wel eens het eerste voorbeeld zijn van de rol die git later zou gaan spelen in een victoriaanse obsessie.[2]

De oude Grieken en Romeinen waren de eersten die donkere kleren gingen dragen wanneer een vriend, familielid of heerser was overleden. Maar in het Engeland van koningin Victoria regeerden regels en gebruiken elke kleur van elke draad die je aan je lijf had, vanaf het moment dat je geliefde stierf, tot de dag twee jaar later dat je de allerlaatste finesses van de rouwperiode had doorlopen. Glanzende sieraden van zwart git – hoe verfijnd en mooi gemaakt ook – mochten in de hele rouwperiode gedragen worden, en daarom werden die enorm populair. Net als bij mauve (p. 169) was deze trend op zijn minst voor een deel te danken aan koningin Victoria zelf. Binnen een week nadat prins Albert op 14 december 1861 plotseling aan tyfus was gestorven, hadden de koninklijke juweliers opdracht gekregen om zwarte herdenkingssieraden te maken, die de diepbedroefde koningin nog jaren later aan familieleden opdrong. Zijzelf bleef de rest van haar leven in de rouw.[3] (Tot 1903 werd in elk staatsieportret een foto van de dode prins opgenomen.)

In de jaren zeventig van de negentiende eeuw, op het hoogtepunt van de rouwcultus, werkten in de git-industrie van Whitby meer dan 1400 mannen en jongens, die daar tussen de drie en vier pond per week mee verdienden. Hun producten werd gekocht door mensen uit de hele wereld die hun rouw wilden tonen. Het New Yorkse warenhuis Altman's prees in de catalogus van het seizoen 1879-1880 trots zijn 'oorringen van Whitby-git' aan.[4]

Na 1880 was het beste git uit Whitby grotendeels opgebruikt – handwerkslieden hadden er al sinds 1840 naar moeten graven – en de gitbewerkers moesten hun toevlucht nemen tot het zachtere soort, dat brozer was en dus sneller stuk ging. In plaats daarvan ging men ook hardere en goedkopere alternatieven toepassen, zoals zwart glas, dat met een knipoog werd aangeduid als 'Frans git'. In 1884 had de git-industrie in Whitby nog maar driehonderd banen te bieden, tegen het schamele weekloon van 25 shilling. Tegelijkertijd raakte openbaar vertoon van rouw steeds meer uit de mode: men vond het nu eerder vulgair dan chic. Bertram Puckle schreef in zijn boek over de geschiedenis van begrafenisgebruiken, dat in 1926 verscheen, over 'de afzichtelijke brokken slecht gemaakte git die door sommige lagen van de samenleving nog steeds onmisbaar worden geacht als men "in de rouw" is.'[5] In 1936 waren er nog maar vijf gitbewerkers actief. Met de Eerste Wereldoorlog was de westerse hang naar uiterlijk rouwvertoon vrijwel verdwenen.[6]

Melanine

In volksverhalen komt het zelden voor dat iets of iemand een zwart dier te slim af is, maar in de fabels van Aesopus krijgt een vos dat toch voor elkaar. Als hij een kraai in een boom ziet zitten met een stuk kaas in haar snavel, prijst de vos enthousiast het glanzende zwarte verenkleed van de vogel. Gevleid strijkt de kraai haar veren glad en als de vos haar dan vraagt om iets voor hem te zingen, spert ze meteen haar snavel open en laat de kaas op de grond vallen, vlak voor de poten van de vos.

Misschien moeten we niet al te streng oordelen over die ijdele kraai: haar kleurenpracht is inderdaad bijzonder. Het dierenrijk bezit een pigment dat in de plantenwereld niet voorkomt: melanine, dat echt zwart kan vormen. Er zijn twee soorten, eumelanine en feomelanine, die in verschillende concentraties een breed scala aan huid-, vacht- en verenkleuren voor hun rekening nemen, van *roan* – een met wit gemengd bruin bij paarden – tot taankleur en, in de hoogste concentraties, sabel, ook een term voor een vachtkleur, in dit geval het zwart aan de haarpunten van bepaalde rassen.

Bij mensen bepalen de verschillende hoeveelheden eumelanine en feomelanine de huidkleur. Onze vroegste voorouders in Afrika hebben via de evolutie een donkere huid ontwikkeld met hoge concentraties melanine, dat bescherming biedt tegen de schadelijke ultraviolette golflengtes in zonlicht.[1] Afstammelingen van de groepen die zo'n 120.000 jaar geleden Afrika verlieten, hebben een lichtere huid ontwikkeld naarmate ze verder naar het noorden trokken, omdat dat in streken met minder licht een genetisch voordeel was.[2]

Het zwarte dier bij uitstek is de raaf. Deze vogels zijn niet alleen opvallend om te zien, ze staan ook al heel lang bekend om hun intelligentie. Daarom hebben ze in veel culturen een belangrijke rol gespeeld: zo hoorden raven bij de Griekse god Apollo, de Keltische god Lugus en de Noorse god Odin. Vooral de raven van Odin stonden in hoog aanzien. Ze heetten Huginn (gedachten) en Muninn (geheugen) en reisden voor hem de wereld over om informatie te vergaren zodat hij vrijwel alwetend werd.[3]

Vroege Germaanse krijgers droegen het symbool van

de kraai op hun kleding en schijnen het bloed van deze vogels te hebben gedronken voor ze ten strijde trokken. Dit gebruik was zo diepgeworteld dat in 751 van onze jaartelling Bonifatius, de aartsbisschop van Mainz, in een brief aan paus Zacharias een lijst dieren opsomde die door heidense Germanen werden gegeten – onder andere ooievaars, wilde paarden en hazen – en hem vroeg welk voedsel hij als eerste moest verbieden. Het antwoord van de paus, toen dat eenmaal kwam, was duidelijk: kraaien en raven stonden boven aan die lijst. Misschien dacht paus Zacharias aan de Bijbeltekst in Leviticus waarin de raaf wordt genoemd: 'En van deze vogelsoorten moet u een afschuw hebben; ze mogen niet gegeten worden, ze zijn iets afschuwelijks.' [Leviticus 11:13].[4]

Metaforische zwarte dieren hebben de mensheid altijd geplaagd. In een brief van 28 juni 1783 gaf dichter Samuel Johnson zijn depressie de gedaante van een zwarte hond.

> *Wanneer ik ben opgestaan ontbijt ik in eenzaamheid, de zwarte hond zit te wachten om het met me te delen, van ontbijt tot avondeten blijft hij blaffen [...] Ten slotte komt de nacht en enkele uren van rusteloosheid en verwarring brengen me weer naar een dag van eenzaamheid. Wat zal de zwarte hond verdrijven uit een leven als dit?*[5]

Een eeuw later beschrijft dichter John Ruskin in een gruwelijk gedicht het begin van een psychotische aanval als volgt: 'Een grote zwarte kat sprong tevoorschijn van achter de spiegel.'[6] Nog een man die door depressies werd geplaagd was Winston Churchill. Hij schreef in juli 1911 aan zijn vrouw een brief waarin hij haar vertelde over een Duitse arts die de depressie van een vriend had genezen. 'Ik denk dat deze man misschien heilzaam voor mij kan zijn, als mijn zwarte hond terugkeert. Hij lijkt nu ver weg – dat is zo'n opluchting. Alle kleuren komen terug in het beeld. Jouw lieve gezicht het helderst van alles.'[7]

Pikzwart

In het begin, zeggen de eerste woorden van de Bijbel, 'was de aarde woest en leeg, en duisternis lag over de watervloed; en de Geest van God zweefde boven het water. En God zei: Laat er licht zijn! En er was licht.' Of je gelovig bent of niet, de kracht van dit beeld – God die licht in de diepe duisternis brengt – is onmiskenbaar.

Pikdonker is de griezeligste vorm van duisternis. De menselijke angst daarvoor, die misschien al is ontstaan voor we in staat waren om vuur te maken, is universeel en al heel oud. In het donker worden we ons pas echt bewust van de beperkingen van onze soort: onze geur-, tast- en gehoorzintuigen schieten tekort om onze weg te kunnen vinden in de wereld, ons lichaam is zacht en we kunnen onze belagers niet te snel af zijn. Zonder zicht zijn we kwetsbaar. Die angst is zo diepgeworteld dat we geneigd zijn om de nacht als pikzwart te zien, ook al is hij dat niet. Dankzij de maan, de sterren en, tegenwoordig, vuur en elektriciteit zijn nachten die zo donker zijn dat we niets kunnen zien, zeldzaam, en bovendien weten we dat de zon vroeg of laat weer op zal gaan. 'Pik' of 'pek' is een toepasselijk voorvoegsel: zoals het harsige houtteer aan een onvoorzichtige hand kan blijven plakken, kan het ook lijken of de duisternis zich aan je vastklampt en op je drukt. Misschien zien we daarom in het donker van de nacht meer dan de afwezigheid van licht, in ieder geval figuurlijk. Het is verontrustend: een dagelijkse portie dood.

Sporen van onze weerzin tegen het donker en tegen zwartheid zijn te vinden in alle culturen en tijden. Nyx, de Griekse godin van de nacht, is de dochter van Chaos; haar kinderen zijn slaap, maar ook de meer dreigende woede, onenigheid en dood.[1] Nott, de nachtgodin uit de Germaanse en de Scandinavische traditie, gaat in zwart gekleed, rijdt in een wagen getrokken door een zwart paard, en trekt zo de duisternis als een gordijn over de hemel.[2] Als uitvloeisel van deze angst is pikzwart ook symbolisch verbonden geraakt met de dood die in de somberste opvatting een nacht zonder einde is. Yawa, de hindoegod van de dood, en zijn oud-Egyptische tegenhanger Anubis hebben allebei een zwarte huid. Kali is de angstaanjagende hindoeïstische krijgsgodin van de schepping en van de verwoesting; haar naam betekent in het Sanskriet 'zij die zwart is', en ze wordt meestal afgebeeld met een donkere huid en een halsketting van schedels, terwijl ze een zwaard en een afgehakt hoofd omhooghoudt.[3]

In veel culturen werd zwart gedragen als teken van rouw om de doden. In Plutarchus' versie van de legende van de Minotaurus voeren de jonge mensen die elk jaar aan het beest werden geofferd op een schip met zwarte zeilen, omdat ze een wisse dood tegemoet gingen.'[4] Angst voor de diepste duisternis heeft zijn stempel ook op de taal gedrukt: het Latijnse woord *ater* voor de donkerste tint zwart heeft (net als het woord *niger* dat de glanzende, goedaardige variant van zwart aanduidt) geleid tot de Latijnse woorden voor lelijk, droevig en vies en is ook de etymologische wortel van het Engelse woord *atrocious* (gruwelijk).[5]

De meest welsprekende uiting van de menselijke angst voor het pikdonker is ook een van de oudste. Hij komt uit het Boek der Doden, de Egyptische begrafenistekst die zo'n 1500 jaar lang werd gebruikt, tot ongeveer 50 voor Christus. Als hij in de onderwereld is, beschrijft Osiris, of Ani, die zo:

> *Wat voor land is dit, waarin ik ben terechtgekomen? Het heeft geen water; het heeft geen lucht; het is diep, ondoorgrondelijk, het is zwart als de zwartste nacht, en mensen zwerven er hulpeloos rond.*[6]

Andere interessante kleuren

A

Aardbei Rood met een gele ondertoon; de kleur van de vrucht

Amethist Violet of paars, van de kostbare steen

Abrikoos Zacht perzikkleurig

Aquamarijn Blauwgroen, de kleur van de zee; ook een turkooiskleur

Asperge Zachte lentekleur

Azuur Fel hemelsblauw, gebruikt in heraldiek

B

Basterd Warm goud; van de lichtfilters die bij toneelverlichting dienen om zonlicht te suggereren

Beril Een doorschijnend mineraal; meestal lichtgroen, lichtblauw of lichtgeel

Bister Bruinachtig pigment gemaakt van verbrand hout

Bloed Intens, verzadigd rood, meestal met subtiel blauwe ondertonen

Bloedrood Een fel, verzadigd, rozig rood

Blos Rozig beige, als blozende wangen

Bordeaux Diep kersenrood, naar de Franse wijn

Bos Gebruikt door Walter Scott als hij het over Lincolngroen had; nu een iets blauwachtig middengroen

Brons De kleur van het metaal; donkerder en wat vlakker dan goud

Bourgogne Een diep paarsbruin, naar de Franse wijn

C

Café au lait Lichtbruin, de kleur van koffie met melk

Capriblauw Saffier, genoemd naar de kleur van het water in de Grotta Azurra op het eiland Capri

Carnation Oorspronkelijk van het Latijnse woord *carneus*, 'vleeskleurig'; nu romig middenroze

Chartreuse Een licht geelgroen; naar de likeur die door de kartuizer monniken werd gemaakt in het Franse klooster La Grande Chartreuse

Chocola Rijk bruin

Cinnaber Een felrood mineraal; een bron van vermiljoen

Citroengeel De kleur van de vrucht

Citrien Oorspronkelijk citroenkleurig (al is de kleur van deze halfedelsteen warmer); nu vaak gebruikt als de tertiaire kleur tussen oranje en groen

Coquelicot Felrood met een vleugje oranje; Frans voor *Papaver rhoeas*, de grote klaproos

Cyaan Felblauw met een tikje groen

D

Delfts blauw Een inktblauw, naar het aardewerk dat in de achttiende eeuw in Delft werd gemaakt

Denim Het blauw van indigo geverfde spijkerbroeken

Druif Een violette tint; veel feller dan echte druiven

Duifgrijs Zacht, koel middengrijs

E

Eau de Nil Een lichtgroen waarvan men denkt dat het op de kleur van de rivier de Nijl lijkt

Ebbenhout Heel donkerbruin; naar het tropische hardhout, meestal van het geslacht *Diospyros*

Ecru Licht gebroken wit, de kleur van ongebleekt textiel; van *crudux*, Latijn voor rauw

Eendenei Blauwgroen met een tikje grijs

Erwtgroen Fris lente-achtig groen

F

Frans grijs Heel licht grijsgroen

Framboos Rijk rozerood; de kleur van de vrucht

G

Garnaal De kleur van gekookte garnalenschillen

Gaudy-groen Net als Lincolngroen; textiel dat geverfd is met indigo en wede

Glaucous Licht grijsblauw groen

Guldenroede Sterk geel; als de bloem

Granaatappel De cranberryrode kleur van de vrucht

Grenadine Oorspronkelijk een perzikachtig oranje; nu rood als de likeur

H

Heide Voor de twintigste eeuw synoniem voor gevlekt; nu een rozig paars

Hookers groen Felgroen; Pruisisch blauw gemengd met guttegom; genoemd naar de Britse illustrator William Hooker (1779-1832)

J

Jaspis Zachtgroen; naar de kleur van de meest geliefde soort kwarts

K

Kadetblauw Grijsgroenig blauw, naar militaire uniformen

Karmozijn Dieprood dat neigt naar paars; oorspronkelijk gemaakt van kermeskleurstof

Kastanje Oorspronkelijk notenbruin; tegenwoordig bruinachtig donkerrood

Karmijn Karmozijn middenrood; een pigment gemaakt uit cochenilleluizen

Keel Rood; uit de heraldiek

Kers Dieprood met een beetje roze

Koraal Zacht rozig oranje, als verbleekte, door zout uitgebeten riffen (van oudsher was rood de meest begeerde kleur voor koraal)

Klaproos Een fel helderrood; naar de bloem

Koper Roodachtig, rozig goud, als het metaal; als beschrijving voor haren wordt een intenser, vuriger oranje bedoeld

Korenbloem Felblauw met een vleugje violet

L

Lavendel Lichtblauwig paars; vaak veel lichter dan de kleur van de bloemen zelf

Lei Midden azuurgrijs; naar de steen

Leliewit Heel lichte, iets warme crèmekleur

Lime Heel fel groen; oorspronkelijk genoemd naar de vrucht, maar tegenwoordig meestal feller, zelfs neon

Lincolngroen Kleur van textiel die traditioneel gemaakt werd in de Engelse stad Lincoln. Gedragen door Robin Hood en zijn vrienden

Livid Van *lividus*, Latijn voor 'saai', 'mat', loodkleurig

M

Maagdenpalm Lilablauw; naar de bloem

Magnolia Lichtroze-beige

Mahonie Roodbruin; naar het hardhout

Malachiet Glasachtig heldergroen; de kleur van het mineraal

Malva Een rozige lila tint; van de bloem

Mandarijn Geeloranje, de kleur van de vrucht

Marine Donkerblauw met een puntje grijs

Melkwit Licht grijsachtig crème

Maanlicht Heel licht perzik

Marokko Steenrood; oorspronkelijk een kleur van geverfd leer

Mos Naar geel neigend groen; de kleur van mos

Muis Een grijzig donkerbruin, gelijk aan fallow

Mosterd Hardgeel, als mosterd

N

Nacht Het donkerblauw van de nachtelijke hemel

Nymphea Middenroze-paars

O

Oker Lichtgelig bruin; van het ijzeroxidehoudende aardepigment

Oudroze Mat-roze met blauwe ondertonen

Olijfolie Groen met veel grijs en bruin; donker olijfkleurig

Onyx Zwart; van de kwarts-variëteit

Ossenbloed Een donker roestrood

P

Pauw Een verzadigd blauwgroen

Parel Heel licht lilagrijs

Peridoot Helgroen; naar het mineraal, een vorm van olivijn

Phtalogroen Naaldbos-achtig blauwgroen, genoemd naar een synthetisch pigment; komt soms ook voor als diepblauw, dat ook bekend staat als Monastral
Pistache Een wasachtig groen; de kleur van de pit in de noot en van het ijs
Pruim Roodachtig paars; naar de vrucht
Pompadour Warm lichtblauw; naar de achttiende-eeuwse markiezin, de maîtresse van koning Lodewijk xv
Pompeïrood Een donker steenrood; naar de kleur van de huizen die archeologen in Pompeï hebben opgegraven
Primula Lichtgeel met een zweem groen; naar de bloem

Q

Quimper Zacht korenbloemblauw; de kleur van de schemering

R

Racebaangroen Donker coniferengroen; geassocieerd met de eerste Britse autoraces
Robijn Rijk wijnrood
Rook Een zacht blauwachtig grijs
Room Lichtgeel; rijk gebroken wit
Roos Teer roze of lichtrood
Ros Vaal-oranje, als taankleur, vaak gebruikt om kleuren van dieren, vooral vogels, te beschrijven

S

Sabel Zwart; uit de heraldiek. Lijkt op de pels van het gelijknamige wezelachtige diertje
Saffier Intens blauw; de kleur van de kostbare steen
Schelp Lichtroze
Sienna Een geelbruin; van het oker dat werd gedolven in de buurt van de Italiaanse stad Siena. Roder als het is verwarmd; gebrande sienna
Smalt Glasachtig blauw; naar het schilderspigment
Sneeuw Wit met een tikje grijsgeel
Staalgrijs Middenblauwgrijs
Suiker Zoetroze; de kleur van een suikerspin

T

Taan Taankleurig; oranjebruin
Taling Sterk groen met een vleug blauw; genoemd naar de band om de vleugel van deze eend
Tarwe Lichtgoud
Theeroos Naar beige neigend roze
Terracotta Bruinrood; naar het Italiaans voor 'gebakken aarde'
Topaas Deze edelsteen kan veel verschillende kleuren hebben, maar de kleur verwijst meestal naar een diep bruingeel
Turquoise Groenachtig blauw, als een tropische zee

V

Vanille Lichtgeel; de kleur van de vla
Viridiaan Schemerig preigroen

W

Walnoot Donkerbruin
Watchet Licht blauwgrijs, in de zestiende eeuw zo genoemd naar de kalksteen die werd gewonnen bij het Britse plaatsje van die naam

Z

Zalm Een warm, rozig oranje
Zwarte bes Diep paars, naar de bes

Noten

Inleiding

1 Overigens kwam deze tamelijk willekeurige opdeling van de regenboog in zeven stukken voort uit zijn verlangen om die af te stemmen op zijn theorieën over muziek.

2 Andere dieren hebben andere aantallen kegeltjes. Honden hebben er bijvoorbeeld minder en zien evenveel kleur als een mens die wij kleurenblind zouden noemen, maar veel insecten, zoals vlinders, hebben er meer. De bidsprinkhaankreeft, een klein, regenboogkleurig schaaldiertje met ogen die als golfballen op steeltjes staan, heeft zestien verschillende soorten kegeltjes, twee keer zo veel als elk ander levend schepsel dat we kennen. Daardoor kan hij in theorie de wereld zien in kleuren die wij ons niet eens kunnen voorstellen, laat staan een naam geven.

3 P. Ball, *Bright Earth: The Invention of Colour* (Londen: Vintage, 2008), p. 163.

4 J. Gage, *Colour and Culture: Practice and Meaning from Antiquity to Abstraction* (Londen: Thames & Hudson, 1995), p. 129.

5 K. Stamper, 'Seeing Cerise: Defining Colours in Webster's Third', in: *Harmless Drudgery: Life from Inside the Dictionary*, te vinden op: https://korystamper.wordpress.com/2012/08/07/seeing-cerise-defining-colors/

6 Citaat uit D. Batchelor, *Chromophobia* (Londen: Reaktion Books, 2000), p. 16.

7 Le Corbusier en A. Ozenfant, 'Purism', in: R.L. Herbert (red.), *Modern Artists on Art* (New York: Dover Publications, 2000), p. 63.

8 Citaat uit G. Deutscher, *Through the Language Glass: Why the World Looks Different in Other Languages* (Londen: Arrow, 2010), p. 42.

9 Ibid., p. 84.

Wit

1 Ball, *Bright Earth*, pp. 169-171.

2 Ibid., p. 382.

3 Batchelor, *Chromophobia*, p. 10.

4 B. Klinkhammer, 'After Purism: Le Corbusier and Colour', in: *Preservation Education & Research*, deel 4 (2011), p. 22.

5 Citaat uit Gage, *Colour and Culture*, pp. 246-7.

6 L. Kahney, Jony Ive: *The Genius Behind Apple's Greatest Products* (Londen: Penguin, 2013), p. 285.

7 C. Humphries, 'Have We Hit Peak Whiteness?', in: *Nautilus* (juli 2015).

8 V. Finlay, *The Brilliant History of Colour in Art* (Los Angeles, CA: Getty Publications, 2014), p. 21.

Loodwit

1 P. Ah-Rim, 'Colours in Mural Paintings in Goguryeo Kingdom Tombs', in: M. Dusenbury (red.), *Colour in Ancient and Medieval East Asia* (New Haven, CT: Yale University Press, 2015), pp. 62, 65.

2 Ball, *Bright Earth*, pp. 34, 70.

3 Ibid., p. 137.

4 Vernatti, P., 'A Relation of the Making of Ceruss', in: *Philosophical Transactions*, nr. 137. Royal Society (januari/februari 1678), pp. 935-936.

5 C. Warren, *Brush with Death: A Social History of Lead Poisoning* (Baltimore, MD: Johns Hopkins University Press, 2001), p. 20.

6 T. Nakashima et al., 'Severe Lead Contamination Among Children of Samurai Families in Edo Period Japan', in: *Journal of Archaeological Science*, deel 32, nr. 1 (2011), pp. 23-28.

7 G. Lomazzo, *A Tracte Containing the Artes of Curious Paintinge, Caruinge & Buildinge*, vert. R. Haydock (Oxford, 1598), p. 130.

8 Warren, *Brush with Death*, p. 21.

Ivoor

1 D. Loeb McClain, 'Reopening History of Storied Norse Chessmen', in: *The New York Times* (8 september 2010).

2 K. Johnson, 'Medieval Foes with Whimsy', in: *The New York Times* (17 november 2011).

3 C. Russo, 'Can Elephants Survive a Legal Ivory Trade? Debate is Shifting Against It', in: *National Geographic* (30 augustus 2014).

4 E. Larson, 'The History of the Ivory Trade', in: *National Geographic* (25 februari 2013), te vinden op: http://education.nationalgeographic.org/media/history-ivory-trade/ (bezocht op 12 april 2017).

Zilver

1 F.M. McNeill, *The Silver Bough: Volume One, Scottish Folk-Lore and Folk-Belief*, tweede druk (Edinburgh: Canongate Classics, 2001), p. 106.

2 Konstantinos, *Werewolves: The Occult Truth* (Woodbury: Llewellyn Worldwide, 2010), p. 79.

3 S. Bucklow, *The Alchemy of Paint: Art, Science and Secrets from the Middle Ages* (Londen: Marion Boyars, 2012), p. 124.

4 A. Lucas en J.R. Harris, *Ancient Egyptian Materials and Industries*, 4e druk (Mineola, NY: Dover Publications, 1999), p. 246.

5 Ibid., p. 247.

Kalkwit

1 E.G. Pryor, 'The Great Plague of Hong Kong', in: *Journal of the Royal Asiatic Society Hong Kong Branch*, deel 15 (1975). pp. 61-61.

2 Wilm, 'A Report on the Epidemic of Bubonic Plague at Hongkong in the year 1896', uit: ibid.

3 Shropshire Regimental Museum, 'The Hong Kong Plague, 1894-1895', te vinden op www.shropshireregimentalmuseum.co.uk/regimental-history/shropshire-light-infantry/the-hong-kong-plague-1894-95/ (bezocht op 26 augustus 2015).

4 'Minutes of Evidence taken Before the Metropolitan Sanitary Commissioners', in: *Parliamentary Papers, House of Commons*, deel 32 (Londen: William Clowes & Sons, 1848).

5 M. Twain, *The Adventures of Tom Sawyer* (New York: Plain Label Books, 2008), p. 17.

Izabel

1 M.S. Sánchez, 'Sword and Wimple: Isabel Clara Eugenia and Power', in: A.J. Cruz en M. Suzuki (red.), *The Rule of Women in Early Modern Europe* (Champaign, IL: University of Illinois Press, 2009), pp. 64-65.

2 D. Salisbury, *Elephant's Breath and London Smoke* (Neustadt: Five Rivers, 2009), p. 109.

3 Ibid., p. 108.

4 H. Norris, *Tudor Costume and Fashion*, herdruk (Mineola, NY: Dover publications, 1997), p. 611.

5 W.C. Oosthuizen en P.J.N. de Bruyn, 'Isabelline King Penguin Aptenodytes Patagonicus at Marion Island', in: *Marine Ornithology*, deel 37, nummer 3 (2010), pp. 275-276.

Krijt

1 R.J. Gettens, E. West Fitzhugh en R.L. Feller, 'Calcium Carbonate Whites', in: *Studies in Conservation*, deel 19, nr. 3 (augustus 1974), pp. 157, 159-160.

2 Ibid., p. 160.

3 G. Field, *Chromatography: Or a Treatise on Colours and Pigments and of their Powers in Painting, Etc.* (Londen: Forgotten Books, 2012), p. 71.

4 A. Houbraken, 'The Great Theatre of Dutch Painters', uit R. Cumming, *Art Explained: The World's Greatest Paintings Explored and Explained* (Londen: Dorling Kindersley, 2007), p. 49.

5 Ball, *Bright Earth*, p. 163.

6 H. Glanville, 'Varnish, Grounds, Viewing Distance, and Lighting: Some Notes on Seventeenth-Century Italian Painting Techniques', in: C. Lightweaver (red.), *Historical Painting Techniques, Materials, and Studio Practice* (New York: Getty Conservation Institute, 1995), p. 15; Ball, *Bright Earth*, p. 100.

7 C. Cennini, *The Crafsman's Handbook*, deel 2, vert. D.V. Thompson (Mineola, NY: Dover Publications, 1954), p. 71.

8 P. Schwyzer, 'The Scouring of the White Horse: Archaeology, Identity, and "Heritage"', in: *Representations*, nr. 65 (winter 1999), p. 56.

9 Ibid., p. 56.

10 Ibid., p. 42.

Beige

1 Anoniem, 'London Society' (oktober 1889), uit Salisbury, *Elephant's Breath and London Smoke*, p. 19.

2 L. Eiseman en K. Recker, Pantone: *The 20th Century in Colour* (San Francisco, CA: Chronicle Books, 2011), pp. 45-47, 188-189, 110-111, 144-145.

3 K. Glazebrook en I. Baldry, 'The Cosmic Spectrum and the Colour of the Universe', John Hopkins Physics and Astronomy blog, te vinden op: www.pha.jhu.edu/~kgb/cosspec/ (bezocht op 10 oktober 2015).

4 S.V. Phillips, *The Seductive Power of Home Staging: A Seven-Step System for a Fast and Profitable Sale* (Indianapolis, IN: Dog Ear Publishing, 2009), p. 52.

Geel

1 S. Doran, *The Culture of Yellow, Or: The Visual Politics of Late Modernity* (New York: Bloomsbury, 2013), p. 2.

2 C. Burdett, 'Aestheticism and Decadence', British Library Online, te vinden op: www.bl.uk/romantics-and-Victorians/articles/aestheticism-and-decadence (bezocht op 23 november 2015).

3 D.B. Sachsman en D.W. Bulla (red.), *Sensationalism: Murder, Mayhem, Mudslinging, Scandals and Disasters in 19th-Century Reporting* (New Brunswick, NJ: Transaction Publishers, 2013), p. 5.

4 Doran, *Culture of Yellow*, p. 52.

5 R.D. Harley, *Artists' Pigments* c.1600-1835 (Londen: Butterworth, 1970), p. 101.

6 Doran, *Culture of Yellow*, pp. 10-11.

7 Z. Feng en L. Bo, 'Imperial Yellow in the Sixth Century', in: Dusenbury (red.), *Colour in Ancient and Medieval East Asia*, p. 103; J. Chang, *Empress Dowager Cixi: The Concubine who Launched Modern China* (Londen: Vintage, 2013), p. 5.

8 B.N. Goswamy, 'The Colour Yellow', in: *Tribune India* (7 september 2014).

9 Ball, *Bright Earth*, p. 85.

10 'Why do Indians Love Gold?', in: *The Economist* (20 november 2013), te vinden op: www.economist.com/blogs/economist-explains/2013/11/economist-explains-11 (bezocht op 24 november 2015).

Blond

1 V. Sherrow, *Encyclopedia of Hair: A Cultural History* (Westport, CN: Greenwood Press, 2006), p. 149.

2 Sherro, *Encyclopaedia of Hair*, p. 154.

3 Ibid., p. 148.

4 'Going Down', in: *The Economist* (11 augustus 2014), te vinden op: www.economist.com/blogs/graphicdetail/2014/08/daily-chart-5 (bezocht op 25 oktober 2015).

5 A. Loos, *Gentlemen Prefer Blondes: The Illuminating Diary of a Professional Lady* (New York, Liveright, 1998), p. 37.

6 'The Case Against Tipping', in: *The Economist* (26 oktober 2015), te vinden op: www.economist.com/blogs/gulliver/2015/10/service-compris (bezocht 26 oktober 2015).

7 A.G. Walton, 'DNA Study Shatters the "Dumb Blonde" Stereotype', in: *Forbes* (2 juni 2014), te vinden op: www.Forbes.com/sites/alicegwalton2014/06/02/science-shatters-the-blondes-are-dumb-stereotype.

Loodtingeel

1 H. Kühn, 'Lead-Tin Yellow', in: *Studies in Conservation*, deel 13, nr. 1 (februari 1968), p. 20.

2 G.W.R. Ward (red.), *The Grove Encyclopedia of Materials and Techniques in Art* (Oxford University Press, 2008), p. 512; N. Eastaugh et al., *Pigment Compendium: A Dictionary and Optical Microscopy of Historical Pigments* (Oxford: Butterwort-Heinemann, 2008), p. 238.

3 Kühn, 'Lead-Tin Yellow', pp. 8-11.

4 Eastaugh et al., *Pigment Compendium*, p. 238.

5 Ward (red.), *Grove Encyclopedia of Materials and*

Techniques in Art, p. 512.

6 Kühn, 'Lead-Tin Yellow', p. 8.

7 Dit is de methode voor het maken van loodtingeel type 1, de bekendste soort. Een tweede, minder voorkomende variëteit bevat siliciumzuur en wordt tot een hogere temperatuur verhit, tussen 900 en 950°C.

8 Ball, *Bright Earth*, p. 137; Kühn, 'Lead-Tin Yellow', p. 11.

Indisch geel

1 B.N. Goswamy, kunsthistoricus en auteur; privécorrespondentie.

2 *Handbook of Young Artists and Amateurs in Oil Painting*, 1849, uit Salisbury, *Elephant's Breath and London Smoke*, p. 106.

3 Ball, *Bright Earth*, p. 155.

4 Salisbury, *Elephant's Breath and London Smoke*, p. 106.

5 Harley, *Artists' Pigments*, p. 105.

6 Field, *Chromatography*, p. 83.

7 'Indian Yellow', in: *Bulletin of Miscellaneous Information* (Royal Botanic Gardens, Kew), deel 1890, nr. 39 (1890), pp. 45-47.

8 T.N. Mukharji, 'Piuri or Indian Yellow', in: *Journal of the Society for Arts*, deel 32, nr. 1618 (november 1883), p. 16.

9 Ibid., pp. 16-17.

10 Finlay, *Colour*, pp. 230, 237.

11 Ibid., pp. 233-40.

12 C. McKeich, 'Botanical Fortunes: T.N. Mukharji, International Exhibitions, and Trade Between India and Australia', in: *Journal of the National Museum of Australia*, deel 3, nr. 1 (maart 2008), pp. 3-2.

Acidgeel

1 Zie: www.unicode.org/review/pri294-emoji-image-background.html

2 J. Savage, 'A Design for Life', in: *The Guardian* (21 februari 2009), te vinden op: www.theguardian.com/artanddesign/2009/feb/21/smiley-face-design-history (bezocht op 4 maart 2016).

3 J. Doll, 'The Evolution of the Emoticon', in: *The Wire* (19 september 2012), te vinden op: www.thewire.com/entertainment/2012/09/evolution-emoticon57029/ (bezocht op 6 maart 2016).

Napelsgeel

1 E.L. Richter en H. Härlin, 'A Nineteenth-Century Collection of Pigment and Painting Materials', in: *Studies in Conservation*, deel 19, nr. 2 (mei 1974), p. 76.

2 Het Duits is zo verhaspeld dat het moeilijk te vertalen is, maar Neapel betekent Napels, en Gelb betekent geel. Richter en Härlin, 'A Nineteenth-Century Collection of Pigment and Painting Materials', p. 77.

3 In de negentiende en twintigste eeuw werd de term napelsgeel ten onrechte ook voor andere tinten geel gebruikt, met name voor loodtin-oxides (p. 69). Het onderscheid bleef onduidelijk tot 1940.

4 Eastaugh et al., *Pigment Compendium*, p. 279.

5 Field, *Chromatography*, p. 78.

6 Ball, *Bright Earth*, p. 58, en Lucas en Harris, *Ancient Egyptian Materials and Industries*, p.190.

7 Gage, *Colour and Culture*, p. 224.

Chroomgeel

1 Nog geen vijf maanden later, nadat Gauguin bij hem ingetrokken was, verslechterde hun relatie. Op een avond, vlak voor Kerstmis 1888, liep Van Gogh een bordeel vlak bij het Gele Huis binnen en gaf een prostituee een stuk van zijn oor, gewikkeld in een krant. Hij werd opgenomen in een inrichting, en vervolgens in een andere; op 27 juli 1890 schoot hij zichzelf in de borst en de volgende dag overleed hij.

2 V. van Gogh, brieven aan Emile Bernard [brief 665]; Theo van Gogh [brief 666]; en Willemien van Gogh [brief 667], te vinden op: http://vangoghletters.org/vg/

3 Harley, *Artists' Pigments*, p. 92.

4 Ball, *Bright Earth*, p. 175; Harley, *Artists' Pigments*, p. 93.

5 L.-N. Vauquelin, uit Ball, *Bright Earth*, p. 176.

6 I. Sample, 'Van Gogh Doomed his Sunflowers by Adding White Pigments to Yellow Paint', in: *The Guardian* (14 februari 2011); M. Gunther, 'Van Gogh's Sunflowers may be Wilting in the Sun', in: *Chemistry World* (28 oktober 2015), te vinden op: www.rsc.org/chemistryworld/2015/10/van-gogh-sunflowers-pigment-darkening

Guttegom

1 R. Christison, 'On the Sources and Composition of Gamboge', in: W.J. Hooker (red.), *Companion to the Botanical Magazine*, deel 2 (Londen: Samuel Curtis, 1836), p. 239.

2 Harley, *Artists' Pigments*, p. 103.

3 Field, *Chromatography*, p. 82.

4 Ball, *Bright Earth*, p. 156.

5 Finley, *Colour*, p. 243.

6 Ball, *Bright Earth*, p. 157.

7 J.H. Townsend, 'The Materials of J.M.W. Turner: Pigments' in: *Studies in Conservation*, deel 38, nr. 4 (november 1993), p 232.

8 Field, *Chromatography*, p. 82.

9 Christison, 'On the Sources and Composition of Gamboge', in: Hooker (red.) *Companion to the Botanical Magazine*, p. 238

10 De manier waarop de beweging van grote deeltjes in vloeistof wordt beïnvloed door het rondwarrelen van atomen en moleculen.

11 G. Hoeppe, *Why the Sky is Blue: Discovering the Colour of Life*, vert. J. Stewart (Princeton University Press, 2007), pp. 203-204.

Orpiment

1 Cennini, *Crafsman's Handbook*, deel 2, p. 28.

2 Eastaugh et al., *Pigment Compendium*, p. 285.

3 E.H. Schafer, 'Orpiment and Realgar in Chinese Technology and Tradition', in: *Journal of the American Oriental Society*, deel 75, nr. 2 (april-juni 1955), p. 74.

4 Cennini, *Crafsman's Handbook*, deel 2, pp. 28-29.

5 Schafer, 'Orpiment and Realgar in Chinese Technology and Tradition', pp. 75-76.

6 Finlay, *Colour*, p. 242.

7 Ball, *Bright Earth*, p. 300.

8 Cennini, *Crafsman's Handbook*, deel 2, p. 29.

Keizerlijk geel

1 K.A. Carl, *With the Empress Dowager of China* (New York: Routledge, 1905), pp. 6-8.

2 Chang, *Empress Dowager Cixi*, p. 5.

3 Carl, *With the Empress Dowager of China*, pp. 8-11.

4 Feng en Bo, 'Imperial Yellow in the Sixth Century', in: Dusenbury (red.) *Colour in Ancient and Medieval East Asia*, p. 104-105.

5 Ibid., pp. 104-105.

Goud

1 Eén goudmijn werd gevonden in het Britse Camarthenshire in Wales en vanaf halverwege de eerste eeuw van onze jaartelling geëxploiteerd door de Romeinen. Een andere bevond zich in Kremnica in wat nu Slowakije is, en daar werd vanaf het begin van de veertiende eeuw zoveel goud gedolven dat de prijs in heel Europa daalde.

2 Bucklow, *Alchemy of Paint*, p. 176.

3 Ibid., p. 177.

4 Zie: www.britannica.com/biography/Musa-I-of-Mali; Buckow, *Alchemy of Paint*, p. 179.

5 Ball, *Bright Earth*, p. 35.

6 Cennini, *Crafsman's Handbook*, pp. 81, 84.

7 Goudverf was niet minder lastig en duur om te maken dan bladgoud. Het metaal is zo smeedbaar, dat als je probeert het te vermalen, de stukjes alleen maar weer aan elkaar gaan plakken. Het werd dan ook gemengd met vloeibaar kwik zodat er een pasta ontstond die, als het teveel aan kwik eruit gefilterd was, bros genoeg werd om in een vijzel tot poeder te stampen. Uiteindelijk kon het kwik er dan aan onttrokken worden door het mengsel langzaam te verwarmen. Dit was werk voor alchemisten, die al duizenden jaren lang probeerden om goud te maken en alles in huis hadden om met echt goud om te gaan.

8 Bucklow, *Alchemy of Paint*, p. 184.

Oranje

1 J. Eckstut en A. Eckstut, *The Secret Language of Color* (New York: Black Dog & Leventhal, 2013), p. 72.

2 Salisbury, *Elephant's Breath and London Smoke*, p. 148.

3 Ball, *Bright Earth*, p. 23.

4 J. Colliss Harvey, *Red: A Natural History of the Redhead* (Londen: Allen & Unwin, 2015), p. 2.

5 Eckstut en Eckstut, *Secret Language of Color*, p. 82.

6 Rijksmuseum, 'Willem van Oranje, Vader des vaderlands', te vinden op: https://www.rijksmuseum.nl/nl/rijksstudio/historische-personen/willem-van-oranje (bezocht op 1 december 2015); Eckstut en Eckstut, *Secret Language of Color*, p. 75.

7 'Zwart', 'slagschip' en 'warm grijs' werden ook overwogen; 'warm grijs' was de tweede keus. De CMYK-code voor GGB International Orange is C: 0%; M: 69%; Y: 100%; K: 6%.

8 L. Eiseman en E.P. Cutter, *Pantone on Fashion: A Century of Colour in Design* (San Francisco, CA: Chronicle Books, 2014), p. 16.

9 Ibid., p. 15.

10 Ball, *Bright Earth*, p. 23.

11 Salisbury, *Elephant's Breath and London Smoke*, p. 149.

Nederlands oranje

1 Eckstut en Eckstut, *Secret Language of Color*, p. 76.

2 Rijksmuseum, 'Willem van Oranje, Vader des vaderlands'.

3 S. R. Friedland (red.), *Vegetables: Proceedings of the Oxford Symposion on Food and Cooking 2008* (Totnes: Prospect, 2009), pp. 64-65.

4 Eckstut en Eckstut, *Secret Language of Color*, p. 75.

5 E.G. Burrows en M. Wallace, *Gotham: A History of New York City to 1898* (Oxford University Press, 1999), pp. 82-83.

Saffraan

1 Eckstut en Eckstut, *Secret Language of Color*, p. 82; D.C. Watts, *Dictionary of Plant Lore* (Burlington, VT: Elsevier, 2007), p. 335.

2 Saffraan zit in veel Spaanse gerechten, om te beginnen in paëlla, maar het land zelf verbouwt te weinig saffraan om aan de vraag te voldoen: op dit moment importeert Spanje op grote schaal saffraan uit Iran.

3 Finlay, *Colour*, pp. 252-253.

4 Ibid., pp. 253, 260.

5 Eckstut en Eckstut, *Secret Language of Color*, p. 79.

6 William Harrison, uit sir G. Prance en M. Nesbitt (red.), *Cultural History of Plants* (Londen: Routledge, 2005), p. 309.

7 Ibid., p. 308.

8 Watts, *Dictionary of Plant Lore*, p. 335.

9 Prance en Nesbitt (red.), *Cultural History of Plants*, p. 308.

10 Eckstut en Eckstut, *Secret Language of Colour*, pp. 80, 82.

11 Finlay, *Brilliant History of Colour in Art*, p. 110.

12 Harley, *Artists' Pigments*, p. 96.

13 Bureau of Indian Standards, 'Flag Code of India', te vinden op www.mahapolice.gov.in/mahapolice/jsp/temp/htm/flag_code_ of_india.pdf (bezocht op 28 november 2015).

Amber

1 J. Blumberg, 'A Brief History of the Amber Room', Smithsonian.com (31 juli 2007). Te vinden op: www.smithsonianmag.com/history/a-brief-history-of-the-amber- room-160940121/ (bezocht op 17 november 2015).

2 Ibid.

3 M.R. Collings, *Gemlore: An Introduction to Precious and Semi-Precious Stones*, 2e druk (Rockville, MD: Borgo Press, 2009), p. 19.

4 M. Gannon, '100-Million-Year-Old Spider Attack Found in Amber', in: *LiveScience* 8 oktober 2012, te vinden op: www.livesciense/23976 spider-attack-found-in-

amber.html; C.Q. Choi '230-Million-Year-Old Mite Found in Amber', te vinden op: www.livescience.com/22725-ancient-mite-trapped-amber.html (bezocht op 21 november 2015).

5 T. Follett, 'Amber in Goldworking', in: *Archaeology*, deel 32, nr. 2 (maart/april 1985), p. 64.

6 G.V. Stanivukovic (red.), *Ovid and the Renaissance Body* (University of Toronto Press, 2001), p. 87.

Gember

1 Colliss Harvey, *Red*, pp. 1-2, 15.

2 Norris, *Tudor Costume and Fashion*, p. 162.

3 C. Zimmer, 'Bones Give Peek into the Lives of Neanderthals', in: *The New York Times* (20 december 2010). Te vinden op: www.nytimes.com/2010/12/21/science/21neanderthal.html

4 Ibid.

Loodmenie

1 T.F. Mathews en A. Taylor, *The Armenian Gospels of Gladzor: The Life of Christ Illuminated* (Los Angeles, CA: Getty Publications, 2001), pp. 14-13.

2 Ibid., p. 19. We weten dat er minstens drie kunstenaars een bijdrage hebben geleverd aan het werk, omdat elk een eigen manier had om gezichten te schilderen. Eén van hen begon met sleutelbloem-geel, voor hij de details toevoegde met kleine streekjes groen en wit. Een tweede gaf de voorkeur aan een ondergrond van flets olijfgroen, waarover hij dan wit en lichtroze zette; de derde begon met een groene onderlaag en gebruikte bruin, wit en rood voor de gelaatstrekken.

3 D.V. Thompson, *The Materials and Techniques of Medieval Painting*. Herdruk van de eerste uitgave (New York; Dover Publications, 1956, p. 102.

4 M. Clarke, 'Anglo Saxon Manuscript Pigments', in: *Studies in Conservation*, deel 49, nr. 4 (2004), p. 239.

5 F. Delamare en B. Guineau, *Colour: Making and Using Dyes and Pigments* (Londen: Thames & Hudson, 2000), p. 140.

6 Thompson, *Materials and Techniques of Medieval Painting*, p. 101.

7 C. Warren, *Brush with Death*, p. 20; Schafer, 'The Early History of Lead Pigments and Cosmetics in China', in: *T'oung Pao*, deel 44, nr. 4 (1956), p. 426.

8 Field, *Chromatography*, p. 95.

Huid

1 H. Alexander, 'Michelle Obama: The "Nude" Debate', in: *The Telegraph* (19 mei 2010).

2 D. Stewart, 'Why a "Nude" Dress Should Really be "Champagne" or "Peach"', in: *Jezebel* (17 mei 2010).

3 Eiseman en Cutler, *Pantone on Fashion*, p. 20.

4 Zie: http://humanae.tumblr.com/

5 Crayola was overigens zijn tijd ver vooruit op dit punt: het 'vleeskleurige' potlood van dit merk werd omgedoopt tot 'perzik' in 1962, hetzelfde jaar dat president Kennedy opkwam voor James Meredith, de eerste Afro-Amerikaanse student die werd toegelaten tot de gesegregeerde University of Mississippi.

Roze

1 'Finery for Infants', in: *The New York Times* (23 juli 1893).

2 J. Maglaty, 'When Did Girls Start Wearing Pink?', Smithsonian.com (7 april 2011), te vinden op: www.smithsonianmag. com/arts-culture/when-did-girls-start- wearing-pink- (bezocht op 28 oktober 2015).

3 Ball, *Bright Earth*, p. 157.

4 In de film *Funny Face* uit 1957 voert een personage dat is gebaseerd op Vreeland een zang-en-dans-nummer van vijf minuten uit, dat 'Think Pink!' heet. Volgens de verhalen wendde Vreeland, nadat ze het nummer had gezien, zich tot een jongere collega en mompelde: 'Hier wordt nooit iets over gezegd.'

5 M. Ryzik, 'The Guerrilla Girls, After 3 Decades, Still Rattling Art World Cages', in: *The New York Times* (5 augustus 2015).

6 'The Pink Tax', in: *The New York Times* (14 november 2014).

Baker-Millerroze

1 A.G. Schauss, 'Tranquilizing Effect of Color Reduces Aggressive Behavior and Potential Violence', in: *Orthomolecular Psychiatry*, deel 8, nr. 4 (1979), p. 218.

2 J.E. Gilliam en D. Unruh, 'The effects of Baker-Miller Pink on Biological, Physical and Cognitive Behaviour', in: *Journal of Orthomolecular Medicine*, deel 3, nr. 4 (1988), p. 202.

3 Schauss, 'Tranquilizing Effect of Color', p. 219.

4 Ibid.

5 A.L. Alter, *Drunk Tank Pink, and other Unexpected Forces that Shape how we Think, Feel and Behave* (Londen: Oneworld, 2013), p. 3.

6 Zie bijvoorbeeld: Gilliam en Unruh, 'Effects of Baker-Miller Pink'; voor meer voorbeelden, zie: T. Cassidy, *Environmental Psychology: Behaviour and Experience in Context* (Hove: Routledge Psychology Press, 1997), p. 84.

7 Cassidy, *Environmental Psychology*, p. 84.

Mountbattenroze

1 Lord Zuckerman, 'Earl Mountbatten of Burma, 25 June 1900-27 August 1979', *Biographical Memoirs of Fellows of the Royal Society*, deel 27 (november 1981), p. 358.

2 A. Raven, 'The Development of Naval Camouflage 1914-1945', deel III, te vinden op: www.shipcamouflage.com/3_2.htm (bezocht op 26 oktober 2015).

Vlo

1 H. Jackson, 'Colour Determination in the Fashion Trades', in: *Journal of the Royal Society of the Arts*, deel 78, nr. 4034 (maart 1930), p. 501.

2 C. Weber, *Queen of Fashion: What Marie Antoinette Wore to the Revolution* (New York: Picador, 2006), p. 117.

3 'Domestic Anecdotes of a French Nation, 1800', uit: Salisbury, *Elephant's Breath and London Smoke*, p. 169.

4 Weber, Queen of Fashion, p. 117.

5 Earl of Bessborough (red.), *Georgiana: Extracts from the Correspondence of Georgiana, Duchess of Devonshire* (Londen: John Murray, 1955), p. 27.

6 Weber, *Queen of Fashion*, p. 256.

Fuchsia

1 Andere zijn amarant; mauve; magnolia; korenbloem, guldenroede, heliotroop, lavendel en viooltje, om er een paar te noemen. In de meeste talen behalve in het Engels (*pink*) is het woord voor roze een afleiding van 'roos'.

2 I. Paterson, *A Dictionary of Colour: A Lexicon of the Language of Colour* (Londen: Thorogood, 2004), p. 170.

3 G. Niles, 'Origin of Plant Names', in *The Plant World*, deel 5, nr. 8 (augustus 1902), p. 143.

4 M. Allaby, *Plants: Food Medicine and Green Earth* (New York: Facts on File, 2010), p. 39.

5 Ibid., pp. 38-41.

Shocking pink

1 M. Soames (red.), *Winston and Clementine: The Personal Letters of the Churchills* (Boston, MA: Houghton Mifflin,1998), p. 276

2 M. Owens, 'Jewellery that Gleams with Wicked Memories', in: *The New York Times* (13 april 1997).

3 Eiseman en Cutler, *Pantone on Fashion*, p. 31.

4 E. Schiaparelli, *Shocking Life* (Londen: V&A Museum, 2007), p. 114.

5 Twee jaar later werd de *Tête de Belier* gestolen uit Fellowes' huis in de buurt van Parijs, als deel van een buit met een waarde van 36.000 dollar. Daarna is hij nooit meer gezien.

6 S. Menkes, 'Celebrating Elsa Schiaparelli', in: *The New York Times* (18 november 2013). Schiaparelli werd het meest in verband gebracht met dit roze, maar haar collecties bevatten heel veel kleuren. Na 'Shocking' kregen al haar parfums hun eigen tint: 'Zut' kreeg groen, 'Sleeping' blauw en 'Le Roy Soleil' goud.

7 Eiseman en Cutler, *Pantone on Fashion*, p. 31.

Fluoroze

1 H. Greenbaum en D. Rubinstein, 'The Hand-Held Highlighter', in: *The New York Times Magazine* (20 januari 2012).

2 Schwan Stabilo persbericht, 2015; Greenbaum en Rubinstein, 'Hand-Held Highlighter'.

Amarant

1 V.S. Vernon Jones (vert.), *Aesop's Fables* (Mineola, NY: Dover Publications, 2009), p. 188.

2 G. Nagy, *The Ancient Greek Hero in 24 Hours* (Cambridge, MA: Belknap, 2013), p. 408.

3 J.E. Brody, 'Ancient, Forgotten Plant now "Grain of the Future"', in: *The New York Times* (16 oktober 1984).

4 Brachfeld en Choate, *Eat Your Food!*, p. 199.

5 Brody, 'Ancient, Forgotten Plant Now "Grain of the Future"'.

6 Ibid.

7 Kiple en Ornelas (red.), *Cambridge World History of Food*, p. 75.

8 Salisbury, *Elephant's Breath and London Smoke*, p. 7.

Rood

1 N. Guéguen en C. Jacob, 'Clothing Colour and Tipping: Gentlemen Patrons Give More Tips to waitresses with red clothes', in: *Journal of Hospitality & Tourism Research*, geciteerd door Sage Publications/*Science Daily*, te vinden op: www.sciencedaily.com/releases/2012/08/120802111454.htm (bezocht op 20 september 2015).

2 A.J. Elliot en M.A. Maier, 'Colour and Psychological Functioning', in: *Journal of Experimental Psychology*, deel 136, nr. 1 (2007), pp. 251-252.

3 R. Hill, 'Red Advantage in Sport', te vinden op: https://community.dur.ac.uk/r.a.hill/red-advantage.htm (bezocht op 20 september 2015).

4 Ibid.

5 M. Pastoureau, *Blue: The History of a Colour*, vert. M. I. Cruse (Princeton University Press, 2000), p. 15.

6 E. Phipps, 'Cochineal Red: The Art History of a Colour', in: *Metropolitan Museum of Art Bulletin*, deel 67, nr. 3 (Winter 2010), p. 5.

7 M. Dusenbury, 'Introduction', in: *Colour in Ancient and Medieval East Asia*, pp. 12-13.

8 Phipps, 'Cochineal Red', p. 22.

9 Ibid., pp. 14, 23-24.

10 Pastoureau, *Blue*, p. 94.

11 P. Gootenberg, *Andean Cocaine: The Making of a Global Drug* (Chapel Hill, NC: University of North Carolina Press, 2008), p. 198.

Scharlaken

1 Van stof die met karmozijn was geverfd werd vaak gezegd dat hij 'scarlet in grain' was geverfd; vandaar de Engelse uitdrukking ingrain, die 'zich stevig hechten' betekent.

2 A.B. Greenfield, *A Perfect Red: Empire, Espionage and the Quest for the Colour of Desire* (Londen: Black Swan, 2006), p. 42.

3 Gage, *Colour and Meaning*, p. 111.

4 Greenfield, *Perfect Red*, p. 108.

5 Phipps, 'Cochineal Red', p. 26.

6 G. Summer en R. d'Amato, *Arms and Armour of the Imperial Roman Soldier* (Barnsley: Frontline Books, 2009), p. 218.

7 Greenfield, *Perfect Red*, p. 183.

8 Ibid., p. 181.

9 E. Bemiss, *Dyers Companion*, p 186.

10 Field, *Chromatography*, p. 89.

11 Salisbury, *Elephant's Breath and London Smoke*, p. 191.

Cochenille

1 Finlay, *Colour*, p. 153.

2 Phipps, 'Cochineal Red', p. 10.

3 R.L. Lee 'Cochineal Production and Trade in New Spain to 1600, in: *The Americas*, deel 4, nr. 4 (april 1948), p. 451.

4 Phipps, 'Cochineal Red', p. 12.

5 Ibid., pp. 24-26.

6 Ibid., p. 27.

7 Finlay, *Colour*, p. 169.

8 Phipps, 'Cochineal Red', pp. 27-40.

9 Ibid., p. 37.

10 Finlay, *Colour*, pp. 165-176.

Vermiljoen

1 Bucklow, *Alchemy of Paint*, p. 87; R.J. Gettens et al., 'Vermilion and Cinnabar', in: *Studies in Conservation*, deel 17, nr. 2 (mei 1972), pp. 45-47.

2 Thompson, *Materials and Techniques of Medieval Painting*, p. 106. Het is lastig om de waarde van de Romeinse munt om te rekenen; de schattingen lopen uiteen van een halve dollar tot vijftig dollar voor een sestertie. Uitgaande van de betrekkelijk behoudende koers van tien dollar per sestertie, kostte een pond cinnaber in de tijd van Plinius zeventig dollar.

3 Ball, *Bright Earth*, p. 86.

4 Bucklow, *Alchemy of Paint*, p. 77.

5 Thompson, *Materials and Techniques of Medieval Painting*, p. 106.

6 Ibid., pp. 60-61, 108.

7 Gettens et al., 'Vermilion and Cinnabar', p. 49.

8 Thompson, *Materials and Techniques of Medieval Painting*, p. 30.

9 Een schilder die er toch mee bleef werken was Renoir, die bekend stond om zijn conservatisme op het gebied van materialen. Rond 1904 probeerde Matisse hem over te halen om vermiljoen in te ruilen voor cadmiumrood, maar Renoir weigerde zelfs het gratis monster te gebruiken dat Matisse hem gaf.

10 Ball, *Bright Earth*, p. 23.

Rosso corsa

1 L. Barzini, *Pekin to Paris: An Account of Prince Borghese's Journey Across Two Continents in a Motor-Car*, vert. L.P. de Castelvecchio (Londen: E. Grant Richards, 1907), p. 11.

2 Ibid., p. 26.

3 Ibid., p. 40.

4 Ibid., pp. 58, 396, 569.

5 De auto van Borghese is nog steeds te bekijken in het Museo dell'Auto in Turijn. Maar wie een flitsend rode racemachine verwacht, wordt teleurgesteld: de auto is nu vaalgrijs, omdat hij per ongeluk in de haven van Genua viel, nadat hij op een tentoonstelling in Amerika had gestaan. Om te voorkomen dat hij zou gaan roesten werd hij snel overgeschilderd. Op dat moment kon men alleen een paar blikken slagschipgrijze verf vinden.

Hematiet

1 Phipps, 'Cochineal Red', p. 5.

2 E. Photos-Jones et al., 'Kean Miltos: The well-Known Iron Oxides of Antiquity', in: *Annual of the British School of Athens*, deel 92 (1997), p. 631.

3 E.E. Wreschner, 'Red Ochre and Human Evolution: A Case for Discussion', in: *Current Anthropology*, deel 21, nr. 5 (oktober 1980), p. 631.

4 Ibid.

5 Phipps, 'Cochineal Red', p. 5; G. Lai, 'Colours and Colour Symbolism in Early Chinese Ritual Art', in: Dusenbury (red.), *Colour in Ancient and Medieval East Asia*, p. 27.

6 Dusenbury, 'Introduction', in: *Colour in Ancient and Medieval East Asia*, p. 12.

7 Photos-Jones et al., 'Kean Miltos', p. 359.

Kraplak

1 W.H. Perkin, 'The History of Alizarin and Allied Colouring Matters, and their Production from Coal Tar, from a Lecture Delivered May 8th', in: *Journal for the Society for Arts*, deel 27, nr. 1384 (mei 1879), p. 573.

2 G.C.H. Derksen en T.A. van Beek, 'Rubia Tinctorum L.', in: *Studies in Natural Products Chemistry*, deel 26 (2002), p. 632.

3 J. Wouters et al.,'The Identifcation of Haematite as a Red Colourant on an Egyptian Textile from the Second Millennium BC', in: *Studies in Conservation*, deel 35, nr. 2 (mei 1990), p. 89.

4 Delamare en Guineau, *Colour*, pp. 24, 44.

5 Field, *Chromatography*, pp. 97-98.

6 Finlay, *Colour*, p. 207.

7 Perkin, 'History of Alizarin and Allied Colouring Matters', p. 573.

8 Finlay, *Colour*, pp. 208-209.

Drakenbloed

1 Bucklow, *Alchemy of Paint*, p. 155; W. Winstanley, *The Flying Serpent, or: Strange News out of Essex* (Londen, 1669), te vinden op: www.henham. org/FlyingSerpent (bezocht op 19 september 2015).

2 Ball, *Bright Earth*, p. 76.

3 Bucklow, *Alchemy of Paint*, pp. 142, 161.

4 Ball, *Bright Earth*, p. 77.

5 Field, *Chromatography*, p. 97.

Paars

1 Ball, *Bright Earth*, p. 223.

2 Gage, *Colour and Culture*, pp. 16, 25.

3 Gage, *Colour and Culture*, p. 25.

4 Eckstut en Eckstut, *Secret Language of Colour*, p. 224.

5 J.M. Stanlay, 'Japanese Colour Terms, from 400 CE to the Present', in: R.E. MacLaury, G. Paramei en D. Dedrick (red.), *Anthropology of Colour* (New York: John Benjamins, 2007), p. 311.

6 Finlay, *Colour*, p. 422.

7 S. Garfield, Mauve: *How One Man Invented a Colour that Changed the World* (Londen: Faber & Faber, 2000), p. 52.

Tyrisch purper

1 Finlay, *Colour*, p. 402.

2 Ball, *Bright Earth*, p. 225.

3 Eckstut en Eckstut, *Secret Language of Colour*, p. 223.

4 Gage, *Colour and Culture*, p. 16.

5 Ball, *Bright Earth*, p. 255.

6 Finlay, *Colour*, p. 403.

7 Gage, *Colour and Culture*, p. 25.

8 Ibid.

9 Finlay, *Colour*, p. 404.

10 Ball, *Bright Earth*, p. 226.

Orchilla

1 E. Bolton, *Lichens for Vegetable Dyeing* (McMinnville, OR: Robin & Russ, 1991), p. 12.

2 Ibid., p. 9; J. Pereina, *The Elements of Materia, Medica and Therapeutics*, deel 2 (Philadelphia, PA: Blanchard & Lea, 1854), p. 74.

3 Pereina, *Elements of Materia, Medica and Therapeutics*, p. 72.

4 J. Edmonds, *Medieval Textile Dyeing* (Lulu.com, 2012), p. 39.

5 Ibid.

6 En soms ook van soorten dichter bij huis: in 1758 begon de productie van een orchilla-achtige kleurstof uit een iets andere soort korstmos die in Schotland was ontdekt door dr. Cuthbert Gordon. Hij noemde die 'cudbear', een verbastering van zijn eigen naam.

7 Edmonds, *Medieval Textile Dyeing*, pp. 40-41.

8 Bolton, *Lichens for Vegetable Dyeing*, p. 28.

Magenta

1 Ball, *Bright Earth*, p. 241.

2 Garfield, *Mauve*, pp. 79, 81.

3 Ibid., p. 78.

Mauve

1 Garfield, Mauve, pp. 30-31.

2 Ibid., p. 32.

3 Ball, *Bright Earth*, p. 238.

4 Finlay, *Colour*, p. 391.

5 Garfield, *Mauve*, p. 58.

6 Ibid., p. 61.

7 Ball, *Bright Earth*, pp. 240-41.

Heliotroop

1 N. Groom, *The Perfume Handbook* (Edmunds: Springer-Science, 1992), p. 103.

2 C. Willet-Cunnington, *English Women's Clothing in the Nineteenth Century* (Londen: Dover, 1937), p. 314.

3 Ibid., p. 377.

4 Over een vijand uit haar jeugd zegt ze: 'Ze heeft me er zojuist aan herinnerd dat we bij elkaar op school hebben gezeten. Ik weet het nu weer precies. Zij kreeg altijd een hoog cijfer voor gedrag.' Later zegt ze tegen de dame zelf: 'Jij hebt een hekel aan mij, dat weet ik best, en ik heb altijd de pest aan jou gehad.' En over de ergerlijke kwestie van hoger onderwijs voor vrouwen: 'Hoger onderwijs voor mannen, dat zou ik goed vinden. Mannen hebben dat helaas zo hard nodig.'

Violet

1 O. Reutersvärd, 'The "Violettomania" of the Impressionists', in: *Journal of Aesthetics and Art Criticism*, deel 9, nr. 2 (december 1950), p. 107.

2 Ibid., pp. 107-108.

3 Ball, *Bright Earth*, p. 207.

Blauw

1 R. Blau, 'The Light Therapeutic', in: *Intelligent Life* (mei/juni 2014).

2 2015 National Sleep Foundation enquête, zie: https://sleepfoundation.org/media-center/press-release/2015-sleep-america-poll; Blau, 'Light Therapeutic'.

3 Pastoureau, *Blue*, p. 27.

4 Voor wit is dat 32%; rood 28%; zwart 14%; goud 10%; paars 6%; groen, 5%. M. Pastoureau, *Green: The History of a Colour*, vert. J. Gladding (Princeton University Press, 2014), p. 39.

5 M. Pastoureau, *Blue*, p. 50.

6 De heraldiek heeft zijn eigen kleurennamen of 'tincturen'. De basiskleuren zijn 'or' (goud/geel); argent (zilver/wit); keel (rood); azuur (blauw); purper (paars); sabel (zwart); en sinopel (groen).

7 Pastoureau, *Blue*, p. 60. De kleur was iets geliefder bij mannen, maar vrouwen kozen vaker voor blauw dan voor welke andere kleur ook; roze (p. 114) was trouwens bij vrouwen niet populairder dan rood, paars of groen.

8 2015 YouGov Survey [http//yougov.co.uk/news/2015/05/12/blue-worlds-favourite-colour/].

Ultramarijn

1 K. Clarke, 'Reporters see Wrecked Buddhas', BBC News (26 maart 2001) Te vinden op: http://news.bbc.co.uk/1/hi/world/south_asia/1242856.stm (bezocht op 10 januari 2016).

2 Cennini, *Craftsman's Handbook*, deel 2, p. 36

3 Ball, *Bright Earth*, p. 267.

4 Cennini, *Craftsman's Handbook*, deel 2, p. 38.

5 M.C. Gaetani et al., 'The Use of Egyptian Blue and Lapis Lazuli in the Middle Ages: The Wall Paintings of the San Saba Church in Rome', in: *Studies in Conservation*, deel 49, nr. 1 (2004), p. 14.

6 Gage, *Colour and Culture*, p. 271.

7 Ibid., p. 131.

8 Dit was vooral zo in Zuid-Europa. In Noord-Europa, met name in Nederland, waar ultramarijn schaarser was, en scharlaken het belangrijkste kenmerk van rijkdom en aanzien bleef, was Maria vaak in het rood gekleed.

9 Gage, *Colour and Culture*, pp. 129-130.

10 Eenzelfde prijsvraag, waarbij echter een veel kleinere prijs te winnen viel, was in 1817 uitgeschreven door het Britse Royal College of Arts, maar geen enkele deelnemer slaagde.

11 Ball, *Bright Earth*, p. 267-277.

12 Ball, *Bright Earth*, p. 267-277.

Kobalt

1 E. Morris, 'Bamboozling Ourselves (Part 1)', in: *The New York Times* (mei-juni 2009), te vinden op: http://morris.blogs.nytimes.com/category/ bamboozling-ourselves/ (bezocht op 1 januari 2016).

2 T. Rousseau, 'The Stylistic Detection of Forgeries', in: *Metropolitan Museum of Art Bulletin*, deel 27, nr. 6, pp. 277, 252.

3 Finlay, *Brilliant History of Colour in Art*, p. 57.

4 Ball, *Bright Earth*, p. 178.

5 Harley, *Artists' Pigments*, pp. 53-54.

6 Field, *Chromatography*, pp. 110-111.

7 E. Morris, 'Bamboozling Ourselves (Part 3)'.

Indigo

1 Over de vraag waarom planten indigo produceren wordt verschillend gedacht. Volgens sommigen kan het een natuurlijke insectenbestrijding zijn; anderen denken dat de bittere smaak misschien een afweer is tegen grazende dieren.

2 De peulen vielen blijkbaar niet in de smaak bij de vroegmoderne kruidenkenner John Parkinson, die ze in 1640 beschreef als 'omlaaghangend als wormen, die we aarswormen noemen, maar wat dikker en vol zwart zaad'. Uit J. Balfour-Paul, *Indigo: Egyptian Mummies to Blue Jeans* (Londen: British Museum Press, 2000), p. 92.

3 In sommige culturen kregen vrouwen traditioneel de schuld als de indigo-oogst mislukte. In het oude Egypte geloofde men dat het schadelijk voor de oogst was als een menstruerende vrouw dicht bij een veld kwam. In een Chinese provincie moesten vrouwen met bloemen in hun haar wegblijven van de gistende indigo-vaten. En als een vrouw op het Indonesische eiland Flores vloekt terwijl ze een plant oogst, beledigt ze de ziel van de plant en bederft zo de verf.

4 Balfour-Paul, *Indigo*, pp. 99, 64.

5 Omdat de blokken zo hard zijn, dachten veel klassieke schrijvers, en zelfs enkele vroegmoderne, dat het oorspronkelijk een mineraal was, mogelijk een halfedelsteen die familie was van lapis lazuli. Delamare en Guineau, *Colour*, p. 95.

6 Balfour-Paul, *Indigo*, p. 5.

7 Pastoureau, *Blue*, p. 125.

8 Balfour-Paul, *Indigo*, pp. 7, 13.

9 Eckstut en Eckstut, *Secret Language of Colour*, p. 187.

10 Balfour-Paul, *Indigo*, p. 23.

11 Ibid., pp. 28, 46.

12 Ibid., pp. 44-45, 63.

13 Delamare en Guineau, *Colour*, p. 92.

14 Balfour-Paul, *Indigo*, p. 5.

15 Men denkt dat 'jean' een afgeleide is van *bleu de Gênes*, of genuablauw, een goedkope indigoverfstof, veel gebruikt voor matrozen-uniformen.

16 Just Style, 'Just-Stye Global Market Review of Denim and Jeanswear – Forecasts to 2018' (november 2012), te vinden op www.just-style.com/ store/samples/Global%20Market%20 for%20 denim%and%20Jeanswearr%2Single_ brochure.pdf (bezocht op 3 januari 2016), p. 1.

Pruisisch blauw

1 Ball, *Bright Earth*, p. 273; Delamare en Guineau, *Colour*, p. 76.

2 Ball, *Bright Earth*, pp. 272-273.

3 Field, *Chromatography*, p. 112.

4 Woodwood kreeg een tip van een Duitser, Caspar Neumann, die de Royal Society geld schuldig was en daar kennelijk weer in een goed blaadje wilde komen. Neumann stuurde de methode in het Latijn aan Woodwood in een brief vanuit Leipzig, gedateerd op 17 november 1723. Deze onthulling ruïneerde Dippel, die naar Scandinavië vluchtte, waar hij lijfarts van de Zweedse koning Frederick I werd, voordat hij het land uit werd gezet en een tijdje in een Deense gevangenis doorbracht. A. Kraft, 'On Two Letters from Caspar Neumann to John Woodward Revealing the Secret Method for Preparation of Prussian Blue', in: *Bulletin of the History of Chemistry*, deel 34, nr. 2 (2009), p. 135.

5 Ball, *Bright Earth*, p. 275.

6 Finlay, *Colour*, pp. 346-347.

7 Eckstut en Eckstut, *Secret Language of Colour*, p. 187.

8 Ball, *Bright Earth*, p. 274.

Egyptisch blauw

1 Lucas en Harris, *Ancient Egyptian Materials and Industries*, p. 170.

2 Delamare en Guineau, *Colour*, p. 20; Lucas en Harris, *Ancient Egyptian materials and Industries*, p. 188; V. Daniels et al., 'The Blackening of Paint Containing Egyptian Blue,' in: *Studies in: Conservation*, deel 49, nr. 4 (2004), p. 219.

3 Delamare en Guineau, *Colour*, p. 20.

4 Daniels et al., 'Blackening of Paint Containing Egyptian Blue', p. 217.

5 M.C. Gaetani et al., 'Use of Egyptian Blue and Lapis Lazuli in the Middle Ages', p. 13.

6 Ibid., p. 19.

7 Al lijkt het er nu op dat ultramarijn en Egyptisch blauw langer dan aanvankelijk gedacht naast elkaar zijn gebruikt: de twee pigmenten zijn door elkaar gemengd aangetroffen in muurschilderingen op een achttiende-eeuwse kerk in Rome.

Wede

1 J. Edmonds, *The History of Woad and the Medieval Woad Vat*. (Lulu.com, 2006), p. 40.

2 Ibid., p. 13; Delamare en Guineau, *Colour*, p. 44.

3 Delamare en Guineau, *Colour*, p. 44.

4 Balfour-Paul, *Indigo*, p. 30.

5 Pastoureau, *Blue*, p. 63.

6 Ibid., p. 64.

7 Balfour-Paul, *Indigo*, p. 34.

8 Pastoureau, *Blue*, p. 125.

9 Edmonds, *History of Woad*, pp. 38-39.

10 Pastoureau, *Blue*, p. 130; Balfour-Paul, *Indigo*, p. 56-57.

Elektrisch blauw

1 *New Scientist* interview met Aleksandr Joevtsjenko,'Cheating Chernobyl' (21 augustus 2004).

2 M. Lallanilla, 'Chernobyl: Facts About the Nuclear Disaster', in: *LiveScience* (25 september 2013), te vinden op: www.livescience.com/39961-chernobyl.html (bezocht op 30 december 2015).

3 Een paar uur later lag Joevtsjenko in het plaatselijke ziekenhuis, verlamd door stralingsziekte en zag zijn collega's van de kerncentrale om hem heen één voor één sterven. Hij is een van de weinige medewerkers die de ramp heeft overleefd.

4 *New Scientist*, interview met Aleksandr Joevtsjenko,'Cheating Chernobyl'.

5 Uit Salisbury, *Elephant's Breath and London Smoke*, p. 75.

Hemelsblauw

1 S. Heller, 'Oliver Lincoln Lundquist, Designer, is Dead at 92', in: *The New York Times* (3 januari 2009).

2 Pantone persbericht, 1999: www.pantone.com/pages/pantone/pantone.aspx?pg=20194&ca=10.

3 Ball, *Bright Earth*, p. 179. Het pigment kreeg zijn naam van het woord *caeruleus*, waarmee latere Romeinse schrijvers de Middellandse Zee beschreven.

4 Ibid.

5 Brassaï, *Conversations with Picasso*, vert. J.M. Todd, (University of Chicago Press, 1999), p. 117.

Groen

1 Finlay, *Colour*, pp. 285-286.

2 Pastoureau, *Green*, pp. 20-24.

3 Eckstut en Eckstut, *Secret Language of Colour*, pp. 146-147.

4 Pastoureau, *Green*, p. 65.

5 Ball, *Bright Earth*, pp. 73-74.

6 Ibid., pp. 14-15.

7 Pastoureau, *Green*, p. 42.

8 Ibid., p. 116

9 Ball, *Bright Earth*, p. 158.

10 Pastoureau, *Green*, p. 159.

11 Ibid., p. 200.

Verdigris

1 P. Conrad, 'Girl in a Green Gown: The history and Mystery of the Arnolfni Portrait by Carola Hicks', in: *The Guardian* (16 oktober 2011). Het portret kent ook een veelbewogen geschiedenis. Het is in bezit geweest van de Spaans/Habsburgse koning Filips II. Zijn opvolger, Carlos III hing het op het toilet van de koninklijke familie. Napoleon wilde het heel graag hebben, net als Hitler later, en een groot deel van de Tweede Wereldoorlog bevond het zich met veel andere schatten uit de Britse National Treasury in een geheime bunker in de leisteenmijn bij het plaatsje Blaenau Ffestiniog in het Snowdoniagebergte van Wales. (Dat was maar goed ook: de National Gallery in Londen kreeg een voltreffer bij een luchtaanval door de Luftwaffe.)

2 C. Hicks, *Girl in a Green Gown: The History and Mystery of the Arnolfini Portrait* (Londen: Vintage, 2012), pp. 30-32.

3 Pastoureau, *Green*, pp. 112, 117.

4 Het lichtgevend groene mineraal malachiet wordt ook gevormd door kopercarbonaat.

5 Eckstut en Eckstut, *Secret Language of Colour*, p. 152.

6 Ball, *Bright Earth*, p. 113.

7 Delamare en Guineau, *Colour*, p. 140.

8 Cennini, *Crafsman's Handbook*, p. 33.

9 Ball, *Bright Earth*, p. 299.

10 Pastoureau, *Green*, p. 190.

11 Dit mengsel wordt vaak koper-resinaat genoemd, eigenlijk een paraplubegrip voor een hele reeks mengsels van verdigris met harssoorten.

Absint

1 K. MacLeod, inleiding tot M. Corelli, *Wormwood: A Drama of Paris* (New York: Broadview, 2004), p. 44.

2 P.E. Prestwick, 'Temperance in France: The Curious Case of Absinth [sic]', in: *Historical Refections*, deel 6, nr. 2 (winter 1979), p. 302.

3 Ibid., pp. 301-302.

4 'Absinthe', in: *The Times* (4 mei 1868).

5 'Absinthe and Alcohol', in: *Pall Mall Gazette* (1 maart 1869).

6 Prestwich, 'Temperance in France', p. 305.

7 F. Swigonsky, 'Why was Absinthe Banned for 100 Years?', Mic.com (22 juni 2013) Te vinden op: http://mic.com/articles/50301/ why-was-absinthe-banned-for-100-years-a-mystery-as-murky-as-the-liquor-itself#.NXpx3nWbh (bezocht op 8 januari 2016).

Smaragd

1 Gierigheid – groen; afgunst en jaloezie – geel; trots en lust – rood; woede – zwart; luiheid – blauw of wit. Pastoureau, *Green*, p. 121.

2 Ibid., pp. 56, 30.

3 B. Bornell, 'The Long, Strange Saga of the 180,000-Carat Emerald: The Bahia Emerald's Twist-Filled History', in: *Bloomberg Businessweek* (6 maart 2015).

Kellygroen

1 Kelly is een bekende Ierse achternaam, en daar is de kleur naar genoemd. Over de oorsprong van de naam zelf is veel discussie. Volgens sommigen stond het oorspronkelijk voor krijger; volgens anderen voor een religieus persoon.

2 Zie voor de volledige tekst: www.confessio.ie

3 A. O'Day, *Reactions to Irish Nationalism 1865-1914* (Londen: Hambledon Press, 1987), p. 5.

4 Pastoureau, *Green*, pp. 174-175.

5 O'Day, *Reactions to Irish Nationalism*, p. 3.

Scheeles groen

1 Ball, *Bright Earth*, p. 173.

2 Ibid.

3 P.W.J. Bartrip, 'How Green was my Valence? Environmental Arsenic Poisoning and the Victorian Domestic Ideal', in: *The English Historical Review*, deel 109, nr. 433 (september 1994), p. 895.

4 'The Use of Arsenic as a Colour', *The Times* (4 september 1863).

5 Bartrip, 'How Green was my Valence?', pp. 896, 902.

6 G.O. Rees, brief aan *The Times* (16 juni 1877).

7 Harley, *Artists' Pigments*, pp. 75-76.

8 Pastoureau, *Green*, p. 184.

9 Bartrip, 'How Green was my Valence?', p. 900.

10 W.J. Broad, 'Hair Analysis Deflates Napoleon Poisoning Theories', in: *The New York Times* (10 juni 2008).

Terre verte

1 Eastaugh et al., *Pigment Compendium*, p. 180.

2 Field, *Chromatography*, p. 129.

3 Delamare en Guineau, *Colour*, pp. 17-18.

4 Cennini, Crafsman's Handbook, p. 67.

5 Ibid., pp. 93-4.

6 Ibid., p. 27.

Avocado

1 K. Connolly, 'How US and Europe differ on Offshore drilling', BBC (18 mei 2010).

2 Eiseman en Recker, *Pantone*, pp. 135, 144.

3 Pastoureau, *Green*, p. 24.

4 J. Cartner-Morley, 'The Avocado is Overcado: How #Eatclean Turned it into a Cliché', in: *The Guardian* (5 oktober 2015).

Celadon

1 L.A. Gregorio, 'Silvandre's Symposium: The Platonic and the Ambiguous in L'Astrée', in: *Renaissance Quarterly*, deel 53, nr. 3 (najaar 1999), p. 783.

2 Salisbury, *Elephants Breath and London Smoke*, p. 46.

3 S. Lee, 'Goryeo Celadon', te vinden op http://www.metmuseum.org/toah/hd/cela/hdd_cela.htm (bezocht op 20 maart 2016).

4 Ibid.

5 J. Robinson, 'Ice and Green Clouds: Traditions of Chinese Celadon', in: *Archaeology*, deel 40, nr. 1 (januari-februari 1987) pp. 56-58.

6 Finlay, *Colour*, p. 286.

7 Robinson, 'Ice and Green Clouds: Traditions of Chinese Celadon', p. 59; uit Finlay, *Colour*, p. 271.

8 Finlay, *Colour*, p. 273.

Bruin

1 Genesis, 3:19, NBG.

2 Ball, *Bright Earth*, p. 200.

3 Eastaugh et al., *Pigment Compendium*, p. 55.

4 M.P. Merrifield, *The Art of Fresco Painting in the Middle Ages and Renaissance* (Mineola, NY: Dover Publications, 2003).

5 'Miracles Square', OpaPisa website, te vinden op: www.opapisa.it/en/miracles- square/sinopie-museum/the-recovery-of-the-sinopie.html (bezocht op 20 oktober 2015).

6 Ball, *Bright Earth*, p. 152.

7 Martin Boswell, Imperial War Museum, privécorrespondentie.

Kaki

1 Dit gold met name voor hun chemische industrie, dankzij de technische vooruitgang in het fabriceren van aniline kleurstoffen. Groot-Brittannië was zo afhankelijk geworden van de Duitse verfindustrie dat het tijdens de Tweede Wereldoorlog bijna niet in staat was om de eigen legeruniformen kaki te verven: het was Duitsland dat de kleurstoffen produceerde.

2 Richard Slocombe, Imperial War Museum; privécorrespondentie.

3 J. Tynan, *British Army Uniform and the First World War: Men in Khaki* (Londen: Palgrave Macmillan, 2013), pp. 1-3.

4 William Hodson, onderbevelhebber van de Guides, uit: ibid., p. 2.

5 Martin Boswell, Imperial War Museum; privécorrespondentie.

6 J. Tynan, 'Why First World War Soldiers Wore Khaki', in: *World War I Centenary from the University of Oxford*, te vinden op: http:// ww1centenary.oucs.ox.ac.uk/material/why-first-world-war-soldiers-wore-khaki/ (bezocht op 11 oktober 2015.) In 1914 waren officieren makkelijk van gewone soldaten te onderscheiden door hun speciale kleding,

zoals hoge leren laarzen, en, zoals Paul Fussell het formuleert in *The Great War and Modern Memory* (Oxford University Press, 2013), 'melodramatisch gesneden rijbroek'. Hierdoor waren ze een makkelijk doelwit; al snel kozen zij ook voor een gewoon kaki uniform, net als alle anderen.

7 A. Woollacott '"Khaki Fever" and its Control: Gender, Class, Age and Sexual Morality on the British Homefront in the First World War', in: *Journal of Contemporary History*, deel 29, nr. 2 (april 1994), pp. 325-326.

8 Marie Lloyd, bekend als de 'koningin van de music hall', zong tijdens optredens in 2015 geregeld het populaire 'Now You've Got Yer Khaki On', waarvan de boodschap was dat een man aantrekkelijker werd als hij kaki droeg.

Buff

1 Salisbury, *Elephant's Breath and London Smoke*, p. 36.

2 Norris, *Tudor Costume and Fashion*, pp. 559, 652.

3 G.C. Stone, *A Glossary of the Construction, Decoration and Use of Arms and Armor in All Countries and in All Times* (Mineola, NY: Dover Publications, 1999), p. 152.

4 E.G. Lengel (red.), *A Companion to George Washington* (Londen: Wiley-Blackwell, 2012).

5 Tot dan toe hadden de koloniën hun stoffen voornamelijk uit Groot-Brittannië betrokken; het was voor de Amerikanen moeilijk om aan uniformen te komen tijdens de oorlog en er was een voortdurende worsteling om de mannen goed gekleed te houden. Toen op Nieuwjaarsdag 1778 de HMS Symmetry werd buitgemaakt, die geladen was met voorraden, waaronder 'Scarlet, Blue and Buff' stoffen, ging er dan ook algemeen gejuich op (gevolgd door heftige discussies over waar de stoffen naartoe zouden gaan).

6 J.C. Fitzpatrick (red.), *The Writings of George Washington from the Original Manuscript Sources*, (1745-1799, deel 7 (Washington, DC: Government Printing Office, 1939), pp. 452-453.

7 B. Leaming, *Jack Kennedy: The Education of a Statesman* (New York: W.W. Norton, 2006), p. 360.

Fallow

1 P.F. Baum (vert.), *Anglo-Saxon Riddles of the Exeter Book* (Durham, NC: Duke University Press, 1963), p. v.

2 Raadsel 44: 'Splendidly it hangs by a man's thigh, / under the master's cloak. In front is a hole. / It is stiff and hard . . .' [Prachtig hangt hij langs een mannendij, / onder de mantel van de heer. Vóór hem is een gat. / Hij is stijf en hard ...] Antwoord? Een sleutel.

3 J.I. Young, 'Riddle 15 of the Exeter Book', in: *Review of English Studies*, deel 20, nr. 80 (oktober 1944), p. 306.

4 Baum (vert.), *Anglo-Saxon Riddles of the Exeter Book*, p. 26.

5 Maerz en Paul, *Dictionary of Colour*, pp. 46-47

6 J. Clutton-Brock, Clutton-Brock, J., *A Natural History of Domesticated Mammals* (Cambridge University Press, 1999), pp. 203-204.

7 Baum (vert.), *Anglo-Saxon Riddles of the Exeter Book*, pp. 26-27.

8 Young, 'Riddle 15 of the Exeter Book', p. 306.

Russet

1 Maerz en Paul, *Dictionary of Colour*, pp. 50-51.

2 S.K. Silverman, 'The 1361 English Sumptuary Law: A Comparison With Fabric Prices of the Late Fourteenth Century', afstudeerscriptie voor Ohio State University (2011), p. 60.

3 R.H. Britnell, *Growth and Decline in Colchester, 1300-1525* (Cambridge University Press, 1986), p. 55.

4 'Russet' werd vanaf 1400 wel als bijvoeglijk naamwoord voor een kleur gebruikt, maar pas in de zestiende eeuw werd daarmee meer een bruin dan een grijs aangeduid. De Franciscanen, een kloosterorde die in de middeleeuwen zeer actief was in Europa, kregen hun bijnaam 'grijze monniken' vanwege hun gewoonte om een grijze pij te dragen, en die werd in Engeland 'russet' genoemd.

5 G.D. Ramsay, 'The Distribution of the Cloth Industry in 1561-1562', in: *English Historical Review*, deel 57, nr. 227 (juli 1942), pp. 361-362, 366.

6 Britnell, *Growth and Decline in Colchester*, p. 56.

7 S.C. Lomas (red.), *The Letters and Speeches of Oliver Cromwell, with Elucidations by Thomas Carlyle*, deel 1 (New York: G.P. Putnam's Sons, 1904), p. 154.

Sepia

1 R.T. Hanlon en J.B. Messenger, *Cephalopod Behaviour* (Cambridge University Press, 1996, p. 25.

2 C. Ainsworth Mitchell, 'Inks, from a Lecture Delivered to the Royal Society', in: *Journal of the Royal Society of Arts*, deel 70, nr. 3637 (augustus 1922), p. 649.

3 Ibid.

4 M. Martial, *Selected Epigrams*, vert. S. McLean (Madison, WI: University of Wisconsin Press, 2014), pp. xv-xvi.

5 Ibid., p. 11.

6 C.C. Pines, 'The Story of Ink', in: *American Journal of Police Science*, deel 2, nr. 4 (juli/augustus 1931), p. 292.

7 Field, *Chromatography*, pp 162-163.

Omber

1 A. Sooke, 'Caravaggio's Nativity: Hunting a Stolen Masterpiece', BBC.com (23 december 2013), te vinden op: www.bbc.com/culture/story/20131219-hunting-a-stolen-masterpiece (bezocht op 13 oktober 2015); J. Jones, 'The Masterpiece that May Never be Seen Again', in: *The Guardian* (22 december 2008), te vinden op: www.theguardian.com/artanddesign/2008/dec/22/caravaggio-art-mafia-italy (gevonden 13 oktober 2015).

2 Ball, *Bright Earth*, pp. 151-152.

3 Field, *Chromatography*, p. 143.

4 Finlay, *Brilliant History of Colour in Art*, pp. 8-9.

5 Ball, *Bright Earth*, pp. 162-163.

6 Jones, 'Masterpiece that may Never be Seen Again'.

7 'Nativity' blijft op de lijst onopgeloste misdaden van de FBI staan.

Mummiebruin

1 S. Woodcock, 'Body Colour: The Misuse of Mummy', in: *The Conservator*, deel 20, nr. 1 (1996), p. 87.

2 Lucas en Harris, *Ancient Egyptian Materials and Industries*, p. 303.

3 Giovanni d'Athanasi vermeldde het treurige lot van het onvoldoende bedeelde lichaam van de gouverneur van Thebe in zijn boek uit 1836: 'Een Engelse reiziger had net de mummie van de gouverneur van Thebe gekocht, maar onderweg naar Caïro bedacht hij dat er misschien gouden munten in de mummie zouden zitten en daarom liet hij die openmaken, en toen hij niet vond waar hij op had gehoopt, wierp hij het lichaam in de Nijl... Dat was het lot van de stoffelijke resten van de gouverneur van Thebe.' (p. 51).

4 P. McCouat, 'The Life and Death of Mummy Brown', in: *Journal of Art in Society* (2013), te vinden op: www.artinsociety.com/ the-life-and-death-of-mummy-brown.htm/ (bezocht op 8 oktober 2015).

5 Ibid.

6 Ibid.

7 Woodcock, 'Body Colour', p. 89.

8 G.M. Languri en J.J. Boon, 'Between Myth and Reality: Mummy Pigment from the Hafkenscheid Collection', in: *Studies in Conservation*, deel 50, nr. 3 (2005), p. 162; Woodcock, 'Body Colour', p. 90.

9 Languri en Boon, 'Between Myth and Reality', p. 162.

10 McCouat, 'Life and Death of Mummy Brown'.

11 R. White, 'Brown and Black Organic Glazes, Pigments and Paints', in: *National Gallery Technical Bulletin*, deel 10 (1986), p. 59; E.G. Stevens (1904), uit Woodcock, 'Body Colour', p. 89.

12 Kritiek op het gebruik van mummies in de medische wetenschap was al veel eerder opgekomen. In 1658 had filosoof sir Thomas Browne het 'walgelijk vampirisme' genoemd: 'De Egyptische mummies die door Cambyses of door de tijd zijn gespaard, worden nu opgebruikt door hebzucht. Mummie is handelswaar geworden.'

13 Dagboek van Georgiana Burne-Jones, uit Woodcock, 'Body Colour', p. 91.

14 McCouat, 'Life and Death of Mummy Brown'.

15 'Techniques: The Passing of Mummy Brown', *Time* (2 oktober 1964), te vinden op: http://content.time.com/time/ subscriber/ article/0,33009,940544,00.html (bezocht op 9 oktober 2015).

Taupe

1 'The British Standard Colour Card', in: *Journal of the Royal Society of Arts*, deel 82, nr. 4232 (december 1933), p. 202.

2 Het op een systematische manier ordenen en in kaart brengen van kleuren is een lange en frusterende aangelegenheid geweest, die begon met het eerste kleurenwiel in *Opticks* van Newton (1704) en tot op de dag van vandaag doorgaat. Een gedetailleerd verslag is te vinden in Ball, *Bright Earth*, pp. 40-54.

3 Maerz en Paul, *Dictionary of Colour*, p. v.

4 'The British Standard Colour Card', p. 201.

5 Maerz en Paul, *Dictionary of Colour*, p. 183.

Zwart

1 M. Pastoureau, *Black: The History of a Colour*, vert. J. Gladding (Princeton University Press, 2009), p. 12.

2 Ball, *Bright Earth*, p. 206.

3 J. Harvey, *Story of Black*, p. 25.

4 E. Paulicelli, *Writing Fashion in Early Modern Italy: From Sprezzatura to Satire* (Farnham: Ashgate, 2014), p. 78.

5 Pastoureau, *Black*, pp. 26, 95-96.

6 Ibid., p. 102.

7 L.R. Poos, *A Rural Society after the Black Death: Essex 1350-1525* (Cambridge University Press, 1991), p. 21.

8 Pastoureau, *Black*, p. 135.

9 Zwart is populair gebleven, tenminste bij de meeste mensen: Oscar Wilde schreef in 1891 een brief aan de *Daily Mail* om te klagen over dat 'zwarte uniform... een sombere, saaie en deprimerende kleur'.

10 S. Holtham en F. Moran, 'Five Ways to Look at Malevich's Black Square', Tate Blog, te vinden op www.tate.org.uk/context-comment/articles/ five-ways-to-look-Malevich-Black-Square (bezocht op 8 oktober 2015).

Kohl

1 T. Whittemore, 'The Sawâma Cemetaries', in: *Journal of Egyptian Archaeology*, deel 1, nr. 4 (oktober 1914), pp. 246-247.

2 R. Kreston, 'Ophthalmology of the Pharaohs: Antimicrobial Kohl Eyeliner in Ancient Egypt', *Discovery Magazine* (april 2012), te vinden op: http://blogs.discovermagazine.com/ bodyhorrors/2012/04/20/ophthalmology-of-the-pharaohs/ (bezocht op 24 september 2015).

3 Ibid.

4 K. Ravilious, 'Cleopatra's Eye Makeup Warded off Infections?', *National Geographic News* (15 januari 2010), te vinden op: http://news/nationalgeographic.com/ news/2010/01/100114- cleopatra-eye-makeup-ancient- egyptians/ (bezocht op 24 september 2015); Kreston, 'Ophthalmology of the Pharaohs'.

Paynes grijs

1 A. Banerji, *Writing History in the Soviet Union: Making the Past Work* (New Delhi: Esha Béteille, 2008), p. 161.

2 B.S. Long, 'William Payne: Water-Colour Painter Working 1776-1830', in: *Walker's Quarterly*, nr. 6 (januari 1922), te vinden op: http://archive.org/stream/williampaynewate 001onguoft, pp. 3-13.

3 Ibid., pp. 6-8.

Obsidiaan

1 British Museum, 'Dr Dee's Mirror', www. britishmuseum.org/explore/highlights/ highlight_objects/pe_mla/d/dr_dees_mirror. aspx (bezocht op 6 oktober 2015).

2 J. Harvey, *The Story of Black* (Londen: Reaktion Books, 2013), p. 19.

3 British Museum, 'Dr Dee's Mirror'.

4 C.H. Josten, 'An Unknown Chapter in the life of John Dee', in: *Journal of the Warburg and Courtauld Institutes*, deel 28 (1965), p. 249. Dee vergat er een aantal, die in een geheime la verborgen lagen. Toen ze na zijn dood werden ontdekt, ging een keukenmeid ze gebruiken als bakvorm voor taarten. Wonderbaarlijk genoeg hebben enkele papieren de vlammen en het gebak overleefd, waaronder Dees meelijwekkende verslag van deze verwoesting – hij noemde het een 'holocaust'. Een volledig transcript hiervan is te vinden in ibid., pp 223-257.

5 Pastoureau, *Black*, pp. 137-139.

6 J.A. Darling, 'Mass Inhumation and the Execution of Witches in the American Southwest', in: *American Anthropologist*, deel 100, nr. 3 (september 1998), p. 738; Zie ook S. F. Hodgson, 'Obsidian, Sacred Glass from the California Sky', in: Piccardi and Masse (red.), *Myth and Geology*, pp. 295-314.

7 R. Gulley, *The Encyclopedia of Demons and Demonology* (New York: Visionary Living, 2009), p. 122; British Museum, 'Dr Dee's Mirror'.

Inkt

1 Vertaling van UCL online; zie: ucl.ac.uk/museums-static/digitalegypt/literature/ptahhotep.html

2 Delamare en Guineau, *Colour*, pp. 24-25.

3 Ibid., p. 25.

4 C.C. Pines, 'The Story of Ink', in: *The American Journal of Police Science*, deel 2, nr. 4 (juli/augustus 1931), p. 291.

5 Finlay, *Colour*, p. 99.

6 Pastoureau, *Black*, p. 117.

7 Rijksdienst voor het Cultureel Erfgoed, de website van Iron Gall Ink, te vinden op: http://irongallink.org/igi_indexc752.html (bezocht op 29 september 2015), p. 102.

8 Delamare en Guineau, *Colour*, p. 141.

9 Finlay, *Colour*, p. 102.

10 Bucklow, *Alchemy of Paint*, pp. 40-41.

Houtskool

1 P.G. Bahn en J. Vertut, *Journey Through the Ice Age* (Berkeley, CA: University of California Press, 1997, p. 22.

2 M. Rose, '"Look, Daddy, Oxen!": The Cave Art of Altamira', in: *Archaeology*, deel 53, nr. 3 (mei/juni 2000), pp. 68-69.

3 H. Honour en J. Flemming, *A World History of Art* (Londen: Laurence King, 2005), p. 27; Bahn en Vertut, *Journey through the Ice Age*, p. 17.

4 Honour en Flemming, *A World History of Art*, pp. 27-28.

5 A. Bhatia, 'Why Moths Lost their Spots, and Cats don't like Milk: Tales of Evolution in our Time', in: *Wired* (mei 2011).

Git

1 A.L. Luthi, *Sentimental Jewellery: Antique Jewels of Love and Sorrow* (Gosport: Ashford Colour Press, 2007), p. 19.

2 J. Munby, 'A Figure of Jet from Westmorland', in: *Britannia*, deel 6 (1975), p. 217.

3 Luthi, *Sentimental Jewellery*, p. 17.

4 L. Taylor, *Mourning Dress: A Costume and Social History* (Londen: Routledge Revivals, 2010), p. 129.

5 Ibid., p. 130.

6 Ibid., p. 129.

Melanine

1 Men schat dat het aantal gevallen van huidkanker bij blanke mensen verdubbelt met elke 10 breedtegraden richting evenaar.

2 R. Kittles, 'Nature, Origin, and Variation of Human Pigmentation', in: *Journal of Black Studies*, deel 26, nr. 1 (september 1995), p. 40.

3 Harvey, *Story of Black*, pp. 20-21.

4 Pastoureau, *Black*, pp. 37-38.

5 Knowles (red.), *The Oxford Dictionary of Quotations*, p. 417.

6 Harvey, *Story of Black*, p. 23.

7 M. Gilbert, *Churchill: A Life* (Londen: Pimlico, 2000), p. 230.

Pikzwart

1 De oude Grieken noemden haar de 'Zwarte Nyx' en ze werd ook wel beschreven als 'zwartvleugelig' of 'duister gekleed'. Meer dan duizend jaar later riep Shakespeare een beeld op dat daar verrassend veel op lijkt: hij noemde het 'duistere Nacht', en had het over het 'zwarte gewaad' daarvan.

2 Pastoureau, *Black*, pp. 21, 36.

3 Harvey, *Story of Black*, pp. 29, 32. Ondanks haar angstaanjagende verschijning voelen Kali's gelovigen zich toch vrij om naar haar tempel te gaan, als ze zich door haar in de steek gelaten voelen. En ze bestoken haar dan niet met bloemen en wierook, maar met vloeken en uitwerpselen.

4 Ibid., p. 41.

5 Pastoureau, *Black*, p. 28.

6 Harvey, Story of Black, p. 29.

Bibliografie en verder lezen

Wil je meer weten over de kleurenwetenschap en over de koortsachtige opwinding die de anilinerevolutie veroorzaakte, dan kun je je hart ophalen bij *Bright Earth* van Philip Ball en *Mauve* van Simon Garfield. Heb je zin om samen met een enthousiaste gids op ontdekkingsreis te gaan naar bijzondere kleuren over de hele wereld, dan hoef je alleen maar *Colour* van Victoria Finlay open te slaan. En ben je vooral geïnteresseerd in de donkere kant van het verhaal, dan verwijs ik je graag naar de zeer verhelderende monografie *Black*, van Michel Pastoureau – mijn favoriet onder zijn boeken die telkens over één kleur gaan – en naar *The Story of Black* van John Harvey.

A

Ainsworth, C.M., 'Inks, from a Lecture Delivered to the Royal Society', *Journal of the Royal Society of Arts* 70, nr. 3637 (augustus 1922), pp. 647-660.

Albers, J., *Interaction of Colour*, 50th Anniversary Edition (New Haven, CT: Yale University Press, 1963).

Alexander, H., 'Michelle Obama: The "Nude" Debate', *Telegraph* (19 mei 2010).

Allaby, M., *Plants: Food Medicine and Green Earth* (New York: Facts on File, 2010).

Allen, N., 'Judge to Decide who Owns £250 Million Bahia Emerald', *Telegraph* (24 september 2010).

Alter, A.L., *Drunk Tank Pink, and other Unexpected Forces that Shape How we Think, Feel and Behave* (Londen: Oneworld, 2013).

Aristoteles, *Complete Works* (New York: Delphi Classics, 2013).

B

Bahn, P.G. en **J. Vertut**, *Journey Through the Ice Age* (Berkeley, CA: University of California Press, 1997).

Balfour-Paul, J., *Indigo: Egyptian Mummies to Blue Jeans* (Londen: British Museum Press, 2000).

Balfour-Paul, J., *Deeper than Indigo: Tracing Thomas Machell, Forgotten Explorer* (Surbiton: Medina, 2015).

Ball, P., *Bright Earth: The Invention of Colour* (Londen: Vintage, 2008).

Banerji, A., *Writing History in the Soviet Union: Making the Past Work* (New Delhi: Esha Béteille, 2008).

Bartrip, P.W.J., 'How Green was my Valence? Environmental Arsenic Poisoning and the Victorian Domestic Ideal', *The English Historical Review* 109, nr. 433 (september 1994).

Barzini, L., *Pekin to Paris: An Account of Prince Borghese's Journey Across Two Continents in a Motor-Car*, vert. L.P. de Castelvecchio (Londen: E. Grant Richards, 1907). In het Nederlands verschenen als *Van Peking naar Parijs: Een avontuurlijke autotocht dwars door twee continenten, 1907* (Baarn: Hollandia, 1987).

Batchelor, D., *Chromophobia* (Londen: Reaktion Books, 2000).

Baum, P.F., (vert.), *Anglo-Saxon Riddles of the Exeter Book* (Durham, NC: Duke University Press, 1963).

Beck, C.W., 'Amber in Archaeology', *Archaeology* 23, nr. 1 (januari 1970), pp. 7-11.

Bemis, E., *The Dyers Companion*, 2e druk (Mineola, NY: Dover Publications, 1973).

Berger, K., 'Ingenious: Mazviita Chirimuuta', *Nautilus* (juli 2005).

Bessborough, graaf van (red.), *Georgiana: Extracts from the Correspondence of Georgiana, Duchess of Devonshire* (Londen: John Murray, 1955).

Bhatia, A., 'Why Moths Lost their Spots, and Cats don't like Milk: Tales of Evolution in our Time', *Wired* (mei 2011).

Billinge, R. en **L. Campbell**, 'The Infra-Red Reflectograms of Jan van Eyck's Portrait of Giovanni(?) Arnolfini and his Wife Giovanna Cenami(?)', *National Gallery Technical Bulletin* 16 (1995), pp. 47-60.

Blau, R., 'The Light Therapeutic', *Intelligent Life* (mei/juni 2014), pp. 62-71.

Blumberg, J., 'A Brief History of the Amber Room', Smithsonian.com (31 juli 2007).

Bolton, E., *Lichens for Vegetable Dyeing* (McMinnville, OR: Robin & Russ, 1991).

Bornell, B., 'The Long, Strange Saga of the 180,000-Carat Emerald: The Bahia Emerald's Twist-Filled History', *Bloomberg Businessweek* (6 maart 2015).

Brachfeld, A. en **M. Choate**, 'Eat Your Food!' *Gastronomical Glory from Garden to Glut.* (Colorado: Coastalfields, 2007).

Brassaï, *Conversations with Picasso*, vert. J.M. Todd (Chicago: University of Chicago Press, 1999). In het Nederlands verschenen als *Gesprekken met Picasso* (Amsterdam: De Arbeiderspers, 1988).

British Museum, 'Dr Dee's Mirror'.

Britnell, R.H., *Growth and Decline in Colchester, 1300-1525* (Cambridge University Press, 1986).

Broad, W.J., 'Hair Analysis Deflates Napoleon Poisoning Theories', *The New York Times* (10 juni 2008).

Brody, J.E., 'Ancient, Forgotten Plant now "Grain of the Future"', *The New York Times* (16 oktober 1984).

Brunwald, G., 'Laughter was Life', *The New York Times* (2 oktober 1966).

Bucklow, S., *The Alchemy of Paint: Art, Science and Secrets from the Middle Ages* (Londen: Marion Boyars, 2012).

Burdett, C., 'Aestheticism and Decadence', British Library Online.

Bureau of Indian Standards, 'Flag Code of India'.

Burrows, E.G. en **M. Wallace**, *Gotham: A History of New York City to 1898* (Oxford University Press, 1999).

C

Carl, K.A., *With the Empress Dowager of China* (New York: Routledge, 1905).

Carl, K.A., 'A Personal Estimate of the Character of the Late Empress Dowager, Tze-'is', *Journal of Race Development* 4, nr. 1 (juli 1913), pp. 58-71.

Cartner-Morley, J., 'The Avocado is Overcado: How #Eatclean Turned it into a Cliché', *The Guardian* (5 oktober 2015).

Carus-Wilson, E.M., 'The English Cloth Industry in the Late Twelfth and Early Thirteenth Centuries', *Economic History Review* 14, nr. 1 (1944), pp. 32-50.

Cassidy, T., *Environmental Psychology: Behaviour and Experience in Context* (Hove: Routledge Psychology Press, 1997).

Cennini, C., *The Craftsman's Handbook*, deel 2,. vert. D.V. Thompson (Mineola, NY: Dover Publications, 1954). In het Nederlands verschenen als *Het handboek van de kunstenaar* (Amsterdam: Contact, 2001).

Chaker, A.M., 'Breaking Out of Guacamole to Become a Produce Star', *Wall Street Journal* (18 september 2012).

Chang, J., *Empress Dowager Cixi: The Concubine who Launched Modern China* (Londen: Vintage, 2013). In het Nederlands verschenen als *De keizerin* (Amsterdam: Boekerij, 2014).

Chirimutta, M., *Outside Colour: Perceptual Science and the Puzzle of Colour in Philosophy.* (Cambridge, MA: MIT Press, 2015).

Choi, C.Q., '230-Million-Year-Old Mite Found in Amber', *LiveScience* (27 augustus 2012).

Clarke, K., 'Reporters see Wrecked Buddhas', BBC News (26 maart 2001).

Clarke, M., 'Anglo Saxon Manuscript Pigments', *Studies in Conservation* 49, nr. 4 (2004), pp. 231-244.

Clutton-Brock, J., *A Natural History of Domesticated Mammals* (Cambridge University Press, 1999).

Collings, M.R., *Gemlore: An Introduction to Precious and Semi-Precious Stones*, 2e druk (Rockville, MD: Borgo Press, 2009).

Colliss Harvey, J., *Red: A Natural History of the*

Redhead (Londen: Allen & Unwin, 2015). In het Nederlands verschenen als *Ginger: Het mysterie van roodharigen* (Houten: Terra, 2015).

Connolly, K., 'How US and Europe Differ on Offshore Drilling', BBC News (18 mei 2010).

Conrad, P., 'Girl in a Green Gown: The History and Mystery of the Arnolfini Portrait by Carola Hicks', in *The Guardian* (16 oktober 2011).

Copping, J., 'Beijing to Paris Motor Race Back on Course', *Daily Telegraph* (27 mei 2007).

Corelli, M., *Wormwood: A Drama of Paris* (New York: Broadview, 2004). In het Nederlands verschenen als *Alsem* (Amsterdam: L.J. Veen, 1924).

Cowper, M. (red.), *The Words of War: British Forces' Personal Letters and Diaries During the Second World War* (Londen: Mainstream Publishing, 2009).

Cumming, R., *Art Explained: The World's Greatest Paintings Explored and Explained* (Londen: Dorling Kindersley, 2007).

D

Daniels, V., **R. Stacey** en **A. Middleton**, 'The Blackening of Paint Containing Egyptian Blue,' *Studies in Conservation* 49, nr. 4 (2004), pp. 217-230.

Darling, J.A., 'Mass Inhumation and the Execution of Witches in the American Southwest', *American Anthropologist* 100, nr. 3 (september 1998), pp. 732-752.

D'Athanasi, G., *A Brief Account of the Researches and Discoveries in Upper Egypt, Made Under the Direction of Henry Salt, Esq.* (Londen: John Hearne, 1836).

Delamare, F. en **B. Guineau**, *Colour: Making and Using Dyes and Pigments* (Londen: Thames & Hudson, 2000).

Delistraty, C.C., 'Seeing Red', *The Atlantic* (5 december 2014).

Derksen, G.C.H. en **T.A. van Beek**, 'Rubia Tinctorum L.', *Studies in Natural Products Chemistry* 26 (2002) pp. 629-684.

Deutscher, G., *Through the Language Glass: Why the World Looks Different in Other* Languages (Londen: Arrow, 2010). In het Nederlands verschenen als *Door de bril van taal: Hoe woorden de wereld kleuren* (Houten: Spectrum, 2012).

Doll, J., 'The Evolution of the Emoticon', *The Wire* (19 september 2012).

Doran, S., *The Culture of Yellow, Or: The Visual Politics of Late Modernity* (New York: Bloomsbury, 2013).

Dusenbury, M. (red.), *Colour in Ancient and Medieval East Asia* (New Haven, CT: Yale University Press, 2015).

E

Eastaugh, N., **V. Walsh**, **T. Chaplin** en **R. Siddall**, *Pigment Compendium: A Dictionary and Optical Microscopy of Historical Pigments* (Oxford: Butterworth-Heinemann, 2008).

Eckstut, J. en **A. Eckstut**, *The Secret Language of Color* (New York: Black Dog & Leventhal, 2013).

The Economist, 'Bones of Contention' (29 augustus 2015).

The Economist, 'Going Down' (11 augustus 2014).

The Economist, 'The Case Against Tipping' (26 oktober 2015).

The Economist, 'Why do Indians Love Gold?' (20 november 2013).

Edmonds, J., *The History of Woad and the Medieval Woad Vat* (Lulu.com, 2006).

Edmonds, J., *Medieval Textile Dyeing* (Lulu.com, 2012).

Edmonds, J., *Tyrian or Imperial Purple Dye* (Lulu.com, 2002).

Eiseman, L. en **E.P. Cutler**, *Pantone on Fashion: A Century of Colour in Design* (San Francisco, CA: Chronicle Books, 2014).

Eiseman, L. en **K. Recker**, *Pantone: The 20th Century in Colour* (San Francisco, CA: Chronicle Books, 2011).

Eldridge, L., *Face Paint: The Story of Makeup* (New York: Abrams Image, 2015).

Elliot, A.J. en **M.A. Maier**, 'Colour and Psychological Functioning', *Journal of Experimental Psychology* 136, nr. 1 (2007), pp. 250-254.

F

Field, G., *Chromatography: Or a Treatise on Colours and Pigments and of their Powers in Painting* (Londen: Forgotten Books, 2012).

Finlay, V., *Colour: Travels Through the Paintbox* (Londen: Sceptre, 2002). In het Nederlands verschenen als *Kleur: Een reis door de geschiedenis* (Amsterdam: Anthos, 2003).

Finlay, V., *The Brilliant History of Colour in Art* (Los Angeles, CA: Getty Publications, 2014).

Fitzpatrick, J.C. (red.), *The Writings of George Washington from the Original Manuscript Sources, 1745-1799*, deel 7 (Washington, DC: Government Printing Office, 1939).

Follett, T., 'Amber in Goldworking', *Archaeology* 38, nr. 2 (maart/april 1985), pp. 64-65.

Franklin, R., 'A Life in Good Taste: The Fashions and Follies of Elsie de Wolfe', *The New Yorker* (27 september 2004), p. 142.

Fraser, A., *Marie Antoinette: The Journey* (Londen: Phoenix, 2001). In het Nederlands verschenen als *Marie Antoinette: De biografie* (Amsterdam: Nieuw Amsterdam, 2006).

Friedman, J., *Paint and Colour in Decoration* (Londen: Cassell Illustrated, 2003).

Friedland, S.R. (red.), *Vegetables: Proceedings of the Oxford Symposium on Food and Cooking 2008* (Totnes: Prospect, 2009).

Fussell, P., *The Great War and Modern Memory* (Oxford University Press, 2013).

G

Gaetani, M.C., U. Santamaria en **C. Seccaroni**, 'The Use of Egyptian Blue and Lapis Lazuli in the Middle Ages: The Wall Paintings of the San Saba Church in Rome', *Studies in Conservation* 49, nr. 1 (2004), pp. 13-22.

Gage, J., *Colour and Culture: Practice and Meaning from Antiquity to Abstraction* (Londen: Thames & Hudson, 1995).

Gage, J., *Colour and Meaning: Art, Science and Symbolism* (Londen: Thames & Hudson, 2000).

Gage, J., *Colour in Art* (Londen: Thames & Hudson, 2006).

Gannon, M., '100-Million-Year-Old Spider Attack Found in Amber', *LiveScience* (8 oktober 2012).

Garfield, S., *Mauve: How One Man Invented a Colour that Changed the World* (Londen: Faber & Faber, 2000).

Gettens, R.J., R.L. Feller en **W.T. Chase**, 'Vermilion and Cinnabar', *Studies in Conservation* 17, nr. 2 (mei 1972), pp. 45-60.

Gettens, R J., E. West Fitzhugh en **R.L. Feller**, 'Calcium Carbonate Whites', *Studies in Conservation* 19, nr. 3 (augustus 1974), pp. 157-184.

Gilbert, M., *Churchill: A Life* (Londen: Pimlico, 2000).

Gilliam, J.E. en **D. Unruh**, 'The Effects of Baker-Miller Pink on Biological, Physical and Cognitive Behaviour', *Journal of Orthomolecular Medicine* 3, nr. 4 (1988), pp. 202-206.

Glazebrook, K. en **I. Baldry**, 'The Cosmic Spectrum and the Colour of the Universe', Johns Hopkins Physics & Astronomy Blog.

Goethe, J.W., *Theory of Colours*, vert. C.L. Eastlake (Londen: John Murray, 1840). In het Nederlands verschenen als *Kleurenleer* (Zeist: Vrij Geestesleven, 2009).

Gootenberg, P., *Andean Cocaine: The Making of a Global Drug* (Chapel Hill, NC: University of North Carolina Press, 2008).

Gorton, T., 'Vantablack Might not be the World's Blackest Material', *Dazed* (27 oktober 2014).

Goswamy, B.N., 'The Colour Yellow', *Tribune India* (7 september 2014).

Goswamy, B.N., *The Spirit of Indian Painting: Close Encounters with 101 Great Works 1100-1900* (Londen: Allen Lane, 2014).

Govan, F., 'Spanish Saffron Scandal as Industry Accused of Importing Cheaper Foreign Varieties', *Telegraph* (31 januari 2011).

Greenbaum, H. en **D. Rubinstein**, 'The Hand-Held Highlighter', *New York Times Magazine* (20 januari 2012).

Greenfield, A.B., *A Perfect Red: Empire, Espionage and the Quest for the Colour of Desire* (Londen: Black Swan, 2006).

Greenwood, K., *100 Years of Colour: Beautiful Images and Inspirational Palettes from a Century of Innovative Art, Illustration and Design* (Londen: Octopus, 2015).

Groom, N., *The Perfume Handbook* (Londen: Springer-Science, 1992).

Guéguen, N. en **C. Jacob**, 'Clothing Colour and Tipping: Gentlemen Patrons Give More Tips to Waitresses with Red Clothes', *Journal of Hospitality & Tourism Research*, geciteerd in Sage Publications/*Science Daily* (augustus 2012).

Guillim, J., *A Display of Heraldrie: Manifesting a More Easie Access to the Knowledge Therof Then Hath Hitherto been Published by Any, Through the Benefit of Method*, 4e druk (Londen: T.R., 1660).

Gunther, M., 'Van Gogh's Sunflowers may be Wilting in the Sun', *Chemistry World* (28 oktober 2015).

Gulley, R., *The Encyclopedia of Demons and Demonology* (New York: Visionary Living, 2009).

H

Hallock, J., *Preferences: Favorite Color*.

Hanlon, R.T. en **J.B. Messenger**, *Cephalopod Behaviour* (Cambridge University Press, 1996).

Harkness, D.E., *John Dee's Conversations with Angels: Cabala, Alchemy, and the End of Nature* (Cambridge University Press, 1999).

Harley, R.D., *Artists' Pigments c. 1600-1835* (Londen: Butterworths 1970).

Harvard University Library Open Collections Program, 'California Gold Rush'.

Harvey, J., *The Story of Black* (Londen: Reaktion Books, 2013).

Heather, P.J., 'Colour Symbolism: Part I', in *Folklore* 59, nr. 4 (december 1948), pp. 165-183.

Heather, P.J., 'Colour Symbolism: Part IV', in *Folklore* 60, nr. 3 (september 1949), pp. 316-331.

Heller, S., 'Oliver Lincoln Lundquist, Designer, is Dead at 92', *The New York Times* (3 januari 2009).

Herbert, W., *A History of the Species of Crocus* (Londen: William Clower & Sons, 1847).

Hicks, C., *Girl in a Green Gown: The History and Mystery of the Arnolfini Portrait* (Londen: Vintage, 2012).

Hodgson, S.F., 'Obsidian, Sacred Glass from the California Sky', in L. Piccardi en W.B. Masse (red.), *Myth and Geology* (Londen: Geographical Society, 2007), pp. 295-314.

Hoeppe, G., *Why the Sky is Blue: Discovering the Colour of Life*, vert. J. Stewart (Princeton University Press, 2007).

Holtham, S. en **F. Moran**, 'Five Ways to Look at Malevich's Black Square', Tate Blog.

Honour, H. en **J. Fleming**, *A World History of Art* (Londen: Laurence King, 2005). In het Nederlands verschenen als *Algemene kunstgeschiedenis* (Amsterdam: Meulenhoff, 2009).

Hooker, W.J. (red.), *Companion to the Botanical Magazine*, deel 2 (Londen: Samuel Curtis, 1836).

Humphries, C., 'Have We Hit Peak Whiteness?', *Nautilus* (juli 2015).

I

Iron Gall Ink-website

J

Jackson, H., 'Colour Determination in the Fashion Trades', *Journal of the Royal Society of the Arts* 78, nr. 4034 (maart 1930), pp. 492-513.

Johnson, K., 'Medieval Foes with Whimsy', *The New York Times* (17 november 2011), p. 23.

Jones, J., 'The Masterpiece that May Never be Seen Again', *The Guardian* (22 december 2008).

Josten, C.H., 'An Unknown Chapter in the Life of John Dee', *Journal of the Warburg and Courtauld Institutes* 28 (1965), pp. 223-257.

Journal of the Royal Society of Arts, 'The British Standard Colour Card', deel 82, nr. 4232 (december 1933), pp. 200-202.

Just-Style, 'Just-Style Global Market Review of Denim and Jeanswear – Forecasts to 2018' (november 2012).

K

Kahney, L., *Jony Ive: The Genius Behind Apple's Greatest Products* (Londen: Penguin, 2013). In het Nederlands verschenen als *Jony Ive: Het genie achter de producten van Apple* (Utrecht: LeV., 2013).

Kapoor, A., interview in *Artforum* (3 april 2015).

Kiple, K.F. en **K.C. Ornelas** (red.), *The Cambridge World History of Food*, deel 1 (Cambridge University Press, 2000).

Kipling, R., *Something of Myself and Other Autobiographical Writings*, red. T. Pinney

(Cambridge University Press, 1991).

Kittles, R., 'Nature, Origin, and Variation of Human Pigmentation', *Journal of Black Studies* 26, nr. 1 (september 1995), pp. 36-61.

Klinkhammer, B., 'After Purism: Le Corbusier and Colour', *Preservation Education & Research* 4 (2011), pp. 19-38.

Konstantinos, *Werewolves: The Occult Truth* (Woodbury: Llewellyn Worldwide, 2010).

Kowalski, M.J., 'When Gold isn't Worth the Price', *The New York Times* (6 november 2015), p. 23.

Kraft, A., 'On Two Letters from Caspar Neumann to John Woodward Revealing the Secret Method for Preparation of Prussian Blue', *Bulletin of the History of Chemistry* 34, nr. 2 (2009), pp. 134-140.

Kreston, R., 'Ophthalmology of the Pharaohs: Antimicrobial Kohl Eyeliner in Ancient Egypt', *Discovery Magazine* (april 2012).

Kühn, H., 'Lead-Tin Yellow', *Studies in Conservation* 13, nr. 1 (febr. 1968), pp. 7-33.

L

Lallanilla, M., 'Chernobyl: Facts About the Nuclear Disaster', *LiveScience* (25 september 2013).

Languri, G.M. en **J.J. Boon**, 'Between Myth and Reality: Mummy Pigment from the Hafkenscheid Collection', *Studies in Conservation* 50, nr. 3 (2005), pp. 161-178.

Larson, E., 'The History of the Ivory Trade', *National Geographic* (25 febr. 2013).

Leaming, B., *Jack Kennedy: The Education of a Statesman* (New York: W.W. Norton, 2006).

Lee, R.L., 'Cochineal Production and Trade in New Spain to 1600', *The Americas* 4, nr. 4 (april 1948), pp. 449-473.

Le Corbusier en **A. Ozenfant**, 'Purism', in R.L. Herbert (red.), *Modern Artists on Art* (Mineola, NY: Dover Publications, 2000) pp. 63-64.

Le Gallienne, R., 'The Boom in Yellow', in *Prose Fancies* (Londen: John Lane, 1896).

Lengel, E.G. (red.), *A Companion to George Washington* (Londen: Wiley-Blackwell, 2012).

Lightweaver, C. (red.), *Historical Painting Techniques, Materials, and Studio Practice* (New York: Getty Conservation Institute, 1995).

Litzenberger, C., *The English Reformation and the Laity: Gloucestershire, 1540-1589* (Cambridge University Press, 1997).

Loeb McClain, D., 'Reopening History of Storied Norse Chessmen', *The New York Times* (8 september 2010), p. 2.

Lomas, S.C. (red.), *The Letters and Speeches of Oliver Cromwell, with Elucidations by Thomas Carlyle*, deel I (New York: G.P. Putnam's Sons, 1904).

Lomazzo, G., *A Tracte Containing the Artes of Curious Paintinge, Caruinge & Buildinge*, vert. R. Haydock (Oxford, 1598).

Long, B.S., 'William Payne: Water-Colour Painter Working 1776-1830', *Walker's Quarterly* 6 (januari 1922), pp. 3-39.

Loos, A., *Gentlemen Prefer Blondes: The Illuminating Diary of a Professional Lady* (New York: Liveright, 1998). In het Nederlands verschenen als *Heren houden van blondjes: Het verhelderende dagboek van een meisje uit het vak* (Bussum: Villa, 1982).

Lucas, A. en **J.R. Harris**, *Ancient Egyptian Materials and Industries*, 4e druk (Mineola, NY: Dover Publications, 1999).

Luthi, A.L., *Sentimental Jewellery: Antique Jewels of Love and Sorrow* (Gosport: Ashford Colour Press, 2007).

M

Madeley, G., 'So is Kate Expecting a Ginger Heir?', *Daily Mail* (20 december 2012).

Maerz, A. en **M.R. Paul**, *A Dictionary of Colour* (New York: McGraw-Hill, 1930).

Maglaty, J., 'When Did Girls Start Wearing Pink?', Smithsonian.com (7 april 2011).

Martial, M., *Selected Epigrams*, vert. S. McLean (Madison, WI: University of Wisconsin Press, 2014).

Mathews, T.F. en **A. Taylor**, *The Armenian Gospels of Gladzor: The Life of Christ Illuminated* (Los Angeles, CA: Getty Publications, 2001).

McCouat, P. 'The Life and Death of Mummy Brown', *Journal of Art in Society* (2013).

McKeich, C., 'Botanical Fortunes: T.N. Mukharji, International Exhibitions, and Trade

Between India and Australia', *Journal of the National Museum of Australia* 3, nr. 1 (maart 2008), pp. 1-12.

McKie, R. en **V. Thorpe**, 'Top Security Protects Vault of Priceless Gems', *Guardian* (11 november 2007).

McNeill, F.M., *The Silver Bough: Volume One, Scottish Folk-Lore and Folk-Belief*, 2e druk (Edinburgh: Canongate Classics, 2001).

McWhorter, J., *The Language Hoax: Why the World Looks the Same in Any Language* (Oxford University Press, 2014).

Menkes, S., 'Celebrating Elsa Schiaparelli', *The New York Times* (18 november 2013), p. 12.

Merrifield, M.P., *The Art of Fresco Painting in the Middle Ages and Renaissance* (Mineola, NY: Dover Publications, 2003).

'Minutes of Evidence taken Before the Metropolitan Sanitary Commissioners', *Parliamentary Papers, House of Commons*, deel 32 (Londen: William Clowes & Sons, 1848).

'Miracles Square', website van OPA Pisa.

Mitchell, L., *The Whig World: 1760-1837* (Londen: Hambledon Continuum, 2007).

Morris, E., 'Bamboozling Ourselves (Parts 1-7)', *The New York Times* (mei-juni 2009).

Mukharji, T.N., 'Piuri or Indian Yellow', *Journal of the Society for Arts* 32, nr. 1618 (november 1883), pp. 16-17.

Munby, J., 'A Figure of Jet from Westmorland', *Encyclopaedia Britannia*, deel 6 (1975), pp. 216-218.

N

Nabokov, V., *Speak, Memory* (Londen: Penguin Classics, 1998). In het Nederlands verschenen als *Geheugen, spreek: Een autobiografie herzien* (Amsterdam: Bezige Bij, 2001).

Nakashima, T., **K. Matsuno**, **M. Matsushita** en **T. Matsushita**, 'Severe Lead Contamination Among Children of Samurai Families in Edo Period Japan', *Journal of Archaeological Science* 32, nr. 1 (2011), pp. 23-28.

Nagy, G., *The Ancient Greek Hero in 24 Hours* (Cambridge, MA: Belknap, 2013).

Neimeyer, C.P., *The Revolutionary War* (Westport, CN: Greenwood Press, 2007).

Newton, I., 'A Letter to the Royal Society Presenting a New Theory of Light and Colours', *Philosophical Transactions*, nr. 7 (januari 1672), pp. 4004-5007.

Niles, G., 'Origin of Plant Names', *The Plant World* 5, nr. 8 (augustus 1902), pp. 141-144.

Norris, H., *Tudor Costume and Fashion Reprinted Edition* (Mineola, NY: Dover Publications, 1997).

O

O'Day, A., *Reactions to Irish Nationalism 1865-1914* (Londen: Hambledon Press, 1987).

Olson, K., 'Cosmetics in Roman Antiquity: Substance, Remedy, Poison', *The Classical World* 102, nr. 3 (voorjaar 2009), pp. 291-310.

Oosthuizen, W.C. and **P.J.N. de Bruyn**, 'Isabelline King Penguin Aptenodytes Patagonicus at Marion Island', *Marine Ornithology* 37, nr. 3 (2010), pp. 275-276.

Owens, M., 'Jewellery that Gleams with Wicked Memories', *The New York Times* (13 april 1997), Arts & Leisure p. 41.

P

Pall Mall Gazette, 'Absinthe and Alcohol' (1 maart 1869).

Pastoureau, M., *Black: The History of a Colour*, vert. J. Gladding (Princeton University Press, 2009).

Pastoureau, M., *Blue: The History of a Colour*, vert. M.I. Cruse (Princeton University Press, 2000).

Pastoureau, M., *Green: The History of a Colour*, vert. J. Gladding (Princeton University Press, 2014).

Paterson, I., *A Dictionary of Colour: A Lexicon of the Language of Colour* (Londen: Thorogood, 2004).

Paulicelli, E., *Writing Fashion in Early Modern Italy: From Sprezzatura to Satire* (Farnham: Ashgate, 2014).

Peplow, M., 'The Reinvention of Black', *Nautilus* (augustus 2015).

Pepys, S., *Samuel Pepys' Diary*. In het Nederlands verschenen als *Geheim dagboek van een puritein 1660-1669* (Amsterdam: De Arbeiderspers, 1979).

Pereina, J., *The Elements of Materia, Medica and Therapeutics*, deel. 2 (Philadelphia, PA: Blanchard & Lea, 1854).

Perkin, W.H., 'The History of Alizarin and Allied Colouring Matters, and their Production from Coal Tar, from a Lecture Delivered May 8th', *Journal for the Society for Arts* 27, nr. 1384 (mei 1879), pp. 572-608.

Persaud, R. en **A. Furnham**, 'Hair Colour and Attraction: Is the Latest Psychological Research Bad News for Redheads?', *Huffington Post* (25 september 2012).

Phillips, S.V., *The Seductive Power of Home Staging: A Seven-Step System for a Fast and Profitable Sale* (Indianapolis, IN: Dog Ear Publishing, 2009).

Phipps, E., 'Cochineal Red: The Art History of a Colour', *Metropolitan Museum of Art Bulletin* 67, nr. 3 (winter 2010), pp. 4-48.

Photos-Jones, E., A. Cottier, A.J. Hall en **L.G. Mendoni**, 'Kean Miltos: The Well-Known Iron Oxides of Antiquity', *Annual of the British School of Athens* 92 (1997), pp. 359-371.

Pines, C.C., 'The Story of Ink', *American Journal of Police Science* 2, nr. 4 (juli/augustus 1931), pp. 290-301.

Pitman, J., *On Blondes: From Aphrodite to Madonna: Why Blondes have More Fun* (Londen: Bloomsbury, 2004). In het Nederlands verschenen als *Blond: De geschiedenis van de blondine, van Afrodite tot Madonna* (Amsterdam: Vassallucci, 2003).

Poos, L.R., *A Rural Society After the Black Death: Essex 1350-1525* (Cambridge University Press, 1991).

Prance, G. en **M. Nesbitt** (red.), *The Cultural History of Plants* (Londen: Routledge, 2005).

Prestwich, P.E., 'Temperance in France: The Curious Case of Absinth [sic]', *Historical Reflections* 6, nr. 2 (winter 1979), pp. 301-319.

Profi, S., B. Perdikatsis en **S.E. Filippakis**, 'x-Ray Analysis of Greek Bronze Age Pigments from Thea', *Studies in Conservation* 22, nr. 3 (augustus 1977), pp. 107-115.

Pryor, E.G., 'The Great Plague of Hong Kong', *Journal of the Royal Asiatic Society Hong Kong Branch* 15 (1975), pp. 61-70.

Q

Quito, A., 'Pantone: How the World Authority on Colour Became a Pop Culture Icon', *Quartz* (2 november 2015).

R

Ramsay, G.D., 'The Distribution of the Cloth Industry in 1561-1562', *English Historical Review* 57, nr. 227 (juli 1942), pp. 361-369.

Raven, A., 'The Development of Naval Camouflage 1914-1945', deel III.

Ravilious, K., 'Cleopatra's Eye Makeup Warded off Infections?', *National Geographic News* (15 januari 2010).

Rees, G.O., brief aan *The Times* (16 juni 1877).

Regier, T. en **P. Kay**, 'Language, Thought, and Colour: Whorf was Half Right', *Trends in Cognitive Sciences* 13, nr. 10 (oktober 2009), pp. 439-446.

Reutersvärd, O., 'The "Violettomania" of the Impressionists', *Journal of Aesthetics and Art Criticism* 9, nr. 2 (december 1950), pp. 106-110.

Richter, E.L. en **H. Härlin**, 'A Nineteenth Century Collection of Pigment and Painting Materials', *Studies in Conservation*, deel 19, nr. 2 (mei 1974), pp. 76-92.

Rijksmuseum, 'William of Orange (1533-1584), Father of the Nation'.

Roberson, D., J. Davidoff, I.R.L. Davies en **L.R. Shapiro**, 'Colour Categories and Category Acquisition in Himba and English', in N. Pitchford en C.P. Bingham (red.), *Progress in Colour Studies: Psychological Aspects* (Amsterdam: John Benjamins Publishing, 2006).

Rose, M., '"Look, Daddy, Oxen!": The Cave Art of Altamira', *Archaeology* 53, nr. 3 (mei/juni 2000), pp. 68-69.

Rousseau, T., 'The Stylistic Detection of Forgeries', *Metropolitan Museum of ArtBulletin* 27, nr. 6 (febr. 1968), pp. 247-252.

Royal Botanic Gardens, Kew, 'Indian Yellow', *Bulletin of Miscellaneous Information* 1890, nr. 39 (1890), pp. 45-50.

Ruskin, J., *The Two Paths: Being Lectures on Art, and its Application to Decoration and Manufacture, Delivered in 1858-9* (New York: John Wiley & Son, 1869).

Ruskin, J., *Selected Writings*, red. D. Birch (Oxford University Press, 2009).

Russo, C., 'Can Elephants Survive a Legal Ivory Trade? Debate is Shifting Against It', *National Geographic* (30 augustus 2014).

Ryzik, M., 'The Guerrilla Girls, After 3 Decades, Still Rattling Art World Cages', *The New York Times* (5 augustus 2015).

S

Sachsman, D.B. en **D.W. Bulla** (red.), *Sensationalism: Murder, Mayhem, Mudslinging, Scandals and Disasters in 19th-Century Reporting* (New Brunswick, NJ: Transaction Publishers, 2013).

Salisbury, D., *Elephant's Breath and London Smoke* (Neustadt: Five Rivers, 2009).

Sample, I., 'Van Gogh Doomed his Sunflowers by Adding White Pigments to Yellow Paint', *The Guardian* (14 febr. 2011).

Samu, M., 'Impressionism: Art and Modernity', Heilbrunn Timeline of Art History (oktober 2004).

Sánchez, M.S., 'Sword and Wimple: Isabel Clara Eugenia and Power', in A.J. Cruz en M. Suzuki (eds.), *The Rule of Women in Early Modern Europe* (Champaign, IL: University of Illinois Press, 2009), pp. 64-79.

Savage, J., 'A Design for Life', *The Guardian* (21 februari 2009).

Schafer, E.H., 'Orpiment and Realgar in Chinese Technology and Tradition', *Journal of the American Oriental Society* 75, nr. 2 (april-juni 1955), pp. 73-80.

Schafer, E.H., 'The Early History of Lead Pigments and Cosmetics in China', *T'oung Pao* 44, nr. 4 (1956), pp. 413-438.

Schauss, A.G., 'Tranquilising Effect of Colour Reduces Aggressive Behaviour and Potential Violence', *Orthomolecular Psychiatry* 8, nr. 4 (1979), pp. 218-221.

Schiaparelli, E., *Shocking Life* (Londen: V&A Museum, 2007).

Schwyzer, P., 'The Scouring of the White Horse: Archaeology, Identity, and "Heritage"', *Representations*, nr. 65 (winter 1999), pp. 42-62.

Seldes, A., **J.E. Burucúa**, **G. Siracusano**, **M.S. Maier** en **G.E. Abad**, 'Green, Yellow and Red Pigments in South American Painting, 1610-1780', *Journal of the American Institute for Conservation* 41, nr. 3 (najaar/winter 2002), pp. 225-242.

Sherrow, V., *Encyclopedia of Hair: A Cultural History* (Westport, CN: Greenwood Press, 2006).

Shropshire Regimental Museum, 'The Hong Kong Plague, 1894-95'.

Silverman, S.K., 'The 1363 English Sumptuary Law: A Comparison with Fabric Prices of the Late Fourteenth Century', proefschrift, Ohio State University (2011).

Slive, S., 'Henry Hexham's "Of Colours": A Note on a Seventeenth-Century List of Colours', *Burlington Magazine* 103, nr. 702 (september 1961), pp. 378-380.

Soames, M. (red.), *Winston and Clementine: The Personal Letters of the Churchills* (Boston, MA: Houghton Mifflin, 1998).

Sooke, A., 'Caravaggio's Nativity: Hunting a Stolen Masterpiece', BBC.com (23 december 2013).

Stamper, K., 'Seeing Cerise: Defining Colours in Webster's Third', *Harmless Drudgery: Life from Inside the Dictionary* (augustus 2012).

Stanivukovic, G.V. (red.), *Ovid and the Renaissance Body* (University of Toronto Press, 2001).

Stanlaw, J.M., 'Japanese Colour Terms, from 400 CE to the Present', in R.E. MacLaury, G. Paramei en D. Dedrick (red.), *Anthropology of Colour* (New York: John Benjamins, 2007), pp. 297-318.

Stephens, J. (red.), *Gold: Firsthand Accounts from the Rush that Made the West* (Helena, MT: Twodot, 2014).

Stewart, D., 'Why a "Nude" Dress Should Really be "Champagne" or "Peach"', *Jezebel* (17 mei 2010).

Stone, G.C., *A Glossary of the Construction, Decoration and Use of Arms and Armor in All Countries and in All Times* (Mineola, NY: Dover Publications, 1999).

Summer, G. en **R. D'Amato**, *Arms and Armour of the Imperial Roman Soldier* (Barnsley: Frontline Books, 2009).

Summers, M., *The Werewolf in Lore and Legend* (Mineola, NY: Dover Occult, 2012).

Swigonski, F., 'Why was Absinthe Banned for 100 Years?' (Mic.com, 22 juni 2013).

T

Tabuchi, H., 'Sweeping Away Gender-Specific Toys and Labels', *The New York Times* (27 okt. 2015).

Taylor, L., *Mourning Dress: A Costume and Social History* (Londen: Routledge Revivals, 2010).

The New York Times, 'Baby's First Wardrobe' (24 januari 1897).

The New York Times, 'Finery for Infants' (23 juli 1893), p. 11.

The New York Times, 'The Pink Tax' (14 november 2014).

The Times, 'Absinthe' (4 mei 1868).

The Times, 'The Use of Arsenic as a Colour' (4 september 1863).

Thompson, D.V., *The Materials and Techniques of Medieval Painting. Reprinted from the first edition* (Mineola, NY: Dover Publications, 1956).

Time, 'Techniques: The Passing of Mummy Brown' (2 oktober 1964).

Townsend, J.H., 'The Materials of J.M.W. Turner: Pigments', *Studies in Conservation* 38, nr. 4 (november 1993), pp. 231-254.

Tugend, A., 'If your Appliances are Avocado, they Probably aren't Green', *The New York Times* (10 mei 2008).

Twain, M., *The Adventures of Tom Sawyer* (New York: Plain Label Books, 2008). In het Nederlands verschenen als *De avonturen van Tom Sawyer* (Amsterdam: Athenaeum-Polak & Van Gennep, 2007).

Tynan, J., *British Army Uniform and the First World War: Men in Khaki* (Londen: Palgrave Macmillan, 2013).

Tynan, J., 'Why First World War Soldiers Wore Khaki', *World War I Centenary*, University of Oxford.

U

UCL, **Digital Egypt for Universities**, 'Teaching of Ptahhotep'.

ur-Rahman, A. (red.), *Studies in Natural Products Chemistry: Volume 26: Bioactive Natural Products (Part G)* (Amsterdam: Elsevier Science, 2002).

V

Vasari, G., *The Lives of the Artists*, vert. J. Conaway Bondanella en P. Bondanella (Oxford University Press, 1998). In het Nederlands verschenen als *De levens van de grootste kunstenaars* (Amsterdam: Contact, 2011).

Vernatti, P., 'A Relation of the Making of Ceruss', in Royal Society, *Philosophical Transactions* 137 (januari/febr. 1678), pp. 935-936.

Vernon Jones, V.S. (vert.), *Aesop's Fables* (Mineola, NY: Dover Publications, 2009).

W

Wald, C., 'Why Red Means Red in Almost Every Language', *Nautilus* (juli 2015).

Walker, J., *The Finishing Touch: Cosmetics Through the Ages* (Londen: British Library, 2014).

Walton, A.G., 'DNA Study Shatters the "Dumb Blonde" Stereotype', *Forbes* (2 juni 2014).

Ward, G.W.R. (red.), *The Grove Encyclopedia of Materials and Techniques in Art* (Oxford University Press, 2008).

Warren, C., *Brush with Death: A Social History of Lead Poisoning* (Baltimore, MD: Johns Hopkins University Press, 2001).

Watts, D.C., *Dictionary of Plant Lore* (Burlington, VT: Elsevier, 2007).

Weber, C., *Queen of Fashion: What Marie Antoinette Wore to the Revolution* (New York: Picador, 2006).

Webster, R., *The Encyclopedia of Superstitions* (Woodbury: Llewellyn Worldwide, 2012).

White, R., 'Brown and Black Organic Glazes, Pigments and Paints', *National Gallery Technical Bulletin* 10 (1986), pp. 58-71.

Whittemore, T., 'The Sawâma Cemetaries', *Journal of Egyptian Archaeology* 1, nr. 4 (oktober 1914), pp. 246-247.

Willett Cunnington, C., *English Women's Clothing in the Nineteenth Century* (Londen: Dover, 1937).

Winstanley, W., *The Flying Serpent, Or: Strange News Out of Essex* (London, 1669).

Woodcock, S., 'Body Colour: The Misuse of Mummy', *The Conservator* 20, nr. 1 (1996), pp. 87-94.

Woollacott, A., '"Khaki Fever" and its Control: Gender, Class, Age and Sexual Morality on the British Homefront in the First World War', *Journal of Contemporary History* 29, nr. 2 (april 1994), pp. 325-347.

Wouters, J., **L. Maes** en **R. Germer**, 'The Identification of Haematite as a Red Colourant on an Egyptian Textile from the Second Millennium BC', *Studies in Conservation* 35, nr. 2 (mei 1990), pp. 89-92.

Wreschner, E.E., 'Red Ochre and Human Evolution: A Case for Discussion', *Current Anthropology* 21, nr. 5 (oktober 1980), pp. 631-644.

Y

Young, J.I., 'Riddle 15 of the Exeter Book', *Review of English Studies* 20, nr. 80 (oktober 1944), pp. 304-306.

Young, P., *Peking to Paris: The Ultimate Driving Adventure* (Dorchester: Veloce Publishing, 2007).

Z

Ziegler, P., *Diana Cooper: The Biography of Lady Diana Cooper* (Londen: Faber, 2011).

Zimmer, C., 'Bones Give Peek into the Lives of Neanderthals', *The New York Times* (20 december 2010).

Zuckerman, Lord, 'Earl Mountbatten of Burma, 25 June 1900-27 August 1979', *Biographical Memoirs of Fellows of the Royal Society* 27 (november 1981), pp. 354-364.

Dankwoord

Mijn diepe dankbaarheid gaat uit naar al die mensen die de tijd hebben genomen om me te helpen met de afzonderlijke verhalen over kleuren en me op het spoor te zetten van waardevolle informatie. Vooral dank ik daarvoor Cédric Edon, directeur communicatie van Schiaparelli, Martin Boswell, curator uniformen en Richard Slocombe, senior curator kunst bij het Imperial War Museum. Hoogleraren Raman Siva Kumar en B.N. Goswamy en ook dr. Mark Nesbitt, curator bij de Royal Botanical Gardens Kew Gardens en de medewerkers van het Museum Victoria, ben ik dank verschuldigd voor hun hulp bij mijn naspeuringen naar het raadsel van Indisch geel. Ook dank aan Henning Rader van het Stadtmuseum van München en Sabrina Hamann van Stabilo.

Verder wil ik graag mevrouw Herries en Jenny en Piers Litherland bedanken, omdat ik zes gelukkige weken in hun heerlijke huis heb mogen schrijven, en Carla Bennedetti omdat ze voor me heeft gezorgd terwijl ik daar logeerde. Veel dank ook aan mijn redacteuren bij John Murray, Georgina Laycock en Kate Miles, aan de begaafde James Edgar die de vormgeving voor dit boek voor zijn rekening nam. Aan Amanda Jones en Yassine Belkacemi, en aan Imogen Pelham, voor al het werk dat ze heeft verzet om mij van het eerste voorstel naar de verschijning van dit boek te leiden. Mijn speciale dank gaat uit naar Michelle Ogundehin en Amy Bradford bij *Elle Decoration*, omdat ze me de kans gaven de column te schrijven waarmee het allemaal begon. Dank ook aan alle vrienden die me hebben voorzien van steun, advies, tips voor onderzoek, en glazen wijn als ik die nodig had. Mijn speciale dank gaat uit naar Tim Cross en mijn broer Kieren, omdat ze bereid waren verschillende versies te lezen. Naar mijn vader, die altijd voor me klaar staat, en naar Fiammetta Rocco voor haar niet-aflatende vriendelijkheid en steun.

En ten slotte wil ik Olivier bedanken, niet alleen omdat hij me elke ochtend koffie bracht, maar ook voor het nalezen van de tekst, voor zijn suggesties, zijn geduld als ik dacht dat ik gek werd, zijn complimenten en waardevolle aanmerkingen, en voor zijn voortdurende aanmoediging.

Register

Hoofdpagina's van kleuren zijn **vetgedrukt**

A

B

C

D

E

F

G

H

I